क्रिस्टोफ़र सी. डॉयल ने सेंट स्टीफ़न्स कॉलेज, दिल्ली से अर्थशास्त्र में स्नातक की उपाधि प्राप्त की है और आई आई एम कोलकाता में बिज़नेस मैनेजमेंट का अध्ययन किया है। ज़ूल वेर्न, एच जी वेल्स, इज़ाक एसिमोव, रॉबर्ट हाइनलाइन, जे आर आर टोल्केन, रॉबर्ट जॉर्डन और टेरी ब्रुक्स बचपन से ही उनके साहित्यिक पथ-प्रदर्शक रहे हैं।

क्रिस्टोफ़र ने अनेक प्रकाशनों के लिए प्रबंधन और व्यापार पर लेख लिखे हैं, और उन्हें विभिन्न सम्मेलनों में बोलने के लिए निरंतर आमंत्रित किया जाता है। उन्होंने अनेक अग्रणी बहुराष्ट्रीय कंपनियों में काम करने के बाद भारत में एक अमेरिकी फ़र्म की साझेदारी में एक स्ट्रैटेजिक कंसल्टेन्सी की स्थापना की है। वे एक मान्यता प्राप्त एक्ज़ीक्यूटिव कोच भी हैं और वरिष्ठ प्रबंधकों को उनके कार्यस्थलों पर बेहतर परिणाम हासिल करने में मदद देने के लिए उनके साथ काम करते हैं।

इस कामकाजी जीवन के अलावा, क्रिस्टोफ़र एक संगीतकार भी हैं और उन्होंने मिड लाइफ़ क्राइसिस नामक बैंड की स्थापना की है जो क्लासिक रॉक संगीत की प्रस्तुतियाँ देता है।

वे अपनी पत्नी, बेटी और दो कुत्तों के साथ गुड़गाँव में रहते हैं।

महाभारत का रहस्य उनका पहला उपन्यास है।

संपर्क :

www.facebook.com/authorchristophercdoyle

www.christophercdoyle.com

महाभारत
— का —
रहस्य

क्रिस्टोफ़र सी. डॉयल

अनुवाद : मदन सोनी

MANJUL
मंजुल पब्लिशिंग हाउस

MANJUL

मंजुल पब्लिशिंग हाउस

कॉरपोरेट एवं संपादकीय कार्यालय

• द्वितीय तल, उषा प्रीत कॉम्प्लेक्स, 42 मालवीय नगर, भोपाल-462003

विक्रय एवं विपणन कार्यालय

• सी-16, सेक्टर 3, नोएडा, उत्तर प्रदेश - 201301, इंडिया

वेबसाइट : www.manjulindia.com

वितरण केन्द्र

अहमदाबाद, बेंगलुरू, भोपाल, कोलकाता, चेन्नई,
हैदराबाद, मुम्बई, नई दिल्ली, पुणे

ओम बुक्स इंटरनैशनल द्वारा मूल रूप से अंग्रेजी में
द *महाभारत सीक्रेट* शीर्षक से प्रकाशित

यह हिन्दी संस्करण मंजुल पब्लिशिंग हाउस द्वारा
ओम बुक्स इंटरनैशनल
ए 12, सेक्टर 64, नोएडा 201 301, उ.प्र., भारत
ई मेल : editorial@ombooks.com
वेबसाइट : www.ombooksinternational.com
के सहयोग से प्रकाशित

क्रिस्टोफ़र सी. डॉयल द्वारा लिखित मूल अंग्रेजी पुस्तक
द *महाभारत सीक्रेट* का हिन्दी अनुवाद

यह हिन्दी संस्करण 2018 में पहली बार प्रकाशित
द्वितीय आवृत्ति 2023

ISBN 978-81-8322-657-8

हिन्दी अनुवाद : मदन सोनी

मुद्रण व जिल्दसाज़ी : थॉमसन प्रेस (इंडिया) लिमिटेड

ओ दुर्योधन! ओ महान कुरु!
ईश्वर एक बार फिर हम पर प्रसन्न है!
हम पांडवों को निःशप्त मृत्यु प्रदान करेंगे
अलक्षित, अश्रुत,
मृत्यु जब उनके निकट आएगी तो वे उसको जान नहीं पाएँगे
हम उनके नगरों को पूरी तरह नष्ट कर देंगे
उनकी सेनाओं का नाश कर देंगे
और कुरुक्षेत्र के मैदान में विजयी होकर प्रकट होंगे!
हे कुरु, आनंद मनाओ, क्योंकि विजय निकट है!

—अज्ञात

समर्पण

अपने माता-पिता के लिए,
जिन्होंने पढ़ने के आनंद से मेरा परिचय कराया और
जो मुझे लगातार लिखने के लिए प्रोत्साहित करते रहे;
मेरी पत्नी शर्मिला और बेटी शेनाया के लिए,
जो *महाभारत का रहस्य* के आकार लेने के दौरान मेरी श्रोता रहीं;
जिन्होंने पुस्तक के लेखन और शोध के दौरान मेरी अनुपस्थिति को सहा।
इस पुस्तक के प्रकाशन में उनका सहयोग और
प्रोत्साहन बहुत महत्त्वपूर्ण रहा है।
भारतीय इतिहास तथा मिथकों के शेनाया के अद्‌भुत ज्ञान ने
इस पुस्तक के तथ्यों को दुरुस्त रखने में मेरी मदद की है।

आभार

अपने अंतिम रूप में आने के लिए यह पुस्तक बहुत से लोगों की ऋणी है जिनके बिना यह प्रकाश में नहीं आ पाती। नीचे जिन व्यक्तियों का उल्लेख किया गया है उनमें से प्रत्येक व्यक्ति ने इस पुस्तक की रचना में योगदान किया है।

अर्तिका बक्षी और गुरविशा आहूजा, जिन्होंने पुस्तक के अंतिम प्रारूप को पढ़कर मुझे मूल्यवान सुझाव दिए जिससे यह पुस्तक पटरी पर बनी रह सकी।

हरमीत एस. आहूजा, जिन्होंने ऑप्टिक्स की भौतिकी के संदर्भ में मुझे बहुमूल्य जानकारी उपलब्ध कराई और कथानक के संदर्भ में इस पुस्तक के लिए केंद्रीय महत्त्व रखने वाले ऑप्टिक्स से संबंधित हिस्से की समीक्षा कर उसको सत्यापित किया।

सुधीर राजपाल, जिन्होंने मुझे हिंदुस्तान में किसी शहर को ख़ाली कराए जाने की प्रक्रिया के मामले में शिक्षित किया।

आनंद प्रकाश, जिन्होंने वेबसाइट को व्यवस्थित और चालू रखने में मदद की और डेंज़िल ओ'कॉनल जिन्होंने पुस्तक के प्रचार-प्रसार के लिए नवाचारी सुझाव दिए।

रितु राठौर और आनंद प्रकाश, जिन्होंने इस पुस्तक का अद्भुत आवरण तैयार किया। मैं शुक्रगुज़ार हूँ दोनों का जिन्होंने ऐसा आवरण तैयार किया जिसके माध्यम से कहानी जीवंत हो उठती है।

मैं धन्यवाद देता हूँ जेरल्ड नोर्डले, पैट मैकईवन, केविन ऐंड्र्यू मर्फ़ी, जेय स्टोअन, जिंजर कदेराबेक, फ़्रांसेस्का फ़्लिन, माइक मॉस्को, बर्ट रिची, एलिज़ाबेथ गिलिगन, फ़िलिस रैडफ़ोर्ड, कैरन मिलर, सिंडी मिचेल, बॉब ब्राउन और राइटर्स रिसर्च ग्रुप के अपने साथियों को जिन्होंने मेरे सारे सवालों के जवाब दिए और मुझे वे तकनीकी जानकारियाँ उपलब्ध कराईं जिन्होंने मुझे

यह सुनिश्चित करने में मदद की कि शोध पर आधारित पुस्तक के सारे दृश्य, विशेष रूप से चरमोत्कर्ष सटीक और यथार्थपरक बने रहें।

इस पुस्तक के लेखन में जिन लोगों ने मेरी मदद की है उनके प्रति आभार व्यक्त करते हुए मैं इसकी तमाम ग़लतियों की और पुस्तक के तथ्यों या विवरणों में हुई किसी तरह की चूकों की सारी ज़िम्मेदारी अपने ऊपर लेता हूँ।

आमुख

ईसा पूर्व 244

सम्राट अशोक और उनके दरबारी सूरसेन पहाड़ी पर, जंगल की गहराई में, अँधेरी खुली जगह में खड़े हुए थे। उनके पहाड़ी पर पहुँचने से पहले उनके साथ के थोड़े-से सैनिक पीछे छूट चुके थे। यह दल इस खोज के निरीक्षण के सूरसेन के खुफ़िया अभियान के बाद दस दिन पहले पाटलिपुत्र से चला था।

सूरसेन का प्रतिवेदन सुनने के बाद अशोक ने गुफा और उसके अंदर की चीज़ों को खुद अपनी आँखों से देखने का आग्रह किया था और तुरंत पाटलिपुत्र से चल देने का फ़ैसला किया था। अपनी खोज की अहमियत को समझते हुए सूरसेन सम्राट को गुफा में ले जाने के लिए राज़ी हो गया था।

अशोक और सूरसेन ने गुफा के अंदर जाते गलियारे में प्रवेश किया।

सम्राट उस हलकी, मद्धिम रोशनी को आश्चर्य से देख रहे थे जो गलियारे से गुज़रते हुए उनके चारों ओर झिलमिला रही थी। लेकिन जब अंदर पहुँचने पर उसने गुफा पर निगाह डाली तो उनके विस्मय का ठिकाना न रहा।

बावजूद इसके कि सूरसेन ने सम्राट को इसके लिए पहले से ही तैयार कर दिया था, सम्राट अशोक कुछ पल तक स्तब्ध खड़े मंत्रमुग्ध होकर उस दृश्य को देखते रह गए जो उनके सामने था।

इस शुरुआती विस्मय पर किसी तरह क़ाबू पाने के बाद अशोक ने ख़ामोशी से गुफा का चक्कर लगाते हुए उसके एक-एक अंगुल का मुआयना किया।

तब जाकर वह दूसरी खोज उनके हाथ लगी। एक इस क़दर भयावह रहस्य कि अशोक को लगा कि वह हमेशा के लिए दफ़न रहता तो बेहतर होता - एक ऐसा रहस्य जो दुनिया को तबाह कर सकता था।

ईसा पूर्व 242

सूरसेन राजमहल के प्रांगण के बीचोंबीच छाल-पत्र पर अंकित पांडुलिपियों के उस ढेर के सामने खड़ा था। उसने इस जगह का चुनाव इसलिए किया था कि यह राजमहल का एक पुराना, सुनसान हिस्सा था, अशोक के दादा चंद्रगुप्त के ज़माने का। बहुत कम लोग थे जो यहाँ आने का साहस करते थे, अन्यथा लोग अशोक द्वारा बनवाए गए राजमहल के नए हिस्सों के वातावरण को ही पसंद करते थे।

वह अपनी बग़ल में खड़े कातिब की ओर मुड़ा, जो दुखी भाव से उन पांडुलिपियों का निरीक्षण कर रहा था। वे सारी पांडुलिपियाँ *महाभारत* की प्रतिलिपियाँ थीं जिनको पिछले दो सालों के दौरान समूचे राज्य से इकट्ठा किया गया था। गुफा के रहस्य को छिपाने की अपनी योजना का निश्चय करने के बाद उसने अपना ध्यान उस रहस्य के उद्‍गम की ओर मोड़ा था।

महाभारत।

क्योंकि, इस महान महाकाव्य के पन्नों के भीतर ही अशोक की खोज के पीछे का क़िस्सा छिपा हुआ था; वह क़िस्सा जिसको अशोक ने, उस रहस्य के साथ, हमेशा-हमेशा के लिए दफ़न कर देने का फ़ैसला किया था; ताकि वह उनकी प्रजा की स्मृति से लुप्त हो जाए।

शाही दूतों को राज्य के सुदूर कोनों तक भेजा गया था ताकि वे महाकाव्य की उस एक-एक पांडुलिपि को लेकर आएँ जो अस्तित्व में थीं।

"बस यही है?" सूरसेन ने कातिब से पूछा। "एक-एक पांडुलिपि?"

कातिब ने हामी में सिर हिलाया, उसका दिल भारी हो रहा था। वह जानता था कि आगे क्या होने वाला था।

सूरसेन ने आदेश दिया। "उन्हें जला दो।"

उसने राजमहल की दीवार से एक मशाल खींची और आग लगा दी। सूखे भूर्ज-पत्रों की उन पांडुलिपियों ने तुरंत ही आग पकड़ ली और कुछ ही पलों में सारा ढेर लपटों में समा गया।

कातिब के हलक़ से एक दबी हुई-सी सिसकी निकली। उसने शाही फ़रमान की तामील की थी, लेकिन यह बात उसे समझ में नहीं आई थी।

सिर्फ़ सूरसेन ही जानता था; जैसेकि उसके साथ के आठ अन्य दरबारी जानते थे। उन सबों ने अशोक के सामने उस रहस्य को गुप्त रखने की सौगंध ली थी।

आग की लपटों द्वारा पांडुलिपियों को निगलते देखते हुए उसके दिमाग़ में उस यादगार रात में सम्राट की ज़ुबान से निकले हुए शब्द गूँज उठे।

"इस मिथक को इंसान की जानकारी से ग़ायब हो जाना चाहिए, उस रहस्य के साथ जिसका ज़िक्र इसमें किया गया है। संसार महाभारत को तो जानेगा लेकिन उस भयानक रहस्य का उसको कभी पता नहीं चलेगा जिसे यह ग्रंथ अपनी अंदरूनी गहराई में छिपाए हुए है।"

500 ईसवी

राजवीरगढ़

पाल ने लड़के को एक सिक्का दिया। "इसके पहले कि किसी को तुम्हारे इरादे का पता चले, भाग जाओ।"

लड़का उस इनाम से रोमांचित होकर भाग खड़ा हुआ।

पाल सोच में डूबा हुआ मुड़ा। तो, शिलालेख का पता चल गया था और उसकी कहानी और भ्रातृसंघ के बीच के रिश्ते को ढूँढ़ लिया गया था।

कोई था जो भ्रातृसंघ के बारे में जानता था।

कोई था जो उसके बारे में जानता था।

और वे उसकी जान लेने आ रहे होंगे।

उसने फुर्ती से अपनी चीज़ों को इकट्ठा किया। वे थोड़ी-सी थीं। लेकिन ये वे नहीं थीं जिनको लेकर वह परेशान था। वह भ्रातृसंघ के कहीं ज़्यादा बड़े ख़ज़ानों का संरक्षक था; वे ख़ज़ाने जो अब राजवीरगढ़ में महफ़ूज़ नहीं थे। उसे मालूम था कि उसको ठीक किस जगह जाना होगा।

उत्तर-पश्चिम की दिशा में कई मील दूर, बामियान में, एक छोटे-से मठ में, भ्रातृसंघ के दो सदस्य रहते थे जिनको वह जानता था; संथाल, एक भिक्षु।

उसको पांडुलिपियाँ और धातुई चकती संथाल तक ले जानी थीं। यही वह चीज़ थी जिसपर उसने तब सहमति दी थी जब वह भ्रातृसंघ में शामिल हुआ था। संथाल उन दो सदस्यों में से एक था जिसने अपनी असली पहचान पाल के सामने उजागर की थी। वे इस शपथ से बँधे हुए थे कि उन दोनों में से जो भी व्यक्ति रहस्यों के लिए ज़िम्मेदार होगा वह उन रहस्यों पर किसी भी तरह का कोई संकट आने की स्थिति में उन्हें दूसरे तक पहुँचाएगा।

पाल चुपचाप महल से निकलकर महल के पीछे के जंगल में ग़ायब हो गया। उस जंगल की गहराई में एक कुदरती गुफा में वे पांडुलिपियाँ और वह धातुई चकती छिपी हुई थी जिनकी अपने जीवन को दाँव पर लगाकर रक्षा करने की उसने शपथ ली हुई थी। उसने सँजोकर रखी गई उन चीज़ों को चमड़े के जर्जर थैले में भरा और उसको अपनी गर्दन में लटका लिया।

एक गहरी साँस लेते हुए वह गुफा से बाहर आया और उस लंबी यात्रा पर चल पड़ा जो उसको बामियान तक ले जाने वाली थी।

और उसकी मौत तक।

मार्च 2001

संसार भर के टेलिविज़न की ब्रेकिंग न्यूज़

"तालिबान ने बामियान बुद्ध को ध्वस्त कर दिया है।"

समाचार उद्घोषक के चेहरे की जगह एक दूसरे वीडियो ने ले ली, उसकी आवाज़ सुनाई देती रही। "तालिबान द्वारा कुछ घंटों पहले जारी किए गए इस वीडियो में उन दोनों मूर्तियों को बम से उड़ाए जाते दिखाया गया है। 1500 साल पुरानी इन मूर्तियों के विनाश पर दुनिया भर के पुरातत्ववेत्ताओं, इतिहासकारों और लोगों ने अपना ख़ौफ़ ज़ाहिर किया है।"

"इसमें कोई शक नहीं कि इन प्राचीन मूर्तियों का विनाश बेहद विचलित करने वाला है। लेकिन अकादमिक दुनिया के लोग उस चीज़ को लेकर काफ़ी उत्तेजित हैं जो इस विनाश से सामने आई है। तालिबान द्वारा जारी किए गए टेप साफ़ तौर पर उन गुफाओं को दर्शाते हैं जिनका खोखल टीलों पर बुद्ध मूर्तियों के पीछे उभर आया है। पिछले 1500 सालों से दो मूर्तियों के पीछे छिपी रही ये गुफाएँ अपने में क्या छिपाए हुए हैं? यह वह सवाल है जो आज के पुरातत्त्ववेत्ताओं और इतिहासकारों के मन में बना हुआ है।"

"बामियान स्थित अपने संवाददाता से हमें ऐसी अपुष्ट सूचनाएँ भी मिल रही हैं कि एक गुफा से एक कंकाल भी मिला है। यह कंकाल 1500 साल पुराना प्रतीत होता है। फ़िलहाल आगे की कोई जानकारी नहीं आ रही है।"

1

वर्तमान काल

पहला दिन

जौनगढ़ क़िला, नई दिल्ली से 130 कि.मी. दूर

विक्रम सिंह अपने पैतृक क़िले के अध्ययन-कक्ष में विचारमग्न बैठा चाय की चुस्कियाँ ले रहा था। उसने अभी-अभी अपने भतीजे विजय से बात की थी, जो दुनिया के दूसरे छोर पर कैलिफ़ोर्निया में सेन होज़े में रहता था।

चेहरे पर नौजवानी का ओज लिए, लंबा और सुगठित काया वाला विक्रम 65 साल की अपनी उम्र में स्वस्थ था और अपनी उम्र से 20 साल छोटा लगता था। केवल उसके शैतान बाल सफ़ेद भर थे जो उसकी उम्र को छिपा नहीं पाते थे। वह तभी से हर हफ़्ते विजय को फ़ोन करने की व्यग्र प्रतीक्षा किया करता था जब से उसने उसको उसके माँ-बाप की एक कार-दुर्घटना में हुई दुर्भाग्यपूर्ण मौत के बाद, पंद्रह साल की उम्र में, पढ़ने के लिए अमेरिका भेजा था।

आज भी, विक्रम सोचा करता था कि कार की वह दुर्घटना क्या वाक़ई एक संयोग था। वह आमने-सामने की टक्कर थी लेकिन उनको ट्रक के ड्राइवर का कभी पता नहीं चल सका। विजय इसलिए बच गया था क्योंकि वह उस वक़्त कार में नहीं था।

विक्रम ने अपना सिर झटका। शायद वह ख़ामख़्वाह शक्की हो रहा था। लेकिन तब, वही तो था जो उसके सिर पर मँडराते ख़तरे को जानता था। कौन जानता था कि वही ख़तरा पंद्रह साल पहले भी मौजूद था। यही

वह ख़ौफ़ था जिसने उसको नई दिल्ली के उसके आरामदेह अपार्टमेंट से हटाकर इस क़िले में एक एकांतवासी की तरह रहने को मज़बूर कर दिया था।

उसकी नज़रें अनायास ही उसकी डेस्क की बग़ल के सॉफ़्ट बोर्ड पर जा पड़ीं जहाँ उसने समाचारों की कतरनों को लटका रखा था। पिछले दो सालों में आठ आदमी संदिग्ध हालत में मारे गए थे; ये दुनिया की अलग-अलग जगहों पर रह रहे वैज्ञानिक, डॉक्टर, वास्तुविद और इंजीनियर थे। ये सब भी उसी की तरह ज्ञानी और अपने-अपने क्षेत्रों के नामी-गिरामी लोग थे।

विक्रम एक परमाणु वैज्ञानिक रहा था और उसने पोखरण में 1974 में किए गए हिंदुस्तान के पहले परमाणु विस्फोट में महत्त्वपूर्ण भूमिका निभाई थी। दस साल पहले जब वह जौनगढ़ आया था, तब उसने विकसित टेक्नोलॉजी का इस्तेमाल करते हुए इस क़िले को मज़बूत बनाने में अपनी ज़ायदाद का एक छोटा-सा हिस्सा ख़र्च किया था और इन सालों के दौरान उसमें तरह-तरह की मरम्मत कराई थी ताकि वह उसी तरह अभेद्य बन सकता जैसा वह 500 साल पहले था जब उसके पूर्वज इस क़िले से अपनी हुकूमत चलाया करते थे।

उसने अपना लैपटॉप अपनी तरफ़ खींचा। फुर्ती से अपना पासवर्ड टाइप कर उसने अपना मेल-बॉक्स खोला और उसके ईमेलों के बीच एक ख़ास ईमेल को खोजने लगा। उसे वह मिल गया और उसने कोई सौवीं बार उसको पढ़ा। वह छह महीने पहले आया था, हत्या की आख़िरी वारदात के तुरंत बाद। उसके थरथरा देने वाले मज़मून को पढ़ते हुए उसका ख़ून ठंडा पड़ गया।

जबसे यह मेल आया था, वह अक्सर उसके बारे में विजय से बात करने के बारे में सोचता रहता था, उससे उस रहस्य को साझा करने के बारे में। लेकिन वह ऐसा करने की हिम्मत नहीं जुटा पाया था; इससे विजय की ज़िंदगी भी ख़तरे में पड़ जाती। वह उसको बताएगा ज़रूर, लेकिन वक़्त आने पर।

वह उस विशाल मेहराबदार खिड़की से बाहर देखने को अपनी कुर्सी पर घूमा जो पहाड़ की ओर और उसकी तलहटी में दुबके छोटे से गाँव की ओर खुलती थी, और अपनी चाय की चुस्कियाँ लेने लगा। वातावरण ठंडा था।

दूर नीचे किसी चीज़ पर उसकी आँखें ठहर गईं। बेहतर ढंग से देखने के लिए वह उठ खड़ा हुआ। खिड़की से नीचे पहाड़ी की ओर ख़ासी ढलान थी। वह अँधेरी रात थी।

उसने ध्यान से उस इलाक़े का निरीक्षण किया। कोई हलचल नहीं थी। फिर उसकी निगाह उसपर पड़ी। रोशनी के दो बिंदु क़िले की तरफ़ ऊपर की ओर बढ़ रहे थे। विक्रम ने भौंहें सिकोड़ीं। ये कौन हो सकता है? उसके थोड़े-से दोस्त थे, और बिना पूर्व सूचना के उनमें से कोई भी उससे मिलने नहीं आता। उसने अपनी आँखें सिकोड़ीं और उनको अपने नीचे के ढलान पर केंद्रित किया, लेकिन वहाँ आगे कोई हरक़त दिखाई नहीं दी।

कुछ देर वह विचारों में खोया अँधेरे में ताकता हुआ खड़ा रहा। फिर उसको कुछ सूझा और वह अध्ययन-कक्ष से बाहर निकल कर क़िले के प्रवेश-द्वार की ओर चल पड़ा। पहाड़ी से आती रोशनियों ने उसे परेशान कर दिया था। अगर वह कोई कार थी तो उसको अब तक यहाँ होना चाहिए था। उस छोटी-सी झलक के बाद वह ग़ायब क्यों हो गई? उसने मुख्य द्वार खोला और बाहर रात के अँधेरे में देखा। कुछ भी गड़बड़ प्रतीत नहीं हो रहा था। दरवाज़े के पार फैला बग़ीचा अँधेरे में डूबा हुआ था; ख़ामोश और बिना किसी बाधा के।

वह जैसे ही वापस जाने को मुड़ा, अपनी जगह पर जमकर रह गया।

घास के सुघड़ मैदानों के परे क़िले की बाहरी दीवार थी, पत्थर की एक विशालकाय संरचना जो 20 फ़ुट ऊँची थी और क़िले को चारों ओर से घेरती हुई पहाड़ी तक चली गई थी। वह प्राचीन काल में घुसपैठियों के विरुद्ध एक बचाव के तौर पर खड़ी की गई थी। इस दीवार में लकड़ी का एक विशालकाय दरवाज़ा था, कीलों से जड़ा हुआ; वह बाहरी दीवार से बाहर जाने का एकमात्र साधन था।

यह द्वार, क़िले के सुरक्षा-तंत्र से सुरक्षित, बंद था, लेकिन वह अपनी मुलायम चूलों पर धीरे-धीरे खुल रहा था। जैसे ही वह खुला, पाँच साये चुपचाप पत्थरों से बने रास्ते पर आगे बढ़ने लगे। उनमें से एक रुका और उसने दरवाज़े पर खड़ी विक्रम की आकृति की ओर इशारा किया।

जैसे ही विक्रम को इस बात का अहसास हुआ कि उन घुसपैठियों ने उसके उच्च तकनीकी सुरक्षा इंतज़ाम को भेद लिया है, उसे एक सिहरा देने वाले आतंक ने जकड़ लिया। उन्होंने यह कैसे किया था इस बारे में सोचने का वक़्त नहीं था; वह तेज़ी से पीछे की ओर भागा और सामने वाले दरवाज़े को बंद कर लिया।

वे उसके लिए आए थे।

पहाड़ी की कार को लेकर उसकी अंतःप्रेरणा एकदम सही थी। अपनी उम्र को झुठलाते हुए वह तेज़ी से गलियारे से होकर पत्थर की सीढ़ियों पर भागा और तब तक भागता रहा जब तक कि अपने अध्ययन-कक्ष के दरवाज़े तक नहीं पहुँच गया। उसका दम फूल रहा था।

उसके दिमाग़ में विचारों का बवंडर मचा हुआ था। एक अपरिभाषेय अनुभूति ने उसको जकड़ लिया, एक ज़बरदस्त पूर्वानुमान और आतंक की अनुभूति ने।

वह जानता था कि ये घुसपैठिए किस चीज़ के लिए आए थे। वह यह भी जानता था कि जब उन्होंने क़िले के मुख्य द्वार को इतनी आसानी से भेद लिया था तो सामने वाला दरवाज़ा उनके सामने कोई चुनौती पेश करने वाला नहीं था। उसके रसोइए को आज की छुट्टी दे दी गई थी। कोई नहीं था जिसको वह तत्काल मदद के लिए पुकार सकता। लेकिन उसको अपनी चिंता नहीं थी।

वह उस रहस्य को इन घुसपैठियों के हाथ नहीं लगने दे सकता।

न ही वह उसको अपने साथ समाप्त हो जाने दे सकता था। अपनी नियति को लेकर उसको कोई संदेह नहीं था। वह तो 10 बरस पहले ही तय हो चुकी थी।

विक्रम किसी तरह अध्ययन-कक्ष में पहुँच गया और उसने दरवाज़े में अंदर से दो ताले डाल दिए। वह इस बात के प्रति सजग था कि वह घुसपैठियों को रोक नहीं सकता था, लेकिन सुरक्षा-तंत्र उसको क़ीमती वक़्त मुहैया करा सकता था; एक ऐसी चीज़ जिसका उसे बेहतर इस्तेमाल करना था।

उसे वह रहस्य हस्तांतरित करना ज़रूरी था।

एक ही व्यक्ति था जिस पर भरोसा कर वह इस रहस्य को उसे सौंप सकता था। थक कर तेज़ी से हाँफता हुआ वह अपनी डेस्क के सामने जा बैठा, और मन ही मन उन शब्दों को दोहराने लगा जिनका चुनाव उसने छह महीने पहले किया था। अगर संदेश का उद्देश्य पूरा होना है, तो चूक की कोई गुंजाइश नहीं थी।

वह बेताबी के साथ अपने लैपटॉप पर टाइप किए जा रहा था और मिनट-दर-मिनट बीतते जा रहे थे तथा उसे सीढ़ियाँ चढ़ते क़दमों की आवाज़ सुनाई दे रही थी। घुसपैठिए अपनी मौजूदगी को पोशीदा रखने की ज़रा भी कोशिश नहीं कर रहे थे। अपने द्वारा टाइप किए गए शब्दों को बारबार पढ़ते हुए विक्रम के माथे पर पसीने की बूँदें छलछला रही थीं।

सहसा अध्ययन-कक्ष का दरवाज़ा धड़ाम से खुला और ख़ुशनुमा, सफाचट चेहरे और तीख़ी आँखों वाला एक शख़्स कमरे में दाख़िल हुआ, जिसके पीछे-पीछे तीन तगड़े, दाढ़ी वाले आदमी और एक नाटा, छरहरा, हलके पीले चेहरे वाला आदमी अंदर आ गए।

"तुमसे दोबारा मिलकर ख़ुशी हुई, विक्रम," उस दल की अगुआई कर रहे व्यक्ति ने मिलनसार लहज़े में अभिवादन करते हुए कहा। "हालाँकि मेरा ख़याल है तुम ऐसा नहीं कहोगे।"

जवाब का इंतज़ार किए बग़ैर वे अजनबी डेस्क के सामने कुर्सियों पर जम गए। "मुझे तुम्हारे आने की उम्मीद थी, फ़ारूख़।" विक्रम ने बलपूर्वक अपने को शांत बनाए रखते हुए कहा।

"तो फिर कहाँ है वह? शायद तुमने उसे मुझे सौंपने के लिए तैयार कर रखा होगा?"

विक्रम ने कुछ नहीं कहा, वह अजनबी की ओर अवज्ञा के भाव से देखता रहा। उसका दायाँ हाथ फुर्ती से माउस पर फिसला और उसने उसपर अँगुली दबा दी।

यह हरक़त फ़ारूख़ की नज़रों से छिप नहीं सकी, जिसकी आँखें झटके से माउस पर और फिर वैज्ञानिक के चेहरे पर उठ गईं।

"तुमने चाबी कहाँ छुपा रखी है?" फ़ारूख़ ने ज़ोर देते हुए पूछा। "निश्चय ही यह ऐसा रहस्य नहीं है जिसके लिए तुम मरना पसंद करो!"

विक्रम ने एक गहरी साँस छोड़ी। "वह चाबी तुम्हारी नहीं है, फ़ारूख़। तुम वैसे भी मुझे मारकर उसे हासिल नहीं कर पाओगे। तुम्हारे विकल्प सीमित हैं। तुम्हारे लिए मुझे ज़िंदा रखना ज़रूरी है।"

लैपटॉप पर एक हलकी-सी भनभनाहट हुई। फ़ारूख़ ने लैपटॉप को अपनी ओर खींचा, और विक्रम ने इस तरह प्रदर्शित किया जैसे वह उसको रोकने की कोशिश कर रहा हो, लेकिन फ़ारूख़ के तीन गुर्गों ने विक्रम को उसकी कुर्सी में धँसा दिया। फ़ारूख़ ने लैपटॉप के स्क्रीन को पल भर ग़ौर से देखा और फिर माउस की ओर हाथ बढ़ा दिया।

कुछ मिनटों तक कमरे पर भारी ख़ामोश छाई रही, जो सिर्फ़ माउस की खटखटाहट से भंग हो रही थी।

"कोई विकल्प नहीं?" फ़ारूख़ ने अंततः लैपटॉप से अपना सिर ऊपर उठाया। "मेरा ख़याल है तुमने अभी-अभी हमें चाबी सौंप दी है।" वह मुस्कराया। "और यह चीज़ अंततः तुम्हें अनुपयोगी बना देने वाली है।"

विक्रम पर एक खोखलेपन का अहसास हावी हो गया।

उनको उसकी चाल का पता चल गया था! क्या वे चाबी का भी पता लगा लेंगे?

लेकिन उसने हिम्मत दिखाई। "वह तुम्हें कभी हाथ लगने वाली नहीं है। तुम्हें पहेली के सारे हिस्सों की ज़रूरत होगी। यही वजह है कि यह रहस्य पिछले 2000 सालों से निर्बाध बना रहा है।"

फ़ारूख़ के चेहरे पर संदेह की हलकी-सी छाया दौड़ गई, लेकिन फिर तुरंत ही एक आत्म-संतोष के भाव ने उसकी जगह ले ली।

"तुम्हें यह जानकर आश्चर्य होगा कि हमने उससे भी कम में क्या हासिल कर लिया है।" उसने इशारा किया और हलके-पीले चेहरे वाले शख़्स ने अपने डफ़ल बैग में हाथ डालकर कोई धातुई काले रंग की चीज़ निकालकर फ़ारूख़ के हाथ में थमा दी। जब विक्रम ने उस चीज़ को फ़ारूख़ के हाथ में देखा तो उसका मुँह खुला रह गया। "ये मुमकिन नहीं है!" उसके स्वर में दहशत थी और उसने सहारे के लिए डेस्क के हत्थे को थाम लिया।

फ़ारूख़ अप्रसन्नता से मुस्कराया और उस धातुई वस्तु से सिर उठाकर विक्रम की ओर देखने लगा। "अच्छा तो तुम जानते हो कि यह क्या चीज़

है। मुझे उम्मीद है कि तुम एक मज़हबी इंसान हो। यह ख़ुशक़िस्मती हर किसी को हासिल नहीं होती कि उसे ख़ुदा द्वारा इस्तेमाल किए गए हथियार से मरने का मौक़ा मिले।"

विक्रम गंभीरता से सोचने लगा कि काश! उसने उन्हें नाकाम करने की बेहतर कोशिश की होती। अब कुछ भी करने के लिहाज़ से बहुत देर हो चुकी थी।

2

पहला दिन

सेन होज़े, कैलिफ़ोर्निया, अमेरिका

जब विजय का लैपटॉप ताज़ा मेल के आने की घोषणा करता हुआ जल्दी-जल्दी पाँच बार भनभनाया तो उसने भौंहें सिकोड़कर उसकी ओर देखा। उसने अपने चाचा से अभी पंद्रह मिनट पहले ही बात की थी। आख़िर वे इतनी जल्दी-जल्दी उसे क्यों मेल भेजे जा रहे थे?

उसकी उत्सुकता उसपर भारी पड़ने लगी। जो रिपोर्ट वह पढ़ रहा था उसको एक तरफ़ रखकर उसने सिलसिलेवार ढंग से मेल खोलने शुरू किए।

पहला मेल पढ़कर ही वह उसे मुँह फाड़े घूरता रह गया। उसमें केवल दो ही संकेत थे।

9!

मेल को समझ पाने में असमर्थ वह भावशून्य नज़रों से उसको देखता रह गया। फिर उसने दूसरा मेल खोला, इस उम्मीद में कि शायद उससे उसको पहले मेल को समझने में मदद मिल सके। लेकिन यह और भी चक्कर में डालने वाला था।

हर चीज़ हमेशा वैसी ही नहीं होती जैसी वह दिखाई देती है। कभी-कभी गहराई में जाकर देखना ज़रूरी होता है। अध्ययन करो भगवद् गीता का, वह बहुत से ज्ञान का उद्गम है। गीता की विषय-वस्तु हालाँकि भ्रामक है, लेकिन वह हमारी भावी ज़िंदगियों के लिए हमारी पथ-प्रदर्शक है और वह तुम्हें ज्ञान के उस दरवाज़े तक ले जाएगी जिसको तुम्हें खोलना होगा। माया के महासागर में हमेशा सत्य का द्वीप मौजूद होता है।

धीरे से उसने तीसरे मेल पर क्लिक किया और परेशान होकर अपनी पीठ टिका ली। यह भी पहले दो की ही तरह अस्पष्ट था।

मैंने हमेशा अशोक महान के राज्यादेशों का अनुसरण किया है। मैं तुमसे भी यही प्रार्थना करता हूँ कि तुम भी उनका अनुसरण करो। उन्होंने मुझे मेरी ज़िंदगी में बहुत अच्छी तरह मदद पहुँचाई है और, मेरा भरोसा करो, वे तुम्हें अन्वेषण की एक यात्रा पर ले जाएँगे।

विजय ने अपना सिर हिलाया, जैसे ऐसा करने से उसे यह बात समझ में आ जाने वाली हो कि उसके चाचा उसको *भगवद् गीता* और उस महान हिंदुस्तानी सम्राट के बारे में, जिसने ईसा से तीन सदी पहले हिंदुस्तान पर शासन किया था, ये ऊलजलूल चीज़ें क्यों भेज रहे थे।

चौथा मेल खोलते हुए वह हिचकिचाया, लेकिन फिर उसने उसको क्लिक कर दिया। उसे पढ़ते हुए उसकी हैरानी निरे भ्रम में बदल गई।

अगर मुझे कुछ हो जाता है, तो तुम्हें नौ को खोजना होगा। अगर तुम गहरे अर्थ को तलाशने की कोशिश करोगे, तो वह तुम्हें मिलेगा। इतिहास के दो हज़ार बरस, जिनकी मैं पिछले 25 सालों से सुरक्षित रखवाली करता आया हूँ, अब तुम्हारे हैं जिनका ताला तुम्हें खोलना है। सत्य के रास्ते पर चलो और तुम्हें किसी भी माया के पार अपना रास्ता मिल जाएगा।

अब, वह चिंतित हो उठा। कुछ ही मिनट पहले जब उसने चाचा से बात की थी तो वे एकदम ठीक थे। उनके लहज़े में ऐसा कुछ भी नहीं था जिससे यह संकेत मिलता कि उनको किसी मुश्किल में पड़ने का अंदेशा है। वह क्या चीज़ है जिसकी वे पिछले 25 सालों से रखवाली करते रहे थे? वह जानता था कि उसके चाचा एक परमाणु वैज्ञानिक होने के साथ-साथ प्राचीन भारत की भाषाओं के एक जानेमाने अध्येता भी थे। क्या 2,000 साल के हवाले का कोई संबंध किसी प्राचीन भाषा से था? कुछ भी समझ पाने में असमर्थ वह अपनी भौंहें सिकोड़ता रहा।

यह बुजुर्ग निश्चय ही सठियाया हुआ नहीं था। उन्होंने उसकी कंपनी के सोलर-थर्मोइलेक्ट्रिक संयत्र स्थापित करने के प्रोजेक्ट पर चर्चा करते हुए वक़्त बिताया था और उसके चाचा की बुद्धि हमेशा की तरह पैनी साबित हुई थी।

विजय का हाथ अनिश्चित ढंग से माउस पर घूमता रहा। अब सिर्फ़ एक ही मेल बचा था। कुछ पल वह हिचकिचाया फिर उसने उसे भी खोला। एक बार फिर वह भी एक गूढ़ संदेश था, जिसमें पाँच शब्द थे।

ग्रेग वाइट से बात करो।

उसे इसका कोई मतलब समझ में नहीं आया। वह सोच रहा था कि उसके चाचा उसको इस तरह के अस्पष्ट संदेश क्यों भेज रहे हैं, जबकि इस वक़्त हिंदुस्तान में रात के 11 बज रहे हैं। फ़ोन भनभनाया। यह उसके असिस्टेंट जुआन का फ़ोन था जो उसे प्रोजेक्ट रिव्यू मीटिंग की याद दिला रहा था, जो अगले पाँच मिनट बाद शुरू होने वाली थी।

विजय ने अपनी घड़ी की ओर देखा। उसके चाचा अब बिस्तर पर चले गए होंगे और खानसामा भी छुट्टी पाकर अपने अपार्टमेंट के लिए रवाना हो गया होगा। उसने शाम को फ़ोन करने का फ़ैसला किया जब हिंदुस्तान में सुबह का वक़्त होगा। ईमेल के पीछे के रहस्यों को इंतज़ार करना होगा।

दूसरा दिन

न्यू यॉर्क, अमेरिका

टेरेंस मर्फ़ी टेलीफ़ोन की कर्कश आवाज़ से जाग गया। गाली बकते हुए उसने रिसीवर की ओर हाथ बढ़ाया। वह थोड़ी ही देर पहले तड़के मध्य एशिया की एक ज़िम्मेदारी को निपटाकर रेड-आई फ़्लाइट से लौटा था और थोड़ी-सी नींद लेने की उम्मीद से लेटा था। लेकिन लाइन की दूसरी तरफ़ से आती आवाज़ को सुनकर वह तुरंत जागकर चौकन्ना हो गया।

"मर्फ़ी," आवाज़ तीखी और कड़क थी, जिसमें यूरोपीय लहज़े का पुट था। "तुम्हारे लिए एक काम है, और ये अर्जेंट है।"

"हिंदुस्तान!" बात के ब्यौरे को समझते हुए उसने चिहुँककर पूछा।

"हाँ। मैं चाहता हूँ तुम तुरंत दिल्ली के लिए उड़ो। तुम आज रात की शिकागो से दिल्ली जाने वाली उड़ान पकड़ो; अमेरिकन एयरलाइन्स की।"

"उद्देश्य?"

उसने फ़ोन करने वाले की बात को ध्यान से सुना, जो उसे निर्देश दे रहा था।

"और मैं वापस तुम्हें रिपोर्ट दूँ?" मर्फ़ी ने अंत में पूछा। जवाब में उसने जो सुना उससे उसे आश्चर्य नहीं हुआ।

फ़ोन वार्ता पूरी होने के बाद मर्फ़ी कुछ देर ख़ामोश ख़यालों में खोया बैठा रहा। अपने मौजूदा अधिकारियों के लिए वह पिछले 10 वर्षों से काम कर रहा था। उसकी ज़िम्मेदारियाँ उसे दुनिया भर में घुमा चुकी थीं और उनमें निगरानी, हत्याएँ, अपहरण और बलप्रयोग जैसी चीज़ें शामिल थीं। लेकिन इस तरह की ज़िम्मेदारी उसे कभी नहीं सौंपी गई थी।

3

चौथा दिन

जौनगढ़ क़िला

विजय सुधबुध खोकर बैठा हुआ था। वह अभी भी अपने चाचा की मौत को स्वीकार करने की कोशिश कर रहा था - चाचा की हत्या, उसने अपनी चूक को सुधारा, और उसका चेहरा गुस्से से तमतमा उठा।

यह ख़बर उसे उसी दिन मिली थी जिस दिन उनके वे विचित्र-से मेल प्राप्त हुए थे। उसके चाचा के वक़ील होमी मेहता ने उसको फ़ोन कर सूचना दी थी कि वह अपने अध्ययन-कक्ष में मृत पाए गए थे। उनका सिर उनके धड़ से अलग कर दिया गया था।

अध्ययन कक्ष को तहस-नहस कर दिया गया था लेकिन दूसरे कमरे अछूते थे। विजय ने शिकागो के लिए उपलब्ध पहली उड़ान पकड़ी थी और वहाँ से वह सीधा दिल्ली के लिए, जहाँ वह पिछली शाम ही पहुँचा था। उसका बिज़नेस पार्टनर कॉलिन ऑफ़िस के कुछ ज़रूरी काम निपटाने के बाद आज रात को पहुँचने वाला था।

जेटलैग के असर से बाहर आने के लिए बहुत कम समय मिल पाया था। विजय ने आज सुबह अंतिम संस्कार की विधि को पूरा किया था। दाह संस्कार में कम ही लोग थे; उसके चाचा के बहुत कम दोस्त थे और पिछले कुछ सालों के उनके एकांतिक जीवन ने उनके पुराने साथियों तथा वैज्ञानिक मंडली के परिचितों से उनकी दूरी बढ़ा दी थी। लेकिन उनकी मौत की ख़बर मीडिया की सुर्ख़ियों में थी और तमाम न्यूज़ चैनल उसको लेकर व्यस्त थे।

शोक व्यक्त करने आया आख़िरी व्यक्ति अभी-अभी गया था और अब थोड़े से लोग ही बचे थे। वक़ील होमी मेहता के अलावा, विक्रम सिंह के क़रीबी दोस्त डॉ. शुक्ला और उनकी बेटी राधा। डॉ. शुक्ला 65 साल के थे और उनकी नज़रें पैनी और चौकन्नी थीं। उनकी बेटी सत्ताइस-अट्ठाइस साल की थी। छरहरी, लंबे काले बाल। उसकी बादामी आँखें अपनी भारी पलकों के नीचे से विजय की ओर हमदर्दी के भाव से ताक रही थीं। उसका चेहरा ख़ूबसूरती से तराशा हुआ था।

"मेरी समझ में नहीं आ रहा है कि क्यों..." विजय ने अंततः अपने संभ्रम को ज़ाहिर करने की कोशिश की लेकिन जज़्बातों के अंधड़ में उसकी आवाज़ लड़खड़ा गई और उसका गला रुँध गया। वह जब एक बच्चा था तबसे अपने चाचा से प्राचीन भारत के क़िस्से सुनता हुआ उनके क़रीब रहा था, और उसके माँ-बाप की मौत ने उसे उनके और भी क़रीब ला दिया था।

वक़ील होमी ने पिछला पूरा दिन स्थानीय पुलिस के साथ बातचीत करते हुए बिताया था, जो इस मामले की तहक़ीक़ात करने के मामले में दुखद ढंग से नाक़ाबिल थी।

जौनगढ़ की पुलिस चौकी में मात्र तीन कांस्टेबल थे और एक सब-इंस्पेक्टर। सब-इंस्पेक्टर ने तुरंत अपने हाथ खड़े करते हुए कहा कि उसको राज्य की राजधानी जयपुर से मदद की ज़रूरत होगी। एक विशेष जाँच दल जयपुर से जौनगढ़ आया था। जब तक विजय दाह संस्कार कर लौटा, तब तक वे मौक़ा-ए-वारदात का निरीक्षण कर चुके थे और जो भी साक्ष्य उनके हाथ लगे थे उन्हें इकट्ठा कर चुके थे, जिनके बारे में उनका कहना था कि वे बहुत कम थे।

"कई सारे अनुत्तरित सवाल हैं," होमी ने कहा, "ऐसा कुछ भी नहीं है जिससे हत्या के पीछे के इरादे के बारे में पता चल सके। पूरे योजनाबद्ध तरीक़े से सेंध लगाई गई थी। उन्हें मालूम था कि रसोइए की उस दिन छुट्टी थी, और उन्होंने ऐसा समय चुना था जब बाक़ी सारे नौकर जा चुके थे। सबसे विचित्र बात यह थी कि विक्रम के लैपटॉप के अलावा कोई भी चीज़ चुराई नहीं गई थी। अध्ययन कक्ष तहस-नहस था; पुस्तकें और फ़ाइलें पूरे फ़र्श पर जहाँ-तहाँ बिखरी पड़ी थीं लेकिन कोई भी दूसरा कमरा अस्त-व्यस्त

किया गया नहीं लगता था। लगता था कि वे कोई ख़ास चीज़ तलाश रहे थे। कोई ऐसी चीज़ जो उनका ख़याल था कि अध्ययन कक्ष में होगी।"

"सेंधमारी के किसी स्पष्ट संकेत के बिना सुरक्षा के हर स्तर को भेद लिया गया था। पुलिस का मानना है कि घुसपैठियों को उनकी टेक्नोलॉजी की जानकारी थी।" होमी ने कंधे झटके। "हालाँकि ये बात मेरी समझ के परे है कि तुम्हारे चाचा ने इतना अत्याधुनिक सुरक्षा-तंत्र क्यों खड़ा किया था। उन्होंने इस पर लाखों रुपये ख़र्च किए होंगे।"

"क्या आपको लगता है कि चाचा उन्हें जानते थे?" विजय ने अपने जेटलैग से उबरने की कोशिश करते हुए भौंहें सिकोड़कर संभावनाओं को सुलझाने की कोशिश की। "हो सकता है उन्होंने ही उन्हें अंदर आने दिया हो?"

होमी ने इंकार में सिर हिलाया। "जयपुर की पुलिस टीम को जब क़िले के सुरक्षा-तंत्र के बारे में पता चला तो वह अपने साथ एक तकनीकी विशेषज्ञ को लेकर आई थी। मेरा ख़याल है कि यहाँ आने के पहले ही उनको आपराधिक घपले का संदेह हो गया था। सुरक्षा लॉग का रिकॉर्ड साफ़ तौर पर इशारा करता है कि सुरक्षा के हर स्तर को बाहर से मैन्युअल तरीक़े से लाँघा गया है, जो सेंधमारी का संकेत है।"

"और फिर जिस तरह से उनकी मौत हुई है वह भी है!" लग रहा था कि होमी को अपने स्वर में निहित आतंक को छिपाने में कठिनाई हो रही थी।

"जानता हूँ," विजय बुदबुदाया, "उन्होंने उनका सिर काटा है।" एक बार फिर उसका गला रुँध गया।

"इसमें और भी कुछ है," शब्द तलाशने की कोशिश करते हुए होमी ने ज़ोर दिया। "मुझे यह बात कहते हुए दुख है, लेकिन मैंने तुम्हें पहले यह नहीं बताया था - बता नहीं सका था।" वह कहते-कहते रुक गया।

"उन्होंने उनका सिर काटा, *लेकिन फ़र्श पर कोई ख़ून नहीं था!"*

इस सूचना को जज़्ब करते हुए लोग ख़ामोश बने रहे।

अंततः शुक्ला बोल उठा। "हो सकता है, जाने से पहले उन्होंने ख़ून को साफ़ कर दिया हो," उसने सुझाया, हालाँकि उसके लहज़े से लग रहा था

कि उसको इस बात पर भरोसा नहीं था कि हत्यारों ने हत्या के बाद फ़र्श की सफ़ाई करने की ज़हमत उठाई होगी।

"नहीं, साफ़ करने के लिए ख़ून था ही नहीं।" एक बार फिर होमी हिचकिचाया।

"तब क्या...?" विजय ने भौंहें सिकोड़ीं।

होमी ने, सावधानी के साथ शब्दों का चुनाव करते हुए धीरे-धीरे जवाब दिया, लगभग कुछ इस तरह जैसे उसे विश्वास हो कि लोग उसकी बात पर भरोसा नहीं करेंगे। *"गर्दन की रक्त नलिकाएँ मुँदी हुई थीं।"*

"क्या मतलब?" विजय ने पूछा, उसे वक़ील के शब्दों का मतलब समझ नहीं आ रहा था।

"ये कुछ ऐसा था जैसे उनको काटे जाने के साथ ही, ख़ून की एक भी बूँद फ़र्श पर गिरने से पहले ही, दाग़ दिया गया हो। एक असंभव-सी चीज़; तब भी इससे इंकार नहीं किया जा सकता।"

विजय ने इस सूचना पर कोई प्रतिक्रिया नहीं दी। उसके दिमाग़ में एक विचार आकार लेने लगा था। उसके चाचा ने क़िले को घुसपैठ के विरुद्ध सुरक्षित कर रखा था। लेकिन सुरक्षा-तंत्र को लाँघ लिया गया था। फिर उसके चाचा के ईमेल की पहेली थी। जब होमी द्वारा दी गई सूचनाओं पर उसने विचार किया तो उसे लगा कि उसके चाचा ने वे ईमेल अपनी मौत के वक़्त के आसपास ही भेजे थे; शायद हत्या के कुछ ही मिनट पहले।

क्या उसके चाचा उससे कुछ कहने की कोशिश कर रहे थे? क्या उनके ईमेल में कोई संदेश छिपा हुआ था? और वह उसका पता कैसे लगाएगा?

ब्रूनो बेगा की डायरी

ग्रेग वाइट सफ़ेद रंग के नरम, विशाल सोफ़े पर बैठ गया। उसने अपनी लंबी, दुबली काया को उस आरामदायक सोफ़े में व्यवस्थित किया और कमरे में चारों ओर देखा। वह सादा किंतु सुरुचिपूर्ण ढंग से सजा-सँवरा कक्ष था। उसने घटनाओं की उस हलचल के बारे में सोचा जो उसको यहाँ, दिल्ली की सरहद पर बने इस फ़ार्महाउस में ले आई थी। तीन दिन पहले, उसे एक

फ़ोन आया था बोस्टन यूनिवर्सिटी के उसके ऑफ़िस में, जहाँ पर वह पुरातत्व और इतिहास का प्रोफ़ेसर था। उसे हिंदुस्तान जाने का निमंत्रण दिया गया था, इस शर्त के साथ कि उसको अगली ही सुबह बोस्टन से रवाना होना होगा। सामान्य परिस्थितियों में उसने इस तरह के गर्हित प्रस्ताव को ठुकरा दिया होता, लेकिन दो चीज़ें थीं जिनकी वजह से वह राज़ी हो गया था। पहली यह कि हिंदुस्तान की इस यात्रा के लिए उसे फ़ंड मुहैया कराया जा रहा था। हिंदुस्तान के प्राचीन इतिहास में उसकी विशेष दिलचस्पी थी, उसमें भी मगध साम्राज्य को लेकर। दूसरी वजह उसको उसके मेज़बान ने उपलब्ध कराई थी जिसके फ़ार्महाउस में वह इस वक़्त बैठा हुआ था। ये ऐसी वजह थी जिससे कोई भी पुरातत्वशास्त्री इंकार नहीं कर सकता था - प्राचीन भारत के उन सबसे महान मिथकों पर शोध करने का अवसर जिनका इतिहास महान सम्राट अशोक के युग तक फैला हुआ था। उसे उत्साहित करने वाली सबसे बड़ी चीज़ यही थी।

एक भारी-भरकम आदमी कमरे में दाख़िल हुआ। वह लंबा था, कोई छह फुट ऊँचा। उसके बाल हालाँकि सफ़ेद थे लेकिन वह चुस्त-दुरुस्त था, सिवा इसके कि उम्र के साथ उसकी मांसपेशियाँ कुछ ढीली पड़ गई थीं। वाइट ने उसके सुंदर ढंग से सिले हुए सूट और रेशमी टाई को लक्ष्य किया और वह सहसा अपनी अनौपचारिक वेशभूषा को लेकर सजग हो उठा।

"हिंदुस्तान में स्वागत है!" उसका मेज़बान गुरुगंभीर स्वर में अँग्रेज़ी में बोला, जिसमें ब्रितानी लहज़े का ज़ोरदार पुट था। उसने अपना लंबा हाथ बढ़ाया और सख़्त पकड़ के साथ वाइटसे हाथ मिलाया।

"थैंक्यू," वाइट ने सकुचाते हुए जवाब दिया, उसे समझ में नहीं आ रहा था कि हिंदुस्तान के एक शाही वंशज को किस तरह संबोधित किया जाए। क्योंकि उसका मेज़बान कोई और नहीं बल्कि राजवीरगढ़ का भूतपूर्व महाराजा था; एक जानामाना कारोबारी जिसने दो दशक पहले राजनीति में दख़ल देना शुरू किया था और आज सरकार में ख़ासी इज़्ज़त और रुतबा रखता था।

महाराजा ने वाइट के असमंजस को लक्ष्य किया और कहा, "मैं भीम सिंह हूँ, कृपया मुझे भीम कहकर पुकारिए। मैं औपचारिकताओं में विश्वास नहीं करता। लेकिन जब हम सार्वजनिक स्थलों पर मिलें तो मेरा निवेदन है कि

आप मुझे 'महाराज' कहकर संबोधित करें। यह जानना मेरी प्रजा के लिए उचित नहीं होगा कि मैं इतनी आसानी से हर किसी की पहुँच में हूँ।"

वाइट ने सिर हिलाकर हामी भरी; उसने ग़ौर किया कि भीम सिंह ने मेरी "भूतपूर्व प्रजा" नहीं कहा था।

"मैं आपका शुक्रगुज़ार हूँ कि आप इतने कम समय के नोटिस पर हिंदुस्तान आ गए।" भीम सिंह ने कहा और मेज़ के ऊपर से चाँदी की घंटी उठाकर उसको हलके से हिलाया।

अपने हाथों में चाँदी की एक ट्रे में चाँदी का ही एक टी-पॉट और दो कप लिए हुए एक वर्दीधारी वेटर ने कुछ इस क़दर तत्काल प्रवेश किया मानो वह इसी इशारे का इंतज़ार कर रहा हो।

जब वेटर ने चाय परोस दी तो भीम सिंह ने हाथ के इशारे से वेटर को चलता किया और बातचीत जारी रखी।

"आपने मेरी पेशकश को मंजूर किया इसके लिए मैं वाक़ई आपका शुक्रगुज़ार हूँ। इस मामले में हमें आपकी विशेषज्ञता की बेहद ज़रूरत है।"

वाइट ने सीधे मुद्दे पर आने का फ़ैसला किया। "वे 'महत्त्वपूर्ण सबूत' क्या हैं जिनका ज़िक्र आपके सेक्रेटरी ने किया था जब मेरी उससे बात हुई थी? उसने मुझे बताया था कि आपके हाथ कोई ऐसी चीज़ लगी है जो निर्णायक ढंग से इस बात को साबित करती है कि वह मिथक वास्तविकता पर आधारित है।"

महाराजा ने जवाब नहीं दिया, उसने घंटी की ओर हाथ बढ़ाया। वेटर फिर से प्रकट हुआ।

"मुझे वह पुस्तक उठाकर दो," भीम सिंह ने चमड़े की जिल्द वाली एक पुस्तक की ओर इशारा किया, पुरानी और जर्जर, जो उससे बमुश्किल दो फुट की दूरी पर एक साइड टेबल पर रखी हुई थी। उसके पन्ने सामने से घिसे हुए थे और चमड़ा गंदा था और उसपर सलवटें पड़ी हुई थीं।

वाइट चमत्कृत था। लगता था कि टेबल पर से पुस्तक को उठाना भी उसकी गरिमा के विरुद्ध बात थी। उसे समझ में नहीं आया। लेकिन

फिर यह भी बात थी कि वह कभी किसी महाराजा से मिला नहीं भी तो नहीं था।

"चलिए, एक नज़र डालिए," वेटर के चले जाने के बाद महाराजा ने पुस्तक को उसके सामने रखते हुए कहा।

वाइट ने निर्देशानुसार वैसा ही किया।

"यह पुस्तक मेरे एक परिचित द्वारा अमेरिका के एक भूतपूर्व सैनिक अधिकारी के परिवार से हासिल की गई थी। यह अधिकारी युद्ध के अपराधिक मुकदमों की कार्रवाई के दौरान न्यूरेम्बर्ग में, प्रॉसीक्यूशन ऑफ़ ऐक्सिस क्रिमिनैलिटी के लिए अमेरिका की काउंसिल में शामिल था। यह पुस्तक उन संदूक भर नाज़ी दस्तावेज़ों का हिस्सा थी जो वह अधिकारी जर्मनी से वापस लौटते समय लेकर आया था।"

"ये अँग्रेज़ी में नहीं है," वाइट ने कहा। "ये जर्मन भाषा में लिखी गई एक डायरी है। हालाँकि इसमें किसी और के द्वारा अँग्रेज़ी में लिखे गए नोट्स अवश्य हैं।"

भीम सिंह ने सिर हिलाकर सहमति जताई। "हाँ। हमने इन प्रविष्टियों का अँग्रेज़ी में अनुवाद करा लिया है।"

"और यह डायरी है किसकी?"

"आपने ब्रूनो बेगा के बारे में सुना है?"

"वह जर्मन मानव-विज्ञानी जो प्रजातीय शोध में दिलचस्पी रखता था? वही जिसने तिब्बत में अपना शोध किया था, क्योंकि उसका विश्वास था कि तिब्बत में आर्यों के उद्गम के सुराग़ उपलब्ध थे?"

"वही बेगा। ये वह डायरी है जिसमें उसने अपनी उस तिब्बत यात्रा का ब्यौरा दर्ज़ किया है। जिन प्रविष्टियों ने हमारा ध्यान खींचा वे वे हैं जिनमें उसने ल्हासा से कोई 200 मील दूर स्थित टैम्पल ऑफ़ द ट्रूथ में उनके ठहरने का वर्णन किया है।"

"इसे ज़ोर से पढ़िए," भीम सिंह ने डायरी के एक प्रविष्टि की ओर इशारा करते हुए कहा।

वाइट ने अपना गला साफ़ किया और पढ़ने लगा।

ल्हासा से 200 मील दूर टैम्पल ऑफ़ द ट्रूथ नाम का 400 साल पुराना एक मंदिर मिला। एक भिक्षु द्वारा दिखाई गई एक गुप्त कोठरी में रखे भारत के कुछ प्राचीन दस्तावेज़ों का पता चला। लगता नहीं कि उसे इसकी इजाज़त थी, क्योंकि मुख्य भिक्षु उसपर बहुत नाराज़ हुआ। ये दस्तावेज़ संस्कृत में हैं, भिक्षु के मुताबिक़ 500 ईसवी के आसपास के। उसका कहना है कि यह कोठरी उस एक प्राचीन मंदिर के खंडहर का हिस्सा है जिसपर वह वर्तमान मंदिर खड़ा किया गया था। लगता है, ये पांडुलिपियाँ और भी प्राचीन दस्तावेज़ों की प्रतिलिपियाँ हैं जिनको भारत के किसी भ्रातृसंघ का कोई सदस्य मूल मंदिर में लेकर आया था।

वाइट ने डायरी पर से नज़रें ऊपर उठाईं। भीम सिंह उसकी प्रतिक्रिया की तलाश करता हुआ उसको बारीक़ी से देखे जा रहा था।

"दिलचस्प है, लेकिन वाक़ई निश्चयात्मक नहीं है।" वाइट को अभी भी यक़ीन नहीं था।

महाराजा ने उसको पढ़ना जारी रखने को कहा। उसने एक अजनबी लिपि में लिखी गई कुछ इबारतों की ओर इशारा किया। "ये संस्कृत श्लोकों की प्रतिलिपि है।"

वाइट ने अपने पुरातात्विक शोध में मदद के लिए संस्कृत सीखी हुई थी। जैसे ही उसने इन इबारतों को पढ़ा उसका मुँह आश्चर्य से खुला रह गया।

"ये सही है।" यही वह प्रतिक्रिया थी जिसका इंतज़ार उसका मेज़बान कर रहा था। "यहाँ, इसे देखिए।" उसने एक और प्रविष्टि की ओर वाइट का ध्यान खींचा। वहाँ संस्कृत में और भी इबारतें थीं, पिछली वाली से लंबी।

गुप्त कोठरी में जाने का रास्ता मिला। हमारा दोस्ताना भिक्षु हमें बताता है कि ये पांडुलिपियाँ एक गुप्त भ्रातृसंघ के बारे में बताती हैं जिसे नौ अज्ञात पुरुष के नाम से जाना जाता है। इस संघ की स्थापना उसी समय के आसपास हुई थी जब ये मूल दस्तावेज़ लिखे गए थे। ये पांडुलिपियाँ उड़ने वाले वाहनों और ऐसे बाणों की भी बात करती हैं, जो कि भयानक तबाही का कारण बनते थे। मैंने उन पांडुलिपियों की प्रतिलिपियाँ तैयार की हैं। उनका

प्रोफ़ेसर वूस्ट से अनुवाद कराना होगा।

वाइट की आँखें अब आश्चर्य मिश्रित उम्मीद और उत्तेजना से चमक रही थीं।

"तो यह सच है," वाइट बमुश्किल यक़ीन कर पा रहा था। "नौ की किंवदंती महज़ एक मिथक नहीं है।" उसके मन में एक ख़याल आया। "लेकिन उड़ने वाले यंत्रों और विनाशकारी बाणों का यह हवाला क्या है? ये कुछ अतिशयोक्ति लगती है।"

"क़तई नहीं," भीम सिंह ने जवाब दिया। "आपने *महाभारत* पढ़ी है? वह महाकाव्य उड़ने वाले यंत्रों के और उन बाणों के ब्यौरों से भरा हुआ है जो एक ही बार में हज़ारों योद्धाओं को मार देते थे और पूरे के पूरे नगरों को तबाह कर देते थे। आपने उस विमान पर्व के बारे में सुना है, *महाभारत* का वह लुप्त अध्याय जिसे मौखिक परंपरा के दस्तावेज़ीकरण के दौरान कभी दर्ज़ ही नहीं किया जा सका। इसके बारे में बहुत कम लोग जानते हैं। इसकी खोज मेरे एक पूर्वज ने की थी, निरे संयोग के चलते 1500 साल पहले।"

वाइट ने संदेह में सिर हिलाया।

"ठीक है, तब मुझे आपका ज्ञानवर्धन करना चाहिए।" भीम सिंह ने अपनी घड़ी की ओर देखा। "आप मेरे साथ रात का भोजन क्यों नहीं करते, मैं आपको इसके बारे में सब कुछ बताऊँगा? एक और चीज़ है, ग्रेग। ये बेहद गुप्त मुहिम है। हम जानते हैं कि नौ की किंवदंती एक सच्चा क़िस्सा है। लेकिन सरकार नहीं चाहती कि यह मुहिम वह सार्वजनिक करे। मैं आप पर भरोसा कर रहा हूँ कि आप इसे अपने तक ही रखें। ऐसे लोग हैं, बेहद ख़तरनाक लोग, जो नौ के रहस्य को हथियाने के लिए हत्याएँ कर सकते हैं। जानते हैं टैम्पल ऑफ़ द टूथ में क्या हुआ था?"

वाइट का चेहरा बता रहा था कि उसे कोई जानकारी नहीं थी।

"13 साल पहले उस मंदिर में भिक्षुओं का नरसंहार हुआ था। 21 भिक्षु मारे गए थे। बेगा ने अपनी डायरी में जिन दस्तावेज़ों का, जिन पांडुलिपियों का ज़िक्र किया है, वे ग़ायब हो गए थे। कोई और भी लोग हैं जो नौ की सच्चाई के बारे में जानते हैं। वे भी उसकी तलाश में लगे हुए हैं।"

वाइट का चेहरा बता रहा था कि उसको अब उस ख़तरे का अहसास होने लगा था जो उस मुहिम से जुड़ा हुआ था।

"एक और व्यक्ति है जो जानता है कि यह क़िस्सा सही है।" वाइट ने धीरे-से कहा। "मेरा एक दोस्त है, विक्रम सिंह। वह जौनगढ़ नाम की जगह पर रहता है, जो यहाँ से बहुत दूर नहीं है।"

"विक्रम सिंह?" महाराजा ने अपना माथा सिकोड़ा। "वह परमाणु वैज्ञानिक? उसको नौ के बारे में कैसे मालूम हो सकता है?"

वाइट ने कंधे उचकाए। "उसने मुझे कुछ साल पहले नौ के बारे में बताया था, यही कि उसे उसकी सच्चाई की जानकारी है।"

भीम सिंह के चेहरे पर चिंता की एक लकीर उभरी। "मुझे इसकी जानकारी नहीं थी।" उसने वाइट की ओर देखा। "मेरा ख़याल है, आपको यह जानकारी नहीं है कि तीन दिन पहले ही विक्रम सिंह की हत्या हो गई है? लोगों को उनका शव क़िले में मिला है।"

"हे ईश्वर!" वाइट हक्का-बक्का रह गया। "नहीं, मैं नहीं जानता... मुझे किसी ने बताया ही नहीं... हे ईश्वर! क्या आपको लगता है कि उसकी हत्या के पीछे नौ के बारे में उसकी जानकारी थी?" उसने एक गहरी साँस ली। "तब तो मुझे जौनगढ़ जाना होगा। वह मेरा अच्छा दोस्त था।"

"हम साथ-साथ चलेंगे," उसके मेज़बान ने पेशकश की। "मैं विक्रम से कुछ बार मिला था हालाँकि मैं उन्हें ठीक से जानता नहीं था। हम कल सुबह ही कार से चलते हैं; वह जगह यहाँ से बहुत दूर नहीं है।"

वाइट अभी भी उस झटके से उबरा नहीं था। "मैं सोचता हूँ मैं अपने होटल वापस चला जाऊँ, उम्मीद है आप अन्यथा न लेंगे। मैं...मैं कुछ देर अकेले रहना चाहता हूँ। डिनर के आपके निमंत्रण के लिए बहुत-बहुत शुक्रिया, लेकिन उम्मीद है, आप समझ रहे होंगे।"

"बेशक," भीम सिंह का लहज़ा सहानुभूतिपूर्ण था। "मुझे अफ़सोस है; मुझे आपको ये ख़बर थोड़े सौम्य तरीक़े से देनी चाहिए थी। मेरे दिमाग़ में यह बात नहीं आई।"

होटल की पंद्रह मिनट की कार यात्रा के दौरान वाइट के ख़याल विक्रम सिंह के इर्दगिर्द ही मँडराते रहे। अब उसे याद आया कि जब कुछ साल

पहले विक्रम ने नौ और सदियों पुराने उनके ध्येय के बारे में अपने विचार उसके सामने रखे थे तो उसने किस तरह उसकी खिल्ली उड़ाई थी। अब वह मर चुका था, मार दिया गया था।

वह होटल पहुँचकर संभ्रमित-सा अपने कमरे की ओर बढ़ गया। जैसे ही वह कमरे के क़रीब पहुँचा तो चौंक पड़ा। दरवाज़ा हलका-सा खुला हुआ था। क्या कोई साफ़-सफ़ाई करने वाला कर्मचारी अंदर था?

वाइट ने सावधानी के साथ दरवाज़े को धकेला और अंदर झाँककर देखा। कमरा व्यवस्थित लगता था। उसने ख़ुद को धिक्कारा; सावधानी बरतने को लेकर भीम सिंह के शब्दों और विक्रम सिंह की मौत की ख़बर ने उसे इस क़दर बेचैन कर दिया था कि उसके मन में व्यर्थ के ख़याल उठ रहे थे। संभवतः सफ़ाई कर्मचारी लापरवाही के चलते दरवाज़े का ताला लगाना भूल गया था। उसने मन ही मन सुबह इसकी शिकायत करने के बारे में सोचा। फ़िलहाल उसकी योजना स्कॉच का एक बड़ा पैग और हलका डिनर लेने की थी और वह जल्दी ही सो जाना चाहता था। जेटलैग भी अपना असर दिखाने लगा था।

उसने कमरे में जाकर दरवाज़ा बंद किया और उसमें दोहरा ताला जड़ दिया। अपनी जैकेट को बिस्तर पर फेंकते हुए वह मिनी बार की ओर झुका। सहसा एक छाया उस छोटे रेफ़्रिज़रेटर पर पड़ी, लेकिन इसके पहले कि वह कोई प्रतिक्रिया करता, उसकी गर्दन पर किसी चीज़ का ज़बरदस्त प्रहार हुआ और सब कुछ अँधेरे में डूब गया।

4

चौथा दिन

जौनगढ़ क़िला

"धन्यवाद, होमी, उस सब के लिए जो आपने किया है," विजय ने वक़ील को दरवाज़े की ओर ले जाते हुए कृतज्ञता के भाव से कहा।

होमी ने सिर हिलाया। "अगर अगले कुछ दिनों के दौरान तुम्हारी दिल्ली आने की कोई योजना हो, मुझे ख़बर करना। हम तुम्हारे चाचा के वसीयतनामे से संबंधित काग़ज़ात को अंतिम रूप देने के लिए कोई मुलाक़ात तय कर लेंगे। या, मैं काग़ज़ात क़िले में भी ला सकता हूँ। जो भी तुम्हारे लिए सुविधाजनक हो।"

विजय बैठक में शुक्ला और उसकी बेटी राधा के पास लौट आया। उन लोगों ने उसके साथ रात बिताने के लिए वहीं रुकने की पेशकश की थी।

"आप लोग यहाँ हैं, इसके लिए शुक्रिया," उसने कहा। "आज रात क़िले में अकेले रुकना मुश्किल होता।" उसने अपनी घड़ी की ओर देखा। "बेहतर होगा कि मैं निकल जाऊँ। कॉलिन की फ़्लाइट शाम 5:45 पर है। आप खानसामे से डिनर के लिए कह दीजिए। मैं लौटकर खा लूँगा।"

ठीक दो घंटे बाद वह इंदिरा गाँधी अंतरराष्ट्रीय हवाई अड्डे के टी3 टर्मिनल की पार्किंग में गाड़ी लगा रहा था। उसने अपने चाचा की बीएमडब्ल्यू को एक ख़ाली जगह में पार्क किया और आगमन द्वार की ओर भागा। वह बहुत ज़्यादा अंतरराष्ट्रीय उड़ानों के आने का वक़्त नहीं था इसलिए शिकागो से आ रही अमेरिकन एयरलाइन्स फ़्लाइट से आ रहे लोगों के स्वागत के लिए वहाँ थोड़े से ही लोग थे।

विजय फुर्ती से आगमन द्वार पर पहुँच गया। उसने जल्दी ही उस लंबे, सुंदर, नौजवान को ढूँढ़ निकाला जो एक हाथ में लैपटॉप थामे और दूसरे से एक बड़े-से पीले सूटकेस को लुढ़काता हुआ प्रतीक्षारत यात्रियों के चेहरों को ग़ौर से देखे जा रहा था। विजय ने मुस्कराते हुए सिर हिलाया। अगर उसने कॉलिन को न भी देखा होता, तब भी उस पीले, चमकीले सूटकेस को नज़रअंदाज़ करना मुश्किल था!

कॉलिन बेकर से उसकी मुलाक़ात एमआईटी में हुई थी, और बावजूद इसके कि वे दो अलग-अलग दुनियाओं से थे, वे बहुत क़रीबी दोस्त बन गए थे। विजय और कॉलिन दोनों एमआईटी में रग्बी और फुटबॉल टीमों में साथ-साथ खेले थे और दोनों के हँसमुख स्वभाव ने उनकी दोस्ती को मज़बूत बनाया था। ग्रेजुएट करने के बाद उन्होंने नौकरी से किनारा कर एक टीम तैयार कर सैन होज़े में एक टेक्नोलॉजी फ़र्म स्थापित की थी, जो कि थर्मोइलेक्ट्रिक इफ़ैक्ट के इस्तेमाल से सूर्य की रोशनी को विद्युत में तब्दील करने की तकनीक विकसित करने में लगी हुई थी।

उनमें कई स्तरों पर समानताएँ थीं; दोनों लंबे और चौड़े कंधों वाले और उत्साही एथलीट थे, और साल में कम से कम एक महीना साथ-साथ ट्रैकिंग, साइक्लिंग और कैम्पिंग में बिताते थे। साहसिक कार्यों में दोनों की गहरी दिलचस्पी थी और किसी भी ऐसे काम में दोनों को बहुत आनंद आता था जिसमें जोख़िम की संभावना होती थी, बावजूद इसके कि यह चीज़ टेक्नोलॉजी में उनकी रुचि से बहुत मेल नहीं खाती थी। लेकिन इसी के साथ उनकी समानताएँ समाप्त हो जाती थीं। कॉलिन के सुनहरे बाल, नीली आँखें थीं और वह किसी फ़िल्म स्टार जैसा दीखता था, वहीं विजय के बाल काले थे और वह अनौपचारिक ढंग से देखने में ठीक-ठाक था। कॉलिन हर पार्टी में जान डाल देता था जबकि विजय का स्वभाव संयमी और संकोची था।

"कॉलिन!" विजय ने आवाज़ दी, और उस लंबे नौजवान ने उसकी दिशा में सिर मोड़ा। उसके चेहरे पर तुरंत एक मुस्कराहट फैली गई, आँखों में उत्साह तैर गया। कॉलिन ने आसपास खड़े लोगों की ओर हाथ से इशारा करते हुए कहा, "मेरा ख़याल है हिंदुस्तान की आबादी बहुत ज़्यादा है और मैं उम्मीद कर रहा था कि तुम मेरे स्वागत के लिए काफ़ी सारे लोगों को लेकर आओगे। क्या तुम इतने ही लोगों को जुटा पाए?"

विजय ने मुस्कराते हुए सिर हिलाया। "आओ, यहाँ से निकलें।"

वे कार पार्किंग में पहुँचे जहाँ बीएमडब्ल्यू खड़ी हुई थी।

"हूँ, अच्छी कार है," कॉलिन ने कार की ओर सराहना के भाव से देखते हुए कहा। "7 सीरीज़ का सबसे नया मॉडल। तुम्हारे चाचा की है?"

विजय ने सिर हिलाया। "चाचा ने इसे कुछ ही महीने पहले ख़रीदा था।" फिर पल भर रुककर उसने कहा, "उन्हें कारें पसंद थीं और उनकी इतनी गुंजाइश थी कि वह उनका ढेर लगा सकते थे लेकिन उनके पास एक से ज़्यादा कभी नहीं रही। मेरा ख़याल है इसलिए कि क़िले में एक ही कार के लायक़ जगह है।"

"क्या हम सीधे वहीं जा रहे हैं?" कॉलिन ने पूछा। "मैं एक सच्चे हिंदुस्तानी क़िले में रहने के लिए उतावला हो रहा हूँ।"

"तुम्हें वह जगह अच्छी लगेगी। वह 500 साल पुराना है और शहर के मुक़ाबले वहाँ बहुत शांति है।"

वह दिल्ली को जयपुर से जोड़ने वाले राजमार्ग पर मुड़ गया और गाड़ी की गति तेज़ कर दी।

"न्यू यॉर्क जैसा लगता है," कॉलिन ने टिप्पणी की। "मेरा मतलब है उसके सँकरेपन को देखते हुए।"

विजय हँस दिया। उस रेलमपेल में वाहनों के हॉर्न इतने तेज़ थे कि उनको बीएमडब्ल्यू के भीतर भी सुना जा सकता था।

थोड़ी देर बाद राजमार्ग सहसा चौड़ा हो गया और यातायात धीमा हो गया।

"बाप रे, तुम इस ट्रैफ़िक को देख रहे हो।" कॉलिन ने कारों, बसों और ट्रकों के उस समुद्र की ओर विस्मय से देखा जो उनके सामने फैला हुआ था।

"ये टोल प्लाज़ा है," विजय बड़बड़ाया। वह खचाखच भरे ट्रैफ़िक के बीच से किसी तरह से अपना रास्ता बना रहा था लेकिन अंततः उसे एक जगह रुक ही जाना पड़ा। "आगे एक और भी है, और वह भी इतना ही बुरा है।"

"मुझे तुमसे कुछ कहना है," उसने कार को किसी तरह कतार में लाते हुए कहा। वाहनों की उस सुनामी ने किसी तरह अपने को उन कतारों में बाँट लिया था, जो कि आगे बने स्वतंत्र टोल गेटों की ओर जाती थीं।

विजय ने पिछले तीन दिनों के घटनाक्रम की आद्योपांत जानकारी दी जिसको कॉलिन ने ध्यान देकर सुना। "ओह," उसने गहरी साँस ली। "तुम्हारे चाचा के साथ जो हुआ वह वाक़ई बहुत दुखद है। मुझे उम्मीद है कि पुलिस पता कर लेगी कि यह किसने और क्यों किया। लेकिन यह बात मेरी समझ से परे है कि तुम्हारे चाचा ने तुम्हें वे मेल क्यों भेजे थे। उनका कोई मतलब समझ में नहीं आता।"

विजय ने माथा सिकोड़ा। "मैं इस अहसास को झटककर दूर नहीं कर सकता कि चाचा मुझसे कुछ कहने की कोशिश कर रहे थे। फ़र्ज़ करो कि वे उन घुसपैठियों को जानते थे? मान लो कि उनके अलार्म सिस्टम ने उनको चेतावनी दे दी हो कि उनके सुरक्षा-तंत्र को भेद लिया गया है और उनको लग गया हो कि उनकी ज़िंदगी ख़तरे में है। तब वे क्या करते? शायद उनको लगा हो कि उनको मेरे लिए कोई जानकारी छोड़ जाना चाहिए; ईमेलों में छिपा हुआ कोई ऐसा संदेश जिसका कोई अर्थ न निकलता हो, ताकि उनके हत्यारों के हाथ वह चीज़ न लगने पाए जिसकी उनको तलाश थी। लेकिन समझ में नहीं आता कि इसे समझने की शुरुआत कहाँ से कैसे की जाए।"

सहसा कॉलिन ज़ोर से चिल्लाया, "बाहर देखो!"

काली खिड़कियों ये युक्त एक काली मर्सडीज़ साथ के टोल गेट से निकली और उसने कुछ इस तरह उनकी कार को ओवरटेक किया कि वह बीएमडब्ल्यू से टकराते-टकराते बची।

"ब्लडी ईडियट!" विजय काँप उठा, उसने कार को धीमा करते हुए उस मर्सडीज़ को फ़्लाईओवर के ऊपर से तेज़ी से भागते हुए देखा। फ़्लाईओवर पर पहुँचने के बाद विजय बारबार लेनें बदलते हुए आगे बढ़ने लगा जिसको देखकर कॉलिन घबरा रहा था। "धीमी रफ़्तार वाला और तेज़ रफ़्तार वाला ट्रैफ़िक हिंदुस्तान में गड्डमड्ड होता है," उसने अपने दोस्त को समझाया। "तेज़ रफ़्तार लेन की कोई धारणा ही यहाँ नहीं है। मेरा मतलब, सिद्धांततः तो है," उसने अपनी बात को सुधारा। हँसते हुए उसने कार के रियर-व्यू मिरर में झाँका और एक बार फिर से लेन बदलने की तैयारी करने लगा। उसकी

हँसी सहसा उसके माथे की सिकुड़न में बदल गई और उसने बीएमडब्ल्यू को बाईं लेन पर मोड़ दिया। लगभग तभी उसने अपने दाईं ओर की कार को ओवरटेक किया और वापस दाईं लेन पर आकर कार की गति बढ़ा दी।

“क्या बात है?” कॉलिन ने उसके चेहरे के भाव को पढ़ते हुए कहा।

“विचित्र-सी बात है, एक काली फ़ोर्ड इंडेवर है जो लगातार हमारे पीछे लगी हुई है।” विजय ने एक बार फिर आईने में देखा और दो लेन बाईं तरफ़ आ गया।

कॉलिन ने पीछे देखा और तनकर बैठ गया। “तुम्हारा कहना सही है। इंडेवर ने अभी-अभी दो लेन बदल ली हैं। अब वह ठीक हमारे पीछे है।”

“ओके, मैं उसकी परीक्षा लेता हूँ।” विजय ने कार को एक बार फिर झटके से सबसे दाईं ओर की लेन पर मोड़ दिया, जिससे जिन कारों के रास्ते को उसने काटा था उनके हॉर्न बज उठे। फ़ोर्ड ने भी, दूसरे ड्राइवरों की उसी तरह परवाह नहीं करते हुए, वैसा ही किया।

विजय की समझ से परे था कि फ़ोर्ड उसके पीछे क्यों चिपकी हुई थी, लेकिन वह चिंतित था। उसने गुड़गाँव में गुंडों द्वारा कारों को रोके जाने और उनमें सवार लोगों के सामान तथा वाहनों को लूट लिए जाने के बारे में सुन रखा था। उसने कार को बाईं ओर मोड़कर पास के निकास की ओर बढ़ा दिया।

“वह ठीक हमारे पीछे है,” कॉलिन ने पीछे देखकर कहा।

विजय ने राजमार्ग के दोनों ओर फैले हुए गाँवों में से एक गाँव की ओर बीएमडब्ल्यू का रुख़ कर दिया और तुरंत ही उसकी कार सड़क के दोनों ओर बनी दुकानों के बीच से धीरे-धीरे रास्ता बनाती गायों, कुत्तों, साइकिलों, ट्रैक्टरों और वैनों के दलदल में फँस गई। फ़ोर्ड का भी वही हाल था, उसका आकार उसे धीमा कर रहा था।

कॉलिन ने पूछा, “क्या तुम्हें पता है कि तुम कहाँ जा रहे हो?”

विजय ने इंकार में सिर हिला दिया। “बिलकुल नहीं जानता। मैं सिर्फ़ उस शख़्स से पीछा छुड़ाना चाहता हूँ। वह जो भी है, उसके लिए बुरी ख़बर है।”

उसे यातायात के बीच एक ख़ाली जगह और सड़क से दूर ले जाती एक गली दिखाई दी। गली सँकरी थी लेकिन वह वाहनों की आवाजाही से मुक्त लगती थी। वह कांक्रीट की बनी गली थी जिसमें मात्र दो कारें समा सकती थीं। विजय उम्मीद कर रहा था कि उसे उल्टी दिशा से आती किसी कार का सामना नहीं करना पड़ेगा।

"उसने भी अपनी कार हमारे पीछे मोड़ ली है," कॉलिन ने विजय को ताज़ा जानकारी दी जिसने गाली बुदबुदाते हुए कार को गति दी।

बीएमडब्ल्यू गली के अंत पर आ पहुँची। आगे मुख्य सड़क थी।

"बाएँ या दाएँ?" विजय ने ऊँची आवाज़ में खुद से पूछा।

"वह हमारे क़रीब आ रहा है," कॉलिन ने चेतावनी दी। "बाएँ ले लो।"

विजय ने एक्सीलरेटर पर दबाव डाला और कार झटके से मुख्य सड़क पर मुड़ गई।

"धत्!"

एक काले रंग की मर्सिडीज़ दाईं ओर से तेज़ी से उनकी ओर आ रही थी जबकि एक और काले रंग की फ़ोर्ड इंडेवर उल्टी दिशा से उनकी ओर भागी आ रही थी।

"ये ठीक नहीं है।" कॉलिन ने सिर हिलाया। "ये लोग आपस में मिलकर पीछा कर रहे हैं। ये कुछ समय से लगातार हमारे साथ हैं। ये मर्सिडीज़ टोल प्लाज़ा पर थी।"

विजय ने सहमति में सिर हिलाया। विरल यातायात के बीच से अपना रास्ता बनाते हुए उसकी आँखें सड़क पर गड़ी हुई थीं। उसने रियर-व्यू मिरर में फुर्ती से एक नज़र डाली जिससे पता चला कि एक दूसरे के पीछे दो फ़ोर्ड गाड़ियाँ तेज़ रफ़्तार से यातायात के बीच अपना रास्ता बनाती चली आ रही थीं। दूसरी फ़ोर्ड ने यू टर्न लिया और उस फ़ोर्ड के साथ आ मिली जो अब तक उनका पीछा कर रही थी।

मर्सिडीज़ कहाँ थी?

अचानक, यातायात एकदम विरल हो गया और विजय ने एक्सीलरेटर को कार के फ़र्श से सटा दिया। कार बेतहाशा आगे की ओर भागी,

लेकिन यातायात के अभाव ने फ़ोर्ड को भी गति बढ़ाने का मौक़ा सुलभ करा दिया।

सामने एक गोल घुमाव दिखाई दिया।

कॉलिन ने पूछा, "तुम धीमी नहीं करोगे?"

विजय ने सख़्ती से सिर हिलाया। "मेरा ख़याल ये कार तेज़ रफ़्तार में वह घुमाव ले सकती है। कम से कम फ़ोर्ड के मुक़ाबले तो यह बेहतर ढंग से कर सकेगी। वे बेहद भारी गाड़ियाँ हैं और मुझे नहीं लगता कि वे कोशिश करने की हिम्मत कर पाएँगे।"

कॉलिन हँस दिया। "मुझे ये स्वागत उससे बेहतर लग रहा है जो तुमने हवाई अड्डे पर किया था। ये *ख़तरनाक* है।"

विजय न चाहते हुए भी मुस्करा दिया।

यह दबाव से भरी हुई भागमभाग अच्छी लग रही थी, उसे यह स्वीकार करना पड़ा। उसने अपने लक्ष्य पर एकाग्र होने की बलात कोशिश की। उन्हें अपना पीछा करने वालों से पिंड छुड़ाना ज़रूरी था। वे जो भी लोग हों!

वे गोल घुमाव के क़रीब आ गए, फ़ोर्ड कारें अभी भी उनके पीछे उतनी ही दूरी पर थीं। लग रहा था विजय की योजना कारगर होने वाली थी। गोल घुमाव अब उनके कुछ ही मीटर आगे था और उस मोड़ पर कार को सँभालने के लिए विजय ने अपने को तैयार कर लिया।

सहसा उसे अपनी आँख की कोर पर एक काली चमक दिखाई दी।

काली मर्सिडीज़!

ज़ाहिर था कि ड्राइवर दाईं ओर के सर्विस रोड पर मुड़ गया था, और अब बीएमडब्ल्यू की रफ़्तार के साथ उसके समानांतर चल रहा था। विजय फ़ोर्ड कारों पर इस क़दर एकाग्र था कि उसने ध्यान ही नहीं दिया था कि मर्सिडीज़ उसी दिशा में भागी जा रही थी।

वह उनके पहले ही गोल घुमाव पर जा पहुँची और घुमाव का चक्कर लेती हुई धीमी होकर बीएमडब्ल्यू के रास्ते में आ गई।

"मर्सिडीज़!" कॉलिन का ध्यान अब उस कार की ओर गया।

विजय के पास कोई विकल्प नहीं था। उसने ब्रेक लगाया और सामने की कार से भिड़ने से बचने के लिए अपनी कार को बाएँ कर लिया। बीएमडब्ल्यू के टायर चीख़ पड़े और वह मर्सडीज़ से भिड़ते-भिड़ते बचती हुई अपने सस्पेंशन पर लड़खड़ाती हुई झटके से रुक गई।

कार अभी रुकी ही थी कि टक्कर की एक ज़ोरदार आवाज़ हुई और बीएमडब्ल्यू बुरी तरह से आगे की ओर झटका खा गई; एक फ़ोर्ड पीछे से उससे टकरा गई थी।

विजय और कॉलिन आगे की ओर फिंके तो एयरबैग खुल गए।

"तुम ठीक हो?" कॉलिन ने थरथराते स्वर में विजय से पूछा।

"लगता तो है," विजय बुदबुदाया। "बस बुरी तरह हिल गया हूँ।"

क़दमों की आहटें क़रीब आईं और उन्होंने पाँच आदमियों को कार के बाहर खड़े हुए पाया। कॉलिन को कँपकँपी छूट गई जब उसने देखा कि उनमें से हरेक के हाथ में 9एमएम मिनी उज़ी सब मशीनगनें थीं, जो एक मिनट में क्लोज़्ड बोल्ट पोजीशन पर 1700 राउंड फ़ायर करने में सक्षम थीं।

दुर्घटना को देखते हुए आसपास के कुछ लोग इकट्ठा हो गए, लेकिन जैसे ही उनकी नज़रें हथियारों पर पड़ीं, वे वहाँ से तुरंत खिसक गए। पास गुज़रती दो कारें इस दृश्य को देखने धीमी हुईं लेकिन हथियारों को देखकर उन्होंने भी रफ़्तार पकड़ ली।

अब सिर्फ़ दो दोस्त थे और वे हथियारबंद आदमी थे।

उनमें से एक, जो ज़ाहिर तौर पर उस दल का मुखिया था, विचित्र-सी भाषा में आदेश दे रहा था। उसकी आवाज़ कर्कश और भारी थी। बीएमडब्ल्यू के दरवाज़े खोल दिए गए थे और विजय तथा कॉलिन को उसमें से बाहर घसीट लिया गया था। उन्होंने कोई विरोध नहीं जताया। उन परिस्थितियों में वैसा करना मूर्खता होती।

विजय ने उस फ़ोर्ड की ओर देखा जो उसकी कार से टकराई थी। वह एसयूवी बर्बाद हो गई थी लेकिन ड्राइवर बिना किसी चोट के बस हलका-सा लँगड़ाता हुआ कार से उतर आया था। दोनों दोस्तों को घेर लिया गया और उनके हाथों को उनके पीछे बाँधकर दूसरी फ़ोर्ड में पीछे पटक दिया गया।

बाहर उन्होंने उनमें से एक आदमी को बीएमडब्ल्यू का स्टीयरिंग सँभालते देखा। वह आराम से चालू हो गई और मुखिया के कुछ निर्देशों के बाद वह आदमी कार को लेकर चला गया। मुखिया और दूसरे लोग मर्सिडीज़ में बैठ गए और अन्य दो अपने बंधकों की आँखों पर पट्टी बाँधने के बाद फ़ोर्ड में बैठ गए।

कुछ ही मिनटों में यह दल क्षतिग्रस्त फ़ोर्ड को वहीं छोड़ राजमार्ग की ओर चला जा रहा था।

विजय और कॉलिन एसयूवी में असहाय बैठे हुए थे। वे क़ैदी थे लेकिन बंधक बनाने वाले कौन थे? और उन्हें बंधक क्यों बनाया गया था?

5

ईसा पूर्व 244

मौर्य साम्राज्य, प्राचीन भारत

सूरसेन ने अपने माथे का पसीना पोंछा। पिछले तीन घंटे से वे जंगल के बीच से रास्ता बनाते हुए चल रहे थे। वह मानसून का मौसम था और उमस दम घोंटने वाली थी। कानों के पास मक्खियाँ और मच्छर भिनभिना रहे थे। ढलान धीरे-धीरे ऊपर की ओर बढ़ रही थी और सूरसेन हाँफ रहा था।

जंगल ख़ामोश था। सूरसेन को ऐसा लग रहा था जैसे जंगल और उसके निवासी साँस रोके यह जानने का इंतज़ार कर रहे हों कि जब ये लोग अपनी यात्रा के अंत पर पहुँचेंगे तब क्या होगा।

उसे इस बात का अहसास था कि पिछले कुछ घंटों के दौरान जंगल उत्तरोत्तर घना होता जा रहा है।

"वहाँ," उस वनवासी ने सहसा कहा जो उनकी अगुआई कर रहा था। वह लंबे पत्तों और घने पेड़ों के झुरमुट की ओर इशारा कर रहा था।

सूरसेन ने हाथ उठाकर साथ चल रहे सैनिकों को रुकने का इशारा किया और वे उसके इर्दगिर्द इकट्ठे हो गए।

"यहीं रुको। मेरी प्रतीक्षा करो।"

"स्वामी।" सेनापति हिचकिचा रहा था। "क्या आपका अकेले जाना सुरक्षित होगा?"

सूरसेन ने दृढ़तापूर्वक इंकार में सिर हिलाया। "मैं पूरी तरह सुरक्षित रहूँगा। लेकिन अगर मैं एक नाड़ी में वापस नहीं आता तो तुम मेरे पीछे आ सकते हो।"

इतना कहकर वह आगे बढ़ गया और पत्तियों और लताओं के पर्दे को हटाने लगा जिनके पीछे एक नाला दिखाई दिया जो नीचे की ओर जाता हुआ वनस्पतियों के घने झुरमुट और झंखाड़ों के बीच खो गया था। उसने एक गहरी साँस ली और घनी लताओं के झुरमुटों को हाथों से चीरता हुआ नाले में नीचे की ओर उतरने लगा। वह जैसे-जैसे आगे बढ़ता गया वैसे-वैसे वे झुरमुट अपनी जगह वापस आते गए और वह पीछे के लोगों की निगाहों से ओझल होता गया।

उसने अपनी तलवार निकाल ली और पेड़ों के बीच से धँसता हुआ और ज़मीन पर पड़े सूखे पत्तों की मोटी तह पर पाँव धरता हुआ धीरे-धीरे आगे बढ़ा। बाक़ी जंगल के मुक़ाबले यहाँ अँधेरा था। उसने सिर उठाकर उस धुँधलके की वजह का पता लगाया। पेड़ों के ऊपर से उसे एक चट्टानी टीला दिखाई दिया, जो संभवतः कोई छोटी पहाड़ी थी, जो जंगल के इस हिस्से पर अपनी छाया डाल रही थी।

वह पगडंडी तलहटी तक जारी रही और उस एक चट्टान के मुहाने पर जाकर ग़ायब हो गई थी जो पहाड़ी की तलहटी में कोई साठ फ़ुट तक फैली हुई थी।

सूरसेन पहाड़ी पर पहुँचा और हिचकिचाया; वह चट्टान के मुहाने और पहाड़ी के बीच की दरार के सामने खड़ा था। दरार इतनी चौड़ी थी कि एक आदमी तिरछा होकर उसमें से गुज़र सकता था, और एक मुँह फाड़े काले सुराख़ की ओर चली गई थी।

रुककर उसने उस सुराख़ में झाँका लेकिन उसके सामने फैले स्याह अँधेरे में कुछ भी दिखाई नहीं दिया।

अपनी तलवार की मूठ को सख़्ती से जकड़ते हुए वह तलवार और ख़ाली हाथ से रास्ता टटोलता हुआ उस अँधेरे में बढ़ा। जिस हद तक वह समझ पा रहा था, वह एक सँकरे गलियारे में चल रहा था जो बमुश्किल उसके कंधों जितना चौड़ा था। बंद जगह की घुटन का जो अहसास उसपर

हावी हो रहा था उसको नज़रअंदाज़ करता हुआ और इस ख़याल को अपने दिमाग़ से निकालता हुआ कि वह अपने ऊपर टनों चट्टानों का भार लिए एक पहाड़ी के तल से होकर गुज़र रहा था, वह धीरे-धीरे उस गलियारे में अपना रास्ता बनाता हुआ आगे बढ़ता गया।

कुछ देर बाद गलियारे की दीवारें अचानक नदारद हो गईं और उसने पाया कि गलियारा चौड़ा हो गया था। लगभग तभी एक हलकी रोशनी ने उसके आसपास के अँधेरे को भेदा, जैसे सूरज की किरणें किसी तरह चट्टानों की उन पर्तों से छनकर उन गहराइयों तक आ पहुँची हों।

सूरसेन को अब स्पष्ट हुआ कि वह चट्टानों के भीतर उकेरी हुई एक सुरंग में था। यह सुरंग कुदरती तौर बन गई थी या इंसानी हाथों ने उसको आकार दिया था, यह बात वह नहीं समझ सका, लेकिन इंसान यहाँ सक्रिय अवश्य रहे थे, क्योंकि सुरंग की दीवारें और फ़र्श चिकने और समतल थे।

अपने एक-एक क़दम को बारीक़ी से परखता हुआ वह सावधानी से आगे बढ़ता रहा। किन्हीं अलौकिक हस्तियों की कोई आशंका अब नहीं रह गई थी; उस चिंता थी तो सिर्फ़ ऐसे किसी जाल की थी जो इस जगह की रक्षा के लिए इंसानों ने बिछाया हो सकता था। उसके चेहरे और शरीर से पसीना चू रहा था और उसके कपड़ों को भिगो रहा था। सहसा वह सुरंग समाप्त हो गई और एक विशाल कंदरा में जा खुली जो ख़ुद भी रोशनी के किसी अदृश्य स्रोत से नीम रोशन थी। सूरसेन अविश्वास के मारे धक् से रह गया। उसके ऊपर तना हुआ कंदरा का अंदरूनी छप्पर रोशनी से अछूता अँधेरे में डूबा हुआ था, और जहाँ वह खड़ा था वहाँ से आगे की दीवारें उसको दिखाई नहीं दे रही थीं।

लेकिन जिस चीज़ की वजह से वह विस्मित था वह उस चट्टानी कक्ष का आकार नहीं था। यह वह चीज़ थी जो उसके सामने पड़ी हुई थी जिसने उसे अवाक् कर दिया था।

उसकी रीढ़ में झुरझुरी दौड़ गई और एक साथ उल्लास और आतंक के मिले-जुले अहसास ने उसको जकड़ लिया। उसे अपनी आँखों पर भरोसा नहीं हो रहा था।

अब जाकर उसे सम्राट अशोक के चेतावनी भरे शब्दों और उसके गूढ़ निर्देशों का मतलब समझ में आया।

प्राचीन किंवदंती सत्य थी।

उस कंदरा में जो चीज़ उसके सामने पड़ी हुई थी वह दुनिया को भयानक ख़तरे में डाल सकती थी।

6

वर्तमान काल

चौथा दिन

गुड़गाँव

फ़ोर्ड रुकी तो विजय और कॉलिन तनकर बैठ गए। वह एक लंबा सफ़र रहा था जिसे उन्होंने इस बारे में अनुमान लगाते बिताया था कि उनको बंधक बनाने वाले लोग कौन थे और उनसे क्या चाहते थे।

"एक चीज़ मैं जानता हूँ," विजय ने धीमी आवाज़ में कहा, इस उम्मीद में कि सामने बैठे लोग उसको सुन नहीं पाएँगे, "और वह यह है कि ये हिंदुस्तानी नहीं हैं। मैं नहीं जानता कि वे कौन-सी भाषा बोल रहे हैं, लेकिन वह हमारी भाषाओं में से नहीं है।"

"वे लोग काफ़ी समय से हमारा पीछा कर रहे थे, शायद हवाई अड्डे से ही," कॉलिन ने कहा।

"वह योजनाबद्ध था," विजय ने सहमति जताई। "उनकी योजना शायद बस्ती ख़त्म होते ही राजमार्ग पर ही हमारे ऊपर झपटने की थी। जब मैं राजमार्ग से हटा, तो उन्होंने हमें रोकने में जी-जान लगा दी थी। लेकिन ये पागलपन था। हम मर तक सकते थे, या तो मर्सडीज़ से टकराकर या उस वक़्त जब फ़ोर्ड ने हमें टक्कर मारी थी।"

"मैं तो ये सोच रहा हूँ कि वे हमसे चाहते क्या हैं," कॉलिन ने गंभीर भाव से कहा। "मेरी समझ में तो मेरे पास ऐसा कुछ भी नहीं है जिसमें किसी की दिलचस्पी हो सकती हो। यही बात तुम्हारे मामले में भी है।"

विजय के दिमाग़ में एक ख़याल आया। इससे उसे कँपकँपी छूट गई। "क्या तुम्हें लगता है कि उनका कोई सूत्र चाचा के हत्यारों से जुड़ा हो सकता है?" उसने अपने ख़याल को ज़ाहिर किया। बावजूद इसके कि उसकी आँखों पर पट्टी बँधी हुई थी, वह तुरंत समझ गया कि यह बात कॉलिन के दिमाग़ में भी आई।

उन्होंने फ़ोर्ड के पिछले दरवाज़े के खुलने की आवाज़ सुनी और उन्हें कार से घसीटकर एक इमारत की सीढ़ियाँ उतारते हुए ले जाया गया।

उनकी आँखों से पट्टी हटा दी गई जिससे उन्हें पता चला कि वे एक ऐसे कमरे में थे जिसमें खिड़कियाँ नहीं थीं, और जो मात्र एक ट्यूबलाइट से रोशन था। एक बासी गंध कमरे में भरी हुई थी जिससे पता चलता था कि वह कमरा लंबे समय से बंद रहा था या इस्तेमाल में नहीं आया था। कमरे में तीन कुर्सियाँ थीं जिनमें से दो कुर्सियों पर उन्हें फुर्ती से बाँध दिया गया।

अब क्या? जैसे ही वे लोग कमरे से गए विजय ने सोचा।

कुछ देर बाद चार आदमी कमरे में आए। उनमें से दो के हाथों में उज़ी नामक सब-मशीन गनें थीं। उनमें एक दोनों बंधकों के सामने कुर्सी पर बैठ गया। यह एक नया चेहरा था। वह मँझोले क़द का, सफाचट, ख़ुशनुमा चेहरे और तीख़ी आँखों वाला शख़्स था। उसकी भाव-भंगिमा से पता चलता था कि वह उन लोगों का मुखिया था। वह कुछ देर तक दोनों बंधकों को घूरता रहा। विजय भी अवज्ञा के भाव से उसे घूरता रहा। हालाँकि वह अंदर से दहशतज़दा था, लेकिन वह उन लोगों के सामने अपनी दहशत को ज़ाहिर नहीं करना चाहता था। लेकिन उसने कुछ नहीं कहा। अगर उसका अनुमान सही था, तो वह कॉलिन को और ख़ुद को उससे ज़्यादा मुश्किल में नहीं डालना चाहता था जिसमें वे पहले से ही फँसे हुए थे।

"तुम जानते हो कि मैं क्या चाहता हूँ?" उस आदमी ने आगे की ओर झुककर विजय की ओर सख़्त निगाहों से देखा। "चाबी कहाँ है?"

"चाबी?" उसकी बात को समझ पाने में असमर्थ विजय ने भावहीन स्वर में दोहराया।

उस आदमी का चेहरा सख़्त हो उठा और उसकी आँखों में धमकाने वाला भाव उभर आया। "मेरे साथ चालबाज़ी मत करो," उसने चेतावनी दी।

"मैं वाक़ई नहीं जानता कि तुम किस चीज़ के बारे में बात कर रहे हो," विजय ने असहाय भाव से अपना सिर हिलाया। वह इस आदमी को कैसे यक़ीन दिलाता?

विजय की ओर से अपनी नज़रें हटाए बग़ैर उस आदमी ने एक हट्टे-कट्टे आदमी को इशारा किया जिसने अपनी उज़ी का कुंदा विजय के बाएँ गाल पर दे मारा। उसके चेहरे से ख़ून बह निकला।

"क्या इससे तुमको बात समझने में मदद मिली?"

विजय ने एक बार फिर इंकार में अपना सिर हिलाया। वह किसी तरह अपने उन आँसुओं को रोकने की कोशिश कर रहा था, जो कि दर्द से ज़्यादा उसके ख़ौफ़ से पैदा हो रहे थे।

उस आदमी ने अपनी कुर्सी विजय के और क़रीब खींच ली, इतनी कि उनके घुटने आपस में छूने को हो गए।

"अब मेरी बात सुनो, विजय सिंह," उसने फुफकारते हुए कहा। "मैं जानता हूँ कि तुम्हारे चाचा के पास चाबी थी।"

इन शब्दों को सुनकर वह झटके से पीछे की ओर हो गया और उसने पाया कि सामने वाले आदमी की निगाहें उसको घूर रही थीं। इसका मतलब है कि ये आदमी उसके चाचा को जानते थे!

सवाल पूछने वाले ने उसके आकस्मिक ढंग से सजग हो जाने को इस तरह लिया जैसे विजय को उसकी बात समझ में आ गई हो। "आह, तो तुम जानते हो। तुम्हारे चाचा ने तुम्हें उस डिस्क के बारे में बताया था जिस पर श्लोक लिखा हुआ है, है न? और उन्होंने अपने ईमेल में तुम्हें वे सुराग़ दिए हैं जिससे तुम चाबी पा सको। मैं जानता हूँ, उन्होंने ऐसा किया है।" उसके लहज़े में एक आकस्मिक व्यग्रता सिमट आई। "कहाँ है वो? चाबी कहाँ है?"

विजय अपने जज़्बातों पर क़ाबू पाने का संघर्ष कर रहा था। जैसे ही उसे इस बात का अहसास हुआ कि यही वे लोग थे जिन्होंने उसके चाचा की हत्या की थी वैसे ही शुरुआत में उसको जो दहशत हुई थी उसकी जगह एक क्रोध ने ले ली। लेकिन उसको सतर्कता बरतना ज़रूरी था। अगर इन

लोगों को कुछ भी गड़बड़ लगा, तो कॉलिन को और उसको मारने से नहीं हिचकेंगे। उसके दिमाग़ में एक योजना बनने लगी।

"ठीक है," अपनी आवाज़ की कँपकँपाहट ज़ाहिर न होने देने के लिए उसको धीमा रखते हुए आख़िरकार उसने कहा। वह किसी तरह यह उम्मीद कर रहा था कि शायद उसका छल काम आ जाए। "तुम्हारा कहना सही है।" वह महसूस कर रहा था कि कॉलिन उसको विस्मय से ताक रहा था, लेकिन वह अपनी नज़रें सामने बैठे आदमी पर गड़ाए रहा।

"चाचा ने मुझे ईमेल भेजे थे," उसने स्वीकार किया। "लेकिन मैं अभी तक उनका मतलब नहीं समझ सका हूँ। मुझे वक़्त ही नहीं मिला।" चूँकि वह एकदम सही कह रहा था, इस तथ्य ने उसके लहज़े में यक़ीन दिलाने वाला भाव पैदा किया।

"इम्तियाज़," सवाल पूछने वाले ने बग़ल में खड़े पीले चेहरे वाले आदमी को पुकारा। "तुम्हारे पास एक प्रिंट-आउट है। इन्हें दो।" उसने अपनी कुर्सी पर पीछे की ओर झुककर कुछ देर विजय की ओर ग़ौर से देखा। "मैं तुम पर विश्वास करता हूँ," उसने अंत में कहा। "फ़िलहाल उन ईमेलों का अध्ययन करने और उनका मतलब निकालने के लिए तुम्हारे पास रात भर का वक़्त है। बेहतर है, सुबह तक तुम कोई जवाब दे दो। मारूश अगली बार तुम पर इतना रहम नहीं करेगा।"

वह हट्टा-कट्टा आदमी, जिसने विजय पर वार किया था, क्रूरतापूर्वक हँस दिया। मुखिया उठा और कमरे से बाहर निकल गया। इम्तियाज़ उसके पीछे-पीछे चला गया। पत्थर चेहरे और सख़्त आँखों वाले दो पहरेदार वहीं बने रहे। कुछ मिनट बाद, इम्तियाज़ एक काग़ज़ लेकर आया जो उसने विजय को थमा दिया।

विजय ने उस काग़ज़ को देखा। वे चित-परिचित ईमेल जैसे उसकी ओर घूर रहे थे।

"ये तुम्हें कहाँ से मिले?" उसने इम्तियाज़ से पूछा।

"विक्रम सिंह के लैपटॉप में। और फ़ारूख़ ने जो कहा है, वह उसपर टिकेगा। बेहतर होगा कि काम पर लग जाओ और पता लगाओ। तुम जानते ही हो कि उसने तुम्हारे चाचा की क्या दशा की है।"

इतना कहकर इम्तियाज़ मुड़ा और कमरे से चला गया। पहरेदार भी उसके पीछे-पीछे चले गए। दरवाज़ा बंद हुआ और बाहर से साँकल डाल दी गई। वे कमरे में बंद हो गए। कॉलिन ने विजय की ओर देखा। “मुझे पूरी उम्मीद है कि तुम जानते हो कि तुम क्या कर रहे हो। ये आदमी साधारण सड़क छाप ठग नहीं हैं।”

विजय ने उसकी बात नहीं सुनी। वह इम्तियाज़ के दिए हुए प्रिंटआउट को देखता हुआ विचारों में खोया हुआ था।

“इसका मतलब है चाचा ने इन ईमेलों में सुराग़ छोड़े हैं,” उसने सोचते हुए कहा। “और अब हम यह जान गए हैं कि वे लोग उनके अध्ययन-कक्ष में किस चीज़ की तलाश कर रहे थे। चाबी, उसका कहना है। इसका क्या मतलब है?” उसने सहसा सिर उठाकर कॉलिन की ओर देखा। “लेकिन उसका इंतज़ार किया जा सकता है। हमारे पास सुबह होने के पहले कुछ घंटे हैं। फ़िलहाल मुझे इसकी कोई परवाह नहीं कि वह कौन है और क्या चाहता है। हमें यहाँ से भागने की ज़रूरत है।”

“कैसे?”

विजय ने कंधे झटके। “सोचते हैं। हमें कोई तरीक़ा ढूँढ़ना होगा। अगर हम नहीं ढूँढ़ सके तो हम मरे समझो।”

वे कुछ देर तक सोचते हुए बैठे रहे। उनकी आँखों ने कमरे के कोने-कोने की तलाशी ले डाली। विजय उठ खड़ा हुआ, वह अभी भी कुर्सी से बँधा हुआ था।

उनके पैर आज़ाद थे और कुर्सियाँ हलकी थीं, इसलिए वह कमरे में यहाँ-वहाँ घिसट सकता था। उसने वही किया और एक-एक दीवार और दरवाज़े को जाकर जाँचने लगा। लेकिन बाहर निकलने का कोई रास्ता नहीं सूझता था।

उसको देखते हुए कॉलिन के दिमाग़ में सहसा एक विचार कौंधा। उसने उस रस्सियों को बारीक़ी से देखा जिनसे उसकी कलाइयाँ तो बँधी हुई थीं लेकिन हाथ और अँगुलियाँ नहीं।

“मैं समझ गया।”

विजय ने मुड़कर अपने दोस्त को देखा। "तुम्हें कुछ सूझा?" वह पैर घसीटता हुआ कॉलिन के पास पहुँचा और उसकी बग़ल में बैठ गया। कॉलिन खड़ा हो गया और धीरे-धीरे विजय के क़रीब इस तरह आ गया कि उनके हाथ एक दूसरे को छू सकते थे। उसने विजय के हाथ में बँधी रस्सी को झटके से खींचना शुरू किया।

धीरे-धीरे बहुत दुखद ढंग से कई मिनट बीत गए। लेकिन गाँठ खुलने से इंकार करती रही। कॉलिन के माथे पर पसीने की बूँदें छलछला आईं।

उसके हाथ दुखने लगे और हाथ के खिंचाव की वजह से उसकी कलाई पर बँधी रस्सी उसे काटे जा रही थी जो दर्द में इज़ाफ़ा कर रही थी। लेकिन वह लगा रहा।

समय के बीतने को जानने का उनके पास कोई साधन नहीं था। यह जानने का कोई उपाय नहीं था कि फ़ारूख़ कब वापस आ जाएगा। उनपर मायूसी छाए जा रही थी।

कॉलिन ने हताश होकर गहरी साँस ली। वह जानता था कि समय बीतता जा रहा था। उम्मीद टूटती लग रही थी। उसने अपने दाँत पीसे और गाँठ को खींचने लगा। उसकी इच्छा थी कि वह किसी तरह ढीली पड़ जाती।

सहसा दरवाज़े के बाहर क़दमों की आहट सुनाई दी। साँकल खोले जाने की आवाज़ उनके कानों में पड़ी। समय के बीत चुकने के अहसास से विजय का ख़ून जमने लगा। दहशत से उसका शरीर सुन्न पड़ने लगा। दरवाज़े पर मारूश नमूदार हुआ जिसके पीछे फ़ारूख़ दिखाई दे रहा था। क्या होगा जब उसे पता चलेगा कि ईमेल का मतलब निकालने की बजाय वे भागने की कोशिश कर रहे थे?

कॉलिन के मुँह से चीख़ निकल पड़ी। उसकी लगातार कोशिश कामयाब हुई थी और गाँठ खुल गई थी। विजय का दायाँ हाथ आज़ाद था। विजय ने बाएँ हाथ में बँधी रस्सी को फुर्ती से खींचा। उसका दायाँ हाथ दर्द से काँप रहा था और अँगुलियाँ सुन्न हो रही थीं, लेकिन उसके अंदर सहसा जागी ऊर्जा ने उसको इतनी सामर्थ्य दी कि मारूश और उसके पीछे फ़ारूख़ के अंदर आते न आते उसने अपने आपको पूरी तरह आज़ाद कर लिया।

विजय को बंधन-मुक्त देखकर मारूश की आँखें फैल गईं, लेकिन इसके पहले कि वह कोई प्रतिक्रिया कर पाता, विजय झटके से उस भारी-भरकम आदमी पर उछला और रग्बी के क्लासिक दाँव का इस्तेमाल करते हुए उसकी बाँहों को इस तरह जकड़ लिया कि वह अपनी बंदूक का इस्तेमाल करने की हालत में नहीं रह गया। मारूश झटके से नीचे जा गिरा और उसका सिर धड़ाम से फ़र्श से जा टकराया और वह निढाल हो गया।

जिस वक़्त विजय मारूश से निपट रहा था ठीक उसी वक़्त कॉलिन कुर्सी से बँधा हुआ ही चकराए हुए फ़ारूख़ पर झपटा। कॉलिन इतनी बुरी तरह उसपर कूदा था कि फ़ारूख़ धड़ाम से फ़र्श पर जा गिरा।

"सारा का सारा श्रेय तुम्हें नहीं लेने दे सकता," कॉलिन ने हँसते हुए विजय से कहा, जिसने मारूश की बंदूक उसके हाथ से छीन ली थी और अब फ़ारूख़ की ओर दौड़ पड़ा था। वह पल भर को हिचकिचाया और फिर उसने उज़ी का कुंदा पूरी ताक़त से फ़ारूख़ के सिर पर दे मारा और उसको ढेर कर दिया।

अपने दोस्त के हाथ की रस्सियों को खोलता हुआ विजय उसकी ओर देखकर मुस्कराया। लेकिन वक़्त बरबाद करने की गुंजाइश नहीं थी। वे ख़ुशक़िस्मत थे कि इसके पहले कि वे दोनों आदमी शोरशराबा कर ख़तरे का कोई संकेत दे पाते उन्होंने उनको क़ाबू में कर लिया था। यह जानने का कोई तरीक़ा नहीं था कि इम्तियाज़ या दूसरे पहरेदार उनकी तरफ़ आ रहे थे या नहीं।

कॉलिन अपनी कलाइयों को मलता हुआ कुर्सी से उछल पड़ा और दोनों दोस्त सतर्कतापूर्वक बाहर झाँकते हुए दरवाज़े से बाहर निकल गए। कमरा उस गलियारे के आख़िरी सिरे पर था जिसमें उसकी छत से लटक रहे तेज़ बल्बों की रोशनी फैली हुई थी। वे सीढ़ियों तक पहुँचने के पहले दबे पाँव चलते रहे। लगता था कि जिस कमरे में उनको बंधक बनाकर रखा गया था वह इमारत के सबसे निचले तल पर था। वे कुछ देर सीढ़ियों के ऊपर ही खड़े इंतज़ार करते रहे, लेकिन नीचे आवाजाही की किसी तरह की कोई आहट नहीं थी। विजय उम्मीद कर रहा था कि भाग्य उनका साथ देगा। उसने कॉलिन की ओर देखा और एकमत होकर दोनों सीढ़ियाँ चढ़ने लगे। मारूश से छीनी गई बंदूक अभी भी विजय के हाथ में थी।

वे दो मंज़िल चढ़ गए। कहीं कोई नहीं था। इमारत ख़ामोशी में डूबी हुई थी। सीढ़ियाँ एक बड़े से कमरे में जाकर ख़त्म हुईं जो निश्चय ही बैठक का कमरा था, जैसाकि उसमें रखे फ़र्नीचर से ज़ाहिर होता था।

यहाँ भी जीवन का कोई संकेत नहीं था। कमरे की दीवारों में कतार से बनी खिड़कियों से सूरज की प्रारंभिक किरणें आ रही थीं।

एक खिड़की से कॉलिन ने क्षत-विक्षत बीएमडब्ल्यू को खड़ा देखा और उसने विजय की ओर इशारा किया। विजय ने सिर हिलाया; अगर कार यहाँ तक लाई जा सकी थी, तो वह आगे भी ले जाई जा सकती थी।

उन्होंने दबे पाँव कमरे को पार किया और सामने का दरवाज़ा खोला। दरवाज़े की चूलों ने बुरी तरह से आवाज़ की और तुरंत मकान के अंदर से चिल्लाने की आवाज़ सुनाई दी।

वे काँप गए।

चिल्लाहट फिर से सुनाई दी।

इसके बाद तो चारों ओर शोर मच गया। उनको ऊपर की सीढ़ियों से भागते क़दमों की आवाज़ें सुनाई दीं।

विजय और कॉलिन ने यह जानने का इंतज़ार नहीं किया कि सीढ़ियों पर कौन भागा आ रहा था। वे कार की ओर लपके। वे यह देखकर बेहद ख़ुश हुए कि चाबी इग्नीशन में ही लगी हुई थी। विजय ने जोख़िम उठाते हुए अपने चारों ओर देखा। उनके पीछे वह इमारत स्थित थी जिसमें वे रात भर से बंद थे। वह ईंटों का एक तिमंज़िला मकान था जो वीराने में खड़ा था। चारों तरफ़ उजाड़ ज़मीन थी और दूर अरावली पर्वत की आकृतियाँ दिखाई दे रही थीं। उन्हें ज़रा भी अनुमान नहीं था कि वे कहाँ पर थे।

उज़ी को एक ओर फेंक कर विजय जल्दी से कार के अंदर घुस गया। कॉलिन पहले से ही सामने की पैसेंजर सीट पर था और सीट बेल्ट बाँध रहा था। विजय ने चाबी घुमाई तो इंजिन चालू हो गया। उसने एक्सीलरेटर पर दबाव डाला और कार मिट्टी के कच्चे रास्ते पर धूल उड़ाती आगे बढ़ गई।

कॉलिन ने पीछे मुड़कर मकान की ओर देखा। दो आदमी दरवाज़े पर प्रकट हुए जिनमें से एक बंदूक को तान रहा था। उसने बीएमडब्ल्यू की ओर निशाना साधा।

"ध्यान से!" कॉलिन चिल्लाया। "वे हमारे ऊपर गोली चला रहे हैं!"

गोलियों से बचने के लिए विजय स्टीयरिंग को बुरी तरह से दाएँ-बाएँ घुमा रहा था, तब भी गोलियाँ पीछे के काँच से टकराईं। दोनों आदमी अपनी-अपनी सीटों पर झुक गए। विजय ने एक बार फिर से कार को गति दी। क़िस्मत थी कि गोलियाँ ईंधन की टंकी में नहीं लग पाईं।

कुछ देर बाद, सड़क के दोनों ओर घर दिखाई देने लगे और विजय समझ गया कि वे गुड़गाँव में थे। उसने राहत की साँस ली। वे सुरक्षित थे।

फ़िलहाल।

7

पाँचवाँ दिन

जौनगढ़ क़िला

भीम सिंह ने तहस-नहस बीएमडब्ल्यू को देखा जिसका पिछला काँच जगह-जगह से दरका हुआ था और कार के पिछले हिस्से में जगह-जगह गोलियों के निशान और छेद बने हुए थे। उसके साथी ने भी उसके साथ-साथ कार का निरीक्षण किया।

जब वे अंततः जौनगढ़ पहुँचे थे तो विजय ने कार को क़िले के विशाल द्वार के बाहर सड़क पर ही छोड़ दिया था। वह और कॉलिन उस अग्नि परीक्षा से गुज़रने के बाद बेहद थके हुए थे। वे लड़खड़ाते-से क़िले में घुसे थे जहाँ परेशान शुक्ला और उनकी बेटी उन्हें देखकर बेहद खुश हो उठे थे।

राधा जब अंततः विजय के सेलफ़ोन पर संपर्क क़ायम करने में नाकाम रही तो उसने सुबह-सुबह ही स्थानीय पुलिस थाने में विजय की गुमशुदगी की रिपोर्ट दर्ज करा दी थी।

खानसामा नवागंतुकों को बैठक में ले आया जहाँ विजय और कॉलिन दोनों बैठे हुए थे। दोनों ही अभी भी स्तब्ध थे, मानो उनको विश्वास न हो रहा हो कि वे सकुशल घर लौट आए थे। विजय के गाल के घाव के लिए टाँके लगने ज़रूरी थे। राधा ने उसको समझाने की कोशिश की थी कि वह उसको बीएमडब्ल्यू में गुड़गाँव ले जाकर उसकी ठीक से मरहम-पट्टी करवा देती, लेकिन विजय ने उसके प्रस्ताव को टाल दिया था। वे उस कार से जैसे-तैसे घर तो आ गए थे लेकिन कार इस हालत में नहीं थी कि उसे गुड़गाँव ले जाया जाता और वापस ले आया जाता।

इसके अलावा, विजय का दिमाग़ अभी भी अपने चाचा के उन रहस्यमय ईमेल संदेशों में उलझा हुआ था। वह जानना चाहता था कि अपनी ज़िंदगी के आख़िरी पलों में वे उससे क्या कहना चाह रहे थे।

"प्लीज़ उठने की ज़हमत मत उठाइए," भीम सिंह ने विजय से कहा जो स्वागत के लिए सोफ़े से उठने की कोशिश कर रहा था। वह ख़ुद विजय की ओर बढ़ा और उसने उसको अपना तथा अपने साथी का परिचय दिया। "मैं भीम सिंह हूँ, राजीवगढ़ से और ये हैं ग्रेग वाइट। ये बोस्टन यूनिवर्सिटी में पुरातत्व और इतिहास के प्रोफ़ेसर हैं।"

जब विजय ने अपने साथी का परिचय कराया और वाइट हाथ मिलाने आगे की ओर बढ़ा, तो विजय सकते में आ गया। अपने आख़िरी ईमेल में उसके चाचा ने उसे ग्रेग वाइट से बात करने का निर्देश दिया था! उसने काफ़ी समय तक इस बारे में सोचा था कि उसके चाचा के परिचितों में कौन था जिसका नाम ग्रेग वाइट था, लेकिन उसके हाथ कुछ नहीं लगा था। उसने कभी सोचा भी नहीं था कि उस पहेली का जवाब ख़ुद-ब-ख़ुद चलकर उसके दरवाज़े पर आ जाएगा।

अपने आपे में वापस आते हुए उसने हाथ आगे बढ़ा दिया। "आपसे मिलकर ख़ुशी हुई, प्रोफ़ेसर।"

"ग्रेग कहिए, प्लीज़," वाइट ने जवाब दिया। "आपसे मिलकर भी अच्छा लगा, विजय। आपके चाचा मेरे अच्छे दोस्त थे। यह ख़बर सुनकर मैं दहल गया था।"

"हाँ," भीमसेन ने कहा। वाइट उसकी बग़ल में बैठ गया। "निश्चय ही बहुत बुरा हुआ। मैं ये दावा तो नहीं कर सकता कि मैं विक्रम को बहुत अच्छे से जानता था, लेकिन हम... एक ही मंडली के लोग थे... हम कई बार मिले थे। वे बहुत अच्छे इंसान थे।"

विजय ने ग्रेग वाइट की ओर ग़ौर से देखा। उसमें ऐसा कुछ था जो काफ़ी जाना-पहचाना लगता था। लेकिन वे पहले कभी नहीं मिले थे। तभी उसे याद आया।

"आप ओ'हारे से दिल्ली की मेरी फ़्लाइट में थे, तीन दिन पहले। मैं 2बी में था। अमेरिकन एयरलाइन्स।"

वाइट ने याद करने की कोशिश करते हुए माथा सिकोड़ा। "तीन दिन पहले, हाँ, मैं उस फ़्लाइट में था। 3एच। भीम की मेहरबानी से। मेरी इस यात्रा के लिए इन्हीं ने धन मुहैया कराया है। लेकिन, सॉरी, मुझे याद नहीं पड़ता कि मैंने आपको देखा था।"

भीम सिंह ने अपना गला साफ़ किया। साफ़ तौर पर उसकी इसमें कोई दिलचस्पी नहीं थी कि विजय और वाइट ने हिंदुस्तान की उस उड़ान के दौरान एक दूसरे को देखा था। "मैंने बाहर कार देखी। क्या हुआ है?" उसने विजय और कॉलिन को बारी-बारी से देखा, जिनके चेहरों पर तनाव साफ़ था। उसका ध्यान विजय के चेहरे के घाव और दोनों की कलाइयों पर पड़े निशानों पर भी था।

विजय ने सिर हिलाया। "जब मैं कॉलिन को हवाई अड्डे से लेकर आ रहा था तो कुछ लोगों ने हमारी कार को टक्कर मारी और फिर हमारा अपहरण कर लिया था।"

महाराजा चौंक पड़ा। उसने वाइट की ओर देखा जो ख़ुद भी घबराया हुआ लग रहा था।

विजय ने वहाँ से भागने तक का पिछली रात का पूरा वृत्तांत कह सुनाया, लेकिन चाबी वाली बात को छोड़ दिया।

"आप बहुत-बहुत ख़ुशक़िस्मत थे," महाराज ने कहा। "ये आदमी ख़तरनाक अपराधी लगते हैं। लेकिन, उन्होंने आपका अपहरण क्यों किया? वे आपसे या चाहते थे?"

इसके पहले कि विजय जवाब देता, खानसामा बैठक के दरवाज़े पर प्रकट हुआ, जिसके पीछे एक पुलिसवाला था।

"मैं इंस्पेक्टर रौनक़ सिंह," पुलिस वाले ने कमरे में दाख़िल होते हुए कहा। वह अधेड़ उम्र का आदमी था जिसकी घनी मूँछें थीं और पान-तम्बाकू खाने से उसके दाँत काले पड़ गए थे। "मैं गुमशुदगी संबंधी रिपोर्ट के सिलसिले में आया हूँ। कौन गुम गया है?"

राधा उठ खड़ी हुई। "मैंने पुलिस थाने में फ़ोन किया था। ये लोग पूरी रात से ग़ायब थे।" उसने विजय और कॉलिन की ओर इशारा किया।

"लेकिन अब ये लोग वापस आ चुके हैं। आपको हमें ख़बर करनी चाहिए थी, हमारा वक़्त बरबाद न होता।" इंस्पेक्टर ने त्यौरियाँ चढ़ाते हुए कहा और जाने लगा।

"एक मिनट रुकिए।" भीम सिंह अपनी समूची ऊँचाई के साथ खड़ा हो गया। "मैं राजीवगढ़ का महाराजा भीम सिंह हूँ। इन दोनों आदमियों का रात में अपहरण हुआ था। क्या आप इस बारे में कुछ नहीं करेंगे? ये लोग बड़ी मुश्किल से और बड़ी खुशक़िस्मती से जान बचाकर भागे हैं।"

रौनक़ सिंह चलते-चलते रुक गया। उसने भीम सिंह के बारे में सुन रखा था। वह जानता था कि महाराजा एक जानामाना राजनेता है और उसकी ताक़त और दबदबे की अफ़वाहें जौनगढ़ जैसे छोटे-से पुलिस थाने तक पहुँची हुई थीं। उसने महाराजा से पंगा न लेना ही ठीक समझा।

"आपका अपहरण हुआ था?" उसने एक ख़ाली कुर्सी पर बैठते हुए विजय को संबोधित किया। "मुझे तफ़सील से बताइए।"

विजय ने अपने अपहरण की कैफ़ियत दोहराई।

"फ़ारूख़ और इम्तियाज़," रौनक़ सिंह ने विचारपूर्ण ढंग से अपनी दाढ़ी मलते हुए विजय द्वारा बताए गए नामों को दोहराया। "और आपको गुड़गाँव के मकान में क़ैद करके रखा गया था?"

विजय ने सिर हिलाया।

"तब ठीक है, ये मेरे इख़्तियार के बाहर की वारदात है। इस प्रकरण का ताल्लुक गुड़गाँव पुलिस से है।" वह जाने के लिए उठ खड़ा हुआ।

"क्या आप एफ़आईआर दर्ज़ नहीं करेंगे?" भीम सिंह ने पूछा।

रौनक़ सिंह अपने शब्दों का तौलकर चुनाव करने के लिए ठहर गया। "इन लोगों का गुड़गाँव में अपहरण हुआ था और वहीं इन्हें बंधक बनाकर रखा गया था। इसकी तहक़ीक़ात करने और उस मकान की छानबीन करने का काम गुड़गाँव पुलिस का है। अगर मैं एफ़आईआर दर्ज़ भी कर लूँ, तो उन दो लोगों के शुरुआती नामों के आधार पर हम किस तरह तलाशी लेंगे? आप जानते हैं कि हिंदुस्तान में कितने फ़ारूख़ और इम्तियाज़ भरे पड़े हैं?"

भीम सिंह ने इसपर विचार किया। "मेरा ख़याल है कि आप तब भी मदद कर सकते हैं। आप एफ़आईआर तो दर्ज़ करिए ताकि गुड़गाँव पुलिस इस मामले को गंभीरता से ले। ख़ुदा के वास्ते। ये लोग मारे तक जा सकते थे। मैं देखूँगा कि गुड़गाँव पुलिस आगे की कार्रवाई ठीक से करे।" उसने विजय की ओर देखकर सिर हिलाया। "ये मेरे ऊपर छोड़ दीजिए।"

इंस्पेक्टर ने अंततः सिर हिलाया। "ठीक है, सर। जैसा आप कहें। लेकिन हमसे इससे ज़्यादा की उम्मीद मत करिए।"

पुलिस वाले के जाने तक भीम सिंह ने इंतज़ार किया और फिर विजय की ओर मुड़ा। "उसका कहना सही है। मुझे नहीं लगता कि मात्र उन शुरुआती नामों के आधार पर वे उन लोगों को खोज सकते हैं। लेकिन उसपर ज़ोर डालना ज़रूरी था। नहीं तो वे मामले को कभी गंभीरता से नहीं लेते।"

"इसी वजह से मैंने उसे यह नहीं बताया कि फ़ारूख़ मुझसे क्या चाहता था," विजय ने रूखे ढंग से कहा। जब से वाइट आया था तब से वह इस बात को लेकर दुविधा में बना हुआ था कि वह चाबी के बारे में फ़ारूख़ की बात का खुलासा करे या इस बात को अपने तक रखे। अंत में वह इस नतीजे पर पहुँचा कि अगर उसके चाचा चाहते थे कि वह वाइट से बात करे, तो उसको इस पुरातत्वशास्त्री को उस चाबी के बारे में बता देना चाहिए। मुमकिन है वाइट उसे कोई ऐसी चीज़ सुझा सके जिससे उसको अपने चाचा के ईमेल संदेश समझने में मदद मिल सके।

भीम सिंह ने प्रश्नवाचक नज़रों से देखा।

"हाँ, वह आदमी किसी चाबी और किसी श्लोक युक्त डिस्क की रट लगाए हुए था। उसका कहना था कि चाचा ने मुझे वह चाबी दी थी।"

भीम सिंह चौंक उठा और उसने वाइट से नज़रें मिलाईं। "मेरा ख़याल है, हमें इन्हें बता देना चाहिए," उसने पुरातत्वशास्त्री से कहा।

वाइट ने सहमति में सिर हिलाया। "मैं भी यही सोच रहा था, लेकिन मुझे लगा पता नहीं आप सहमत होंगे या नहीं।"

विजय ने हलके आश्चर्य के भाव से उनकी ओर देखा। वाइट उससे जो सवाल करने वाला था वह उसके लिए ज़रा भी तैयार नहीं था।

"क्या आपने नौ अज्ञात पुरुषों के बारे में सुना है?"

आतंक की एक संदिग्ध कार्यसूची

इंटेलिजेंस ब्यूरो का अतिरिक्त निदेशक इमरान किदवई निदेशक के कार्यालय की ओर जाते हुए गलियारे में तेज़ी से भागा जा रहा था। उसके बॉस ने उसको तत्काल तलब किया था। घनी काली मूँछों और पैनी काली आँखों वाला इमरान बयालीस-तैंतालीस की उम्र का था। ब्यूरो में अपने काम की सुस्त प्रकृति के बावजूद उसने अपने आपको सेहत के लिहाज़ से दुरुस्त कर रखा था।

निदेशक के दरवाज़े पर दस्तक देकर अंदर झाँकते हुए वह सोच रहा था कि ऐसी क्या ज़रूरत आ पड़ी होगी। निदेशक अर्जुन वैद ने उतावले ढंग से उसको अंदर आने का इशारा किया। वैद के सामने लाल बालों वाला एक विदेशी व्यक्ति अपने सामने लैपटॉप रखे हुए बैठा था।

इमरान उस अजनबी की बग़ल की कुर्सी पर बैठते हुए उसको उत्सुकता से देखने लगा। "ये माइकल ब्लैक हैं," विदेशी का परिचय देते हुए वैद ने कहा। "सीआईए। मेरा ख़याल है, यही आपको संक्षेप में समझाएँगे।"

ब्लैक ने इमरान पर गंभीर निगाहें टिका दीं। "हमें संभावित आतंकवादी ख़तरे की चेतावनी दी गई है। हमें फ़ोन पर एक आदमी का टेप सुनने मिला था जो मध्य-पूर्व में हाल ही में हुई उच्च स्तरीय हत्याओं के मामले में प्रमुख संदिग्ध व्यक्ति है। उसका नाम टेरेंस मर्फ़ी है। हम नहीं जानते कि वह किन लोगों के लिए काम करता है और हमें उम्मीद थी कि अगर हम उसपर इलेक्ट्रॉनिक निगरानी रखेंगे तो उसके सहारे हम उन लोगों तक पहुँच सकेंगे जिनके लिए वह काम करता है। हमारे हाथ यह चीज़ लगी है।"

उसने अपने लैपटॉप पर एक ऑडियो फ़ाइल को क्लिक किया। एक रिकॉर्डिंग का प्लेबैक शुरू हो गया।

"मर्फ़ी," एक तीखी आवाज़ ने निर्देश दिया। "तुम्हारे लिए एक काम है। यह बहुत अर्जेंट है।" आवाज़ थोड़ी देर को थमी।

"हिंदुस्तान में हमारे सामने एक समस्या है। वहाँ हमारे जो पार्टनर काम कर रहे हैं, उन्हें मदद की ज़रूरत है।"

"हिंदुस्तान?" मर्फ़ी ने आश्चर्य से पूछा।

"मैं चाहता हूँ कि तुम तुरंत दिल्ली के लिए उड़ जाओ।...तुम आज ही रात ओ'हारे से दिल्ली के लिए हवाई जहाज़ पकड़ो। अमेरिकन एयरलाइन्स। और शर्तें वही होगीं जो आमतौर से होती हैं।"

"उद्देश्य?"

रिकॉर्डिंग इन शब्दों के साथ समाप्त हुई :

"तुम्हारे फ़्लाइट में बैठने से पहले तुम्हें सारे ब्यौरे दे दिए जाएँगे। हमारे पार्टनर वहाँ फ़ारूख़ सिद्दीक़ी नामक एक आदमी के नेतृत्व में काम करते हैं। फ़िलहाल तुम्हें इतना ही जानना काफ़ी है।

"और आख़िरी बात। तुम पुरातत्व और प्राचीन भारत के इतिहास को पढ़ो। तुम्हें उसकी ज़रूरत पड़ेगी।"

इसी के साथ फ़ोन के बंद होने की ध्वनि सुनाई दी। इमरान ने ब्लैक की ओर सवालिया निगाहों से देखा। "और भी कुछ होगा, नहीं? ये तो ख़ासा अधूरा है; इसे बमुश्किल ही सुराग़ कहा जा सकता है।"

ब्लैक हँसा। "मानता हूँ। जब हमें ये मिला था तो हमने भी इसके बारे में बहुत ज़्यादा नहीं सोचा था। लेकिन आपने फ़ारूख़ सिद्दीक़ी के बारे में तो सुना होगा?"

इमरान ने कंधे झटके। "हिंदुस्तान में इस नाम के ढेरों आदमी हैं।"

ब्लैक ने लैपटॉप का स्क्रीन इमरान की ओर कर दिया। "इसे देखो। हमें यह वीडियो क्लिप उस सीडी में मिली थी जो पाकिस्तान में बिन लादेन के छिपने के ठिकाने से बरामद की गई थी।" उसने एक एमपी4 फ़ाइल को क्लिक किया और वीडियो क्लिप शुरू हो गई।

तसवीर धुँधली थी, शौक़िया रिकॉर्डिंग थी, लेकिन इसमें शक की कोई गुंजाइश नहीं थी कि वह अल क़ायदा के नए नेता अल जवाहिरी का चेहरा था। वह अरबी में बोल रहा था लेकिन एक वाइसओवर की मार्फ़त उसका बोला हुआ अँग्रेज़ी में अनूदित हो रहा था।

"पश्चिम को इराक और अफ़गानिस्तान में मुसलमानों की ज़िंदगियों की तबाही की क़ीमत चुकानी होगी," अल जवाहिरी एके 47 राइफ़ल भाँजता हुआ चीख़ रहा था। "काफ़िर मरेंगे। उनका ख़याल है कि वे आलातरीन हैं,

लेकिन अब इस्लाम की दुनिया के पास ऐसे ताक़तवर हथियार होंगे जिनको दुनिया ने कभी देखा भी न होगा; ऐसे हथियार जो हमें इस्लाम की फ़तह को हासिल करने में मददगार होंगे!"

उसने मुड़कर एक दूसरे आदमी की ओर देखा, जो चेहरे पर उदासीनता का भाव लिए खड़ा था, जैसे उसको मज़बूरन इस प्रदर्शन का हिस्सा बनाया गया हो।

"भाइयों," अल जवाहिरी ने अपनी बात जारी रखी, "ये फ़ारूख़ सिद्दीक़ी है। ये एटॉमिक साइंसदान है जिसने पाकिस्तान को एटम बम बनाने में मदद की है। ये उस बात की ताईद करेगा जो मैंने कही है।"

फ़ारूख़ ने असहज ढंग से गला साफ़ किया और कैमरे की ओर देखा। "हमारा एक प्लान है और हमें ताक़तवर ज़रियों से पैसा मिल रहा है। ऐसे हथियारों की डिज़ाइन तक हमारी पहुँच है जिनके बारे में लोगों ने कभी ख़्वाब में भी न सोचा होगा। इन हथियारों को बनाने के लिए फ़ैक्ट्रियाँ खड़ी की जा रही हैं। हमने नमूने तैयार कर लिए हैं। एक बार ये फ़ैक्ट्रियाँ खड़ी हो गईं, इसके बाद इस्लाम को दुनिया में अपने हक़ का दावा करने से कोई नहीं रोक सकेगा!"

इसी के साथ जैसे ही टोपीधारी लोगों के उस समूह ने अपनी स्वचालित बंदूकों को आसमान की ओर उठाकर हवाई फ़ायर किए, वह वीडियो समाप्त हो गया।

इमरान पीठ टिकाकर बैठ गया और वीडियो के उस आख़िरी फ़्रेम के बारे में सोचने लगा जो सिद्दीक़ी के चेहरे पर फ़ोकस था। उसने फ़ारूख़ सिद्दीक़ी का नाम कभी भी उस पाकिस्तानी वैज्ञानिक के साथ न जोड़ा होता जिसने पाकिस्तान के परमाणु बम के लिए काम किया था और जो अचानक 2003 में ग़ायब हो गया था। व्यापक तौर पर ऐसा माना जाता था कि फ़ारूख़ को पाकिस्तान के परमाण्विक रहस्यों को चुराने की कोशिश के दौरान इस्लामी आतंकवादियों द्वारा या तो अपहृत कर लिया गया था या मार दिया गया था। उसका शव कभी नहीं मिला था। अब वह अल क़ायदा के वीडियो में था, और वह भी किसी ऐसे-वैसे व्यक्ति के साथ नहीं बल्कि अल जवाहिरी के साथ।

"मैं समझा नहीं," इमरान ने सीधे मुद्दे पर आते हुए कहा। "ये किन हथियारों की बात कर रहा है? और इनकी फ़ैक्ट्रियाँ कहाँ पर हैं? हमारे खुफ़िया तंत्र को इस तरह की फ़ैक्ट्रियाँ कहीं नहीं दिखीं। क्या आप लोगों ने इनके बारे में कुछ सुना है?"

ब्लैक ने इंकार में सिर हिलाया। "कोई आइडिया नहीं। फ़ारूख़ हथियारों का ब्यौरा न देने के मामले में चौकन्ना था और जानबूझकर अस्पष्ट बना हुआ था। मुमकिन है इसका उद्देश्य अल क़ायदा में भर्ती करने के लिए उन जिहादियों को आकर्षित करना हो, उनको ऐसी तकनीकी उत्कृष्टता का आश्वासन देते हुए जिसका उन्हें अभी तक कोई तजुर्बा नहीं है। अल क़ायदा की खस्ता हालत को देखते हुए ये संगठन में नई जान फूँकने की कोशिश भी हो सकती है।"

"फ़ारूख़ फ़ोन टेप और वीडियो क्लिप दोनों में है," इमरान ने सार पेश करते हुए कहा। "और आपको लगता है दोनों एक ही व्यक्ति हैं?"

ब्लैक ने कंधे झटके। "हो सकता है। नतीजा निकाल पाना मुश्किल है। जब एजेंसी में किसी ने मर्फ़ी टेप, वीडियो क्लिप और पाकिस्तान में लश्कर-ए-तैयबा (एलईटी) के ठिकाने पर मारे गए छापे के दौरान बरामद किए गए कुछ दस्तावेज़ों के बीच संबंध बिठाया, तो हमें सिर्फ़ ये लगा कि हम किसी नतीज़े पर पहुँच सकते हैं। उन दस्तावेज़ों के मुताबिक़, पाकिस्तान में फ़ारूख़ सिद्दीक़ी नाम का एलईटी का कोई नेता है। हम सब जानते हैं कि एलईटी के तार अल क़ायदा से जुड़े हुए हैं। संभवतः उनकी महत्त्वाकांक्षा दुनिया के सबसे अग्रणी इस्लामी आतंकवादी संगठन के रूप में अल क़ायदा की जगह ले लेने की है।"

"जैसाकि आपका कहना है, हिंदुस्तान में कई फ़ारूख़ सिद्दीक़ी हो सकते हैं," कुछ पल रुकने के बाद ब्लैक ने कहा। अपने शब्दों पर ज़ोर देने के लिए वह आगे की ओर झुक आया। "जिन दस्तावेज़ों में फ़ारूख़ सिद्दीक़ी का नाम आया है उनमें एलईटी की किसी बहुत बड़ी आतंकवादी योजना का भी ज़िक्र है, हालाँकि कोई ब्यौरे नहीं हैं। अगर यह वही आदमी हुआ तो? वैज्ञानिक फ़ारूख़ सिद्दीक़ी अपना वैज्ञानिक का चोगा उतारकर एके47 के साथ एलईटी का नेता बन गया हो? क्या ये मुमकिन नहीं कि मर्फ़ी टेप में जिस शख़्स का हवाला दिया गया है वह हिंदुस्तानी न होकर पाकिस्तानी हो? और

कल्पना कीजिए कि जिस पार्टनर का ज़िक्र फ़ोन में किया गया है वह एलईटी हो? हो सकता है मर्फ़ी को हिंदुस्तान की किसी मुहिम में उनके साथ काम करने की ज़िम्मेदारी सौंपी गई हो? ये पूरी तरह संभावित है क्योंकि मर्फ़ी के संबंध मध्य-पूर्व से भी हैं।"

"बात क़ाबिले ग़ौर है," इमरान ने वैद की ओर विचारपूर्ण नज़रों से देखा।

"अगर कोई सूत्र है, तो हमें इसका पता करना ज़रूरी है," वैद ने कहा। "किदवई, अब ये तुम्हारा ज़िम्मा है। इसे जाँचो और देखो कि क्या इसमें कोई सार है। मर्फ़ी का पता चलते ही उसके फ़ोन टेप करो। हमें यह पता करने की ज़रूरत है कि वह किन लोगों से बात करता है। अगर हमारा अनुमान सही है, तो इसका मतलब है कोई संगीन साजिश चल रही है और हमें उसे रोकना होगा। मैं गृह मंत्री को खुद जानकारी दूँगा।"

इमरान ने सिर हिलाया। उसने पहले ही अपने मन में अपनी कार्ययोजना बनानी शुरू कर दी थी। लेकिन दो सवाल थे जो उसे तंग कर रहे थे।

पाकिस्तान का भगोड़ा परमाणु वैज्ञानिक एलईटी का हिस्सा क्यों था? और वह हिंदुस्तान में क्या कर रहा था?

8

पाँचवाँ दिन

जौनगढ़ क़िला

विजय ने सिर हिलाते हुए अपना माथा सिकोड़ा। नौ अज्ञात पुरुष...यह चीज़ उसकी जानी-पहचानी क्यों लग रही है?

"ये कौन हैं?" उसने पूछा।

"नौ अज्ञात पुरुषों का भ्रातृसंघ एक प्राचीन गुप्त संगठन है, शायद संसार का सबसे पुराना संगठन जिसका इतिहास 2,300 साल पुराना है।" वाइट इतना कहकर चुप हो गया और विजय तनकर बैठ गया; उसकी आँखें आश्चर्य से खुली हुई थीं।

"मतलब, तुमने उनके बारे में सुना है।" वाइट ने कहा।

"नहीं, मैंने नहीं सुना," विजय ने धीरे-धीरे जवाब दिया। "लेकिन वह नंबर - 9 - उनमें से एक ईमेल में ज़रूर था जो उन्होंने मुझे अपनी हत्या वाले दिन भेजे थे। मैं उसका मतलब नहीं समझा था, लेकिन अभी जब आपने नौ के बारे में कहा, तो सहसा मुझे याद आया। मैं सोच रहा हूँ कि क्या चाचा इस इस गुप्त संगठन का हवाला दे रहे थे।"

"आपके चाचा निश्चय ही नौ के वजूद में विश्वास रखते थे," वाइट ने कहा। "उन्होंने इसके बारे में मुझसे कई बार बात की थी। आप कह रहे हैं कि उन्होंने आपको नौ के बारे में कोई ईमेल भेजा था?"

"बात जारी रखिए," विजय ने उतावलेपन से कहा, "प्लीज़ मुझे इस गुप्त संगठन के बारे में और कुछ बताइए।"

पल भर को लगा जैसे वाइट उन ईमेल संदेशों के बारे में और भी जानना चाहता था जिनका ज़िक्र विजय ने किया था। फिर, उसने कमरे में चारों ओर देखा। "आप सबने महान सम्राट अशोक के बारे में सुना होगा।"

यह वक्तव्य से ज़्यादा एक सवाल था, लेकिन राधा ने हामी भरते हुए सिर हिलाया। "वह हिंदुस्तान का एक किंवदंती बन चुका सम्राट था जो ईसापूर्व तीसरी सदी में हुआ था। वह एक उग्र योद्धा था जिसके बारे में कहा जाता है कि उसने सिंहासन हासिल करने के लिए अपने भाइयों की हत्या कर दी थी। उसने ख़ूंखार युद्ध लड़कर अपने राज्य का विस्तार किया था जिसमें दक्षिण के कुछ हिस्सों को छोड़कर आज का समूचा हिंदुस्तान, पाकिस्तान और अफ़गानिस्तान शामिल था। उसकी आख़िरी विजय कलिंग की थी - आज के समय का उड़ीसा। कलिंग के युद्ध में दोनों पक्षों के हज़ारों सैनिक मारे गए थे। माना जाता है कि कलिंग की इस लड़ाई में जिस मौत और तबाही का वह सबब बना था उसको लेकर उसे गहरा पश्चाताप हुआ था, जिसके चलते उसने हिंसा का रास्ता छोड़ दिया था और बौद्ध धर्म अपना लिया था। इतिहास बताता है कि वह एक महान सम्राट था, जो अपनी प्रजा के कल्याण के प्रति समर्पित था। उसने हिंदुस्तान के बाहर तक बौद्ध धर्म का प्रचार किया था। उसका बेटा महेन्द्र श्री लंका गया था। उसने धम्म के विधान का प्रचार करने के लिए समूचे राज्य में शिलालेख स्थापित किए थे।"

वाइट मुस्कराया। "बहुत अच्छे। आपको निश्चय ही अपने प्राचीन भारत के इतिहास की जानकारी है। अशोक ने ईसापूर्व 260 से ईसापूर्व 223 तक शासन किया था। और आप उसे किंवदंती कह रही हैं, यह ठीक ही है। अशोक की कहानी किंवदंती ही बनी रह जाती अगर 1837 में पहली बार जेम्स प्रिंसेप द्वारा उसके शिलालेखों की खोज और अनुवाद का काम न किया गया होता। 1915 में मिले एक और शिलालेख ने, जिसमें अशोक का उसके नाम से उल्लेख है, एक सम्राट के रूप में उसकी ऐतिहासिक प्रामाणिकता की पुष्टि की, अन्यथा उन्नीसवीं सदी तक तो उसको एक मिथक ही माना जाता था।"

"लेकिन अशोक के बारे में एक और भी किंवदंती है, जिसके बारे में कम जानकारी है और जिसकी पुष्टि इतिहासकारों ने नहीं की है।" भीम

सिंह ने क़िस्से को आगे बढ़ाते हुए कहा। "कहा जाता है कि उसने एक गुप्त संगठन की स्थापना की थी - नौ अज्ञात पुरुषों का भ्रातृसंघ। यह एक ऐतिहासिक तथ्य है कि अशोक के कार्यकाल के दौरान जहाँ धर्म और शांति फल-फूल रहे थे वहीं विज्ञान रहस्य के पर्दे में छिपा हुआ था। माना जाता है कि हिंसा का परित्याग कर देने के कारण अशोक यह सुनिश्चित करना चाहता था कि मनुष्य द्वारा की जाने वाली वैज्ञानिक प्रगति का इस्तेमाल सैन्य उपयोग के लिए नहीं किया जाना चाहिए या उसे तबाही और मौत का सबब नहीं बनना चाहिए।"

"किंवदंती के मुताबिक़, नौ को यह काम सौंपा गया था कि वे प्राचीन पांडुलिपियों और दस्तावेज़ों का अध्ययन कर इतिहास में हुए तमाम वैज्ञानिक आविष्कारों का लेखा तैयार करें ताकि विनाश के ज्ञात साधनों के ग़लत हाथों में जा पड़ने की संभावना को समाप्त किया जा सके।"

"जैसे-जैसे गुप्त संगठन नौ के सदस्य मरते गए, वैसे-वैसे सदियों के दौरान हिंदुस्तान के अग्रणी वैज्ञानिकों के बीच से चुनकर संगठन में नए सदस्यों को शामिल किया जाता रहा, ताकि ज्ञान की निरंतरता अक्षुण्ण बनी रह सके। लोगों का तो यहाँ तक कहना है कि जगदीश चंद्र बोस जैसे महान भारतीय वैज्ञानिक नौ नामक इस गुप्त संगठन के बारे में जानते थे और उसके वजूद में विश्वास करते थे; और शायद अपने प्रयोगों के लिए उनको उनसे मदद भी मिली थी। अटकल तो यह भी है कि बोस खुद भी नौ में से एक रहे थे।"

"लेकिन ये सही नहीं है," वाइट ने कहा। "सदियों पहले नौ मर चुके थे। किंवदंती यह है कि पिछले पंद्रह सौ सालों से भ्रातृसंघ का कोई सदस्य नहीं रहा है।"

"सही है," भीम सिंह ने स्वीकार किया। "इस बात को हम एक तथ्य के तौर पर जानते हैं, क्योंकि मेरे पूर्वज, राजीवगढ़ के पहले महाराज, ने 500 ईसवी में नौ के अंतिम सदस्य के लुप्त होने को दर्ज़ किया था। उनके दरबार के ज्योतिषी ने उनको बताया था कि वह अंतिम जीवित सदस्य था और उसने उनसे सुरक्षा की गुहार लगाई थी क्योंकि उसका जीवन ख़तरे में था। लेकिन इसके पहले कि मेरे वे पूर्वज उसकी मदद के लिए कुछ कर पाते वह ज्योतिषी ग़ायब हो गया था।"

"मैंने नौ की किंवदंती के बारे में सुना है," शुक्ला बुदबुदाया। "उन्होंने विभिन्न विषयों पर पुस्तकें लिखी थीं।"

भीम सिंह ने सिर हिलाकर सहमति जताई। "किंवदंती के मुताबिक़, नौ पुस्तकें।" उसने अपनी अँगुलियों पर उनको गिना। "मनोविज्ञान या प्रचार और मनोवैज्ञानिक युद्धकर्म, शरीरक्रिया विज्ञान, सूक्ष्मजैविकी, कीमियागिरी या रासायनिकी, संचार, चुंबकत्व, खगोलिकी, प्रकाश और समाजशास्त्र।"

वाइट ने सहमति में सिर हिलाया। बाक़ी लोग महाराजा की ओर ताकते रहे। बात अविश्वसनीय-सी लगती थी, लेकिन वह भीम सिंह द्वारा कही गई थी जिसका व्यक्तित्व इस क़िस्से को एक क़िस्म की विश्वसनीयता प्रदान करने वाला था।

"मेरी बात शायद रूखी लगे," कॉलिन ने साहस करते हुए कहा, "लेकिन इस बात पर विश्वास करना मुश्किल है कि आप जैसी हैसियत रखने वाला एक आदमी, हिंदुस्तान के शाही घराने का एक सदस्य, इस क़िस्म के क़िस्से में आस्था रखता हो।" कॉलिन ने उस कमरे में मौजूद दूसरे हिंदुस्तानियों के संकोच में साझा नहीं किया, जिनके मन में भीम सिंह जैसी प्रभुत्वशाली शख़्सियत के प्रति स्वाभाविक सम्मान का भाव था। "रासायनिकी, सूक्ष्मजैविकी और चुंबकत्व के बारे में दो हज़ार साल पहले लिखी गई पुस्तकें...मैं जानता हूँ कि हिंदुस्तान का इतिहास महान है और प्राचीन भारत में विज्ञान ख़ासे परवान पर था, लेकिन ये कुछ ज़्यादा ही दूर की कौड़ी लगती है, नहीं? हम सब जानते हैं कि चुंबकत्व के सिद्धांत का आविष्कार न्यूटन ने किया था। और सूक्ष्मजैविकी...क्यों, उस समय तो सूक्ष्मदर्शी यंत्र दूर-दूर तक नहीं थे।"

"अरे, मैं यह नहीं कह रहा हूँ कि मैं इसमें विश्वास करता हूँ," भीम सिंह उनकी ग़लतफ़हमी पर मुस्कराया। "मैं तो सिर्फ़ किंवदंती की बात बता रहा हूँ। इसका ये मतलब नहीं है कि किंवदंती सही है।"

"तब भी चाचा इसमें इसमें विश्वास करते थे।"

वाइट ने इंकार में सिर हिलाया। "मैंने ये नहीं कहा। विक्रम नौ के वुजूद में विश्वास करते थे, न कि उनके द्वारा लिखी गई नौ पुस्तकों की किंवदंती

में या उनके बारे में किन्हीं विस्मयकारी क़िस्सों में। उन्हें किसी तरह नौ की सच्चाई का पता चल गया था।" उसने भीम सिंह की ओर देखा।

"देखिए," भीम सिंह ने बातचीत का सिरा थामा। "अशोक महान ने एक रहस्य की रक्षा के लिए भ्रातृसंघ की स्थापना की थी; एक ऐसे रहस्य की रक्षा के लिए जिसकी जड़ें सुदूर अतीत में थीं। इस संगठन को उस रहस्य की हिफ़ाज़त की ज़िम्मेदारी सौंपी गई थी जिसके बारे में अशोक को लगता था कि उसको दुनिया के सामने उजागर करना बहुत ख़तरनाक था। नौ के बारे बाक़ी सारे मिथक और कहानियाँ इसलिए गढ़े गए थे ताकि उस महान रहस्य को उत्सुक दिमाग़ों और ताकझाँक करने वाली निगाहों से छिपाया जा सके।"

"और वह रहस्य क्या था?" राधा ने पूछा।

वाइट ने कंधे झटक दिए। "हम नहीं जानते।"

"जब आप यह भी नहीं जानते कि वह रहस्य है क्या, तो आप ये कैसे जानते हैं कि भ्रातृसंघ का उद्देश्य उस रहस्य की हिफ़ाज़त करना था?" राधा ने कहा।

वाइट ने चमड़े की वह नोटबुक निकाली जो उसे भीम सिंह ने दी थी और सेण्टर टेबल पर रख दिया। सभी लोग उसे घूरते रहे लेकिन किसी ने उसे छुआ नहीं; मानो वह कोई अभिशप्त वस्तु हो।

"क्या आपने एर्नस्ट शेफ़र के बारे में सुना है?" किसी व्यक्ति विशेष को संबोधित किए बग़ैर भीम सिंह ने पूछा।

वाइट को छोड़कर बाक़ी सभी ने इंकार में सिर हिला दिया।

"ओके, *आननएयाब* के बारे में क्या ख़याल है?"

"रुकिए, ये वही संगठन नहीं था जिसकी स्थापना हिटलर ने आर्य प्रजाति के उद्गम के शोध के लिए की थी?" विजय ने अपने चेहरे पर बल देते हुए पूछा। वह अपने स्कूल दिनों के इतिहास के पाठ को याद करने की कोशिश कर रहा था।

"एकदम सही है।" भीम सिंह ने कहा। "1935 में हिटलर ने *आननएयाब* या ब्यूरो ऑफ़ स्टडी ऑफ़ एन्सेस्ट्रल हैरिटेज की स्थापना के लिए फ़्रेडरिक

हीशा को अधिकृत किया था। इस संगठन का एक उद्देश्य आर्य प्रजाति के उद्गम के बारे में शोध करना था। उन्होंने तिब्बत पर ध्यान केंद्रित किया था।"

"1937 में *आननएयाब* को एक सरकारी संगठन बनाकर *शुत्ज़्स्टाफ़ेल,* अर्थात् संरक्षण दस्ते के साथ सम्बद्ध कर दिया गया था। यह वही भयानक संगठन था जो एसएस के नाम से जाना जाता था।"

"एर्नस्ट शेफ़र एक आखेटक और जीवविज्ञानी था जिसने तिब्बत में 1931 और 1935 में दो अभियानों का नेतृत्व किया था, जिसका मुख्य उद्देश्य शिकार करना और अपने जीववैज्ञानिक अनुसंधान संबंधी हितों को साधना था। लेकिन 1938 में तिब्बत सरकार के आमंत्रण पर *आननएयाब* ने एक तीसरा अभियान प्रायोजित किया। शेफ़र के इस तीसरे अभियान का एक सदस्य था ब्रूनो बेगर, जिसकी दिलचस्पियों में प्रजातीय शोध शामिल था। 1937 में दरअसल बेगर ने तिब्बत में एक शोध योजना की पेशकश की थी, और शेफ़र के अभियान का एक हिस्सा होने के नाते उसका इरादा तिब्बतियों के प्रजातीय लक्षणों का शोध करने की दृष्टि से तिब्बती खोपड़ियों को मापना था।"

उसने नोटबुक की ओर इशारा किया। "ये ब्रूनो बेगर की डायरी है जिसमें उसने उस हर चीज़ को दर्ज़ किया है जो उसने देखा और खोजा था।" उसने संक्षेप में टैम्पल ऑफ़ टूथ में बेगर के प्रवास और उसके द्वारा की गई पांडुलिपियों की खोज के बारे में बताया।

शुक्ला ने नोटबुक उठाई और उसके पन्ने पलटने लगा, बीच-बीच में वह डायरी की कुछ टीपों को पढ़ने के लिए रुक जाता था। जैसे ही उसकी नज़र संस्कृत की उन टीपों में से एक टीप पर पड़ी जिनको बेगर ने कॉपी किया हुआ था, उसका चेहरा खिल उठा।

"आप संस्कृत पढ़ सकते हैं?" भीम सिंह ने उन श्लोकों पर गए शुक्ला के विशेष ध्यान को लक्ष्य करते हुए कहा।

शुक्ला ने सिर हिलाकर हामी भरी। उसकी नज़रें उस पन्ने पर टिकी रहीं। "जब मैं कॉलेज में था तब मैंने प्राचीन भारतीय भाषाएँ पढ़ी थीं। मैंने भी और विक्रम ने भी; हम लोगों की अतीत में बहुत दिलचस्पी थी। पाली,

प्राकृत, मागधी और संस्कृत। यहाँ तक कि खरोष्ठी भी। ये उसके पहले की बात है जब विक्रम ने परमाणु भौतिकीविद होने का फ़ैसला किया था। ये अद्‌भुत है।" यह आख़िरी टिप्पणी उसने उस पन्ने को देखकर की थी जिसे वह पढ़ रहा था।

"तब तो आप बाक़ी लोगों के लिए इसका अनुवाद कर सकते हैं।"

शुक्ला ने अगल-बग़ल देखा और सिर हिलाकर हामी भरी। उसने अपना गला साफ़ किया और ज़ोर-ज़ोर से पढ़ने लगा।

"मैं सूरसेन, यहाँ अपनी उस खोज को दर्ज़ करता हूँ जो देवानामपिय पियदस्सी, महान सम्राट अशोक द्वारा स्थापित किए गए नौ अज्ञात पुरुष नामक भव्य भ्रातृसंघ के गुप्त पुस्तकालय का एक हिस्सा है। मैं यह नहीं बताऊँगा कि यह खोज क्या है, क्योंकि सम्राट ने मुझको अपनी खोज का ब्यौरा दर्ज़ करने से मना किया है ताकि वह शत्रुओं के हाथ न लग सके; क्योंकि भ्रातृसंघ की स्थापना इसी वजह से की गई थी। लेकिन मैं इस बात को दर्ज़ करूँगा कि यह खोज मैंने कैसे की।"

"अपने सम्राट के निर्देश पर मैंने वनवासी के साथ उसके जंगली निवास की यात्रा की, जो राजमहल से दस दिन की दूरी पर था। उसको और अपने सैनिकों को पीछे छोड़कर मैं सावधानी के साथ उस पहाड़ी की तलहटी में पहुँचा जो जंगल के बीचों-बीच थी। मुझे अपने सामने एक छोटा-सा प्रवेश दिखाई दिया, जो पहाड़ी की बग़ल में चट्टान की लंबी दीवार से छिपा हुआ एक अँधेरा सुराख़ था। मैं उस दरवाज़े से अंदर के अँधेरे में धँसता चला गया। मुझे दानवों का भय नहीं था, क्योंकि मैं अंधविश्वासी नहीं हूँ, लेकिन मुझे अज्ञात शक्तियों का भय था; और मैं यह भी नहीं जानता था कि उस दरवाज़े के परे मेरा सामना किस चीज़ से होना है।"

"जैसे ही मैं गुज़रा एक विचित्र घटना हुई। एक अजनबी रोशनी, हलकी और मद्धिम, मेरे रास्ते को रोशन कर रही थी जिसके सहारे मैं उस कंदरा के मुहाने तक जा पहुँचा। जैसे ही मैंने कंदरा में प्रवेश किया, मैंने जो कुछ देखा उसके चलते मैं अपनी आँखों पर विश्वास नहीं कर सका।"

"लेकिन जैसा कि बुद्धिमान सम्राट ने कहा था, इस तरह की खोज संसार को भयानक जोख़िम में डाल सकती है। इसलिए मुझे अपनी जबान बंद रखनी होगी और मैं आगे कुछ भी नहीं कहूँगा।"

शुक्ला ने सिर उठाकर देखा। "ये विस्मयकारी है।" पढ़ते हुए उत्तेजना से उसके हाथ काँप रहे थे। विजय ने आँखें सिकोड़ीं। "ये कैसे मुमकिन है कि आप लोग एक गुप्त संगठन के बारे में इतनी अच्छी तरह से जानते हैं जिसने पिछले दो हज़ार सालों से अपने को छिपाए रखा है?"

भीम सिंह मुस्कराया। "ये गोपनीय है, विजय। लेकिन मैं तुम्हें कुछ बातें बताऊँगा। मैं एक सरकारी योजना का नेतृत्व कर रहा हूँ जो नौ के रहस्य की रक्षा करने की कोशिश कर रही है। भ्रातृसंघ सदियों पहले समाप्त हो चुका है। अब कोई और लोग हैं जो उस रहस्य के पीछे लगे हुए हैं। सरकार यह सुनिश्चित करना चाहती है कि वह उसी तरह छिपा रहे जैसा सम्राट अशोक ने चाहा था। अगर अशोक का विश्वास था कि वह रहस्य दुनिया को नष्ट कर सकता है, तो हम उसे ग़लत हाथों में नहीं पड़ने दे सकते।"

"आप किसी वजह से मुझे ये सब बता रहे हैं।" विजय ने प्रश्नवाचक निगाहों से महाराजा की ओर देखा।

"दरअसल कई वजहें हैं। पहली, यह कि मूलभूत नौ अज्ञात पुरुषों ने इस रहस्य के स्थल की बड़े जतन से हिफ़ाज़त की थी। उन्होंने पहेलियों और सुराग़ों का एक जटिल तंत्र खड़ा किया था और पहेली के टुकड़ों को संगठन के कुछ सदस्यों के बीच इस तरह बाँट रखा था कि कोई भी सदस्य अकेले उस स्थल के बारे में नहीं जान सकता था। पहेली का पहला हिस्सा एक धातुई डिस्क है जिस पर एक श्लोक अंकित है जिसके गूढ़ अर्थ को केवल एक कुंजी की मदद से समझा जा सकता है।"

"ये सब यहाँ इस डायरी में हैं," शुक्ला ने कहा। "एक धातुई डिस्क, एक कुंजी, एक गेंद और एक पहेली - एक पहेली के चार हिस्से।" इसके बाद उसने अपनी भूल सुधारते हुए कहा, "सॉरी, दो धातुई डिस्कें। वे डुप्लीकेट हैं; इसलिए कि अगर एक डिस्क खो जाए तो दूसरी काम आ सके।"

विजय की आँखें फैल गईं। "तो आप ये कह रहे हैं कि चाचा की हत्या इसलिए की गई क्योंकि फ़ारूख़ और उसके गुर्गे नौ के रहस्य की खोज में लगे हुए हैं?"

"ये दूसरी वजह है जिससे मैंने तुम्हें ये बातें बताई हैं, क्योंकि तुमने हमें बताया है कि फ़ारूख़ को किस चीज़ की तलाश है। लगता है कि उनके हाथ किसी तरह एक डिस्क लग गई थी, हालाँकि कैसे इसकी मैं कल्पना नहीं कर सकता। यह बात तर्कसंगत लगती है कि तुम्हारे चाचा की हत्या और तुम्हारे अपहरण के पीछे नौ नामक उस संगठन के बारे में तुम्हारे चाचा की जानकारी रही है। तुम्हें यह समझने की ज़रूरत है कि तुम गंभीर ख़तरे में हो। ख़ासतौर से अगर फ़ारूख़, वो जो भी कोई हो, के मन में यह बात बैठी हुई है कि तुम्हारे चाचा को कुंजी की जानकारी थी और उन्होंने वह जानकारी तुम्हें सौंप दी है। क्या विक्रम ने ऐसा किया था?"

"नहीं चाचा ने मुझे कुंजी के बारे में कभी नहीं बताया था।" विजय के मन में पल भर को ईमेल के बारे में उन लोगों को बताने का ख़याल आया। लेकिन वह इस बात को लेकर अभी तक अनिश्चित था कि वह ईमेल वाली बात किसी को बताए या न बताए। अगर चाचा ईमेल के पीछे के संदेशों को सार्वजनिक जानकारी में लाना चाहते होते तो उन्होंने उन संदेशों को इतना पोशीदा न बनाया होता।

भीम सिंह ने सिर हिलाया। "अगर तुम्हें कोई भी ऐसी चीज़ पता लगती है जो उस रहस्य की रक्षा में मदद करती हो तो वह हमारे लिए उपयोगी होगी।"

"निश्चय ही, हलाँकि मैं कल्पना नहीं कर सकता कि हम किस तरह मदद कर सकते हैं।" विजय इस बात को महसूस किए बग़ैर नहीं रह सका कि महाराजा जानता था कि वह कोई बात छिपा रहा था।

"जो भी हो, कृपया सावधान रहें," भीम सिंह ने कहा। उसने उन लोगों को टैम्पल ऑफ़ टूथ में हुए नरसंहार और प्राचीन पांडुलिपियों के ग़ायब होने की वे बातें बताईं जिनको बेगर ने अपनी डायरी में कड़ी मेहनत के साथ कॉपी किया था। "और इतना भर नहीं है," उसने आगे कहा। "ग्रेग पर भी पिछली रात हमला हुआ था।"

वाइट ने उदास भाव से सिर हिलाया और उसका हाथ उसकी गर्दन के पीछे चला गया। "मुझे पिछली रात मेरे होटल के कमरे में हुई डकैती के चलते यहाँ एक गूमड़ पड़ गया है," उसने कहा। "जब मुझे होश आया तो मैंने पाया कि मेरे कमरे की तलाशी ली गई थी।"

"ऐसा कुछ भी नहीं है जो ग्रेग के पास रहा हो सकता था जिससे किसी को उस रहस्य का पीछा करने में मदद मिल सकती। वह अभी हिंदुस्तान पहुँचा ही था और उसको किसी तरह के ब्यौरों तक की जानकारी नहीं थी। लेकिन हमारी योजना के साथ उसका जुड़ाव मात्र उसकी ओर ध्यान खींचने के लिए काफ़ी था।" भीम सिंह ने कहा और फिर विजय को संबोधित किया, "हमने पुलिस में रिपोर्ट दर्ज़ नहीं कराई है क्यों हम अनावश्यक रूप से ध्यान नहीं खींचना चाहते। मैंने ग्रेग को होटल छोड़कर मेरे फ़ार्म हाउस में रहने को कहा है। यहाँ वह ज़्यादा सुरक्षित रहेगा, क्योंकि फ़ार्म हाउस पर्याप्त पहरे में है। मेरा ख़याल है कि आपको भी बहुत सावधान रहना चाहिए। अगर ये फ़ारूख़ नामक शख़्स वाक़ई नौ के रहस्य के पीछे लगा हुआ है, तो वह कुछ भी कर सकता है।"

इस बीच खानसामे ने आकर वक़ील, होमी मेहता के आने की सूचना दी।

"विजय, मेरे बच्चे, तुम ठीक तो हो न?" होमी ने विजय की ओर तेज़ी से बढ़ते हुए और उसका हाथ थामकर उसके चेहरे के घाव को देखते हुए कहा। उसके हँसमुख चेहरे पर चिंता की लकीरें थीं।

"मैं ठीक हूँ, बस थोड़ा-सा दहल गया हूँ।" विजय ने होमी से कहा और फिर भीम सिंह, ग्रेग वाइट तथा कॉलिन से उसका परिचय कराया।

विजय ने एक बार फिर अपने अपहरण और वहाँ से भागने का क़िस्सा सुनाया। उसका इरादा होमी को कुंजी वाली बात बताने का था क्योंकि वह उसको अपने परिवार का एक सदस्य ही समझता था, और उसने फ़ारूख़ द्वारा चाही गई जानकारी की कैफ़ियत देनी शुरू की, तभी उसने लक्ष्य किया कि भीम सिंह उसकी ओर भौंहें तान रहा है। उसको अहसास हो गया कि महाराजा नौ नामक संगठन के बारे में किसी से भी बात करने के पक्ष में नहीं था, इसलिए उसने क़िस्से के उस भाग को छोड़ दिया।

"जब तुम रात को नहीं लौटे तो राधा ने आज सुबह मुझे फ़ोन किया था," होमी ने कहा, "फिर जब तुम आए तो उसने मुझे फ़ोन पर सूचना दी, और इसलिए मैं जितनी जल्दी मुमकिन था उतनी जल्दी यहाँ भागा आया।"

भीम सिंह और वाइट ने आपस में नज़रें मिलाईं और फिर भीम सिंह ने गला साफ़ किया। "तो, विजय, मेरा ख़याल है, हमें अब चलना चाहिए," उसने कहा। "मुझे आपको अपनी कार में दिल्ली ले जाकर खुशी होती और मैं आपको वापस छोड़ भी देता, लेकिन चूँकि मिस्टर मेहता यहाँ हैं, मेरा ख़याल है इसकी व्यवस्था अब हो जाएगी। अगर मेरी कोई ज़रूरत हो तो निस्संकोच मुझे सूचित करना।" उसने अपना बिज़नेस कार्ड विजय को थमा दिया।

"और मुझे भी," वाइट ने कहते हुए भीम सिंह के दिए कार्ड के पीछे अपना फ़ोन नंबर लिखते हुए कहा। विजय ने उठकर दोनों आदमियों से हाथ मिलाया और वे दरवाज़े की ओर चल पड़े।

"मैं विक्रम सिंह की वसीयत और जायदादों से संबंधित सारे दस्तावेज़ ले आया हूँ," होमी ने विजय को एक प्लास्टिक फ़ोल्डर देते हुए कहा और बैठ गया। "उनकी सारी सम्पत्तियों के अलावा..." उसने हिचकिचाते हुए राधा, शुक्ला और कमरे से बाहर निकलते उन दो आदमियों की ओर देखा।

विजय समझ गया। विक्रम सिंह की वसीयत के बारे में दूसरे लोगों के सामने बात करते हुए होमी सहज महसूस नहीं कर रहा था। उसने वक़ील की ओर आश्वस्त करने वाले भाव से मुस्कराकर देखा। "कोई बात नहीं है होमी, यहाँ सब दोस्त ही हैं।"

होमी ने सिर हिलाया। हालाँकि वह अभी भी असहज दिखाई दे रहा था लेकिन उसने अपनी बात जारी रखी। "तुम्हारे चाचा ने दो साल पहले दिल्ली में एक लॉकर किराये पर लिया था। ये उसकी चाबी है। मैं नहीं जानता कि उसमें क्या है, क्योंकि विक्रम उसके बारे में काफ़ी गोपनीयता का भाव रखता था। वसीयत में भी उस लॉकर की चीज़ों के बारे में कुछ भी नहीं लिखा है।"

वाइट और भीम सिंह ने जैसे ही यह सुना वे दरवाज़े पर ही रुक गए, और मुड़कर देखने लगे। उनकी नज़रें विजय की नज़रों से मिलीं। तीनों आदमी एक ही बात सोच रहे थे।

जिस रहस्मय कुंजी की तलाश फ़ारूख़ को थी क्या वह उस लॉकर में छिपी हुई थी?

लेकिन अपने विचारों को व्यक्त किए बिना ही भीम सिंह और ग्रेग वाइट चले गए।

"क्यों न जब हम दिल्ली में हों तो लॉकर को खोलकर देख लें?" विजय ने सुझाया। वह इस तथ्य के उजागर होने से बहुत उत्तेजित महसूस कर रहा था कि उसके चाचा ने वाक़ई कोई चीज़ छिपाकर रखी हुई थी और वह जानना चाहता था कि वह क्या चीज़ थी; ख़ासतौर से अगर उसका कोई ताल्लुक़ 2000 साल पुराने गुप्त भ्रातृसंघ से था।

होमी ने अपनी घड़ी की ओर देखा। "मुझे डेढ़ बजे एक लंच पर जाना है," उसने कहा, "इसलिए आय एम सॉरी लेकिन आज मैं तुम्हें लॉकर तक नहीं ले जा पाऊँगा।"

"आप जाते हुए मेरी कार क्यों नहीं उठा लेते?" राधा ने विजय के लटके हुए चेहरे को देखते हुए पेशकश की। उसे उसके मन की बात का अहसास था और तत्काल कार्रवाई की उसकी ज़रूरत को समझ रही थी। "वैसे भी अब जबकि बीएमडब्ल्यू बेकार हो गई है क़िले में कोई कार तो होनी ही चाहिए।"

"अच्छा ख़याल है," विजय ने उसकी ओर कृतज्ञतापूर्वक देखते हुए कहा। "अस्पताल से निपटने के बाद हम तुम्हारी कार उठा लेंगे।"

होमी ने काग़ज़ के एक पुर्ज़े पर लॉकर का पता नोट कर दिया। "तुम्हें अपने साथ कोई ऐसा पहचान प्रमाण-पत्र लेकर जाना होगा जिस पर तुम्हारा फ़ोटोग्राफ़ हो। लॉकर तक पहुँचने के दूसरे ज़रूरी काग़ज़ उस फ़ोल्डर में हैं जो मैंने तुम्हें अभी दिया है।"

फँसे!

विजय और कॉलिन क्लर्क के साथ सीढ़ियाँ उतरकर तहख़ाने में गए।

लॉकर तहख़ाने में थे जिस तक पहुँचने के लिए सँकरी सीढ़ियों से होकर जाना पड़ता था। सीढ़ियों के ऊपर फ़ौलादी दरवाज़ा था और सुरक्षा

के दोहरे इंतज़ाम थे : पहला ताला खोलने के लिए इलेक्ट्रॉनिक पासवर्ड का इस्तेमाल करना ज़रूरी था और दूसरा ताला चाबी से खुलता था।

क्लर्क ने लॉकर्स की कतार के पास आकर एक लॉकर खोला और चला गया। इसके बाद विजय अपनी चाबी का इस्तेमाल कर उसको पूरी तरह से खोल सकता था। लॉकर के अंदर रखे लोहे के बक्से को खोलते हुए विजय के हाथ उत्तेजना से काँप रहे थे। अंदर ख़ाकी काग़ज़ में लिपटा हुआ एक पुलिंदा था। उसने काग़ज़ हटाया तो अंदर बबल रैप की एक पर्त मिली। पुलिंदे को सावधानी से मेज़ पर रखते हुए उसने बबल रैप को हटाया। रैप हटाते हुए वह सोच रहा था कि अंदर ऐसी क्या चीज़ हो सकती है जिसे इतनी सावधानी के साथ सुरक्षित रखा गया है।

जब रैप की आख़िरी परत हट गई तो विजय और कॉलिन ने मेज़ पर पड़ी उस वस्तु को देखा। वह एक ठोस डिस्क थी, आकार में गोल, किसी विचित्र-सी काली धातु से निर्मित, जो देखने में प्राचीन लगती थी लेकिन उस पर कहीं जंग का निशान नहीं था। उसका एक तरफ़ का हिस्सा चिकना और पॉलिशदार था। दूसरी तरफ़ बीचोंबीच एक गोलाकार गड्ढा था, जो एक गियरनुमा चक्र से घिरा हुआ था जिसके चारों ओर लिखावट खुदी हुई थी। उस गड्ढे और गियरनुमा चक्र को घेरता एक और वृत्त था जिसके चारों ओर भी लिखावट थी। वह किसी तरह की कुंजी प्रतीत नहीं होती थी। उस डिस्क को देखते हुए विजय के मन में एक विचार कौंधा।

कॉलिन की ओर देखते हुए उसकी आँखें चमक उठीं। कॉलिन भी तुरंत समझ गया कि विजय क्या सोच रहा था। तभी विजय का मोबाइल फ़ोन बज उठा। उसने नंबर की ओर देखा। यह होमी था। उसने फ़ोन को कान से लगाया, लेकिन उसको सिर्फ़ किसी की भारी साँस लेती आवाज़ सुनाई पड़ी।

"होमी...होमी..." वह उद्विग्न स्वर में फ़ोन में चिल्लाया। "विजय," एक हाँफ़ती-सी खुरदुरी आवाज़ आई, मानो वह रुँध रही हो; उस आवाज़ को होमी की आवाज़ की तरह पहचानने में विजय को कठिनाई हो रही थी। उसके शब्द हाँफ़ने के बीच से आते लग रहे थे। या फिर तलघर में होने की वजह से ख़राब सिग्नल मिल रहे थे? "विजय...प्लीज़...वे...पता...लॉकर ...प्लीज़...चले जाओ..." आवाज़ लड़खड़ाई और ख़ामोश हो गई, और विजय को एक झनझनाहट सुनाई पड़ी जैसे कोई चीज़ ज़मीन पर गिरी हो।

विजय के शरीर में झुरझुरी दौड़ गई। उसने कॉलिन की ओर देखा जिसने उस धातुई तश्तरी को वापस उसकी पैकिंग में रखकर अपने डफ़ल बैग में डाल लिया था।

"वो होमी था। मेरा ख़याल है कि वह हमें यहाँ से निकल भागने की चेतावनी दे रहा था। अभी।"

उसने फुर्ती से एम्बुलेंस का नंबर डायल कर उनको होमी के ऑफ़िस पहुँचने को कहा।

"फ़ारूख़?" कॉलिन विजय के मन में आ रहे विचार को समझ गया। विजय ने सख़्ती के साथ सिर हिलाया। "चलो, चलते हैं!" उसने बैग को अपने कंधों पर कसा और सीढ़ियों की ओर बढ़ा।

अचानक, सीढ़ियों के ऊपर फ़ौलादी दरवाज़े की झिरी से चीख़ें सुनाई दीं। सहसा दरवाज़ा ज़ोर से बंद हुआ और उन दोनों दोस्तों तथा अपने लॉकर को खोलने आए कुछ और लोगों ने सिटकनियों के बंद होने की आवाज़ें सुनीं। किसी ने दरवाज़े को तालाबंद कर दिया था!

उस छोटे-से झुंड के लोगों ने अचरज से एक दूसरे को देखा। लेकिन चिंता की कोई बात नहीं थी। अगर दरवाज़ा बंद भी हो गया था तो बाहर जाने का इच्छुक कोई भी व्यक्ति इंटरकॉम का इस्तेमाल कर दरवाज़ा खुलवा सकता था। विजय ने इंटरकॉम का रिसीवर उठाया। वह ख़ामोश था; कोई टोन नहीं। उसने कुछ पल इंतज़ार किया, इस उम्मीद में कोई लाइन पर आएगा, लेकिन कुछ नहीं हुआ।

बाहर क्या हो रहा था? सहसा दो तीखे धमाके सुनाई दिए और ख़ामोशी छा गई। चीख़ें शांत हो चुकी थीं।

विजय और कॉलिन ने नज़रें मिलाईं। अब वे परेशान दिख रहे थे। पता नहीं दूसरे कितने लोगों ने ऐसा महसूस किया था लेकिन जो धमाके हुए थे वे बंदूक के धमाकों जैसे लग रहे थे।

"हम दरवाज़े से दूर हट जाते हैं," विजय ने कहा और दोनों झुंड के बीच से रास्ता बनाते सीढ़ियों से नीचे उतरने की कोशिश करने लगे। अगर वे किसी बंदूक के धमाके थे तो पूरी संभावना थी कि ताला तोड़ने की कोशिश की जाती। दो ही तरीक़े थे जिनसे अब ताला खोला जा सकते था : या तो

तहख़ाने का कोई कर्मचारी उस फ़ौलादी दरवाज़े को खोलने में मदद करता या उसको बंदूक के धमाके से तोड़ा जाता। इस दूसरी सूरत में बेहतर यही था कि दरवाज़े के पास कोई न होता।

परेशान लोग लॉकरों की कतार के बीच झुंड बनाकर खड़े हो गए। कॉलिन ने माथा सिकोड़ा। "क्या तुम्हें लगता है कि हमारा पीछा हो सकता है?"

विजय ने कंधे झटके। "मुमकिन है। लेकिन मेरा ख़याल है हम यहाँ सुरक्षित हैं। मुझे नहीं लगता कि उनकी उज़ी फ़ौलाद के इस दरवाज़े को भेद सकती है। वह दो फ़ुट मोटा होगा।"

तभी, जैसे उसकी बात को ग़लत साबित करने के लिए, एक ज़ोरदार धमाका हुआ और उसी के साथ धातु के चरमराने की कान फोड़ देने वाली आवाज़ हुई और उनके पैरों तले की ज़मीन इस तरह हिल उठी जैसे भूकंप आ गया हो। वह फ़ौलादी दरवाज़े का बीच का हिस्सा अंदर की ओर धँस गया जैसे किसी शक्तिशाली तोप के गोले ने उसको धक्का मारा हो। विजय और कॉलिन ने भयभीत होकर एक दूसरे की ओर देखा। दरवाज़े की मोटी चूलें मुड़ गई थीं और दरवाज़ा अपनी चौखट समेत एक ओर मुड़ गया था। फ़ौलादी दरवाज़े और उसकी चौखट के बीच की दरारों से धुआँ की महीन लकीरें अंदर आ रही थीं।

अब इन दरारों के पार से आती आवाज़ें सुनी जा सकती थीं। लोग कठोर स्वर में एक दूसरे पर चिल्ला रहे थे; ये उनसे मिलती-जुलती आवाज़ें थीं जो उन्होंने पिछली शाम को सुनी थीं।

विजय और कॉलिन ने एक दूसरे की ओर देखा।

तभी, बिना एक भी शब्द बोले वे एक दूसरे के पास से हटकर दीवारों में बाहर निकलने का कोई रास्ता खोजने लगे। लेकिन वहाँ ऐसा कुछ नहीं था। तहख़ाना चीज़ों को अंदर दफ़न कर रखने के लिए बनाया गया था।

9

ईसा पूर्व 244

सूरसेन ख़ामोश खड़ा अपने सम्राट को कक्ष में चहलक़दमी करते देख रहा था। सम्राट के साथ अपने लंबे संबंधों के दौरान सूरसेन ने उनको शायद ही कभी इतना परेशान देखा था; यह बेचैनी असामान्य थी।

"वे कहाँ हैं?" सम्राट अशोक चलते-चलते रुक गए और सूरसेन की ओर मुड़े। "क्या तुमने उन्हें तुरंत ही यहाँ आने का आदेश नहीं दिया था?"

"दिया था, सरकार," सूरसेन ने सिर नवाते हुए जवाब दिया। "यह आधी रात का समय है और उन्हें अपनी नींद से उठना पड़ा होगा।"

अशोक मुड़े और फिर से बेचैन ढंग से टहलने लगे। ख़ामोशी छा गई और सूरसेन विचारों में खो गया।

उसने जंगल में की गई खोज से सम्राट के व्यवहार में आए परिवर्तन को याद किया। उनकी मनःस्थिति तभी से लगातार वैसी ही बनी हुई थी। अशोक पर इतना गहरा असर हुआ था कि उन्होंने तब के बाद से एक शब्द भी मुँह से नहीं निकाला था, सिवा उन संक्षिप्त आदेशों के जिनके तहत उन्होंने अपने कुछ दरबारियों को तलब करने का हुक्म दिया था।

सूरसेन ने लक्ष्य किया था कि उसका सम्राट उन लोगों का नाम लेते हुए ज़रा भी नहीं हिचकिचाया था जिनको तलब किया जाना था; ज़ाहिर था कि सम्राट, वापसी यात्रा के दौरान, उस खोज के बारे में अपने इरादे को लेकर विचार करता रहा था।

दरवाज़े पर आहट हुई और पहरेदार ने अंदर आकर दरबारियों के हाज़िर होने का ऐलान किया।

सूरसेन ने लक्ष्य किया कि अशोक के चेहरे की चिंता की लकीरें ग़ायब हो गई थीं। सम्राट एक बार फिर अपने नियंत्रण में थे।

आठ दरबारी अशोक के सामने अर्धवृत्ताकार खड़े सोच रहे थे कि आख़िर ऐसी कौन-सी महत्त्वपूर्ण बात थी जिसकी वजह से सम्राट ने उन्हें आधी रात में जगाकर बुला भेजा था। पर वे चुपचाप खड़े उसके आदेश की प्रतीक्षा करते रहे।

"सूरसेन, इन्हें बताओ कि हमें क्या मिला है।" सूरसेन ने वनवासी का क़िस्सा, कंदरा तक की अपनी यात्रा और वहाँ की गई खोज के बारे में, और फिर उस दूसरी खोज के बारे में पूरा क़िस्सा बयान किया जिसने सम्राट को बेहद विचलित कर दिया था। इस पूरे दौरान अशोक अपने हाथ अपने सीने पर बाँधे सुनते रहे।

सूरसेन का क़िस्सा सुनते हुए दरबारियों के चेहरों पर एक-एक कर आश्चर्य, विस्मय और क्षोभ के भाव आते गए। जब उसका क़िस्सा समाप्त हो गया तो वह समझ गया कि दरबारियों को यह बात समझ में आ चुकी थी कि उन्हें वहाँ क्यों बुलाया गया था।

"तो आप लोग समझ गए होंगे कि प्राचीन बातों का वह मिथक निरी कपोल-कल्पना नहीं है।" अशोक ने कहा। "और मैं जानता हूँ कि आप, मेरे बुद्धिमान दरबारी, इस बात के प्रति सजग होंगे कि उस कंदरा में जो चीज़ मौजूद है वह दुनिया के लिए कितना बड़ा ख़तरा है। अगर वह चीज़ शत्रुओं के हाथ लग गई, तो वे उसका इस्तेमाल अकथनीय उद्देश्य हासिल करने के लिए कर सकते हैं। हम इसकी अनुमति नहीं दे सकते। यह कंदरा और उसके भीतर की वस्तुएँ सदियों से दफ़न रही हैं। हमें पहाड़ी के मुँह को बंद करना होगा। उनको हमेशा-हमेशा के लिए गुप्त रहना चाहिए।"

अशोक ने अपनी कमर में बँधी म्यान से एक कटार निकाली और दरबारियों को इशारा किया।

"अपने बाएँ हाथ आगे करें," उन्होंने कहा। प्रत्येक दरबारी ने अपना बायाँ हाथ आगे फैला दिया जिसकी हथेली ऊपर की ओर थी। अशोक ने प्रत्येक दरबारी की हथेली पर एक हलकी-सी खरोंच मारी, जिससे उन हथेलियों से ख़ून निकलने लगा। "आज से आप लोग भ्रातृसंघ में शामिल हो चुके

हैं," उसने कहा। दरबारियों ने अपनी हथेलियाँ एक दूसरे के ऊपर रख दीं। उनका ख़ून फ़र्श पर टपकने लगा। "नौ अज्ञात पुरुषों का भ्रातृसंघ। आप लोग इस रहस्य की हमेशा रक्षा करेंगे, मानव जाति को कभी यह जानकारी न होने देंगे कि इस रहस्य का कभी कोई अस्तित्व था।"

सम्राट ने उनकी ओर गंभीर भाव से देखा। "अपने रक्त की सौगंध खाकर कहें कि आप लोग अपने जीवन का मूल्य चुकाकर भी इस रहस्य की रक्षा करेंगे; कि आप कभी भी अपने भ्रातृसंघ या अपने उद्देश्य के साथ छल नहीं करेंगे, और यह कि आपके जीवन के वास्तविक ध्येय के बारे में कभी कोई नहीं जान सकेगा।"

उन नौ पुरुषों ने इस नए भ्रातृसंघ और उसकी मुहिम के प्रति वफ़ादारी की शपथ ली।

"एक और बात है," अशोक ने कहा। "विमान पर्व - *महाभारत* का वह अध्याय जिसमें इस किंवदंती का उल्लेख है - उसको इस महाकाव्य की एक-एक पांडुलिपि से हटा दो। शाही आदेश के अनुसार *महाभारत* के इस अध्याय की स्मृति समाप्त हो जानी चाहिए। इस मिथक का मनुष्य की जानकारी और स्मृति से लोप हो जाना चाहिए, उसी तरह जिस तरह इसमें उल्लिखित रहस्य का लोप होना ज़रूरी है। केवल भ्रातृसंघ में ही इसका अस्तित्व बना रहेगा। विमान पर्व का एक शिलालेख तैयार करो और उसे मनुष्यों की आँखों और कानों से दूर भ्रातृसंघ के भीतर छिपा दो। संसार को *महाभारत* की जानकारी तो रहे, लेकिन उसके अंदर छिपे हुए रहस्य का उसको कभी पता न चलने पाए।"

10

वर्तमान काल

पाँचवाँ दिन

नई दिल्ली

“मेरे मन में एक विचार आ रहा है,” कॉलिन सहसा विजय के कान में फुसफुसाया। “रुको।” वह उस छोटे से समूह की ओर मुड़ा जो उनसे थोड़ी दूर इकट्ठा था। “क्या कोई व्यक्ति धूम्रपान करता है? क्या आपके पास लाइटर या माचिस की डिब्बी है?”

विजय तुरंत समझ गया। उसने सीलिंग की ओर सिर उठाकर देखा। पूरे छप्पर पर पाइपों का एक तानाबाना था जिनके बीच-बीच में फ़व्वारे लगे हुए थे। दीवारों पर स्मोक डिटेक्टर लगे हुए थे जो फ़व्वारों को चालू कर देते थे।

झुंड की एक स्त्री के पास लाइटर था जो उसने काँपते हाथों से कॉलिन को दे दिया। वक़्त बरबाद करने की गुंजाइश नहीं थी। ऊपर की चीख़ें शांत थीं। क्या ये तूफ़ान के पहले की ख़ामोशी थी? दोनों दोस्तों को लग रहा था कि बावजूद इसके कि वह दरवाज़ा अपनी सारी मोटाई के बावजूद अगला हमला सह नहीं पाएगा।

विजय उस नसैनी की ओर तेज़ी से लपका जो ऊपर की तरफ़ स्थित लॉकरों तक पहुँचने के लिए इस्तेमाल में लाई जाती थी। वह नसैनी को एक स्मोक डिटेक्टर के पास ले गया। कॉलिन फुर्ती से भागकर नसैनी पर चढ़ गया और उसने स्मोक डिटेक्टर के क़रीब लाइटर जलाया।

बीतते हुए सेकेंड घंटों की तरह लग रहे थे।

कुछ नहीं हुआ।

और एक ज़ोरदार धमाका हुआ और धातु के चरमराने की आवाज़ सुनाई दी। फ़ौलादी दरवाज़ा अपनी चूलों से उखड़ गया था और वह सीढ़ियों से धड़धड़ाता हुआ नीचे की ओर आ रहा था। वह फ़र्श से टकराया और ज़ोरदार आवाज़ के साथ दीवार से लगे लॉकरों से भिड़कर रुक गया। वह छोटा-सा झुंड अपना बचाव करता हुआ एक दीवार से जाकर सट गया।

वातावरण में आवाज़ें भर गईं और लोग साढ़ियों से नीचे की ओर भागे। कॉलिन गंभीर चेहरा लिए लाइटर को स्मोक डिटेक्टर के क़रीब थामे हुए था, इस उम्मीद में कि शायद उसका असर हो। *वह इतना वक़्त क्यों ले रहा था?*

सहसा फ़व्वारे चालू हो गए और उन्होंने तहख़ाने में खड़े लोगों पर बरसना शुरू कर दिया। सीढ़ियों से नीचे आते लोगों ने इसकी उम्मीद नहीं की थी। वे जिस रफ़्तार से नीचे आ रहे थे वह कुछ धीमी पड़ी।

"जल्दी, नसैनी!" विजय कॉलिन को चिल्लाया।

दोनों दोस्तों ने एकसाथ मिलकर उस भारी-भरकम नसैनी को आड़ा करके उठाया और सीढ़ियों से आते लोगों को उससे धकियाना शुरू कर दिया।

वे लोग हालाँकि हथियारबंद थे लेकिन उन्होंने इस आकस्मिक बाधा की कल्पना नहीं की थी। उनकी ओर तेज़ी से आती दस फ़ुट लंबी नसैनी ने उनको सहसा रोक दिया। फ़व्वारों से बरसते पानी की वजह से सीढ़ियाँ फिसलन भरी हो गई थीं, और निचली सीढ़ियाँ फ़ौलादी दरवाज़े के आघात से टूट गई थीं। सीढ़ियों से उतरते लोग फिसलने लगे।

विजय और कॉलिन उनको चकमा देते हुए, उनके बीच से रास्ता बनाते, सीढ़ियों पर बहते पानी की परवाह किए बग़ैर, नसैनी उठाए सीढ़ियाँ चढ़ गए।

उनके दिमाग़ में केवल एक ही ख़याल था। उन्हें किसी तरह बाहर निकलना था।

वे तहख़ाने से बाहर आए तो उनकी आँखों का सामना दो दृश्यों से हुआ। पहला, जो क्लर्क उनको नीचे लेकर गया था, उसका शरीर ख़ून के तालाब के बीच औंधा पड़ा हुआ था, उसका सिर फटा हुआ था। और दूसरा, फ़ारूख़, मारूश और तीन अन्य आदमी धातु के एक ठोस पैडस्टल पर खड़ी, सात फ़ुट ऊँची, एक विचित्र क़िस्म की मशीन के इर्दगिर्द खड़े हुए थे जो देखने में धातु के बने धनुष की एक विशाल कमान जैसी प्रतीत होती थी। वह समूचा उपकरण किसी काली धातु का बना लगता था, जो उस तश्तरी की धातु से भिन्न नहीं था जिसे विजय ने अपने डफ़ल बैग में छिपा रखा था।

फ़ारूख़ ने नसैनी लिए दो आदमियों को नमूदार होते देखा तो उसकी आँखें आश्चर्य से खुली रह गईं। उसको इस तरह चौंका देने का लाभ विजय और कॉलिन को मिला। बावजूद इसके कि फ़ारूख़ को स्थिति समझ में आ गई, उन दोनों ने आख़िरी बार अपनी ताक़त जुटाई और नसैनी को फ़ारूख़ तथा उस मशीन की ओर धकेला और इस तरह सामने खड़े लोगों को रास्ते से हटा दिया।

इससे उन्हें जो कुछ पल मिले वे काफ़ी थे। दोनों दोस्त इमारत से बाहर निकलकर बाहर खड़ी राधा की कार की ओर भागे और उसमें फुर्ती से घुस गए। विजय ने कार स्टार्ट की और तहख़ाने के धमाकों से चौकन्ना हुए तमाशबीनों के बीच से रास्ता बनाते हुए कार को आगे बढ़ा दिया।

एक्सीलरेटर पर पैर का दबाव डालते हुए विजय पीछे से आती उन चीख़ों को सुन रहा था जो फ़ारूख़ अपने आदमियों को इकट्ठा करने के लिए मार रहा था। हवा में बंदूक के धमाके गूँज उठे विजय ने रियर-व्यू मिरर में झाँककर देखा और पाया कि फ़ारूख़ के आदमी इमारत के बाहर खड़े एक मध्यम आकार के ट्रक में सवार हो रहे थे। उसे यह देखकर विस्मय हुआ कि तीन आदमी धातु के ढेर से भरे एक धातुई पैडस्टल को ट्रक में लाद रहे थे। क्या यह वही उपकरण था जो उन्होंने देखा था? लेकिन वह तो सात फ़ुट ऊँचा था! वह कुछ ऐसा था कि वे उसे किसी ऐसी चीज़ में मोड़कर रख सके थे जो दो फ़ुट से ज़्यादा ऊँची नहीं थी। वे उसको इस तरह उठाए हुए थे जैसे वह बहुत वज़नी न रही हो।

लग रहा था कि फ़ारूख़ और उसके आदमी पीछा करने वाले थे, लेकिन तभी पुलिस का सायरन हवा में गूँज उठा और ट्रक पीछा करना बंद

कर दूसरी दिशा में मुड़ गया। विजय और कॉलिन ने एक दूसरे की ओर हँसते हुए देखा। उन्होंने एक बार फिर फ़ारूख़ को मात दे दी थी।

वे मिलकर रहस्य की रक्षा करते हैं

वह छोटा-सा समूह विक्रम के अध्ययन-कक्ष में बैठा था। उनकी आँखें दीवार पर लगे एलसीडी टेलिविज़न पर चिपकी हुई थीं।

एक न्यूज़ चैनल तहख़ाने में हुई वारदात की रिपोर्ट पेश कर रहा था। स्क्रीन के निचले हिस्से पर बारबार यह पंक्ति उभर रही थी : 'ब्रेकिंग न्यूज़ : नई दिल्ली के तहख़ाने में आतंकवादी हमला।' 'अभी तक किसी आतंकवादी ग्रुप ने हमले की ज़िम्मेदारी नहीं ली।' एक रिपोर्टर कैमरे के सामने बोल रहा था।

विजय ने गहरी साँस ली और टेलिविज़न बंद कर दिया।

जल्द ही वारदात की ख़बर सारे चैनलों पर थी। हमले के उद्देश्य को लेकर अटकलों का बाज़ार गर्म था; सबसे आम व्याख्या यह थी कि यह आतंकवादी ग्रुप के लिए फ़ंड इकट्ठा करने की कोशिश थी।

तहख़ाने से निकलने के बाद विजय और कॉलिन होमी के ऑफ़िस की ओर भागे थे जहाँ एक एम्बुलेंस आकर होमी को पास के अस्पताल में ले गई थी। अस्पताल के डॉक्टरों ने उनको आश्वासन दिया कि वह बच तो जाएगा लेकिन उसकी हालत गंभीर थी।

विजय इस घटना के लिए अपने आपको ज़िम्मेदार मानने से नहीं रोक पा रहा था। आख़िरकार फ़ारूख़ से और नौ के रहस्य से होमी का कोई लेना-देना नहीं था।

अस्पताल से निकलने के बाद विजय ने भीम सिंह से फ़ोन पर संपर्क करने की कोशिश की, लेकिन उसका फ़ोन लगातार व्यस्त आ रहा था, इसलिए उसने वाइट को फ़ोन कर उसको उस डिस्क के बारे में बता दिया जो उन्होंने लॉकर से प्राप्त की थी।

वाइट तत्काल जौनगढ़ आ पहुँचा था और अब दूसरे लोगों के साथ विक्रम सिंह के अध्ययन-कक्ष में बैठा हुआ था।

अध्ययन-कक्ष एक वर्गाकार कमरा था जिसकी खिड़कियों से नीचे पहाड़ियाँ दिखती थीं। खिड़कियों के पास एक कोने में एक भारी-भरकम पॉलिश की हुई डेस्क थी। सामने की दीवार पर दरवाज़े के दोनों ओर दो बड़े चित्र लटके हुए थे। एक चित्र में *महाभारत* का एक दृश्य था जिसमें भीष्म पितामह बाणों की शय्या पर लेटे दिखाए गए थे। दूसरा चित्र बुद्ध का का एक रेखांकन था और रेखांकन के ऊपर बड़े काले अक्षरों में 'कर्म' शब्द लिखा हुआ था। रेखांकन के नीचे धर्मचक्र, बोधिवृक्ष, सिंह, और बुद्ध के पैरों के निशान जैसे अनेक बौद्ध प्रतीक उभरे हुए थे।

अध्ययन-कक्ष की बाक़ी दीवारों में कतार से पुस्तकों की अलमारियाँ थीं। डेस्क के सामने तिरछी ओर एक छोटी मेज़ थी जिसका ऊपरी हिस्सा काँच का था। मेज़ के चारों ओर बैठने की आरामदेह व्यवस्था थी और सामने दीवार पर टेलिविज़न लगा हुआ था। ये लोग यहीं बैठे हुए थे।

विजय अपना डफ़ल बैग उठाने धीरे-धीरे चलता हुआ डेस्क तक पहुँचा। दिन में हुई भीषण घटनाओं के चलते लॉकर से हासिल की गई वस्तु को देखने का ख़याल उनके दिमाग़ से अब तक दूर ही बना रहा था।

वह बैठ गया और बबल रैप में लिपटी हुई धातुई डिस्क को उसने बाहर निकाला।

"कुंजी?" वाइट ने दिलचस्पी के साथ आगे झुकते हुए पूछा।

"नहीं। लेकिन मेरा ख़याल है यह उन डिस्कों में से एक है जो पहेली का हिस्सा थीं।" उसने शुक्ला की ओर देखा। "आपने दो धातुई डिस्कों का ज़िक्र किया था।"

"हाँ, बेगर ने अपनी डायरी में यही लिखा था; यह उन पांडुलिपियों में से एक की नक़ल थी जिनका ताल्लुक नौ से था।"

विजय ने धातुई डिस्क का आवरण हटाकर उसे मेज़ पर रख दिया ताकि सभी लोग उसको देख सकें। "श्लोक-युक्त वह डिस्क जिसका हवाला फ़ारूख़ ने दिया था।" उसने उस धातुई डिस्क पर अंकित इबारतों की ओर इशारा किया।

शुक्ला ने उत्सुकता से डिस्क पर झुककर देखा। उसने हाथ बढ़ाकर उसको उठाया और ग़ौर से उसका अध्ययन करने लगा।

"यह मागधी लिखावट है," उसने कुछ पल उसे देखने के बाद कहा। उसने सिर उठाकर विजय को देखा। उसकी आँखें उत्तेजना से चमक रही थीं। "तुम्हारा कहना सही हो सकता है। यह डिस्क अशोक महान के समय की या उससे भी पहले की हो सकती है। मुमकिन है यह उन युगों की एकमात्र बची रह गई शिल्पकृति हो।" वह डिस्क को यूँ देख रहा था जैसे उसको भरोसा न हो रहा हो कि वह उसे थामे हुए था। "मेरे हाथ में दो हज़ार साल पुराना इतिहास है।"

कॉलिन ने उसको तीखी निगाहों से देखा। "ठीक यही बात तो विजय के चाचा ने अपने ईमेल संदेशों में लिखी थी। *इतिहास के दो हज़ार बरस, जिनकी मैं पिछले 25 सालों से सुरक्षित रखवाली करता आया हूँ, अब तुम्हारे हैं जिनका ताला तुम्हें खोलना है।* क्या आपको लगता है कि वे इसी डिस्क की बात कर रहे थे?"

अब शुक्ला की बारी थी जिसने विजय की ओर प्रश्नवाचक निगाहों से देखा। "विक्रम ने इस डिस्क का हवाला देते हुए तुम्हें कोई ईमेल भेजा था?"

"आपने ज़िक्र किया था कि विक्रम ने आपको कोई ईमेल भेजा था जिसमें नौ का हवाला दिया गया था," वाइट ने कहा।

"आय एम सॉरी," विजय के क़बूल किया। "मैं कुछ बातें छिपाता रहा हूँ। मैं अभी तक निश्चय नहीं कर पा रहा था कि मैं उन बातों को दूसरों के साथ साझा करूँ या न करूँ। सिर्फ़ कॉलिन जानता था। लेकिन मुझे लगता है कि अब वक़्त आ गया है जब वह रहस्य आप सबको मालूम हो।" उसने जल्दी से प्रिंटआउट से एक-एक शब्द पढ़ते हुए उन्हें उन ईमेल संदेशों के बारे में बताया।

"मुझे लगता है कि चाचा को किसी तरह इस बात का अनुमान था कि वे ख़तरे में हैं। यही वजह थी कि उन्होंने क़िले में इतने उच्च स्तर का सुरक्षातंत्र खड़ा किया हुआ था। इस धातुई डिस्क को बिना किसी की जानकारी में लाए लॉकर में छिपाकर रखा था। उन्होंने यह डिस्क किस तरह हासिल की थी, इसका अनुमान मैं नहीं लगा सकता। लेकिन वे नौ और उनके रहस्य के बारे में जानते थे।" उसने वाइट की ओर देखकर सिर हिलाया। "उन्होंने इसके बारे में आपको बताया था। हो सकता है, उन्होंने किसी और को भी बताया हो और यह सूचना छनकर फ़ारूख़ तक या जिस किसी के

लिए वह काम कर रहा है, उस तक पहुँच गई हो। मैं समझता हूँ कि जिस रात उनकी हत्या हुई उनके सुरक्षा-तंत्र ने उन्हें घुसपैठियों के बारे में चेतावनी दे दी थी। बजाय अपनी रक्षा करने के उनके मन में पहला विचार इस रहस्य की सुरक्षा सुनिश्चित करने का आया। उन्होंने मुझे ई मेल भेजे, इस उम्मीद में कि मैं उन संदेशों का अर्थ निकाल लूँगा। मेरा ख़याल है, यही वजह है कि वे चाहते थे कि मैं ग्रेग से बात करूँ, जैसाकि उन्होंने मुझे एक ईमेल में कहा था। वह जानते थे कि ग्रेग मुझे नौ के वजूद में चाचा के विश्वास के बारे में बता सकेंगे। मैं अभी भी यक़ीनी तौर पर नहीं जानता कि इस सूचना को लेकर वे मुझसे क्या उम्मीद करते थे। लेकिन इस बात का मुझे पक्का यक़ीन है कि कोई बेरहम, कोई निर्लज्ज व्यक्ति इस जानकारी के पीछे लगा था; कोई ऐसा व्यक्ति जो कुछ भी करने को तैयार था।"

उसकी बात ख़त्म हुई तो ख़ामोशी छाई रही। फिर कॉलिन ने उस ख़ामोशी को तोड़ा।

"अगर मैं तुम्हें जानता हूँ," उसने विजय की ओर अपनी नज़रें उठाईं, "तो तुम अब उन ईमेलों में छिपे संदेशों को खोलने की कोशिश करना चाहते हो और नौ के रहस्य को जानना चाहते हो?"

"क्यों नहीं?" विजय उसकी ओर देखकर हँस दिया। "क्या तुम उस छोटे से रहस्य से डर रहे हो जो दुनिया को नष्ट कर सकता है?"

"कौन, मैं? क़तई नहीं। मैं साहसी हूँ।" कॉलिन हँस दिया। "हो सकता यह हम सबको रईस बना दे। इन प्राचीन रहस्यों में पैसे को आकर्षित करने की ताक़त होती है। मुझे चिंता सिर्फ़ उस *बेरहम, निर्लज्ज व्यक्ति* को लेकर है जो कुछ भी कर सकता है। ये प्राचीन रहस्य इस तरह के लोगों को भी आकर्षित करते हैं।"

विजय मुस्कराया। वह जानता था कॉलिन पहला व्यक्ति होगा जो किसी भी ऐसी गतिविधि में कूदने के लिए तत्पर होगा जिसमें किसी तरह का ख़तरा हो।

उसने शुक्ला की ओर देखा जो अभी भी उस डिस्क को लिए हुए था। "आप कह रहे थे कि आप मागधी पढ़ सकते हैं। क्या आप बता सकते हैं कि ये इबारतें क्या कहती हैं?"

“मैंने मागधी का अध्ययन किया था,” शुक्ला ने कहा, “लेकिन मागधी से किसी चीज़ का अनुवाद किए मुझे बहुत अरसा हो चुका है। देखते हैं।” उसने अपना सिर डिस्क पर झुका लिया।

कुछ पल उन प्रतीकों का अध्ययन करने के बाद, उसने सिर उठाकर देखा। उसका चेहरा उत्तेजना से चमक रहा था। “ये एक ऐसा उपकरण है जो किसी चीज़ तक पहुँचने की दिशा उपलब्ध कराएगा। इसे देखो।”

सारे लोग डिस्क पर झुक गए। शुक्ला ने संकेंद्रिक खाँचे की ओर इशारा किया। “यहाँ इबारतों के दो सैट हैं,” उसने बताया। “एक गियर चक्र के इर्दगिर्द और दूसरा बाहरी वृत्त के इर्दगिर्द।”

उसने अपनी अँगुली दाँत वाले चक्र पर रखी और उसको धीरे-धीरे घड़ी की दिशा में घुमाना शुरू किया। उनको देखकर आश्चर्य हुआ कि वह चक्र घूम रहा था। इसका मतलब था कि डिस्क पुख़्ता नहीं थी, गियर चक्र स्वतंत्र डिस्क थी, जो उस तश्तरी में जड़ी हुई थी और जो बाहरी वृत्त से स्वतंत्र घूम सकती थी।

शुक्ला दाँत वाले चक्र को तब तक घुमाता गया जब तक कि उसकी परिधि की लिखावट बाहरी डिस्क के अक्षरों से पूरी तरह मिल नहीं गई, जिनके मिलते ही संकेतों की नौ पृथक पंक्तियाँ बन गईं।

“अब इबारत की प्रत्येक पंक्ति अपने में एक पूरा वाक्य है,” उसने समझाया, “और नौ की नौ पंक्तियाँ मिलकर एक छंद की रचना करती हैं।”

उसने डिस्क के दो विपरीत सिरों की इबारत की दो पंक्तियों की ओर इशारा किया। “ये पंक्तियाँ छंद की शुरुआत और समापन हैं। मैं इन्हें पढ़ता हूँ।”

उसने अपने चश्मे को दुरुस्त किया और ज़ोर-ज़ोर से पढ़ना शुरू किया।

नौ साम्राज्य के सीमांतों तक गए हैं

पहला दो भाषाएँ बोलता है

दूसरा, दिखने में, दूसरों से अलग है

तीसरा समुद्र की ओर ताकता है, जलयानों के आने की प्रतीक्षा करता हुआ

चौथा सम्राट का नाम लेता है

पाँचवाँ सत्रह का है

छठवाँ खड़े हुए अन्यों से एक ज़्यादा है

सातवाँ सत्य के चक्र के प्रति श्रद्धांजलि अर्पित करता है

आठवें के पास वह सब नहीं है जो दूसरों के पास है; लेकिन वह विशेष काम के लिए है

उसके पास वह भी है जो दूसरों के पास नहीं है

नौवाँ लिखता है एक ऐसे हाथ से जो शेष से भिन्न है

वे सब मिलकर सत्य के उस मार्ग पर पहरा देते हैं जो नौ के द्वारा रक्षित है।

"और इसीलिए हमें कुंजी की ज़रूरत है," विजय ने विचार किया। "कुंजी अंदर की डिस्क को उसकी जगह पर अवरुद्ध कर देगी ताकि उसके नतीजे में प्रत्येक पंक्ति के शब्दों को उनके सही क्रम में पढ़ा जा सके। कुंजी के बिना प्रत्येक पंक्ति के शब्दों की सही योजना हासिल करना असंभव होगा। सिर्फ़ कुंजी ही है जो हमें सही छंद उपलब्ध करा सकती है।"

शुक्ला ने सहमति जताई। "बिना उसके डिस्क किसी उपयोग की नहीं है। यह जानने का और कोई तरीक़ा नहीं है कि आंतरिक और बाहरी अभिलेखों का कौन-सा संयोजन हमें सही छंद उपलब्ध करा सकता है।"

कॉलिन ईमेलों के प्रिंटआउट को पढ़ रहा था। "*भगवद् गीता* क्या है?"

"क्या आपने *महाभारत* के बारे में सुना है?" शुक्ला ने जवाब दिया।

"हाँ, वह प्राचीन भारतीय महाकाव्य जो भाइयों के दो समूहों द्वारा लड़ी गई लड़ाई के बारे में है।"

"कुछ-कुछ सही कह रहे हैं आप," शुक्ला मुस्कराया। "यह एक प्राचीन महाकाव्य है जिसकी रचना युगों पहले हुई थी। इसको लेकर विवादास्पद मत हैं कि वह कब लिखा गया, क्योंकि सदियों से मौखिक परंपरा के माध्यम

से एक पीढ़ी से दूसरी पीढ़ी तक सम्प्रेषित हुआ है, और तब जाकर वह ईसापूर्व 500 से ईसापूर्व 200 के दरम्यान लिखा गया है। ठीक-ठीक कोई नहीं जानता कि पहली बार इसका दस्तावेज़ीकरण कब हुआ था। प्राचीन भारत में घटित इसकी कहानी चचेरे भाइयों के दो समूहों के बीच युद्ध की कहानी है। इनमें पहला समूह कौरव कहलाता है जिनका संख्या सौ थी और दूसरा समूह पांडव कहलाता है जो पाँच भाई थे। महाकाव्य इस युद्ध के प्रत्येक मुख्य पात्र के जीवन के बारे में बताता है जो अंततः उत्तर भारत में कुरुक्षेत्र के मैदान में हुआ था।"

"*भगवद् गीता महाभारत* का एक हिस्सा है। यह भगवान कृष्ण द्वारा एक पांडव भाई अर्जुन को कुरुक्षेत्र की युद्ध भूमि में दिया गया उपदेश है। भगवान कृष्ण अर्जुन के सारथी थे। *भगवद् गीता* जीवन-दर्शन की व्याख्या करती है और पाँच बुनियादी सत्यों के बारे में बताती है; ईश्वर, जीव, प्रकृति, समय और कर्म।"

"मैंने *कर्म* के बारे में सुना है।" कॉलिन ने प्रिंटआउट को एक बार फिर ध्यान से पढ़ा। "ये वो चीज़ है जो पुनर्जन्म के बाद हमारे अगले जीवन पर प्रभाव डालता है, यही न?" उसने ईमेल की ओर देखकर माथा सिकोड़ा। "मुझे इस बात का यक़ीन है कि डिस्क की कुंजी को हासिल करने का सुराग़ दूसरे ईमेल में है। *'गीता की विषय-वस्तु हालाँकि भ्रामक है, लेकिन वह हमारी भावी ज़िंदगियों के लिए हम पर एक निशान (A Mark) है और वह तुम्हें ज्ञान के उस दरवाज़े तक ले जाएगी जिसे तुम्हें खोलना होगा।'* उसने आसपास बैठे लोगों की ओर देखा। ज्ञान का दरवाज़ा खोलने वाली एकमात्र चीज़ कुंजी है। लेकिन *गीता* का वह कौन-सा विषय है जो भ्रामक है और हमारी भावी ज़िंदगियों के लिए हम पर एक निशान है?"

"ईश्वर, जीव, प्रकृति, समय, कर्म," शुक्ला बुदबुदाया। ये पाँच बुनियादी सत्य हैं जो *गीता* की विषय-वस्तु की रचना करते हैं – लेकिन इनमें से किसी को भी भ्रामक नहीं कहा जा सकता।"

सभी लोग ख़ामोश होकर इस पहेली को बूझने लगे। विजय अपना चेहरा अपनी हथेलियों से ढँककर एकाग्र होकर सोचने लगा। उसके चाचा उससे क्या कहने की कोशिश कर रहे थे? उसने अपने बचपन के बारे में

सोचा, उन वर्षों के बारे में जो उसने चाचा के साथ बिताए थे, ताकि उसे उनके सोचने के तौर-तरीक़े का कोई सुराग़ मिल सकता।

सहसा उसे वह चीज़ सूझी।

"वर्ण विपर्यास (एनाग्राम)!" वह ज़ोर से बोला।

दूसरे लोग उसको जिज्ञासापूर्वक देखने लगे।

"ये एक वर्ण विपर्यास है," उसने समझाया। "चाचा को दो चीज़ें बहुत पसंद थीं; पहेलियों को हल करना और एनाग्राम्स को हल करना। उन्होंने ईमेल में एक एनाग्राम का इस्तेमाल किया है।"

कॉलिन ने अपना माथा पीटा। "मुझे यह देख सकना चाहिए था। ये एकदम साफ़ है। ये एकमात्र बुनियादी सत्य है जो मैं जानता हूँ।"

"आप दोनों किस चीज़ के बारे में बात कर रहे हैं?" राधा ने पूछा।

विजय ने समझाया। पहली पहेली हल कर लेने के रोमांच से उसका चेहरा चमक उठा था। "ये सत्य नहीं है जोकि भ्रामक है। ये वह शब्द है जो उस सत्य का वर्णन करता है, एक वर्ण विपर्यास।"

"अच्छा, अब मैं समझी।" राधा के चेहरे पर समझ का एक भाव फैल गया और यहाँ तक कि शुक्ला और वाइट ने भी सिर हिलाए।

अब जबकि कैफ़ियत दी जा चुकी थी, वह स्पष्ट था। "विषय-वस्तु जो हमारी भावी ज़िंदगियों के लिए हम पर एक निशान (A Mark) है। 'A Mark' इसे उलटा करो और आपके हाथ लगता है 'Karma' (कर्म) - *गीता* का वह विषय जो हिंदू दर्शन के मुताबिक़ हमारे भावी जीवन पर प्रभाव डालता है।"

"ओके, तो कर्म हमें ज्ञान के द्वार तक कैसे ले जाता है?" कॉलिन एक बार फिर परेशान लग रहा था।

पहला सुराग़ हाथ लगने से विजय में जो उत्साह जागा था वह काफ़ूर हो गया।

"आपको गहरे जाकर देखना होगा," राधा ने ईमेल की दूसरी पंक्ति पढ़ी।

"मेरा ख़याल है तुम्हारे चाचा तुमसे ईमेल में गहराई से जाने को कह रहे हैं," कॉलिन ने अनुमान लगाया। "यहाँ वर्ण विपर्यास से ज़्यादा कुछ है।"

"एक मिनट रुकिए," राधा ने उत्तेजना में अपने दोनों हाथ फैला दिए। "तीसरी पंक्ति को देखिए।"

"अध्ययन (स्टडी) करो, भगवद् गीता का।"

वाइट ने भवें सिकोड़ीं। "लेकिन इस सुराग का इस्तेमाल तो हम पहले ही कर चुके हैं जिससे हमें वर्ण विपर्यास का पता चला है।"

राधा ने सिर हिलाया। "अंदर गहराई में जाओ," उसने ईमेल के शब्दों को दोहराते हुए आग्रह किया। "इस पंक्ति को फिर से पढ़िए। 'अध्ययन करो (स्टडी)' शब्द के बाद अल्प विराम है। यह पंक्ति *भगवद् गीता* को पढ़ने का निर्देश नही है। मेरा ख़याल है, वहाँ पर अल्प विराम का इस्तेमाल 'अध्ययन (स्टडी)' शब्द पर ध्यान आकर्षित करने के लिए किया गया है। वह क्रिया नहीं है।"

"ये एक संकेत है।" विजय समझ गया कि राधा किसी दिशा में ले जा रही थी। "कुंजी अध्ययन-कक्ष (स्टडी) में है।"

"और इसका कोई संबंध कर्म से है," कॉलिन ने उत्तेजित स्वर में कहा।

विजय ने कमरे में चारों ओर देखा, खिड़कियों की ओर, दीवारों में कतारबद्ध पुस्तकों की अलमारियों की ओर, दरवाज़े के दोनों ओर लगे चित्रों की ओर। अगर कुंजी अध्ययन-कक्ष में थी तो वह फ़ारूख़ को क्यों नहीं मिली जिसने चाचा की हत्या के बाद कमरे की तलाशी ली थी?

"कहाँ...?" वह पूछने ही जा रहा था कि सहसा चुप हो गया। वह पूरे समय से उनकी ओर घूर रही थी।

अध्ययन-कक्ष के दरवाज़े के दाईं ओर का चित्र; वही चित्र जिसमें बुद्ध के रेखांकन के ऊपर बड़े-बड़े अक्षरों में कर्म लिखा हुआ था।

वह धीरे से उठा और चित्र के क़रीब गया। क्या यही था? कुंजी कहाँ है?

"पापा," जब वे सब चित्र के इर्दगिर्द एकत्र होकर उसकी बारीक़ी से जाँच कर रहे थे तब राधा ने ख़ामोशी को तोड़ते हुए कहा। "क्या बुद्ध के द्वारा प्रवर्तित धर्मचक्र में आठ अरे (स्पोक) नहीं हैं?"

"हाँ। धर्म के आठ सिद्धांतों के लिए आठ अरे।"

जैसे ही शुक्ला ने जवाब दिया उन सबको समझ में आ गया कि राधा ने वह सवाल क्यों पूछा था। चित्र में दर्शाए धर्मचक्र में आठ अरे नहीं थे।

उसमें नौ अरे थे।

वे कुछ पल तक नौ अरों वाले उस चक्र को घूरते रहे। कुंजी एकदम प्रत्यक्ष स्थल पर छिपाई गई थी। चक्र के अरों को गिनने के बारे में किसने सोचा होता?

"विलक्षण," शुक्ला सराहना के भाव से बुदबुदाया।

विजय चक्र के क़रीब पहुँचा। वह चित्र में जड़ा हुआ था, कैनवास पर बमुश्किल कुछ मिलीमीटर उभरा हुआ। उसकी अँगुलियों ने चक्र को छुआ। वह धातु का बना था; उसी काली धातु का जिससे डिस्क बनी थी। उसने चक्र को पकड़ा और उसे हलके से खींचा।

वह अपनी जगह से नहीं हिला। लेकिन विजय लगा रहा।

आख़िरकार एक खटके आवाज़ हुई और चक्र चित्र से बाहर आ गया।

विजय उसको किसी नवजात शिशु की भाँति हौले से कॉफ़ी टेबल पर ले गया और उसको धातुई डिस्क के सबसे अंदरूनी वृत्त में फँसा दिया। एक हलकी-सी आवाज़ के साथ कुंजी अपनी जगह फ़िट हो गई। उत्साहित होकर उसने चक्र को घड़ी की दिशा में घुमाया। वह गियर चक्र में बंद हो गई थी और अब दोनों चक्र एकसाथ घूम रहे थे। फिर, एक और खटके की आवाज़ हुई और चक्र थम गए। वे अपनी जगह आकर तालाबंद हो गए थे।

अंकित इबारतों की पंक्तियाँ एक बार फिर सही ढंग से एक दूसरे की सीध में आ गई थीं।

शुक्ला ने डिस्क उठाई और इबारतों के इस नए संयोजन को पढ़ने लगा।

"नौ साम्राज्य के सीमांतों तक गए हैं

पहला, दिखने में, दूसरों से अलग है

दूसरा, समुद्र की ओर ताकता है, जलयानों के आने की प्रतीक्षा करता हुआ

तीसरा सम्राट का नाम लेता है

चौथा सत्रह का है

पाँचवाँ लिखता है एक ऐसे हाथ से जो शेष से भिन्न है

छठवाँ खड़े हुए अन्यों से एक ज़्यादा है

सातवाँ सत्य के चक्र के प्रति श्रद्धांजलि अर्पित करता है

आठवें के पास वह सब नहीं है जो दूसरों के पास है; लेकिन वह विशेष काम के लिए है

उसके पास वह भी है जो दूसरों के पास नहीं है

नौवाँ दो भाषाएँ बोलता है

वे सब मिलकर सत्य के उस मार्ग पर पहरा देते हैं जो नौ के द्वारा रक्षित है।"

जब उसने पढ़ना बंद कर दिया तो ख़ामोशी छा गई। छंद से अभी भी कोई अर्थ नहीं निकलता था।

कॉलिन ने उनके अहसासों को स्वर दिया। "कुंजी ने शब्दों को नए सिरे से संयोजित कर देने के सिवा और कुछ नहीं किया।"

"ये तो कुछ-कुछ लोगों के वर्णन जैसा लगता है," वाइट ने कहा। "शायद ये एकदम शुरू के नौ अज्ञात पुरुषों का विवरण देता है?"

"और हम लोग उन नौ पुरुषों की पहचानों को कैसे समझ सकते हैं जो दो हज़ार साल पहले मर चुके हैं?" विजय ने चिड़चिड़ाते हुए पूछा लेकिन फिर उसने अपने को रोका। "आय एम सॉरी। यह मुझे तंग कर रहा है। मैं सोचता था कि कुंजी हाथ लग जाने से हमें राह मिलेगी। लेकिन इसने ज़रा भी मदद नहीं की। हम नौ के रहस्य से अभी भी उतना ही दूर हैं जितना कल थे।"

"मुझे नहीं लगता कि इसमें शुरुआती नौ का हवाला है," कॉलिन ने धीरे से कहा। "नौ एक गुप्त भ्रातृसंघ था। ये गुप्त संगठन इस सिद्धांत पर काम करते थे कि उनका कोई भी एक सदस्य अन्य सभी सदस्यों की पहचान से वाक़िफ़ नहीं होगा। हर सदस्य एक या दो अन्य सदस्यों के बारे में जानता

था। एक दूसरे को संबोधित करते हुए वे कभी भी अपने वास्तविक नामों का प्रयोग नहीं करते थे। इससे यह चीज़ सुनिश्चित होती थी कि अगर एक सदस्य धोखा देता तो उससे पूरे संगठन का विनाश नहीं हो सकता था। अगर समूह को कोई विश्वासघाती लक्ष्य बनाता, तो उनको कुछ ही सदस्यों से हाथ धोना पड़ता, लेकिन भ्रातृसंघ बना रहता।"

"तुम गुप्त संगठनों के बारे इतना कैसे जानते हो?" विजय ने व्यंग्य के भाव से पूछा।

"गुप्त संगठनों के बारे में सारे रोमांचक क़िस्से इसी सिद्धांत पर काम करते हैं।" कॉलिन के चेहरे पर एक शरारती मुस्कान खेल गई।

विजय ने उसकी ओर एक क़लम फेंकी। "तुम और तुम्हारे रोमांचक क़िस्से।"

"कॉलिन का कहना एक तरह से सही है," शुक्ला ने कहा। "एक गुप्त संगठन होने के नाते यह एकदम असंभव है कि उनके सदस्यों का कोई भी हवाला किसी पहेली में शामिल किया जाए। पहली बात, उनकी पहचानें गोपनीय थीं, इसलिए कोई भी व्यक्ति पहेली को हल ही कैसे कर सकता था जबकि उनके नाम ही ज्ञात नहीं थे? दूसरी बात, इस पहेली को सदियों तक क़ायम रहना था, इसका उपयोग तभी होना था जब बाक़ी सारी चीज़ें विफल हो जातीं, और तब भी सिर्फ़ रहस्य की रक्षा के लिए। मूल सदस्यों के नाम, अगर वे ज्ञात भी रहे होते तो, भुलाए जा चुके होते, जैसे कि वे अब भुलाए जा चुके हैं। इससे यह संभावना समाप्त हो जाती है।"

"ईमेल के बारे में क्या कहना है?" राधा ने प्रिंटआउट की ओर ताकते हुए कहा। "क्या उनमें कोई और सुराग़ है?"

"तीसरा ईमेल अशोक के शिलालेखों के अनुसरण और खोज-यात्रा के बारे में बात करता है। और चौथा इस बारे में कि अगर विजय के अंकल को कुछ हो जाता है तो नौ की खोज की जाए। ये सत्य के मार्ग का भी हवाला देता है और किसी भी तरह के भ्रम से बाहर निकलने को कहता है।" कॉलिन का चेहरा उदास था।

"हम अशोक के शिलालेखों का अनुसरण कैसे करें?" शुक्ला ने संदेह के भाव से कहा। "उनमें दिए गए सिद्धांतों के उपदेशों का अनुसरण करते

हुए, या जहाँ कहीं वे हैं वहाँ स्वयं जाकर? वे पूरे देश में हैं और कुछ संग्रहालयों में हैं।"

"देखिए, हमने एक तरह से नौ का तो पता लगा ही लिया है, नहीं?" वाइट ने ध्यान दिलाया। "उस डिस्क को हासिल करके, जो कि नौ के बारे में है। संभवतः तुम्हारे चाचा तुमसे यह कहने की कोशिश कर रहे थे कि धातुई डिस्क को लॉकर से निकालो। जो कि तुमने कर लिया है।"

विजय ने माथा सिकोड़ा। "आपका कहना सही हो सकता है। लेकिन उस सूरत में क्या होगा अगर चाचा का कहना यह रहा हो कि नौ की खोज के लिए श्लोक में दिए गए सुराग़ों का अनुसरण करो, उसमें दिए गए विवरणों का इस्तेमाल करते हुए?"

"मुझे भूख लग रही है," कॉलिन ने कहा, उसका पेट ईमेल की विषय-वस्तु पर से उसका ध्यान हटा रहा था।

विजय हँस दिया। कुछ क्षणों के लिए उसका दिमाग़ कुछ हलका हुआ। "तुम्हारे दिल का रास्ता तुम्हारे पेट से होकर गुज़रता है। तुम्हारी गर्लफ्रैंड्स के लिए मैंने हमेशा यही सलाह दी है।"

"क्या इसीलिए वे हमेशा मेरा पेट ठूँस-ठूँसकर भरती रहती हैं?" कॉलिन ने आँखें मटकाईं। "मैं हमेशा सोचा करता था।"

"चलिए, हम डिनर करते हैं," विजय ने पेशकश की। "हो सकता है हमारे विराम देने से ही हमें जवाब मिल जाए।"

"मुझे आप क्षमा करेंगे," वाइट ने खड़े होते हुए अपना हाथ बढ़ाया। "मुझे आज रात जाना होगा। मुझे अपने प्रोजेक्ट पर काम करना है, और जो कुछ हमें हाथ लगा है उसकी जानकारी भी महाराजा को देनी है।"

"ख़ैर, उनको बताने लायक़ कुछ ख़ास है भी नहीं।" विजय मायूस था। "बहुत-बहुत शुक्रिया ग्रेग कि आप यहाँ रुके।"

11

पाँचवाँ दिन

इंटेलिजेंस ब्यूरो हैडक्वार्टर्स, नई दिल्ली

"यह मेरी समझ से परे है।" इमरान किदवई भौंचक था। वह अपने निदेशक अर्जुन वैद के ऑफ़िस में बैठा हुआ था। "वह तहख़ाना संभावित लक्ष्यों की हमारी सूची में नहीं था। इस तरह के संभावित हमले की कोई खुफ़िया सूचना हमारे पास नहीं थी।"

"तब भी तुम यह मानते हो कि यह आतंकवादी हमला था।" वैद चिंतित दिख रहा था। "फ़ॉरेंसिक रिपोर्ट से भी कोई मदद नहीं मिलती।" उसने एक फ़ाइल उठाई जो उसकी मेज़ पर खुली पड़ी थी। "वे विस्फोटकों के अवशेषों की पहचान नहीं कर पाए हैं। अवशेषों के नमूने इज़राइल और अमेरिका भेजे गए हैं, इस उम्मीद में कि उस मिश्रण की पहचान की जा सके। लेकिन चश्मदीद गवाहों के बयान बताते हैं कि वह कोई बम नहीं था जो वहाँ फटा था।" उसने एक भौंह ऊपर उठाई। "बहुत से लोगों का कहना है कि हमलावरों ने एक बहुत बड़े विचित्र से उपकरण का इस्तेमाल किया था जिसका इस्तेमाल तहख़ाने के दरवाज़े पर किसी प्रक्षेपास्त्र को छोड़ने के लिए किया गया; धनुष के आकार का उपकरण। दरअसल, चश्मदीद गवाह तो उसको शिव का धनुष तक कह रहे हैं।" वह घुरघुराया।

वैद ने इमरान को भेदती निगाहों से देखा। "अगर चश्मदीदों के बयानों पर भरोसा किया जाए, तो तहख़ाने के दरवाज़े पर किसी चीज़ को छोड़ने के लिए निचले स्तर के विस्फोटक का इस्तेमाल किया गया होना चाहिए।

लेकिन प्रक्षेपास्त्र को छोड़ने के लिए एक मशीन को ढोने की मशक्कत करने की क्या ज़रूरत थी? मात्र विस्फोटक के इस्तेमाल से भी तो दरवाज़े को उड़ाया जा सकता था?"

इमरान ने कंधे झटके। "मैं तो सिर्फ़ इतना ही अनुमान लगा सकता हूँ कि वे तहख़ाने से कोई चीज़ हासिल करना चाहते थे। कोई इतनी महत्त्वपूर्ण चीज़ जिसके लिए दरवाज़े पर विस्फोटक से होने वाली क्षति का जोख़िम उठाया जा सकता था। लेकिन मैं यह नहीं समझ पाता कि तहख़ाने को निशाना बनाकर उनको क्या मिलने वाला था। अभी तक किसी ने ज़िम्मेदारी भी नहीं ली है।"

कुछ मिनटों तक ख़ामोशी बनी रही।

"मर्फ़ी के बारे में क्या कहना है?" वैद ने इमरान की ओर हलके से विस्मय के भाव से देखते हुए पूछा।

"अच्छी ख़बर और बुरी ख़बर। अमेरिका की होमलैंड सिक्योरिटी ने पाया है कि वह तीन दिन पहले अमेरिकी एयरलाइन के विमान में किसी छद्म नाम से सवार हुआ था। हमने दिल्ली में उसके आगमन की टोह ली है। वह गुड़गाँव के एक पाँच सितारा होटल में ठहरा था, लेकिन कल उसने वह होटल छोड़ दिया है। इसी के बाद से उसका पता नहीं चला है। हम अभी भी उसका पता लगाने की कोशिश में हैं, लेकिन अभी तक भाग्य ने हमारा साथ नहीं दिया है। मैंने गुड़गाँव की पुलिस को भी इसमें मुब्तिला कर रखा है।"

वैद ने एक बार फिर रिपोर्ट की ओर देखा। "ठीक है। मैं जानता हूँ कि तुम इसमें लगे हुए हो। लेकिन मैं किसी तरह से इसका अंत चाहता हूँ। और जल्दी ही। इस रिपोर्ट के बाद से गृह मंत्री मेरी गर्दन पर सवार हैं। वे पहले से ही बहुत परेशान हैं और नहीं चाहते कि मीडिया के हाथ एक और सनसनी लग जाए। हमें पता लगाना होना कि क्या यह वास्तविक ख़तरा है और उसको रोकना होगा। या फिर उसको ख़त्म करना होगा।"

इमरान समझ गया। पाँच राज्यों में चुनाव होने वाले थे और वे सभी राज्य सत्तारूढ़ दल के लिए जोख़िम भरे थे। इस स्थिति ने इस मसले को एक अलग ही परिप्रेक्ष्य दे दिया था, राष्ट्रीय सुरक्षा का ज़ाहिर मसला तो अपनी जगह था ही।

वह अपने ऑफ़िस में लौट आया और उसने एक नंबर डायल किया। "प्रमोद, ध्यान से सुनो। मेरा एक अनुमान है।" उसने लाइन के दूसरी ओर के व्यक्ति को विस्तृत निर्देश दिए और फिर फ़ोन रख दिया। उसे कोई इल्म नहीं था कि उसका अनुमान कारगर होगा। वह जानता था कि वह तिनकों का सहारा लेने की कोशिश कर रहा था। लेकिन इसके सिवा वह कर भी क्या सकता था?

जौनगढ़ क़िले का भ्रमण

"मैं वाक़ई इस क़िले में अक्सर नहीं आता रहा हूँ, इसलिए मुझे यहाँ के रास्तों की ठीक से जानकारी नहीं है," विजय ने क़बूल किया; वह उस समूह का मार्गदर्शन करता हुआ उन्हें क़िले के उन गलियारों और सँकरी सीढ़ियों की भूलभुलैया में घुमा रहा था जो एक कक्ष को दूसरे कक्ष से जोड़ते थे, और जो सँकरी सीढ़ियों के रास्ते क़िले की उन विभिन्न मंज़िलों को आपस में जोड़ते थे जो पहाड़ी पर चढ़ती चली गई थीं।

वे रात का भोजन कर चुके थे और विजय उन्हें क़िले की सैर करा रहा था ताकि उनका दिमाग़ उस पहेली से विरत हो सके। मंज़िलों के बीच सीढ़ियाँ खड़ी थीं। पाँच सौ साल पहले वास्तुविदों ने क़िले को इस तरह आकल्पित किया था कि बाहरी सुरक्षा में सेंध लगाकर घुसपैठ करना चाहने वाले दुश्मनों को नाकामयाब किया जा सके। इन सीढ़ियों पर चलना दुश्मनों के लिए मुश्किल काम होता। हर सीढ़ी का अंत चार गलियारों के चौराहे में होता था, जिनके पीछे इरादा दुश्मन को भ्रमित और विलंबित करना था। इन चौराहों पर हर गलियारे में जाने के लिए पाँच फ़ुट से भी कम ऊँचाई के दरवाज़े थे, जिनसे होकर गुज़रने के लिए झुकना ज़रूरी था; यह दुश्मनों की घुसपैठ की रफ़्तार को धीमा करने की एक और युक्ति थी, ताकि उस दौरान क़िले के निवासी गुप्त रास्तों और सुरंगों का इस्तेमाल कर भाग सकते।

"क्या इन गुप्त सुरंगों में अभी भी जाया जा सकता है?" राधा ने उत्तेजित लहजे में पूछा।

विजय ने इंकार में सिर हिलाया। "इनमें से कुछ की हालत समय के बीतने के साथ ख़राब हो गई होगी और उनमें घुसना ख़तरनाक होगा। मेरा

ख़याल है जब चाचा ने क़िले का जीर्णोद्धार किया था तो इन सुरंगों को बंद कर दिया था।"

इस वक़्त वे क़िले के उन अंदरूनी कक्षों से गुज़र रहे थे जिनकी चिकनी और पलस्तर-युक्त दीवारें थीं और उनपर विशाल, रंगीन भित्ति चित्र उकेरे हुए थे।

"*महाभारत* के दृश्यों के भित्ति चित्र," शुक्ला ने उन चित्रों को लक्ष्य करते हुए कहा। "तुम्हारे चाचा को यह महाकाव्य प्रिय था।"

विजय ने सिर हिलाया। उसने अपने बचपन को याद किया जब वह चाचा के घुटनों पर बैठकर उनसे इस महाकाव्य की बाल कल्पनाओं से अलंकृत कहानियाँ सुना करता था।

"ये *भगवद् गीता* का चित्रण है जिसमें युद्ध-क्षेत्र में उपदेश दिया जा रहा है।" शुक्ला ने एक चित्र की ओर इशारा किया जिसने फ़र्श से लेकर छत तक समूची दीवार को ढँक रखा था और जिसमें रथ में जुते हुए घोड़े अपने खुर रगड़ रहे थे और सिर उछाल रहे थे और रथ में सवार एक कवचधारी नीलवर्णी पुरुष विशालकाय धनुष और बाणों से भरा तरकश धारण किए एक अन्य पुरुष को उपदेश देता प्रतीत हो रहा था। "भगवान विष्णु के अवतार भगवान कृष्ण धनुर्धारी अर्जुन को *गीता* का उपदेश दे रहे हैं।"

दूसरे कक्षों में भी *महाभारत* के अन्य दृश्य थे; पांडवों की माता कुंती और सूर्य के पुत्र कर्ण की मृत्यु का दृश्य जिसमें वह वीरतापूर्वक अपने रथ के पहिये को दलदल से निकालने की कोशिश कर रहा था; वह प्रसिद्ध दृश्य जिसमें पांडव भाइयों की पत्नी जुए में हारे जाने के बाद अपमानित हो रही होती है।

उनका भ्रमण समाप्त होते-होते रात के नौ बज गए थे। हर कोई थका हुआ था, ख़ासतौर से विजय और कॉलिन जो पिछली रात सोए नहीं थे। वे अपने-अपने कमरों में चले गए। उनको खुशी थी कि अब वे आराम कर सकेंगे।

कुछ घंटों के लिए छंद की पहेली भुला दी गई थी।

12

छठवाँ दिन

जौनगढ़ क़िला

विजय सोता हुआ बेचैनी के साथ करवटें बदल रहा था। जब से उसने चाचा की मौत की ख़बर सुनी थी वह तभी से ठीक से नहीं सो सका था। यही हाल आज रात भी था। उसकी नींद में अस्पष्ट-से सपने भरे हुए थे।

अब वह सपना देख रहा था जिसमें कोई राजा चट्टानों पर शिलालेख उत्कीर्ण कर रहा था। वह एक चट्टान से दूसरी चट्टान तक जाता और उनपर तब तक छैनी चलाता रहता जब तक कि पूरी चट्टान अपठनीय टेढ़ी-मेढ़ी इबारतों से न भर जाती। आख़िरकार नौ चट्टानें एक वृत्त में खड़ी थीं, आकाश की ओर निहारती किसी आँख की भाँति। फिर उसने उस दृश्य को ऊपर से देखते हुए पाया; नीचे के चट्टानों के वृत्त को निहारते हुए, जिसके बीच में राजा खड़ा हुआ था और उसके हाथ विजयी मुद्रा में आसमान की ओर उठे हुए थे। अपने एक हाथ में वह एक धातुई डिस्क पकड़े हुए था...

विजय घबराकर जागा और बिस्तर पर बैठ गया।

फिर उसे याद आया; उसका सपना, राजा, चट्टानें। अभिलेख और धातुई डिस्क।

वह जानता था कि उसके सपने का निचोड़ दिन की घटनाओं में था : अशोक के शिलालेखों पर बातचीत, नौ का भ्रातृसंघ और धातुई डिस्क का छंद। लेकिन कोई चीज़ थी जो उसके दिमाग़ को बारबार अपनी ओर खींच रही थी, कोई ख़याल जो उसके दिमाग़ के किसी गहरे कोटर में छिपा

हुआ था। उसने ज़ोर लगाकर उसको तलाशा। वह नहीं जानता था कि क्यों, लेकिन वह ख़याल उसे महत्त्वपूर्ण लग रहा था।

फिर उसे सहसा सूझा - चाचा के ईमेल की एक पंक्ति। अशोक के शिलालेखों का अनुसरण करो।

अचानक उसे स्पष्ट हो गया। वह समझ गया कि उसे किस चीज़ ने जगा दिया था। उसे दूसरा सुराग़ मिल गया था! वह जो डिस्क पर अंकित छंद का अर्थ स्पष्ट करेगा।

विजय मुस्कराया। वे लोग वापस सही रास्ते पर आ गए थे।

पुरानी यादें

राधा अध्ययन-कक्ष में आई तो विजय ने अपने लैपटॉप से सिर उठाकर देखा। वह चिंतित दिख रहा था। डेस्क पर यहाँ-वहाँ काग़ज़ फैले हुए थे और प्रिंटर काग़ज़ उगले जा रहा था।

"क्या हुआ? हम लोग सोच रहे थे कि आप हैं कहाँ। खानसामा ने बताया कि आप अपने कमरे में नहीं थे और आप बग़ीचे में भी हमें दिखाई नहीं दिए। आख़िर मैंने आपको यहाँ ढूँढ़ने का मन बनाया।" वह उसकी बग़ल में खड़ी उसको देख रही थी। "आपने कुछ खाया? हर कोई नाश्ता कर चुका है।"

विजय ने अपने बिखरे हुए बालों में हाथ फेरा और इंकार में सिर हिलाया। वह सपने से जागने के बाद से ही यहाँ था और काम करते हुए उसने अपना वक़्त बिताया था। अब तक वह अपने काम में इस क़दर मुब्तिला रहा था कि उसे खाने का ख़याल ही नहीं आया था। लेकिन राधा के कहने पर उसे अपनी भूख का अहसास हुआ। लेकिन पहले उसे राधा को यह बताना ज़रूरी था कि उसने क्या ढूँढ़ निकाला था।

"मुझे मिल गया," उसकी ओर देखते हुए उसकी आँखें उल्लास से चमक रही थीं। "मुझे दूसरा सुराग़ मिल गया।"

राधा उसकी ओर देखकर मुस्कराई। "नीचे चलो। मैं आपका नाश्ता लगाती हूँ। खाने के बाद आप इसके बारे में बताइए।"

वह जाने लगी तो विजय उसकी ओर देखकर मुस्कराया। उसके ख़याल उस दिन की ओर मुड़ गए जब वह उससे मिला था, दो साल पहले, देश छोड़ने के बाद पहली बार। विक्रम सिंह अपने पुराने दोस्त डॉ. शुक्ला के पास कुछ भिजवाना चाहते थे और विजय ने स्वेच्छापूर्वक कूरियर की भूमिका निभाई थी।

राधा बचपन की दोस्त रही थी लेकिन उसने उसको पिछले बारह सालों से नहीं देखा था। वह उसे केवल एक बेढब किशोरी के रूप में ही याद थी जिसके दाँतों में तार बँधे हुए थे और अकड़ का भाव था। वह सोच रहा था कि अब वह किस रूप में मिलेगी। वह डॉ. शुक्ला के दरवाज़े के बीचोंबीच खड़ी एक आकर्षक स्त्री को अवाक् देखता रह गया था।

जब वह डॉ. शुक्ला से बातचीत कर रहा था उस दौरान राधा आसपास बनी रही थी। मुलाक़ात के अंत में उसने उसको अगली शाम डिनर के लिए आमंत्रित किया था। अगली शाम डिनर के दौरान उसने उसको अपनी उस कंपनी के बारे में बताया था जो उसने और कॉलिन ने मिलकर शुरू की थी और उसको यह जानकर सुखद आश्चर्य हुआ था कि वह एक परमाणु भौतिकीविद थी जो परमाणु ऊर्जा विभाग में काम कर रही थी।

उस शाम को याद कर विजय मुस्कराया। उसके साथ रहकर उसे बहुत आनंद आया था। एमआईटी में अपनी आख़िरी गर्लफ़्रैंड के बाद से किसी और रिश्ते के लिए न तो उसके पास वक़्त रहा था न झुकाव। राधा के साथ उसका रिश्ता हालाँकि दोस्ती से आगे नहीं बढ़ा था लेकिन वे संपर्क में बने रहे थे। अपनी स्मृतियों से वापस लौटते हुए उसने पाया कि वह भूखा था और उसने नाश्ते के लिए नीचे जाने का फ़ैसला किया।

13

500 ईसवी

बमियान, अफ़गानिस्तान

जिस क्षण से उसके रहस्य का पता चला था, पाल जानता था कि वह ख़तरे में था।

पेशे से ज्योतिषी, और स्वैच्छिक रूप से एक प्राचीन रहस्य का संरक्षक वह अपने वास्तविक कर्म को पिछले चालीस सालों से छिपाकर रखने में कामयाब रहा था। उस अशुभ दिन के पहले तक जब लगभग आठ सौ वर्षों तक दुनिया की निगाहों से ओझल रहा वह शिलालेख नए क़िले की नींव खोदने के दौरान प्रकट नहीं हुआ था। उस शिलालेख को तत्काल महल में भेज दिया गया था और वह एक बार फिर से ग़ायब हो गया था। कुछ इस तरह जैसे उसका अस्तित्व ही कभी नहीं रहा था।

केवल तभी पाल को इस बात का अहसास हुआ था कि किसी ने उस शिलालेख और उस मिथक के बीच के रिश्ते को समझ लिया था जो हज़ारों साल पुराना था। वह जानता था कि उसको वे पांडुलिपियाँ और वह धातुई डिस्क संथाल तक पहुँचानी होंगी, उस भिक्षु तक जो भ्रातृसंघ का एक सदस्य था और जो उस छोटे-से मठ में रहता था जो बुद्ध की उन दो विशाल मूर्तियों के पैताने स्थित था जिनको घाटी की ओर ताकती दो खड़ी ढलानों को उकेरकर आकार दिया जा रहा था। यही तय हुआ था जब वह नौ के गुप्त संगठन में शामिल हुआ था। संथाल संगठन के उन दो सदस्यों में से एक था जिसने पाल के सामने अपनी वास्तविक पहचान उजागर की थी। उन्होंने यह शपथ ले रखी थी कि दोनों में से जिस किसी के ज़िम्मे वह रहस्य होगा

वह उस रहस्य पर किसी तरह का संकट आने की स्थिति में उसे दूसरे को सौंप देगा। महल को छोड़ने के बाद वह पश्चिम भारत के उन अनेक राज्यों से होकर गुज़रा था जो गुप्त साम्राज्य के विघटन के बाद जन्मे थे।

पाल की मुलाक़ात तीन यात्रियों से हुई जिनका गंतव्य भी वही था जो पाल का था।

जब तक वह उनके छल और प्रयोजन को समझ पाता तब तक काफ़ी देर हो चुकी थी।

इन चारों लोगों का समूह उस पर्वत प्रदेश की ओर चल पड़ा जो उनके और मठ के बीच फैला हुआ था। वे सब रात के दौरान यात्रा जारी रखने पर सहमत हुए थे और पाल को अब समझ में आ रहा था कि क्यों राज़ी हुए थे।

विश्वासघात और हत्या के लिए वह रात एकदम मुफ़ीद थी।

चंद्रमा बादलों के धुँधले परदे के पीछे छिपा हुआ था और आकाश में एक भी तारा दिखाई नहीं दे रहा था। जाड़ों का मौसम सिर पर था और उस ठंडी रात में कोई दूसरे यात्री रास्ते में मिलने वाले नहीं थे।

कोई गवाह नहीं!

पाल ने आगे निकलने की कोशिश की। लेकिन वह बूढ़ा था और वे सब जवान और मज़बूत थे। तभी आख़िरी नगर में सुनी गई उन गुफाओं की बात उसको याद आई जो टीलों के भीतर बुद्ध की मूर्तियों के पीछे खोदी गई थीं। वह बीच-बीच में बाक़ी लोगों से पीछे रह जाता था तब भी उसने तब तक अपनी ऊर्जा को क़ायम रखने की कोशिश की जब तक कि वे कंकड़ों से भरे एक नाले तक नहीं पहुँच गए। जिस दौरान उसके तीनों साथी विश्राम करने और उसका इंतज़ार करने बैठे हुए थे, उस दौरान वह चट्टानों और बोल्डरों को पार करता हुआ आगे बढ़ता रहा, इस कोशिश में कि वह किसी तरह टीले के सिरे तक पहुँचकर उन गुफाओं को खोज लेता।

कुछ देर तक यह युक्ति काम आई। उजाड़ और ख़ामोशी ने उसकी मदद की और वह नाला पार कर गया। लेकिन वह जानता था कि यह कुछ देर ही चलने वाला था; वह थक जाएगा और उसके जवान साथियों को पता

चल जाएगा कि वह किसी ओर गया था।

ढँके हुए चाँद की फीकी रोशनी में चट्टानें और बोल्डर एक दूसरे पर अपनी छायाएँ डालते यूँ खड़े थे जैसे किसी दाह संस्कार के दौरान शोकाकुल लोग उदास और ख़ामोश खड़े होते हैं। पाल व्यग्रतापूर्वक आश्रय की तलाश कर रहा था।

थकान से हाँफते हुए उसे अंततः उन गुफाओं का प्रवेश द्वार मिल गया और वह एक अधबनी-सी सुरंग में घुस गया। उस सुरंग का मुँह जल्दी ही एक गुफा में खुल गया। गुफा बमुश्किल चार फुट ऊँची थी इसलिए उसे झुककर चलना पड़ रहा था। रोशनी नहीं थी और पाल अंधों की तरह किसी ऐसी जगह की तलाश में बेतहाशा लगा हुआ था जहाँ वह चमड़े के थैले में रखी उन वस्तुओं को छिपा सकता। दीवारों से टकराने-घिसटने की वजह से उसकी बाँहों और कुहनियों से ख़ून रिस रहा था, लेकिन अपने ध्येय पर टिके रहते हुए उसने उस दर्द की कोई परवाह नहीं की।

वे उसको मार सकते हैं, लेकिन उस रहस्य का पता कभी नहीं लगा सकेंगे जिसे वह लिए हुए है!

उस चट्टानी कक्ष के एक सिरे पर बलुआ पत्थर की एक दीवार थी जिसके बारे में उसका अनुमान था कि वह बुद्ध की एक मूर्ति का पिछला हिस्सा थी। वहाँ कोई दरारें या ताख नहीं थे जहाँ पर वह अपने थैले की वस्तुओं को छिपा सकता।

उसे सुरंग में आते लोगों के पैरों की आहटें सुनाई दीं और गुफा में फैलती मशाल की भुतही रोशनी की चमक दिखाई दी।

जैसे वे तीनों आदमी नमूदार हुए, पाल समझ गया कि वह मरने वाला है। उनके चेहरों पर क्रोध का आवेश था; उन्होंने सोचा था कि वह आसान शिकार होगा।

उनमें से एक उसकी ओर देखकर हँसा। "तुम्हारा ख़याल था कि तुम हमें धता बताकर भाग सकते थे?" उनका मुखिया दबी जबान से हँसा, लेकिन उस हँसी में विनोद का भाव नहीं था।

पाल ने आघात को आते नहीं देखा।

वह जैसे ही उस आदमी का सामना करने को मुड़ा, उसके सिर की बग़ल में किसी तीक्ष्ण और सख़्त चीज़ का प्रहार हुआ। गुफा की ठंडी हवा में उसने अपने गालों पर किसी चिपचिपी और गर्म चीज़ को बहता हुआ महसूस किया। वह समझ गया कि यह उसका ख़ून था। उसका सिर आकस्मिक दर्द से फट पड़ा।

पाल ज़मीन पर ढह गया।

इसके पहले कि अँधेरा उसकी चेतना को पूरी तरह से निमग्न करता, उसके मन में आख़िरी ख़याल यही आया कि वह अपनी मुहिम में कामयाब नहीं हो सका।

उनमें से एक आदमी ने झुककर मृतक के थैले की चीज़ों को उलटा-पलटा। उसमें भूर्ज-पत्रों पर लिखी गई पुस्तकें थीं जिनकी जिल्दबंदी उत्तर भारतीय ढंग से की गई थी। उसने वे पुस्तकें अपने मुखिया को थमा दीं, जिसने उन्हें नाउम्मीदी के साथ पलटा। तीनों आदमी उनमें कुछ भी नहीं पढ़ सके। उसने उन पुस्तकों को गुस्से में ज़मीन पर पटक दिया और उनके विनाश की परवाह किए बग़ैर उनको पैरों से कुचल दिया।

गुस्से से उसकी आवाज़ कर्कश हो उठी। "क्या हमने इन छालों की कतरनों की ख़ातिर ये झमेला मोल लिया था? वह जिस तरह इस थैले को अपने सीने से लगाए हुए था उसको देखकर लगता था कि वह जान की बाज़ी लगाकर उनकी रक्षा कर रहा है और मुझे लगा था कि उसमें कोई क़ीमती वस्तु होगी।"

"ये क्या है?" पाल के थैले को खँगालते उस आदमी ने उसमें से एक धातुई वस्तु निकाली। वह गोलाकार थी और ठोस धातु की बनी थी। उसने वह वस्तु अपने मुखिया के हाथ में दी। धातु काली थी लेकिन वह निश्चय ही मैली चाँदी नहीं थी। उसने उस तरह की धातु कभी नहीं देखी थी। उस गोलाकार तश्तरी का एक ओर का हिस्सा कोरा और चिकना था। दूसरी ओर के हिस्से में वृत्ताकार खाँचे थे जिनमें निशान और इबारतें लिखी हुई थीं जिनको वह पढ़ नहीं सका।

उसको उसका कोई मूल्य समझ में नहीं आया और उसने उसको पाल के शव पर फेंक दिया।

“कुत्ते की औलाद!” उसने थूकते हुए कहा। “इतनी मेहनत के बाद हमारे हाथ कुछ भी नहीं लग सका।”

“इस लाश का क्या किया जाए?”

“इसे यहीं पड़ा रहने दो। इस गुफा का अब कोई इस्तेमाल नहीं है। हम वापस जाकर पत्थर से गुफा का मुँह बंद कर देंगे। किसी को कभी पता नहीं चलेगा।”

वे तीनों आदमी सुरंग से बाहर आकर बड़े-से पत्थर को तलाशने लगे। अंततः उनको एक पत्थर मिल गया जिससे उन्होंने सुरंग का मुँह बंद कर पाल की लाश और उसके थैले की वस्तुओं को वहीं दफ़न कर दिया।

उन्हें नहीं मालूम था कि उन्होंने संसार के एक महानतम प्राचीन रहस्य से संबंधित सत्य को दफ़ना दिया था; एक ऐसा सत्य जो पाल के साथ ही आने वाले पंद्रह सौ वर्षों तक दफ़न रहने वाला था।

14

वर्तमान काल

छठवाँ दिन

जौनगढ़ क़िला

वे सारे लोग फिर से अध्ययन-कक्ष में एकत्र हो गए थे। वे सब विजय की खोज के बारे में जानने को उत्सुक थे। विशाल खिड़कियों के रास्ते सूरज की उष्ण रोशनी अध्ययन-कक्ष में भर रही थी।

विजय ने उन्हें अपना सपना बयान किया। "जिस चीज़ ने मुझे चौंकाया वह यह थी कि सपने में राजा ने नौ चट्टानों को उत्कीर्ण किया था। मैं समझ गया कि मैं अशोक और उसके शिलालेखों के बारे में सपना देख रहा था। जब हमने कल उस छंद को पढ़ा था तब हमने स्वाभाविक ही यह मान लिया था कि उसमें नौ अज्ञात पुरुषों का हवाला दिया गया था। लेकिन चाचा ने मुझे अपने तीसरे ईमेल में अशोक के शिलालेखों का अनुसरण करने को कहा था, और यह भी कि वे मुझे खोज की यात्रा पर ले जाएँगे। मुझे यह सूझा कि वह छंद नौ सदस्यों के बारे में नहीं बल्कि अशोक के नौ शिलालेखों के बारे में बात कर रहा है।"

"इसका मतलब है कि हमें उन नौ स्थलों का पता लगाना चाहिए जहाँ अशोक ने अपने शिलालेख स्थापित किए थे।" कॉलिन ने कहा।

"तुम सही समझे," विजय ने हँसते हुए कहा। "आख़िरकार इतने वर्षों के मेरे साथ ने तुम्हारे ऊपर मेरा असर डाल ही दिया। दोस्त, तुम स्मार्ट होते जा रहे हो।"

"इसका मतलब है, हे ज्ञानी पुरुष, कि तुम्हें यह भी मालूम है कि वह छंद किन नौ शिलालेखों का ज़िक्र कर रहा है?" कॉलिन ने कहा।

विजय ने डेस्क पर से काग़ज़ों का एक ढेर उठाया। "जब आप लोग सोए हुए थे तब मैं इस पर काम कर रहा था।" उसने काग़ज़ों को सिलसिलेवार ढंग से जमाते हुए कहा। "ऐसे बहुत से स्थल हैं जहाँ पर शिलालेख मिले हैं; कुछ चट्टानों पर कुछ स्तंभों पर। मैं नेट पर तलाश कर रहा था और मैंने शिलालेखों से संबंधित कुछ जानकारी डाउनलोड की है और उसका विश्लेषण किया है।"

उसने काग़ज़ मेज़ पर रख दिए। "जिन स्थलों पर शिलालेख पाए गए हैं उनसे संबंधित जानकारी की मैंने संक्षेपिका तैयार की है। मैं इस बारे में निश्चित नहीं था कि हम छंद की पंक्तियों के साथ उन स्थलों को किस तरह जोड़ सकेंगे, इसलिए मैंने हर चीज़ को समेटने की कोशिश की है - स्थल, लिपि, पाठभेद। सारे स्थलों पर सारे के सारे शिलालेख नहीं हैं। कुछ स्थलों पर बड़े शिलालेख हैं कुछ पर छोटे। कुल मिलाकर चौदह बड़े चट्टानी शिलालेख थे और तीन छोटे। मैंने उन सबकी सूची तैयार की है। स्तंभों पर उत्कीर्ण किए गए सात बड़े और दो छोटे शिलालेख भी थे। लेकिन विभिन्न स्थलों पर पाठ भेद भी हैं। उदाहरण के लिए, धौली में पाया गया एक शिलालेख कलिंग के युद्ध का हवाला नहीं देता। विद्वानों का ऐसा मानना है कि ऐसा इसलिए किया गया क्योंकि धौली कलिंग में था और अशोक अपनी जीती गई प्रजा को आहत नहीं करना चाहता था।"

कॉलिन का माथा सिकुड़ा। "मतलब ये कि हमें इस पूरी सूची को पढ़ना होगा और छंद में दिए गए सुराग़ों के साथ इन स्थलों का मेल बिठाना होगा?"

"यह उतना मुश्किल नहीं है। मैंने एक तरह से शुरुआत भी कर दी है छंद की नौवीं पंक्ति का अर्थ निकालते हुए। *नौवाँ दो भाषाएँ बोलता है।*" विजय ने छंद से उद्धृत करते कहा। "मेरा सोचना था कि यह वह होना चाहिए जो कंधार में मिला था, जहाँ अरमैक और ग्रीक में एक द्विभाषी शिलालेख था। दो भाषाएँ।"

बाक़ी लोगों ने सिर हिलाया। उन्हें यह निष्कर्ष युक्तिसंगत लगा।

"मुमकिन है बाक़ी को समझने में भी कठिनाई न हो," राधा ने धीरे से कहा, "ज़रूरी नहीं कि छंद से मेल खाने वाले स्थलों का पता लगाने के लिए हमें सारे स्थलों का विस्तार से अध्ययन करना पड़े। मेरा ख़याल है छंद की पहली पंक्ति - *नौ साम्राज्य के सीमांतों तक गए हैं* - हमें दिशा बताती है। अगर छंद में स्वयं नौ का संदर्भ होता, तो हमने इसकी व्याख्या शब्दशः इस तरह की होती कि भ्रातृसंघ के सदस्य साम्राज्य की सीमाओं तक गए थे। लेकिन चूँकि अब हमारा ख़याल यह है कि छंद में स्थलों का संदर्भ दिया गया है, इसलिए अब हम अशोक के साम्राज्य की सीमाओं के नौ स्थलों की तलाश करेंगे।"

"बहुत अच्छा ख़याल है।" विजय वापस डेस्क पर गया और लैपटॉप पर टाइप करने लगा। "मैं एक ऐसे अच्छे नक़्शे को ढूँढ़ता हूँ जो अशोक के साम्राज्य के पूरे विस्तार को दर्शाता हो।"

जिस दौरान विजय नक़्शा तलाश रहा था उस दौरान कॉलिन स्थलों की सूची को ग़ौर से देख रहा था। सहसा उसने सिर उठाकर देखा।

"मेरा ख़याल है मुझे एक और मिल गया है। तीसरा स्थल मस्की है। छंद कहता है, *तीसरा सम्राट का नाम लेता है।* मस्की का शिलालेख एकमात्र है जो अशोक के नाम का उल्लेख करता है।"

शुक्ला ने शाबाशी देने के भाव से सिर हिलाया। "बहुत बढ़िया।"

कॉलिन मुस्कराया और फिर से स्थलों की सूची को देखने लगा।

प्रिंटर घरघराया। विजय ने काग़ज़ निकाला और लेकर उन लोगों के पास आ गया।

"ये एक अच्छा नक़्शा है। ये उसके शिलालेखों के स्थलों को दर्शाता है। अशोक का साम्राज्य आज के समय के ज़्यादातार हिंदुस्तान, पाकिस्तान और अफ़गानिस्तान को समेटता था। कंधार अफ़गानिस्तान में है, जो अशोक के साम्राज्य का पश्चिमी सीमांत है। मस्की हालाँकि साम्राज्य के सीमांत पर नहीं है लेकिन वह दक्षिणी सीमा के निकट है। यह संभावित स्थल हो सकता है।"

कॉलिन ने उसकी ओर बनावटी गुस्से के भाव से देखा। "मैंने कोई चीज़ खोजी है और तुम उसका कबाड़ा कर रहो। क्या तुम सीधे-सीधे उसे स्वीकार कर मेरी अक़्ल की श्रेष्ठता के क़ायल नहीं हो सकते?"

“ओके, मिस्टर वाह,” विजय ने तपाक से कहा। “हो सकता है तुम्हारी श्रेष्ठ अक़्ल कुछ और स्थलों को ढूँढ़ निकाले।”

उनकी इस हलकी-फुलकी छेड़छाड़ के बावजूद वातावरण में उत्तेजना थी। वे लोग काग़ज़ों पर झुके हुए थे, बीच-बीच में नक़्शे को देख रहे थे और नक़्शे में चिह्नित स्थलों तथा छंद में दिए गए सुराग़ों के बीच संबंध बिठाने की कोशिश कर रहे थे।

अगला स्थल राधा को मिला। “पहला स्थल गिरनार है। वह शिलालेख जो दूसरों से भिन्न दीखता है, क्योंकि उसकी सारी इबारतें अलग-अलग उत्कीर्ण हैं और आड़ी रेखाओं से अलगाई हुई हैं। *पहला दिखने में दूसरों से अलग है।*”

“मुझे दो मिल गए,” शुक्ला ने कुछ देर बाद ऐलान किया। सातवाँ सारनाथ का है। पाँचवाँ शाहबाज़गढ़ी का है।”

“मुझे रिश्ता समझ में नहीं आया,” कॉलिन ने कहा। विजय ने सहमति जताते हुए कंधे झटके।

सातवाँ सत्य के चक्र के प्रति श्रद्धांजलि अर्पित करता है, शुक्ला ने पंक्ति को उद्धृत किया। बुद्ध ने सारनाथ के डियर पार्क में अपना पहला प्रवचन दिया था; उन्होंने धर्मचक्र या सत्य के चक्र की अवधारणा के बारे में उपदेश दिया था, जो उनके शिष्यों के बीच विधि के चक्र के रूप में भी जाना जाता था। उसने अपने हाथ में थमे काग़ज़ की ओर देखा। “इसके मुताबिक़, सातवाँ शिलालेख सारनाथ में है, जो बलुआ पत्थर के अत्यंत परिष्कृत स्तंभ पर उत्कीर्णित है।”

कॉलिन और विजय ने शुक्ला के ज्ञान से प्रभावित होते हुए सिर हिलाया।

“शाहबाज़गढ़ी के शिलालेख,” शुक्ला ने अपनी बात को जारी रखते हुए कहा, “दो चट्टानों पर अंकित हैं, एक पहाड़ी की ढलान पर और दूसरा घाटी में। शाहबाज़गढ़ी आज के पाकिस्तान में है। छंद कहता है...*पाँचवाँ लिखता है एक ऐसे हाथ से जो शेष से भिन्न है*...यह विशेष शिलालेख अकेला है जो खरोष्ठी लिपि में है जिसे दाएँ से बाएँ पढ़ा जाता है। पहले के ज़माने में इस लिपि को इंडो-बैक्ट्रियन और आरिआनो-पाली के नाम से जाना जाता

था और यह अरमैक से निकली है। बाक़ी सारे शिलालेख ब्राह्मी लिपि में हैं। इसलिए जो हाथ दूसरों से अलग है वह दरअसल लिपि है।"

विजय और कॉलिन के चेहरे के भावों को देखकर वह मुस्करा दिया। "तुम लोगों को आश्चर्य नहीं होना चाहिए। मैंने प्राचीन भारतीय भाषाओं का अध्ययन किया है।"

"मेरा ख़याल है, मुझे एक और मिल गया," कॉलिन कुछ देर बाद बोला। आठवीं पंक्ति कहती है...*आठवें के पास वह सब नहीं है जो दूसरों के पास है; लेकिन वह विशेष काम के लिए है, उसके पास वह भी है जो दूसरों के पास नहीं है..."* उसने आह्लाद से चमकते हुए सिर उठाकर देखा। "ये वो है जो..." उसने काग़ज़ में झाँकते हुए कहा, "धौली में है। आप लोग इसका इसी तरह उच्चारण करते हैं, न?"

विजय ने सिर हिलाया, लेकिन उसने ऐसी मुद्रा बनाई जैसे वह समझा नहीं था।

"ओके, मैं समझाता हूँ।" विजय ने झल्लाते हुए कहा।

राधा मुस्कराई। दोनों दोस्तों के बीच की यह छींटाकशी और लगातार एक दूसरे का मज़ाक़ बनाना उनके बीच की दोस्ती की प्रगाढ़ता को दर्शाता था। "धौली के उत्कीर्णनों में 11 से 13 तक के शिलालेख नहीं हैं, इसलिए उनमें वह सब नहीं है जो दूसरों में है; लेकिन उनमें दो ऐसे शिलालेख हैं जो अन्यत्र नहीं हैं।" कॉलिन ने कहा।

"क़िस्मत से सही अनुमान है," विजय बुदबुदाया। "और अब यह दस साल तक इसी की रट लगाए रहेगा।"

"मेरा ख़याल है, मैं समझ गया हूँ कि दूसरा क्या है," शुक्ला ने कहा। "मुझे यह और भी पहले समझ में आ जाना चाहिए था, क्योंकि मैंने इसके बारे में पहले पढ़ा हुआ था। दूसरा वह होना चाहिए जो जहाज़ के आने की प्रतीक्षा में समुद्र की ओर ताक रहा है।"

"यह कोई बंदरगाह है," कॉलिन बोल उठा।

"हाँ," शुक्ला उसके उतावलेपन पर मुस्कराया। "टोलमी के समय में सोपारा नामक एक प्राचीन बंदरगाह हुआ करता था जो वाणिज्य का केंद्र था।

उसका प्राचीन नाम था सुप्पारका। आज, इस नक़्शे के मुताबिक़ यह सोपारा के नाम से जाना जाता है।"

विजय आनंद से झूम उठा। "अब हमें सात मिल चुके हैं। बस दो और।"

"मुझे एक और मिल गया," कॉलिन ने हँसते हुए कहा। *"छठवाँ... छठवाँ खड़े हुए अन्यों से एक ज़्यादा है...*खड़े मतलब स्तंभों पर उत्कीर्णित शिलालेख। सारे स्तंभों पर छह शिलालेख हैं, सिवा एक के। टोपरा के स्तंभ पर सात शिलालेख हैं। इसमें अन्य स्तंभ शिलालेखों के मुक़ाबले एक शिलालेख ज़्यादा है।"

विजय ने उसकी ओर देखा। "बात तर्कसंगत लगती है।"

कॉलिन का चेहरा चमक उठा। "मैं कमाल का हूँ। मैं न होता तो तुम क्या करते? क्या..."

"एक और बचा है," विजय ने मुस्कराते हुए उसे टोका। "*चौथा सत्रह का है...*ये क्या हो सकता है?"

राधा ने माथा सिकोड़ा। मुद्रित पन्नों में कोई चीज़ थी जो उसका ध्यान खींच रही थी लेकिन वह उसपर अपनी अँगुली नहीं रख पा रही थी। उनके बीच ख़ामोशी पसर गई। छंद की इस पंक्ति का क्या मतलब हो सकता है? इसका ताल्लुक निश्चय ही शिलालेख की आयु से तो नहीं होगा।

सहसा चेहरे पर उत्तेजना की चमक के साथ राधा ने उन लोगों को देखा।

"येर्रागुडी।"

उसकी ओर सवालिया निगाहें उठीं।

"येर्रागुडी आंध्र प्रदेश का एक छोटा-सा क़स्बा है," उसने समझाया। "चूँकि इन काग़ज़ों में उसके बारे में ज़्यादा कुछ नहीं है इसलिए यह जगह बहुत महत्त्वपूर्ण प्रतीत नहीं होती लेकिन यहाँ पर बड़े और छोटे चट्टानी शिलालेख हैं।"

उसकी ओर भावशून्य चेहरे ताकने लगे।

"आप लोग समझे नहीं? वहाँ 14 बड़े चट्टानी शिलालेख हैं और 3 छोटे; कुल मिलाकर 17।"

विजय ने सिर हिलाया। "अविश्वसनीय। इन सारे शिलालेखों के स्थानों को चतुराईपूर्वक छिपाया गया था।" वह अपने नोट्स की ओर मुड़ा। "इस तरह छंद में इन स्थानों को जिस क्रम दिया गया है वह यूँ है : गिरनार, सोपारा, मस्की, येर्रागुडी, शाहबाज़गढ़ी, टोपरा, सारनाथ, धौली और कंधार।"

"अब हमें इनका करना क्या है?" राधा ने पूछा। "यह जानकारी हमें अभी भी कहीं नहीं ले जाती।"

"मैंने जो तमाम पुस्तकें पढ़ी हैं," कॉलिन ने विचारशील लहज़े में कहा, "उनके मुताबिक़ जब लोग इस क़िस्म के सुराग़ों का पता लगा लेते हैं, तो वे आमतौर से हर स्थल पर जाते हैं और उन्हें वहाँ जाने पर अतिरिक्त सुराग़ हाथ लगते हैं। मुमकिन है कि हम अगर इन नौ स्थलों पर जाएँ तो हमें नौ और सुराग़ मिलें जो फिर से हमें किसी अन्य दिशा में ले जाएँ, और जब तक हमें नौ का रहस्य ज्ञात नहीं हो जाता तब तक यह सिलसिला जारी रहे।"

चट्टानों और स्तंभों पर उकेरे गए गए अशोक के लेखों के स्थल

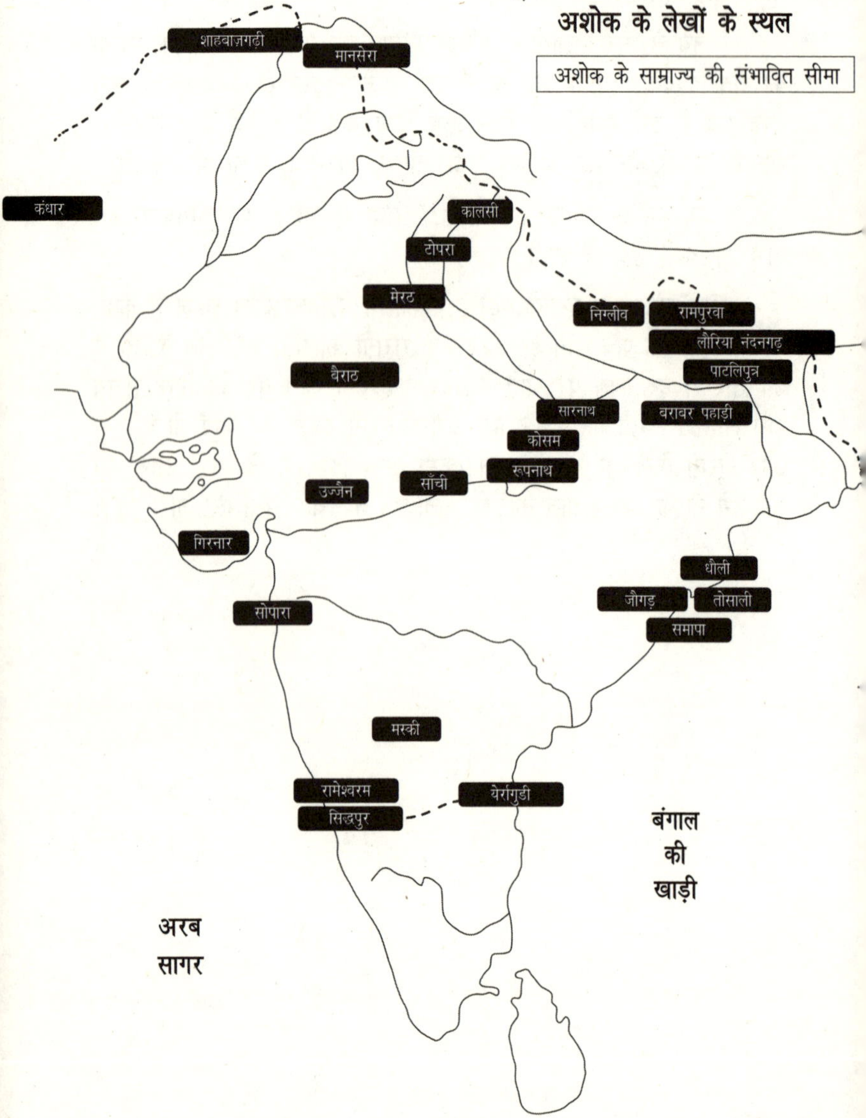

"तुम बहुत-सी वाहियात चीज़ें पढ़ते रहते हो," विजय उसकी ओर देखकर हँसा, फिर वह गंभीर हो गया। "लेकिन तुम्हारा कहना सही हो सकता है।"

"मैं और मेरा बड़ा मुँह," कॉलिन गुर्राया। "अब हम देश भर में हर चट्टान पर मिलने वाले सुराग़ों की तलाश में भटकेंगे। देखो, मुझे ज़्यादा से ज़्यादा हिंदुस्तान घूमना अच्छा लगेगा लेकिन अगर हमें अशोक के साम्राज्य के सीमांतों तक जाना पड़ा, तो मेरा इरादा ये क़तई नहीं है। वैसे भी कंधार अफ़गानिस्तान में है। जंगली घोड़े भी मुझे वहाँ घसीटकर नहीं ले जा सकते। क्या आप लोगों ने सुना नहीं है? तालिबान अमेरिकियों को देखते ही गोली मार देता है। माफ़ करना दोस्तों, लेकिन मैं किसी निशानेबाज़ उग्रवादी का निशाना बनने को तैयार नहीं हूँ।"

शुक्ला ने इंकार में सिर हिलाया। "मैं ऐसा नहीं सोचता। इसकी बहुत कम संभावना है कि हर स्थल पर सुराग़ हों। नौ के संगठन ने अपने रहस्य के स्थल को छिपाने के लिए बहुत कठोर मेहनत की थी। उन्होंने यह सुनिश्चित किया होगा कि सुराग़ों की निशानी अनश्वर बनी रहे, उसी तरह जैसे यह धातुई डिस्क है। जिन स्थलों पर ये शिलालेख हैं वहाँ की चट्टानों और स्तंभों पर छोड़े गए सुराग़ समय के हाथों मिट गए होते। ऐसा नहीं लगता कि नौ नामक उस गुप्त संगठन ने इतनी कड़ी मेहनत करने के बाद सुराग़ों को समय और पंचतत्वों के हाथों मिट जाने के लिए छोड़ दिया होगा।"

"तब फिर?" विजय ने अशोक के साम्राज्य का नक़्शा देखते हुए माथा सिकोड़ा। उसने छंद में उन नौ स्थलों पर लाल स्याही से निशान लगा दिए थे।

"ये कुछ अजीब-सा नहीं है?" राधा ने टिप्पणी की। "गिरनार, सोपारा, मस्की और येर्रागुडी एक सीधी रेखा में हैं। शाहबाज़गढ़ी, टोपरा, सारनाथ तथा धौली दूसरी सीधी रेखा में हैं और ये दोनों रेखाएँ लगभग समानांतर हैं।"

विजय ने नक़्शे को घूरा। इस ओर उसका ध्यान पहले क्यों नहीं गया?

उसके चेहरे पर मुस्कराहट फैल गई। "तुम्हारा कहना सही है, राधा। हमें कुल मिलाकर अशोक के शिलालेखों का अनुसरण करना है। चाचा ने अपने मेल में यही कहा है। इसे देखो।"

विजय ने एक रूलर और लाल क़लम उठाई और गिरनार तथा सोपारा के बीच एक रेखा खींचते हुए दोनों को जोड़ दिया और फिर उस रेखा को आगे बढ़ाते हुए मस्की और येर्रागुडी को जोड़ दिया। जैसा कि राधा ने ध्यान दिया था चारों के चारों स्थल एक सीधी रेखा में थे। इसके बाद उसने शाहबाज़गढ़ी, टोपरा, सारनाथ तथा धौली के बिंदुओं पर रूलर रखा और इन चारों स्थलों को जोड़ती हुई एक और सीधी रेखा खींच दी। यह रेखा पहली रेखा के समानांतर थी।

"अब हम अशोक के शिलालेखों का उसी क्रम में अनुसरण करते हैं जिस क्रम में वे डिस्क के छंद में दिए गए हैं।" उसने उन लोगों की ओर हँसकर देखा। चूँकि अब पहेली उसके लिए स्पष्ट हो चुकी थी, उसे आनंद आ रहा था। "हम गिरनार से सोपारा जाते हैं, और फिर मस्की और येर्रागुडी। इसके बाद रास्ता उत्तर में येर्रागुडी से शाहबाज़गढ़ी जाता है।" उसने एक और सीधी रेखा खींचकर येर्रागुडी और शाहबाज़गढ़ी को जोड़ दिया। "शाहबाज़गढ़ी से हम क्रमशः टोपरा, सारनाथ और धौली चलते हैं। अब इसे देखो। आख़िरी पड़ाव कंधार है।"

उसने रूलर लेकर एक और सीधी रेखा खींची जो इस बार धौली और कंधार के बीच थी। इसके बाद वह पीठ टिकाकर बैठ गया और अन्य लोग नक़्शे पर उभरे इस पैटर्न को ग़ौर से देखने लगे। येर्रागुडी और शाहबाज़गढ़ी को जोड़ने वाली रेखा धौली को कंधार से जोड़ने वाली रेखा को काटती थी। जिस जगह पर ये दोनों रेखाएँ एक दूसरे को काटती थीं वहाँ अशोक के शिलालेखों का एक और स्थल था।

बैराठ।

"वे सब मिलकर सत्य के उस मार्ग पर पहरा देते हैं जो नौ के द्वारा रक्षित है!" विजय ने गर्वपूर्वक घोषणा की।

"ये अविश्वसनीय है," कॉलिन ने इंकार में सिर हिलाते हुए कहा। "जब आप उसको इस तरह रखते हैं तो वह उछलकर आपके सामने आ जाता है।"

विजय उसकी ओर शरारतपूर्ण भंगिमा से देखते हुए हँस दिया। "मैं सोचता था कि हम दोनों के बीच तुम दिमाग़ थे?"

चट्टानों और स्तंभों पर उकेरे गए अशोक के लेखों के स्थल

अशोक के साम्राज्य की संभावित सीमा

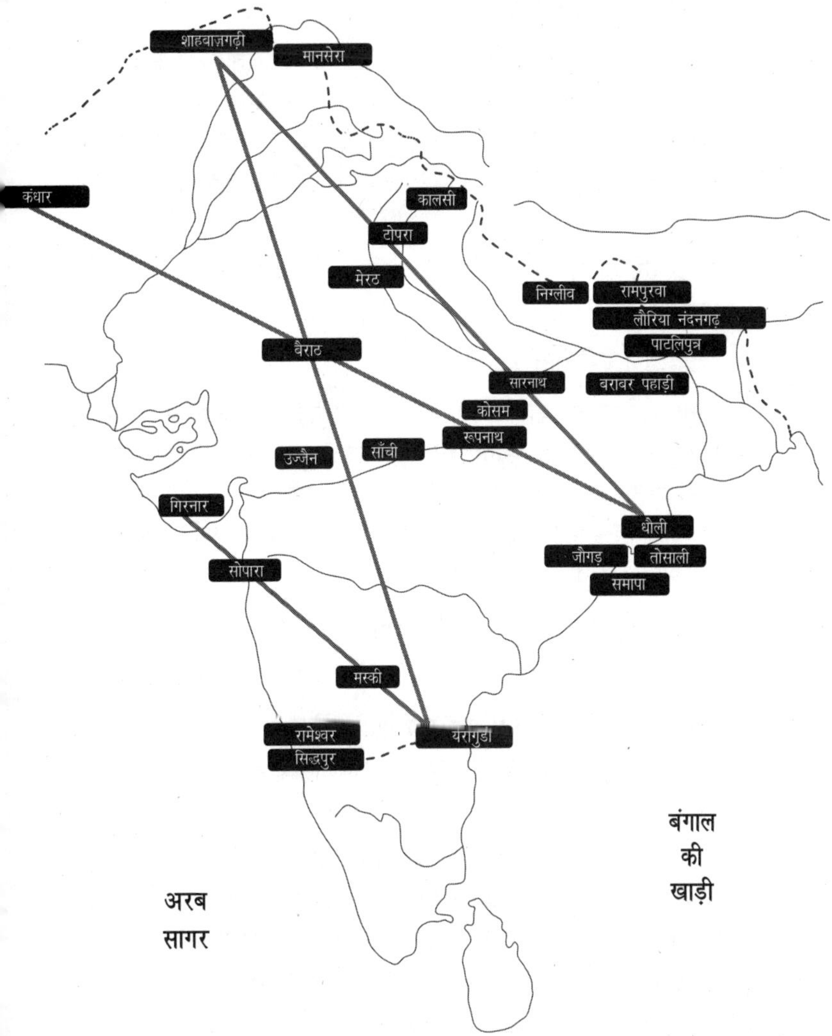

"हाँ, लेकिन तुम ये अपने चाचा के ईमेल संदेशों की मदद के बिना नहीं कर सकते थे," कॉलिन ने तुरंत तपाक से कहा।

विजय महज़ उसकी ओर देखकर हँस दिया। उनको जो चीज़ हासिल हुई थी उससे वह आह्लादित था।

"कॉलिन का कहना सही है," राधा ने सहमति जताई। "अगर कोई व्यक्ति छंद का अर्थ निकालने की कोशिश करता और उसको यह न मालूम होता कि उसको शिलालेखों का अनुसरण करना है, तो वह बहुत आगे न जा पाता। उसे अशोक और उसके शिलालेखों के बारे में बहुत-सी जानकारी होना भी ज़रूरी होती।"

"तो, हमें बैराठ जाना होगा?" कॉलिन ने विजय की ओर देखते हुए पूछा।

"क्या यही तर्कसंगत नहीं है?"

राधा ने मुद्रित काग़ज़ों में से एक काग़ज़ निकाला और उसमें देखकर पढ़ा। "बैराठ राजस्थान का एक छोटा-सा क़स्बा है जो जयपुर के उत्तर-पश्चिम में है। इस छोटे-से क़स्बे की ख़ासियत यह है कि इसमें हिंदुस्तान का सबसे पुराना स्वतंत्र बौद्ध ढाँचा है - तीसरी सदी ईसापूर्व के एक चैत्य के खंडहर।"

"चैत्य क्या चीज़ है?" कॉलिन जानना चाहता था।

"मोटे तौर पर कहें तो एक बौद्ध मंदिर," शुक्ला ने उसे बताया।

"वहाँ उसी काल के ईंट और लकड़ी के बने हुए मंदिर भी हैं," राधा ने पढ़ना जारी रखा। "अशोक के चट्टानी शिलालेख का एक टुकड़ा अब कोलकाता की एशियाटिक सोसायटी की इमारत में है।"

"यह बैराठ ही होना चाहिए," कॉलिन ने कहा। "यह निरा संयोग नहीं हो सकता कि इस स्थल पर अशोक का एक चट्टानी शिलालेख है और उसी के समय की इमारतों के खंडहर हैं, ख़ासतौर से तब जबकि वह इस नक़्शे पर उस जगह है जहाँ ये दो रेखाएँ एक दूसरे को काटती हैं।"

"यह जगह यहाँ से बहुत दूर नहीं होनी चाहिए," राधा ने कहा। "ये अलवर-जयपुर राजमार्ग पर है, इसलिए वह कार से घंटे भर से ज़्यादा की दूरी पर नहीं होना चाहिए।"

"तब फिर चलना चाहिए," कॉलिन की आँखें प्रत्याशा से चमक उठीं। बाक़ी लोगों ने सिर हिलाकर हामी भरी। वे सब एक 2000 साल पुराने रहस्य को पा लेने के ख़याल की उत्तेजना से भरे हुए थे।

"अगर रहस्य हमारे हाथ लग गया तो हम क्या करेंगे?" शुक्ला ने वातावरण में गंभीरता का तत्व शामिल करते हुए धीरे से पूछा।

"हम महाराजा को सूचित करेंगे," विजय ने तत्काल जवाब दिया। "ये उन्हीं को मालूम होगा कि रहस्य को सुरक्षित रखने के लिए क्या करना ज़रूरी है।"

"तो हम उनको यह बात अभी क्यों नहीं बता देते?" शुक्ला ने कहा।

विजय ने माथा सिकोड़ा। "मैं नहीं जानता। मान लो कि हम ग़लत हुए और वहाँ पर कुछ न मिला तो? ये भी तो हो सकता है कि हमने सारे सुराग़ों को ग़लत पढ़ा हो और हमें ग़लत स्थलों की जानकारी मिली हो? पता नहीं, जब तक तक हमें खुद नहीं मालूम पड़ जाता तब तक हमें दूसरों को बताना चाहिए या नहीं। लेकिन मैं ग्रेग को फ़ोन करके पूछता हूँ कि क्या वह हमारे साथ चलना चाहता है। मुझे यक़ीन है कि वह 2000 साल पुराने रहस्य की खोज का हिस्सा ज़रूर बनना चाहेगा।" उसने अपनी घड़ी की ओर देखा। "मैं यात्रा के लिए कुछ चीज़ें रख लेता हूँ। आधा घंटे बाद हॉल में मिलते हैं।"

15

छठवाँ दिन

इंटेलिजेंस ब्यूरो हैडक्वार्टर्स, नई दिल्ली

माइकल ब्लैक इमरान किदवई के ऑफ़िस में बैठा हुआ था। उसने कोई कैफ़ियत नहीं दी थी सिवा यह कहने के कि उन्हें कोई ऐसी सूचना मिली थी जिसमें ब्लैक की दिलचस्पी हो सकती थी।

"यह क़िस्मत की बात थी," इमरान ने कहा, "एक अनुमान जिसका नतीजा निकला। और कुछ नहीं।"

"फ़ारूख़ से संबंधित?"

इमरान ने सिर हिलाकर हामी भरी। "जब मैंने मर्फ़ी से संबंधित रिपोर्ट देखी, तभी मुझे सूझा। मर्फ़ी ने गुड़गाँव के एक होटल में पड़ाव डाला था। गुड़गाँव ही क्यों? दिल्ली क्यों नहीं? मुमकिन था कि इसकी कोई ख़ास वजह न रही होती और उसने उस जगह का यूँ ही चुनाव किया होता। लेकिन अगर ऐसा नहीं था, तब?"

ब्लैक ने माथा सिकोड़ा। "मैं समझ गया कि आप क्या कहना चाहते हैं। मुमकिन है मर्फ़ी ने उस जगह का चुनाव इसलिए किया हो कि लश्कर-ए-तैयबा (एलईटी) की टीम भी वहीं पर रही हो।"

"बिलकुल। जिसमें फ़ारूख़ और, शायद, उस 'संगठन' के सदस्य भी शामिल हो सकते थे जिसका ज़िक्र उस फ़ोन में था जो आप लोगों ने टेप किया था। इसलिए मेरे मन में यह अजीबोग़रीब ख़याल आया। जहाँ गुड़गाँव की पुलिस मर्फ़ी का पता लगाने की कोशिश में जुटी हुई थी, मैंने उन्हें यह

कहा कि वे ऐसे किसी शख़्स का भी पता लगाएँ जिसके नाम की शुरुआत फ़ारूख़ से या अंत सिद्दीक़ी से होता हो।"

"और कोई जानकारी हाथ लगी।"

इमरान ने सिर हिलाया। "हाँ। आपको इस पर यक़ीन नहीं आएगा। गुड़गाँव की पुलिस ने दरअसल फ़ारूख़ नाम के एक शख़्स के ख़िलाफ़ एक प्रकरण दर्ज़ किया हुआ था; एक अपहरण का प्रकरण। ऐसा मालूम पड़ता है कि यह फ़ारूख़ और उसका साथी, इम्तियाज़, दो आदमियों का अपहरण कर उनको गुड़गाँव में बंधक बनाकर रखने की वारदात में मुब्तिला थे। लेकिन दिलचस्प हिस्सा ये है। गुड़गाँव पुलिस के पास यह प्रकरण जौनगढ़ के एसएचओ द्वारा भेजा गया था। जौनगढ़ दिल्ली से जयपुर के रास्ते में एक छोटा-सा गाँव है। ऐसा प्रतीत होता है कि वे दोनों व्यक्ति जिनका अपहरण हुआ था जौनगढ़ में रहते हैं।"

ब्लैक सोच में डूबा हुआ लग रहा था। "और आपका ख़याल है कि यह वही फ़ारूख़ हो सकता है? लेकिन वह किसी अज्ञात-से गाँव के दो लोगों का अपहरण क्यों करेगा? ये बात अर्थपूर्ण नहीं लगती।"

इमरान ने अपनी डेस्क से एक मुड़ा हुआ अख़बार उठाया और ब्लैक को दिया जिसने उसको खोलकर उसकी हैडलाइन पर निगाह डाली।

"मुख्य ख़बर पढ़िए।"

"परमाणु वैज्ञानिक की रहस्यमय हत्या," ब्लैक ने ज़ोर से पढ़ा और उस समाचार के विवरण को ग़ौर से देखा। "तो, इस महत्त्वपूर्ण रिटायर्ड परमाणु वैज्ञानिक की रहस्यमय परिस्थितियों में हत्या हुई है। हत्या-स्थल पर कोई सुराग़ नहीं छोड़े गए। एक पाकिस्तानी का हाथ होने का संदेह व्यक्त किया जा रहा है।" उसने कंधे झटके और हँस दिया। "ये सामान्य चीज़ नहीं है? पुलिस पड़ताल कर रही है लेकिन अभी तक कोई कामयाबी नहीं मिली है।" उसने अख़बार मोड़कर वापस डेस्क पर रख दिया और इंतज़ार करने लगा। वह जानता था कि आगे कुछ ख़ास सूचना नहीं मिलने वाली थी।

"जौनगढ़ के जिन दो लोगों का अपहरण हुआ था उनमें से एक उस वैज्ञानिक का भतीजा है जिसकी हत्या हुई है।"

सहसा ब्लैक चौकन्ना हुआ। "मैं समझ गया। तो आपका सोचना है कि फ़ारूख़ सिद्दीक़ी इस वैज्ञानिक की हत्या और उसके भतीजे के अपहरण में शामिल रहा हो सकता है। लेकिन वह इस वैज्ञानिक की हत्या क्यों करेगा?"

"मैं अभी तक यह नहीं समझ पाया हूँ कि एलईटी हिंदुस्तान में क्या कर रहा है। हम बहुत सारे अनुमान लगा रहे हैं, लेकिन अगर वीडियो और फ़ोन टेप पर आधारित हमारे निष्कर्ष सही हैं, तो एलईटी और मर्फ़ी को मुहिम सौंपने वाला मिलकर हिंदुस्तान में किसी मुहिम पर काम कर रहे हैं। फ़ारूख़ उस मुहिम का नेतृत्व कर रहा है। वह परमाणु वैज्ञानिक भी है। वह और विक्रम सिंह जिसकी हत्या हुई है, दोनों अपने-अपने देशों के परमाणु बमों के निर्माण में शामिल रहे हैं। कई सारे संयोग! क्या ये मुमकिन नहीं कि फ़ारूख़ को किसी ऐसी चीज़ की तलाश रही हो जो विक्रम सिंह के पास रही हो? कोई जानकारी, कोई ख़ाका, कोई डिज़ाइन...पता नहीं। और उसके भतीजे को भी किसी चीज़ की जानकारी हो, जिसकी वजह से उसका अपहरण किया गया हो। लेकिन वह किसी तरह उनके चंगुल से छूट निकला है और उसने पुलिस में रिपोर्ट दर्ज़ कराई है जिसमें उसने बंधक बनाने वाले दो लोगों के नाम लिए हैं।"

"तब क्या योजना है?"

इमरान उसकी ओर देखकर हँस दिया। "हम जौनगढ़ जाकर उस भतीजे विजय सिंह से मिलते हैं। देखते हैं कि हमारे निष्कर्षों में कोई दम है या नहीं।"

बीजक की पहाड़ी

राधा दिल्ली और जयपुर को जोड़ने वाले राजमार्ग पर आहिस्ता-आहिस्ता गाड़ी चला रही थी। ट्रक, कारें और जीपें तेज़ रफ़्तार से उनकी बग़ल से गुज़रती जा रही थीं। विजय राधा की बग़ल में पैसेंज़र सीट पर बैठा था और कॉलिन और शुक्ला पीछे की सीटों पर थे। वाइट ने इस यात्रा में शामिल होने को लेकर असमर्थता जता दी थी क्योंकि उसको महाराजा के साथ किसी बैठक में जाना था। उसका अनुमान था कि यह एक यादगार यात्रा होने वाली थी और उससे वंचित होने को लेकर वह काफ़ी दुखी लग रहा था। लेकिन विजय ने इसपर ख़ासा ज़ोर दिया था कि उनके लौटने तक महाराजा को

बैराठ के बारे में मालूम न हो, इसलिए भीम सिंह के साथ की उस बैठक से ग़ैरहाज़िर होने का वाइट के पास कोई ठोस बहाना नहीं रह गया था।

वे अपने साथ राजस्थान का जो नक़्शा लिए हुए थे उसके मुताबिक़ उन्हें लग रहा था कि बैराठ की ओर जाने वाला कोई बायाँ मोड़ होना चाहिए, लेकिन उनको राजमार्ग से बाहर जाती कोई सड़क दिखाई नहीं दी थी, सिवा कुछ कच्चे रास्तों के जो खेतों से होकर जाते थे। न ही राजमार्ग पर बैराठ की ओर जाने वाली किसी सड़क का कोई संकेत उनको मिला था।

विजय ने नक़्शे को देखा। "हम अभी-अभी प्रागपुर से आगे निकले हैं। नक़्शे में जो मोड़ दिया है वह प्रागपुरा और शाहपुरा के बीच है। नक़्शे पर केवल यही लैंडमार्क है।"

"तब फिर उस मोड़ को यहीं कहीं पर होना चाहिए।" कॉलिन ने कहा जो खिड़की के बाहर देखता हुआ गुज़रते हुए मील के पत्थरों पर निगाह रखे हुए था। "हम शाहपुरा से मात्र पंद्रह किलोमीटर दूर हैं।"

"हम किसी से पूछ लेते हैं," राधा ने कहा। उसने ट्रकों के एक झुंड को देखा जो लकड़ियाँ और घास रखने की कुछ इमारतों की बग़ल में खड़े हुए थे।

विजय और कॉलिन उतरकर पास की एक झुग्गी में गए। अंदर ट्रकों के लोग चारपाइयों पर जमे हुए थे।

"बैराठ का रास्ता कहाँ से है?" विजय ने एक ट्रक वाले से पूछा।

"इसी राजमार्ग पर क़रीब छह किलोमीटर चलते जाइए, आगे आपको एक बायाँ मोड़ मिलेगा जो बैराठ ले जाएगा," उस आदमी ने उनको उत्सुकता से जाँचते हुए जवाब दिया। "बायाँ मोड़ बाज़ार के ठीक पहले है।"

जानकारी प्राप्त करने के बाद उन्होंने तब तक चलना जारी रखा जब तक कि उन्हें बस्ती के कुछ संकेत मिलने शुरू नही हो गए जोकि संभवतः शाहपुरा का बाहरी इलाक़ा था। जैसा कि उनको बताया गया था, राधा ने बाईं ओर जाती एक सड़क पर गाड़ी मोड़ दी।

एक रिक्शे वाले ने उन्हें बताया कि वे सही रास्ते पर थे और उन्होंने उस सड़क पर तेज़ी से चलना जारी रखा। सड़क शुरू में तो समतल थी

लेकिन जल्दी ही रास्ते में गड्ढों के भराव मिलने लगे। सड़क के दोनों तरफ़ कँटीली झाड़ियों से युक्त रेतीली मिट्टी के मैदान थे।

रेत के विस्तार के परे अरावली की पहाड़ियाँ खड़ी थीं; निचली चट्टानी पहाड़ियाँ जिनपर बहुत कम हरियाली थी। हर पहाड़ी पर बड़े-बड़े पत्थरों के ढेर जमा थे और आसपास बस्तियों का कोई संकेत नहीं था।

कॉलिन ने इस पर विस्मय व्यक्त किया कि अशोक ने अपने एक शिलालेख के लिए एक इस क़दर उजाड़ स्थान का चुनाव क्योंकर किया होगा।

"उस युग में यह इलाक़ा अलग था," शुक्ला ने जवाब दिया। "दो हज़ार साल पहले बैराठ शायद वाणिज्यिक मार्गों का एक महत्त्वपूर्ण संगम-स्थल था। अशोक चाहता था कि उसके शिलालेखों को ज़्यादा से ज़्यादा लोग पढ़ें। उसने उनको बंदरगाहों पर, महत्त्वपूर्ण नगरों और ऐसे स्थलों पर स्थापित किया था जहाँ यात्री विश्राम के लिए रुका करते होंगे। बैराठ ऐसी ही जगह रही होगी।"

सड़क पर बहुत कम यातायात था। बीस मिनट बाद सड़क के दोनों ओर रेत और झाड़ियों की जगह खेत दिखाई देने लगे। जब खेतों की जगह कच्ची मिट्टी के घरों ने ले ली तो वे समझ गए कि वे बैराठ गाँव में पहुँच गए हैं। दिन के इस समय में बहुत थोड़े से लोग दिखाई दे रहे थे।

"हमें वह पहाड़ी कहाँ मिलेगी?" कॉलिन ने जिज्ञासा की।

"बीजक-की-पहाड़ी," शुक्ला बुदबुदाया। वह उस पहाड़ी के नाम को याद कर रहा था जहाँ उनके द्वारा इंटरनेट से डाउनलोड की गई जानकारी के अनुसार अशोक का शिलालेख और चैत्य तथा मठ स्थित थे।

"रुको, यहाँ एक संकेत है।" विजय ने अपनी गर्दन बाहर निकालकर उस बारीक़-सी लिखावट को पढ़ने की कोशिश की जो सड़क के एक ओर सैंडस्टोन के एक तीन फुट ऊँचे फलक पर अंकित थी।

"पर्यटन विभाग।" विजय ने पढ़ा। "इसके अनुसार *बीजक-की-पहाड़ी यहाँ से चार किलोमीटर दूर है।"*

राधा शरारती ढंग से हँस दी। "मैं तुम्हें इस मशक्कत से बचा सकती थी।" उसने एक और दिशासूचक की ओर इशारा किया जो एक लकड़ी के फलक पर था और जो तीर जैसे आकार का था। इस पर सफ़ेद पेंट से

अपरिष्कृत तरीक़े से बीजक-की-पहाड़ी लिखा हुआ था। वह संकेत एक कच्चे रास्ते की ओर इशारा करता था जो उनके दाईं ओर से जाता था।

विजय के चेहरे पर संदेह दिखाई दिया। "तुम्हें पक्का यक़ीन है कि वह संकेत सही है? वह सड़क किसी ऐतिहासिक स्थल की ओर जाती नहीं लगती।"

लेकिन राधा पहले ही उस रास्ते पर चल पड़ी थी। वह एक सँकरा रास्ता था, एक कार भर के लिए पर्याप्त, और रास्ते के दोनों ओर तीखे, नुकीले पत्तों वाले कँटीले पेड़ थे जो बीस फुट की ऊँचाई तक फैले थे।

राधा सावधानी के साथ रास्ता बनाती चल रही थी। सड़क पर जगह-जगह गड्ढे थे और उसमें सालों-साल से ऊँट-गाड़ियों के गुज़रते रहने से उनके पहियों के गहरे निशान पड़े हुए थे। रास्ता दाएँ-बाएँ घूम रहा था और बीच-बीच में उन्हें एक छोटा बच्चा दिख जाता था जो पौधों के बीच खड़ा बड़े कौतूहल के साथ उनकी कार को दाएँ-बाएँ घूमता देख रहा था।

कुछ देर धक्के खाने के बाद उनको सड़क के दाईं तरफ़ एक छोटी-सी खुली जगह दिखाई दी जिसमें सफ़ेदी से पुती एक कच्ची झोपड़ी थी। झोपड़ी के सामने एक आदमी खड़ा हुआ था।

राधा ने गर्दन निकालकार उस आदमी से पूछा, "*बीजक-की-पहाड़ी* कहाँ है?"

वह उनके क़रीब आ गया और उसने एक रास्ते की ओर इशारा किया। "आप कहें तो मैं आपको रास्ता दिखा सकता हूँ," उसने पेशकश की।

उसने चुन्नीलाल के रूप में अपना परिचय दिया और उनकी कार के साथ-साथ पैदल चलने को तैयार हो गया।

अब कच्चे रास्ते की जगह पक्की सड़क आ गई थी जो वर्षों के इस्तेमाल से काफ़ी घिस-पिट चुकी थी। अंततोगत्वा सड़क चिकने पत्थरों से मढ़ी एक बड़ी-सी खुली जगह तक पहुँची। उस खुले स्थल के एक कोने में खंभों पर टिकी एक छोटा-सी इमारत थी। उनके चारों तरफ़ दो से तीन सौ फुट की ऊँचाई तक उठे हुए छोटे, बेडौल चट्टानी टीले थे।

वे लोग कार से उतरकर खड़े हुए तब तक चुन्नीलाल आ गया। काले मुँह वाले बंदरों का एक छोटा-सा झुंड उस इमारत पर उछल-कूद कर रहा था। वे लोग चुन्नीलाल के पीछे-पीछे सबसे पास वाले एक टीले पर चढ़ने लगे। वह रास्ता पथरीला था और उसमें जगह-जगह कँटीली झाड़ियाँ उगी थीं। वह पथरीला रास्ता जल्दी ही एक कच्चे रास्ते में बदल गया और फिर सुघड़ता के साथ निर्मित पथरीले रास्ते में बदल गया। यह रास्ता पत्थर की उन चौड़ी सीढ़ियों के नीचे जाकर समाप्त हुआ जो टीले पर चढ़ती चली गई थीं।

"ये सीढ़ियाँ हाल ही में सरकार द्वारा बनवाई गई हैं," चुन्नीलाल ने बताया।

सीढ़ियाँ दस फुट ऊँचे बोल्डरों और दोनों ओर से झुकी चट्टानों के बीच से होकर गुज़रती थीं, और अंधे मोड़ों के साथ सर्पाकार ढंग से टीले पर चढ़ती चली गई थीं। टीले चट्टानों और विशालकाय पत्थरों से आच्छादित थे जो लगभग असंभव कोणों पर झुके हुए थे। वनस्पति के नाम पर सिर्फ़ कँटीली पत्तियों वाले बौने दरख़्त और सूखी, कँटीली झाड़ियाँ ही हर दिशा में फैली हुई थीं।

विजय और कॉलिन सबसे आगे चल रहे थे। पीछे राधा थी जो चढ़ने में शुक्ला की मदद कर रही थी।

सीढ़ियाँ अंततः समाप्त हुईं और एक कुदरती छज्जा नमूदार हुआ जिसपर जहाँ-तहाँ विशाल चट्टानें बिखरी हुई थीं। सीढ़ियों के बाईं ओर कोई पाँच फुट ऊँची पत्थर की दीवार थी; साफ़ समझ में आता था कि वह दीवार हाल ही में बनाई गई थी। इससे लगे हुए ईंट की संरचनाओं के अवशेष थे जो दो फुट से ज़्यादा ऊँचे नहीं थे। ये ईंटें समय के साथ काली पड़ गई थीं और उनको देखकर लगता था कि वे उस छज्जे तक जानी वाली सीढ़ियों का अवशेष थीं जो पत्थर की दीवार के पीछे था और जहाँ वे खड़े थे वहाँ से दिखाई नहीं दे रहा था।

"यही वह जगह है जहाँ शायद चैत्य है," विजय ने फुसफुसाते हुए कॉलिन से कहा। उसकी आँखें उत्तेजना से चमक रही थीं।

चुन्नीलाल ने उन्हें अपने पीछे आने का इशारा किया और वह पत्थर की दीवार से आगे और उनके दाईं ओर को बढ़ा जहाँ एक लंबी, आयताकार

चट्टान एक छोटी चट्टान पर पच्चीस डिग्री के कोण पर झुकी हुई थी। उसकी उठी हुई नोक में लंबा-सा कटाव था जो उसको टीले को घूरते किसी विशालकाय घोंघे की-सी शक्ल प्रदान करता था।

अपने पिता को सहारा देती हुई जब राधा ऊपर छज्जे पर पहुँची तो उसने चारों ओर मुड़कर देखा लेकिन उसे वहाँ कोई भी दिखाई नहीं दिया। उसने विजय को आवाज़ लगाई और वह उस घोंघेनुमा चट्टान के पीछे से बाहर आ गया।

"यहाँ आओ," उसने उनकी ओर इशारा किया। "तुम्हें यह देखना चाहिए।"

वे उसके पीछे गए और उनको उस घोंघेनुमा चट्टान के तले बन गई कुदरती गुफा के सामने सीमेंट से बना हुआ एक चबूतरा दिखाई दिया। कॉलिन उस चबूतरे पर पालथी मारे बैठा था। वह साफ़ तौर पर असहज लग रहा था। उसके सामने चुन्नीलाल और बिखरे बालों और छितरी हुई दाढ़ी वाला अस्तव्यस्त-सा एक और आदमी बैठा हुआ था। दोनों आदमी बीड़ी पी रहे थे।

"ये बूढ़ा वह बाबा है जो गुफा के अंदर के मंदिर की देखभाल करता है," विजय ने धीमे स्वर में बताया। "वह पूरी तरह से अंधा है और गाँव के लोगों से तथा यहाँ आने वाले पर्यटकों से मिलने वाली दक्षिणा पर अपना गुज़ारा करता है।"

कॉलिन राधा को देखकर हँस दिया। "ये अद्भुत है," उसने कहा। "लगता है, इस गुफा का इतिहास 5000 साल पुराना है। इसका रिश्ता उस महाभारत के किरदारों से है जिसके बारे आप लोगों ने मुझे बताया था। क्या ये चौंकाने वाली बात नहीं है कि हम *गीता* के बारे में और सुराग़ों के बारे में बात कर रहे थे और अब हम एक ऐसे स्थल पर हैं जो नौ के संगठन और अशोक महान से संबंध रखता है, और जिसके साथ *महाभारत* की भी किंवदंती जुड़ी हुई है? ऐसा प्रतीत होता है कि वे पाँचों भाई यहाँ आए थे, क्या नाम थे उनके?"

"पांडव," शुक्ला ने कहा और पूछा, "क्या पांडवों के बारे में कोई किंवदंती है?"

"हाँ। किंवदंती बताती है कि वे अपने वनवास के दौरान यहाँ भगवान कृष्ण के साथ आए थे। उनसे किसी विवाह के लिए रात भर रुकने का अनुरोध किया गया था। लेकिन कृष्ण के पास बहुत-सा सोना और गहने-जेवर थे और उन्हें सुरक्षित रखने की कोई जगह नहीं थी। इसलिए, उन्होंने वह सामान यहाँ इस गुफा में छिपाया था जो बाद में एक मंदिर में तब्दील हो गई। हालाँकि उन मूल्यवान वस्तुओं को लेने वे कभी वापस नहीं लौटे और, स्थानीय लोगों का कहना है कि वह ख़ज़ाना आज भी इस स्थान पर दफ़न है। कुछ लोगों का कहना है कि आप उस ख़ज़ाने को अभी भी गुफा में देख सकते हैं लेकिन आप जैसे ही उसमें प्रवेश करते हैं वह दृश्य ग़ायब हो जाता है।"

"दफ़न ख़ज़ाने के बारे में एक प्राचीन क़िस्सा।" शुक्ला विचारमग्न दिख रहा था। "बहुत सारी किंवदंतियाँ किसी चीज़ को सुरक्षित रखने की ज़रूरत के भीतर से जन्मी हैं। क्या ये मुमकिन नहीं कि यह क़िस्सा उस रहस्य की ओर संकेत करता हो जिसे नौ के उस संगठन ने यहाँ छुपाया हो? वह किंवदंती और मंदिर इस बात को सुनिश्चित करने के महान ढंग रहे होंगे कि उस अगम्य ख़ज़ाने तक पहुँचने की कोई कोशिश भी न करे।"

"क्यों न हम आगे बढ़कर उस चीज़ को देखें जिसके लिए हम यहाँ आए हैं?" विजय उतावला हो रहा था। उसने चुन्नीलाल की ओर सिर हिलाया और बाबा को कुछ पैसे देते हुए उसको प्रणाम किया। चुन्नीलाल के साथ वे एक कच्चे रास्ते पर आगे बढ़े जो छोटी-छोटी चट्टानों से भरी और पत्थर की एक दीवार से घिरी ढलान की ओर जाता था। उस ढलान के समाप्त होने पर वहाँ कुछ सीढ़ियाँ मिलीं जो ऊपर चैत्य के उन अवशेषों तक जाती थी जो एक और दीवार से घिरे हुए थे। पत्थरों की कतार से घिरा एक कच्चा रास्ता ईंट के बने एक चबूतरे तक जाता था। जहाँ कहीं संरक्षण कार्य के दौरान ईंटों पर सीमेंट नहीं लगाया गया था वहाँ प्राचीनता साफ़ झलक रही थी। यहाँ इस्तेमाल में लाई गई ज़्यादातर ईंटें उस युग की प्रतीत होती थीं।

ईंट के उस चबूतरे पर एक गोलाकार दीवार थी जिसमें पूरब की ओर एक द्वार था। इस वृत्त की अंदरूनी दीवार पर सीमेंट था लेकिन उसके बाहरी हिस्से की ईंटें सीमेंट से ढँकी हुई नहीं थीं।

लेकिन जिस चीज़ की उन्होंने उम्मीद नहीं की थी वह वैसी संरचना थी जो उस गोलाकार दीवार के भीतर थी। वह गियर-चक्र के आकार की संरचना थी जिसके दाँतों के बीच का अंतराल उसको घेरती वृत्ताकार दीवार के मुख की एकदम सीध में था। वह दंत-चक्र चारों ओर से सीमेंट किया हुआ था और उसकी एक भी ईंट दिखाई नहीं देती थी। चुन्नीलाल इस बीच एक ओर जाकर दूर कहीं देख रहा था।

उनसे ऊपर एक दूसरा छज्जा था जो 50 फुट और ऊँचाई पर था। वह टीले की चोटी पर बना था और पत्थर की एक दीवार से घिरा था। उस तक जाने के लिए पत्थरों की सीढ़ियाँ थीं।

“वहाँ क्या है?” कॉलिन ने जिज्ञासा की।

“चलकर देखते हैं।” विजय सीढ़ियों की ओर बढ़ा।

वह तेज़ी से सीढ़ियाँ चढ़कर छज्जे से दस फुट नीचे एक छोटी-सी जगह में पहुँच गया। ऊपरी छज्जे पर स्थित खंडहरों को घेरने वाली पत्थर की दीवार यहीं से शुरू होती थी। उसके दाईं ओर दीवार से लगा हुआ एक चबूतरा था जो पूरी तरह से ईंटों से बना हुआ था। उसके सामने नौ सीढ़ियाँ थीं। विजय जल्दी से सीढ़ियाँ चढ़ा और अपने सामने फैले खंडहरों का मुआयना करने लगा। अब उन संरचनाओं का कुछ भी बाक़ी नहीं था जो सदियों पहले यहाँ खड़ी रही होंगी। अब केवल उनकी नींव के ढाँचे भर बचे थे; ज़मीन से तीन इंच ऊपर उठी ईंट की दीवारें।

कॉलिन और राधा विजय के पास पहुँचकर उन खंडहरों को देखने लगे।

“क्या यह मठ था?” कॉलिन ने चारों ओर देखते हुए पूछा।

राधा ने सिर हिलाया। “शायद।”

उनके दाईं ओर दो फुट ऊँचे ईंट के बने वर्गाकार चबूतरों की एक पूरी शृंखला थी, जिनका मक़सद एक रहस्य ही था।

“यहाँ कुछ भी नहीं है।” विजय मुड़ा और सीढ़ियाँ उतरने लगा। उसके पीछे कॉलिन और राधा भी उतरने लगे।

वे जैसे ही सीढ़ियाँ उतरकर नीचे आए, चुन्नीलाल ने उन्हें एक और किंवदंती सुनाई।

"यह चक्र पांडवों के ज़माने का है," उसने दंत-चक्र की ओर इशारा करते हुए कहा।

"क्या मतलब?" शुक्ला ने दिलचस्पी लेते हुए पूछा।

चुन्नीलाल ने समझाया, "इस चक्र की बनावट पाँसों के उस खेल पर आधारित है जो वे प्राचीन काल में खेला करते थे। यह चक्र पांडवों के लिए पाँसों का खेल खेलने के लिए बनाया गया था।"

"वे लोग पहाड़ की चोटी पर बैठकर यह खेल क्यों खेलते होंगे?" कॉलिन ने जिज्ञासा की।

"क्योंकि इस पहाड़ी में एक ख़ास तरह की शक्ति थी," चुन्नीलाल ने जवाब दिया। "किंवदंती के मुताबिक़, इस पहाड़ी में लोगों को अपार ज्ञान और समझदारी से भर देने की सामर्थ्य बताई जाती है; इसलिए वे अपना खेल ठीक तरीक़े से खेल पाते होंगे।"

यह बात कॉलिन की समझ से परे थी कि ज्ञान और समझदारी पाँसों के उस खेल में कैसे मदद कर सकते थे जो पूरी तरह से संयोग पर आधारित था। उसने आपत्ति जताने के लिए अपना मुँह खोला ही था कि शुक्ला ने उसको बीच में ही टोक दिया, जिसकी आँखें उत्तेजना से चमक रही थीं। "मैं तुम्हें बाद में समझाऊँगा, कॉलिन।" फिर वह विजय की ओर मुड़ा। "यही वह जगह है। इसमें कोई संदेह नहीं।"

"लेकिन हम कहाँ खोजबीन करें?" विजय ने अपने चारों ओर इशारा करते हुए कहा। "हर चीज़ पर सीमेंट है। अगर नौ के द्वारा छोड़े गए कोई संकेत रहे भी होंगे तो वे युगों पहले मिट चुके होंगे या जीर्णोद्धार की प्रक्रिया में ढँक गए होंगे।"

"मैं ऐसा नहीं सोचती," राधा ने धीरे से कहा। जिस दौरान वे बातचीत कर रहे थे, राधा विचारों में खोई हुई खंडहरों में भटक रही थी। "मेरा सोचना है कि उन्होंने हमारे लिए कोई संकेत ज़रूर छोड़ा है; एक बहुत ज़ाहिर-सा संकेत। हम लोग होटल वापस चलें, मैं वहीं बताऊँगी।"

16

छठवाँ दिन

गुड़गाँव

"वे लोग बैराठ गए हैं?" इस सूचना पर विचार करते हुए फ़ारूख़ के माथे पर बल पड़ गए। "और ये बात तुम मुझे अब बता रहे हो?" उसकी आवाज़ में गुस्सा था, लेकिन उसने उसे नियंत्रित किया। इस वक़्त गुस्सा व्यक्त करने से बात नहीं बनेगी। कम से उस आदमी पर तो नहीं ही जो फ़ोन-लाइन के दूसरी ओर बोल रहा था।

"उससे क्या फ़र्क़ पड़ता है?" उस तरफ़ से आता स्वर रूखा था और लगता था कि वह फ़ारूख़ की मनःस्थिति को भाँप रहा था। "मुद्दा यह है कि वे बैराठ गए क्यों। वे किसी चीज़ की तलाश में हैं।"

"बैराठ में क्या है?" फ़ारूख़ ने इम्तियाज़ की ओर देखा, जो बैराठ शब्द सुनने के बाद से ही अपने लैपटॉप पर कुछ टाइप करने में जुट गया था।

"अगर बैराठ में अशोक के समय के खंडहर हैं तब नौ के साथ उसका कोई संबंध ज़रूर होगा।

फ़ारूख़ ने इंकार में सिर हिलाया। "ये बात कुछ समझ में नहीं आती। भौगोलिक स्थिति पूरी तरह ग़लत है।"

"क्या मतलब?"

"उस गुफा का विवरण याद है? वह जंगल से घिरी एक पहाड़ी पर थी। बैराठ राजस्थान में है। वहाँ रेगिस्तान है। वहाँ 2000 साल पहले भी जंगल रहे होने का कोई प्रमाण नहीं है। फिर वह पांडुलिपि एक इकलौती पहाड़ी की

तलहटी में एक सुरंग की बात करती है जो उस कंदरा तक जाती है जहाँ उन्हें वह रहस्य मिला था। बैराठ पहाड़ियों से घिरा हुआ है।"

"अगर वहाँ कुछ न होता तो वे वहाँ जाने में अपना वक़्त बरबाद न करते।"

"मैं यह नहीं कह रहा हूँ कि वहाँ कुछ भी नहीं है। मैं सिर्फ़ इतना कह रहा हूँ कि ये वह जगह नहीं है जहाँ हमें वह मिलेगा। ये वह जगह नहीं है जहाँ उसे छिपाया गया था।"

"जो भी हो, बेहतर यही है कि तुम बैराठ जाकर देखो कि वहाँ क्या मिलता है।" फ़ोन करने वाले ने एक खटके के साथ फ़ोन काट दिया।

फ़ारूख़ अपने हाथ में थमे रिसीवर को गुस्से से घूरता रहा। वह कोशिश करते हुए अपने आपे में लौटा और इम्तियाज़ की ओर देखने लगा। "आदमियों और उपकरणों को तैयार करो। हम दस मिनट बाद निकलेंगे।"

कुटिल सुराग़

राधा उन सबके सामने खड़ी हुई थी। वे लोग जयपुर में विजय के कमरे में एकत्र थे।

"मुझे यह बात उस दंत-चक्र का चक्कर लगाते हुए सूझी थी," उसने धातुई डिस्क को उठाते हुए कहा। "इस डिस्क को देखो। और उसके बाद याद करने की कोशिश करो कि तुमने बैराठ में क्या देखा था।" उसने डिस्क के उस हिस्से को उनकी ओर कर दिया जिसपर इबारतें अंकित थीं।

उनको तुरंत ही सूझ गया।

"ये बैराठ की संरचना है।" कॉलिन ने अपना माथा पीटा।

विजय गुर्राया। "हम लोग भी कितने बेवकूफ़ हैं!"

राधा हँस दी। "जिस वक़्त तुम लोग *महाभारत* के बारे में बात कर रहे थे उस वक़्त मैं उस दंत-चक्र के दाँते गिन रही थी। वे सत्ताइस थे; ठीक उतने ही जितने इस डिस्क के दंत-चक्र में हैं।"

"इसका मतलब है कि इस दंत-चक्र का संबंध उस गियरनुमा संरचना से है जिसके बारे में चुन्नीलाल का कहना था कि पांडव उसका उपयोग पाँसे खेलने के लिए करते थे।" कॉलिन ने कहा। "कुटिल सुराग़!"

"मेरा ख़याल है कि अभी और भी कुछ है," राधा ने कहा। "दंत-चक्र और डिस्क के बाहरी वृत्त में जो अंतराल हैं वे ठीक उस संरचना के अंतरालों जैसे ही हैं जो हमने बैराठ में देखी है। लेकिन जब हम छंद को प्राप्त करने के लिए डिस्क के अंकनों की सीध मिलाते हैं तो बाहरी वृत्त और दंत-चक्र एक सीध में नहीं होते। क्या होगा यदि हम दोनों अंतरालों को एक सीध में रखें?"

"लेकिन कुंजी तो डिस्क को उसकी जगह पर स्थिर कर देती है," कॉलिन ने ध्यान दिलाया। "चक्र को घुमाते रहने के लिए चाबी को उससे हटाना ज़रूरी है।"

राधा ने चाबी हटाई और दंत-चक्र को घुमाया, इस तरह कि चक्र का अंतराल बाहरी वृत्त की सीध में आ गया।

एक हलका-सा खटका हुआ।

"क्या हुआ?" कॉलिन ने डिस्क की ओर देखा।

लेकिन कोई बदलाव आया प्रतीत नहीं हुआ। राधा ने माथा सिकोड़ा। उसने डिस्क को मेज़ से उठाकर उसको ग़ौर से देखा और धक से रह गई।

उस धातुई तश्तरी के ऊपरी और निचले हिस्से दो भागों में विभाजित हो गए थे; वह तश्तरी जिसमें बाहरी वृत्त और छंद की पहली और आख़िरी पंक्ति थी उस तश्तरी से अलग हो गई थी जो पहली तश्तरी में नीचे से जुड़ी हुई थी और जिसमें दंत-चक्र और कुंजी फँसाने का धँसा हुआ हिस्सा था।

"अद्भुत," शुक्ला आश्चर्य व्यक्त करता हुआ बुदबुदाया। "मैंने दोनों तश्तरियों के बीच के जोड़ को देखा ही नहीं था। जिस किसी ने भी इसको गढ़ा है वह अद्भुत कारीगर है; या अद्भुत टेक्नोलॉजी है।"

"ज़्यादा संभावना कारगरी की ही है," विजय ने टिप्पणी की। "टेक्नोलॉजी और 2000 साल पहले? ये उसी तरह की बात होगी जैसे नौ के संगठन द्वारा लिखी गई नौ पुस्तकों की कहानी है।"

राधा ने तश्तरी के ऊपरी हिस्से को सावधानी के साथ निचले हिस्से से अलग किया और गियर-चक्र वाला हिस्सा मेज़ पर रख दिया।

तश्तरी पर गियर-चक्र को घेरता एक वृत्त उकेरा हुआ था जिसके निचले सिरे पर एक अंतराल था जो दंत-चक्र के दाँतों के अंतराल की एकदम सीध में था। इस बाहरी वृत्त के चारों ओर उस काली धातु में बेतरतीब ढंग से वृत्ताकार, वर्गाकार और आयताकार आकृतियाँ उकेरी हुई थीं।

इसे सबसे पहले कॉलिन ने देखा। "ये बैराठ का नक़्शा है।"

"और गियर-चक्र के चारों ओर की ये वर्गाकार, वृत्ताकार आकृतियाँ बैराठ की छत के खंडहरों के स्थल हैं।" राधा ने बात पूरी की।

"वहाँ पर वह क्या है?" विजय ने गियर-चक्र के ठीक ऊपर समानांतर चतुर्भुज के आकार के एक गड्ढे की ओर इशारा किया। "बाक़ी सारी आकृतियाँ ख़ाकों के रूप में उकेरी गई हैं। फिर ये त्रिआयामी क्यों है?"

उसने अपनी बात अभी ख़त्म भी नहीं की थी कि तभी उसे ख़ुद-ब-ख़ुद जवाब सूझ गया। "यह चोर दरवाज़ा है।"

"लेकिन ये कहाँ पर है?" कॉलिन ने सिर उठाया। "हमने तो हर जगह देखा है।"

"ये वह जगह है जो अंतरालों के सामने वाले हिस्से में है," राधा ने कहा।

थोड़ी देर ख़ामोशी बनी रही जिस दौरान हर कोई ज़ोर लगाकर सोच रहा था। तब, कॉलिन बोला। "मैं समझता हूँ, मुझे मालूम है कि ये कहाँ है," उसने चहकते हुए कहा। "हम वापस वहाँ चलते हैं और मैं दिखाऊँगा।"

17

छठवाँ दिन

बैराठ

विजय ने खड़े होकर टीले की ओर देखा जो अब अँधेरे में डूबा हुआ था। आसमान में आधा चाँद था जो दरख़्तों, चट्टानों और झाड़ियों पर पीली आभा डाल रहा था।

"चलो," विजय ने उद्देश्यपूर्ण ढंग से टीले पर चढ़ना शुरू कर दिया। उसने अपने थैले से टॉर्च निकाल लिया। टॉर्च की तेज़ रोशनी टीले पर फैल गई और कँकरीले रास्ते को रोशन करने लगी। उसने साथ के लोगों को इशारा किया, "देखते हैं कि उन नौ ने वहाँ पर क्या छिपाया हुआ है।"

वे चढ़कर वहाँ पहुँच गए जहाँ पर उन्होंने दिन में दंत-चक्र देखा था। "ओके, तो चोर दरवाज़ा कहाँ है?" विजय ने कॉलिन को देखा।

कॉलिन ने गियर-चक्र युक्त तश्तरी निकाली। "ओके, मैं इस इस तरह देखता हूँ। ये एकमात्र ऐसी आकृति है जो वृत्ताकार, वर्गाकार या आयताकार नहीं है। ये एक समानांतर चतुर्भुज है। क्यों? यहाँ सीधी रेखाओं वाली जितनी भी आकृतियाँ हैं उन सब में समकोण हैं। कोई भी समानांतर रेखीय चतर्भुज नहीं है। समानांतर रेखीय चतुर्भुज के औचित्य को सिद्ध करने वाली जो एकमात्र चीज़ मुझे समझ में आती है वह यह है कि यह चोर दरवाज़ा दंत-चक्र से भिन्न किसी ऊँचाई पर स्थित है।"

विजय समझ गया। उसने दो बड़ी छतों के बीच की छोटी-सी जगह में बने चबूतरे पर टॉर्च की रोशनी फेंकी। वे सीढ़ियाँ चढ़कर उस बीच की

जगह पर पहुँचे और उस चबूतरे को ग़ौर से देखने लगे। इसे उन्हीं ईंटों का इस्तेमाल करते हुए बनाया गया था जो नीचे चैत्य के और ऊपर मठ के खंडहरों में पाई गई थीं। विजय ने चबूतरे की सतह पर रोशनी डाली।

यहाँ कुछ नहीं था।

"अब?" राधा ने जिज्ञासा की। विजय ने थैले में हाथ डालकर एक और टॉर्च निकाली। "ये लो।" उसने वह टॉर्च कॉलिन को पकड़ा दी। "इससे तुम लोगों को भी आसपास देखने में मदद मिलेगी।"

वह वापस चबूतरे की अपनी जाँच के बाद लौट आया और बाक़ी लोग भी उसके साथ आ गए।

सहसा, जैसे ही टॉर्च की रोशनी में ईंटों के बीच एक चिरपरिचित संकेत दिखाई दिया, वह सुन्न होकर रह गया। उन ईंटों पर वह एकमात्र सजावट थी।

नौ अरों वाला एक पहिया।

उन्होंने उत्तेजित भाव से एक दूसरे की ओर देखा। इसका निश्चय ही कुछ अर्थ था।

"ये चोर दरवाज़े के लिए एक संकेत हो सकता है," शुक्ला ने सुझाया, हालाँकि उसके चेहरे पर हलके-से संदेह का भाव था। "लेकिन मैं नहीं जानता कि यह कितना भरोसे लायक़ है। ध्यान रहे, ज़्यादातर खंडहरों के साथ-साथ इस चबूतरे का जीर्णोद्धार हुआ है। इस बात की क्या गारंटी है कि पुनर्निर्माण के दौरान चक्र से युक्त इस ईंट को उसकी मूल जगह पर ही रखा गया होगा?"

विजय चबूतरे पर रोशनी डालता हुआ उसपर अपनी नाक उसके क़रीब किए हुए था।

"क्या तुम चोर दरवाज़े को सूँघ रहे हो?" कॉलिन चहका।

"मैं इन ईंटों के बीच किसी भी ऐसी चीज़ को तलाश रहा हूँ जो इशारा कर सके कि चोर दरवाज़ा कहाँ पर है।"

धीरे-धीरे उन्होंने सतह के एक-एक इंच को छान डाला लेकिन उन्हें ईंटों के उस मठ में न तो कोई दरार मिली न कोई जोड़।

"आपका कहना सही था," विजय ने शुक्ला से कहा। "लगता है जीर्णोद्धार ने उस हर संकेत को मिटा दिया है जिसका वजूद रहा हो सकता था, या मुमकिन है स्वयं चोर दरवाज़े को। अन्यथा जीर्णोद्धार के दौरान चोर दरवाज़े का पता न चला होता?"

उन्होंने उदास मन से एक दूसरे की ओर देखा। उन खंडहरों में 2000 साल पुराने सुराग़ों के मिलने की क्या संभावना हो सकती थी जिनका जीर्णोद्धार पचास से भी कम सालों पहले हुआ था?

राधा ने कॉलिन के हाथ से टॉर्च लेकर उसकी रोशनी उस ईंट पर डाली जिसपर चक्र बना हुआ था। उसने उसे उत्सुकता से देखा। उस संकेत में उसे सहसा कुछ विचित्रता महसूस हुई थी।

निश्चय ही चबूतरे की सारी ईंटें आयताकार थीं। सभी, यानी, उस ईंट को छोड़कर जिसपर वह चक्र अंकित था।

चक्र-युक्त वह ईंट वृत्ताकार थी।

इसका क्या मतलब है?

उसने यह बात सबसे कही।

अब उस गोलाकार ईंट पर दो टॉर्चों की रोशनी नाच रही थी और वे सारे लोग उसके अर्थ की थाह लेने के लिए उसे घूर रहे थे।

"एक संभावना और है," सहसा शुक्ला ने कहा। वह उस चबूतरे के एक ओर बैठा हुआ था।

सारी निगाहें उसकी ओर मुड़ गईं।

"मुमकिन है कि यह ईंट किसी स्थल की ओर संकेत करने के लिए यहाँ रखी गई हो।" उसने ईंट के चारों ओर अपनी अँगुली फिराई। "मुमकिन है कि इसके नीचे कोई चीज़ छिपी हो।"

विजय ने सहमति में सिर हिलाया। वे लोग किसी क़िस्म के प्रवेश-द्वार की तलाश में थे, उन ईंटों के बीच किसी चोर दरवाज़े की तलाश में जिससे चबूतरे की सतह निर्मित थी। लेकिन क्या ये नहीं हो सकता था कि ईंट किसी ऐसे स्थल को चिह्नित करती हो जहाँ कोई चीज़ छिपी हुई हो?

उसने अपने थैले से एक छैनी और हथौड़ा निकाला। टॉर्च कॉलिन को पकड़ाते हुए हलके हाथों से छैनी से ईंट के चारों तरफ़ खोदकर उसका गारा साफ़ किया।

जल्दी ही उस ईंट और बाक़ी ईंटों के बीच एक जगह खुल गई। अब विजय ने अपने थैले से एक स्क्रूड्राइवर निकाला और उसकी मदद से हौले-हौले उस ईंट को उखाड़ने लगा।

जब वह आधी-सी उखड़ गई तो उसने उसे दोनों हाथों से पकड़ लिया और हौले-हौले खींचना शुरू किया।

लेकिन ईंट सख़्ती से फँसी हुई थी। विजय खीझ उठा। वह ईंट को उखाड़ने के लिए स्क्रूड्राइवर का इस्तेमाल नहीं करना चाहता था क्योंकि उसको उसके नीचे छिपी हुई चीज़ को नुक़सान पहुँचने का भय था।

"मैं तुम्हारी मदद करता हूँ," कॉलिन ने कहा।

दोनों ने ईंट को पकड़ लिया और वे मिलकर उसे खींचने लगे।

कुछ पल तो ईंट ने टस से मस होने इंकार कर दिया, लेकिन फिर बिना किसी चेतावनी के वह ढीली पड़ गई और एक झटके के साथ उनके हाथों में आ गई।

चबूतरे के भीतर एक छिद्र खुल गया। उसमें तुरंत ही टॉर्च की रोशनियाँ फेंकी गईं, और सारे के सारे लोग चिहुँक उठे।

अंदर एक सफ़ेद पत्थर चमक रहा था। उस पत्थर पर एक और पहिया उकेरा हुआ था।

नौ अरों वाला एक पहिया।

"हमें अपने साथ एक बरमा लाना चाहिए था।" कॉलिन बड़बड़ाया।

विजय ने अपने थैले में हाथ डाला और उसमें एक बरमा निकाल लिया। उसे कॉलिन को पकड़ाते हुए वह हँस दिया।

"तो तुम्हारे थैले में ये सब भरा हुआ था।"

"यक़ीन करो, बच्चू, मैं हमेशा ही तुमसे से ज़्यादा मुस्तैद रहता हूँ। अपने बारे में तुम बड़ी भारी राय रखते हो, लेकिन ये सही नहीं है।"

“ये एकदम सही है,” कॉलिन ने जवाब दिया। “हम दोनों के बीच दिमाग़ तो मैं ही हूँ। मैं देखने में भी बेहतर हूँ...”

“दोस्तों,” राधा ने उनको टोका। “हमें चोर दरवाज़ा खोजना है।”

कॉलिन बरमा को टिकाने के लिए ईंटों के बीच पकड़ को तलाश रहा था। अंततः उसे एक गुंजाइश मिल गई। विजय ने पास पड़ा एक बड़ा-सा पत्थर उठाया और कॉलिन ने उस ईंट को उखाड़ने के लिए लिवर की तरह इस्तेमाल किया।

उनके सामने और भी सफ़ेद पत्थर चमक उठे।

“ईंटों की इस परत के नीचे कोई चीज़ है,” राधा ने उत्तेजित स्वर में कहा।

विजय और कॉलिन बारी-बारी से चबूतरे की सतह को हटाने लगे। शुक्ला उनको काम करते देख रहा था। “जिन आदमियों ने इस चबूतरे का पुनर्निर्माण किया है उन्होंने ज़ाहिरा तौर पर यह देखने की कोशिश नहीं की कि इसके नीचे क्या है,” उसने कहा। “उन्होंने तो बस मूल ईंटों को उनकी जगह रख दिया और उनमें सीमेंट भर दिया।”

एक घंटे की मेहनत के बाद टॉर्च की रोशनियों में एक वर्गाकार का धुँधला-सा ख़ाका साफ़ दिखाई देने लगा; यहाँ चबूतरे के भीतर पत्थर का एक पटिया था। इस वर्गाकार पटिये की सतह पर दो आयताकारों के ख़ाके थे।

पत्थर के उस वर्गाकार पटिये में पत्थर के दो आयताकार पटिये जड़े हुए थे।

“यही वह प्रवेश द्वार है जिसकी हमें तलाश है,” विजय ने अंततः कहा।

उसने एक आयताकार के ख़ाके में स्क्रूड्राइवर फँसाया और उसकी दरारों में भरी हुई मिट्टी को हटाया। जैसे ही उनके जोड़ साफ़ हुए उसने स्क्रूड्राइवर को ऊपर की तरफ़ उचकाया। पत्थर का एक आयताकार टुकड़ा बाहर आ गया और उसके नीचे काली धातु से निर्मित एक हैंडल दिखाई दिया। यही काम उसने दूसरे आयताकार ख़ाके के साथ किया और उसके नीचे भी एक और धातुई हैंडल दिखाई दिया।

"आओ, अब हम अपनी यात्रा के लिए तैयार हो जाएँ," उसने कॉलिन से कहा।

दोनों ने एक-एक हैंडल थामा और पत्थर के पटिये को उखाड़ने लगे।

वह भारी था और उनकी कोशिशों के बावजूद अपनी जगह से हिल नहीं रहा था। पसीने से भीगे उन दोनों लोगों ने एक दूसरे की ओर देखा। और फिर दोनों ने एकसाथ ताक़त लगाई और उसे झटके से उखाड़ लिया।

अंततः वह चबूतरे से 45 डिग्री के कोण पर खड़ा था।

उनके हाथ दुख रहे थे। "डॉ. शुक्ला," विजय ने हाँफते हुए कहा, "मेरे थैले में नायलॉन की रस्सी का एक मोटा बंडल रखा हुआ है। जब तक हम इस तख़्ते को ऊपर उठाए हुए हैं आप कृपया उस रस्सी को हैंडलों में डालिए।"

शुक्ला ने वैसा ही किया।

"ओके," विजय ने कहा, "हर व्यक्ति रस्सी को पकड़ ले। एक आख़िरी ज़ोर की ज़रूरत है और हमारा काम हो गया।"

राधा और शुक्ला ने रस्सी पकड़ ली, विजय और कॉलिन ने भी हैंडल को छोड़कर रस्सी पकड़ ली और अपने तथा पत्थर के बीच दूरी बनाते हुए वे पीछे हट गए।

"ठीक है," जब चारों ने रस्सी पकड़ ली तो विजय ने कहा। "खींचो!"

चारों ने मिलकर पूरी ताक़त से रस्सी को खींचा और वह पत्थर आगे आ गिरा। उसके ज़मीन से टकराने से हुई आवाज़ ने रात की ख़ामोशी को भंग कर दिया।

कुछ पल वे वैसे ही खड़े रहे, यह सोचते हुए कि कहीं इस आवाज़ ने लोगों का ध्यान न खींचा हो और मंदिर के अंदर बाबा जाग न गया हो। लेकिन अँधेरे की ख़ामोशी एक बार फिर छा गई। उन्होंने टॉर्चें लीं और पत्थर के हटने से चबूतरे में पैदा हुई ख़ाली जगह में उसकी रोशनी फेंकी।

उनको अँधेरे में उतरती हुई पत्थर की सीढ़ियाँ दिखाई दीं।

"मैं पहले जाऊँगा," विजय ने कहा और दूसरों की सहमति का इंतज़ार किए बग़ैर टॉर्च को पकड़े हुए सीढ़ियाँ उतरने लगा।

"ध्यान से!" राधा ने उस गड्ढे में झाँकते हुए कहा। विजय अँधेरे में ग़ायब हो गया था और सिर्फ़ टॉर्च की रोशनी ही वहाँ दिखाई दे रही थी।

विजय धीरे-धीरे सीढ़ियाँ उतरता गया। वह टीले के उदर को चीरकर बनाई गई किसी लंबी सुरंग में पहुँच गया लगता था। अंततः सीढ़ियाँ समाप्त हुईं और वह फ़र्श पर जा पहुँचा। उसने गुफा के अंदर रोशनी घुमाई और उसका मुँह आश्चर्य से खुला रह गया।

"नीचे आओ," उसने बाक़ी लोगों को आवाज़ दी। "तुम लोगों को यह ज़रूर देखना चाहिए।"

पीछा

अर्जुन वैद ने माथे पर डालते हुए इमरान की ओर देखा जो उसकी डेस्क के सामने ब्लैक की बग़ल में बैठा था। "क्या तुम्हें पक्का यक़ीन है, किदवई? तुम आग के साथ खेल रहे हो सकते हो।"

इमरान ने इंकार में सिर हिलाया। "मैं फ़िलहाल यक़ीन के साथ किसी भी चीज़ के बारे में नहीं कह सकता। ये एक अनुमान है। लेकिन ये एकमात्र चीज़ है जो हम कर सकते हैं।"

वैद ने अपनी क़लम से अपनी डेस्क को थपथपाया। "तुम हालाँकि अभी तक विक्रम सिंह के इस भतीजे से नहीं मिले हो। इसलिए तुम अभी भी फ़ारूख़ की सकारात्मक पहचान सुनिश्चित नहीं कर सके हो। तुम इस बारे में ग़लत भी हो सकते हो।"

इमरान की निगाह अडिग बनी रही। "मैं ग़लत हो सकता हूँ। अगर आज हमारी मुलाक़ात जौनगढ़ में विजय से हो सकी होती तो हमें पक्के तौर पर मालूम पड़ सकता था। मैंने वहाँ निर्देश छोड़ दिए हैं वह जैसे ही लौटे मुझे फ़ोन करे। दो-एक दिन में ही मालूम पड़ जाएगा कि जिस फ़ारूख़ ने विजय का अपहरण किया था वह फ़ारूख़ सिद्दीक़ी है या नहीं। लेकिन ऐसी चीज़ है जिसका मतलब समझ में नहीं आता। जौनगढ़ के थाना प्रभारी ने बताया कि राजीवगढ़ के महाराजा भीम सिंह ने इस बात पर ज़ोर दिया था कि इस अपहरण की जाँच के लिए गुड़गाँव में रिपोर्ट दर्ज़ की जाए। जो अपने में ठीक है, लेकिन वह इसमें कहाँ फ़िट होता है? इस मामले में उसकी

क्या दिलचस्पी है? मैं जानना चाहूँगा; ख़ासतौर से इसलिए कि क्योंकि अकेले शुरुआती नाम - फ़ारूख़ - के साथ मामले को हल करना नामुमकिन होगा। मैं, खुद, फ़ारूख़ नाम के पाँच आदमियों को जानता हूँ। उनमें से तीन ही मुसलमान हैं। बाक़ी दो ईसाई हैं और एक पारसी है। दूसरे, गुड़गाँव पुलिस ने बताया है कि हरियाणा सरकार की ओर से अपहरण के प्रकरण को बंद करने का दबाव था। कोई भी व्यक्ति पुलिस पर एक ऐसे धुँधले प्रकरण की जाँच न करने का दबाव क्यों डालेगा जिसके बहुत थोड़े-से सुराग़ उपलब्ध हैं और जो मुमकिन है कभी सुलझ ही न सके? मेरी समझ से परे है।"

"ठीक है। लेकिन सतर्क रहना। भीम सिंह ताक़तवर है और सरकार में उसके ताल्लुक़ात हैं। वह हरियाणा के मुख्यमंत्री और प्रधानमंत्री का क़रीबी है। दोनों को ही नाराज़ मत करना। मैं नहीं चाहता कि गृह मंत्री मुझे तलब करें।"

ब्लैक ने अपनी हँसी रोकी। वह समझ गया कि इमरान पहले मुश्किल में फ़ँस चुका था और वैद को उसे उबारना पड़ा था।

इमरान उदास ढंग से मुस्कराया। "मैं ध्यान रखूँगा। मैं तो सिर्फ़ अपने दोनों सवालों का जवाब चाहता हूँ। और कुछ नहीं। मैं उसी सूरत में भीम सिंह और हरियाणा के मुख्यमंत्री से मिलूँगा यदि मुझे फ़ारूख़ की सकारात्मक पहचान हाथ लग जाती है।"

वैद ने सिर हिलाया। "मुझे जानकारी देते रहना।"

18

अप्रैल 2000

टूथ का मंदिर, ल्हासा से 200 मील दूर

टूथ के मंदिर से लगे मठ के मुख्य हॉल की एक छोटी-सी कोठरी में दुबका हुआ पेमा गोडुप काँप रहा था। खुद मंदिर ही चार सौ साल पुराना था जो उस एक अन्य प्राचीन मंदिर के खंडहरों पर निर्मित था जिसके बारे में किंवदंती थी कि वह 2000 साल पुराना था।

पेमा यह नहीं जानता था, लेकिन टूथ का यह मंदिर जिस प्राचीन मंदिर के खंडहरों की बुनियाद पर खड़ा था उसका निर्माण अशोक महान के एक दरबारी ने 2000 साल पहले कराया था। यह दरबारी धर्म का प्रचार करने पाटलिपुत्र से यात्रा करता हुआ आया था, और अपने साथ वे पांडुलिपियाँ लिए हुए था जो नौ अज्ञात पुरुष नामक उस भ्रातृसंघ के बारे में बताती थीं जिसका एक सदस्य वह दरबारी था। ये पांडुलिपियाँ उस प्राचीन मंदिर के तहख़ाने में छिपाई गई थीं और सदियों तक उन भिक्षुओं की हिफ़ाज़त में रही थीं जो मंदिर से लगे मठ में निवास करते थे।

कोठरी के प्राचीन लकड़ी के दरवाज़े की झिरी से पेमा को मुख्य हॉल साफ़ दिखाई दे रहा था। मठ में बाईस भिक्षु रहते थे; उनमें से दस उस हॉल में कतारबद्ध अपना सिर झुकाए घुटनों के बल बैठे थे।

आतंक की शुरुआत दस मिनट पहले हुई थी जब हैलीकॉप्टर के रोटरों की कर्कश आवाज़ ने सुबह की शांति को भंग किया था। आगंतुकों के अनभ्यस्त भिक्षु यह जानने की उत्सुकता से प्रांगण में एकत्र हो गए थे कि उन दो हैलीकॉप्टरों में कौन लोग थे जो धीरे-धीरे ज़मीन को छू रहे थे। पेमा

अपने सुबह के नित्यकर्मों से फारिग हो रहा था - मठ का सबसे छोटा, मात्र बारह बरस का, भिक्षु होने के नाते उसको अभी उस दिनचर्या में दीक्षित होना बाक़ी था जिसका पालन मठ के वयस्क भिक्षु किया करते थे। हैलीकॉप्टरों की आवाज़ सुनकर वह भी अपने अन्य बंधुओं की ही तरह जिज्ञासावश कोठरी की खिड़की की ओर भागा था। उसने आँखें फाड़े उन दो उड़न खटोलों को ज़मीन पर बर्फ़ की उस पतली चादर पर उतरते देखा था, जो पिछले दिन की बर्फ़बारी के अवशेष के रूप में अभी भी फैली हुई थी।

तभी गोलियाँ चलने लगीं।

स्वचालित रायफ़लों से लैस आदमी हैलीकॉप्टरों से उतरे। पाँच भिक्षु जहाँ खड़े थे वहीं ढेर हो गए। वे ज़मीन पर गिरने से पहले ही मर चुके थे और उनकी निर्जीव कायाएँ बंदूक की गोलियों से छिदी हुई थीं।

थोड़े-से बचे हुए भिक्षु मठ के अंदर के अपने बंधुओं को चेतावनी देते हुए यहाँ-वहाँ भाग खड़े हुए थे।

भय से काँपते हुए पेमा ने उन हथियारबंद लोगों को भागते हुए भिक्षुओं का पीछा करते हुए देखा था। वे उनकी ओर ग्रेनेड फेंक रहे थे। स्वच्छ सफ़ेद बर्फ़ पर जगह-जगह ख़ून के लाल धब्बे फैल गए थे और बर्फ़ उन गिरे हुए भिक्षुओं के ख़ून को बेताबी से सोखे जा रही थी।

पेमा ने बड़ी मुश्किल से अपने आपको उस भयावह दृश्य से अलग किया और छिपने की किसी सुरक्षित जगह की तलाश में भागा। उसे छिपने की अपनी जगह की ठीक-ठीक जानकारी थी। छह साल पहले जब वह संघ में शामिल होने इस मठ में लाया गया था, तभी यहाँ आने के दो महीने बाद ही उसने मुख्य हॉल की दीवार में लकड़ी के एक तख़्ते को ढूँढ़ निकाला था जिसे पीछे एक कोठरी थी। उसे नहीं मालूम था कि उस कोठरी का मूल उद्देश्य क्या था, लेकिन जब तक कि आपको पहले से उसके पीछे की कोठरी की जानकारी न होती तब तक वह दीवार पर लगा हुआ एक और सामान्य तख़्ता ही था। इसके ठीक पहले कि हमलावर भिक्षुओं को हॉल में इकट्ठा करते, वह वहाँ फुर्ती से जा छिपा था।

वह देखता रहा और वे हमलावर भिक्षुओं को उनकी शरणगाहों से निकालकर हॉल में इकट्ठा करते रहे। जब दसों भिक्षुओं को हॉल में कतारबद्ध

कर दिया गया, तो पेमा ने एक लंबे आदमी को हॉल में प्रवेश करते देखा। स्पष्ट ही वह हमलावरों का मुखिया था और वह एकमात्र व्यक्ति था जिसने स्की मास्क नहीं पहन रखा था। वह धीरे-धीरे चलता हुआ भिक्षुओं के क़रीब पहुँचा और स्की मास्क पहने अपने आदमियों से उसने पूछा : "ये ही सब हैं?"

उसके आदमियों ने सिर हिलाकर हामी भरी। "दस मर गए। दस यहाँ हैं। हमने मठ और मंदिर को छान डाला है। छिपने की कोई जगह नहीं बची है।"

मुखिया की आवाज़ तीखी थी। "गुप्त सूचना तो ये थी कि यहाँ 22 भिक्षु थे। बाक़ी दो कहाँ हैं? तुम पक्के तौर पर कह सकते हो कि तुमने हर जगह छानबीन कर ली है?"

"हम एक बार और देखकर सुनिश्चित करेंगे।" उस आदमी ने चीख़ते हुए आदेश दिए और हथियारबंद आदमियों का एक समूह हॉल से बाहर निकल गया।

"तो, तुम्हारा प्रमुख कौन है?" उस लंबे आदमी ने एक-एक भिक्षु की आँखों में घूरते हुए पूछा। कतार के अंत में पहुँचकर उसने स्की मास्क पहने अपने आदमी से कहा, "इन्हें घुटनों पर झुकाओ।"

उसके आदमियों ने आगे बढ़कर भिक्षुओं को घुटनों पर झुका दिया।

लंबे आदमी ने अपने कंधे से बंदूक निकाली और अपने पास के एक भिक्षु के सिर की ओर तान दी।

"मैं फिर से पूछूँगा। इस बार अगर मुझे जवाब नहीं मिला तो गोली मार दूँगा। तुम्हारा मुखिया कौन है?"

एक बार फिर उसे ख़ामोशी का सामना करना पड़ा।

पलों के गुज़रने के साथ पेमा की साँस थम गई। क्या वह गोली चला देगा?

एक कनफोड़ आवाज़ ने ख़ामोशी को तोड़ दिया और भिक्षु ज़मीन पर लुढ़क गया; बंदूक की गोली ने उसके सिर को तरबूज की तरह छितरा दिया। "गोली मत चलाओ!" एक बुजुर्ग भिक्षु बोल उठा। "हमारा मुखिया मर चुका है - उसे प्रांगण में गोली मार दी गई थी - लेकिन मैं इन सबमें बड़ा हूँ।"

"आख़िरकार! एक जवाब।" वह आदमी उस भिक्षु के क़रीब आकर खड़ा हो गया। "तहख़ाना कहाँ है?"

"मैं किसी तहख़ाने के बारे में नहीं जानता," भिक्षु ने थरथराते हुए कहा। "अगर तुम चाहो तो मुझे गोली मार दो, लेकिन मैं सच कह रहा हूँ।"

"ओह, मुझे तुम्हें गोली मारने की ज़रूरत नहीं है। अभी नहीं।" उस आदमी ने बुज़ुर्ग भिक्षु की बग़ल में झुके एक नौजवान भिक्षु की ओर बंदूक तान दी। "तो तुम्हें उस गुप्त तहख़ाने की जानकारी नहीं है जो पुराने मंदिर का हिस्सा हुआ करता था और जिसे इस मंदिर के बनने के बाद सुरक्षित रखा गया था? ये मज़ेदार बात है, क्योंकि कुछ ही दशक पहले किसी ने उस तहख़ाने को देखा था। मुमकिन है, इससे तुम्हारी याददाश्त को झटका लगे।"

उसने उस नौजवान भिक्षु को पर गोली चला दी और वह ख़ून के तालाब में ज़मीन पर ध्वस्त हो गया।

पेमा ने अपनी चीख़ रोकने के लिए अपने मुँह पर हाथ रख लिया; उसका ख़ून ठंडा पड़ गया था।

वह आदमी बुज़ुर्ग भिक्षु के सामने झुककर उसकी आँखों में झाँकने लगा। "देखो, मुझे तहख़ाने का पता चलने वाला है। अगर तुम मुझे नहीं बताओगे, तो मैं तुम्हारी आँखों के सामने एक-एक भिक्षु को मार गिराऊँगा।"

उसके इतना कहने के बाद एक तनाव भरी ख़ामोशी छा गई।

तब, बुज़ुर्ग भिक्षु ने अपना सिर झुकाया मानो वह जो करने जा रहा था उसे लेकर बेहद शर्मिंदा हो। "अगर तुम बाक़ी लोगों को छोड़ देने का वादा करो, तो मैं तुम्हें बताऊँगा कि तहख़ाना कहाँ है।"

"बढ़िया।" उसने अपनी बंदूक से मास्क पहने आदमी की ओर इशारा किया। "इसे ले जाओ और तहख़ाने को ख़ाली कर दो। तुम्हारे हाथ में एक-एक दस्तावेज़ होना चाहिए। कुछ भी छोड़ना नहीं है। ध्यान रहे कि उनमें किसी को कोई नुक़सान न पहुँचे। ये प्राचीन पांडुलिपियाँ हैं और उनका बहुत सावधानी के साथ इस्तेमाल होना चाहिए। अगर तुम्हें कोई धातुई डिस्क मिले तो मुझे जानकारी देना।"

उस आदमी ने सिर हिलाया और अपने साथ कुछ और आदमियों को लेकर बुज़ुर्ग भिक्षु के साथ मंदिर की ओर चला गया।

जो लोग पहले गए बाहर गए हुए थे, वे लौट आए। "कहीं कोई नहीं है।" उनमें से एक ने कहा।

"तब फिर बाक़ी दो कहाँ गए?" मुखिया ने बाक़ी बचे सात भिक्षुओं की ओर तीखी नज़रों से देखते हुए पूछा।

एक और बुज़ुर्ग भिक्षु ने उसकी ओर सिर उठाकर देखा। "वे कल ल्हासा गए थे। मठ के लिए राशन लाने।"

बंदूकधारी ने उसकी ओर संदेह भरी नज़रों से देखा और वह कुछ पल ख़ामोश रहा, जैसे वह इस संभावना पर विचार कर रहा हो। पेमा जानता था कि वह बुज़ुर्ग भिक्षु झूठ बोला था। केवल एक ही भिक्षु कल ल्हासा गया था।

उस यातना-भरी ख़ामोशी में कुछ पल बीत गए। उस नौजवान भिक्षु को हर गुज़रता हुआ मिनट घंटे के गुज़रने जैसा लग रहा था। उसके पैर अकड़ने लगे और वह नहीं जानता था कि उस छोटी-सी जगह में वह कितनी देर और टिका रह सकता था।

जब उसे लग ही रहा था कि वह अब और सहने के क़ाबिल नहीं रह गया था, तभी वे लोग उस बुज़ुर्ग भिक्षु के साथ वापस आ गए।

"सब कुछ मिल गया," जो आदमी उन सब को लेकर गया था उसने अपने मुखिया को सूचित किया। "हालाँकि धातुई डिस्क नहीं मिली।"

मुखिया ने माथा सिकोड़ा, फिर झटके से अपना सेटेलाइट फ़ोन निकाला और एक नंबर डायल किया। "मर्फ़ी बोल रहा हूँ। मुहिम पूरी हुई," उसने फ़ोन में कहा। "लेकिन डिस्क नहीं मिली। बताओ, अब हमें क्या करना है?" उसने उस ओर से आते जवाब को सुना और फिर फ़ोन को काट दिया।

"तुम जो चाहते थे वह तुम्हें मिल गया है, अब हमें जाने दो," बुज़ुर्ग भिक्षु ने गुहार लगाई।

"ओह, ज़रूर," मर्फ़ी मुस्कराया। उसने अपने आदमियों को इशारा किया जिन्होंने तुरंत ही झुके हुए भिक्षुओं पर गोलियाँ बरसा दीं।

बुजुर्ग भिक्षु भय से ताकता रह गया। तभी दीवार के भीतर से कहीं से एक चीख़ सुनाई दी। पेमा अब और सह नहीं पाया था; ख़ौफ़ और आतंक ने उसे जकड़ लिया था।

मर्फ़ी चकित दिखाई दिया। "खोजो उसे," वह दहाड़ा।

चार आदमी उस वक़्त तक दीवार से लकड़ी के तख़्तों को हटाते रहे जब तक कि उन्होंने पेमा को नहीं पा लिया, जो उस छोटी-सी कोठरी में दुबका काँप रहा था। उन्होंने उसको बेरहमी से घसीटते हुए फ़र्श पर लाकर पटक दिया। पेमा काँपता सिसकता वहाँ पड़ा था।

"वह निरा बच्चा है। उस पर दया करो," बुजुर्ग भिक्षु ने याचना की। "मुझे आदेश है कि किसी को नहीं छोड़ना है। उम्र का कोई बंधन नहीं है।" उसने पेमा की ओर बंदूक तानी और गोली चला दी।

बूढ़े भिक्षु के गालों पर आँसू बह निकले जब उसने पेमा को ज़मीन पर गिरते देखा। उसका ख़ून बहकर उसके बंधुओं के ख़ून के तालाब में जा मिला। वह जानता था कि तहख़ाने का सामान उन आदमियों के मंसूबों के पूरा होने में कोई मदद करने वाला नहीं था। बूढ़े भिक्षु के मन में यही एक सांत्वना बची रह गई थी उन आख़िरी पलों में जब मर्फ़ी उसके सिर के ऊपर बंदूक तानकर उसका घोड़ा दबा रहा था।

19

वर्तमान काल

छठवाँ दिन

बैराठ

राधा अपने पिता को सहारा देकर सीढ़ियों के नीचे ले गई। कॉलिन उनके पीछे टॉर्च से रोशनी दिखाता चल रहा था। जब वे सीढ़ियों के नीचे पहुँचकर विजय की बग़ल में खड़े हुए, तब उन्होंने उस दृश्य को देखा जो दो टॉर्चों की संयुक्त रोशनी में उनका स्वागत कर रहा था।

वे एक विशाल गोलाकार कंदरा में थे। लेकिन चौंकाने वाली चीज़ उस गुफा का आकार नहीं था। चौंकाने वाली चीज़ दीवारें थीं। दीवारों में चट्टानी शैल्फ़ उत्कीर्ण किए गए थे, इस तरह कि समूची कंदरा में कतार से छोटे-छोटे खाने बन गए थे। सिर्फ़ सीढ़ियों के सामने वाली दीवार ख़ाली थी।

विजय ने फ़र्श पर रोशनी फेंकी और वे सब स्तब्ध रह गए। फ़र्श पर उसी गियर-चक्र की ठीक दोआयामी प्रतिलिपि उकेरी हुई थी जो उन्होंने ऊपर देखा था। इस चक्र के एकदम बीच में एक वर्गाकार पीठिका थी; क़रीब चार फुट ऊँची। पीठिका की चिकनी पॉलिश की हुई सतह पर एक जाना-पहचाना संकेत उकेरा हुआ था : नौ अरों वाला पहिया।

यह कंदरा ज़ाहिरा तौर पर नौ के संगठन द्वारा तैयार की गई थी या कम से कम उनके द्वारा ऐसे किसी उद्देश्य से इस्तेमाल की गई थी जो बहुत पहले भुलाया जा चुका था।

पीठिका के नौ अरों वाले पहिये के नीचे एक इबारत थी। शुक्ला ने एक बार फिर अनुवादक की अपनी भूमिका निभाई और उस पट्टी पर उकेरे गए शब्दों को पढ़ा।

चार बंधु

अर्पित किए गए सम्राट द्वारा

चारों में पहला

प्रतिध्वनित करता है रहस्य को

नौ के।

एक पहेली।

"धातुई डिस्क, कुंजी, पत्थर का एक गोला, एक पहेली," बेगर की डायरी के प्रविष्टि को याद करते हुए शुक्ला ध्यानमग्न होते हुए बोला। "क्या यही वह पहेली है?"

"आपके विचार से यह क्या जगह है?" कॉलिन ने दीवारों के खानों पर टॉर्च की रोशनी फेंकते हुए पूछा।

कुछ देर कोई नहीं बोला।

फिर शुक्ला ने सुझाया : "मुझे इसका संदेह तभी हुआ था जब चुन्नीलाल ने इस दोपहर हमें पांडवों और पाँसों का वह क़िस्सा सुनाया था," उसने धीरे-से कहा। "मैं तो ये कहूँगा कि हम जो चीज़ देख रहे हैं वह नौ के संगठन का गुप्त पुस्तकालय रहा होगा, शायद वही जिसका वर्णन उन दस्तावेज़ों में किया गया है जिन्हें बेगर ने अपनी डायरी में उतारा है। चुन्नीलाल द्वारा सुनाया गया पाँसों का वह क़िस्सा इस संभावना की ताईद करेगा। इन पहाड़ियों में उन शक्तियों की कल्पना की गई थी जो ज्ञान और पांडित्य का संवर्धन करने वाली थीं। क्या ये इस बात को कहने का ही एक और ढंग नहीं हो सकता कि किसी ज़माने में यहाँ पर प्राचीन ज्ञान का एक पुस्तकालय हुआ करता था? पाँसों की किंवदंती यहाँ गुप्त रखे गए रहस्य को छिपाए रखने की एक सुविधाजनक तरक़ीब हो सकती थी, जैसे कि ख़ज़ाने की किंवदंती लोगों को उससे दूर रखने का काम करती रही होगी।"

शुक्ला ने दीवार में उकेरे गए उन खानों की ओर इशारा किया। "ये वे अलमारियाँ रही होंगी जहाँ इस पुस्तकालय की पुस्तकों को रखा जाता होगा। उस ज़माने में लिखने के लिए पेड़ों की छालों का इस्तेमाल किया जाता था। उन छालों को धूप में सुखाया जाता था और फिर उन पट्टियों का उपयोग लिखने के लिए किया जाता था और उन्हें इस तरह जिल्दबंद कर दिया जाता था कि हम उन्हें पुस्तक कह सकते हैं।"

विजय ने सिर हिलाया। "ये किसी गुप्त पुस्तकालय के लिए एकदम सटीक जगह प्रतीत होती है। चट्टानें उन दस्तावेज़ों को पनाह देती होंगी और मिट्टी की सूखी, बंजर प्रकृति पांडुलिपियों का क्षरण रोकने का काम करती होगी।"

"तो उस पुस्तकालय का हुआ क्या? वे पांडुलिपियाँ कहाँ हैं?" कॉलिन ने जिज्ञासा की।

"पेड़ों की छाल दो हज़ार सालों तक टिकी नहीं रह सकती, इस तरह की जगह में भी," शुक्ला ने समझाया। "2000 हज़ार साल पुराने पाठों का कोई रिकॉर्ड नहीं है, सिवा अशोक के शिलालेखों के, जो चट्टानों और पत्थरों पर उकेरे गए थे।"

"या," राधा ने सुझाया, "मुमकिन है कि पुस्तकालय को सुरक्षा की ख़ातिर नौ के संगठन की बाद की पीढ़ियों ने यहाँ से हटा लिया हो।"

शुक्ला ने आश्चर्य से भरकर चारों ओर देखा। उस निगाह में एक मायूसी थी। "उस ज्ञान की कल्पना करो जो इस कंदरा में रहा होगा; सदियों तक फैली प्रज्ञा का संग्रह। क्या पता हमें उन पांडुलिपियों में क्या मिलता?"

"अरे देखो, ये क्या है?" कॉलिन कंदरा की एक दीवार की ओर चला गया था। वह दीवार पर किसी चीज़ पर नज़रें टिकाए हुए था।

बाक़ी लोग उत्सुकतावश उसके पास चले गए।

"इसे देखो।" कॉलिन ने दीवार के एक हिस्से पर रोशनी डाली और उनको एक आयताकार बारीक़ कटाव दिखाई दिया जो फ़र्श तक चला गया था। "यह एक दरवाज़ा है, किसी तरह का प्रवेश मार्ग," कॉलिन ने उत्तेजित स्वर में नतीजा निकालते हुए कहा। "इस दीवार के पीछे कोई छिपी हुई कोठरी होनी चाहिए।"

“हम इसे कैसे खोलें?” विजय ने माथा सिकोड़ा। वह दरवाज़ा अपने आप में बमुश्किल दिखाई देने वाला था और कंदरा में उसे ऐसा कुछ भी दिखाई नहीं दिया था जो किसी गुप्त दरवाज़े को खोलने के मैकेनिज़्म जैसा प्रतीत होता।

राधा को कुछ सूझा। उसने सहसा कॉलिन के हाथ से टॉर्च ली और तेज़ी से उस पीठिका की ओर गई जिसपर इबारत उकेरी हुई थी।

“बात क्या है...” कॉलिन ने कहना शुरू किया लेकिन उसे राधा ने बीच में ही रोक दिया और वह पीठिका की सतह पर रोशनी घुमाने लगी।

“मुझे लगा था कि नौ अरों वाला पहिया कुछ अलग दिखाई दे रहा था।” बाक़ी लोग उसके पास आ गए।

टॉर्च की रोशनी में उन सबने वह देखा जिसकी ओर पहले उनका ध्यान नहीं गया था। पहेली हाथ लगने की उत्तेजना में वे यह देख पाने में विफल रहे थे कि पहिये के बीचोंबीच एक गड्ढा था। जहाँ पहिये का केंद्र होना चाहिए था उस जगह पत्थर अंदर की ओर धँसा हुआ था और काली धातु से ढँका हुआ था।

विजय और कॉलिन ने एक दूसरे की ओर देखा। दोनों के दिमाग़ में एक ही बात आ रही थी।

“क्या सोचते हो...”

“कोशिश करते हैं और देखते हैं।”

दोनों एक साथ बोले और हँस दिए। विजय ने थैले से वह कुंजी निकाली जिसका उन्होंने डिस्क के छंद का अर्थ करने के लिए इस्तेमाल किया था। उसने उसको उस गड्ढे में डाला और हलके से घड़ी की दिशा में घुमाया। वह उसमें एक झटके के साथ फ़िट हो गई।

विजय ने चाबी को मरोड़ा। कुछ नहीं हुआ। उसने उसको उल्टी दिशा में घुमाया। तब भी कोई नतीजा नहीं निकला। उसने माथा सिकोड़ा और कुंजी को बाहर निकालने की कोशिश की लेकिन वह नहीं हिली। वह फँस गई थी।

"ये काम क्यों नहीं कर रही है?" विजय के स्वर में हताशा थी।

"शायद हम ज़रूरत से ज़्यादा आशावादी हो रहे हैं," राधा ने कहा। यह कंदरा और दरवाज़ा दो हज़ार साल पुराने हैं। हम मानकर चल रहे हैं कि चाबी घुमाने मात्र से गियर और लिवर सक्रिय हो जाएँगे और दरवाज़ा खुल जाएगा। ये क़िताबों और हॉलीवुड की फ़िल्मों में ही होता है कि हज़ारों साल पुराने चोर दरवाज़े और गुप्त द्वार आसानी से खुल जाते हैं, लेकिन असल ज़िंदगी में ऐसा नहीं होता। अगर वह दरवाज़ा खुल गया होता तो ये आश्चर्य की बात होती।"

"हुश!" विजय सहसा फुसफुसाया। "ख़ामोश! मुझे आवाज़ें सुनाई दे रही हैं।"

कुछ पलों तक कोई आवाज़ सुनाई नहीं दी। फिर उन्हें बोलने की आवाज़ें सुनाई देने लगीं, पहले हलकी और फिर तेज़ होती हुईं। कोई निचली छत से उस ऊपर की छत की सीढ़ियाँ चढ़ रहा था जहाँ चबूतरा था।

'खुले चोर दरवाज़े से हमारी टॉर्च की रोशनियाँ बाहर जा रही होंगी,' कॉलिन ने अनुमान लगाया।

"ये कौन लोग हो सकते हैं?" विजय फुसफुसाया।

एक ज़ोर की चिल्लाहट और फिर हड़बड़ी में बातचीत करने की आवाज़ें सुनाई दीं। वे नवागंतुक शायद चबूतरे पर थे और उन्होंने खुले हुए चोर दरवाज़े को देख लिया था। उनकी आवाज़ें ज़ोर-ज़ोर से आ रही थीं और वे अपनी मौजूदगी को छिपाने की कोई कोशिश नहीं कर रहे थे। उनके शब्द समझ में नहीं आ रहे थे।

सहसा विजय के दिमाग़ में एक ख़याल कौंधा और उसने बाक़ी लोगों की ओर घबराहट भरी नज़रों से देखा। उसे बताने की ज़रूरत नहीं पड़ी। वे सब तुरंत समझ गए। मानो उनके संदेह की पुष्टि करने के लिए फ़ारूख़ की आवाज़ गूँजी। वह एक ऐसी भाषा में बोल रहा जो उनको समझ में नहीं आ रही थी। "अब हम क्या करें?" राधा ने चिंतित स्वर में कहा।

वे लोग फँस चुके थे। ऊपर के लोग जैसे ही सीढ़ियों पर दिखाई दिए और कंदरा की ओर बढ़ने लगे ये लोग वापस दीवार से जाकर सट गए।

उनके हाथों में उज़ी बंदूकें थीं। विजय और कॉलिन ने मारूश को पहचान लिया। उसकी दाईं कनपटी पर एक डरावनी खरोंच थी, सूजी हुई और जामुनी रंग की।

मारूश ने भी उन्हें देख लिया और उसने बुरा मुँह बनाया; दर्द से या गुस्से से, वे कह नहीं सकते थे। लेकिन उसकी चाल में एक ख़ौफ़नाक उद्देश्य दिखाई दिया और वह यांत्रिक ढंग से उनकी ओर बढ़ा। फ़ारूख़ बाक़ी आदमियों के पीछे नमूदार हुआ। वह शांत और धीमी गति से सीढ़ियाँ उतर रहा था। आख़िरी सीढ़ी उतरकर फ़र्श पर क़दम रखते हुए उसने चारों ओर सिर को घुमाते हुए कंदरा का जायज़ा लिया। फिर उसने सिर हिलाया और जौनगढ़ से आए लोगों की ओर बढ़ा।

"बहुत अच्छे, बहुत अच्छे, बहुत अच्छे," वह कुटिल ढंग से मुस्कराया। "जैसे यह वही मासूम नौजवान नहीं है जिसको ईमेल संदेशों के सुराग़ों या डिस्क की चाबी के बारे में कोई जानकारी नहीं है! मेरा ख़याल है कि इस तहख़ाने का रास्ता भी तुम्हें संयोग से मिल गया है?"

वह चलता हुआ विजय के सामने आकर रुक गया। "तो तुम बेवकूफ़ लोग सोचते थे कि तुमने नौ के संगठन के रहस्य का पता लगा लिया है? अपने चारों ओर देखो। क्या दिख रहा है? ख़ाली खाने।"

उनमें से एक आदमी चिल्लाया। उसने पीठिका पर अंकित लिखावट को देख लिया था। फ़ारूख़ तुरंत मुड़ा और पीठिका के पास चला गया। उस लिखावट पर से अपनी नज़रें हटाए बिना ही उसने दहाड़ते हुए आदेश दिए। मारूश ने बेरहमी से शुक्ला का हाथ थामा और उसको घसीटता हुआ फ़ारूख़ तक ले गया।

"उन्हें चोट मत पहुँचाओ," राधा चीख़ी। पिता को दर्द से चिहुँकता देख उसके आँसू बह निकले।

फ़ारूख़ ने उस लिखावट की ओर इशारा किया। "डॉ. शुक्ला, मैं जानता हूँ कि आप एक ज़बानदान हैं और हिंदुस्तान की क़दीमी जबानों के ख़ास जानकार हैं। मेहरबानी करके इस लिखावट का तरजुमा करें।"

शुक्ला अडिग खड़ा रहा, उसका चेहरा सफ़ेद पड़ गया था पर उसमें दृढ़ निश्चय था। "और अगर मैं इंकार कर दूँ, तो?"

"आप नहीं करेंगे।" उसने दहाड़ते हुए एक और आदेश दिया और दो आदमी राधा की ओर बढ़े। उनमें से एक ने उसके बाल पकड़े और दूसरे ने उसका हाथ जकड़ा और दोनों उसे घसीटते दूर हुए ले गए।

"उसे चोट मत पहुँचाओ!" विजय दो क़दम आगे बढ़ा और तुरंत ही तीन बंदूकें उसकी ओर तन गईं। वह अपनी जगह पर जमकर रह गया। वह जानता था कि फ़ारूख़ उसे मारने का आदेश देने से हिचकिचाएगा नहीं। अगर वह मर गया तो वह राधा की और दूसरों की कोई मदद नहीं कर पाएगा। "भगवान के लिए, डॉ. शुक्ला, उसका अनुवाद कर दीजिए!"

"मुझे यक़ीन है तुम अपनी बेटी की सलामती की क़ीमत समझते हो।" फ़ारूख़ एक बार फिर पीठिका को ग़ौर से देखने लगा।

राधा को उस आदमी के लौह शिकंजे में छटपटाता देख शुक्ला के होंठ काँपे। वे हँस दिए। जब उनमें से एक ने उसके बाल खींचकर उसके सिर को पीछे की ओर झटका तो राधा पीड़ा से कराह उठी।

फ़ारूख़ ने शुक्ला की ओर प्रश्नवाचक निगाहों से देखा, जिसने ज़ोर से बोलते हुए उस छंद का अर्थ कर दिया।

"चार भाई।" फ़ारूख़ उस छंद पर विचार करते हुए और उसका मतलब समझने की कोशिश करता हुआ कुछ परेशान दिखा। "आपको इस तरजुमे पर यक़ीन है?" उसने बूढ़े की ओर देखा और उसकी आँखों में आतंक देखा और सिर हिला दिया। "नहीं। मुझे नहीं लगता कि आप बहानेबाज़ी कर रहे हैं।"

"अब उसे छोड़ दो," विजय ने गुस्से से कहा। उसने राधा की ओर देखा जिसे अब भी दो आदमियों ने पकड़ रखा था, उसका सिर बेढंगे तरीक़े से झुका हुआ था क्योंकि वह आदमी उसके बालों को पकड़कर उसके सिर को पीछे की तरफ़ झुकाए हुए था। "तुम्हें तरजुमा मिल गया है।"

फ़ारूख़ ने एक बार फिर उस लिखावट की ओर देखा, मानो वह खुद को यक़ीन दिला रहा हो कि तरजुमा वाक़ई सही था। उसने अपने आदमियों की ओर इशारा कर उनको कुछ और निर्देश दिए। वे उनके सामने से पीछे की ओर हट गए, उनकी बंदूकें अभी भी उनकी ओर तनी हुई थीं। उन दो आदमियों ने राधा को छोड़ दिया।

कॉलिन को फ़ारूख़ के चेहरे का भाव पसंद नहीं आया। "मुझे नहीं लगता कि उसका इरादा हमें छोड़ने का है," उसने फुसफुसाकर विजय से कहा।

उसकी आवाज़ फ़ारूख़ तक चली गई होगी क्योंकि उसके चेहरे पर एक क्रूर मुस्कराहट उभर आई। "मेरा इरादा तुम्हें इतनी आसानी से छोड़ देने का नहीं है," उसने विजय को संबोधित करते हुए कहा। "तुमने हमें जितना परेशान किया है, उसके बाद तो क़तई नहीं। एक बार नहीं बल्कि दो बार। तुम अपने चाचा जितने ही नामाकूल हो।"

बिना कोई कैफ़ियत दिए वह झटके से मुड़ा और वापस सीढ़ियों पर चढ़ गया। उसके आदमी उनकी ओर बंदूकें ताने पीछे की ओर हटते गए और सीढ़ियाँ चढ़ गए। राधा भागकर बाक़ी लोगों के पास आ गई।

"तुम ठीक हो?" विजय ने उससे पूछा। उसकी आवाज़ में चिंता थी। उसने अचेत-से ढंग से सिर हिला दिया। वह अभी घबराई हुई थी।

"वह ऊपर से चोर दरवाज़ा बंद करने वाला है।" कॉलिन के चेहरे पर चिंता का भाव था। "इस कंदरा से बाहर निकलने का और कोई रास्ता नहीं है।"

उसने इतना कहा ही था कि ऊपर से चोर दरवाज़े के बंद होने की तेज़ आवाज़ सीढ़ियों से आती सुनाई दी। उन्होंने उदास भाव से एक दूसरे की ओर देखा। पत्थर के उस दरवाज़े को बाहर से हटाना ही मुश्किल काम रहा था। अब वे उसको नीचे से कैसे हटाएँगे?

सहसा, एक धमाका हुआ और कंदरा काँप उठी। उनके पैरों के तले की ज़मीन हिल गई और सीढ़ियों से ऊपर कंदरा की छत भरभराकर गिरी। सीढ़ियाँ मलबे के ढेर में ग़ायब हो गईं। लगभग इसी के साथ कंदरा की दीवारें काँपने और घरघराने लगीं, और गुप्त दरवाज़े वाली उनके पीछे की दीवार दरकने लगी और उससे पत्थर टूट-टूट कर गिरने लगे।

जब वह ध्वंस थमा और चारों ओर धूल का गुबार फैल गया तो वे खाँसते और अपनी आँखों के सामने से धूल को हटाने हाथ फटकारते हुए तन कर खड़े हो गए।

"उसने विस्फोटक की मदद से चोर दरवाज़े को उड़ा दिया है।" विजय की आवाज़ आश्चर्यजनक रूप से शांत थी, जो उस आतंक को झुठला रही थी जिसने उसे अपनी गिरफ़्त में ले रखा था।

वे पहाड़ी की गहराई में एक तलघर के अंदर फँस चुके थे, जहाँ से भागने का कोई रास्ता नहीं था।

20

2 मार्च 2001

बमियान, अफ़गानिस्तान

विस्फोटकों की आवाज़ से हवा भारी थी। बुद्ध की जिन विशाल मूर्तियों को 1500 साल पहले बलुआ पत्थर के टीलों को उत्कीर्ण कर आकार दिया गया था उनपर एंटी-एयरक्राफ़्ट तोप के गोले बरस रहे थे और तालिबान के ढेर सारे सिपाही खड़े-खड़े इस ध्वंस का जश्न मना रहे थे। अफ़गानिस्तान के हुक्काम तालिबान के फ़रमान पर अब वे बुत मरणासन्न थे - तवारीख़ के एक कोने में महज़ एक यादगार बनकर रह जाने के लिए अभिशप्त। ये बुत अफ़गानिस्तान में एक के बाद एक हुकूमतों के आते रहने के गवाह रहे थे, लेकिन तालिबान की हुकूमत के सामने वे न टिक सके।

ये पत्थर के बुत धूल के गुबारों और मलबे की बौछारों में बदल गए जो टीलों पर जमा होता जा रहा था। जहाँ ये बुत खड़े हुए थे वहाँ कुछ ही पलों में केवल दो खोखल शेष रह गए।

कुछ तालिबानियों ने दो-एक पत्थर उठाए ताकि वे उनको निशानी के तौर पर अपने घर ले जा सकते। वे आगे चलकर अपने बच्चों और नाती-पोतों को उस दिन के बारे में बताने वाले थे जब उन्होंने काफ़िरों के इन बुतों को ध्वस्त किया था।

अपने दोनों हाथों में एक-एक पत्थर लिए बरान टीले के नीचे खड़ा होकर उन खोखलों को देखने लगा जो इन बुतों के उड़ाए जाने के बाद बन गए थे। यह टीला पत्थर की एक असमतल दीवार थी जहाँ ये बुत खड़े हुए थे; ठोस, सिवा उन पाँच काले बिंदुओं के जो विशाल खोखल में टीले

के चेहरे पर अंकित थे। उसने दूसरे लोगों को पुकार कर उन बिंदुओं की ओर इशारा किया।

लगता था कि वे गुफाएँ थीं जो इन बुतों के पीछे छिपी हुई थीं। उनके वुजूद का कोई कहीं कोई लेखा नहीं था। कुछ ही मिनटों में रस्सियों और चढ़ने के कामचलाऊ उपकरणों का इंतज़ाम किया गया और दो तेज़ गति अफ़गानी टीले पर पर चढ़ने लगे।

बरान उनमें से एक था।

बुतों के टूटने से बन गई खुरदुरी सतह का फ़ायदा उठाते हुए वे जल्दी ही टीले पर चढ़ गए। बरान का नौजवान साथी सबसे पहले उन गुफाओं तक पहुँचा और एक गुफा में ग़ायब हो गया। वह जल्द ही बाहर आ गया और मायूसी भरी एक चिल्लाहट के साथ दूसरी गुफा में चढ़ गया। बरान एक सुराख़ तक पहुँचा और गुफा के ठंडे अँधेरे में उतर गया। जैसे-जैसे उसकी आँखें अंदर के धुँधलके की अभ्यस्त होती गईं, वह पलकें झपकाते हुए अंदर का मुआयना करने लगा।

लेकिन वहाँ कुछ नहीं था। वह एक छोटी, उथली गुफा थी, बमुश्किल चार फुट लंबी और फ़र्श से छत तक बमुश्किल पाँच फुट। वह जल्दी ही दूसरी गुफा में गया।

उसका साथी इस बीच तीसरी गुफा की तलाशी ले चुका था और बाहर आ रहा था।

"वह बेकार है," उसने चिल्लाकर बरान से कहा।

बरान ने तब भी अपनी मुहिम जारी रखी। वह दूसरी गुफा की जाँच किए बिना वापस लौटने वाला नहीं था। वह जानता था यह देखकर कि जितनी देर में उसका साथी तीन गुफाओं का चक्कर लगा आया उतनी देर में वह एक ही गुफा निपटा पाया, उसकी मर्दानगी और बुढ़ापे का मज़ाक़ बनाया जाएगा। लेकिन वह यह भी जानता था कि अगर वह वापस लौट गया तो कटाक्ष और भी तीखे होंगे।

वह आख़िरी गुफा तक पहुँचा और उसके अंदर चला गया। यह पिछली के मुक़ाबले कुछ बड़ी थी और उसका अंदरूनी हिस्सा पूरी तरह अँधेरे में डूबा हुआ था। यह गहरी रही होगी।

उसने टॉर्च की रोशनी फेंककर गुफा का मुआयना किया। पिछली दीवार दिखाई नहीं दे रही थी, वह दरवाज़े से कम से पच्चीस फ़ुट दूर रही होगी। हालाँकि देखने लायक़ यहाँ भी कुछ नहीं था।

किसी महत्त्वपूर्ण चीज़ के मिलने की उम्मीद में बरान सावधानी से क़दम बढ़ाता और अपने सिर को छत से टकराने से बचाने की कोशिश में झुककर चलता हुआ गुफा में और गहरे धँसता गया। गुफा इतने लंबे समय से बंद थी कि यह तो पक्का था कि वहाँ जंगली जानवर न रहे होंगे लेकिन साँपों की मौजूदगी के बारे में वह सुनिश्चित नहीं था। वह आगे बढ़ता गया और चट्टानी दीवारें टॉर्च के प्रकाश से रोशन होती गईं। वे ख़ाली थीं।

सहसा उसको फ़र्श पर कोई सफ़ेद चीज़ दिखाई दी।

उसने झुककर उसपर रोशनी फेंकी।

उसने जो कुछ देखा उससे उसकी हड्डियाँ काँप गईं।

वह एक नरकंकाल था; हड्डियाँ जो काफ़ी पुरानी प्रतीत होती थीं।

कंकाल सही सलामत था, कोई भी हड्डी अपनी जगह से यहाँ-वहाँ नहीं हुई थी। कंकाल गुफा के फ़र्श के पत्थरों पर पड़ा हुआ था। लगता था वह आदमी यहीं, इसी गुफा में मरा था, हालाँकि कैसे और क्यों मरा था इसकी कल्पना बरान नहीं कर सका।

यहाँ कोई और चीज़ भी थी, जो पत्थरों के बीच आधी दफ़न थी।

बरान ने उस चीज़ पर टॉर्च की रोशनी घुमाई। वह धातु की बनी थी लेकिन ऐसी धातु जैसी उसने पहले कभी नहीं देखी थी। उसने उसे बाहर खींचा और उसका परीक्षण किया; वह गोलाकार धातुई डिस्क एक तरफ़ से चिकनी थी और दूसरी तरफ़ उसमें खाँचे थे और लिखावट उकेरी हुई थी। तश्तरी के बीचों बीच एक खोखल था जिसे धातु को खोद कर बनाया गया था।

बरान उस तश्तरी की तासीर और मक़सद का अंदाज़ा लगाता हुआ कुछ पल तक उसको देखता रहा। धातु काली थी, देखने में वाक़ई पुरानी लगती थी, लेकिन उसपर ज़ंग नहीं थी। उसने उसकी क़ीमत का अंदाज़ा लगाने उसको अपने हाथों में तौला। वह हलकी थी। उसने चेहरा बिगाड़ा; वह शायद वाहियात थी।

निराश होकर बरान ने कंकाल के चारों ओर एक बार और टॉर्च की रोशनी घुमाई। तभी उसे आपस में जिल्दबंद वृक्ष की कुछ जर्जर छालें दिखाई दीं जो ज़मीन पर इस तरह बिखरी हुई थीं जैसे उन्हें वहाँ किसी ने फेंक दिया हो।

उसने उन्हें जल्दी से उठाया और उस धातुई तश्तरी के साथ-साथ अपने चोगे की जेब में डाल लिया। अपनी फ़तह की मुस्कान को किसी तरह दबाता हुआ वह गुफा के मुँह की ओर बढ़ा। वह नीचे खड़ी भीड़ को उस कंकाल की अपनी खोज के बारे में बताने को उतावला था।

बरान नीचे आ गया। भीड़ तालिबान के स्थानीय कमांडर हमीद के इर्दगिर्द जमा थी। हमीद ने बरान को इशारा किया। "चलो, बताओ, तुमको क्या मिला।"

अपनी अहमियत से बरान की छाती फूली हुई थी। अब वह भीड़ के हट जाने से बनी अर्धवृत्ताकार जगह में हमीद के सामने बैठा था।

हमीद ने उन पांडुलिपियों को जाँचा। बावजूद इसके कि वृक्ष की वे छालें अपने किनारों पर रेशा-रेशा हो रही थीं और फटी हुई थीं, फिर भी उनकी प्राचीनता को देखते हुए उनकी हालत अच्छी थी। उसने उन छालों के पन्ने पलटे और उनपर अंकित इबारतों को पढ़ने की कोशिश की।

अंततः उसने सिर उठाकर देखा। उसके चेहरे की हताशा साफ़ ज़ाहिर थी।

"मैं इन्हें नहीं पढ़ सकता," उसने कहा। "यह लिखावट बहुत पेचीदी है। क्या पता इनमें क्या हो। हो सकता है उस आदमी की ख़रीदारी की फ़ेहरिस्त हो।" वह अपने ही इस मज़ाक़ पर हँस दिया और भीड़ भी उसके साथ-साथ हँस दी।

हमीद ने उन पांडुलिपियों को उठाकर बरान की ओर उछाल दिया। फिर उसने उस गोलाकार धातुई डिस्क को उठाया, उसको उलट-पलटकर देखा और उसके एक तरफ़ बने खाँचों और लिखावट को देखकर माथा सिकोड़ा। उसको कुछ सूझा। उसने अपनी अँगुली से डिस्क के लिखावट वाले हिस्से को रगड़ा। उसे यह देखकर आश्चर्य हुआ कि उसकी अँगुली के चलाने

से डिस्क का दंत चक्र घूम गया। उसने हँसकर सामने बैठे अपने आदमियों की ओर देखा, फिर वह डिस्क बरान की ओर उछाल दी।

"इन्हें अपने पास रखो," उसने बड़प्पन जताते हुए कहा। "ये मज़मून तो किसी काम के नहीं हैं क्योंकि उनको पढ़ा ही नहीं जा सकता। वह धातुई चीज़ कोई खिलौना है। यक़ीनन हमारे किसी काम की नहीं।"

हमीद को वे पांडुलिपियाँ भले ही बेकार लगी हों, लेकिन वे सदियों पुरानी थीं। बरान ने फ़ैसला किया कि वह उनको काफ़िर बुतों के विनाश की निशानी के तौर पर अपने पास रखेगा। क्या पता, पुराने सामान के काले बाज़ार में उनकी कोई क़ीमत ही मिल जाए।

हमीद और बरान को उन पांडुलिपियों और उनमें दफ़न रहस्य की कोई जानकारी नहीं थी। 1500 सालों के दौरान यह दूसरी बार था जब इन पांडुलिपियों का उन लोगों द्वारा तिरस्कार किया गया था जो उनमें अंकित शब्दों के परे नहीं देख सकते थे।

21

वर्तमान काल

छठवाँ दिन

बैराठ

विजय और उसके साथियों ने उस चट्टान को आतंकित भाव से देखा जिसने बाहर निकलने के रास्ते को अवरुद्ध कर दिया था। विजय ने पीड़ा से मुँह बिचकाया। "मुझे आप सबको इस झमेले में नहीं डालना चाहिए था।"

राधा ने तुरंत ही जवाब दिया, उसकी आँखें चमक रही थीं। "यहाँ आने के लिए तुमने हमें मजबूर नहीं किया था। हम अपनी इच्छा से यहाँ आए थे। अब हम... हम," उसकी आवाज़ ने उसका साथ छोड़ दिया क्योंकि वह हालात का बयान नहीं कर पा रही थी।

"दोस्तो, तुमने ये देखा।" कॉलिन विपरीत दिशा में देख रहा था।

बाक़ी लोग देखने के लिए मुड़े।

वह गुप्त दरवाज़े वाली दीवार अब मलबे के ढेर में बदल चुकी थी। लेकिन उनके सामने एक गुप्त कोठरी खुल गई थी। इस छिपी हुई कोठरी की दूरस्थ दीवार चिकने ढंग से पॉलिश की हुई थी और फ़र्श से लेकर अंदरूनी छत तक उन लिखावटों से ढँकी हुई थी जिन्हें वे पढ़ नहीं सकते थे। दीवार के बीचोंबीच एक आला था जिसमें कोई चीज़ टॉर्च की रोशनी में चमक रही थी।

धूल बैठती जा रही थी और इस नई खोज की उत्तेजना में उनकी दयनीय हालत के सारे ख़याल कुछ पलों के लिए उनके दिमाग़ से जाते रहे। यह था इस गुफा का वास्तविक रहस्य।

"ये क्या है?" विजय फुसफुसा रहा था, हालाँकि नहीं जानता था कि क्यों।

शुक्ला उत्तेजना से काँप रहा था। उसने उन लिखावटों का तरजुमा करना शुरू कर दिया था और जो कुछ वह पढ़ रहा था उससे आह्लादित था।

"ये *महाभारत* के एक अध्याय का सारसंक्षेप है।" वह अपनी उत्तेजना को क़ाबू नहीं कर पा रहा था और बोलते हुए उसकी आवाज़ काँप रही थी। "विमान पर्व। ये अद्‌भुत है।"

कॉलिन फुर्ती से उस चीज़ की ओर बढ़ गया था जो आले में चमक रही थी और उसने जैसे ही उसे ग़ौर से देखा वह ज़ोर चिल्ला उठा।

विजय और राधा तेज़ी से कॉलिन के पास भागे जबकि शुक्ला दीवार की उस लिखावट को पूरा आनंद लेते हुए पढ़ने में मशगूल रहा।

"ये क्या है?" कॉलिन ने आगे बढ़कर उस चीज़ को उठाया तो विजय ने पूछा।

वे सब उस चीज़ की ओर देखने लगे।

वह एक गेंद थी जो पहली नज़र में काँच की बनी हुई लगती थी। कॉलिन ने उसपर हाथ फेरा और तब उनको समझ में आया कि संपूर्ण रूप से ठोस गेंद पत्थर को उकेर कर बनाई गई थी और उसे इस क़दर चिकना किया गया था कि वह काँच की तरह चमकने लगी थी।

विजय ने पत्थर की उस गेंद को सावधानी से अपने थैले में रख लिया। वह नहीं जानता था कि वह क्या चीज़ थी, लेकिन अगर वह उस गुप्त कोठरी में छिपा कर रखी गई थी, तो वह निश्चय ही कोई महत्त्वपूर्ण वस्तु थी।

राधा वापस अपने पिता के पास लौट आई। "ये क्या है, पापा?" वह जानती थी कि उसके पिता ने *महाभारत* को कई बार पढ़ा था और वे उस महाकाव्य के श्लोकों को उद्धृत कर सकते थे। दीवार की इन लिखावटों में निश्चय ही कुछ अलग चीज़ होनी चाहिए जिससे वे इतने उत्तेजित थे।

शुक्ला अपनी उत्तेजना को क़ाबू में नहीं रख पा रहा था। राधा की ओर देखते हुए उसकी आँखें चमक रही थीं। "जिस अध्याय का संक्षेप यहाँ दिया गया है, वह विमान पर्व है। *महाभारत* कई अध्यायों में बँटी है। उसके हर अध्याय की कथा उस अध्याय के शीर्षक में प्रतिबिंबित है। जैसे कि कर्ण पर्व में कर्ण की कहानी है, भीष्म पर्व भीष्म पितामह के बारे में है, इत्यादि। लेकिन मुझे इस महाकाव्य के किसी भी संस्करण में विमान पर्व नहीं मिला। जहाँ तक मेरी जानकारी है, उसका अस्तित्व नहीं है।"

"यह अध्याय किस बारे में है?" विजय ने इस बीच आकर शुक्ला द्वारा दी गई कैफ़ियत को सुन लिया था। उसने दिलचस्पी के साथ दीवार को देखा।

"विमान, जैसा कि उसके नाम से ज़ाहिर है एक उड़ाने वाला यंत्र है," शुक्ला ने कहना शुरू किया, "विमान के इस महाकाव्य में कई हवाले आते हैं।"

विजय ने इस महाकाव्य के उन क़िस्सों को याद किया जो बचपन में उसने अपने चाचा से सुने थे और जिनमें उड़ने वाली मशीनों का ज़िक्र आता था। "इस अध्याय की कहानी क्या है?"

शुक्ला अपना मुँह खोलने को ही था कि कॉलिन अचानक चिल्लाया, जो उस गुप्त कोठरी की छानबीन में आगे तक निकल गया था।

"यहाँ सीढ़ियाँ हैं!"

विजय कॉलिन के पास गया जो दीवार के एक छेद में झाँक रहा था। उन्होंने टॉर्च की रोशनी में उस दरार की जाँच की। वहाँ से एक ताख दिखाई दिया जहाँ से पत्थर को काटकर सीढ़ियाँ निकाली गई थीं जो सर्पिल ढंग से ऊपर की ओर जाती हुई उस अँधेरे में बिला गई थीं जहाँ तक टॉर्च की रोशनी नहीं जा पा रही थी।

"ये सीढ़ियाँ कहाँ जाती होंगी?" कॉलिन ने कहा।

"शायद बाहर निकलने के किसी पोशीदा द्वार तक।" शुक्ला ने कहा जो राधा के साथ उनके पास पहुँच गया था। "ज़्यादातर प्राचीन संरचनाओं में, ख़ासतौर से चट्टानों में उकेरी गई या ज़मीन के अंदर की संरचनाओं में, आने-जाने के दो रास्ते होते हैं। एक तो हवा के आने-जाने के लिए और

दूसरे किसी एक निकास के किसी वजह से अवरुद्ध हो जाने की हालत में भागने के लिए। जो कुछ इस कोठरी में छिपा हुआ था उसे ध्यान में रखते हुए इसे बनाने वालों ने इस बात को निश्चय ही सुनिश्चित किया होगा कि आने-जाने के एक से ज़्यादा रास्ते हों।"

उन्होंने एक दूसरे की ओर देखा। उनकी उम्मीदें बढ़ रही थीं। मुमकिन है वे अभी भी इस तहख़ाने की क़ैद से बाहर निकल सकें।

"मैं पहले जाऊँगा।" विजय ने सीढ़ियों पर चढ़ते हुए कहा। उसके पीछे शुक्ला और राधा और फिर पीछे से कॉलिन चढ़ने लगे।

सीढ़ियाँ ऊपर की ओर चली गई थीं। बीचबीच में सीढ़ियों की दीवार में छेद दिखाई देते थे।

"ये हवा के आने-जाने के लिए हैं," शुक्ला ने बताया। "ये संभवतः पहाड़ी की तरफ़ खुलते होंगे जिससे कि कंदरा में ताज़ा हवा आ सके।"

यह सोचते हुए उनकी गति धीमी पड़ गई कि पता नहीं वे ऊपर कब पहुँचेंगे। सहसा सीढ़ियाँ एक छोटी वर्गाकार चट्टानी कोठरी में पहुँचकर समाप्त हो गईं।

वे कुछ पल साँस लेने के लिए सुस्ताते खड़े रहे। विजय ने चिंताकुल भाव से शुक्ला की ओर देखा लेकिन उस भाषाविज्ञानी ने सिर हिलाकर उसे आश्वस्त किया कि वह एकदम ठीक था। उन्होंने उस कोठरी में अपनी टॉर्च की रोशनियाँ घुमाईं लेकिन दीवारों में ऐसे कोई जोड़ या दरारें नहीं थीं जिनसे किसी पोशीदा द्वार का संकेत मिलता। दीवारें ठोस चट्टानी थीं। एक कोने में एक सीढ़ी थी जो आधी दीवार तक जाकर समाप्त हो गई थी।

"अब क्या?" विजय ने जिज्ञासा की।

राधा की नज़र उसपर पहले पड़ी।

कोठरी की अंदरूनी छत में, कोने की सीढ़ियों के ठीक ऊपर, एक छिद्र की वर्गाकार रूपरेखा दिखाई दी। विजय उन सीढ़ियों पर चढ़ गया और उसने पत्थर की उस पट्टी को ग़ौर से देखा जो उनकी मुक्ति का पासपोर्ट मालूम पड़ती थी। उसने हाथ बढ़ाकर उस पत्थर को ऊपर की ओर धक्का देने की कोशिश की। वह भारी था और अपनी जगह पर जमा रहा।

विजय ने कॉलिन को इशारा किया जो तुरंत ही सीढ़ी पर चढ़कर विजय के पास पहुँच गया।

दोनों दोस्तों ने एक दूसरे को देखा और सिर हिलाया। दोनों ने एक साथ ताक़त लगाकर पत्थर को धकेला।

कुछ नहीं हुआ।

वे असहाय भाव से एक दूसरे की ओर देखते रह गए।

बाहर निकलने का कोई रास्ता दिखाई नहीं देता था।

जहाँ फ़ारूक़ के लिए इस सबकी शुरुआत हुई थी

फ़ारूख़ काली मर्सडीज़ में पीछे की सीट पर बैठा उस छंद के बारे में सोच रहा था जो उसे बैराठ की कंदरा में हाथ लगा था। उसने उन लोगों के बारे में सोचने में अपना ज़रा भी वक़्त बरबाद नहीं किया जिन्हें वह कंदरा में बंद छोड़ आया था। उसके ख़याल 11 साल पहले के उस वक़्त की ओर मुड़ गए जब वह अल क़ायदा में शामिल होने के कुछ ही समय बाद उस यूरोपीय से मिला था।

वह आदमी अपने आपको कोलंबस कहता था। फ़ारूख़ व्यंग्य से मुस्कराया, इतने वर्षों बाद भी उसको हँसी आती थी; अगर उस आदमी ने यह उपनाम चुना था जिसके बारे में लोगों को पता नहीं था कि यह उसका वास्तविक नाम नहीं था, तो उसने इससे बदतर नाम न चुना होता। लेकिन फिर यह भी था कि इससे बहुत फ़र्क़ नहीं पड़ता था कि उस यूरोपीय का क्या नाम था। वह एक ताक़तवर शख़्स था और राजनेताओं, कारोबारियों और अपराधियों के विशाल तानेबाने का इस्तेमाल करते हुए वह अपने वादे निभाता था, जैसा कि फ़ारूख़ ने इन पिछले ग्यारह सालों में कई बार देखा था।

कोलंबस लंबा और देखने में भव्य लगता था। उसके एक-एक छिद्र से ताक़त और समृद्धि रिसती थी। फ़ारूख़ के साथ अपनी पहली मुलाक़ात में उसने उसपर गहरी छाप छोड़ी थी। वह कोई छोटी-मोटी छाप नहीं थी, क्योंकि चलते-चलते उसने इस वैज्ञानिक के साथ एक ऐसे रहस्य में साझा किया था जिसकी जानकारी मुट्ठी भर लोगों को थी।

नौ का रहस्य।

“एक दिन ऐसा आएगा,” कोलंबस ने दावा किया था, “जब हम उस छिपे हुए रहस्य की तासीर और जगह को ढूँढ़ निकालेंगे।” इस आदमी को इस रहस्य का पता कैसे लगा था और वह क्या चीज़ थी जिसके चलते वह इस मिथक में छिपी हुई सच्चाई के बारे में इतने आत्म-विश्वास के साथ बात कर रहा था, यह बात फ़ारूख़ को उस वक़्त नहीं मालूम थी, लेकिन फ़ारूख़ ने खुद अपने महान रहस्य को भी उजागर नहीं किया था - जो खुद भी नौ से जुड़ा हुआ था।

फ़ारूख़ ने सोचा कि यह ताज्जुब की बात थी कि महज़ एक साल बाद जब उसको मजबूरन भूमिगत हो जाना पड़ा था, उसकी मुलाक़ात मोहम्मद बिन जबल से हुई थी। वह शायद मुक़द्दर था।

फ़ारूख़ अंदर से बेहद मज़हबी इंसान था। उसका लालन-पालन इस्लाम को बेहद कट्टरता के साथ मानने वाले परिवार में हुआ था, और उसके वालिद ने उसका दाख़िला मदरसा में कराया था जिसका उसपर गहरा असर हुआ था। वह इस यक़ीन के साथ बड़ा हुआ था कि अल्लाह के मन में उसके लिए कोई ख़ास मंसूबा था और आज वह पक्के तौर पर जानता था कि वह मंसूबा क्या था। वह क्या ही आलीशान मंसूबा था!

यह निश्चय ही निरे संयोग से बड़ी कोई चीज़ थी कि बिन जबल ने उसको वे प्राचीन मज़मून और इबारतों से भरी एक धातुई डिस्क दिखाई थी जिन मज़मूनों और इबारतों को समझने वाला कोई नहीं था। लेकिन फ़ारूख़ ने बहुत ही सूझबूझ के साथ उनका तरजुमा करा लिया था, क्योंकि उसे शक था कि उन मज़मूनों और डिस्क में कोई ग़ैरमामूली चीज़ थी। वह सही साबित हुआ था।

उसने उस ईज़ाद में कोलंबस के साथ साझा किया और उनके सफ़र की शुरुआत हुई; एक ऐसा सफ़र जो कुछ ही दिनों में नौ के रहस्य की बरामदगी के साथ परवान चढ़ने वाला था। तब से लेकर अब तक वे काफ़ी दूर निकल आए थे। वे मज़मून उनको एक पोशीदा जगह तक ले गए जहाँ पर उनको ऐसी चीज़ें मिलीं जिन्होंने उनके यक़ीन को और भी पुख़्ता किया। उन्होंने अपने उद्यमों को दुगनी रफ़्तार दी ताकि उनको उन बीच की कड़ियों का पता चल सके जो उन्हें उस रहस्य तक ले जा सकें।

लेकिन पहले उसको इस छंद का मतलब समझना ज़रूरी था।

उसने माथा सिकोड़ा। इसका क्या मतलब हो सकता है?

गुफा में फँसे

विजय और कॉलिन ने एक बार फिर कोशिश की और पूरी ताक़त से उस पत्थर को धक्का दिया।

तब भी कुछ नहीं हुआ।

वे निराश होकर सीढ़ियों से नीचे आ गए। चार बेज़ार चेहरे एक दूसरे की ओर ताक रहे थे। क्या वे इस कंदरा में फँसकर रह जाने के लिए अभिशप्त थे?

विजय ने टॉर्च ज़मीन पर रख दी और बैठ गया। वह थका हुआ था और उसके गाल पर बना घाव दुख रहा था। उसने आँखें बंद कर अपना चेहरा हथेलियों से ढँक लिया।

राधा उसकी हताशा को लक्ष्य करती हुई उसके कंधे पर अपना हाथ रखने को झुकी और स्तम्भित रह गई।

"क्या बात है?" कॉलिन ने सहसा उसकी हालत पर ग़ौर करते हुए पूछा।

"फ़र्श पर कुछ है।" राधा ने उस जगह इशारा किया जहाँ विजय बैठा हुआ था। रोशनियों और छायाओं के बीच फ़र्श पर धुँधली-सी डिज़ाइन दिखाई दे रही थी।

विजय एकदम से उत्साहित हो उठा। उन्होंने कंदरा की दीवारों को तो ग़ौर से देखा था लेकिन फ़र्श का निरीक्षण का ख़याल उनके दिमाग़ में नहीं आया था। वह उछलकर खड़ा हो गया और कॉलिन के साथ-साथ उसने फ़र्श पर टॉर्च की रोशनी फेंकी।

फ़र्श पर सत्ताइस दाँतों वाला वही गियर-चक्र उकेरा हुआ था। दंत-चक्र के बीच में एक खोखल था जो उसी काली धातु से ढँका हुआ था जो अब तक चिरपरिचित हो चुकी थी।

"कुंजी!" कॉलिन अपनी उत्तेजना को सँभाल नहीं पा रहा था। "क्या तुम्हें लगता है कि यहाँ चोर दरवाज़े को खोलने की कोई तरकीब छिपी हुई है?"

जैसे ही उसने ये शब्द कहे और वैसा ही ख़याल दूसरों के दिमाग़ में भी कौंधा वैसे ही उसका उत्साह कुछ ठंडा पड़ गया। कुंजी उस पीठिका में फँसी हुई थी जो कंदरा में उनके नीचे स्थित थी! और इसके पहले कि वे उसको वापस ला पाते, इसकी कोई गारंटी नहीं थी कि वह काम करेगी। अंततः कंदरा के गुप्त दरवाज़े ने कुंजी के इस्तेमाल के बावजूद खुलने से इंकार कर ही दिया था।

"एक बार कोशिश करके देखते हैं।" विजय ने तैयार होते हुए कहा।

"मैं नीचे से कुंजी लेकर आता हूँ," कॉलिन ने कहा और अपनी टॉर्च लिए सीढ़ियों से नीचे चला गया।

बाक़ी लोग इंतज़ार करते रहे। कोठरी में मौत के साये की तरह ख़ामोशी उतर आई थी। वे अपने ख़यालों को उस नियति से दूर रखने की कोशिश कर रहे थे जो उनका इंतज़ार कर थी क्योंकि मुमकिन था कि कॉलिन उस कुंजी को वापस निकालने की अपनी कोशिश में नाकामयाब रहता। कंदरा में और इस कोठरी में हवा के आने-जाने की पर्याप्त गुंजाइश थी, लेकिन पानी और भोजन के बिना वे यक़ीनन मर जाने वाले थे। उनमें से कोई भी उस ख़ौफ़नाक संभावना के बारे में नहीं सोचना चाहता था।

कॉलिन की टॉर्च की रोशनी फिर से दिखाई दी तब तक लगा जैसे युग बीत गए हों। सीढ़ियों पर चढ़ते हुए उसकी टॉर्च की रोशनी ऊपर नीचे हो रही थी। अंततः जब वह कोठरी में पहुँचा उसके चेहरे पर चमक थी।

"उसको निकालना आसान नहीं था लेकिन वह निश्चय ही पहले की तरह नहीं फँसी हुई थी," उसने ख़ुश होते हुए कैफ़ियत दी। "शायद दीवार के ध्वस्त होने की वजह से कुंजी किसी तरह ढीली पड़ गई होगी।"

अब जब उनके पास कुंजी थी, उनकी उम्मीदें वापस आ गई थीं।

कॉलिन ने फ़र्श की उस खोखली जगह में कुंजी फँसाई। बाक़ी लोग साँस रोके देख रहे थे। क्या वह काम करेगी? या फिर इस चोर दरवाज़े

को खोलने के कल पुरजे भी नीचे की कंदरा के कल पुरजों की ही भाँति जाम होंगे?

उसने कुंजी को हलके-से घड़ी की दिशा में घुमाया। एक क्लिक सुनाई पड़ी, फिर वैसी कुछ और असम्बद्ध आवाज़ें हुईं और एक तीखी घनघनाहट। कुछ हो रहा था! कोठरी का फ़र्श कुछ पलों के लिए हलके-से थरथराया।

इसके बाद सब कुछ शांत हो गया।

उनकी नज़रें अंदरूनी छत के चोर दरवाज़े की ओर उठीं। वह हिला भी नहीं था। विजय ने अपना धीरज खो दिया। जो तनाव और हताशा गहराती गई थी वह सहसा फट पड़ी। वह गुस्से से गुर्राता हुआ कोने वाली सीढ़ियों पर चढ़ा और अपनी समूची ताक़त से उसने चोर दरवाज़े को पीटने लगा। उसको यह महसूस कर आश्चर्य हुआ कि वह हलका-सा झुका। उसने पीटना बंद कर उसपर दबाव डालना शुरू किया।

वह पत्थर कुछ इंच ऊपर की ओर उठा। वह भारी था। उसने उसे वापस गिर जाने दिया और बाक़ी लोगों की तरफ़ देखा। कल पुर्जों ने अंततः अपना काम किया था।

"मैं समझता हूँ कुंजी ने चोर दरवाज़े को खोल दिया है। किसी क़िस्म का कोई मैकेनिज़्म रहा होगा जिसने उसे बंद कर रखा जो अब खुल चुका है। हम यह कर सकते हैं।"

कॉलिन विजय के पास पहुँच गया और दोनों ने एक साथ पत्थर को ऊपर की ओर धकियाया। वह पत्थर तेमन से ऊपर की ओर उठा और कोठरी में एक ज़ोरदार आवाज़ पैदा करता धम से गिर गया।

खुशी से चीख़ते हुए कॉलिन ने उस छिद्र से अपने गर्दन बाहर निकाली और हाथ से बाक़ी लोगों की ओर इशारा करते हुए बोला, "जल्दी करो, हम यहाँ से बाहर निकलें।"

दोनों ने मिलकर पहले शुक्ला और फिर राधा की बाहर निकलने में मदद की। विजय ने कोठरी के फ़र्श से चाबी वापस निकाली और फिर वह भी बाहर निकल गया। बाहर निकलकर उन्होंने अपने चारों ओर देखा तो अपने आपको एक छोटी गुफा के अंदर पाया जो एक दूसरे पर झुकी बीस फुट ऊँची तीन चट्टानों से मिलकर बनी थी।

"मैं जानता हूँ कि हम कहाँ हैं," कॉलिन ने उस जगह को पहचान लिया। सबसे ऊपर वाली मंज़िल पर।

विजय ने रात की मीठी हवा में साँस ली और अपनी आज़ादी का आनंद उठाया।

"उस फ़ारूख़ ने पीठिका में फँसी कुंजी को नहीं देखा था," राधा ने सोचते हुए कहा।

"वह कुंजी पीठिका की सतह की बनावट का हिस्सा जैसी लगती रही होगी," विजय ने अनुमान लगाया। "यह अच्छा ही हुआ कि उसपर उसका ध्यान नहीं गया।" उसने अपने थैले की ओर इशारा किया और दुष्टतापूर्वक मुस्करा दिया। "उसे कभी पता नहीं चल पाएगा कि उससे क्या चूक हुई।" वह कॉलिन की ओर मुड़ा। "हम इस पत्थर को वापस रख देते हैं। चोर दरवाज़ा नष्ट हो चुका है लेकिन हम अगर इसे खुला छोड़ देंगे तो नौ की गुप्त कंदरा में लोग आसानी से घुस जाएँगे।"

"हाँ, हम इसकी गुंजाइश नहीं छोड़ेंगे कि लोग उसका पता लगा सकें," शुक्ला ने सहमति जताई। "एकबारगी हम महाराजा को सूचित कर देंगे तो फिर सरकार इसे अपने हाथ में लेकर नौ के इस पुस्तकालय का पुनरुद्धार कर सकती है या जो चाहे कर सकती है। तब तक इसे गुप्त ही रहना चाहिए।"

विजय और कॉलिन ने उस पत्थर को उठाया और उसकी जगह पर वापस रखकर उस दरवाज़े का मुँह बंद कर दिया। फिर वे उन सीढ़ियों की ओर भागे जो निचली छत की ओर जाती थीं। चबूतरे के पास से गुज़रते हुए उन्होंने आधे चंद्रमा की फीकी रोशनी में फ़ारूख़ के आदमियों द्वारा किए उस चबूतरे की तबाही को देखा जिससे होकर वे कंदरा में गए थे।

वे पहाड़ी रास्ते से चलते हुए अपनी कार की ओर बढ़े। पहाड़ी पर जीवन का कोई संकेत नहीं था। मंदिर में रहने वाला बाबा उस विस्फोट की आवाज़ से जागा नहीं था।

विजय ने ड्राइवर की सीट सँभाली।

“अब हमें एक ही काम करना है, पहेली को सुलझाना और उस छंद का अर्थ ज्ञात करना।” इन शब्दों के साथ ही उसने कार को उस रास्ते पर आगे बढ़ा दिया जो राजमार्ग तक ले जाता था जहाँ से वे वापस क़िले तक पहुँचने वाले थे।

22

सातवाँ दिन

जौनगढ़ क़िला

ग्रेग वाइट ने पत्थर की उस चिकनी पॉलिश की हुई गेंद को देखा जो कुशन पर रखी हुई थी। विजय ने उसे सुबह-सुबह बुला लिया था और संक्षेप में बैराठ की अपनी यात्रा के बारे में उसे बता दिया था, हालाँकि उसने उसके सामने रात की घटनाओं का खुलासा नहीं किया था और न ही यह बताया था उन्हें वहाँ पर क्या मिला था। ब्यौरों और उनकी खोज के बारे में जानने की उत्सुकता से भरा वाइट भीम सिंह के फ़ार्म हाउस को छोड़ जल्दी से जल्दी क़िले की ओर भागा था।

अब वे सब अध्ययन-कक्ष में एकत्रित थे और विजय ने उसको पत्थर की गेंद दिखाई थी। वह बड़े उत्साह से उम्मीद कर रहा था कि वाइट शायद उसको उस गेंद के बारे में ऐसा कुछ बता सकेगा जो उनको बैराठ में मिले गूढ़ छंद को समझने में उनकी मदद कर सकेगा।

वाइट ने धीरे-धीरे अपना सिर हिलाया। "ये एक विस्मयकारी नमूना है," उसने कहा। "इसको इस क़दर पॉलिश किया गया है कि तुम इसमें अपना प्रतिबिंब देख सकते हो।" उसने उस गेंद में प्रतिबिंबित होते खुद अपने चेहरे को देखा। "लेकिन मैंने इसके पहले न तो इस तरह की कोई चीज़ देखी है न ही दुनिया में कहीं भी ऐसी किसी चीज़ के मिलने के बारे में सुना है।"

विजय को निराशा हुई। "तो आप इसके बारे में ऐसा कुछ बताने की स्थिति में नहीं हैं जिससे हमें मदद मिल सके?"

"नहीं। सॉरी।" उसने विजय की ओर देखा। "तो यही वह चीज़ है जो आप लोगों को बैराठ में मिली है?"

"और एक छंद भी।" विजय ने उसको छंद के बारे में बताया साथ ही पिछली रात के अपने तजुरबों के बारे में, फ़ारूख़ के साथ हुई मुठभेड़ के बारे में और उस कठिन परीक्षा के बारे में भी बताया जिससे उन्हें फ़ारूख़ द्वारा गुफा में बंद कर दिए जाने की वजह से गुज़रना पड़ा था।

जब विजय ने अपनी बात पूरी कर ली तो वाइट गंभीर दिखाई दिया। "आपको वाक़ई इस यात्रा की पूर्व सूचना भीम सिंह को देनी चाहिए थी। उन्होंने आपको कुछ हथियारबंद लोग मुहैया करा दिए होते। ये फ़ारूख़ नाम का शख़्स ख़तरनाक मालूम पड़ता है। ये तीसरी बार है जब उसने आपके ऊपर हिंसक तरीक़े से हमला किया है, विक्रम की हत्या में तो उसने भूमिका निभाई ही है।"

"हाँ, लेकिन लॉकर वाले तहख़ाने में उसने जो हिंसा की थी उसका निशाना हम नहीं थे," विजय ने कहा। "वह तो लॉकर में रखी चीज़ हथियाना चाहता था। हम तो ग़लत वक़्त में ग़लत जगह पर भी थे।"

"तब भी, कुछ भी नहीं कहा जा सकता कि आगे वह क्या कर सकता है। अगर हम सुरक्षित रहना चाहते हैं तो हमें भीम सिंह की मदद लेनी चाहिए। ये बात मैं व्यक्तिगत तौर पर जानता हूँ। याद करिए, मुझपर भी हमला हुआ था।"

"मैं ग्रेग की बात से सहमत हूँ," शुक्ला ने कहा। "अभी तक क़िस्मत ने तुम्हारा साथ दिया है; हम सबका साथ दिया है। अगली बार फ़ारूख़ से हमारा सामना हुआ तो मुमकिन है क़िस्मत हमारा साथ न दे। भीम सिंह ने मदद की पेशकश की थी और उनके पास साधन हैं तथा सरकार उनके साथ है। हमें उनकी मदद लेनी चाहिए।"

विजय ने इस पर कुछ पल विचार किया। फिर उसने अपना सिर हिला दिया। उसका चेहरा सख़्त था। "मैं जानता हूँ कि फ़ारूख़ ख़तरनाक है। लेकिन वह शायद एक ख़ज़ाने का शिकार करना चाहने वाले से ज़्यादा कुछ नहीं है जिसको किसी तरह से नौ का क़िस्सा हाथ लग गया है और उसका ख़याल है कि उनका रहस्य कहीं छिपा हुआ बहुत बड़ा ख़ज़ाना है। मैं यह भी जानता हूँ कि यह चीज़ उसे कम ख़तरनाक नहीं बना देती।" उसने

बारी-बारी से शुक्ला और वाइट को देखा। "लेकिन मेरे चाचा इस खोज को गुप्त रखना चाहते थे। यही वजह थी कि उन्होंने मेरे लिए भेजे गए अपने ईमेल संदेशों में इतने ख़ुफ़िया सुराग़ गढ़ने की मशक्कत की। भीम सिंह भी इस खोज को गुप्त ही रखना चाहते हैं। हथियारबंद लोगों को साथ लेकर चलना ख़ामख़्वाह लोगों का ध्यान आकर्षित करेगा, फ़ारूख़ का भी।"

सहसा उसके मन में एक ख़याल आया। *फ़ारूख़ को ये बात कैसे पता चली होगी कि वे लोग बैराठ जा रहे थे? क्या उसके आदमी उनपर निगरानी रखे हुए हैं?*

लेकिन उसने यह ख़याल अपने तक ही रखा। उनके साथ पिछली रात जो कुछ हुआ था उसने बाक़ी लोगों को हिला कर रख दिया था। ये सवाल उठाकर वह उनको और चिंता में डाल देगा। इसकी बजाय उसने अपने उस दूसरे ख़याल को ज़ाहिर किया जो पिछले कुछ समय से उसके दिमाग़ में आकार ले रहा था।

"मैं समझता हूँ कि आगे से मैं कॉलिन के अलावा आप लोगों को अपनी इस तलाश में मुब्तिला नहीं करूँगा। ये बेहद ख़तरनाक है। मुझे आप लोगों की ज़िंदगियों को जोख़िम में डालने का कोई हक़ नहीं है। चाचा चाहते थे कि यह पहेली मैं ख़ुद हल करूँ और अब मैं वही करूँगा।"

उसने राधा की प्रतिक्रिया का अनुमान नहीं किया था। उसने उसे गुस्से से घूरा, उसका चेहरा सख़्त था। "मैं समझती हूँ तुम संजीदा नहीं हो। अब जबकि हम तुम्हारे साथ इतने आगे तक निकल आए हैं, तुम हमें इस तलाश से अलग करना चाहते हो? विजय, ये मत भूलो कि तुम्हारा साथ देने के लिए हम पर किसी ने दबाव नहीं डाला है। मैं जानती हूँ कि तुम हमारी सुरक्षा को लेकर चिंतित हो। लेकिन, अगर तुम सोचते हो कि तुम अकेले ही यह सब कर लोगे, तो इस बारे में एक बार फिर से सोचो। तुम्हें हमारी ज़रूरत पड़ेगी।"

"मुमकिन है कि कोई और इबारत तुम्हारे हाथ लगे, तब उसको पढ़ने के लिए तुम्हें मेरी ज़रूरत होगी," शुक्ला ने मुस्कराते हुए कहा।

"और मैं भी सदी की इतनी बड़ी खोज का हिस्सा होने से अपने को नहीं रोकने वाला," वाइट ने कहा। "मैं बैराठ नहीं जा सका, लेकिन अगली बार मैं आपके साथ रहने वाला हूँ।"

विजय ने कॉलिन की ओर देखा जिसने कंधे झटक दिए। "मेरा इरादा आप सब लोगों को इस खोज अभियान के रोमांच से बाहर रखने का नहीं था," उसने प्रतिवाद किया। "बात सिर्फ़ इतनी ही है कि मामला इसके आगे और ख़तरनाक हो सकता है। फ़ारूख़ अब और भी ज़्यादा ख़तरनाक होने वाला है। उसे छंद का पता लग चुका है और वह उसके पीछे का अर्थ भी हासिल कर सकता है, लेकिन उसके पास गेंद नहीं है। ऐसा नहीं है कि उसको कभी पता नहीं चलने वाला। मैं आप लोगों को अब और ज़्यादा ख़तरे में नहीं डालना चाहता।"

वह मन ही मन सोच रहा था कि अगर फ़ारूख़ उन लोगों पर निगरानी रखे हुए है तो उसको निश्चित तौर पर उनके अगले क़दम के बारे में पता चल जाएगा।

"लेकिन अगर आप लोग अंत तक मेरा साथ देने का मन बना चुके हैं तो मैं आप लोगों के साथ का और आपकी मदद का स्वागत करता हूँ। ईश्वर ही जानता है कि मुझे इसकी ज़रूरत पड़ेगी," उसने कहा। सभी लोगों ने खुशी जताई।

अध्ययन-कक्ष के दरवाज़े पर खाँसने की हलकी-सी आवाज़ हुई। ये खानसामा था।

"पुलिस आई हुई है, सर।"

दो आदमी कमरे में आए। विजय जिसको रौनक़ सिंह के आने की उम्मीद थी, आश्चर्य से उठ खड़ा हुआ और उनके स्वागत के लिए बढ़ा।

"मैं आपकी क्या मदद कर सकता हूँ?" विजय ने उस अधिकारी से कहा जिसने अपना परिचय आईबी अधिकारी इमरान के रूप में दिया और अपने साथी दीपक का परिचय एक पुलिस कलाकार के रूप में कराया।

इमरान अपनी बातचीत को मन ही मन कई बार दोहरा चुका था। "गुड़गाँव पुलिस आपके अपहरण मामले की जाँच कर रही है और मैं उन दो आदमियों का रेखाचित्र तैयार करना चाहता हूँ जिनका एफ़आईआर में संदिग्ध व्यक्तियों के रूप में ज़िक्र किया गया है।" उसने जानबूझकर अपने शब्दों का चुनाव इस तरह किया था जिससे बिना झूठ बोले यह प्रभाव पड़ता

कि वह गुड़गाँव पुलिस के लिए काम करता था। "क्या आप आपके दोस्त हमारी मदद करेंगे?"

"बेशक।" विजय ने कॉलिन को इशारा किया, और इमरान तथा दीपक को अध्ययन-कक्ष से बाहर ग्राउंड फ़्लोर पर बैठक कक्ष में ले गया। वहाँ उन्होंने दीपक के सामने फ़ारूख़ और इम्तियाज़ का हुलिया बयान किया, जो उनकी बात सुनता हुआ उन दोनों आदमियों के रेखांकन तैयार करता रहा।

जब उसने अपना काम पूरा कर लिया, तो विजय और कॉलिन ने उन रेखांकनों की ओर देखा। "फ़ारूख़ का पोर्ट्रेट उसके चेहरे से ख़ासा मिलता जुलता है, तुम्हें नहीं लगता?" कॉलिन ने विजय की ओर देखा, जिसने सिर हिलाकर सहमति जताई।

"लेकिन इम्तियाज़ का रेखांकन उतना ठीक नहीं है।" विजय ने दीपक की ओर देखा। "आय एम सॉरी, ऐसा शायद इसलिए हो कि हमने अपना ज़्यादातर ध्यान इम्तियाज़ की बजाय फ़ारूख़ पर एकाग्र कर रखा था।"

"ये ठीक है," इमरान ने फ़ारूख़ के रेखाचित्र की ओर देखते हुए कहा। "ये बहुत बड़ी मदद है। कम से कम हम इनमें से एक की पहचान की कोशिश तो कर ही सकते हैं। आपका कहना है कि वह उन लोगों का मुखिया था, ठीक है न?"

विजय और कॉलिन दोनों ने सिर हिलाकर सहमति जताई।

"आप दोनों का शुक्रिया। मैं आपको तहक़ीक़ात के बारे में ज़ानकारी देता रहूँगा।" इमरान मुस्कराया और वे दोनों चले गए।

विजय और कॉलिन अध्ययन-कक्ष में लौट आए जहाँ शुक्ला, राधा और वाइट अभी भी उस पहेली को सुलझाने में लगे हुए थे।

"वे क्या चाहते थे?" शुक्ला ने पूछा।

विजय ने उनको रेखाचित्रों के बारे में बताया, लेकिन उसकी दिलचस्पी पहेली के हल में कहीं ज़्यादा थी। "क्या आप लोगों को कुछ सूझा?

"हाँ, हमने इस संभावना पर चर्चा की है कि ये नौ के संगठन के चार सदस्यों की ओर संकेत हो सकता है," राधा ने कहा। "लेकिन इसकी

संभावना कम ही दिखती है; ठीक उसी तरह जैसे कि धातुई डिस्क का छंद मूलभूत नौ लोगों की ओर संकेत नहीं करता था।"

"इसलिए तुम्हारा ऐसा सोचना है कि उसी तर्क से यह छंद भी अशोक के चार शिलालेखों की ओर संकेत हो सकता है?"

"हम लोग महज़ यह अटकल लगा रहे थे कि यह छंद किन्हीं चार संरचनाओं की ओर संकेत हो सकता है। अगर छंद की दूसरी पंक्ति में सम्राट से अभिप्राय अशोक से है तो इसका संबंध उसके द्वारा बनवाई गई या उसके शासन काल में निर्मित संरचनाओं से हो सकता है।"

"तुम्हारे कहने का मतलब है कोई स्तूप या कोई स्तंभ या ऐसी ही कोई चीज़?" विजय ने कहा।

"हो सकता है वे किसी क़िस्म के मंदिर हों?" कॉलिन ने अटकल लगाई। "मंदिर देवताओं को किसी क़िस्म के अभिषेक के अनुष्ठान के दौरान अर्पित किए गए हों, नहीं?"

वाइट ने इंकार में सिर हिलाया। "अशोक एक बौद्ध था। मैं ये तो समझ सकता हूँ कि हिंदू मंदिर का निर्माण पूरा होने पर उनको देवताओं के लिए अर्पित किया जाए लेकिन चैत्य या स्तूपों को देवताओं के लिए अर्पित किए जाने के बारे में मैंने नहीं सुना है। ये बौद्ध धर्म का ढंग नहीं है।"

"लेकिन छंद में ऐसा नहीं कहा गया है कि अर्पण देवताओं के लिए किया गया," कॉलिन ने नया तर्क दिया। "ये भी तो मुमकिन है कि वे स्वयं बुद्ध को अर्पित किए गए हों? या जन-समाज के लिए? अशोक के मन में अपनी प्रजा के लिए इस तरह भावना थी, नहीं?"

"रुको," राधा ने टोकते हुए कहा। "मान लो कि हम छंद की दूसरी पंक्ति पर फ़िलहाल ध्यान न दें और उन स्थापत्यों पर ही अपना ध्यान केंद्रित करें जो अशोक ने बनवाए थे, तो वे कौन से स्थापत्य हो सकते हैं जो 'चार भाइयों' के विवरण पर सटीक बैठते हों?"

विजय ने वाइट की ओर देखा। "अच्छा विचार है। सोचिए ग्रेग। आप इतिहासकार हैं।"

"अशोक के शासन काल में बनवाए गए ज़्यादातर स्थापत्य अब नहीं रहे," वाइट ने माथा सिकोड़ते हुए कहा, "अशोक ने बहुत सारी चीज़ें बनवाई

थीं - स्तंभ, स्तूप, मठ, महल और ज़ाहिर है उसके शिलालेख भी। महल तो अब कोई भी बचे नहीं हैं। कुछ स्तूप ज़रूर अभी भी हैं। ये उनमें से कोई भी हो सकते हैं।"

"इस पहेली की व्याख्या अशोक के शासन काल के बाद होनी थी," राधा ने कहा। "इसलिए अगर हवाला चार स्थापत्यों का है तो उन्हें किसी न किसी रूप में अलग दिख सकना चाहिए; किन्हीं अनूठे लक्षणों में या किन्हीं ऐसे ख़ास रिश्तों में जिनको अशोक की जानकारी रखने वाला कोई व्यक्ति पहचान सके।"

"और उनका ऐसे स्थापत्य होना ज़रूरी है जिनका विनाश न हो सकता हो। कम से कम ऐसे तो वे हों ही जिनपर काल और मौसम का कोई असर न होता हो," शुक्ला ने कहा। "यह तो हम देख ही चुके हैं कि नौ के संगठन के लोग अपने स्थलों और संकेत-चिह्नों के मामले में बहुत गंभीर रहे हैं। उन्होंने संयोग के भरोसे बहुत कम छोड़ा है, इसलिए इस बात की कोई संभावना नहीं है कि उन्होंने ऐसे स्थापत्यों के बारे में यह छंद लिखा होगा जो समय के साथ बिला जाए।"

"मान लो," विजय ने सुझाया, "हम एक बार फिर से उन्हीं शिलालेखों का अनुसरण करें जिनका आग्रह चाचा ने किया है। शिलालेख एकमात्र ऐसी टिकाऊ चीज़ें हैं जिनका निर्माण अशोक ने कराया था। क्या ऐसे कोई शिलालेख हैं जो किसी रूप में एक दूसरे से जुड़े हों? किसी ऐसे रूप में आपस में रिश्ता रखते हों जिससे उनको 'भाइयों' के रूप में देखा जा सकता हो?"

कॉलिन ने उन काग़ज़ों का पुलिंदा सामने रख दिया जो विजय ने उस वक़्त बाँटे थे जब उन्होंने डिस्क के सुराग़ों की खोज की थी। सारे लोग उन काग़ज़ों के अध्ययन में जुट गए, इस उम्मीद में कि शायद उनमें उस पहेली को सुलझाने के कोई सुराग़ मिल सकें।

घड़ी की टिकटिक सुनाई देती रही और समय ख़ामोशी में बीतता रहा जिसको केवल काग़ज़ों की सरसराहट ही बीच-बीच में तोड़ रही थी। सहसा कॉलिन चहक उठा और चेहरे पर चमक लिए उसने सिर उठाकर देखा। "मेरा ख़याल है मुझे कुछ मिल गया है। इसे सुनो।" उसने एक काग़ज़ से पढ़कर सुनाया। "बराबर की गुफाएँ ईसापूर्व तीसरी सदी में, अशोक महान के शासन काल के दौरान, बराबर की पहड़ियों को काटकर बनाई गई थीं। इन

गुफाओं में एक या दो कोठरी हैं और उनकी अंदरूनी दीवारें खूब पॉलिश की हुई हैं।"

विजय ने इन शब्दों को सुनकर अनायास ही पत्थर की उस पॉलिश की हुई गेंद की ओर देखा। संयोग? या यह एक संभावना थी? वह उठकर डेस्क तक गया और अपने लैपटॉप पर कुछ टाइप कर आया। कॉलिन ने पढ़ना जारी रखा, वह मुस्करा रहा था और आनंद ले रहा था कि उसकी ओर ध्यान दिया जा रहा था। "ये गुफाएँ अशोक द्वारा..." वह हकलाया फिर उसने अगले शब्द का धीरे-धीरे उच्चारण किया, "आ-जी-व-क को दान की गई थीं। क्या मैंने ठीक उच्चारण किया?" उसने सिर उठाकर उन लोगों की ओर देखा। उन लोगों ने सिर हिलाकर सहमति जताई, वे लोग उत्सुकता से इंतज़ार कर रहे थे।

वह फिर काग़ज़ पर लौटा। "अशोक ने ये गुफाएँ आजीवक सम्प्रदाय को दान की थीं और ये गुफाएँ लकड़ी की बनी मधुमक्खी के छत्तों-नुमा उन झुग्गियों से एकदम मिलती-जुलती थीं जिनका इस्तेमाल उस समय के भिक्षु किया करते थे। ये है निर्णायक बात। अशोक के शासन काल के दौरान ऐसी चार गुफाएँ उत्कीर्ण की गई थीं। सबसे पुरानी गुफा अशोक के शासन काल के बारहवें वर्ष में उत्कीर्ण की गई थी।" उसने फिर से सिर उठाकर देखा। "अब आप क्या सोचते हैं?"

"चार गुफाएँ," विजय ने सोचते हुए कहा। "चार भाई...पॉलिश की हुई गेंद। हमारे पास पत्थर की बनी यह पॉलिश की हुई गेंद है। इसका कुछ अर्थ हो सकता है। तुम्हें क्या हुआ?" यह सवाल राधा से पूछा गया था, जिसके चेहरे पर कुछ कौतूहल का भाव था।

"मैं कितनी बेवकूफ़ हूँ।" राधा ने अपना सिर हिलाया। "मुझे विश्वास नहीं होता कि मैं इसे समझ नहीं पाई।"

"क्या मतलब है तुम्हारा?" कॉलिन ने पूछा।

"अब मैं पक्के तौर पर कह सकती हूँ कि बराबर गुफाओं के चार भाई होने के बारे में तुम्हारा कहना सही है।"

"यह काफ़ी हद तक संभव तो लगता है, लेकिन तुम इतने यक़ीन से कैसे कह रही हो?" वाइट ने पूछा।

“आप लोगों में किसी ने ई एम फ़ॉर्स्टर की पुस्तक *अ पैसेज़ टु इंडिया* पढ़ी है?”

किसी ने नहीं पढ़ी थी।

“ख़ैर, इस पुस्तक में फ़ॉर्स्टर चंद्रपुर नामक किसी काल्पनिक नगर के पास पहाड़ियों के एक समूह में ऐसी गुफाओं का वर्णन करता है जिसके अंदरूनी हिस्से पॉलिश किए हुए हैं। उसने उनको ‘माराबार गुफाओं’ के नाम से पुकारा है। माराबार गुफाओं का फ़ॉर्स्टर का यह वर्णन बराबर की गुफाओं से प्रेरित था। इन दोनों नामों की समानता निरा संयोग नहीं थी। फ़ॉर्स्टर ने हिंदुस्तान की अपनी दो में से एक यात्रा के दौरान इन गुफाओं का भ्रमण किया था और पुस्तक की प्रमुख घटनाओं में से एक इन गुफाओं में घटित होती है।”

वह पल भर को रुकी और इंकार में सिर हिलाया, उसके चेहरे पर इस बात को लेकर खीझ का भाव था कि यह बात उसको पहले क्यों नहीं सूझी थी।

“अब यहाँ निर्णायक बात है, जैसा कि कॉलिन का कहना है। इन गुफाओं की सबसे ख़ास पहचान, जिसका वर्णन फ़ॉर्स्टर ने भी किया है, इनकी असाधारण प्रतिध्वनि है। इन गुफाओं में प्रतिध्वनि सुनाई पड़ती है!”

“प्रतिध्वनित करता है रहस्य को नौ के,” उस छंद की पंक्ति को उद्धृत करते हुए वाइट बुदबुदाया। “यह लगभग अविश्वसनीय है। यह किसी चित्र-पहेली के टुकड़े जैसा है जो एकदम सही जगह आकर बैठ गया है। अब जबकि तुमने इसे स्पष्ट कर दिया है, इस छंद का वाक़ई कोई अर्थ निकलता लग रहा है।”

“निश्चय ही।” विजय ने सहमति जताई। “चार गुफाएँ चार भाई हैं। ये अशोक द्वारा दान की गई थीं - सम्राट द्वारा अर्पित। हर गुफा में प्रतिध्वनि है। आख़िरी पंक्ति के दो अर्थ हैं। एक, यह गुफा के प्रयोजन के बारे में बताती है, और ये कि वह नौ के रहस्य की ओर ले जाती है। दूसरा ये कि यह उस ख़ास लक्षण के बारे में बताती है जो इन गुफाओं को विशिष्ट पहचान देता है, उनको अशोक द्वारा बनवाए गए दूसरे स्थापत्यों से अलगाता है।”

वह अपने लैपटॉप पर टाइप कर रहा था और अब उसने उसकी स्क्रीन की ओर देखा। "मैंने 'बराबर' को गूगल पर खोजा है। ये गुफाएँ गया से क़रीब बीस किलोमीटर दूर हैं। हर लिहाज़ से यह बिहार के वन्य क्षेत्र में है। यहाँ एक और विवरण है जो बताता है कि बेला से गुफाओं तक के लिए कच्चा रास्ता है..."

उसने लैपटॉप से सिर उठाकर देखा। "ख़ैर, अब आपका क्या ख़याल है? क्या नौ का रहस्य वाक़ई वहाँ छिपा हो सकता है?"

"एक संभावित प्रत्याशी," कॉलिन ने तुरंत जवाब दिया। "सभ्यता से मीलों दूर; ऐसी जगह जहाँ किसी रहस्य के छिपे होने का किसी को संदेह भी नहीं होगा।"

"मैं कॉलिन से सहमत हूँ," शुक्ला ने कहा।

"मेरा वोट भी बराबर के लिए है।" वाइट ने अपना हाथ उठ दिया।

"मैं इनके साथ हूँ," राधा ने पूरे उत्साह से कहा। "विजय, यही वह जगह है।"

"ओके," विजय ने उनको प्रफुल्ल भाव से देखा। "हम कल सुबह पटना के लिए रवाना होंगे। मैं तुरंत सब लोगों के टिकिटों का इंतज़ाम करता हूँ।" उसने शुक्ला की ओर देखा। "लेकिन एक चीज़ मैं सबसे पहले साफ़ कर देना चाहता हूँ। मैं छंद की व्याख्या करने की उत्तेजना में वह बात भूल गया था।"

शुक्ला ने प्रश्नवाचक निगाह से विजय की ओर देखा।

"बैराठ की गुप्त कोठरी की दीवारों पर की इबारतें," विजय ने कहा। "आपने कहा था कि वह *महाभारत* का कोई अध्याय है जो विमान के बारे में है। ये बात मेरी समझ में नहीं आई।"

"ओह, हाँ। मैं तुम्हें उसके बारे में बताने ही वाला था कि तभी हमें उन गुप्त सीढ़ियों का पता चल गया था।"

"दीवार पर अंकित इबारतें विमान पर्व का संक्षेप में दिया गया सारांश हैं," शुक्ला ने कहा। "शाब्दिक अनुवाद किया जाए तो इसका मतलब है विमान का अध्याय। लेकिन एक विचित्र चीज़ यह है कि इस महाकाव्य के

सदियों से प्राप्त होते रहे संस्करणों में से किसी में भी इस अध्याय का ज़िक्र नहीं है। इसका अस्तित्व ही नहीं है। लेकिन यहाँ यह था - कम से कम उसका सारांश तो है ही। उस गुफा की कोठरी की दीवारों पर जिसका ताल्लुक नौ से है। या जैसा कि हमारा विश्वास है।"

"एक मिनट रुकिए," कॉलिन ने कहा। "मुझे यहाँ कुछ समझ में नहीं आ रहा है। *महाभारत* एक महाकाव्य है जो सैकड़ों साल पुराना है। तब फिर उसका कोई अध्याय ग़ायब कैसे हो सकता है?"

"मैं सिर्फ़ अटकल लगा रहा हूँ, लेकिन इसकी कोई तर्कसंगत कैफ़ियत नहीं है," शुक्ला ने कुछ सोचते हुए कहा। "*महाभारत* का लिखित रूप अपेक्षाकृत हाल ही की घटना है। ठीक-ठीक तिथि के बारे में जानकारी नहीं है, लेकिन ईसापूर्व 500 से ईसापूर्व 200 के बीच की घटना। तब तक यह महाकाव्य मौखिक परंपरा में ही पीढ़ी दर पीढ़ी हस्तांतरित होता रहा था।"

कॉलिन को कुछ समझ में आया। "आपका मतलब है कि मुमकिन है कि वह अध्याय मौखिक रूप से पीढ़ी दर पीढ़ी लोगों तक पहुँचता रहा हो लेकिन जब उसका लेखन किया गया हो तो किसी तरह से छूट गया हो?"

"बिलकुल। यह क्यों और कैसे हुआ होगा यह एक अटकल का विषय है लेकिन लगता निश्चित तौर पर यही है।"

"तो ये अध्याय क्या कहता है? नौ के रहस्य के बारे में कोई बात?" विजय कंदरा की दीवार की इबारतों की मौजूदगी के पीछे छिपे अर्थ को जानने के लिए बेताब था।

शुक्ला ने इंकार में सिर हिलाया। "मैं नहीं जानता। कम से कम उसमें दिए गए सार-संक्षेप में तो मुझे ऐसी कोई चीज़ दिखाई नहीं देती जो किसी ऐसे रहस्य का संकेत करती हो जो दुनिया को नष्ट कर सकता है। पुस्तक में एक कहानी भर है जैसी कि *महाभारत* के दूसरे अध्यायों में है। विमान के कई हवाले *महाभारत* और *रामायण* में हैं। ये विमान आमतौर से देवताओं के रथ होते हैं, जिनका उपयोग युद्ध में शत्रुओं को पराजित करने के लिए किया जाता है। विमान पर्व मगध के राजा की कहानी कहता है जो कौरवों के साथ मिला हुआ था। दीवार में अंकित इबारतों के अनुसार उसने गुप्त ढंग

से ऐसे दिव्यास्त्रों से सज्जित अनेक विमान तैयार करने की योजना बनाई थी जो पांडवों की सेना को तबाह कर सकते थे। लेकिन उस सार संक्षेप में उन दिव्यास्त्रों के नाम या तासीर का कोई ज़िक्र नहीं है जो पांडवों के विरुद्ध नियोजित किए गए थे। अध्याय का समापन यह कहते हुए होता है कि उस राजा की योजना कामयाब नहीं हो सकी क्योंकि इसके पहले कि वे विमान तैयार हो पाते युद्ध समाप्त हो गया था। पांडवों की जीत हुई थी, मगध का राजा मारा गया था और इसी के साथ उस योजना का अंत हो गया था।"

"एक ऐसा गुप्त शस्त्र जो शत्रु की सेना को तबाह कर सकता था?" कॉलिन के स्वर में संदेह का भाव था। "यह कुछ ज़्यादा ही दूर की कौड़ी नहीं लगती?"

शुक्ला मुस्करा दिया। "तुम्हें याद रखना चाहिए," उसने कहा, "कि महाकाव्य अक्सर रूपकों में बात करते हैं। *महाभारत* में कई अस्त्रों का 'दिव्यास्त्रों' के रूप में वर्णन किया गया है, ऐसे अस्त्र जो देवताओं द्वारा योद्धाओं को दिए जाते हैं जो उन्हें चलाते हैं।"

"हाँ," विजय बुदबुदाया, उसे वे कहानियाँ याद हो आईं जो उसके चाचा ने उसको बचपन में सुनाई थीं। "मुझे याद है। ब्रह्मास्त्र एक ऐसा ही अस्त्र था। अर्जुन ने युद्ध में उसका इस्तेमाल किया था।"

शुक्ला ने सहमति में सिर हिलाया। "ये सही है। महाकाव्य में ऐसे अनेक अस्त्र हैं। अर्जुन ने एक और भी अस्त्र छोड़ा था जिसका नाम महेंद्र था, जो उसे देवाधिराज इंद्र द्वारा प्रदान किया गया था। उस अस्त्र ने कौरवों की सेना पर एक साथ हज़ारों की तादाद में जलते हुए बाण छोड़े थे। धृष्टद्युम्न ने प्रमोहन नाम के एक अस्त्र का इस्तेमाल किया था जिससे कौरवों की सेना अचेत होकर असहाय ज़मीन पर गिर पड़ी थी। इसका प्रतिकार करने पांडवों और कौरवों के गुरु द्रोणाचार्य ने प्रज्ञा नाम का अस्त्र छोड़ा था।"

उसने आसपास देखा। "बहुत सारे उदाहरण हैं। जब दैत्य अलंबुश ने घने अँधेरे से युद्ध क्षेत्र को ढँक दिया था तब अभिमन्यु ने एक सूर्यास्त्र छोड़कर इस भ्रम का निवारण किया था जिसने युद्ध क्षेत्र से अंधकार को हटाकर उसको प्रकाशित कर दिया था। अर्जुन द्वारा प्रयोग में लाया गया एक और दिव्यास्त्र वायव्य था जिसने प्रचंड तूफ़ान ला दिया था। और हाँ, एक और प्रसिद्ध अस्त्र अंजलिका था जिससे अर्जुन ने कर्ण को मारा था। उसके

बारे में बताया गया है कि वह तीन क्यूबिट और छह फुट लंबा था और उसमें सूर्य का तेज़ था। जब अर्जुन ने उसको अपने धनुष की प्रत्यंचा पर रखा था तो धरती काँप उठी थी और उसकी टंकार से आकाश भर उठा था। वह अस्त्र आँधी की ध्वनि के साथ के साथ छोड़ा गया था और उसने कर्ण के सिर को उसके धड़ से अलग कर दिया था।"

"बाप रे!" कॉलिन चमत्कृत था।

"बेशक, इनमें से किसी भी वर्णन को शब्दशः नहीं लिया जा सकता।" शुक्ला ने अपनी बात को जारी रखते हुए कहा। "प्राचीन काल में क़िस्सा सुनाने वाले अपने क़िस्सों को श्रोताओं के लिए दिलचस्प बनाने के लिए अक्सर नाटकीय ढंग से अतिरंजनाओं का सहारा लिया करते थे। सदियों के दौरान ये अलंकार क़िस्सों का हिस्सा बनते गए और मूल कथा और इन अतिरंजनाओं के बीच फ़र्क़ करना मुश्किल होता गया। इसलिए विमान पर्व अपने में अनूठा नहीं है। उदाहरण के लिए, बहुत तेज़ रफ़्तार से दौड़ने वाले रथों को भी विमानों की संज्ञा दी गई हो सकती है।"

"तब फिर इस अध्याय का सार-संक्षेप उस गुप्त कोठरी की दीवार पर क्यों अंकित किया गया होगा जो उस जगह पर छिपा हुआ है जो नौ का पुस्तकालय हो सकता है?" विजय ने जिज्ञासा की।

शुक्ला ने कंधे झटक दिए। "हो सकता है यह अध्याय पुस्तकालय का हिस्सा रहा हो?"

"दिलचस्प है," राधा ने टिप्पणी की। "उनके पास ऐसा करने की निश्चय ही कोई वजह रही होगी। वे जानते होंगे कि इस तरह यह इबारत पुस्तकालय के दूसरे मज़मूनों के मुक़ाबले ज़्यादा समय तक टिकी रह सकेगी। आख़िरकार, अशोक भी अपने संदेशों को शिलाओं पर अंकित कर रहा था।"

"मैं यह सोचे बग़ैर नहीं रह सकता कि इन उत्कीर्णनों में कोई न कोई महत्त्वपूर्ण बात ज़रूर है।" विजय ने माथा सिकोड़ते हुए कहा। "लेकिन वह बात क्या हो सकती है?"

उसे उम्मीद थी कि इसका जवाब उसको बराबर में मिल सकेगा।

23

सातवाँ दिन

इंटेलीजेंस ब्यूरो हैडक्वार्टर्स, नई दिल्ली

इमरान ने अपने सामने रखे हुए पोर्ट्रेट का निरीक्षण करते हुए संतोष के भाव से सिर हिलाया। इमरान की डेस्क के सामने बैठे हुए ब्लैक ने उसके आनंद की वजह का एकदम ठीक अनुमान लगाया।

"ये मिलता-जुलता है।"

इमरान ने सिर हिलाया। वह अब मुस्करा रहा था। "यह एक लंबा शॉट था लेकिन कामयाब रहा।" उसने अविश्वास से अपना सिर हिलाया। "कभी-कभी मैं सोचता हूँ कि क्या इस तरह की चीज़ के पीछे कोई शक्ति काम कर रही होती है। इस तरह के संयोग आसानी से घटित नहीं होते। मेरा मतलब है, इस संयोग की क्या गुंजाइश थी कि हमें यह पता चलता कि जिस शख़्स ने हत्या के शिकार हुए एक परमाणु वैज्ञानिक के भतीजे का अपहरण किया था वह पाकिस्तान का एक परमाणु वैज्ञानिक निकलता जो अल क़ायदा के वीडियो में प्रकट हुआ था और जिसके नाम का ज़िक्र एक संदिग्ध हत्यारे के टेलिफ़ोन कॉल में आया था?"

ब्लैक मुस्कराया। उनके इस संदेह की पुष्टि हुई थी कि फ़ारूख़ सिद्दीक़ी हिंदुस्तान में किसी बड़ी मुहिम में मुब्तिला था। हालाँकि वह मुहिम क्या थी, यह अभी भी एक रहस्य ही था।

"तो अब आप क्या करने जा रहे हैं?" ब्लैक इस बात के प्रति दर्दनाक ढंग से सचेत था कि उसकी मुहिम इमरान किदवई के अगले क़दम पर निर्भर करती थी। लेकिन इस आईबी अधिकारी के साथ का उसका अब तक का

तजुरबा उसको विश्वास दिला रहा था। इस आदमी की सहज बुद्धि और दूरदर्शिता क़ाबिले तारीफ़ थी।

इमरान भी उसकी ओर देखकर मुस्करा दिया। "दो चीज़ें; पहली यह कि मैंने विजय सिंह के मोबाइल और लैंड लाइन फ़ोनों को टेप करने के आदेश दे दिए हैं। अगर अल क़ायदा और एलईटी उसमें दिलचस्पी रखते हैं तो इसकी कोई वजह होनी चाहिए। दूसरी, मैं महाराजा भीम सिंह का इंटरव्यू लेने वाला हूँ।"

ब्लैक की भौंहें तन गईं। "आप इसमें कामयाब हो गए हैं?"

"हमें इस मुलाक़ात के लिए गृह मंत्रालय पर दबाव डालना पड़ा। मुझे लगता है कि यह आसान नहीं होगा।"

ब्लैक शरारती ढंग से मुस्करा दिया। "मुझे ऐसा क्यों लगता है कि तुम्हारी फ़तह होगी?"

केंद्रित कार्यसूची

फ़ारूख़ ने जब लाइन की दूसरी ओर से आती आवाज़ सुनी तो उसका चेहरा काला पड़ गया। यह फ़ोन कुछ ही मिनट पहले आया था और फ़ोन करने वाले ने तत्काल बैराठ की मुहिम की आलोचना शुरू कर दी थी।

"अगर तुम अपनी रौ पर क़ाबू रख सके होते तो तुमने भी उस गुप्त कोठरी का पता लगा लिया होता।" बोलने वाले के स्वर में तीख़ापन था। "मेरी समझ से परे है यह बात कि तुम विजय सिंह और उसके दोस्तों से छुटकारा पाने की इतनी हड़बड़ी में क्यों हो। एक बार हमारा मक़सद पूरा हो जाने दो, तो फिर मुझे कोई परवाह नहीं होगी कि तुम उनके साथ क्या करते हो। बैराठ में जो कुछ हुआ उसकी क़ीमत हमें अपनी तलाश से चुकानी पड़ती अगर हमारे पास अपना बैक-अप प्लान न होता।"

फ़ारूख़ बिना कुछ कहे सुनता रहा। वह जवाब देने के अपने आवेग को किसी तरह रोके हुए था। फ़ोन करने वाले ने बोलना जारी रखा। "अब तक हमें जो प्रचार मिलता रहा है उसके बिना भी हमारा काम चल सकता है। लेकिन हम अपने लक्ष्य के ज़रा भी क़रीब पहुँचे नहीं लगते। हम किसी भी ऐसी जानकारी से महरूम होना बरदाश्त नहीं कर सकते जो हमारी मदद

कर सकती हो। मत भूलो कि ऐलान का आख़िरी वक़्त क़रीब है। हमारे पास खिलवाड़ के लिए वक़्त नहीं है।"

फ़ारूख़ ने तय किया कि अपनी कार्रवाइयों को उचित साबित करने की कोशिश करना व्यर्थ होगा। फिर जो कुछ कहा जा रहा था उसमें सच्चाई का कुछ अंश भी था। उसने बैराठ में एक बेहद महत्त्वपूर्ण सूचना को हाथ से जाने दिया था। उसने मन ही मन स्वीकार किया कि उसका कृत्य किसी हद तक उसकी निजी खुन्नस का नतीजा था। उसके साथ विजय ने दो बार छल किया था जिससे वह अभी भी खीझा हुआ था। वह पलटवार करना चाहता था। लेकिन वह अपने निजी जज़्बातों को रास्ते में आने की छूट नहीं दे सकता था। इस मुहिम की कामयाबी में उसकी उतनी ही दिलचस्पी थी जितनी दूसरे लोगों की थी। इतना कुछ दाँव पर लगा हुआ था कि चूक की ज़रा भी गुंजाइश नहीं थी। "हम वहाँ जाएँगे," उसने वादा किया। "अब और चूक और असावधानी नहीं होगी।"

"मुझे ये सुनकर अच्छा लग रहा है। नाकामयाबी के नतीजों से तुम वाक़िफ़ हो।"

फ़ोन करने वाले ने फ़ोन रख दिया। फ़ारूख़ रिसीवर को कुंठित भाव से देखता रहा।

दरवाज़े पर दस्तक हुई और मर्फ़ी अंदर आ गया। उसे बुलाया नहीं गया था।

फ़ारूख़ ने उसकी ओर गुस्से से देखा। वह मर्फ़ी को पसंद नहीं करता था। इस मुहिम में यह अमेरिकी उसे दबाने में कामयाब रहा था। दबना फ़ारूख़ को पसंद नहीं था।

"क्या चाहते हो?"

"मुझसे कहा गया है कि मैं सीधे तुम्हारे साथ काम करूँ। अबके बाद से तुम्हारी मदद करूँ।"

फ़ारूख़ ने गुस्से देखा, उसकी नाख़ुशी ज़ाहिर थी।

"यह एक तरह से ठीक ही है," मर्फ़ी ने फ़ारूख़ के जज़्बातों को पढ़ते हुए कहा। "हम सीधे एक दूसरे से बात करेंगे। यह ज़्यादा सही होगा। समय

बचेगा। चिंता मत करो, मैं यहाँ तुम्हारी मदद के लिए हूँ। मैं तुम्हारे रास्ते में नहीं आऊँगा।"

"और तुम्हारा ख़याल है तुम मदद कर सकते हो?"

मर्फ़ी ने कंधे झटक दिए। "मेरा ख़याल है तुम लोगों ने हालात को ठीक से नहीं समझा।"

"और अब तुम मुझे सिखाने की कोशिश कर रहो?"

"नहीं। मैं समझता हूँ तुम लोग अपने काम में उस्ताद हो। आतंक बरपा करने के मामले में तुमसे बेहतर कोई नहीं है। लेकिन यह तुम्हारे माकूल काम नहीं है।"

"और तुम्हारा ख़याल है तुम इसे बेहतर समझते हो?"

"ये वह काम है जिससे मैं अपनी आजीविका कमाता हूँ।"

"तो तुम्हारा समाधान क्या है?" ये एक चुनौती थी।

"मुझसे कहा गया है कि ऐलान से पहले हमारे पास बहुत कम समय बचा है। एक बार वह हुआ और उलटी गिनती शुरू हो जाएगी। हमें जिस चीज़ की तलाश है वह हासिल करनी होगी। नाकामयाबी के लिए कोई गुंजाइश नहीं है।" मर्फ़ी पल भर को रुका, वह अपनी बात स्पष्ट करने के लिए शब्द खोज रहा था। "अपनी रणनीति के बारे में दोबारा सोचो। तुमने बल प्रयोग करके देख लिया है। लेकिन तुम्हें क्या हासिल हुआ?"

फ़ारूख़ ख़ामोश था।

"बिलकुल। अब, क्या ये मुमकिन नहीं कि तुम अपनी सारी कोशिशें छोड़ दो और उनसे रहस्य उगलवा लो?"

"हमारे पास हाथ पर हाथ धर कर बैठने की गुंजाइश नहीं है।"

"मेरे कहने का मतलब ये नहीं है। देखो, हमें इसका सामना करना चाहिए। तुम उन ईमेल संदेशों का मतलब नहीं निकाल सके। उन्होंने निकाल लिया। अब तुम्हें बैराठ से एक नई पहेली मिल गई है। उन्हें गुप्त कोठरी से पत्थर की एक गेंद मिल गई है। तुम इन सुराग़ों को कैसे सुलझाओगे?"

फ़ारूख़ समझ गया। "तुम्हारा कहना सही है। वे इस खेल में बेहतर साबित हुए हैं। वे यहाँ तक पहुँच गए हैं और हम इससे आगे जाएँगे। अब हमें उनका पीछा भर करने की ज़रूरत है। वे ही हमें हमारे लक्ष्य तक लेकर जाएँगे।"

मर्फ़ी मुस्करा दिया।

फ़ारूख़ ने सिर हिलाया। "ठीक है। हम उन्हें अकेला छोड़ देंगे। वही अब हमें उस रहस्य तक ले जाएँ। मैं ठीक-ठीक जानता हूँ कि हमें किस मुक़ाम पर अपने क़दम अंदर रखने होंगे और चीज़ों को अपने नियंत्रण में लेना होगा।"

मर्फ़ी दिलचस्पी दिखाता हुआ आगे की ओर झुका। "ये तुम्हें कैसे मालूम है?"

फ़ारूख़ कुटिल ढंग से हँसा। "यही कह लें कि ये मैंने बैराठ में जो हुआ उससे सीखा है।"

शाही प्रतिरोध

उस भव्य तरीक़े से सज्जित अध्ययन-कक्ष में बैठे हुए इमरान ने चारों ओर देखा। उसने महोगनी डेस्क को, स्फटिक होल्डर में रखी शानदार क़लमों को और उसकी बग़ल में रखी स्फटिक दवात को सराहना के भाव से देखा। अध्ययन-कक्ष की दीवारें नीचे से ऊपर तक पुस्तकों की अलमारियों से भरी हुई थीं। लगता था महाराजा बहुत उत्सुक पाठक था।

अध्ययन-कक्ष का दरवाज़ा खुला और महाराजा ने प्रवेश किया; उसने गहरी सलेटी नेहरू-जैकेट और चमचमाते काले जूते पहन रखे थे।

"योर हाइनेस – " इमरान ने खड़े होते हुए कहा लेकिन उसे भीम सिंह ने तुरंत ही टोक दिया।

"मुझे मालूम है, आप यहाँ क्यों आए हैं। गृह मंत्री ने मुझे बताया था।"

हाँ, जैसे कि वे आपको सूचित करते रहते हैं।

इमरान ने महाराजा के इस अहंकार पर अपनी हँसी को किसी तरह क़ाबू किया।

भीम सिंह महोगनी डेस्क का चक्कर लगाकर उसके सामने रखी चमड़े की भव्य कुर्सी पर बैठ गया। इमरान को बैठने के लिए कोई संकेत नहीं दिया गया।

"ये बहुत अच्छा है," इमरान ने ख़ुद ही बैठते हुए कहा। इससे ज़्यादा अपमान की क्या बात होती अगर वह खड़े-खड़े ही इस आदमी से बातचीत करता! होगा वह भूतपूर्व महाराजा और जानामाना राजनेता, लेकिन इमरान उसको इस बातचीत में अपने ऊपर हावी नहीं होने देने वाला था। "तब हम सीधे मुद्दे पर आ सकते हैं।"

भीम सिंह ने कुछ नहीं कहा, केवल अपने हाथ अपने सीने पर बाँध लिए, जैसे वह इमरान की बात शुरू करने का इंतज़ार कर रहा हो।

"हम फ़ारूख़ सिद्दीक़ी नामक एक शख़्स और हिंदुस्तान में उसकी गतिविधियों की तहक़ीक़ात कर रहे हैं," इमरान ने सावधानीपूर्वक कहा। वह उसकी प्रतिक्रिया का इंतज़ार कर रहा था। लेकिन कोई प्रतिक्रिया नहीं हुई। "मुझे ऐसी जानकारी है कि आपने जौनगढ़ के विजय सिंह के अपहरण मामले में इस आदमी के ख़िलाफ़ प्रकरण दर्ज़ करने पर ज़ोर दिया था।"

"मैंने फ़ारूख़ नामक व्यक्ति के ख़िलाफ़ प्रकरण दर्ज़ करने का आग्रह किया था," भीम सिंह ने उसकी बात को सुधारते हुए कहा। "मैं सिद्दीक़ी नामक किसी आदमी के बारे में कुछ नहीं जानता।"

"शुक्रिया। क्या मैं इस मामले में आपकी दिलचस्पी की वजह जान सकता हूँ?"

"मैं नहीं समझता कि इससे आपको कोई लेना-देना है।"

इमरान को झटका लगा।

"आय एम सॉरी, योर हाइनेस, लेकिन हम इस मामले की तहक़ीक़ात कर रहे हैं और हमें अपने सारे सवालों के जवाबों की ज़रूरत है। आप विजय सिंह को कैसे जानते हैं?"

"विजय विक्रम सिंह का भतीजा है जो ख़ुद भी शाही खानदान से थे। विक्रम का और मेरा एक ही मंडली में उठना-बैठना था। मैं विजय को नहीं जानता लेकिन मैं उसके चाचा की मौत पर शोक व्यक्त करने वहाँ गया था, जब जौनगढ़ पुलिस का एसएचओ वहाँ आया था। वह मामले की तहक़ीक़ात

करने से मना कर रहा था और मैंने महज़ इस बात का आग्रह किया था कि उसको अपना कर्तव्य पूरा करना चाहिए। क्या आप मुझे इस बात के लिए गिरफ़्तार करने वाले हैं?"

इमरान ने गहरी साँस ली। ये उससे ज़्यादा मुश्किल होने वाला था जितने की उसने कल्पना की थी।

"नहीं, योर हाइनेस, मेरा इरादा आप पर किसी तरह का दोषारोपण करने का नहीं है।"

"तब ठीक है, अगर आपकी बात पूरी हो गई हो, तो मुझे जाना होगा। अमेरिका के उप राष्ट्रपति शहर में हैं, जैसाकि आपको शायद मालूम होगा, और वे कल मेरे यहाँ आने वाले हैं।" भीम सिंह उठ खड़ा हुआ।

इमरान ने अपने आपको संभावित प्रतिक्रिया के लिए तैयार कर रखा था। "योर हाइनेस। बस सिर्फ़ एक सवाल और।"

महाराजा बदमिजाज़ ढंग से बैठ गया और उसने अपनी ज़रूरत से ज़्यादा बड़ी रोलेक्स घड़ी की ओर देखा।

"मैं जल्दी निपटाऊँगा," इमरान ने उसको आश्वस्त करते हुए कहा, "हमें यह भी रिपोर्ट मिली है कि गुड़गाँव पुलिस पर हरियाणा के मुख्य सचिव के कार्यालय द्वारा दबाव डाला जा रहा है कि इस प्रकरण को बिना सुलझाए ही बंद कर दिया जाए।"

उसने चौकस नज़रों से भीम सिंह को देखा। एक बार फिर, वहाँ कोई प्रतिक्रिया नहीं थी। इमरान ने सोचा कि या तो महाराजा को वाक़ई इस मामले की कोई जानकारी नहीं थी या फिर वह नाटक करने में माहिर था।

"क्या इसपर आप कुछ कहना चाहेंगे, सर?"

भीम सिंह ने डेस्क पर अपनी हथेली रखी और आगे की ओर झुक गया। "मैं एक व्यस्त आदमी हूँ," वह गरजा। "मैंने आपको इस तरह के वाहियात सवाल पूछने के लिए मिलने की इजाज़त नहीं थी। अगर आप मुझसे यही सब पूछना चाहते हैं तो मुझे कुछ नहीं कहना है और अब आप जा सकते हैं।"

बावजूद इसके इमरान अपनी जगह से नहीं हिला। वह सीधा भीम सिंह की आँखों में देखता रहा और उसने बोलना जारी रखा।

"योर हाइनेस, ये राष्ट्रीय सुरक्षा का मसला है। हमने अभी कुछ ही घंटे पहले विजय सिंह का अपहरण करने वाले उस फ़ारूख़ नाम के आदमी की पहचान फ़ारूख़ सिद्दीक़ी के रूप में की है, जो पाकिस्तान का लापता परमाणु वैज्ञानिक है और जो निश्चयात्मक रूप से लश्कर-ए-तैयबा से जुड़ा रहा है।"

भीम सिंह के चेहरे पर आश्चर्य का भाव उभरा।

"इसलिए योर हाइनेस, मैं अपने सवाल का जवाब चाहता हूँ।"

भीम सिंह वापस अपनी कुर्सी पर बैठ गया और उसने इमरान को ग़ौर से देखा। "मुझे कोई टिप्पणी नहीं करनी है," उसने अंततः कहा। उसका चेहरा एक बार फिर प्रतिक्रियाहीन हो उठा। "मुझे क्या पता कि हरियाणा या गुड़गाँव में क्या हो रहा है? वह मेरा इलाक़ा नहीं है।"

इमरान ने एक और गहरी साँस ली। "तब शायद आप मेरी यह समझने में मदद कर सकें कि क्यों हरियाणा के मुख्य सचिव के अधिकारी का यह कहना है कि फ़ारूख़ सिद्दीक़ी के ख़िलाफ़ उस प्रकरण को वापस लेने या बंद करने का दबाव उनपर आपने डाला है?"

भीम सिंह के चेहरे पर एक के बाद एक कई भाव आए-गए - आश्चर्य, भ्रम, और फिर गुस्सा।

"आप क्या इशारा कर रहे हैं?" वह गरज उठा। "क्या आपका दिमाग़ फिर गया है? मुझे उम्मीद है कि अपने इस गंभीर आरोप को सही साबित करने के लिए आपके पास कोई सबूत ज़रूर होगा! मैं गृह मंत्री से आपकी शिकायत करूँगा। आपकी यह हिमाकत कि आप मेरे ऑफ़िस में, मेरे घर में घुसकर मुझपर इस तरह का आरोप लगाएँ?"

उसने किसी तरह अपने आप को सँभाला और उठ खड़ा हुआ। "आपको अंदाज़ा नहीं कि आपका पाला किस चीज़ से पड़ा है। मैं सरकार की एक बेहद गोपनीय मुहिम में मुब्तिला हूँ। अगर आपको ब्यौरों की ज़रूरत है तो अपने बॉस से जाकर पूछिए। इंटरव्यू ख़त्म हुआ।"

बिना एक भी और शब्द कहे या इमरान की ओर देखे वह कमरे से निकल गया। कुछ ही पलों बाद दो लंबे, हट्टे-कट्टे सुरक्षा गार्डों ने ऑफ़िस में प्रवेश किया।

इमरान ने गहरी साँस ली। "मैं जा ही रहा हूँ," उसने उनसे कहा, और वे दरवाज़े के बाहर तक उसके पीछे-पीछे आए।

२५

सातवाँ दिन

इंटेलीजेंस ब्यूरो हैडक्वार्टर्स, नई दिल्ली

इमरान वैद के ऑफ़िस में निदेशक की डेस्क के सामने बैठा हुआ था। उसके चेहरे पर खिन्नता और अवज्ञा का भाव था। वैद परेशान और गुस्सा दिखाई दे रहा था।

"तुम क्या सोच रहे थे?" उसने इमरान से सख़्ती से पूछा। "ये आरोप लगा रहे थे कि भीम सिंह अपहरण मामले की जाँच को दबाने की कोशिश कर रहा था? तुमने मुझसे वादा किया था कि तुम कोई बेवक़ूफ़ीपूर्ण हरक़त नहीं करोगे। तुम्हें पता है कि गृह मंत्री मुझपर कितना चिल्ला रहे थे?"

इमरान ने उसकी ओर देखा। उसके चेहरे पर किसी तरह का पश्चाताप का भाव नहीं था। "हाँ, ये सही है। ये बात मुझे हरियाणा के मुख्य सचिव के ऑफ़िस के एक विश्वसनीय सूत्र से पता चली थी।"

अपने शब्दों पर ज़ोर देने के लिए वैद आगे की ओर झुक आया। "लेकिन ये बात तुम्हें मुख्य सचिव के अधिकृत बयान के तौर पर ज्ञात नहीं हुई, है न?"

"मैं जानता हूँ कि यह एक अटकल है, सर, लेकिन मेरा विश्वास है कि मैं सही हूँ," इमरान की नज़रों में कोई अनिश्चय नहीं था। "मेरा ख़याल है कि हमें भीम सिंह के फ़ोन टेप करने की ज़रूरत है। उसका दावा है कि वह किसी अत्यंत गुप्त मुहिम में मुब्तिला है, लेकिन ये कैसे मुमकिन है कि गृह मंत्रालय को इसकी जानकारी नहीं है? और हमें भी क्यों नहीं है?"

वैद ने दृढ़ता के साथ इंकार में अपना सिर हिलाया। “जवाब है, नहीं। आज जो कुछ हुआ है उसके बाद मैं गृह मंत्री के पास ये निवेदन करने नहीं जाने वाला कि वे हमें भीम सिंह के फ़ोन टेप करने की इजाज़त दें।”

इमरान इसके लिए तैयार था। उसने पहले से ही इस बातचीत की तैयारी कर रखी थी।

“ठीक है, सर, तब मैं आपसे अनुरोध करूँगा कि कल जब स्टीव बकवर्थ भीम सिंह के यहाँ जाएँ तो मुझे उनके सुरक्षा दल में शामिल किया जाए।”

वैद ने इमरान की ओर इस तरह देखा जैसे इमरान का दिमाग़ फिर गया हो। वह इस आग्रह को तुरंत ही निरस्त कर देता लेकिन उत्सुकतावश उसने वैसा नहीं किया। “अमेरिका के उप राष्ट्रपति? और इससे तुम्हें क्या हासिल होगा?”

“सर, हम सरकारी तौर पर भीम सिंह के ख़िलाफ़ सर्च वारंट हासिल नहीं कर सकते। मैं जानता हूँ कि आज के बाद मुझे उनके फ़ार्म हाउस में घुसने नहीं दिया जाएगा। लेकिन अगर मुझे बकवर्थ के सुरक्षा दल में सरकारी तौर पर शामिल कर दिया जाता है तो वे मुझे अंदर जाने से रोक नहीं सकेंगे। जिस दौरान वीआईपी की मुलाक़ात भीम सिंह से चल रही होगी, मेरी योजना है कि उस दौरान मैं चुपचाप वहाँ से खिसक लूँगा और परिसर की तलाशी ले लूँगा। मैं अपने अनुमान का साक्ष्य जुटाकर लाना चाहता हूँ।”

वैद ने गहरी साँस ली। वह जानता था कि इमरान अनुभवी और बेहद दूरदर्शी है और उसने अपने विशुद्ध अंतर्बोध के आधार पर अतीत में बहुत से मामले सुलझाए थे।

लेकिन वह अलग दुनिया की बात थी। उन्होंने अपराधियों का शिकार किया था। ये मामला बड़ा था और संभावित रूप से कहीं ज़्यादा विस्फोटक था। यहाँ उनका पाला किसी टुच्चे अपराधी से नहीं पड़ा था। इमरान के निशाने पर एक भूतपूर्व महाराजा था, जो साथ ही साथ एक प्रमुख राजनीतिज्ञ भी था जिसका सत्ता में बैठे राजनैतिक दल में ख़ासा दबदबा था। अगर वह ग़लत साबित हुआ, तो इसका अंजाम दोनों को ले डूबेगा।

"आपके पास आने के पहले मैंने कुछ तैयारी की है," इमरान ने फिर कहा। उसने डेस्क पर एक फ़ाइल रखकर उसके पन्ने पलटे। "आप जानते होंगे कि बकवर्थ भीम सिंह से क्यों मिल रहे हैं।"

वैद ने मालूम होने का बहाना किया। "भीम सिंह ने अपने व्यावसायिक संपर्कों के माध्यम से दुनिया भर में फैली एक कंपनी खोली है और अमेरिका में उन्होंने जो कारोबार शुरू किया है उससे पिछले छह महीनों 1,00,000 लोगों को नौकरियाँ मिली हैं। चूँकि अमेरिकी उप राष्ट्रपति एयरक्राफ़्ट कैरियर अनुबंध को गति देने के लिए हिंदुस्तान की सरकारी यात्रा पर हैं, वे भीम सिंह के प्रति अमेरिकी राष्ट्रपति का आभार संप्रेषित करना चाहते हैं कि उन्होंने एक ऐसे वक़्त में इन नौकरियों की गुंजाइश पैदा की है जबकि अमेरिका में मंदी का दौर चल रहा है और ज़बरदस्त बेरोज़गारी का आलम है।"

"एकदम सही है।" इमरान मुस्कराया। "कम से सरकारी पक्ष तो यही है।"

वैद इमरान के आगे बोलने का इंतज़ार करने लगा। वह जानता था कि अब इमरान अपना तमाचा जड़ने वाला है।

"उनकी मुलाक़ात का शायद यह असली मक़सद हो।" इमरान ने कहा। "लेकिन इसके पहले भी बकवर्थ भीम सिंह से मिले हैं, उसकी क्या वजहें रही होंगी?"

वैद के चेहरे पर आश्चर्य था। "उनकी मुलाक़ातें पहले भी हुई हैं?"

"कई बार।" इमरान ने सामने रखी फ़ाइल के पन्ने पर निगाह डाली। "ये लोग 2004 से नियमित मुलाक़ातें कर रहे हैं, जब वर्तमान उप राष्ट्रपति एक सीनेटर हुआ करते थे। हर बार अलग-अलग जगहों पर। लेकिन उसके बाद से वे कम से कम पंद्रह बार मिले हैं, जिसमें इसी साल की शुरुआत में हुई मुलाक़ात भी शामिल है; साल में लगभग दो बार और हर बार ऐसी मुलाक़ातें जिनकी ओर लोगों का ख़ास ध्यान न जाए।"

"मुमकिन है वे अमेरिका में भीम सिंह के कारोबार की संभावनाओं पर चर्चा करते रहे हों," वैद ने तर्क दिया।

"हो सकता है। लेकिन ये हर बार सिर्फ़ दोनों के बीच की मुलाक़ातें नहीं रही हैं। कई अवसरों पर इन मुलाक़ातों में दूसरे लोग भी शामिल रहे

हैं; ज़ेन हाओजिंग। जैक़ दोबुआ। जेरेमी मार्टिन। मुलाक़ातों के दौरान इनमें से कोई एक या एक से ज़्यादा लोग भी शामिल रहे हैं। कभी-कभी ये सारे लोग शामिल रहे हैं।"

वैद ने इन नामों को पहचान लिया। ये अपने-अपने देशों के प्रमुख लोकप्रिय राजनैतिक लोग थे; चीन, फ्रांस और इंग्लैंड। यह भी कोई गुप्त बात नहीं थी कि मौजूदा राष्ट्रपति का कार्यकाल पूरा होने पर बकवर्थ राष्ट्रपति का चुनाव लड़ने जा रहा था। आख़िर वह क्या वजह थी जिससे ये लोग नौ सालों के दरम्यान अक्सर मिलते रहे थे? और इन मुलाक़ातों ने मीडिया का ध्यान आकर्षित क्यों नहीं किया था?

"अभी और भी है।" इमरान ने फ़ाइल को थपथपाया। "इनमें से कई मुलाक़ातों के दौरान एक यूरोपीय व्यापारी भी मौजूद रहा था। क्रिस्तियन वैन क्लुक।" उसने वैद की ओर देखा यह जानने कि वह इस नाम को पहचानता था या नहीं।

वह पहचानता था। "ऑस्ट्रियाई व्यापारी?"

इमरान ने सिर हिलाया। "और वैन क्लुक उस कंपनी का भी हिस्सा है जिसने अमेरिका में निवेश किया है और इन रोज़गारों को जन्म दिया है जिनके लिए बकवर्थ भीम सिंह को शुक्रिया अदा करने वाला है।"

वैद परेशान दिखाई दिया। "यह तो निश्चय ही संभव नहीं कि इस कंपनी के निवेश की योजना नौ साल पहले बनाई गई हो। इन रोज़गारों के सिलसिले में सारा प्रचार-तंत्र तो यही कह रहा है कि इसकी योजना मंदी के बाद बनाई गई थी।"

"बिलकुल। तब फिर ये लोग किस वजह से मिलते थे, साल में कोई दो बार, पिछले नौ सालों से? पाँच राजनीतिज्ञ और एक कारोबारी। अगर आप इस तथ्य को लेखे में नहीं लेते कि भीम सिंह भी एक कारोबारी है। ज़रा इन मुलाक़ातों के स्थलों पर ग़ौर करें; एस्टोनिया, इटली, ग्रीस, तुर्की, पोलैंड, स्लोवाकिया, साउथ अफ़्रीका, वियतनाम, श्रीलंका। उनके अपने देशों के अलावा सारे देश। मीडिया के लिए कोई प्रेस रिलीज़ नहीं। कर्मचारियों का कोई अमला नहीं। लगभग इस तरह जैसे वे अपनी मुलाक़ातों के बारे में किसी को जानने न देना चाहते रहे हों।"

"तो तुम्हारा ख़याल है कि बकवर्थ और भीम सिंह के बीच की कल की मुलाक़ात का मक़सद सरकारी तौर पर घोषित मक़सद से कहीं ज़्यादा कुछ है?"

"मुझे ऐसा ही लगता है। यह महज़ दो लोगों के बीच की मुलाक़ात है, बकवर्थ और भीम सिंह। न तो उप राष्ट्रपति के साथ कोई प्रतिनिधि मंडल है न भीम सिंह के साथ। अमेरिका की ओर से दिए जा रहे धन्यवाद से संबंध रखने वाली मुलाक़ात के लिए आमतौर से कहीं ज़्यादा प्रचार मिलना चाहिए था, प्रेस को आमंत्रित किया जाना चाहिए था, दोनों पक्षों की ओर से बड़े प्रतिनिधि मंडल होने चाहिए थे। यह सब क्यों नहीं हो रहा है?"

"तो तुम्हें क्या लगता है, वे किसलिए मिल रहे हैं?"

"इस बारे में मेरा कोई मत नहीं है, तब भी," इमरान ने अपने बॉस के सामने क़बूल किया। "जैसा कि मैंने कहा, यह एक अनुमान है कि कोई और चीज़ पक रही है।"

वैद ने लंबी साँस ली। "ठीक है, लेकिन इस मामले में सारी ज़िम्मेदारी तुम्हारी होगी। मैं तुम्हें फ़ार्म हाउस में प्रवेश दिला दूँगा। लेकिन मैं गृह मंत्री को इसमें नहीं उलझाऊँगा। तब नहीं जब तक तुम्हारी निरी अटकल से ज़्यादा कोई ठोस वजह तुम्हारे पास नहीं होती। फ़ार्म हाउस में पहुँचने के बाद सारी ज़िम्मेदारी तुम्हारी होगी। अगर तुम्हें लगे कि तुम ग़लती पर थे तो किसी तरह की गड़बड़ी मत करना। इस बार नहीं। समझ गए?"

इमरान ने सिर हिला दिया। "समझ गया। लेकिन मैं कुछ लेकर आऊँगा। इसे मैं अंदर से महसूस कर रहा हूँ।"

सही रास्ते पर

"तो ये है योजना," फ़ारूख़ ने मर्फ़ी से कहा। "जब तक हमें तुम्हारी ओर से हरी झंडी नहीं मिल जाती हम आगे नहीं बढ़ेंगे। इसके बाद, जब तक हम मुहिम के आख़िरी पड़ाव तक नहीं पहुँच जाते तुम छिपकर रहोगे।"

मर्फ़ी सोच में डूब गया। "योजना ठीक लगती है। समस्या मुझे एक ही लगती है कि कहीं उन्हें बराबर में और भी सुराग़ न मिल जाएँ और उनकी खोज आगे न बढ़ जाए। हमारे पास वक़्त बहुत कम है।"

“मुझे नहीं लगता कि ये खोज ज़्यादा लंबी चलेगी।” फ़ारूख़ के स्वर में आत्म-विश्वास था। “हम वहाँ जा रहे हैं जहाँ से मगध साम्राज्य की शुरुआत हुई थी, जहाँ अशोक की राजधानी थी। जिस जगह यह रहस्य छिपा हुआ है वह जगह बहुत दूर नहीं होनी चाहिए। इस गुफा की 2000 साल पहले पहली बार खोज करने वाले सूरसेन के विवरण के मुताबिक़ यह जगह साम्राज्य की राजधानी से 10 दिन लंबी यात्रा की दूरी पर है। हम उसे हासिल करने के क़रीब हैं। मैं समझता हूँ कि हमारी योजना इस बात को सुनिश्चित करेगी कि वे हमारी आख़िरी तारीख़ के हिसाब से काम करें।”

“बहुत अच्छे।” मर्फ़ी उठ खड़ा हुआ। “और बेहतर होगा कि इसबार उनके साथ गड़बड़झाला मत करना। वे तुम से ख़ुश नहीं हैं, ये मैं तुमसे साफ़ कहे देता हूँ।”

फ़ारूख़ ने कोई जवाब नहीं दिया। नौ का रहस्य उसकी पहुँच में था। वह सुनिश्चित करने वाला था कि यह हाथ से न फिसलने पाए।

25

आठवाँ दिन

पटना-गया राजमार्ग, बिहार

कॉलिन ने निशान X ट्रेल नामक उस कार की खिड़की से बाहर झाँककर देखा जो उन्होंने पटना से किराये से ली थी। उस सुबह तड़के पटना पहुँचने के बाद उन्होंने अशोका पैलेस होटल में अपना अड्डा जमाने का फ़ैसला किया था। दो घंटे बाद वे पटना से रवाना हुए थे और अब गया के रास्ते पर थे।

"बेला एक किलोमीटर है," उसने मील का पत्थर देखते हुए कहा। उसने अपनी गोद में रखे बिहार के नक़्शे को देखा। "बेला से हम राजमार्ग छोड़कर दाएँ मुड़ेंगे।"

"मुझे वहाँ पहुँचकर बहुत ख़ुशी होगी।" विजय ने कार चलाते हुए अपनी सीट पर पहलू बदला। कॉलिन उसकी बग़ल की पैसेंजर सीट पर था, और राधा, शुक्ला और व्हाइट पीछे की सीट पर थे। यात्रा थकाने वाली साबित हो रही थी। सड़क दो लेन वाली थी और उसकी हालत ख़स्ता थी। जगह-जगह गड्ढे और दरारें थीं जिससे ठीक-ठाक रफ़्तार बनाए रख पाना मुश्किल हो रहा था। जब कभी वे रफ़्तार पकड़ते भी तो राजमार्ग के दोनों ओर बीच-बीच में गाँव प्रकट हो जाते और विजय को रफ़्तार धीमी करनी पड़ती। जब-तब ट्रैक्टर और बैलगाड़ियाँ कच्ची सड़कों से नमूदार होकर सड़क को पार करती खेतों की ओर जातीं और इसलिए उन्हें रुकना पड़ता।

सड़क किनारे लगी एक तख़्ती से पता चला कि बेला नामक क़स्बा आ गया था और कार को साइकिलों, हाथ ठेलों, बैलगाड़ियों, रिक्शों और मोटरसाइकिलों के बीच से रास्ता बनाते हुए रेंगना पड़ा।

गायें और आवारा कुत्ते यातायात और लोगों के बीच आ-जा रहे थे और विजय को बारबार हॉर्न बजाना पड़ रहा था। उसने खिड़की से गर्दन बाहर निकालकर एक चूड़ी बेचने वाले को रोक कर आवाज़ दी।

"बराबर के लिए हमें कहाँ से मुड़ना होगा?"

सवाल हालाँकि चूड़ी वाले से पूछा गया था लेकिन चार आदमी कार के पास आ गए, और बराबर पहुँचने के सबसे सही रास्ते को लकर आपस में बहस करने लगे।

विजय इंतज़ार करने लगा।

अंत में एक आदमी ने उसको रास्ता बताया जो बात करते हुए लगातार सिर हिलाए जा रहा था जैसे वह अपनी सलाह की सटीकता को लेकर विजय को आश्वस्त करना चाहता हो।

विजय कुछ मीटर चलकर उस रास्ते की पुष्टि के लिए रुका।

उसे राहत मिली जब उसने पाया कि उसे सही रास्ता बताया गया था और वे जल्द ही बराबर के रास्ते पर पहुँच गए।

यह सड़क बेहद ऊबड़-खाबड़ और दचकों से भरी थी, जगह-जगह गड्ढे और धूल थी। उनको पटना में ही बेला से आगे की इस सड़क की हालत के बारे में चेतावनी दी गई थी जिस वजह से उन्होंने X ट्रेल किराये से ली थी।

दचके और झटके खाते हुए पैंतालीस मिनट बाद वे गुफाओं के स्थल पर पहुँचे। यहाँ का भूदृश्य उजाड़ और बंजर था; झंखाड़ों से भरी ज़मीन पर बड़ी-बड़ी चट्टानें और पत्थर चारों ओर यूँ फैले हुए थे जैसे उनको किसी दैत्याकार हाथ ने गुस्से में फेंका हो। जहाँ-तहाँ कुछ पेड़ बिखरे हुए थे।

बावजूद इसके कि वे वहाँ पहुँच गए थे, उन्हें लग रहा था जैसे बराबर हिल उस जगह का सही नाम न हो।

पहाड़ी के नाम पर वहाँ एक विशाल काली चट्टान थी जो 30 फुट से ज़्यादा ऊँची न रही होगी। वह ज़मीन के ऊपर यूँ उठी हुई थी जैसे कोई ह्वेल समुद्र की सतह पर अपनी पीठ उठाए हुए हो। इस चट्टान पर हरियाली का कोई नामोनिशान नहीं था।

विजय ने इस चट्टान के नीचे कार रोक दी।

उन्होंने नीचे उतरकर आसपास के उजाड़ पर नज़रें दौड़ाईं। राधा सिहरी। "मैं समझ सकती हूँ कि लोगों को यहाँ अकेले न आने की सलाह क्यों दी जाती है," उसने चारों ओर देखते हुए कहा।

वाइटने चट्टान से ढँके उस भूदृश्य की ओर हाथ हिलाते हुए कहा, "बहुत सारे लोगों को शायद इस बात की जानकारी ही नहीं होगी कि इस जगह का अशोक महान के साथ कोई रिश्ता है। यह अशोक के शासन काल का एक प्राचीनतम बचा रह गया स्थापत्य है और इसलिए इसे इस तरह उजाड़ नहीं होना चाहिए था।"

विजय ने कार से अपना चमड़े का थैला निकाला और उसमें से काग़ज़ों का एक पुलिंदा निकाला।

"इस व्याख्या के मुताबिक़," उसने काग़ज़ों की ओर इशारा करते हुए कहा, "सबसे पुरानी गुफा सुदामा गुफा है। यह चट्टान के दक्षिणी तरफ़ है। अगर छंद के हिसाब से चलें तो सुदामा भाइयों में सबसे बड़ा होगा। हमें इसी को देखने की ज़रूरत है।"

थैले को अपने कंधे पर टाँगते हुए, वह कॉलिन के साथ चट्टान के दक्षिणी भाग की ओर चल पड़ा। बाक़ी लोग शुक्ला को साथ लिए धीरे-धीरे उनके पीछे चलने लगे।

वे चट्टान के दाईं ओर पहुँचकर उसके साथ-साथ चलने लगे।

"ज़रा सोचो," कॉलिन ने कहा, "हम उस महान हिंदुस्तानी सम्राट के पदचिह्नों पर चल रहे हैं जो 2300 साल पहले हुआ था। मुझे यक़ीन नहीं आता कि मैं उसी रास्ते पर चल रहा हूँ जिसपर कभी वह चला था। ये हिंदुस्तान के बारे में बहुत बड़ी चीज़ है। आप कहीं भी चले जाएँ, वहाँ सदियों पुराना इतिहास मौजूद होता है, कभी-कभी हज़ारों साल पुरानी विरासत। ये अद्‌भुत है!"

विजय ने सिर हिलाया। "हाँ, मैंने इस तरह से कभी नहीं सोचा था।"

अचानक कॉलिन ने उसका हाथ थामा और इशारा किया। उनके ठीक सामने उस काली चट्टान में एक वर्गाकार द्वार था।

विजय और कॉलिन उस द्वार के सामने खड़े होकर उसके परे फैले अंधकार को देखने लगे। क्या यह उनके खोज अभियान का अंतिम पड़ाव था?

विजय ने अपने थैले से दो टॉर्च निकालीं और उनमें से एक को कॉलिन को पकड़ा दिया। दोनों टॉर्चों की रोशनियों ने अँधेरे को चीरकर गुफा के अंदरूनी हिस्से को रोशन कर दिया लेकिन वहाँ उन्हें कुछ दिखाई नहीं दिया।

विजय सावधानी के साथ अंदर घुसा और गुफा में चारों ओर रोशनी फेंकने लगा।

उसे यह देखकर बहुत आश्चर्य हुआ कि गुफा की दीवारों से टकराकर टॉर्च की रोशनी परावर्तित हो रही थी। वह जहाँ कही रोशनी फेंकता, वह परावर्तित होती।

गुफा ख़ाली थी।

"वाह!" विजय के पास आते हुए कॉलिन विस्मय से फुसफुसाया। वह भी उस परावर्तन को देख रहा था। "ये अद्‌भुत है!"

"ये आश्चर्यजनक है," विजय ने कहा।

जिन कारीगरों ने इस गुफा को तैयार किया था उन्होंने उसकी दीवारों को इस क़दर तराशा था कि वे आईने की तरह चमक रही थीं। उनकी चमक 2300 साल बाद, आज तक बनी हुई थी।

दोनों दोस्त गुफा में चारों ओर विस्मय से ताकते रहे। सहसा एक ज़ोर की आवाज़ हुई और वे उछल पड़े; समूची गुफा गूँज उठी। आवाज़ एक दीवार से दूसरी दीवार तक इस तरह उछलती टकरा रही थी जैसे उनकी टॉर्च की रोशनी परावर्तित हो रही थी।

बाक़ी लोग भी उनके पास आ गए। वह आवाज़ राधा ने निकाली थी जो गुफा में प्रतिध्वनि का अंदाज़ा लगाना चाहती थी।

विजय ने राधा को गुस्से से घूरा, जो मुस्कराए जा रही थी।

"तुम्हें ये करने की क्या ज़रूरत थी?" उसने शिकायत की। "तुमने मुझे डरा कर मेरे रोंगटे खड़े कर दिए।"

"वाक़ई," कॉलिन ने कहा। "हमें इस तरह चौंकाना, ये अच्छा मज़ाक़ नहीं।"

"मैं ये हमेशा से करना चाहती थी।" राधा अभी भी बेहद मुस्कराए जा रही थी। "फ़ॉर्स्टर की पुस्तक पढ़ने के बाद और इन गुफाओं के बारे में जानने के बाद मैंने कभी कल्पना भी नहीं की थी कि मैं कभी इनके भीतर खड़ी होऊँगी और इनकी प्रतिध्वनि को खुद महसूस कर सकूँगी।"

"ये अद्भुत है।" वाइट आश्चर्य से चारों ओर देख रहा था। "हम लोग बँट जाते हैं," विजय ने सुझाव दिया। "मैं और राधा गुफा के इस हिस्से की छानबीन करते हैं। कॉलिन, तुम ग्रेग और डॉ. शुक्ला को साथ लेकर दूसरी तरफ़ जाकर देखो।"

इस तरह वे लोग बँट गए।

"हमें ठीक किस चीज़ की तलाश है?" कॉलिन ने दूसरी ओर से विजय को ज़ोर से पुकारते हुए पूछा। वह पल भर को भूल गया था कि उसे फुसफुसाकर बात करनी चाहिए थी। तुरंत ही वे ध्वनियों-प्रतिध्वनियों से घिर गए; कॉलिन का एक-एक शब्द गुफा में गूँज उठा, और प्रतिध्वनियाँ अंदर ही अंदर गूँज कर एक चमत्कृत कर देने वाला प्रभाव पैदा करने लगीं।

विजय ने उन लोगों के क़रीब जाकर फुसफुसाते हुए कहा, "इबारतें।"

"तब ठीक है," कॉलिन ने फुसफुसाते हुए कहा, "तब तुम्हारे हाथ भरपूर सामग्री लग चुकी है। ये दीवार इबारतों से भरी हुई है।"

उसने एक ओर से दीवार पर रोशनी फेंकी और उनकी नज़रों के सामने ढेर सारी इबारतें नमूदार हो गईं। पत्थर पर एक के बाद एक संकेतों की पंक्तियाँ उकेरी हुई थीं, कुछ संकेत दूसरे संकेतों के ऊपर उकेरे हुए थे।

विजय ने उन इबारतों की ओर विस्मय से देखा।

"ये वह चीज़ नहीं हो सकती जिसकी हमें तलाश है," वाइट ने धीरे से कहा।

"संभावना तो नहीं लगती," शुक्ला ने सहमति जताई। इनमें से कुछ ब्राह्मी लिपि में हैं, जो उन लिपियों में एक है जो अशोक के शिलालेखों के लिए उपयोग की गई है, कुछ दूसरे युग की हैं। ज़्यादा संभावना इस बात

की है कि जो इबारतें इबारतों के ऊपर से लिखी गई हैं वे गुप्त साम्राज्य के दौर की हों, जो इस इलाक़े में पाँचवीं सदी ईसवी के दौरान पुष्पित-पल्लवित हुआ था।"

विजय वापस राधा के पास गया और उसने एक कोण से दीवार पर रोशनी डाली। यह दीवार भी इबारतों से ढँकी हुई थी। उसने जल्दी से राधा को बाक़ी लोगों के निष्कर्ष से अवगत कराया।

तभी एक बार फिर कॉलिन की हुंकार सुनाई दी और गुफा प्रतिध्वनियों के मिश्रण से गूँज उठी। झल्लाते हुए विजय ने राधा का हाथ थामा और कॉलिन के पास जा पहुँचा, जो अब गुफा के निचले हिस्से की जाँच कर रहा था। "सॉरी," वे लोग उसके पास पहुँचे तो उसने संकोचपूर्वक कहा। "मैं प्रतिध्वनियों के बारे में भूल जाता हूँ। लेकिन ज़रा इसे देखो।"

उसने गुफा के पिछले हिस्से की चट्टानी दीवार पर रोशनी फेंकी जहाँ उलटे यू (U) के आकार का एक चार फुट ऊँचा द्वार दिखाई दिया।

"ओके," विजय ने हँसते हुए द्वार की ओर इशारा किया। "इसकी खोज तुमने की है। तुम्हीं पहले अंदर जाओ।"

"और इस ख़ज़ाने के रक्षकों का या जो भी कोई दैत्य नौ के रहस्य की हिफ़ाज़त कर रहे हों उनका भोजन बनूँ? तुमने *'द ममी'* देखी है? सवाल ही नहीं उठता!"

गहरी साँस लेता हुआ विजय झुका और उस द्वार में घुस गया। वह एक छोटी-सी सुरंग का प्रवेश-द्वार था। टॉर्च की रोशनी में वह देख पा रहा था कि इस सुरंग तक दीवारें काँच की तरह चिकनी थीं और उनसे प्रकाश टकराकर लौट रहा था।

उस गलियारे में झुके-झुके कुछ फुट चलने के बाद वह एक कोठरी में जा पहुँचा। जहाँ बाहरी गुफा अपेक्षाकृत बड़ी थी और उसका अंदरूनी छप्पर गुंबदाकार था, वहीं इस अंदरूनी कोठरी का अंदरूनी छप्पर खोखला और अर्ध-गोलाकार था।

कोठरी ख़ाली थी।

उसने दरवाज़े पर रोशनी फेंकी और बाक़ी लोगों को आवाज़ दी। “अंदर आ जाओ। यहाँ सब ठीक है।”

उसने पाया कि इस कोठरी में आवाज़ नहीं गूँज रही थी। बाक़ी लोग सुरंग से अंदर आ गए। अंदर आकर उन्होंने विजय को द्वार के सामने वाली दीवार की ओर घूरते देखा।

“तुम्हें कुछ मिल गया है,” वे लोग उसके पास पहुँचे तो वाइट ने उससे कहा।

“हाँ,” विजय ने जवाब दिया। “क्या तुम इन दीवारों में ऐसी किसी चीज़ को लक्ष्य कर रहो जो इन्हें बाहरी गुफा की दीवारों से अलगाती है?”

वाइट ने आँखें सिकोड़कर दीवार की ओर देखा। “इसपर इबारतें नहीं हैं?”

“बिलकुल।” विजय ने तीनों तरफ़ की दीवारों पर रोशनी फेंकी। “इनमें से किसी दीवार पर लिखावट नहीं है; सिवा इसके।” उसने प्रवेश-द्वार के सामने वाली दीवार पर रोशनी फेंकी और उन्हें वह दिखाई दिया।

नौ अरों वाला पहिया। नौ का प्रतीक।

उन्होंने एक दूसरे की ओर देखा। जिस किसी भी चीज़ की उन्हें तलाश थी वह इस अंदरूनी कोठरी में छिपी हुई थी। अब उन्हें उस चीज़ को पहचानना भर था।

अपशकुन से भरी धमकी

“हमने मीडिया को संयम बरतने को कहा है और वे सहयोग करने पर सहमत हो गए हैं...फ़िलहाल के लिए,” इमरान ने सूचित किया।

वैद ने उसकी ओर देखा और अपनी आँखें मलते हुए जँभाई रोकनी की कोशिश की। ये दोनों आदमी आधी रात से लगे हुए थे। उसने सिर हिलाया। “अच्छा किया। लेकिन हमें अभी भी उनपर निगाह रखना ज़रूरी है। कहना मुश्किल है कि कब किसी पत्रकार के दिमाग़ में ये बात बैठ जाए कि ये उसके करियर को परवान चढ़ाने वाला अवसर हो सकता है और हम फ़िलहाल ऐसी गुंजाइश छोड़ने की स्थिति में नहीं हैं।”

"हम इस पर ध्यान दे रहे हैं। मैंने ऐसे हर बड़े टेलिविज़न चैनल और मीडिया नेटवर्क के कार्यालयों और स्टूडियो में आदमी लगा रखे हैं जिन्हें वह ईमेल मिला है। कुछ टेलिविज़न चैनलों ने शुरुआत में गहरी दिलचस्पी दिखाई थी लेकिन जब हमने उन्हें थोड़ा दबाया तो वे लाइन पर आ गए।"

"मैं नहीं जानना चाहता कि तुमने उन्हें किस चीज़ से धमकाया।" वैद के चेहरे पर एक हलकी-सी मुस्कराहट तैर गई। उसने पिछले कई मौक़ों पर इमरान को अति करते देखा था।

"ओह, मैंने उनको धमकाया नहीं है," इमरान हँस दिया। "मैंने उन्हें दोस्ताना सलाह भर दी थी। महज़ इतने भर के लिए कि ऐसा न हो कि मेरे पीठ फेरते ही वे इसे दिखाना शुरू कर दें।"

वैद ने अपनी घड़ी की ओर देखा। "अब गृह मंत्री से मेरी मुलाक़ात का वक़्त हो रहा है। मैं उनको बताऊँगा कि स्थिति नियंत्रण में है।" उसने इमरान की ओर एकटक देखा। "पक्का है कि तुम अपनी योजना को जारी रखना चाहोगे? यह धमकी सबसे ऊँची प्राथमिकता पर होगी। भीम सिंह के बारे में तुम्हारे अनुमान का इस धमकी से कोई वास्ता नहीं है। ध्यान रहे ये अभी भी एक अनुमान ही है।"

इमरान ने सिर हिलाया। "मुझे वहाँ जाने का अब और कोई मौक़ा मिलने वाला नहीं है। आप चिंता न करें, इसमें ज़्यादा वक़्त नहीं लगेगा। मैं सिर्फ़ एक नज़र डालूँगा और वहाँ से निकल आऊँगा। इसमें मुझे आधा घंटे से ज़्यादा नहीं लगेगा।"

"मुझे जानकारी देते रहना।" वैद उठकर कमरे से चला गया और इमरान उसके पीछे-पीछे चला गया।

अपने ऑफ़िस के गलियारे से गुज़रते हुए इमरान का ध्यान उस रहस्यमय ईमेल की ओर गया जो उनको आधी रात को मिला था। यह ईमेल 10 महत्त्वपूर्ण न्यूज़ नेटवर्कों को भेजा गया था जिसमें समाचार-पत्र और इलेक्ट्रॉनिक मीडिया शामिल थे। लेकिन जिस चीज़ ने उसे परेशान किया हुआ था वह इस ईमेल का स्रोत या इरादा नहीं था। एक आतंकवादी धमकी को देखते हुए दोनों ही आश्चर्यजनक ढंग से बहुत स्पष्ट थे।

उसने अपने ऑफ़िस का दरवाज़ा खोला और चौंक पड़ा। ब्लैक वहाँ बैठा हुआ उसका इंतज़ार कर रहा था। उसके चेहरे पर थकान और चिंता थी। वह भी आधी रात से जागा हुआ था और इसी में लगा था, और सीआईए के अपने साथियों के साथ उन दूसरे देशों की सरकारी एजेंसियों के साथ संपर्क बनाए हुए था जिन्हें इसी तरह की धमकी मिली हुई थी।

"हम इस सब के बारे में ग़लती पर थे। हमें इसका अनुमान लगा लेना चाहिए था। हमने वह वीडियो क्लिप देखा था," ब्लैक ने कॉफ़ी पीते हुए कहा।

इमरान ने कंधे झटक दिए। "हमारे पास अनुमान लगाने का कोई तरीक़ा ही नहीं था। मत भूलो कि वह वीडियो क्लिप एलईटी के बारे में नहीं थी। वह अल जवाहिरी और अल क़ायदा के बारे में थी। धमकी के आख़िरी शब्द क्या हैं?"

"बीस देश।" ब्लैक ने इमरान की ओर अर्थपूर्ण नज़रों से देखा। "वे सारे देश जो जी20 से जुड़े हुए हैं। लेकिन हमने बीसों देशों में इस समाचार पर रोक लगा दी है। मीडिया ने पहली बार भलमनसाहत बरती है।"

"और संदेश हर जगह एक जैसा है?"

"मोटे तौर पर एक जैसा, मामूली हेरफेर के साथ। सब में एक बात समान है, और वह है वाशिंगटन डीसी में तीन महीनों के भीतर होने जा रहे जी20 के आर्थिक सम्मेलन पर हमला, जिसमें जी20 के राष्ट्राध्यक्ष शामिल होने वाले हैं। फिर, हर मेल में प्रत्येक देश के उन चुने हुए लक्ष्यों की सूची दी गई है जिनपर निश्चित तिथियों को हमला किया जाएगा; जैसेकि आपके मीडिया के लिए भेजे गए ईमेल संदेशों में जो लक्ष्य चिह्नित किए हैं वे हैं – परमाणु संयत्र, वायुसेना के अड्डे, तेल शोधक कारखाने, ऊर्जा संयंत्र। अगर आप उन सब को मिला लें तो जी20 सम्मेलन पर हमले के बाद के दस दिनों के दौरान हर दिन चार हमले होंगे। इरादा एकदम साफ़ है। जी20 के सदस्य देशों के राष्ट्राध्यक्षों को सम्मेलन के दौरान मारकर इन सदस्य देशों की सरकारों को गिराना, और फिर उनकी अर्थव्यवस्थाओं को पंगु बना देना।"

इमरान ने कुछ सोचते हुए अपने होंठ सिकोड़े। "यह बात एकदम ज़ाहिर है। उन्होंने हमें मिले ईमेल में जो कुछ कहा है उसको देखिए। मेरा ख़याल है कि यह बात बीसों संदेशों में कही गई है। अगर इस धमकी के

चलते जी20 सम्मेलन को निरस्त कर दिया जाता है, *तो वे जी20 के प्रत्येक सदस्य देश पर हमला करेंगे और प्रत्येक देश की सरकार की सीट को नष्ट कर देंगे।* उनके इरादे में कोई गफ़लत नहीं है - वे सरकारों को निशाना बना रहे हैं। दुनिया को अराजकता में झोंक देना और वैश्विक स्तर पर राजनैतिक और सैन्य संकट को खड़ा कर देना।"

ब्लैक ने सिर हिलाया। "इसके सामने 9/11 बच्चों का खेल लगेगा। यह चीज़ एलईटी को बड़े स्तर पर उछाल देगी और उसको अल क़ायदा से ऊपर उठा देगी। अब तक हम यह मानकर चलते रहे हैं कि उनका लक्ष्य कश्मीर है। अभी हाल ही में सीआईए ने इस बात को पहचानना शुरू किया है कि उनकी महत्त्वाकांक्षाएँ कहीं ज़्यादा वैश्विक स्तर की हैं। लेकिन मैं यह नहीं समझ पा रहा हूँ कि वे अपनी योजना को किस तरह अंजाम देंगे।"

"ठीक यही बात मैं भी सोच रहा था। पहली बात तो ये है कि एलईटी के पास उस तरह की ताक़त नहीं है जैसी अल क़ायदा के पास है। इतनी बड़ी मुहिम को अंजाम देने के लिए उनके पास धन और संसाधन कहाँ से आएँगे? दूसरी बात, इस तरह के आतंकवादी हमले का इतना पहले से प्रचार करने का क्या मतलब है? उन्होंने तो प्रत्येक निशाने के लिए बाक़ायदा एक टाइम-टेबल दे दिया है। इसमें हैरत में डालने वाली बात कहाँ है? अलग-अलग सरकारों को तो छोड़ ही दें, आख़िर वे जी20 सम्मेलन पर हमला कैसे करेंगे जबकि इस धमकी के बाद सुरक्षा इंतज़ाम बेहद कड़े कर दिए जाएँगे?"

"पता नहीं," ब्लैक ने कहा, "अमेरिका तो हाई अलर्ट पर होगा। यूएसएएफ़ और नौ सेना पूर्वी तट पर अपनी गश्त बढ़ा देंगे, अभी से, सम्मेलन के समाप्त होने तक। जी20 की हरेक सरकार भी हाई अलर्ट पर होगी।" उसने माथा सिकोड़ा। "ये धमकी तीन महीने पहले से क्यों दी गई है? ये बात मेरी भी समझ से परे है।"

"एक और भी चीज़ है जो मुझे समझ नहीं आती।" इमरान का चेहरा सोच में डूबा हुआ था। "इन बीस देशों को अस्थिर बनाकर एलईटी क्या हासिल करेगा? एक आतंकवादी संगठन होने के नाते वे अस्थिरता का माहौल तैयार करके कहीं ज़्यादा कुछ हासिल करते हैं। लेकिन वे अराजकतावादी नहीं हैं। इसलिए उनका ठीक-ठीक इरादा क्या है?"

दोनों ही आदमियों के दिमाग़ में लगभग एकसाथ एक ही ख़याल पैदा हुआ। "गुड लॉर्ड," ब्लैक ने धीरे से कहा। "एलईटी का अज्ञात पार्टनर। वह जिसने मर्फ़ी को फ़ारूख़ सिद्दीक़ी के साथ काम करने भेजा है।"

इमरान ने भावशून्य ढंग से सिर हिला दिया। "हाँ। ये मर्फ़ी टेप और वीडियो क्लिप से स्पष्ट तौर पर मेल भी खाता है। लेकिन वह क्या चीज़ है जिसमें फ़ारूख़ हिंदुस्तान में लगा हुआ है जो उन्हें इस योजना में मदद करने वाली है?"

दोनों आदमियों ने एक दूसरे की ओर देखा। उनको यह पहेली समझ में नहीं आ रही थी। एक बात दोनों के सामने साफ़ थी। उन्हें फ़ारूख़ को पकड़ना था और जल्द से जल्द।

सिर्फ़ एक ही समस्या थी। उनको यह नहीं मालूम था कि वह कहाँ पर था।

26

आठवाँ दिन

बराबर की गुफाएँ

"हमें मिल गया।" राधा अपनी उत्तेजना को क़ाबू नहीं कर पा रही थी। वह उस संकेत के क़रीब गई और टॉर्च की रोशनी में उसने दीवार को ग़ौर से देखा। दीवार में एक सुराख़ था, एकदम गोल, नौ अरों वाले पहिये के क़रीब एक फ़ुट नीचे। वह पल भर को हिचकिचाई और फिर उसने अपना हाथ उस सुराख़ में डाल दिया।

"ये तुम क्या रही हो?" विजय डर गया। "अंदर कोई फंदा हो सकता है।"

राधा ने अपना हाथ बाहर निकालते हुए होंठ सिकोड़े और इंकार में सिर हिलाया। "वहाँ कुछ नहीं है। वह ख़ाली है।" वह विजय और कॉलिन की ओर शरमाती हुई देखकर हँस दी।

"ये बेवकूफ़ी थी," कॉलिन ने कहा। "ऐ, ये क्या है?" उसने सुराख़ के निचले हिस्से में अपनी टॉर्च झुलाई। वहाँ पर एक दूसरा एकदम गोल सुराख़ था, ज़मीन से एक फ़ुट ऊपर और ऊपरी सुराख़ से हलका-सा बाईं ओर।

"अब इसमें अपनी टाँग मत फँसाना," कॉलिन ने राधा से हँसते हुए कहा।

वाइट ने माथा सिकोड़ा। "उन्होंने दीवार में ये सुराख़ क्यों छोड़े होंगे? अगर इनमें से किसी भी सुराख़ में कोई चीज़ छिपाई गई होगी तो वह काफ़ी पहले निकाल ली जा चुकी होगी।"

उन्होंने परेशान भाव से एक दूसरे की ओर देखा। उनकी उम्मीदें डूब रही थीं। क्या वे इतनी लंबी यात्रा करके एक बंद गली में आ पहुँचे थे? क्या ये उनकी खोज का अंत था?

"फ़िल्मों में," कॉलिन ने धीरे से कहा, "अगर आपने ऐसे किसी सुराख़ में हाथ डाला होता तो चट्टानी दीवार का कोई हिस्सा खुल गया होता और उसके पीछे एक और छिपी हुई गुफा मिलती। बेशक, फ़िल्मों में सुराख़ में डाले गए हाथ का कोई हिस्सा भी ग़ायब हो सकता है।" उसने हँसते हुए कहा। "लेकिन इसकी जाँच तो राधा पहले ही कर चुकी है। उसका हाथ अभी भी बरकरार है।"

राधा ने नक़ली झुँझलाहट दिखाते हुए अपने कंधे पर हाथ मारा। "तुम्हारा हॉलीवुड," वह बड़बड़ाई। "यह गुफा प्राचीन भारत की है, कोई हॉलीवुड का सैट नहीं है।"

कॉलिन उसकी ओर देखकर हँस दिया।

सहसा विजय को कुछ सूझा। उसने अपनी टॉर्च वाइट को थमाई और अपने थैले से कोई चीज़ निकाली। जैसे ही उसने उस चीज़ को टॉर्च की रोशनी के सामने किया, उसके हाथ में थमी पत्थर की बेहद पॉलिश की हुई वह गेंद चमक उठी, जिससे रोशनी टकराकर वापस आई और गुफा में एक भुतहा-सी आभा फैल गई। ये वही पत्थर की गेंद थी जो उन्हें बैराठ की कोठरी में मिली थी। उसे यक़ीन हो गया था कि उसका कोई प्रयोजन होगा, हालाँकि उसे यह बात साफ़ नहीं थी कि वह प्रयोजन क्या हो सकता था, इसीलिए वह उसे अपने साथ ले आया था, यह सोचकर कि पता नहीं वह किस काम आ जाए। यह तो उसे अब जाकर समझ में आया कि वह गेंद अपने रूप-रंग में इस गुफा की पॉलिश की हुई सतह से मेल खाती थी।

"क्या तुम्हें लगता है कि यह गेंद यहाँ की होगी?" वाइट ने पूछा।

"ऐसा लगता तो है, नहीं?" हाथ में गेंद को थामे हुए विजय समझने की कोशिश कर रहा था कि उसका क्या किया जा सकता था।

"लाओ, मुझे कोशिश करने दो।" राधा ने गेंद उसके हाथ से ले ली और दीवार के पास चली गई, उसके माथे पर बल पड़े हुए थे। दूसरे लोग उसको देखते रहे। वे अनुमान लगाने की कोशिश कर रहे थे कि वह उसके

साथ क्या करने वाली थी। उसने उस गेंद को दीवार में उकेरे गए पहिये के ठीक नीचे वाले सुराख़ में डाला। वह उस सुराख़ में एकदम ठीक से बैठ गई।

इसके बाद राधा ने गेंद को हलके-से सुराख़ में धकेल दिया।

पत्थर के पत्थर से टकराने की गड़गड़ाहट भरी आवाज़ के साथ वह गेंद सुराख़ के अँधेरे में ग़ायब हो गई। एक ज़ोर का खटका हुआ, जैसे गेंद सुराख़ के पेंदे से टकराई हो, लेकिन वह गड़गड़ाहट थमने की बजाय और सघन और ज़ोर की होती गई।

वे विस्मय से देखते रहे और दीवार के अंदर टकराती हुई गेंद की आवाज़ ऊँची से ऊँची होती गई। सहसा गेंद नीचे वाले सुराख़ से निकलकर गुफा के फ़र्श पर आ गिरी और लुढ़कती हुई दीवार से कुछ फुट दूर जाकर रुक गई।

कुछ पल तक वे उस गेंद को वहाँ पड़ा हुआ देखते रहे।

कॉलिन ने सिर हिलाया। "गेंद के फिसलने की सुरंग। अब मैं सब कुछ समझ गया!"

"इसका तो कोई मतलब नहीं है, विजय ने कहा। "ये बात तो ज़ाहिर-सी है कि अंदर दोनों सुराख़ों को जोड़ने वाली कोई सुरंग है। लेकिन क्यों?" उसने गेंद पर रोशनी डाली। रोशनी उससे टकराकर लौटी, मानो वह उनको चुनौती दे रही हो कि वे उसमें छिपे रहस्य का पता लगाकर बताएँ।

"एक मिनट रुको।" शुक्ला ने झुककर गेंद को उठाया और उसे उलट-पलट कर देखने लगा। "इस गेंद पर एक लिखावट है। ये कहाँ से आ गई?" उसने विजय की ओर देखा। "जब हमें यह बैराठ में मिली थी तब तो इसपर यह लिखावट नहीं थी?"

"मैं पक्के तौर पर कह सकता हूँ कि नहीं थी।" विजय ने कहा।

"इसका मतलब है कि यह वही गेंद नहीं है।"

उनको यह बात पचाने में कुछ पल लगे।

फिर राधा बोली। "अगर यह वही गेंद नहीं है तो इसका मतलब है कि सुरंग में एक और गेंद छिपी रही होगी जिसपर यह लिखावट है। जब

मैंने पहली गेंद को ऊपरी सुराख़ के रास्ते सुरंग में डाला था तो उसने इस छिपी हुई गेंद को धकेल दिया, और ख़ुद किसी तरह सुरंग में फँस गई। यह छिपी हुई गेंद निचले छेद से बाहर निकल आई।"

"कमाल है," वाइट की भौंहें तन गईं। "अगर आपके पास पहली गेंद न होती तो यह दूसरी गेंद कभी न मिलती।"

"यह नौ द्वारा रची गई तमाम दूसरी पहेलियों की तरह है," शुक्ला ने कहा।

"यह लिखावट क्या कहती है?" कॉलिन ने पूछा।

"यह एक पहेली है," शुक्ला ने जवाब दिया। "पहेली का चौथा हिस्सा। हमें धातुई डिस्क मिली, कुंजी मिली, पत्थर की गेंद मिली। जिस चीज़ की अब तक कमी थी वह यह छंद था जो इस पर अंकित है।" उसने छंद को पढ़ा।

उस कोठरी से जिसमें प्रतिध्वनि गूँजती है
हम जैसे ही दक्षिण की ओर अपनी नज़रें उठाते हैं
प्रभु के जन्म के सूचक संकेत की ओर
स्वप्न में
माँ के ऊपर से गुज़रते हुए
जो लेटी हुई है जंगलों की हरियाली में, विश्राम करती हुई,
अपने वक्ष स्थल में सँभाले हुए,
युगों से छिपे हुए
नौ के रहस्य को।

"ये अद्भुत है।" कॉलिन ने कहा। "इसका क्या अर्थ है?"

शुक्ला ने कंधे झटक दिए। "ये अंतिम सुराग़ है। ये बात हम बेगर की डायरी से जानते हैं, उन इबारतों से जिनकी नक़ल उसने की थी जो नौ और उनकी पहेली के बारे में बात करती हैं। ये पहली बार है जब नौ के रहस्य का स्पष्ट तौर पर उल्लेख किया गया है। लेकिन इसका मतलब क्या है इसका मुझे ज़रा भी इल्म नहीं है।"

"कुल मिलाकर मुझे इतना ही समझ में आ पा रहा है कि रहस्य जंगल में कहीं है," कॉलिन ने कहा। "लेकिन माँ कौन हैं? अगर हम यह पता लगा सकें तो हमें रहस्य का पता चल जाएगा।"

"हिंदुस्तान में तो जंगल ही जंगल हैं," विजय ने अपना सिर उठाते हुए कहा। "क्यों न हम पटना वापस चलकर वहीं इसपर सोच-विचार करें?"

इस पर सभी सहमत हुए।

बाहर चमकीली धूप थी। सूरज अभी भी आकाश में सिर पर चमक रहा था और गुफा के अँधेरे की अभ्यस्त उनकी आँखों को बाहर की यह चमक चुभ रही थी।

बिना कुछ बोले वे अपनी कार की ओर बढ़ गए। विजय ने स्टीयरिंग सँभाला और और वे वापस पटना की यात्रा पर चल पड़े।

ख़तरनाक तथ्यान्वेषण

अमेरिका के उपराष्ट्रपति के मोटरों का काफ़िला भीम सिंह के फ़ार्म हाउस के मुख्य प्रवेश द्वारों से अंदर दाख़िल हो रहा और इमरान अपनी कार की सीट पर उद्विग्न होकर पहलू बदल रहा था। कल की इस जगह की यात्रा उसके दिमाग़ में अभी ताज़ा थी और वह उम्मीद कर रहा था कि महाराजा से उसका सामना न हो।

उपराष्ट्रपति की सुरक्षा में तैनात हिंदुस्तानी कमांडोज़ के कमांडेंट ने इमरान की ओर रूखे ढंग से देखा। उसे यह नहीं बताया गया था कि इमरान को उस दल में क्यों शामिल किया गया था; सिर्फ़ इतना हुआ था कि ऐन मौक़े पर गृह मंत्रालय की ओर से किए गए विशेष अनुरोध पर इमरान को शामिल करने की ख़ातिर कमांडेंट के अपने एक आदमी को दल से अलग करना पड़ा था। जहाँ वह इमरान की मौजूदगी से नाख़ुश था, वह उसको लेकर उत्सुक भी था। बदतर बात यह थी कि उसको निर्देश दिए गए थे कि सुरक्षा दल के फ़ार्म हाउस में प्रवेश के बाद इमरान को दल से अलग हो जाने दिया जाए ताकि वह अपनी मुहिम पूरी कर सके। वह मुहिम क्या थी, यह बात, ज़ाहिर है, बताई नहीं गई थी।

मोटरों का काफ़िला थमा। इमरान ने देखा कि तीन वाहनों के आगे स्टीव बकवर्थ ने अपनी लिमोज़िन से उतरकर भीम सिंह का अभिवादन किया। दोनों आदमी अमेरिका के सीक्रेट सर्विस एजेंटों के आगे-आगे फ़ार्म हाउस के अंदर ग़ायब हो गए।

"ओके, सब लोग बाहर हो जाओ," कमांडेंट ने चिल्लाकर आदेश दिया। उन्हें फ़ार्म हाउस की सुरक्षा के आदेश थे, लेकिन उनको फ़ार्म हाउस के अंदर प्रवेश नहीं करना था।

इमरान ने गहरी साँस ली और वैन से उतर गया। "थैंक यू, सर," उसने कमांडेंट के सामने सिर हिलाया। "यहाँ मैं आपकी टीम से अलग होता हूँ।"

कमांडेंट ने भी रूखे ढंग से सिर हिलाया और इमरान विपरीत दिशा में चला गया। इसकी कोई उम्मीद नहीं थी कि अमेरिकी एजेंट उसको मुख्य दरवाज़े से बकवर्थ और भीम सिंह के पीछे जाने की इजाज़त देते। उसे फ़ार्म हाउस में अंदर जाने का कोई दूसरा रास्ता खोजना ज़रूरी था।

उसने पाया कि यह काम उतना आसान नहीं था। वह स्थल एक सचमुच का क़िला जैसा था जहाँ हर तरफ़ काली पोशाकों में भीम सिंह के निजी सुरक्षाकर्मी तैनात थे। इमरान ने कमांडो जैसी छद्म नीली वर्दी पहन रखी थी जो उसको सुरक्षा दल के हिस्से की पहचान देती थी, इसलिए उसे किसी ने रोका नहीं। लेकिन वह जहाँ से भी गुज़रता, सुरक्षाकर्मी उसकी ओर सवालिया निगाहों से देखते, लेकिन ग़नीमत थी कि उसे किसी ने टोका नहीं।

वह जैसे ही मकान के कोने से घूमा, उसे एक खुली खिड़की दिखाई दी जिसमें कोई जालियाँ नहीं थीं। उसने फुर्ती से आसपास देखा। दूसरे कमांडोज़ की तरह उसपर रायफ़ल का बोझ नहीं था इसलिए वह आसानी से उस खिड़की पर चढ़ गया और एक भव्य ढंग से सज्जित अध्ययन-कक्ष में उतर गया। उसने अपनी कमर से बँधे होल्स्टर के ग्लॉक को सँभाला जो उसके पास एकमात्र हथियार था। फिर उसने आसपास देखा।

वह अध्ययन-कक्ष था; वही कमरा जिसमें उसने कल महाराजा के साथ मुलाक़ात की थी।

उसने कमरे के दरवाज़े को हलका-सा खोला और बाहर के गलियारे में झाँककर देखा। वह वीरान था। वह गलियारे में चला गया।

उसे किस रास्ते जाना चाहिए? उसने जल्दी से फ़ैसला किया और दाईं ओर चल पड़ा। भीम सिंह अपनी गुप्त चीज़ें कहाँ रखता होगा? निश्चय ही इन अध्ययन-कक्षों में तो नहीं; यहाँ तो लोग आसानी से पहुँच सकते थे। गलियारे की दीवारों पर हिंदुस्तानी और विदेशी कलाकारों के बनाए बड़े-बड़े चित्र लटक रहे थे और गलियारे से लगे हर दरवाज़े पर भव्य पैडस्टलों पर पत्थर और धातु के बने प्राचीन दिखने वाले शिल्प रखे हुए थे। यह गलियारा जहाँ ख़त्म हुआ वहाँ से 90 डिग्री के कोण पर एक और गलियारा शुरू हुआ। इमरान बाएँ मुड़ा और थोड़ा-सा चलने पर उसे नीचे की ओर जाती सीढ़ियाँ दिखाई दीं।

बेसमेंट! इमरान ने इसे तलाशी के लायक़ पाया।

वह सावधानी के साथ सीढ़ियाँ उतर गया। उसने पाया कि सीढ़ियों पर रोशनी नहीं थी। न ही बेसमेंट में थी। उसने मन ही मन गाली बकी। ऊपर के गलियारे की रोशनी यहाँ बमुश्किल पहुँच पा रही थी, जिससे वहाँ धुँधलका था। काश! उसने अपने साथ टॉर्च लाई होती, उसने सोचा।

जब उसकी आँखें उस धुँधलके की अभ्यस्त हो गईं, तो उसने पाया कि बेसमेंट उसके दाईं ओर एक दिशा में फैला हुआ था। उसके बाईं ओर एक दीवार थी। वह धीरे-धीरे उस गलियारे में आगे बढ़ा जहाँ उसे तीन द्वार दिखाई दिए। उसने अपने दाएँ-बाएँ दोनों दरवाज़ों को धक्का दिया लेकिन वे तालाबंद थे। एक ही दरवाज़ा बचा जो उसके ठीक सामने था।

उसने दरवाज़े का हैंडल घुमाया। दरवाज़ा बिना आवाज़ किए खुल गया। उसने पाया कि उसकी साँस रुकी हुई थी और उसने राहत की साँस ली। कुछ पल वह स्थिर खड़ा रहा और अपनी आँखों को वहाँ के धुँधलके का अभ्यस्त होने दिया।

यह एक क़िस्म का सभा-कक्ष जैसा मालूम देता था। उसके सामने की जगह में एक अर्धवृत्ताकार टेबल रखी हुई थी, जिसके इर्दगिर्द थोड़ी-सी कुर्सियाँ थीं। लगता था टेबल के उस तरफ़ दीवार थी।

लेकिन उसके पास सोच-विचार का वक़्त नहीं था। सीढ़ियों से आवाज़ें आने लगी थीं और उसको इस अहसास से गहरा झटका लगा कि वे आवाज़ें बढ़ती हुई सीधे इसी कक्ष की ओर आ रही थीं।

जल्दी-जल्दी में वह छिपने लायक़ कुछ ही जगहें पहचान पाया। उसे दरवाज़े की बग़ल में एक कोने में रखी एक डेस्क दिखाई दी और वही उसे छिपने की बेहतर जगह लगी।

अभी वह अपनी छिपने की जगह में सिकुड़ा ही था कि बत्तियाँ जल उठीं और उसे भीम सिंह की आवाज़ सुनाई दी। "और ये वह जगह है जहाँ से हम उससे बात करेंगे।"

बकवर्थ ने सीटी बजाई। "टेलिप्रिजेंस रूम। ग्रेट आइडिया! लेकिन इसकी तो कोई संभावना नहीं कि कोई लाइन को टेप कर ले?"

"क्या आपको लगता है कि मैं एक सॉफ़्टवेयर कंपनी का यूँ ही मालिक हूँ?" इमरान को भीम सिंह की अहंकार से भरी आवाज़ सुनाई दी। "हमने ऐसा सॉफ़्टवेयर तैयार किया है जो दोनों ओर के सिग्नलों को गड्डमड्ड कर देता है। अगर कोई इसे टेप भी कर ले तो वह कभी पता नहीं लगा पाएगा कि हम क्या कह रहे थे।"

"ज़बरदस्त। तो वह हमारे फ़ोन का इंतज़ार कर रहा है?"

"हाँ। सब कुछ तैयार है, मुझे डायल भर करने की ज़रूरत है। आराम से बैठिए।"

नंबर डायल किया गया तो इमरान को टचटोन फ़ोन की ध्वनियाँ सुनाई दीं। उसने दूसरे सिरे पर घंटी के बजने की आवाज़ सुनी। उस ओर से फ़ोन तुरंत उठा लिया गया।

"गुड ईवनिंग, जेंटलमैन।" स्पष्ट तौर पर एक यूरोपीय लहज़े वाला फुर्तीला स्वर सुनाई दिया।

इमरान ने सावधानी के साथ डेस्क के किनारे तक सिर उठाकर झाँका। उस अर्धवृत्तकार कॉन्फ्रेंस टेबल के पीछे जो चीज़ दीवार मालूम होती थी वह असल में स्क्रीनों की एक कतार थी जिनसे मिलकर एक ऐसा स्क्रीन तैयार होता था जिसपर उस कॉन्फ्रेंस कक्ष का प्रतिबिंब दिखाई दे रहा था। एक

कुर्सी पर, स्क्रीन से बाहर झाँकता चौड़े माथे, मुड़ी हुई नाक और चाँदी जैसे भूरे वालों वाला एक लंबा नामी व्यक्ति दिखाई दिया।

इमरान की साँस थम गई।

क्रिस्तियन वैन क्लुक।

वही ऑस्ट्रियाई कारोबारी जो बकवर्थ और भीम सिंह की पिछली मुलाक़ातों में मौजूद रहा था।

इमरान जल्दी से वापस टेबल के नीचे दुबक गया। अगर वैन क्लुक इस कमरे में देख पा रहा था, तो इस बात की संभावना थी कि वह इमरान को डेस्क के पीछे से झाँकता देख लेता।

"ऐ क्रिस्तियन," सिर्फ़ बकवर्थ ने जवाब दिया।

"मैं इस तरह की कॉन्फ़्रेंस में मुब्तिला होने से ख़ुश नहीं हूँ।" वैन क्लुक ने सीधे मुद्दे पर आते हुए कहा। "हम एक बहुत बड़ा जोख़िम उठा रहे हैं।"

"मुझे भी यह बिलकुल ठीक नहीं लगता," बकवर्थ ने झगड़ालू ढंग से जवाब दिया, "लेकिन यहाँ मेरे आने की एक अच्छी वजह है। अगर आपका अपने साझेदारों पर बेहतर नियंत्रण होता, तो हमें इस तरह मुलाक़ात करने की ज़रूरत न पड़ती।"

"आप दोनों शांत हो जाइए," भीम सिंह बोल पड़ा। वह उस तनावपूर्ण प्रतीत होती स्थिति को शांत करने की कोशिश करता लग रहा था।

लेकिन बकवर्थ के शब्द सुनकर इमरान के कान खड़े हो गए। "ये सही है," बकवर्थ ने ज़ोर देते हुए कहा, हालाँकि उसका लहज़ा अब कम आक्रामक था। "इस वक़्त जबकि हम अपनी मुहिम को पूरा करने की कगार पर हैं, उनको इस तरह की धमकी जारी नहीं करनी चाहिए थी। ये सब कुछ को बरबाद कर देगी। आप जानते हैं कि इस नुक़सान को नियंत्रित करने के लिए हमें कितनी मेहनत करनी पड़ी है? और आपकी सरकार के लिए भी। और सारी सरकारों को वह तबाही भरा संदेश मिला है।"

इमरान का पसीना छूट गया। क्या वह सही सुन रहा था? क्या ये मुमकिन भी था?

"इससे कोई फ़र्क़ नहीं पड़ता।" वैन क्लुक का लहज़ा अभी भी नाराज़गी से भरा लग रहा था। "हमारी योजनाएँ इस ऐलान से प्रभावित होने वाली नहीं हैं। हम सही दिशा में जा रहे हैं। भीम सिंह के नियंत्रण में हर चीज़ है।"

"बेशक," भीम सिंह ने तुरंत ताईद की। "मुझे आज पक्की जानकारी मिली है कि अंतिम सुराग़ हासिल कर लिया गया है। वे लोग अब तक पटना लौट चुके होंगे। फ़ारूख़ पहले से ही पटना में है। मैंने उसे आदेश दिया है कि वह विजय और उस औरत को बंधक बना ले। जैसे ही वे एकबारगी इस अंतिम सुराग़ को सुलझा लेते हैं, हमें पता चल जाएगा कि वह रहस्य कहाँ पर छिपा हुआ है। मैं समझता हूँ कि हम अब से एक हफ़्ते के भीतर अपनी योजना के इस चरण को पूरा कर लेंगे।"

"बहुत अच्छे," बकवर्थ ने कहा जिसकी आवाज़ अब काफ़ी शांत थी। "लेकिन क्या तुम एलईटी पर भरोसा कर सकते हो कि वह इसको अंजाम दे सकेगा? हमें इस पर बहुत ज़्यादा निर्भर करना पड़ा है। हाओजिंग, दॉबुआ और मार्टिन भी ऐसा ही महसूस करते हैं। वे इस धमकी के ऐलान के बाद से लगातार मेरे संपर्क में रहे हैं। इनमें से कोई भी आपके साझेदारों के साथ सहज नहीं है।"

"ये काम हम अपने स्तर पर नहीं कर सकते।" वैन क्लुक ने कहा। "बिना रोशनी में आए जोकि हम में से कोई भी नहीं चाहता।"

भीम सिंह ने सहमति जताई। "हम खुद उजागर नहीं कर सकते। अभी नहीं। वे एकदम सही मुखौटे हैं...आतंकवादियों के रूप में उनकी ज़बरदस्त विश्वसनीयता है। एकदम सच्चा भुलावा। ये मत भूलिए कि जिस वजह से उन्होंने हमारे साथ मिलकर काम करना मंज़ूर किया है उससे इस तरह की धमकी ज़ारी करने में सक्षम होने की संभावना रहती है। उन्होंने अभी-अभी जो कुछ किया है उससे हमें एक फ़ायदा भी है, भले ही वह हमारी योजना का हिस्सा नहीं था। जिस दौरान हर कोई इस आतंकवादी धमकी से निपटने में लगा रहेगा, उस दौरान हम अपनी तैयारियाँ पूरी कर लेंगे। स्टीव, अगर आप बिना चुने अमेरिका के अगले राष्ट्रपति होना चाहते हैं तो हमें बहुत सा काम निपटाना होगा। एक बार एलईटी अपनी मुहिम पूरी कर ले, इसके बाद सब कुछ हमारे नियंत्रण में होगा। ठीक वैसे ही जैसी हमने योजना बनाई थी।"

"मैं आपकी बात समझ रहा हूँ," बकवर्थ घुरघुराया।

कुछ पल ख़ामोशी बनी रही। फिर, बकवर्थ फिर से बोला। "मान लें कि उन्हें एक हफ़्ते के भीतर सही जगह का पता चल जाता है, तब भी क्या हम उसे निर्धारित क्रम के मुताबिक़ अंजाम देने की स्थिति में होंगे?"

"शायद हम उनको नमूना तो दिखा ही सकते हैं," वैन क्लुक ने कहा।

जवाब देने के पहले भीम सिंह कुछ हिचकिचाता प्रतीत हुआ। "वह पूरी तरह से क्रियाशील नहीं है," उसने पल भर रुककर कहा। "ख़ैर मैं आपको वह दिखाऊँगा। इससे आपको यह समझ में आ जाएगा कि हम किस तरह तैयार हैं। एक बार रहस्य हमारी पकड़ में आ जाए, तो उस नमूने को पूरी तरह क्रियाशील बनाने में और उसका परीक्षण करने में ज़्यादा वक़्त नहीं लगेगा। ये महज़ टेक्नोलॉजी की प्रतिकृति तैयार करने का मसला है। सम्मेलन के पहले हम एकदम तैयार हो चुके होंगे। ओके क्रिस्तियन, हम अब बंद कर रहे हैं।"

"हम हफ़्ते भर बाद फिर से संपर्क करेंगे।" वैन क्लुक के इन अंतिम शब्दों के बाद ख़ामोशी छा गई और इमरान ने अनुमान लगा लिया कि कॉन्फ़्रेंस समाप्त हो गई थी।

"आइए, मैं आपको नमूना दिखाता हूँ," उसने भीम सिंह को कहते सुना, और कमरे की बत्तियाँ बुझ गईं।

कुछ पलों के लिए इमरान सिमटा, स्तब्ध बैठा रहा। उसने जो कुछ सुना था उसपर उसको यक़ीन नहीं हो पा रहा था। उसका अनुमान सही निकला था, लेकिन बेहद अप्रत्याशित रूप में। वह वहाँ से निकला और दरवाज़े की ओर बढ़ा। उसको बाहर से आती आवाज़ें सुनाई दे रही थीं और उसने झाँककर गलियारे में देखा, जहाँ अब रोशनी थी।

वहाँ कोई नहीं था। वे दोनों आदमी उन दो में से किसी एक कमरे में चले गए होंगे। वह जानता था कि उनकी बातें सुनने के लिए उसे दरवाज़े के क़रीब जाना होगा।

वह गलियारे में भटकने लगा। सीढ़ियों के बाज़ू वाले, बाईं ओर के कमरे का दरवाज़ा खुला हुआ था। वह दरवाज़े की बग़ल में सटकर खड़ा हो

गया और कमरे में झाँकने का जोख़िम उठाने लगा। उसको देखकर आश्चर्य हुआ कि वहाँ कोई नहीं था।

आवाज़ें भी आनी बंद हो गई थीं।

इमरान कमरे में चला गया और चारों ओर देखने लगा। लगा जैसे वे लोग हवा में ग़ायब हो गए थे।

"ये तो अच्छा ख़ासा संग्रह है।" सहसा बकवर्थ के स्वर ने ख़ामोशी को तोड़ दिया। वह आवाज़ फ़र्श के नीचे से आती लग रही थी।

इमरान समझ गया कि बेसमेंट के नीचे कोई गुप्त मंज़िल थी। हालाँकि वे लोग वहाँ किस तरह पहुँचे होंगे यह बात उसकी समझ में नहीं आई। उस दरवाज़े के अलावा कमरे से बाहर निकलने का कोई दूसरा रास्ता दिखाई नहीं देता था। "हाँ," भीम सिंह ने जवाब दिया। "जो शुरुआती ख़ज़ाना हमारे हाथ लगा वह बहुत उपयोगी था; इसी से हमें यह सब करने में मदद मिली।"

"ये क्या है? ये किस तरह काम करता है?" लगता था बकवर्थ को कोई दिलचस्प चीज़ दिखाई दे गई थी।

"मैं आपको दिखाता हूँ। इसके लिए मुझे अपनी घड़ी उतारनी होगी। इसके लिए कलाई पर कुछ पट्टियाँ बाँधनी ज़रूरी होती हैं। वे कवच का और एक हथियार का काम करती हैं। मैं तीव्रता को कम करता हूँ और आपको दिखाता हूँ।"

इमरान ने एक चिटचिटाहट और ज़ोरदार 'फट' की आवाज़ सुनी और अनुमान लगाया कि भीम सिंह किसी हथियार का प्रदर्शन कर रहा था।

"ये ठंडा है। मैंने इसके पहले ऐसी चीज़ कभी नहीं देखी थी। यहाँ तक कि डीएआरपीए में भी इस तरह की चीज़ नहीं होती।"

"नहीं होती। इस टेक्नोलॉजी का अस्तित्व नहीं है। मतलब, संघ के बाहर।"

"तो वह नमूना कहाँ है?" बकवर्थ के स्वर में उत्तेजना का पुट था।

"यहीं है।"

"कहाँ? मुझे तो दिखाई नहीं देता।"

"इस ओर आइए...हाँ...थोड़ा-सा आगे और अपनी बाईं ओर।" भीम सिंह बकवर्थ को रास्ता दिखाता प्रतीत हो रहा था। "अब इंतज़ार करिए जिस दौरान..." कुछ पल ख़ामोशी रही। फिर भीम सिंह फिर से बोला। "ये रहा।"

बकवर्थ चिंहुक उठा। "आश्चर्य!"

"है न ज़ोरदार? तब भी जबकि यह अभी पूरा नहीं है। लेकिन एकबारगी फ़ारूख़ के हाथ वह रहस्य लग जाए, हम इसे पूरी तरह से काम करने लायक़ बना लेंगे। जी20 के किसी नेता को मौक़ा नहीं मिलेगा।"

बकवर्थ का लहज़ा सख़्त हो उठा। "ये सुनिश्चित करना होगा कि इन लोगों को दोबारा मौक़ा न मिले। मैंने नौ साल इंतज़ार करते हुए इसलिए बरबाद नहीं कि ये कि मुट्ठी भर बेवकूफ़ मेरे मंसूबों पर पानी फेर दें।"

इमरान को पैरों की आहटें सुनाई दीं और वह समझ गया कि वे लोग इस कमरे में वापस आ रहे होंगे। यहाँ छिपने की कोई जगह नहीं थी। उसे बाहर निकलना ज़रूरी था। कॉन्फ्रेंस कक्ष एकमात्र जगह थी जो उसे सूझ पड़ी। वहाँ उनके वापस आने की संभावना नहीं थी, और वैसे भी वह ज़रूरत पड़ने पर डेस्क के नीचे छिप सकता था।

वह हिचकिचाया; एक ओर भागना ज़रूरी था और दूसरी ओर वह जानना चाहता था कि वे लोग कहाँ से ग़ायब हुए थे। वह यह भी जानता था कि अगर वह भीम सिंह को पकड़ना चाहता था तो उसे सबूतों की ज़रूरत होगी। वह हैडक्वार्टर में जाकर वह सब बयान करेगा जो कुछ उसने सुना था तो उसपर कोई भरोसा करने वाला नहीं था। उसके साक्ष्य को अविश्वसनीय साबित करने के लिए भीम सिंह के पास काफ़ी राजनैतिक प्रभाव था। जिस साक्ष्य की उसे तलाश थी वह एक गुप्त कक्ष में था।

वह कमरे में एक आख़िरी निगाह डालता हुआ जैसे ही पीछे हटता हुआ दरवाज़े की ओर बढ़ा, तभी उसके सामने की समूची दीवार फ़र्श में धँस कर ग़ायब हो गई। दीवार की जगह अब फ़र्श में एक जगह खुली हुई थी और वह देख सकता था कि वहाँ से बेसमेंट के नीचे पत्थर की कुछ सीढ़ियाँ चली गई थीं। नीचे अँधेरा था, सिवा एक गहरी नीली, लगभग बैंगनी आभा के जो वहाँ से आती दिख रही थी।

तो ये था निचली मंज़िल का गुप्त दरवाज़ा।

अपने आपको इस खोज से जुदा करके वह मुड़ा और कमरे से बाहर निकल गया और कॉन्फ़्रेंस कक्ष में जाकर अपनी पुरानी जगह पर छिप गया। उसने भीम सिंह और बकवर्थ को बतियाते और दरवाज़ा बंद करते सुना।

उनकी आवाज़ें धीमी पड़ती गईं और वह समझ गया कि वे वापस ऊपर जा रहे थे। उसने उनका जाना सुनिश्चित करने के लिए कुछ देर इंतज़ार किया और फिर वापस गलियारे में आ गया। बत्तियाँ बुझाई जा चुकी थीं और बेसमेंट एक बार फिर अँधेरे में डूब चुका था।

जिस कमरे की दीवार ग़ायब हो गई थी उसने उसके दरवाज़े को खोलने की कोशिश की। उसे यह देखकर आश्चर्य हुआ और राहत मिली कि वह खुल गया। अंदर पहुँचकर उसने दरवाज़ा बंद किया तो वह अँधेरे में घिर गया। उसे दूसरी बार ख़याल आया कि काश! वह अपने साथ टॉर्च लेकर आया होता। उसे याद आया कि उसने दरवाज़े की बाईं ओर एक स्विच देखा था उसने अपना मोबाइल निकालकर उसकी धीमी रोशनी में स्विच को खोजा।

अंततः उसको स्विच मिल गया। उसने उम्मीद की कि बाहर गलियारे से कमरे की रोशनी दिखाई न देगी। बिना रोशनी के दीवार को सरकाने के तंत्र को खोज पाना मुश्किल था।

सामने की दीवार के पास पहुँचकर उसने उसको ग़ौर से देखा, इस उम्मीद में कि उस तंत्र को सक्रिय करने के लिए उसको कोई स्विच या हैंडल वहाँ दिख जाता।

दीवार कोरी थी।

भीम सिंह ने दीवार को कैसे नीचे गिराया होगा?

उसने कमरे की दूसरी दीवारों का निरीक्षण किया, लेकिन उसके हाथ कुछ न लगा। बिजली के बटनों के अलावा दीवारों पर और कुछ न था। निराशा से गहरी साँस लेते हुए उसने पाया कि अब वहाँ करने के लिए लिए उसके पास कुछ भी नहीं बचा था। उसने वैद का नंबर डायल किया और इंतज़ार करने लगा। वैद के असिस्टेंट ने फ़ोन उठाया और उसे बताया कि वैद को गृह मंत्री ने बुलाया हुआ था और वे कभी भी वापस आ सकते थे।

"प्लीज़, जैसे ही वे आएँ उनको कहिए कि वे मुझे फ़ोन लगा लें। ये बहुत ज़रूरी है।" उसने एक ब्ल्यूटूथ इयरपीस निकाला और उसे अपने कान

में खोंस लिया। फिर उसने उससे भी छोटा एक ब्ल्यूटूथ माइक्रोफ़ोन अपने कॉलर में फँसा लिया। यह माइक्रोफ़ोन इतना पर्याप्त शक्तिशाली था कि वह हलकी से हलकी फुसफुसाहट को भी पकड़ सकता था और उसकी यह भी विशेषता थी कि वह जब भी बोलता तो वह बाधा डालने वाली बाहरी आवाज़ों को छान देता। अपने फ़ोन को वैद के नंबर से ऑटो आंसर पर सैट करते हुए उसने उसको अपनी जेब में डाल लिया।

उसने एक बार फिर से उस खिसकने वाली दीवार के पास जाकर उसका निरीक्षण किया। कुछ नहीं। निराश और कुंठित होकर वह जाने के लिए मुड़ गया।

और सहसा रुक गया।

अब वह उस कमरे में अकेला नहीं था। भीम सिंह चुपचाप कमरे में चला आया था और उसके सामने खड़ा था। उसके चेहरे पर गुस्सा और उत्सुकता का मिलाजुला भाव था।

27

आठवाँ दिन

होटल अशोका पैलेस, पटना

उनकी कार पटना के मध्य स्थित होटल के मुख्य पोर्च में दाख़िल हुई।

"आप लोग चलिए, मैं कार पार्क करके अभी आता हूँ," विजय ने कहा।

पार्किंग स्थल पर सिर्फ़ दो कारें और थीं। विजय को एक ऐसी जगह दिख गई जहाँ से उसकी कार होटल के उनके कमरों में से एक कमरे से दिखाई देती रह सकती थी। वह कंधे पर अपना थैला टाँगता हुआ कार से उतरा, तो उसने महसूस किया कि एक आदमी सीधे उसकी ओर घूरे जा रहा था। पार्किंग में जाते समय विजय ने इस आदमी को देखा था लेकिन उसने तब उसकी ओर ध्यान नहीं दिया था।

यह सोचते हुए कि वह आदमी उसकी ओर क्यों घूर रहा होगा, उसने कार को लॉक किया और उस आदमी का सामना करने मुड़ा।

उनकी नज़रें मिलीं।

वह फ़ारूख़ था।

विजय को पहले तो एक झटका लगा और फिर उसे भय ने जकड़ लिया। फ़ारूख़ को उसके यहाँ होने का पता कैसे चला होगा? वह कोई आसान शिकारी नहीं था। अगर उसके पास ऐसे साधन थे कि वह उसको दिल्ली से इतनी दूर खोज निकाल सकता था, तो वह कहीं ज़्यादा ख़तरनाक इंसान था।

विजय ने अनजाने ही अपने थैले को थपथपाया। पत्थर की वह गेंद अंदर सुरक्षित रखी हुई थी।

फ़ारूख़ ने उसकी ओर चलना शुरू किया। होटल की बग़ल के दरवाज़े से दो आदमी बाहर निकले और वे फ़ारूख़ के साथ हो लिए। फ़ारूख़ के चेहरे पर अब तिरस्कार का भाव था।

विजय ने चारों ओर देखा और तेज़ी के साथ कार पार्क के प्रवेश की ओर चलना शुरू कर दिया।

लेकिन निकास अवरुद्ध था। दो आदमी वहाँ खड़े हुए थे। उनमें से एक ने बंदूक तान ली।

फ़ारूख़ के साथ के दोनों आदमी भी हथियारबंद थे। उनके हाथों में बंदूकें थीं।

विजय ने तेज़ी से चारों ओर देखा। पार्किंग का वह इलाक़ा ईंटों की चार फुट ऊँची दीवार से घिरा हुआ था, जिसके पीछे एक सर्विस लेन थी। तेज़ी से सोचते हुए विजय दीवार की ओर भागा, इस उम्मीद में कि फ़ारूख़ के आदमी इतने खुलेआम गोली नहीं चलाएँगे।

वह ग़लत सोच रहा था।

वह जैसे ही दीवार के पास पहुँचा, उसे एक के बाद एक गुस्से से भरी थपथपाहटें सुनाई दीं जैसे वे कार के दरवाज़े बंद करने की आवाज़ें हों, और उसकी बग़ल से गोलियाँ सनसनाती हुई निकल गईं। एक झटके के साथ उसे अहसास हो गया कि उन बंदूकों में सायलेंसर फ़िट थे। उसने दीवार पर छलांग लगा दी तभी गोलियाँ दीवार से टकराईं।

ज़मीन पर पड़े हुए उसको फ़ारूख़ के चिल्लाने की आवाज़ सुनाई दी जो अपने आदमियों को उर्दू में हुक्म दे रहा था।

"बेवकूफ़ों!" वह गुर्राया। "पकड़ो उसको!"

विजय किसी तरह खड़ा हुआ। उसे दीवार की ओर भागते क़दमों की आवाज़ें सुनाई दे रही थीं। उसे वहाँ से किसी तरह भागना ज़रूरी था।

सर्विस लेन एक सड़क से जाकर मिलती थी जो उस सड़क से 90 डिग्री के कोण पर स्थित थी जिस पर होटल स्थित था। वह उस सड़क पर

भागा। उसे याद था कि वह सड़क शहर की मुख्य सड़कों की ओर जाती थी। वहाँ लोगों की भीड़ होगी और इतने लोगों के बीच फ़ारूख़ कोई कोशिश नहीं करेगा।

कम से कम विजय को ऐसी उम्मीद थी।

भागते हुए वह बीच-बीच में पीछे देखता जा रहा था। फ़ारूख़ कहीं दिखाई नहीं दे रहा था लेकिन उसके तीन आदमी सर्विस लेन से भागे आ रहे थे।

विजय मुख्य सड़क पर पहुँच गया और चारों ओर देखते हुए उसने अपने दौड़ने की रफ़्तार तेज़ कर दी। दाईं तरफ़ एक फेरी वालों का बाज़ार था। वह अपने को भीड़ में छिपा लेने की उम्मीद से सहज ही उस बाज़ार की ओर लपका।

उसका थैला भारी था जिसको वह किसी तरह सँभालता हुआ भीड़ में घुस गया।

उसने पीछे मुड़कर देखा। वे तीनों आदमी अभी-अभी उस तिराहे पर पहुँचे थे जहाँ वह कुछ देर पहले खड़ा था।

वे खोजते हुए चारों ओर देख रहे थे। भीड़ के पार एक आदमी ने सीधे उसकी दिशा में देखा और फिर गर्दन मोड़ ली।

तभी उसका सिर वापस मुड़ा। उसने विजय को पहचान लिया था।

उन्होंने जल्दी-जल्दी आपस में बातचीत की और अलग हो गए।

उनमें से एक भीड़ में से रास्ता बनाता हुआ उसकी ओर बढ़ा। बाक़ी ग़ायब हो गए।

वे लोग कहाँ जा रहे थे? लेकिन सोचने का वक़्त नहीं था। उसका पीछा करने वाला आदमी उसके क़रीब आता जा रहा था।

विजय भीड़ में घुसता गया, वह पीछा करने वाले और अपने बीच ज़्यादा से ज़्यादा लोगों को बनाए रखने की कोशिश कर रहा था। सहसा उसको बाज़ू में एक गली दिखाई दी। पीछे मुड़कर पीछा करने वाले को देखते हुए जो भीड़ में अपना रास्ता बनाने की कोशिश कर रहा था, विजय उस गली में घुस गया। उसको अनुमान नहीं था कि वह गली किधर जाती

थी लेकिन उसे किसी तरह होटल पहुँचकर बाक़ी लोगों को सचेत करना ज़रूरी था।

गली के दोनों ओर पेड़ थे और पक्के मकान बने हुए थे। यह शहर का आवासीय हिस्सा था।

सहसा उसने अपने आगे एक आदमी को बंदूक उठाए जाते हुए देखा।

यह फ़ारूख़ का आदमी था।

वह इस उम्मीद में चक्कर लगाकर वहाँ आया होगा कि इस गली के रास्ते वह फेरी वालों के बाज़ार में पहुँच जाएगा। यह संयोग ही था कि विजय ने इसी गली को अपने भागने के लिए चुना था।

विजय ने मन ही मन गाली बकी और एक पेड़ के नीचे दुबक गया। गोलियाँ पेड़ से टकराईं और सनसनाती हुईं उसकी बग़ल से निकल गईं; सायलेंसर ने उनकी आवाज़ों को दबा रखा था।

उसने तेज़ी से सोचा। पेड़ के पीछे से निकलकर वह पेड़ों से अपना बचाव करता हुआ गली में भागा। वह जैसे ही किसी पेड़ के पीछे से नमूदार होता बंदूकधारी गोली दाग देता।

उसकी क़िस्मत कब तक साथ देने वाली थी?

उसके दिमाग़ में एक योजना बनने लगी। बंदूकधारी काफ़ी आगे आ गया था और अब वह उससे बीस-तीस फ़ुट की दूरी पर ही था।

आरपार के फ़ैसले की घड़ी थी। विजय ने थैले की चेन सरकाई और पत्थर की उस गेंद को निकाल लिया। उसे लगा कि उसमें अभी भी वह एथलेटिक सामर्थ्य बची हुई थी जिसने एमआईटी में उसकी बहुत मदद की थी। वह गेंद को हाथ में लिए पेड़ के पीछे से बाहर आ गया। उसके पास बंदूकधारी पर वार करने का एक ही मौक़ा था। अगर वह चूक गया तो...

गोलियाँ पीछे से आकर पेड़ से टकराईं। विजय झटके से मुड़ा और दहशत से भरकर उसने देखा कि जो आदमी बाज़ार में उसका पीछा कर रहा था वह भी गली में घुस आया था।

अब छिपने की कोई जगह नहीं थी। दोनों बंदूकधारी उसकी ओर बढ़ने लगे।

वह फँस चुका था।

अपहृत!

राधा दूसरे लोगों को विजय के इंतज़ार में होटल की लॉबी में छोड़कर अपने कमरे की ओर चली गई। बराबर का सफ़र थकाने वाला रहा था और इसके पहले कि वे फिर से इकट्ठे होकर अपनी खोज पर चर्चा करते, वह इस बीच थोड़ा आराम करना चाहती थी।

एक और भी चीज़ थी जो उसको परेशान किए हुए थी। बाद के दिनों में वह विजय के प्रति अपने ज़बरदस्त लगाव को लेकर सचेत हो उठी थी। वह इस चीज़ को समझ नहीं पा रही थी।

वे बचपन के दोस्त रहे थे और जब वयस्क होकर वे दो साल पहले मिले थे तो वह उसके प्रति काफ़ी उत्सुक हो उठी थी। इन खोज यात्राओं के दौरान उसने पाया था कि वह अक्सर विजय के बारे में सोचा करती थी। वह उन पलों को याद कर सकती थी जब उसके भीतर विजय की समस्याओं और खुशियों में हिस्सा लेने की इच्छा जागती थी।

क्या विजय भी ऐसा ही महसूस करता था? उसने पाया कि बैराठ में जब फ़ारूख़ के आदमियों ने उससे दुर्व्यवहार करने की कोशिश की थी तो उसने जिस तरह उसका बचाव किया था उसमें उसने वैसे कुछ जज़्बात महसूस किए थे। लेकिन वह पक्के तौर पर कुछ नहीं कह सकती थी। और, उसने खुद को याद दिलाई कि वह अमेरिका में रहता था, वह अमेरिकी नागरिक था। अगर उसे यक़ीन भी हो जाए कि विजय उसके जैसे जज़्बातों में साझा करता था तो भी क्या यह रिश्ता कामयाब हो सकता था? राधा ने गहरी साँस ली। उसके दिमाग़ में एक ख़याल आया। वह कॉलिन से बात करके देख सकती है। उसकी कॉलिन से अच्छी बनती थी और वह जानती थी वह विजय के कितने क़रीब था। हो सकता है कि वह उसकी मदद कर सके।

दरवाज़े पर दस्तक हुई। वह उछल कर खड़ी हो गई। क्या यह विजय था? उसने इस ख़याल को झटकने के लिए अपना सिर हिलाया। वह उसके साथ के लोगों में से कोई भी हो सकता था। उसने दरवाज़ा खोला।

उसे गहरा झटका लगा जब उसने दो बंदूकधारियों को अपने सामने खड़े देखा। उनके पीछे एक ख़ुशनुमा चेहरे वाला आदमी था जिसके चेहरे पर मुस्कराहट थी।

"मिस राधा शुक्ला?" उसने स्नेहपूर्वक पूछा। "मैं फ़ारूख़ सिद्दीक़ी हूँ। आपने यक़ीनन मेरे बारे में सुना होगा। मेहरबानी करके मेरे साथ आइए। किसी तरह का विरोध जताने से या शोरशराबा मचाने से कोई फ़ायदा नहीं होगा। अगर आपने ऐसा किया तो आप मार दी जाएँगी।"

राधा जानती थी कि भागने की कहीं कोई गुंजाइश नहीं थी।

कार्यसूची का खुलासा

इमरान अभी भी यही सोचे जा रहा था कि भीम सिंह कबसे खड़ा उसे देख रहा था या वह क्यों लौट आया था। उसका प्रशिक्षण उसपर सवार हो उठा और बिना सोचे-समझे उसका हाथ कमर में बँधे हौल्स्टर पर उसकी ग्लॉक की ओर चला गया। अभी उसकी अँगुलियों ने हथियार को ठीक से छुआ भी नहीं था कि तभी उसने अपने हाथ में एक तेज़ झटका महसूस किया। वह एक हलका बिजली का झटका जैसा था। उसका हाथ झटके से अपनी जगह से हट गया।

लगभग तभी उसने अपने मोबाइल फ़ोन की झनझनाहट महसूस की और उसके छिपे हुई इयरपीस की मार्फ़त उसको वैद की आवाज़ सुनाई दी।

"किदवई? तुमने मुझे फ़ोन किया था?"

इमरान अकड़ गया। "किदवई? क्या तुम्हें मेरी आवाज़ सुनाई दे रही है?" वैद ने फिर से पूछा।

"अगर मैं तुम्हारी जगह होता तो मैंने काउबॉय बनने की कोशिश न की होती," भीम सिंह ने शांत स्वर में कहा और अपनी कलाई से बँधी स्टील की पट्टी से खेलने लगा। "ये तो महज़ एक नमूना था। मैंने इन्हें अब उस स्तर पर तैयार कर रखा है कि यह तुम्हें वहीं पर ढेर कर दे सकता है जहाँ तुम खड़े हो।"

इमरान को वह बातचीत याद आई जो उसने महाराजा और बकवर्थ के बीच होते सुनी थी। अमेरिका के उपराष्ट्रपति के सामने इस हथियार का प्रदर्शन करने के लिए भीम सिंह ने अपनी घड़ी उतार ली थी। कलाई के पट्टे। अब उसको उस हथियार की तासीर समझ में आई। कलाई के ये पट्टे किसी तरह एक दूरी तक विद्युत चार्ज पैदा करने में सक्षम थे। वे कितनी दूरी तक करेंट पहुँचा सकते थे इसका तो उसे अनुमान नहीं था लेकिन वे ज़रूरत पड़ने पर शक्तिशाली झटका दे सकते थे।

ये क्या टेक्नोलॉजी थी? और यह कहाँ विकसित की गई थी? उसने अपने हाथ कमर पर रख लिए जहाँ भीम सिंह उन्हें देख सकता था। महाराजा मुस्कराया। "स्मार्ट। ज़ाहिर है कि अगर तुम यहाँ तक आ पहुँचे हो तो इसका मतलब है कि मेरी सुरक्षा-व्यवस्था नाकामयाब रही है। अंततः ये अच्छा ही हुआ कि मैं यहाँ अपनी घड़ी भूल गया था जिसे लेने मैं वापस यहाँ आया। तुम यहाँ तक कामयाब रहे। वह आसान था।" वह एक ओर मुड़ा और उसने दरवाज़े के हैंडल को घड़ी की उलटी दिशा में घुमाया। पल भर पहले इमरान जिस दीवार को परख रहा था वह नीचे चली गई, और उन सीढ़ियों का रास्ता खुल गया जो ज़मीन के नीचे के कक्ष की ओर जाती थीं।

वैद ख़ामोश हो गया था। क्या उसने फ़ोन काट दिया था या वह उनकी बातें सुन रहा था? क्या उसको इमरान की दशा का अहसास हो गया था? इमरान यही उम्मीद कर रहा था कि वैद ने भीम सिंह की आवाज़ पहचान ली होगी और वह अभी भी फ़ोन पर होगा।

"तुम्हें इसी की तलाश थी न?" भीम सिंह हैंडल की ओर इशारा करते हुए कह रहा था। तुमने ये नहीं सोचा था कि मैंने इसे इतना आसान बनाया हुआ था कि कोई भी इसको पहचान सकता है, है न? अत्याधुनिक बायोमैट्रिक्स। सिर्फ़ मैं ही इस तलघर को खोल सकता हूँ।" उसने इमरान को सीढ़ियों की ओर बढ़ने का इशारा किया और खुद उसके पीछे चल पड़ा।

इमरान ने स्वयं को एक बड़े आयताकार कमरे में खड़ा पाया, जो गहरी नीली रोशनी से भरा हुआ था जिसके किनारों पर वही बैंगनी रोशनी थी, जिसे उसने पहले कमरे से रिसता देखा था। वह रोशनी उसे नाइट क्लब की याद दिला रही थी। कमरे की दीवारें सफ़ेद चमक रही थीं और उसने दो मोटे खंभे देखे जो कमरे को असमान हिस्सों में बाँट रहे थे।

वह समझ गया कि वह कमरा परा बैंगनी प्रकाश से रोशन था और दीवारों पर संभवतः फ़्लोरेसेंट रंग पुता हुआ था।

उस हलकी नीली रोशनी में भी वह देख पा रहा था कि दीवारें जगह-जगह खुरची हुई थीं। उसके दाईं तरफ़, दीवार की लंबाई के समानांतर एक शेल्फ़ था जो दीवारों की तरह सफ़ेद चमक रहा था, जिसपर अलग-अलग आकार-प्रकार की विभिन्न धातुई चीज़ें प्रदर्शित थीं। उनमें से कोई भी चीज़ उसकी जानी-पहचानी नहीं थी, लेकिन बकवर्थ ने जिस तरह की प्रतिक्रिया की थी उसे याद करते हुए वह इस निष्कर्ष पर पहुँचा कि वे भीम सिंह के हाथ पर बँधी पट्टी की तरह के किसी क़िस्म के हथियार थे।

कमरे के दूसरी तरफ़ बड़े-बड़े मशीनी उपकरण रखे हुए थे जो तीन से सात फुट तक ऊँचे थे। उनमें से कुछ धातु के बने धनुष जैसे दीखते थे जो पहियेदार प्लेटफ़ार्मों पर कसे हुए थे। वे क्या चीज़ें थीं यह तो वह नहीं समझ सका लेकिन उनके उद्देश्य का अनुमान वह लगा सकता था।

ये सारी चीज़ें भीम सिंह को कहाँ से मिलीं?

"मैंने सुन रखा है कि तुम इंटेलीजेंस ब्यूरो के एक प्रतिभाशाली व्यक्ति हो।" भीम सिंह चेहरे पर दया का भाव लिए उसे ग़ौर से देख रहा था। "ये बहुत बुरा है कि तुमने ऐसे मामलों में अपनी नाक घुसेड़ने की कोशिश की है जिनसे तुम्हारा कोई लेना-देना नहीं है। मैंने तुम्हारे लिए चीज़ें आसान बनाने की कोशिश की थी। जब तुमने मुझसे पूछताछ करने की कोशिश की थी तो मैंने तुम्हें चलता कर दिया था। मैंने गृह मंत्री के माध्यम से दबाव डलवाया था। लेकिन लगता है तुम्हें मुसीबतें मोल लेने की आदत है। और तुमने क्या किया? मेरे घर में घुस गए। मैं नहीं जानता कि तुम यहाँ कब से हो और तुमने क्या कुछ देखा और सुना है, लेकिन मैं अब तुम्हें फ़िलहाल जाने नहीं दूँगा। तुम्हें ज़िंदा रखना भी मुझे महँगा पड़ सकता है। बहुत बड़ा झमेला है।"

इन शब्दों को सुनकर इमरान का ख़ून ठंडा पड़ गया। इस उम्मीद में कि वैद अभी भी फ़ोन पर होगा और उनकी बातें सुन रहा होगा, उसने महाराजा को बातचीत में उलझाए रखने की कोशिश करने का फ़ैसला किया।

“तो आपका ख़याल है कि इन खिलौनों की मदद से आप अमेरिका के राष्ट्रपति की हत्या कर देंगे और बकवर्थ को उनकी जगह बिठा देंगें?” उसने अवज्ञा के भाव से महाराजा की ओर देखा।

भीम सिंह पल भर उसे ग़ौर से देखता रहा और फिर हँस दिया, उसके दाँत परा बैंगनी रोशनी में चमक उठे। इमरान जानता था कि उसने सही जगह पर चोट की थी।

“तो तुमने बकवर्थ के साथ मेरी बातचीत को सुन लिया है।” महाराजा ने दबी हुई हँसी के साथ कहा। “और तुम्हें लगता है कि इस सबका उद्देश्य बकवर्थ को अमेरिका का राष्ट्रपति बनाना है? मैं ऐसा क्यों करना चाहूँगा?”

इमरान ने बेवक़ूफ़ दिखने की कोशिश की। “व्यापारिक वजहों से। आप एक कारोबारी हैं और आपकी कंपनी के हित वैश्विक स्तर पर फैले हुए हैं। विश्व की वाणिज्यिक गतिविधि में अपने रसूख को बढ़ाने का इससे बेहतर और क्या तरीक़ा हो सकता है कि आप वैश्विक अर्थव्यवस्था के आर्थिक इंजन के लिए किंगमेकर होने का काम करें? मंदी के बावजूद अमेरिका वैश्विक वाणिज्य और व्यापार के लिए अब भी महत्त्वपूर्ण है।” उसका दाँव यह था कि इससे महाराजा का अहंकार भड़केगा और वह अपने असली इरादों को बढ़ाचढ़ाकर बताने लगेगा।

लगा जैसे भीम सिंह ने इमरान के शब्दों पर ग़ौर किया। “मेरा ख़याल है कि तुम्हें सच्चाई बताने से कोई ख़ास नुक़सान नहीं होगा,” उसने अंततः कहा। “आख़िर तुम कहीं जाने वाले तो हो नहीं।”

इमरान मन ही मन मुस्कराया। महाराजा के अहंकार के बारे में उसका सोचना सही था।

“ये अमेरिका से कहीं ज़्यादा बड़ी चीज़ है। जी20 के नेताओं का सफ़ाया कर और उनकी जगह पर अपने आदमियों को बिठाते हुए हम दुनिया के आर्थिक रूप से सबसे ज़्यादा समृद्ध देशों पर अपना नियंत्रण क़ायम कर लेंगे। इससे हमें विश्व भर में व्यावसायिक अवसरों को हथियाने का अभूतपूर्व मौक़ा मिलेगा और हमारा वैश्विक प्रभुत्व क़ायम होगा। अबाधित।” अपनी भविष्यवाणी से ख़ुश उसने चमकते चेहरे के साथ इमरान की ओर देखा।

"और आप अपनी इस योजना में कामयाब कैसे होंगे?" ठीक यही चीज़ थी जिसका उसने और ब्लैक ने पहले अनुमान लगाया था।

"मैं अपनी बात उस खोज के साथ शुरू करूँगा जो मेरे एक पूर्वज, राजीवगढ़ के पहले महाराजा ने 1500 साल पहले की थी।"

भीम सिंह ने अपने उस पूर्वज की उस खोज की कैफ़ियत दी जिसका संबंध *महाभारत* से था। उसने इमरान को उस गुप्त अलौकिक शस्त्र की जानकारी दी जो समय की धुंध में खो गया था और समाज की स्मृति से लुप्त हो गया था। एक नए क़िले का निर्माण करने के दौरान एक शिलालेख मिला था। वह अद्भुत ढंग से सुरक्षित था और *महाभारत* की एक कथा का बयान करता था। एक ऐसी कहानी जो इस महाकाव्य के सारे लिखित संस्करणों में कहीं नहीं थी।

जब उसने अपना क़िस्सा पूरा कर लिया तो इमरान के चेहरे पर संदेह का भाव उभरा। "आप एक ऐसी किंवदंती पर कैसे यक़ीन कर सकते हैं जो हज़ारों साल पुरानी है? *महाभारत* एक मिथक है। उसमें बयान किए गए हज़ारों साल पहले लड़े गए भयानक युद्ध में कुछ सच्चाई हो सकती है लेकिन देवताओं के दिए गए जादुई अस्त्र? निश्चय ही आप गंभीर नहीं हैं?"

"यहीं पर तुम ग़लती पर हो। अपने चारों ओर देखो। जो तुम देख रहे हो वे *महाभारत* के तथाकथित अलौकिक अस्त्र हैं; आधुनिक कारख़ानों में आधुनिक अस्त्र तैयार करने के लिए प्राचीन डिज़ाइनों का इस्तेमाल। *महाभारत* और उसकी ऐतिहासिक प्रामाणिकता के पीछे जो भी सच्चाई हो, लेकिन उन अस्त्रों का वजूद था; और उसमें वह हथियार भी शामिल है जिसका वर्णन पत्थर पर उकेरी गई उस इबारत में किया गया था। जानते हो, मेरे उस पूर्वज ने एक और अद्भुत खोज की थी।"

"अशोक महान ने उस जगह को ढूँढ़ निकाला था जहाँ पर वह अस्त्र छिपा हुआ था और उसने एक गुप्त भ्रातृसंघ की स्थापना की थी ताकि वह उस स्थल को छिपा कर रखता और उस अस्त्र का कभी किसी को पता न चल पाता। मेरे पूर्वज के दरबार का ज्योतिषी इस भ्रातृसंघ का एक सदस्य था। लेकिन दुर्भाग्य से इससे पहले कि मेरे पूर्वज को उससे पूछताछ करने का मौक़ा मिल पाता और वे और ज़्यादा जानकारी जुटा पाते, वह ज्योतिषी नदारद हो गया और फिर कभी दिखाई नहीं दिया। ग्यारह साल पहले, एक

हैरतअंगेज़ घटनाचक्र के चलते उस ज्योतिषी की अस्थियाँ अफ़गानिस्तान में मिलीं और उन्हीं के साथ मिला वह मज़मून जिसमें उस जगह का सुराग़ था जहाँ यह अस्त्र छिपा हुआ है।"

"और आपको उस जगह का पता चल गया है और अब आपकी योजना है कि आप अपनी मुहिम को आगे बढ़ाने के लिए इस विस्मयकारी हथियार का इस्तेमाल करेंगे?" इमरान अपने स्वर में छिपे अविश्वास को व्यक्त करने से नहीं रोक सका।

"नहीं। हमें अभी तक उस जगह का पता नहीं चला है। लेकिन हमारे सहयोगी इस काम में लगे हुए हैं। हमारे पास उस अस्त्र का एक नमूना है। अफ़गानिस्तान में मिले मज़मून से हमें एक और गुप्त स्थल का पता चला जहाँ हमें इस अस्त्र को तैयार करने के कुछ और ब्यौरे ज्ञात हुए। हम पिछले तीन साल से उस नमूने को तैयार करने में लगे रहे हैं। बदक़िस्मती से वे मज़मून अधूरे थे। नमूना पूर्ण नहीं है। हमें उसे पूरा करने और पूरी तरह से कारगर रूप देने के लिए मूल अस्त्र के नमूने की ज़रूरत है।"

सहसा इमरान को समझ में आया - विजय सिंह और उसके दोस्त। वे किसी न किसी रूप में इस चीज़ में शामिल थे। तो ये चीज़ है जो फ़ारूख़ उनसे चाहता था - इस अस्त्र के छिपे होने का स्थल। लेकिन विजय को इसकी जानकारी कहाँ से मिली होगी?

एक और विचार उसके दिमाग़ में कौंधा। उसने भीम सिंह को बकवर्थ से कहते सुना था कि उसने विजय और किसी एक और व्यक्ति, एक स्त्री, को बंधक बनाने का निर्देश फ़ारूख़ को दिया था। उसे उस औरत की याद थी जब वह उससे मिलने क़िले में गया था वह स्त्री और विजय ख़तरे में थे!

"मैं अभी भी नहीं समझ पा रहा हूँ कि यह प्राचीन अस्त्र आपकी किस तरह मदद करेगा।" इमरान ने कहा। "एलईटी के ऐलान के बाद तो अपनी योजना को अंजाम देने का आपके पास कोई मौक़ा ही नहीं होगा।"

भीम सिंह मुस्कराया, और उसके दाँत एक बार फिर चमक उठे। "फिर ग़लत। यह अस्त्र हमें एलईटी की धमकी को अंजाम देने में मदद करेगा। मैं तुम्हें नमूना दिखाता हूँ और तब तुम मेरा मतलब समझ जाओगे।" उसने कमरे के एक कोने की ओर इशारा किया।

इमरान ने वहाँ रखे हुए यंत्र की ओर सहज भाव से देखा। "ये है?"

भीम सिंह ने एक स्विच को झटका दिया और कमरा सहसा कॉम्पैक्ट फ़्लोरेसेंट बल्बों की सफ़ेद रोशनी से नहा गया।

इमरान ने उस यंत्र को देखा जिसको वह अभी तक पराबैंगनी रोशनी में देख रहा था और उसका मुँह खुला का खुला रह गया। अब जबकि पराबैंगनी बत्तियाँ बुझा दी गई थीं उसे अपनी आँखों पर विश्वास नहीं हुआ। तो ये लोग इस तरह अपनी योजना को अंजाम तक पहुँचाने वाले थे।

महाराजा का कहना सही था। अगर वे उस अस्त्र को सिद्ध कर लेते, तो उनको उनकी मुहिम को कामयाब होने से कोई नहीं रोक सकता था।

28

सितम्बर 2001

बमियान, अफ़गानिस्तान

जाड़ों का मौसम एक बार फिर सिर पर था और बरान ने उस संदूक को खोला जिसमें उसके जाड़ों के कपड़े रखे हुए थे।

उसने साधारण लबादे, चोगे और शॉल निकाले और उन्हें संदूक की बग़ल में रख दिया।

उसने जैसे ही एक बादामी शॉल निकाला उसमें लिपटी कोई चीज़ फिसलकर गिर पड़ी। ये एक बंडल था जिसको सुरक्षित रखने शॉल में लपेटकर रखा गया था।

उसने तुरंत उस बंडल को पहचान लिया जिसमें वह धातुई डिस्क और वे मज़मून रखे हुए थे जिनको उसने कुछ महीने पहले तब खोज निकाला था जब वे बुत ढहाए गए थे। वह उनके बारे में भूल चुका था।

उसके दिमाग़ में एक ख़याल आया। कुछ दिन पहले मोहम्मद बिन जबल आया था। अल क़ायदा के नेता की मदद के लिए एक जमावड़े के दौरान उससे उसकी मुलाक़ात कराई गई थी। दो हफ़्ते पहले न्यू यॉर्क के वर्ल्ड ट्रेड सेंटर की तबाही ने तालिबान के भीतर एक हलचल पैदा कर दी थी और अल क़ायदा तथा बिन लादेन की इज़्ज़त में बहुत इज़ाफ़ा हुआ था।

बिन जबल अफ़गानिस्तान के इस हिस्से में तालिबान की मुहिमों का जायज़ा लेने आया था, क्योंकि ऐसी अफ़वाहें तेज़ी से फैल रही थीं कि

अमेरिका बिन लादेन को नेस्तनाबूत करने के इरादे से अफ़गानिस्तान में सैन्य कार्रवाई करने की योजना बना रहा था।

लेकिन बरान के दिमाग़ में इस वक़्त जो चीज़ चल रही थी उसका बिन जबल के आगमन के उद्देश्य से कोई वास्ता नहीं था।

उसे तो तालिबान के उसके एक साथी ने बताया था कि बिन जबल प्राचीन वस्तुओं का अल क़ायदा का एक उस्ताद और अंतरराष्ट्रीय ब्लैक मार्केट का एक व्यापारी भी था। ये वह साधन था जिसकी मदद से अल क़ायदा अफ़गानिस्तान और उससे बाहर की अपनी गतिविधियों को संचालित करके धन जुटाता था।

बरान ने एक बार फिर उस बंडल को देखा। इस खोज का अनोखापन वक़्त के साथ फ़ीका पड़ गया था। यहाँ तक कि एक निशानी के रूप में भी वह उन पत्थर के टुकड़ों - बुद्ध के ध्वस्त बुतों के टुकड़ों - के मुक़ाबले फ़ीकी थी जिनको बरान अपने साथ घर ले आया था। क्या उन्हें अपने पास रखे रहने का कोई फ़ायदा था?

उसने फ़ैसला कर लिया। वह बिन जबल से बात करेगा और उसे वे मज़मून दिखाएगा। मुमकिन है वह उस लिखावट को पढ़ ले और फ़ैसला कर सके कि उनकी कोई क़ीमत है या नहीं। निश्चय ही बिन जबल उनके बदले उसे कुछ पैसा दिलवाने में मदद कर सकेगा?

पैसा ज़्यादा ठीक होगा। उनको जाड़ों के लिए नए कपड़ों की ज़रूरत है। वह बंडल को बाज़ू में दबाकर पक्के इरादे के साथ घर से निकल पड़ा, संदूक की बाजू में पड़ा कपड़ों का ढेर जस का तस पड़ा रहा गया, वह उसे बिलकुल भूल चुका था।

29

वर्तमान काल

आठवाँ दिन

पटना

पल भर के लिए विजय वहीं स्तब्ध खड़ा रह गया। उसको समझ नहीं आ रहा था कि उसे क्या करना चाहिए। फिर, उसे समझ में आ गया कि कामयाबी की संभावनाएँ उसके पक्ष में नहीं थीं; उसने गेंद को ज़मीन पर रख दिया और हाथ ऊपर उठाकर तनकर खड़ा हो गया।

दोनों बंदूकधारी सावधानी के साथ उसकी ओर बढ़े। फ़ारूख़ ने उन्हें उसे ज़िंदा पकड़ कर लाने के निर्देश दिए हुए थे। वे लोग उसकी ओर सिर्फ़ इसलिए गोलियाँ चला रहे थे ताकि उसको किसी क़िस्म की आक्रामक चालबाज़ी करने से रोक सकते और जिस तरह वह पिछली बार उनके चंगुल से निकल भागा था उसे देखते हुए उसे कोई मौक़ा नहीं देना चाहते थे।

उनमें से एक आदमी ने उस गेंद को उठाकर अपने कंधे से लटके थैले में डाल लिया। दूसरे ने अपनी बंदूक विजय की पसलियों से सटा दी और तीनों आदमी फेरी वालों के बाज़ार से दूर चल पड़े।

विजय को यह जानकर आश्चर्य हुआ कि उन आदमियों को शहर की गलियों-सड़कों की ख़ासी जानकारी थी। उनके रूपरंग और लहज़े को देखते हुए वे लोग निश्चय ही वहाँ के स्थानीय निवासी नहीं थे। केवल एक ही संभावना थी कि उन्होंने उस इलाक़े की पहले से ही भरपूर टोह ले रखी होगी, जिसका मतलब था कि वे नक़्शों और जीपीएस उपकरणों से लैस थे।

ये जो भी आदमी रहे हों, उन्हें भरपूर धन मिला हुआ था। वे जहाँ कहीं की भी यात्रा में अपनी बंदूकें अपने साथ ले जाने में सक्षम थे। वे यह सब कैसे कर पा रहे थे यह उसकी समझ से परे था लेकिन वे कर पा रहे थे यह डराने वाली बात थी।

फ़िलहाल वे उस जगह पहुँचे जहाँ एक ख़ाली पार्किंग इलाक़े में काले रंग की दो फ़ोर्ड एंडेवर खड़ी हुई थीं। उन दो वाहनों और उनके इंतज़ार में खड़े आदमियों के अलावा वह स्थान वीरान प्रतीत होता था।

विजय के हाथ उसके पीछे बँधे हुए थे और उसको बेहूदे ढंग से फ़ोर्ड में धकेल दिया गया। वह विरोध जताना चाहता था लेकिन जानता कि वह व्यर्थ होता। कार में बैठा वह सोच ही रहा था कि आगे क्या होने वाला था लेकिन उसने पाया कि वे आगे नहीं बढ़ रहे थे।

वे किस चीज़ का इंतज़ार कर रहे थे?

पल बीतते गए और वह वाहनों के बाहर खड़े लोगों को कर्कश स्वर में बतियाते सुनता रहा। वह समझ नहीं सका कि वे क्या बातें कर रहे थे, इसलिए उसने अपने ख़यालों को आशावादी बनाए रखने पर अपना ध्यान केंद्रित किया। हो सकता है फ़ारूख़ उससे वह पत्थर की गेंद छीन लेने के बाद उसको छोड़ दे।

उसकी उम्मीदें बुरी तरह चकनाचूर हो गईं जब उसने देखा कि एक बार फिर उस वाहन का दरवाज़ा खुला और राधा को, जिसकी कलाइयाँ बँधी हुई थीं, उसकी बग़ल में धकेल कर बिठा दिया गया। उसके चेहरे पर आतंक के भाव को देखकर उसका दिल बैठ गया और उसके अंदर ही अंदर कोई चीज़ ढह गई।

इस घटनाक्रम से भयभीत उसने उसे मुँह फाड़े देखा, तभी दो आदमी सामने की सीट पर आ बैठे और दो आदमी पीछे की सीट पर चढ़ गए और वह एसयूवी पार्किंग से निकलकर आगे बढ़ गई।

विजय राधा को सांत्वना देना चाहता था, लेकिन उसके शब्दों ने उसका साथ नहीं दिया। उसके ख़ुद के आतंक की जगह हताशा के एक अपरिभाषेय अहसास ने ले ली और वह उसकी ओर यूँ ताकता रह गया मानो महज़ अपनी इच्छाशक्ति के बल पर वह उसकी आज़ादी की गारंटी दे सकता हो।

राधा ने कुछ नहीं कहा, लेकिन वह आँखें फाड़े उसकी ओर देखती रह गई। वह जानती थी कि उस स्थिति से बाहर निकलने के लिए वे कुछ भी नहीं कर सकते थे। न ही उसके पिता या कॉलिन या वाइट ही उसकी कोई मदद कर सकते थे।

वे बाक़ायदा क़ैद किए जा चुके थे।

आईबी हैडक्वार्टर्स चौकसी पर

अर्जुन वैद ने पूरा ध्यान लगाकर सुना। उसकी डेस्क के सामने बैठे आईबी के दो अधिकारी बैठे थे लेकिन उन्हें नज़रअंदाज़ करते हुए उसका पूरा ध्यान स्पीकर फ़ोन पर था। इमरान को फ़ोन करते वक़्त उसने भीम सिंह की आवाज़ को पहचान लिया था, और यह समझने के लिए उसे ज़्यादा देर सुनने की ज़रूरत नहीं पड़ी कि इमरान का अनुमान सही था। उसके बाद वहाँ काफ़ी कुछ गतिविधियों की आहट मिलती रही लेकिन वह फ़ोन पर बना रहा क्योंकि वह उस बातचीत के थोड़े से भी हिस्से को सुनने से चूकना नहीं चाहता था।

वह फ़ोन इस वक़्त रिकॉर्ड किया जा रहा था और उसने इससे भी आगे बढ़कर गृहमंत्री को फ़ोन कर दिया था और फ़ोन को उनके फ़ोन से जोड़ दिया था ताकि वे खुद भी उस बातचीत को सुन सकें। गृहमंत्री अपनी ईमानदारी के लिए जाना जाता था और वैद जानता था कि भीम सिंह का जो भी इरादा हो, गृहमंत्री को उसकी जानकारी नहीं रही होगी।

कमांडो का एक दल तत्काल भीम सिंह के फ़ार्म हाउस के लिए रवाना कर दिया गया था और उसे निर्देश दिया गया था कि वह उस इमारत को घेर ले और सुनिश्चित करे कि कोई भी साक्ष्य नष्ट न होने पाए। भीम सिंह के प्रभाव और राजनैतिक दबदबे के मद्देनज़र वैद यह सुनिश्चित करना चाहता था कि उनके पास इतने पर्याप्त सबूत हों कि वह इसके बाद बचने न पाए। वह यह भी जानता था कि इमरान को उस जंजाल से बाहर निकालना उसकी ज़िम्मेदारी थी।

वह बातचीत जैसे-जैसे आगे बढ़ती गई वैद को यह अहसास हो गया कि समूची स्थिति बहुत पेचीदा थी और उससे कहीं ज़्यादा गहराई तक गई हुई थी जिसकी उन्होंने कल्पना की थी।

"तो अब तुम समझ गए," भीम सिंह कह रहा था जिसकी आवाज़ में फ़तह का भाव था, "कि यह योजना अचूक है। कुछ ही महीनों के भीतर हम इस दुनिया पर शासन करेंगे।" उसने दबी हुई हँसी के साथ कहा। जवाब में ख़ामोशी बनी रही। लगता था इस डींग का इमरान के पास कोई जवाब नहीं था।

"मेरे बारे में काफ़ी बात हो ली," भीम सिंह ने कहना जारी रखा, जैसे इमरान के जवाब की उसको कोई परवाह न थी। "चलो अब हम तुम्हारे बारे में बात करते हैं। हम इसका अंत कैसे करें? देखते हैं..." वह चुप हो गया और एक बार फिर ख़ामोशी छा गई।

"आप बच नहीं पाएँगे," इमरान ने तनाव से भरी आवाज़ में कहा। "अगर आप मुझे मार भी डालेंगे तो भी वे आपको दबोच लेंगे।"

"वे?" भीम सिंह के स्वर में परेशानी का भाव था। "कौन? अच्छा, मैं समझा, आईबी। मेरे दोस्त, उन्हें पता भी कैसे चलेगा कि तुम्हारा क्या हुआ या तुम्हारे ग़ायब हो जाने से मेरा क्या संबंध है? तुम ये तो नहीं ही सोचते होगे कि मैं इतना भोला-भाला हूँ कि मैं अपने सबूतों को साफ़ नहीं कर पाऊँगा?" वह पल भर को रुका।

वैद को अपने स्पीकर फ़ोन पर एक भनभनाहट-सी सुनाई दी, लेकिन वह उस आवाज़ को पहचान नहीं सका।

"अब ये वह चीज़ है जिसको बकवर्थ 'ठंडा' कहेगा।" भीम सिंह के स्वर में सराहना का भाव था। "एक प्राचीन अस्त्र, हिंदुस्तान की सभ्यता जितना प्राचीन। यह सफ़ाई के साथ मारता है।"

वैद ने अपनी घड़ी की ओर देखा। कमांडो कहाँ थे? वे अभी तक पहुँचे क्यों नहीं?

30

जनवरी 2003

विक्रम सिंह का अपार्टमेंट, नई दिल्ली

विक्रम सिंह अपने अध्ययन-कक्ष की डेस्क पर बैठा हुआ था और मिलीजुली भावनाओं के साथ आपस में बँधे उन भूर्ज-पत्रों को देख रहा था। उल्लास के एक भाव ने उसे घेर लिया। लेकिन उसके उल्लास में इस बात को लेकर एक विस्मय भी छिपा हुआ था कि 1500 साल पहले रहस्यमय ढंग से ग़ायब हुए ये मज़मून उतने ही रहस्यमय ढंग से फिर से नमूदार हो गए थे। उसने उन पांडुलिपियों पर से अपना सिर उठाकर उस आदमी की ओर देखा जो डेस्क के दूसरी ओर उसके सामने बैठा हुआ था। फ़ारूख़ सिद्दीक़ी ने खुलकर मुस्कराते हुए विक्रम की ओर देखा। उसका अनुमान सही था। ये मज़मून महत्त्वपूर्ण थे।

"ये अद्‌भुत है!" विक्रम की आँखें उत्तेजना से चमक रही थीं।

"मतलब तुम इस लिखावट को पढ़ सकते हो?"

"बेशक। ये खरोष्ठी है। हिंदुस्तान की एक प्राचीन भाषा।"

फ़ारूख़ आगे की ओर झुक गया। "और ये कहती हैं?"

बजाय उन इबारतों को पढ़ने के विक्रम ने समझाया कि किस तरह वे पांडुलिपियाँ और एक डिस्क राजीवगढ़ के पहले महाराजा के ज्योतिषी के साथ ग़ायब हो गई थीं।

"राजीवगढ़ का पहला महाराजा? आपका मतलब उसी राजीवगढ़ से है जिसपर अब भीम सिंह की हुकूमत चलती है?" अंदर ही अंदर फ़ारूख़

मुस्करा रहा था। इसका मतलब है भीम सिंह और वैन क्लुक को इस तरह नौ के बारे में पता चला था।

विक्रम ने सिर हिलाया। "वही। राजीवगढ़ के पहले महाराजा भीम सिंह के पूर्वज थे और उन्होंने ही राजघराने की शुरुआत की थी। किंवदंती के मुताबिक़, एक दिन उनका ज्योतिषी अचानक ग़ायब हो गया था। महाराजा ने उसकी तलाश कराई लेकिन लगा जैसे वह धरती से ही उठ चुका था। उसी के साथ ग़ायब हो गए नौ के कुछ गुप्त मज़मून और उन दो में से एक धातुई डिस्क जो उस पहेली का हिस्सा थीं जिसे नौ के संगठन ने उस रहस्य के स्थल को छिपाने के लिए गढ़ा था।"

"तुम्हारा मतलब है इसी तरह की कोई डिस्क?" फ़ारूख़ ने अपने थैले में हाथ डालकर धातु की बनी एक गोल डिस्क निकालकर दिखाई।

फ़ारूख़ के हाथ से उस डिस्क को लेते हुए विक्रम के हाथ उत्तेजना से काँप उठे। उसने डिस्क को उन मज़मूनों की बग़ल में डेस्क पर रख दिया और उसको ग़ौर से देखने लगा। सहसा उसने सिर उठाकर देखा।

"ये चीज़ें तुम्हें कहाँ से मिलीं, फ़ारूख़? ये मज़मून, ये डिस्क, ये कुछ ऐसा है जैसे तुम्हारी मुलाक़ात उस ग़ायब राज ज्योतिषी से हो गई हो और उसने ये चीज़ें तुम्हें दे दी हों। ये प्राचीन वस्तुएँ पिछले 1500 सालों से ग़ायब थीं। ये अचानक कहाँ से नमूदार हो गईं?"

"ये नक़ली नहीं हैं, यह मैं आपको यक़ीन दिलाता हूँ।"

"जानता हूँ कि ये नक़ली नहीं हैं। मुझे तो ये कौतूहल हो रहा है कि ये तुमको मिली कहाँ से।"

"ओह, संयोग से मेरी मुलाक़ात अफ़गानिस्तान में प्राचीन वस्तुओं को ख़रीदने-बेचने वाले एक आदमी से हो गई," फ़ारूख़ ने सहज ढंग से जवाब दिया। "ये उसके पास थीं और वह इनका मूल्य नहीं समझता था। जैसे ही मेरी निगाहें इन चीज़ों पर पड़ी, मैं समझ गया कि ये महत्त्वपूर्ण हैं। लेकिन मैं ये लिपि पढ़ नहीं सकता था इसलिए इन्हें तुम्हारे पास ले आया।"

"इनकी उम्र को देखते हुए ये बहुत अच्छी हालत में हैं।" विक्रम उन उन भूर्ज-पत्रों को एक चिमटे से पकड़कर उठाया ताकि उनको कोई नुक़सान न पहुँचे। "ये ईसा की छठवीं सदी से लेकर अब तक बची रह सकीं तो

सिर्फ़ एक कारण से कि इनको भूर्ज-पत्र पर लिखा गया है, जिसका क्षरण नहीं होता। अगर ये अफ़गानिस्तान में मिली हैं तो वहाँ के शुष्क वातावरण और बर्फ़ीले तापमान ने इनके सुरक्षित बने रहने में मदद की होगी।"

"और इनमें लिखा क्या है?" फ़ारूख़ ने ज़ोर डाला।

"बहुत सारी बातें लिखी हुई हैं। इसमें नौ के संगठन के मूल सदस्यों के नामों की सूची है। इसमें उस मुहिम के बारे में बताया गया है जिसके लिए भ्रातृसंघ की स्थापना की गई थी। इसमें कुछ निर्देश भी दिए हुए हैं जिनसे लगता है कि वे किसी छिपी हुई जगह के बारे में दिशा-निर्देश जैसे हैं।" अगले शब्द बोलते हुए उसकी आवाज़ काँपने लगी। "और इसमें *महाभारत* का लुप्त हो चुका अध्याय विमान पर्व भी है, वह अध्याय जिसे अधिकृत तौर पर कभी दर्ज़ नहीं किया गया। यह नौ के रहस्य का ब्यौरा देता है।"

फ़ारूख़ चकित था। "आपका मतलब है उन्होंने ये सब दर्ज़ किया था? क्यों?"

विक्रम ने कंधे झटक दिए। "ये ऐसी चीज़ नहीं है कि उसे कोई भी पढ़ ले। अगर तुम्हें खरोष्ठी आती भी होती तो तुम्हें यह एक प्राचीन मिथक और नौ की कहानी के बयान से ज़्यादा कुछ न लगता। यहाँ तक कि विमान पर्व को भी ऐसा कोई व्यक्ति पहचान न पाता जिसको उसके अस्तित्व की जानकारी नहीं है या उसमें लिखी बातों से वाक़िफ़ नहीं है। ये मज़मून छंदों में लिखे गए हैं। बहुत कम लोग होंगे जो इन छंदों के सही मतलब समझ पाएंगे।"

"मैं जानता हूँ कि आप इसके पूरी तरह क़ाबिल हैं," फ़ारूख़ ने हँसते हुए कहा। "तो क्या इन मज़मूनों में बयान की गई पोशीदा जगह वह है जहाँ नौ के संगठन ने अपने रहस्य को छिपाया हुआ था?"

विक्रम ने इंकार में सिर हिलाया। "हो नहीं सकता। उसका कोई अर्थ नहीं होगा। नौ के संगठन ने रहस्य के स्थल को संरक्षित करने और फिर उसके स्थल का दस्तावेज़ीकरण करने के लिए एक पहेली आविष्कृत करने की इतनी बड़ी मशक्कत क्यों की होगी?"

"नौ का रहस्य है क्या?"

विक्रम उसकी ओर देखकर मुस्कराया। "क्या तुम्हें लगता है कि तुम इसके जवाब के लिए तैयार हो? यह जानने के लिए जिसके बारे में सम्राट अशोक का सोचना था कि वह दुनिया के सामने बहुत बड़ा ख़तरा पैदा कर देगा?"

फ़ारूख़ ने उसकी ओर देखा, उसका चेहरा अब गंभीर था। "मुझे यक़ीन है कि मैं इसके लिए पूरी तरह से तैयार हूँ।"

विक्रम ने आगे की ओर झुककर अपनी निगाह उसपर टिका दी। "तब फिर मैं तुम्हें विमान पर्व पढ़कर सुनाता हूँ। मैं तुम्हारे सामने नौ के रहस्य का खुलासा करने जा रहा हूँ, तैयार हो जाओ!"

31

जनवरी 2004

डोर्चेस्टर होटल, लंदन

एक लंबा आदमी होटल की लॉबी से होकर लिफ़्ट की ओर बढ़ा। उसकी मुड़ी हुई नाक और चाँदी की तरह सफ़ेद बाल थे। बिना रिम का उसका चश्मा उसके चेहरे की सख़्ती में इज़ाफ़ा कर रहा था। उसका सामना करने वाला कोई भी व्यक्ति यह अनुमान लगाता कि वह कोई यूरोपीय व्यापारी था जो असाधारण रूप से समृद्ध था।

यह अनुमान पूरी तरह से ग़लत न होता। क्रिस्तियन वैन क्लुक ऑस्ट्रियन था और पेशे से कारोबारी था; लेकिन उसका खानदान दुनिया के ज़्यादातर हिस्से में फैले फलते-फूलते व्यापार के नाते कई पढ़ियों से संपन्न रहा था। जहाँ वैन क्लुक परिवार के लोग अपनी वंशावली को सैकड़ों साल पुरानी बताते थे - क्रिस्तियन के कुछ पूर्वज हैप्सबर्ग के दरबार के कुलीनों में गिने जाते थे - वहीं कुछ अफ़वाहें यहाँ तक थीं कि क्रिस्तियान खानदान के कुछ पूर्वज उतने सम्मानित नहीं थे जितने वे बताए जाते थे बल्कि वे चोरी छिपे समुद्री डकैती में लिप्त रहे थे, जो जहाज़ों को लूटते और डुबा दिए करते थे और इन्हीं करतूतों से उन्होंने अपनी संपत्ति में इज़ाफ़ा किया था। लेकिन पिछली तीन पीढ़ियों से वह समय के साथ क़दम मिलाकर चलता रहा था और व्यापार के क्षेत्र में कई ऐसे नवाचार किए थे जो वैश्विक कारोबार और व्यापार के क्षेत्र में बहुत महत्त्व रखते थे। इस रणनीति के सहारे वे न सिर्फ़ अपनी संपत्ति में कई गुना इज़ाफ़ा करने में कामयाब रहे थे बल्कि इसके सहारे उन्होंने उन ज़्यादातर देशों के राजनीति के क्षेत्रों में अपने राजनैतिक

प्रभाव को भी मज़बूत कर लिया था जहाँ उनका कारोबार फैला था। कुछ लोगों का कहना था कि वैन क्लुक परिवार का प्रभाव संयुक्त राष्ट्र से भी ज़्यादा तगड़ा था, हालाँकि परिवार इस प्रभाव का इस्तेमाल खुले रूप में करते कभी नहीं देखा गया था।

वैन क्लुक लिफ़्ट के सहारे सबसे ऊपरी मंज़िल पर पहुँचा जहाँ हार्लेक्विन सुईट था।

दरवाज़ा खुला और उसमें से एक आदमी नमूदार हुआ जो मोटे तौर पर वैन क्लुक की ही उम्र का और उतना ही लंबा था लेकिन उसके कंधे चौड़े थे और वह इस यूरोपीय के मुक़ाबले ज़्यादा भारी था। उसके सफ़ेद बाल उसके अभिजात्य चेहरे के ऊपर फैले हुए थे।

भीम सिंह ने खिली हुई मुस्कराहट के साथ वैन क्लुक को देखा और उसे अंदर आने का इशारा किया।

"तो क्या ख़बर है?" वैन क्लुक काउच पर बैठ गया तो भीम सिंह ने उससे पूछा।

"मैं फ़ारूख़ से मिला था। पाकिस्तान में।" वैन क्लुक ने अपने मेहमान द्वारा पेश की गई शानदार सिंगल माल्ट ह्स्किी का घूँट लेते हुए कहा। "वह झाँसा नहीं दे रहा था। उसे वह चीज़ मिल गई है जो हम चाहते हैं।"

भीम सिंह चहक उठा। "धातुई डिस्क? अंततः? आपने देखी वह?"

वैन क्लुक महाराजा के उतावलेपन पर मुस्कराया। "हाँ, देखा उसे। उसको अपने हाथ में लिया। सिर्फ़ डिस्क नहीं। वे मज़मून भी देखे जो भ्रातृसंघ के बारे में और *महाभारत* के गुमशुदा अध्याय के बारे में हैं और वह दस्तावेज़ भी जिसमें उस गुप्त स्थल के बारे में निर्देश अंकित हैं। उसने उन सबका तरजुमा करा लिया है। वे उन दस्तावेज़ों की ताईद करते हैं जो आपको क़िले में मिले थे। उस रहस्य के बारे में हमारा सोचना सही है। अब उसका पता लगाने का साधन हमारे पास है।"

भीम सिंह अपनी कुर्सी पर आराम से बैठ गया। "आपने उस गुप्त स्थल के बारे में निर्देशों का ज़िक्र किया। आपका मतलब है कोई ऐसा मज़मून है जो उस जगह के बारे में बताता है जहाँ रहस्य छिपा हुआ है?"

वैन क्लुक ने इंकार में सिर हिलाया। "फ़ारूख़ को नहीं लगता कि वह इतना आसान है। नौ के संगठन ने वह पहेली न गढ़ी होती अगर उनके पास ऐसा कोई मज़मून होता जो उस पहेली के हाथ लगते ही जवाब दे देता। उसे नहीं मालूम कि इस छिपे हुए स्थल पर हमें क्या मिलेगा लेकिन उसे इस बात का यक़ीन है कि वह वास्तविक रहस्य नहीं होगा। इसके लिए हमें सुराग़ों का पीछा करना होगा। लेकिन अब जबकि वह डिस्क हमारे पास है, हमारे पास एक शुरुआत तो है ही।"

"और इसमें मुश्किल है।"

"मैं नहीं जानता कि हम उसे मुश्किल कहेंगे या नहीं, लेकिन उसकी शर्तें हैं।"

भीम सिंह ने जिज्ञासा के भाव से वैन क्लुक की ओर देखा। वैन क्लुक ने फ़ारूख़ के साथ हुई अपनी बातचीत को बयान किया।

फ़ारूख़ ने सख़्त चेहरे के साथ वैन क्लुक की ओर देखा। "वे मेरी शर्तें हैं। मैं रहस्य चाहता हूँ। मैं जानता हूँ कि आप इस डिस्क के बिना उसे नहीं पा सकते।"

वैन क्लुक ने पल भर विचार किया। "तुम्हारा कहना सही है, रहस्य हासिल करने के लिए हमें तुम्हारी ज़रूरत है - या यूँ कहें कि हमें इसकी ज़रूरत है। लेकिन तुमको भी हमारी ज़रूरत है। तुम्हारे हाथ में रहस्य का आ जाना भर काफ़ी नहीं है। तुम्हें गढ़ने की सुविधाओं की भी ज़रूरत होगी, और आर ऐंड डी लैब्स की, इंजीनियरों की भी ज़रूरत होगी। ये सब सुविधाएँ तुमको कहाँ से मिलेंगी? और अगर तुम किसी तरह से इन संसाधनों को जुटा भी लेते हो, तो तुम अनचाहे ढंग से लोगों की निगाहों में आ जाओगे।"

फ़ारूख़ ने इसपर विचार किया। "तो आपकी क्या पेशकश है?"

"सबसे पहले तो मैं यह समझना चाहूँगा कि अगर वह चीज़ तुम्हारे हाथ लग जाती है तो तुम उससे क्या हासिल करना चाहते हो?"

फ़ारूख़ हिचकिचाया। क्या उसको अपने मंसूबे का खुलासा कर देना चाहिए? लेकिन, फिर ये भी तो था कि अपनी मुहिम को कामयाबी के साथ

अंजाम तक पहुँचाने के लिए उसको इस यूरोपीय और उसके साथियों की ज़रूरत थी।

"ठीक है," उसने अंततः कहा। "मैं समझता हूँ कि एलईटी की रणनीति उसकी महत्त्वाकांक्षाओं के पीछे घिसट रही है। वह एक वैश्विक आतंकवादी ताक़त के रूप में तो उभरना चाहता है लेकिन वह हिंदुस्तान में अपने लक्ष्यों से चिपका हुआ है। मैं उन्हें विश्व के स्तर तक ले जाना चाहता हूँ; एक ऐसी भीषण तबाही को अंजाम देना चाहता हूँ कि दुनिया हमारे क़दमों पर आ गिरे। मैं दुनिया भर की हुकूमतों को निशाना बनाने वाला हूँ; बड़े मुल्क, इस्लाम के दुश्मन। आम तौर से, एक नामुमकिन चुनौती। लेकिन नौ का रहस्य हमारी गिरफ़्त में आ जाने के साथ, ये बच्चों का खेल हो जाएगा। दुनिया में कहीं भी, किसी भी वक़्त आतंक को अंजाम देने की उसकी क़ाबिलियत एक सच्चाई बन जाएगी। तभी इस्लाम की हुकूमत दुनिया पर क़ायम हो सकेगी।"

वैन क्लुक कुछ सोचता लगा। "अद्भुत ख़याल है! लेकिन इसकी तामील में एक खोट है।"

"वह क्या है?"

"एक विश्वव्यापी आतंकवादी संगठन के रूप में तुम जो दहशत क़ायम करना चाहते हो उसे टिकाऊ बनाने के लिए तुम्हें हुकूमतों की, क़ानून और व्यवस्था की और इन मुल्कों में शांति की ज़रूरत होगी। अगर तुम इन सरकारों को गिरा देते हो तो तुम्हारी योजना अराजकतावादी हो जाएगी और चारों तरफ़ बदअमनी फैला देगी। तब तुम एक दहशतगर्द ताक़त के रूप में उनकी अंदरूनी बदअमनी के साथ होड़ कर रहे होगे। तुम निश्चय ही ऐसा नहीं चाहते?"

"तब फिर हल क्या है?"

"यहीं पर हम काम आने वाले हैं। हम रहस्य को पाने में तुम्हारी मदद करेंगे। लेकिन उसे तुम्हारे हाथों में सौंप देने की बजाय हम उसका लाभकारी ढंग से इस्तेमाल करेंगे। हम वह टेक्नोलॉजी विकसित करेंगे जिसकी तुम्हें अपनी योजना को अंजाम देने के लिए ज़रूरत है। इन मुल्कों में हमारे ताक़तवर सहयोगी हैं। हम ऐसे लोगों को पहले से तैयार रखेंगे जो मौजूदा

हुकूमतों के ध्वस्त होते ही उनकी जगह ले सकें। कहने की ज़रूरत नहीं कि ये नई हुकूमतें तुम्हारे लिए ज़्यादा ताबेदार होंगी, ज़्यादा मददगार होंगी और ज़्यादा उपयोगी होंगी।"

"आपको इससे क्या हासिल होगा?" फ़ारूख़ ने पूछा।

"क्यों, ज़ाहिर है, मुनाफ़ा। हम मुँहमाँगी शर्तों पर अपना कारोबार कर सकेंगे, अपना वाणिज्य और व्यापार कर सकेंगे। हमें अपने निवेश के लिए इन हुकूमतों का समर्थन मिलेगा और इनमें अपने कारोबार के लिए बेहतर हालात मिल सकेंगे।"

"ये तो अच्छी योजना मालूम पड़ती है," फ़ारूख़ ने कहा।

"लेकिन मेरी जिज्ञासा है। तुम इन हुकूमतों को गिराओगे कैसे? तुम 20 या 30 मुल्कों की बात कर रहे हो।"

"एकदम सरल है। उन्हें बम से उड़ा देंगे। विस्फोटकों से भरा हुआ एक हवाई जहाज़ इनमें से हरेक मुल्क की संसद या सरकार के तख़्त को निशाना बनाएगा," फ़ारूख़ ने आत्म-विश्वास के साथ जवाब दिया।

"समझा। मैं समझ सकता हूँ कि वह रहस्य इस योजना में कहाँ पर ठीक बैठता है। तो हम इस पर राज़ी हैं?" वैन क्लुक ने अपना हाथ आगे बढ़ा दिया।

"राज़ी।" फ़ारूख़ ने ऑस्ट्रियाई के साथ हाथ मिलाया।

"हमें तुरंत तैयारियाँ शुरू करनी होंगी। हम अपना लक्ष्य अगले दशक के शुरुआती वक़्त में पूरा करना चाहते हैं और अभी बहुत कुछ करना बाक़ी है," फ़ारूख़ के साथ हुई बातचीत का ब्यौरा सुनने के बाद भीम सिंह ने कहा।

"क्यों?"

"क्योंकि 2008 में अमेरिका के राष्ट्रपति के चुनाव के लिए चार साल बाक़ी हैं। बकवर्थ महज़ एक सीनेटर है। वह अपनी छवि बनाने के लिए काम करना चाहता है, राष्ट्रपति के लिए अपनी रनिंग मेट की हैसियत सुनिश्चित करना चाहता है ताकि वह 2008 में उपराष्ट्रपति बन सके। इसके बाद हमारे पास चार और साल यह सुनिश्चित करने के लिए होंगे कि उसे बतौर राष्ट्रपति 2012 में फिर चुन लिया जाए। यही बात दूसरों के संदर्भ में

भी है। उन्हें भी कुछ साल चाहिए ताकि वे अपने आपको स्थापित कर सकें, इस बीच उस तरह के संबंध विकसित कर सकें जो उनके पदासीन होने का वक़्त आने पर उनकी मदद कर सकें। इसी के साथ, हम कभी भी अपनी खोज को पूरा करने में और समय रहते कारख़ाने खड़े करने में सक्षम नहीं होंगे। हमें रहस्य का पता लगाना ज़रूरी है, नमूना तैयार करना ज़रूरी है और उत्पादन शुरू करने से पहले उस नमूने का परीक्षण करना ज़रूरी है। यह सब करते-करते 2010 तक का समय लग जाएगा।"

वैन क्लुक ने अपना चश्मा उतारकर नीचे रख दिया। "आपका कहना सही है। इसमें वक़्त लगेगा। हमें इन देशों में अपने दोस्तों से बात करना ज़रूरी है। उन्हें अपने प्रोफ़ाइल विकसित करने में और ख़ुद को उपयुक्त तरीक़े से स्थापित करने में कुछ साल लग जाएँगे।" उसने भीम सिंह की ओर देखा। "ज़ाहिर है, हिंदुस्तान के अलावा। वह सब आपका है। अंततः।"

भीम सिंह की आँखें चमक उठीं। "मेरे राजघराने ने 1500 सालों तक इस घड़ी का इंतज़ार किया है। राजीवगढ़ के पहले महाराजा राजीव सिंह के समय से ही हम हिंदुस्तान के नक़्शे पर अपने राजघराने का झंडा फहराने का मंसूबा पालते रहे हैं। उन वैभवशाली दिनों को वापस लाने का मंसूबा जब समूचे देश पर एक राजा हुकूमत किया करता था। ईश्वर जानता है कि इस मुल्क के लिए एक राजा की ज़रूरत है। लोकतंत्र यहाँ कामयाब नहीं है। सड़े-गले नेता और घटिया नौकरशाह - उन्हें ज़रूरत है एक ऐसे राजा की जो उनपर हुकूमत गाँठ सके और मुल्क के मामलों को सही दिशा दे सके। यह काम एक महाराजा ही कर सकता है।"

"जानते हैं, जब मुझे वे पांडुलिपियाँ क़िले की गुप्त कोठरी में मिली थीं तो मुझे उनमें लिखी बातों पर भरोसा नहीं हुआ था। वह सब मुझे बेहूदा लगा था। इसके बाद आपको बेगर की वह डायरी मिली।"

वैन क्लुक ने याद किया। "अगर संयोग से मेरी मुलाक़ात उस अमेरिकी से न हुई होती जिसका बाप युद्ध अपराध के मुक़दमों के दौरान न्यूरेम्बर्ग में रहा था, तो मुझे वह डायरी कभी हाथ न लगी होती। उस बेवकूफ़ को लगा कि मैं कोई जर्मन हूँ और उसने बड़े गर्व के साथ मुझे नाज़ी दस्तावेज़ों का वह संदूक खोलकर दिखा दिया जो उसका बाप जर्मनी से लेकर आया था।"

“तुमने उसकी हत्या कर दी थी, है न?” भीम सिंह ने उस चौदह साल पुरानी घटना को याद करने की कोशिश की।

वैन क्लुक ने इंकार में सिर हिलाया। “कभी नहीं। मैं अपने हाथ गंदे नहीं करता। इस काम के लिए मेरे पास कूपर था।”

भीम सिंह बुदबुदाया। “इसमें चौदह साल लग गए। नियति अंततः हमारे साथ है।” वह हँस पड़ा और वैन क्लुक ने उसका साथ दिया।

32

वर्तमान काल

आठवाँ दिन

गुड़गाँव

इमरान ने भीम सिंह के हाथ में उस उपकरण को देखा। महाराजा ने पहले तो उस सिलेंडर के आकार की धातुई ट्यूब के छेद में अपनी अँगुली डाली जिसे उसने खड़ा करके पकड़ रखा था, और फिर एक गोल दाँतेदार डिस्क के बीचोंबीच बने छेद में उस ट्यूब को डाल दिया। जैसे ही उसने अपना हाथ हटाया वह डिस्क ट्यूब की धुरी पर घूमने लगी, कुछ इस तरह संतुलित ढंग से कि डिस्क न तो गिरी और न ही वह ट्यूब को छू रही थी।

"शायद तुम इसे पहचानते होगे?" भीम सिंह ने घूमती हुई डिस्क पर से अपना सिर उठाकर इमरान को देखा। "नहीं? तुमने शायद टेलिविज़न सीरियलों में कलाकारों द्वारा गढ़े गए इसके संस्करण और कम्प्यूटर द्वारा तैयार की गई छवियाँ देखी होंगी। यह वह हथियार है जिसके बारे में बताया जाता है कि भगवान कृष्ण युद्धों में इसका इस्तेमाल किया करते थे; भगवान विष्णु द्वारा प्रयोग में लाया गया दिव्यास्त्र। अगर तुम इसके ऊपर सुनहरा मुलम्मा चढ़ा दो, तो इसको *सुदर्शन चक्र* के रूप में पहचान लोगे। ये एक आश्चर्य है। चुंबकीय बल चक्र को संतुलित रखते हैं और उसे धातु की इस धुरी के चारों ओर घुमाते रहते हैं, उस वक़्त तक जब तक कि चुंबकीय बलों पर भारी पड़ने वाला कोई बाहरी बल संतुलन को गड़बड़ा नहीं देता; इसे किसी की ओर प्रक्षेपित करता हुआ।" वह मुस्कराया। "मैंने इसका थोड़ा-सा

अभ्यास कर रखा है, इसी कमरे में। मैं समझता हूँ मेरा निशाना ख़ासा अच्छा है। तुम्हें कुछ पता भी नहीं चलेगा।"

इमरान की नज़रें दीवार पर पड़ी खरोंचों की ओर गईं। अब वह समझ गया कि वे खरोंचें कैसे बनी होंगी। उसने आने वाली नियति के लिए अपने को तैयार कर लिया। उसने सोचा काश! वह जानता होता कि वैद इस बातचीत को सुन रहा था या नहीं।

"आप मुझे यहाँ इस चीज़ से नहीं मार पाएँगे।" इमरान साहस से काम ले रहा था। "आप अपने फ़र्श पर ख़ून बहाने का जोख़िम नहीं उठाएँगे। इस गुप्त कक्ष में भी।"

भीम सिंह आत्मतुष्ट ढंग से मुस्कराया। "यहीं तुम ग़लती पर हो। जानते हो, सुदर्शन चक्र को कभी किसी ने काम करते हुए नहीं देखा है। लोगों ने सिर्फ़ कलाकारों द्वारा तैयार की गई नक़लें देखी हैं, जिनमें सुदर्शन चक्र सिर काट देता है और ख़ून का फ़व्वारा छूट पड़ता है। चक्र के इस महान रहस्य का अनुमान किसी को नहीं है कि यह एक बूँद भी ख़ून गिराए बग़ैर सफ़ाई के साथ हत्या कर देता है। इसमें एक ऐसा लेज़र है कि यह जैसे ही रक्तवाहिनियों को काटता है वैसे ही वह उनके घाव को जलाकर सुखा देता है। हज़ारों साल पुराना होते हुए भी यह हथियार बहुत आधुनिक है। और, हम उन कलाकारों में से नहीं हैं जिन्होंने चक्र को काम करते कभी नहीं देखा है; हमें इसका प्रत्यक्ष अनुभव है।"

उसको सहसा वह भयावह बात समझ में आ गई। उसने समाचार-पत्रों की उन रिपोर्टों को याद किया जिनमें जौनगढ़ के क़िले में मिले वैज्ञानिक की लाश का बयान किया गया था। "आपने विक्रम सिंह को इसी चीज़ से मारा था।" उसका स्वर धीमा और तनाव से भरा हुआ था।

"एकदम सही।" भीम सिंह उसकी ओर देखकर हँसा। "इस तरह यह जाँचा-परखा हथियार है। जिन लोगों ने इस हथियार को तैयार किया था वे जानते थे कि वे क्या कर रहे थे।"

भीम सिंह ने उस घूमती हुई डिस्क को अपने सिर की ऊँचाई तक ऊपर उठा लिया। उसने अपना हाथ पीछे की ओर किया जैसे वह कोई बरछा चलाने वाला हो।

सहसा ऑटोमैटिक बंदूकों की तीख़ी आवाज़ें सुनाई दीं और उनके पीछे दो विस्फोट हुए और फिर चीख़ने-चिल्लाने की आवाज़ें फ़ार्म हाउस में गूँज उठीं।

भीम सिंह का ध्यान भंग हुआ और भौंचक होकर उसने इमरान पर से झटके से अपनी नज़रें हटाईं। पल भर के लिए हुआ वह ध्यान भंग ही था जिसकी इमरान को ज़रूरत थी। एक झटके के साथ वह संगमरमर के शेल्फ़ की ओर लपका, उसमें से उसने एक गोल चीज़ निकाली और उसे भीम सिंह पर दे मारा।

भीम सिंह बच निकला लेकिन उसे उछलना पड़ा जिससे उसका संतुलन गड़बड़ा गया। लड़खड़ाते हुए उसने अपने को गिरने से रोका, तो उस घूमते हुए चक्र ने झटका खाया और वह उस धातुई सिलेंडर से अलग हो गया। चूँकि उसको नियंत्रित या स्थिर करने वाला कोई चुंबकीय बल नहीं रहा, वह डिस्क पूरी गति के साथ घूमती हुई महाराजा की ओर गिरी।

भीम सिंह ने चीख़ने के लिए अपना मुँह खोला लेकिन तेज़ी से घूमती हुई डिस्क ने उसकी गर्दन से टकराते हुए उसकी शिराओं को काट दिया और फ़र्श पर जा गिरी। इमरान तेज़ी से उछलकर डिस्क के दायरे से बाहर आ गया।

इमरान सावधानी के साथ भीम सिंह के औंधे पड़े शरीर की ओर बढ़ा, उसकी पिस्तौल उसके शव की ओर तनी हुई थी। न चाहते हुए भी इमरान उस उपकरण पर चमत्कृत हुए बग़ैर न रह सका। उसने रक्तवाहिनियों को काट दिया था लेकिन ज़रा भी ख़ून नहीं बहा था। उसने डिस्क के क़रीब जाकर उसको उठाया और बारीक़ी से उसकी जाँच की। वह छूने में गर्म लगी। वे दरअसल दो डिस्कें थीं जो बाल बराबर दूरी से एक दूसरी से जुड़ी हुई थीं। दोनों की धारें दाँतेदार थीं जिनके हुक विपरीत दिशाओं में मुड़े हुए थे। उसने मुँह बनाया और डिस्क को नीचे गिरा दिया। ये अब फ़ॉरेंसिक के लोगों के काम की थी।

कमांडो के सीढ़ियों पर भागने की आवाज़ें सुनाई दीं और फिर वे मौक़ा-ए-वारदात पर जमा हो गए। एक कमांडो अपने गले से लगे माइक्रोफ़ोन में बोला। “मुहिम पूरी हुई। उन्हें गिरफ़्तार कर लो।”

"शुक्रिया दोस्तों," इमरान कृतज्ञ था। अगर वे वक़्त पर न पहुँच गए होते तो फ़र्श पर उसकी लाश पड़ी होती।

उसे सहसा याद आया। उसने अपनी घड़ी की ओर देखा। शाम के 6.30 बज रहे थे। उसको दो फ़ोन करने थे। विजय सिंह और उसकी महिला दोस्त ख़तरे में थे।

हत्या की धमकी

कॉलिन, शुक्ला और वाइट ने एक दूसरे की ओर देखा। वे लोग आधा घंटे से लॉबी में प्रतीक्षा कर रहे थे, लेकिन विजय का कहीं कोई नामोनिशान नहीं था।

"हो सकता है वह पहले फ़्रैश होने अपने कमरे में चला गया हो," वाइट ने कहा।

"विजय ऐसा नहीं कर सकता, ख़ासतौर से तब जबकि उसने हमसे कहा था कि वह हमें लॉबी में मिलेगा," कॉलिन ने कहा था लेकिन फिर वह कुछ देर और इंतज़ार करने पर सहमत हो गया था।

अब, तीस मिनट बीत चुके थे, कॉलिन उद्विग्न हो रहा था। "मैं उसके कमरे में जाकर देखता हूँ," उसने कहा और दूसरों के जवाब का इंतज़ार किए बिना ही झटके से उठ खड़ा हुआ।

पंद्रह मिनट बाद वह चेहरे पर चिंता का भाव लिए लौट आया।

"क्या हुआ?" शुक्ला ने उसके चेहरे पर चिंता की लकीरें देखते हुए पूछा।

"वह कमरे में नहीं है। मैंने पार्किंग में जाकर देखा तो कार वहीं खड़ी हुई है। लेकिन विजय का कुछ पता नहीं है।" वह हिचकिचाया। "और फिर मैं राधा के कमरे में गया कि शायद उसे मालूम हो कि विजय कहाँ है, लेकिन वह भी अपने कमरे में नहीं है। मुझे नहीं लगता कि हमें बताए बग़ैर वे दोनों होटल छोड़कर कहीं चले गए होंगे। कुछ गड़बड़ है।"

शुक्ला परेशान दिखाई दिया। वह जानता था कि उसकी बेटी बिना उसको बताए कहीं नहीं जा सकती थी, भले ही वह विजय के ही साथ क्यों न जा रही होती।

मानो संयोग से तभी वाइट का मोबाइल फ़ोन बज उठा। उसने फ़ोन अपने कान से लगाया और उसकी भौंहें तन गईं। "हाँ," उसने फ़ोन में कहा, "मैं बोल रहा हूँ ग्रेग वाइट। और हाँ, यहाँ सब लोग मेरे साथ हैं। ओके।" उसने फ़ोन काट दिया और फ़ोन की स्क्रीन की ओर देखते हुए उसे एक तरफ़ रख दिया।

"फ़ारूख़," उसने उस न पूछे गए सवाल के जवाब में कहा जो बाक़ी लोगों के होंठों पर अटका हुआ था। उसे और कुछ कहने की ज़रूरत नहीं पड़ी।

"वह यहाँ है?" कॉलिन सकते में आ गया था। "कैसे..."

वाइट ने कंधे झटके। "मैं नहीं जानता। वह विजय के मोबाइल से बात कर रहा था।"

कॉलिन समझ गया कि अगर फ़ारूख़ के पास विजय का फ़ोन था तो इसका मतलब था कि उसका दोस्त या तो पकड़ लिया गया था या मर चुका था। "वह क्या चाहता है?"

"उसने विजय को पकड़ लिया है और राधा को। वह हम सबसे बात करना चाहता है। हम तुम्हारे कमरे में चलते हैं। मैं उसे वापस फ़ोन कर सकता हूँ और उसको स्पीकर फ़ोन पर रख सकता हूँ।"

"फ़ारूख़ के पास मेरी बेटी है?" शुक्ला की आँखें दहशत से फैल गईं। वह उनकी बग़ल में सोफ़े पर बैठ गया और अपना चेहरा हथेलियों से ढँक लिया।

"डॉ. शुक्ला," कॉलिन ने उस बुजुर्ग की बग़ल में बैठते हुए कहा। "हमें फ़ारूख़ से बात करने की ज़रूरत है और ये जानने की कि वह क्या चाहता है। वे लोग सही सलामत हैं और हमें ये सुनिश्चित करना होगा कि वह उन्हें वैसा ही रखे।"

कॉलिन के कमरे में पहुँचकर वाइट ने विजय का नंबर डायल किया और अपने फ़ोन का स्पीकर चालू कर दिया। कॉलिन और शुक्ला उसके पास पहुँच गए।

"जेंटिलमैन," फ़ारूख़ का मुलायम स्वर उन्हें सुनाई दिया। "तुम सब लोग अब तक ख़ासे सिरदर्द रहे हो, ख़ास तौर से विजय सिंह। मुझसे हर

समय एक क़दम आगे! लेकिन वह सब अब अतीत की बातें हो चुकी हैं, है न? अब मैं तुम लोगों से एक क़दम आगे हूँ।"

वे लोग बिना बीच में बोले ख़ामोशी से सुनते रहे।

"विजय और राधा कहाँ हैं?" फ़ारूख़ ने जब चहकना बंद कर दिया तो कॉलिन ने पूछा।

"मेरे साथ। वे लोग तब तक मेरे साथ रहने वाले हैं जब तक कि तुम मुझे वह नहीं दे देते जो मैं चाहता हूँ।"

"तुम चाहते क्या हो?" वाइट ने पूछा, हालाँकि कॉलिन को जवाब पहले से ही मालूम था।

"मेरी माँग एकदम सीधी-सी है। मुझे मालूम है कि तुम बराबर की गुफाओं में गए थे। मुझे ये भी मालूम है कि वहाँ पर तुम्हें क्या मिला है। एक पहेली - रहस्य की जगह तक पहुँचने का आख़िरी क़दम।" वह पल भर रुका। "मैं जानना चाहता हूँ कि उसका क्या मतलब है। ये उस स्थान की ओर इशारा करता है जिसकी मुझे तलाश है। मुझे बता दो और मैं उन लोगों को छोड़ दूँगा।"

कॉलिन हताश हो उठा। "मैं उस छंद का मतलब नहीं जानता। हममें से कोई नहीं जानता।" उसने शुक्ला और वाइट की ओर देखा, जिन्होंने सहमति में सिर हिलाया।

"मैं तुम पर विश्वास करता हूँ," फ़ारूख़ ने पल भर ख़ामोश रहने के बाद कहा। "तुम्हें वह पहेली आज ही हाथ लगी है। तुम्हारे पास उसका अर्थ समझने का वक़्त ही नहीं रहा। लेकिन तुम लोग अब तक सुराग़ों को सुलझाने में ख़ासे कामयाब रहे हो। मुझे यक़ीन है तुम्हें इसका मतलब भी समझ में आ जएगा। ये समझौता रहा। मैं तुम्हें दो दिन का वक़्त देता हूँ। अड़तालीस घंटे। इस वक़्त को अक़्लमंदी के साथ ख़र्च करो। जब मैं दोबारा फ़ोन करूँगा तो मैं उस रहस्य का स्थल जानना चाहूँगा।"

"और अगर हमें उस पहेली का जवाब नहीं मिला सका तो?"

"तब वह तुम्हारी बदक़िस्मती होगी," फ़ारूख़ का पाखंडपूर्ण स्वर शांत था।

फ़ोन कट गया।

"हमें अगले अड़तालीस घंटों का एक-एक मिनट उस छंद के अर्थ को समझने में लगाना होगा," कॉलिन ने संजीदगी के साथ कहा। वह जानता था कि वह भरसक कोशिश करेगा, और वैसा ही दूसरे लोग भी करेंगे। लेकिन क्या उनकी श्रेष्ठ कोशिशें काफ़ी होंगी?

पटना मुहिम

इमरान वैद के ऑफ़िस में खड़ा हुआ था। पिछले एक घंटे से वह विजय को फ़ोन कर उसे उस धमकी के बारे चेतावनी देने की कोशिश कर रहा था लेकिन विजय के फ़ोन की घंटी भर बजती रहती थी। यह उम्मीद करना बेकार था कि विजय अपना फ़ोन अपने साथ नहीं लिए होगा या किसी दूसरी वजह से जवाब नहीं दे रहा होगा। इसी की संभावना ज़्यादा थी कि इमरान को फ़ोन करने में देर हो चुकी थी।

और अब ऐसा लग रहा था कि उसकी योजना नाकामयाब होने वाली थी। "मैं समझ नहीं पाता," उसने वैद की ओर अविश्वास से देखते हुए कहा। "अब उन्हें किस औचित्य की ज़रूरत है? क्या उनके पास वह सब कुछ नहीं है जिसकी उनको ज़रूरत है? क्या वे ये चाहते हैं कि फ़ारूख़ खुद को उनके सामने पेश कर दे? ब्लडी ब्यूरोक्रेट्स!"

उसे कुछ ही मिनट पहले वैद के द्वारा तलब किया गया था और यह सूचना दी गई थी कि गृह मंत्रालय उन पचास कमांडो की तैनाती का औचित्य जानना चाहता था जिन्हें इमरान ने पटना रवाना करने का आग्रह किया था। यही वह सूचना थी जिसकी वजह से वह इतना तमतमा रहा था।

वैद ने इमरान की बात को शांतिपूर्वक सुना। यह जानते हुए भी कि इमरान का सवाल शब्दाडंबरपूर्ण था, वह अपने इस मातहत की मायूसी को समझ रहा था।

"तुम ये बात औरों से बेहतर समझते हो कि हम उस हर सुराग़ का पीछा नहीं कर सकते जो हमें मिलता है," उसने इमरान के साथ तर्क करने की कोशिश की। "गृह मंत्रालय का ऐसा मानना है कि भीम सिंह की मृत्यु के साथ ही वह षड्यंत्र नाकामयाब हो चुका है। फिर उसके साथ तुम्हारी

बातचीत में फ़ारूख़ का कोई ज़िक्र नहीं था। वे न कुछ की ख़ातिर ढेर सारे कामांडो को हवाई जहाज़ में पटना नहीं भेजना चाहते..."

"मैं जानता हूँ कि प्रक्रिया वही है। लेकिन ये तो वे निश्चय ही जानते हैं कि वह साझेदारों के बारे में बात कर रहा था? वह चीज़ तो हमारी बातचीत की रिकॉर्डिंग में होगी।"

"वो है। मैं नहीं जानता कि उन्होंने उस रिकॉर्डिंग को पूरा सुना है या नहीं। लेकिन अगर उन्होंने सुना भी होगा, तो वे शायद यह सोच रहे हैं कि भीम सिंह की मौत के बाद उसके पार्टनर नेताविहीन, दिशाहीन, निर्देशहीन हो चुके हैं।"

"विजय सिंह और उसकी दोस्त, राधा शुक्ला का अपहरण हो चुका है," इमरान ने जल्दी से कहा।

वैद की भौंहें तन गईं।

"कल मैंने विजय के मोबाइल फ़ोन को टेप करने का आदेश दे दिया था। ये सोचकर कि न जाने क्या ज़रूरत पड़ जाए। पक्के तौर पर, एक घंटे पहले फ़ारूख़ ने विजय के फ़ोन से उसके दूसरे साथियों को फ़ोन किया है। उनसे कहा है कि अगर वे उनकी जान बचाना चाहते हैं तो वे उसे छंद का मतलब समझाएँ।"

वैद आगे की ओर झुक गया, उसकी उत्सुकता जाग उठी। "क्या फ़ारूख़ ने अपना नाम लिया था?"

इमरान जानता था कि वैद क्या जानना चाहता था। लेकिन वह यह भी जानता था कि ये उम्मीद निरर्थक थी। "उसने नाम नहीं लिया।"

"तब फिर हम कुछ नहीं कर सकते। हमें सबूत की ज़रूरत है कि फ़ारूख़ पटना में फ़रार है। मेरे लिए ऐसी कोई चीज़ लाकर दो और मैं वादा करता हूँ कि मैं घंटे भर की सूचना पर कमांडोज़ को वहाँ भेज दूँगा।"

इमरान ने गहरी साँस ली। वह जानता था कि वैद अपनी जगह पर सही था। भीम सिंह के फ़ार्म हाउस में उसकी ख़ुफ़िया मुहिम को लेकर पहले ही लोगों की भौंहें तनी हुई थीं। महत्त्वपूर्ण यह नहीं था कि उसने सदी के एक बहुत बड़े आतंकवादी षड्यंत्र को खोद निकाला था। उसने नियम तोड़ा

था। अगर उसने कमांडो को पटना भेज दिया और उन्हें फ़ारूख़ नहीं मिला, तो मुश्किल खड़ी हो जाएगी। उसके पास यह जानने का कोई उपाय नहीं था कि फ़ारूख़ वाक़ई अपनी धमकी को अंजाम देगा या नहीं। आख़िरकार उसने भीम सिंह की मौत की ख़बर तो सुनी नहीं होगी। जब उसे पता चलेगा तो वह क्या करेगा? मान लो कि वह तलाशी की इस मुहिम को छोड़ ही दे?"

"मैंने विजय और राधा शुक्ला के मोबाइल फ़ोन को चिह्नित भी कर दिया है," उसने वैद को सूचित किया। "अगर फ़ारूख़ इनमें से किसी फ़ोन का दोबारा इस्तेमाल करेगा तो हमें पता चल जाएगा कि वह कहाँ से बोल रहा था। मैं उसका पता लगाऊँगा और आपको सूचित करूँगा।"

"तुम पटना जा रहे हो?"

इमरान सख़्ती के साथ मुस्करा दिया। "मैं उस हरामज़ादे को गिरफ़्तार करके रहूँगा।"

33

आठवाँ दिन

पटना

फ़ारूख़ अपने दोनों क़ैदियों की ओर देखकर संतोष के भाव से मुस्कराया। "आख़िरकार, तुम लोग वहाँ हो जहाँ मैं चाहता था। तुम्हारे साथी उस आख़िरी सुराग़ पर काम करने जा रहे हैं जो तुम्हें बराबर में मिला था। एक बार वह सुराग़ हमारे हाथ लगा कि नौ का सीक्रेट हमारा होगा।"

विजय और राधा उसके सामने फ़र्श पर बैठे थे। राधा के हाथ खोल दिए गए थे लेकिन विजय के हाथ अभी भी उसके पीछे बँधे हुए थे।

उस एसयूवी में सँकरी सड़कों और अँधेरी गलियों के रास्ते एक संक्षिप्त, दचकों भरे सफ़र के बाद वे पटना के किसी अज्ञात इलाक़े के तिमंज़िले मकान में ले आए गए थे। दोनों क़ैदियों को घसीटकर उस घर में ले आया गया था जहाँ उनको इस कमरे में पटक दिया गया था। कमरे में उन तीनों के अलावा और कोई नहीं था; फ़ारूख़ के हथियारबंद गुंडे दरवाज़े के बाहर पहरा दे रहे थे।

विजय को यह बात कुछ जमी नहीं कि उनको पकड़ने वालों ने न तो उनकी आँखों पर पट्टी बाँधी थी न ही उन्होंने उनको उस इमारत के बारे में किसी तरह भ्रमित किया था जहाँ पर उन्हें बंधक बनाकर रखा गया था। ये कुछ ऐसा था जैसे फ़ारूख़ को इस बात की कोई परवाह ही नहीं थी कि वे लोग बाद में उस जगह को पहचान लेंगे या नहीं।

लेकिन वह अभी भी साहस से काम ले रहा था और राधा भी वैसा ही कर रही थी। वह एक मज़बूत स्त्री थी; यह बात वह हमेशा से जानता रहा था, लेकिन उसको इस तरह की विषम परिस्थिति का सामना करते देखना एक अलग ही चीज़ थी। इससे राधा के प्रति उसके मन में इज़्ज़त और सराहना के भाव कई गुना बढ़ गए थे।

विजय ने गुस्से से फ़ारूख़ की ओर देखा। "तुम इससे बचकर नहीं निकल पाओगे।"

"वाक़ई? और तुमको कौन ढूँढ़ पाएगा? तुम्हारे दोस्त तो नहीं ही।"

"महाराजा," राधा ने सहसा कहा। "भीम सिंह। ग्रेग वाइट उनको ख़बर कर देगा और वे हमारी रिहाई के लिए लोगों को भेजेंगे।" उसकी आँखें फ़ारूख़ की ओर देखते हुए चमक रही थीं। "तुम और ठगों का तुम्हारा गिरोह जेल जाएगा।"

फ़ारूख़ आत्मतुष्ट भाव से मुस्कराया। "ठगों का गिरोह? तुम्हें वाक़ई अंदाज़ा नहीं है कि तुम किससे पंगा ले रही हो, है न?"

विजय को एक आकस्मिक भय ने जकड़ लिया। "कौन हो तुम?" उसने पूछा। "तुम किस चीज़ की तलाश में हो?"

फ़ारूख़ के चेहरे पर आश्चर्य का सच्चा भाव था। "तुम क्या ये कहना चाहते हो कि तुम यह नहीं जानते कि नौ का रहस्य क्या है?" उसके स्वर में अविश्वास था।

विजय ने इंकार में सिर हिलाया। "नहीं। हम इतना जानते हैं कि नौ के भ्रातृसंघ की स्थापना सम्राट अशोक द्वारा किसी महान लेकिन ख़तरनाक चीज़ को छिपाने के लिए की गई थी। लेकिन हम इससे ज़्यादा कुछ नहीं जानते।"

फ़ारूख़ खुलकर हँस दिया। "तुमने नौ के द्वारा छोड़े गए सुराग़ों को हल करने के लिए इतनी मशक्कत की और उनके रहस्य की पीछा करते हुए हिंदुस्तान भर की यात्रा की लेकिन तुम्हें ये मालूम नहीं है कि तुम किस चीज़ की तलाश कर रहे हो? ताज्जुब है।"

विजय शरमा गया। फ़ारूख़ के बात करने का ढंग उसे ठीक नहीं लगा लेकिन बात वह सही कह रहा था। उसने तो अपना पूरा ध्यान अपने

चाचा के ईमेल संदेशों में छोड़े गए सुराग़ों का पीछा करने और रहस्य का पता लगाने पर केंद्रित कर रखा था। वह और उसके दोस्त इस सब में इस क़दर उलझे रहे थे कि उन्होंने उस रहस्य की वास्तविक प्रकृति के बारे में कभी सोचा ही नहीं था। फ़ारूख़ के शब्दों में निहित सच्चाई से उसे अपनी मूर्खता का अहसास हुआ।

"क्या तुम जानते हो कि वह रहस्य क्या है?" उसने आक्रामक ढंग से जवाब दिया। "बेशक," तत्काल जवाब आया। "हमें शुरू से ही पता है। हमने दस साल पहले ही जान लिया था।"

"हम?" राधा को समझ में नहीं आया।

फ़ारूख़ कुछ सोचता लग रहा था।

"तुम लोगों को छुड़ाने कोई नहीं आने वाला," उसने अंततः कहा। "और अब तुम हमारे चंगुल से भाग भी नहीं सकते। इसलिए मेरा ख़याल है कि अगर मैं तुम्हें सच्चाई बता दूँ तो इसमें कोई हर्ज़ नहीं है। आख़िरकार तुम लोगों ने इतनी मेहनत की है, तुम्हें मालूम ही होना चाहिए।"

उसने चिल्लाकर कोई आदेश दिया और उसका एक आदमी एक कुर्सी लेकर फुर्ती से कमरे में आ गया। उस गार्ड को रवाना कर वह उस कुर्सी पर आराम से बैठ गया। "हम गुज़र चुकी तवारीख़ के साथ बात शुरू करते हैं। अशोक महान और उस रहस्य की उनकी ईज़ाद के बारे में तुम्हारा कहना सही है जिसने ईसा के पहले की तीसरी सदी में नौ के अंजुमन को जन्म दिया था। तेज़ी से आगे बढ़ते हैं 500 ईसवी तक जब राजीवगढ़ के पहले महाराजा को अचानक नौ के अंजुमन और *महाभारत* के एक प्राचीन गुमशुदा चैप्टर का पता चला।"

"एक मिनट रुको," राधा ने टोका। "राजीवगढ़? क्या ये भीम सिंह के पूर्वजों की रियासत नहीं है?"

फ़ारूख़ कुटिल ढंग से मुस्कराया। "हाँ, मैं भीम सिंह के पुरखे की ही बात कर रहा हूँ, वह शख़्स जिसने गुप्त सल्तनत के ढह जाने के बाद अपनी रियासत खड़ी की थी। पत्थर पर उकेरा गया वह चैप्टर विमान पर्व था। जब जबानी रवायत की जगह क़लमबंद *महाभारत* ने ली तो उस चैप्टर को उसमें जानबूझकर शामिल नहीं किया गया था और जो लोगों के लिए

उस तरह मुहैया नहीं कराया गया था जिस तरह *महाभारत* के दूसरे चैप्टर मुहैया थे। उस अध्याय में एक ऐसे ख़ुफ़िया अस्त्र का बयान किया गया था जिसका इस्तेमाल कौरव लोग मगध के हुक्मरान की मदद से करना चाहते थे। लेकिन वह लड़ाई अचानक ख़त्म हो गई और उस अस्त्र का इस्तेमाल नहीं किया जा सका।"

"उस इबारत में यही तो कहा गया है," राधा ने विजय की ओर देखा। "वह जो बैराठ की गुप्त कोठरी की दीवार पर उकेरी गई है। तुम्हें याद होगा, पापा ने उसका तरजुमा किया था।"

विजय ने सिर हिलाया। इस बार फ़ारूख़ लजाया हुआ लगा। "मैंने उस इबारत को नहीं देखा," उसने बेमन से स्वीकार किया। "लेकिन उससे अब कोई फ़र्क़ नहीं पड़ता। अब हमें उसकी ज़रूरत नहीं है।"

उसने अपना क़िस्सा जारी रखा। "महाराजा को पता चला कि उसके दरबार का ज्योतिषी दरअसल नौ के संगठन का एक सदस्य था और महाराजा ने उससे वह रहस्य उगलवाने की कोशिश की। लेकिन वह ज्योतिषी ग़ायब हो गया और फिर कभी नहीं मिला।"

वह दबी जबान हँसा। "2001 तक। जब तालिबान ने बामियान के बुद्ध के बुतों को ध्वस्त किया था।"

विजय की उम्मीदें डूबने लगीं। फ़ारूख़ के शब्द अनिष्ट सूचक थे। क्या यह आदमी किसी तरह तालिबान से जुड़ा हुआ था?

"उन बुतों के पीछे छिपी हुई गुफाएँ थीं," फ़ारूख़ ने क़िस्सा जारी रखा, "वे गुफाएँ जो 1500 सालों से छिपी हुई थीं। उनमें से एक गुफा में तालिबान को एक आदमी का कंकाल और प्राचीन दस्तावेज़ों का एक ख़ज़ाना मिला। वे मज़मून जो किसी तरह वक़्त की ठोकरों से बचे रह गए थे। उन्हें एक धातुई डिस्क भी मिली जिसपर इबारतें खुदी हुई थीं। राजीवगढ़ का हमारा वह अरसे से गुमशुदा ज्योतिषी आख़िरकार मिल गया।"

राधा और विजय ने एक दूसरे की ओर देखा। तो वह दूसरी धातुई डिस्क वहाँ मिली थी।

"बदक़िस्मती से," फ़ारूख़ ने उनको नज़रअंदाज़ करते हुए कहना जारी रखा, "तालिबान उन मज़मूनों को पढ़ नहीं सके। वे खरोष्ठी में लिखे हुए

थे। इस तरह वह अजनबी चीज़ कुछ वक़्त उनके पास पड़ी रही। वे उसकी अहमियत को नहीं जानते थे।”

“तो वे तुम्हारे हाथ कैसे लगे?” विजय ने पूछा। अफ़गानिस्तान के कुख्यात भूतपूर्व शासकों के साथ फ़ारूख़ के रिश्तों का अनुमान लगाते हुए वह अंदर ही अंदर काँप रहा था।

“धीरज रखो,” फ़ारूख़ ने उसको डपटते हुए कहा। “मैं थोड़ी देर में उसपर आऊँगा। लेकिन पहले, एक ऐसी बात जो तुम नहीं जानते।” वह फिर मज़े लेते हुए मुस्कराया।

“जिस वक़्त ये मज़मून मिले थे लगभग उसी वक़्त, 2001 के शुरुआती दिनों में, मुझे नौ के अंजुमन की ओर से उनके अंजुमन में शामिल होने का न्यौता मिला। उनका एक सदस्य मर गया था और उन्हें उसकी जगह भरने की तलाश थी।”

“तुम्हारा मतलब है नौ का संगठन अभी भी है?” विजय ने आश्चर्य व्यक्त करते हुए ज़ोर से पूछा। “मैं तो सोचता था कि वे सदियों पहले ख़त्म हो चुके हैं?”

फ़ारूख़ ने सीधे विजय की ओर देखा। “ये तुम्हारे चाचा थे जिन्होंने मुझे वह न्यौता दिया था। वे नौ के अंजुमन के एक मेंबर थे... और उनके मुखिया भी।”

विजय के चेहरे पर अविश्वास के भाव तैर गए।

उसने पूछा। "क्या ये तुम्हारी कोई नई चाल है? चाचा, नौ के सदस्य, और उनके मुखिया भी?”

फ़ारूख़ ने उसकी ओर देखा, अटल निगाह से। “मैं जानता हूँ कि इसपर यक़ीन करना मुश्किल है। लेकिन ये सच है।”

“ये बात समझ में आने वाली है,” राधा ने विजय को संबोधित करते हुए धीरे से कहा। “इससे उन सुराग़ों की कैफ़ियत मिलती है जो उन्होंने तुम्हें भेजे गए ईमेल संदेशों में छोड़े थे। इससे यह बात भी समझ में आ जाती है कि अब तक हम सुराग़ों के जिन स्थलों का पीछा करते रहे हैं उनके बारे में वे कितनी अच्छी तरह से जानते थे। शायद इसीलिए उनके कब्ज़े में वह डिस्क भी थी जो हमें उनके लॉकर में मिली थी।”

"ओह शुरुआत में वह उनके पास नहीं थी," फ़ारूख़ ने स्पष्ट किया। "डिस्क और डिस्क की कुंजी एक ही व्यक्ति के पास कभी नहीं रखी जाती थी; वे हमेशा दो अलग-अलग लोगों के पास हुआ करती थीं। वह उनके पास तब आई थी जब मैंने नौ के उस सदस्य की हत्या कर दी थी जिसके पास वह हुआ करती थी। दो साल पहले।" उसकी आँखें गुस्से चमक रही थीं। "उसने मुझे कभी नहीं बताया था कि वह उसके पास थी। उनका एक गुप्त नियम था जिसके मुताबिक़ अगर किसी एक सदस्य के साथ कुछ होता तो उसके पास जो भी कोई चीज़ होती वह उस वक़्त तक के लिए जब तक कि उस मृत सदस्य की जगह कोई दूसरा सदस्य नहीं आ जाता उस चीज़ को उस दूसरे सदस्य को सौंप देता जिसकी पहचान उन्हें होती थी।"

एक बार फिर ख़ामोशी छा गई। वे दोनों ही कल्पना कर सकते थे कि नौ के बाक़ी सदस्यों के साथ क्या हुआ होगा। विजय के दिमाग़ में उसके चाचा की डेस्क का सॉफ़्टबोर्ड कौंध गया; समाचार-पत्रों की वे नौ कतरनें जिनमें दुनिया भर में फैले प्रमुख लोगों की रहस्यमय मौतों का रिपोर्टें छपी थीं। क्या वे वही दूसरे आठ लोग थे?

फ़ारूख़ फिर से बोल रहा था। "मैं उनका न्यौता पाकर ख़ुश हो गया और मैं नौ में शामिल हो गया। ये एक इज़्ज़त की बात थी। इससे कोई फ़र्क़ नहीं पड़ता था कि हिंदुस्तान और पाकिस्तान के बीच दुश्मनी थी। एक एटॉमिक साइंसदान के रूप में मुझे लगा कि नौ के अंजुमन की कोई रियासती या ज़्योग्राफ़िकल सरहदें नहीं थीं। लेकिन ये सब थोड़े वक़्त तक ही चला। 9/11 के बाद जब अमेरिका ने अफ़गानिस्तान में घुसपैठकर तालिबान का तख़्ता पलट दिया और हज़ारों मासूम लोगों को मार डाला, मैं अल क़ायदा में शामिल हो गया। पश्चिम को कोई हक़ नहीं था कि वह बिना किसी उकसावे के मासूम मुसलमानों पर हमला कर उनकी जानें लेता।"

"अमेरिका ने पाकिस्तान के पोशीदा एटमी प्रोग्राम में पाकिस्तान की लंबे समय तक मदद की थी और मैं अमेरिका को एक दोस्त के रूप में देखा करता था। लेकिन 9/11 ने साबित कर दिया कि अमेरिकनों का पाकिस्तान के साथ वह एक सुविधा का रिश्ता था। मैं अमेरिका से नफ़रत करने लगा और जब अल क़ायदा ने मुझसे संपर्क किया, तो मैं उनके साथ जुड़ गया। मैंने पाकिस्तान के एटमी प्रोग्राम के नाजुक पहलुओं की जानकारी

अल क़ायदा को देने की योजना बना डाली ताकि वे एटम बम तैयार कर सकें।”

विजय की उम्मीदें और भी ढह गईं। फ़ारूख़ अल क़ायदा का सदस्य था! वह पागलपन का कौन-सा पल था जब वह एक ऐसे आदमी के जाल में आ फँसा जो गर्व के साथ स्वीकार कर रहा था कि वह एक आतंकवादी है? अब उसे एक ही कमज़ोर से उम्मीद दिखाई दे रही थी : भीम सिंह। निश्चय ही महाराजा के अख़्तियार में ऐसे साधन होंगे जिनसे उन्हें छुटकारा मिल सकेगा।

इस बीच उसे एक और सवाल परेशान करने लगा था। नौ के रहस्य में ऐसा क्या था जिसमें अल क़ायदा की इतनी गहरी दिलचस्पी थी?

फ़ारूख़ फिर से बोल रहा था और उसके अगले शब्दों ने विजय की रही-सही उम्मीदों पर पानी फेर दिया। “मैं अल क़ायदा के एक सहयोगी से मिला, एक ताक़तवर कंपनी जिसका मालिक एक ऑस्ट्रियाई था, वैन क्लुक। मेरी मुलाक़ात भीम सिंह से भी हुई। वे लोग 1990 में तभी से नौ के रहस्य की खोज में लगे हुए थे जब भीम सिंह को राजीवगढ़ के क़िले की एक गुप्त कोठरी में कुछ प्राचीन दस्तावेज़ मिले थे; वे दस्तावेज़ जो विमान पर्व के बारे में और उस गुमशुदा ज्योतिषी के बारे में बात करते थे।”

“क्या?” राधा को अपने कानों पर विश्वास नहीं हुआ। “भीम सिंह अल क़ायदा के एक सहयोगी हैं?”

फ़ारूख़ खुलकर मुस्करा रहा था और उन्हें लग रहे झटकों का पूरा आनंद ले रहा था। वह जानता था कि वे लोग महाराजा से उम्मीदें लगाए बैठे थे।

इस खुलासा को पचाते हुए विजय के चेहरे के भाव मायूसी और असहायता से भर उठे। अब उसे और राधा के लिए वहाँ से निकल पाने की कोई उम्मीद नहीं बची थी। उसने राधा की ओर देखा जिसकी आँखों में भी वही नाउम्मीदी तैर रही थी।

“तो भीम सिंह को जानकारी थी कि तुम नौ के एक सदस्य थे?” राधा ने पूछा।

"हरगिज़ नहीं। मैं उनको सारी बातें बताने वाला नहीं था। मैं भी अच्छी तरह से जानता हूँ कि उन्होंने भी मुझसे बहुत सारे रहस्य छिपा रखे हैं।"

बात को आगे जारी रखने के पहले फ़ारूख़ ने कुछ पल इंतज़ार किया। "भीम सिंह और वैन क्लुक ने नौ के रहस्य के सुराग़ों की बहुत एहतियात के साथ खोज की। यहाँ तक कि उन्होंने ल्हासा के पास टूथ के मंदिर में हत्यारों का एक दस्ता तक भेजा। उन हत्यारों ने भिक्षुओं का नरसंहार किया और उस मंदिर के गुप्त तहख़ाने में छिपी प्राचीन पांडुलिपियाँ चुरा लाए। लेकिन उन्हें वह धातुई डिस्क और चाबी नहीं मिल सकी जिसकी खोज बेहद ज़रूरी थी।" उसने कंधे झटके। "ज़ाहिर है। एक डिस्क नौ के संगठन के पास थी। दूसरी वह ज्योतिषी ले गया था, जो बामियान के बुद्ध के बुतों के पीछे उसी के साथ दफ़न थी।"

वह विजय की ओर देखने के लिए आगे की ओर झुका। "अब मैं तुम्हारे उस सवाल का जवाब दूँगा कि वह धातुई डिस्क और वे मज़मून मेरे हाथ कैसे लगे। क़िस्मत से, तालिबान के तख़्ता पलट से पहले वह डिस्क और वे मज़मून अल क़ायदा के मुखिया मोहम्मद बिन जबल को मिल गए थे। लेकिन 2003 तक वे मेरे देखने में नहीं आ सके थे। जब मैंने उन्हें देखा मैं तुरंत उनका महत्त्व समझ गया, हालाँकि मैंने इसकी कल्पना नहीं की थी कि वे मुझे कहाँ ले जाएँगे। मैं उन्हें विक्रम सिंह के पास ले गया, जिन्हें अभी तक अल क़ायदा के साथ जुड़े मेरे तारों की जानकारी नहीं थी। उन्होंने मेरे लिए उनका तर्जुमा किया और तब मुझे नौ के रहस्य का पता चला।"

उसने विजय की ओर देखा। "बदक़िस्मती से, तुम्हारे चाचा ने यह पूछना शुरू कर दिया कि वे चीज़ें मुझे कहाँ से हासिल हुई थीं। जब मैंने उनसे पूछा कि चाबी नौ के किस सदस्य के पास थी, तो उन्हें शक होने लगा। उन्होंने मुझपर ख़ुफ़िया निगरानी रखनी शुरू कर दी और उन्हें पता चल गया कि मैं अल क़ायदा के लिए काम कर रहा था। उन्होंने मुझे आँखें दिखाईं और मेरा भंडाफोड़ करने की धमकी दी।" उसके चेहरे पर एक छाया तैर गई। "मैंने उन्हें एक मौक़ा दिया। मैंने उनसे कहा कि अगर वे मुझे यह बता देंगे कि चाबी किसके पास है तो मैं उनको छोड़ दूँगा और मामला रफ़ादफ़ा हो जाएगा।"

"लेकिन उन्होंने ऐसा नहीं किया।" विजय ने गर्व के भाव से कहा।

"मुझे भूमिगत हो जाना पड़ा। जब मैं छिप कर रह रहा था, तभी मैं लश्कर-ए-तैयबा के साथ शामिल हो गया, जिनकी आरज़ू थी कि वे इस्लाम के सबसे बड़े रक्षक के रूप में जाने जाएँ। मैंने भीम सिंह और वैन क्लुक को भी इस खोज के बारे में बताया। एक मज़मून ऐसा था जिसमें गुप्त जगह का ज़िक्र किया गया था और उस जगह तक पहुँचने के निर्देश दिए गए थे। लेकिन ये वह जगह नहीं थी जहाँ रहस्य छिपा हुआ था। इसकी बजाय वहाँ पर हमें कुछ अस्त्र मिले, जो उनकी प्राचीनता के लिहाज़ से काफ़ी विकसित थे, जिनकी नक़ल करके हमने अपने हथियार तैयार किए।"

राधा और विजय को शुक्ला का दिया वह उदाहरण याद आया जिसमें उसने बताया था कि किस तरह *महाभारत* में दिव्य अस्त्रों का प्रयोग किया गया था; ऐसे भयावह अस्त्र जो एक बार में ही हज़ारों लोगों को मार सकते थे और समूची सेना को ध्वस्त कर दे सकते थे।

"जिस मशीन का इस्तेमाल तुमने तहख़ाने के दरवाज़े को उड़ाने के लिए किया था," विजय ने दिल्ली के तहख़ाने की वारदात को याद करते हुए कहा, "क्या वह उन्हीं हथियारों का हिस्सा था?"

"वह एक मूल अस्त्र था," फ़ारूख़ चहका। "वह हमारे द्वारा तैयार की गई नक़ल नहीं थी। कल्पना करो। हज़ारों साल पुराना एक हथियार, जो अभी भी उसी ढंग से काम कर रहा था। हैरत की बात यह कि वज़न में एकदम हलका। उसकी धातु में क्या-क्या मिला हुआ था उसका हम पता नहीं लगा सके लेकिन वह अल्यूमीनियम या कार्बन फ़ाइबर से भी हलकी थी।"

विजय ने याद किया कि किस तरह उस उपकरण को मोड़कर उसे उसका आधा आकार दे दिया गया था और किस तरह उसे ले जाया गया था। चूँकि वह उस उपकरण की ताक़त को देख चुका था, यह एक बेहद डराने वाली बात थी कि उस तरह के अस्त्र एलईटी जैसे संगठन की पहुँच में थे।

"तब क्या इसका यह मतलब है कि *महाभारत* की किंवदंती में कुछ सच्चाई है?" राधा ने विस्मय प्रकट किया। "यह कि प्राचीन काल में वह लड़ाई वाक़ई हुई थी?"

"इससे फ़र्क़ नहीं पड़ता।" फ़ारूख़ ने ख़ारिज़ करते हुए कहा। "अस्त्र ताक़तवर थे, लेकिन ये वह चीज़ नहीं थी जिसकी हमें तलाश थी। हालाँकि एक ऐसा अधूरा रिसाला हमारे हाथ लगा था जो बताता था कि कौरवों के परम अस्त्र को बनाया कैसे जा सकता है, वही अस्त्र जिसका वर्णन विमान पर्व में किया गया था। उस रिसाले का इस्तेमाल करते हुए हमने एक नमूना तैयार किया था। लेकिन वह उस तरह कारगर साबित नहीं हुआ जैसी उससे उम्मीद थी। हमें समझ आ गया कि हमें उस जगह का पता लगाना ज़रूरी है जहाँ वह हथियार छिपा हुआ है। जिसका मतलब था कि हमें उस डिस्क की कुंजी हासिल करना ज़रूरी था। इसलिए हमने उस कुंजी की तलाश शुरू कर दी।"

"और नौ के सदस्यों की हत्याएँ कर दीं," विजय ने कड़वाहट भरे स्वर में कहा।

फारूख़ के लहज़े से लगा जैसे वह उन चीज़ों को याद कर सम्मोहित हो उठा हो। "हमने जो खुफ़िया हथियार हासिल किए थे उनका इस्तेमाल करते हुए हमने अपने बनाए हुए हथियारों का इस्तेमाल किया। मैं तुम्हारे चाचा को बहुत पसंद करता था। यही वजह है कि मैंने उन्हें अख़िरी वक़्त तक के लिए छोड़ रखा था, इस उम्मीद में कि चाबी शायद दूसरों के पास होगी।"

"ये ताज्जुब की बात नहीं थी कि तुम्हारे चाचा ने अपने क़िले में सुरक्षा के इतने अत्याधुनिक इंतज़ाम कर रखे थे," राधा ने टिप्पणी की। "वे जानते थे कि उनकी ज़िंदगी ख़तरे में थी।"

"और तुमने उनकी हत्या कर दी।" विजय का स्वर धीमा था, लेकिन उसमें उसके चाचा की मृत्यु की पीड़ा वापस लौट आई थी। उसे अपने ऊपर भी इस बात से गुस्सा आ रहा था कि उसने अनजाने ही एक आतंकवादी संगठन के हाथ उस रहस्य को लग जाने दिया जिसे नौ के संगठन ने सदियों तक छिपाकर रखने का संघर्ष किया था।

"तो वह रहस्य क्या है?" राधा उस सवाल पर लौटी जिनकी वजह से ये सारे खुलासे हुए थे।

"हथियारों को छोड़ने का एक नायाब तरीक़ा," फ़ारूख़ फुफकारा, उसकी आँखें चमक रही थीं। "वह तरीक़ा जिसके सहारे हम अपनी धमकी

को अंजाम देंगे।” वह व्यंग्यात्मक ढंग से मुस्कराया। “हम वाशिंगटन में होने जा रहे जी20 सम्मेलन पर हमला करने वाले हैं। अल क़ायदा गया गुज़रा और नाचीज़ हो चुका है, एक बिना दाँतों-नाख़ूनों वाला काग़ज़ी शेर। अब वक़्त आ गया है जब उसकी जगह एक ऐसा संगठन ले जो कहीं ज़्यादा इंक़लाबी और हठीला है। अब वक़्त आ गया है जब दुनिया बैठ कर लश्कर-ए-तैयबा की ओर ध्यान देगी!”

34

नौवाँ दिन

होटल अशोका पैलेस, पटना

कॉलिन, वाइट और शुक्ला कॉलिन के कमरे में जमा थे। वह पिछली रात ठीक से नहीं सोया था, और उस भाषाशास्त्री के चेहरे को देखकर लग रहा था कि वह भी सोया नहीं था। कॉलिन ने उन लोगों के सामने काग़ज़ों का एक पुलिंदा रख दिया जिसमें वे प्रिंटआउट भी शामिल थे जिनका सहारा वे अपने पिछली बैठकों में लेते रहे थे।

"मैं पूरी रात भर उस छंद के बारे में सोचता रहा हूँ," कॉलिन ने बात शुरू की। "यह कि माँ कौन हो सकती है और हम उस जंगल का पता कैसे लगा सकते हैं जिसमें छंद के मुताबिक़ वह रहती है। लेकिन मैं किसी नतीजे तक नहीं पहुँच सका। फिर मुझे लगा कि मैं शायद उस माँ के बारे में ज़्यादा सोच रहा हूँ और छंद के अर्थ के बारे में पर्याप्त विचार नहीं कर रहा हूँ। हो सकता है कि हम पहली पंक्ति के साथ शुरुआत करें और एक-एक पंक्ति के मतलब को समझने की कोशिश करें, जैसा कि हमने उस धातुई डिस्क पर उत्कीर्ण लिखावट के मामले में किया था, तो शायद कहीं पहुँच सकें।"

"पहली पंक्ति आसान मालूम देती है," वाइट ने कहा। "प्रतिध्वनित होने वाली कोठरियाँ, मेरा ख़याल है, बराबर की गुफाएँ होंगी।"

कॉलिन ने सहमति में सिर हिलाया। "मैं भी ऐसा ही सोचता हूँ। तो अगर हम बराबर की गुफाओं में खड़े होकर दक्षिण की दिशा में देखें, तो हमें क्या दिखाई देता है?"

उसने उन काग़ज़ों में से हिंदुस्तान का नक़्शा उठाया। ये वही नक़्शा था जिसकी मदद उन्होंने कुछ दिन पहले जौनगढ़ के अध्ययन-कक्ष में ली थी, जिसमें अशोक के शिलालेखों के सारे स्थल चिह्नित थे।

“मेरा अनुमान है, हम अभी भी अशोक के शिलालेखों के स्थलों की तलाश कर रहे हैं। बराबर के दक्षिण में सिर्फ़ दो ही जगहें हैं जहाँ शिलालेख स्थित हैं,” कॉलिन ने हिंदुस्तान के पूर्वी तट से लगे दो स्थलों की ओर इशारा किया। “कम से ये वे हैं जो यहाँ से क़रीब हैं। बाक़ी सब दक्षिण की ओर हैं, उसके साम्राज्य की दक्षिणी सीमाओं पर।”

“धौली और जौगड़,” वाइट ने नक़्शे में पढ़ा।

“मेरा ख़याल है इन दो में से कोई एक ही वह होना चाहिए जिसका हवाला छंद में दिया गया है,” शुक्ला ने सहमति जताई।

“छंद कहता है कि हमें *प्रभु के जन्म के सूचक संकेत* की दिशा में दक्षिण की ओर देखना चाहिए। इसका क्या मतलब है? प्रभु कौन है?”

“प्रभु के जन्म का सूचक संकेत,” शुक्ला ने विचार किया। “ये छंद अशोक के दरबार के लोगों द्वारा लिखे गए थे। उस सूरत में, ज़्यादा संभावना यही दिखती है कि प्रभु भगवान बुद्ध को कहा गया हो।”

“और क्या ऐसा संकेत था जो उनके जन्म की पूर्व सूचना देता हो?” कॉलिन ने पूछा।

शुक्ला के विचार अपनी बेटी की चिंता की वजह से एकाग्र नहीं हो पा रहे थे। क्या वह सुरक्षित थी? क्या वे उसके साथ बुरा व्यवहार कर रहे थे? उसने प्रयत्नपूर्वक इन ख़यालों को अपने दिमाग़ से झटक दिया और ज़ोर लगाकर सोचते हुए धीरे-धीरे जवाब दिया।

“मैंने ऐसे किसी संकेत या शकुन से संबंधित कोई किंवदंती नहीं सुनी है जो बुद्ध के जन्म की पूर्वसूचना देती हो। लेकिन कला में बुद्ध के गर्भ में आने को सामान्य तौर पर उनकी माँ के स्वप्न के द्वारा चित्रित किया जाता रहा है। माया, जिसमें एक सफ़ेद हाथी उनके गर्भ में प्रवेश करता है। मैं नहीं जानता कि यह चित्रण अशोक के समय से चला आ रहा है या नहीं, लेकिन एक एकमात्र ‘सूचक संकेत’ है जिसके बारे में मैं सोच पा रहा हूँ।”

"तब फिर यही वह संकेत होना चाहिए।" कॉलिन ने कहा। "अगली पंक्ति कहता है : *'स्वप्न में।'* क्या आपको लगता है कि यहाँ एक पाठक को भ्रमित करने के लिए एक वाक्य को तोड़कर दो में बाँट दिया गया है : स्वप्न में *प्रभु के जन्म के सूचक संकेत* की ओर। इसका मतलब स्वप्न में हाथी हो सकता है।"

उसने कुछ प्रिंटआउट उठाए और उन्हें ग़ौर से देखने लगा।

"अगर हम बराबर से दक्षिण की ओर देखते हैं, तो हमें सफ़ेद हाथी कहाँ पर मिलता है? क्या यह सफ़ेद हाथी का कोई चित्र हो सकता है? जैसा कि आपका कहना है, ये कला में बुद्ध के गर्भ में आने का चित्रण है।" कॉलिन ने माथा सिकोड़ा।

"इसे सुनिए।" वाइट ने अपने हाथ में थमे काग़ज़ से ज़ोर-ज़ोर से पढ़ना शुरू किया। 'प्राचीन नगर तोसाली के क़रीब धौली में पत्थर पर उत्कीर्ण किया गया एक शिलालेख है। इस शिलालेख के ठीक ऊपर एक छत है जिसके दाईं ओर एक हाथी का चार फुट ऊँचा एक अग्रभाग उत्कीर्ण है। यह हाथी भगवान बुद्ध का प्रतीक है और अब यह एक पूज्य वस्तु के रूप में लोकप्रिय है।" उसने उन लोगों की ओर देखा। "क्या सोचते हैं आप लोग?"

"मुमकिन है।" कॉलिन ख़ासा उत्तेजित दिखाई दे रहा था। आख़िरकार उम्मीद की एक किरण दिखाई दी थी। "ओके, अगर हम यह मान लेते हैं कि धौली का वह हाथी वही है जो हमें बराबर से दक्षिण की ओर देखने पर दिखाई देता है तो इसके आगे?"

"हम वापस माँ पर लौटते हैं।" वाइट ने कहा। "जहाँ पर हम सबसे पहले अटके हुए थे।"

"वह मेरी समझ से परे है," कॉलिन ने स्वीकार किया। माँ के ऊपर से गुज़रते हुए। इसका क्या मतलब होगा? माँ कौन है? और कोई उसके ऊपर से कैसे गुज़रता है? उस ज़माने में हवाई जहाज़ तो होते नहीं थे।"

"क्या यह किसी प्राचीन मूर्ति की ओर इशारा हो सकता है?" वाइट ने ज़ोर से पूछा।

"अगर वह कोई मूर्ति थी तो उसको किसी ऐसी स्त्री की मूर्ति होना चाहिए जो उस समय प्रसिद्ध रही हो," शुक्ला ने संकेत किया। "लेकिन मैं

चट्टानों और स्तंभों पर उकेरे गए अशोक के लेखों के स्थल

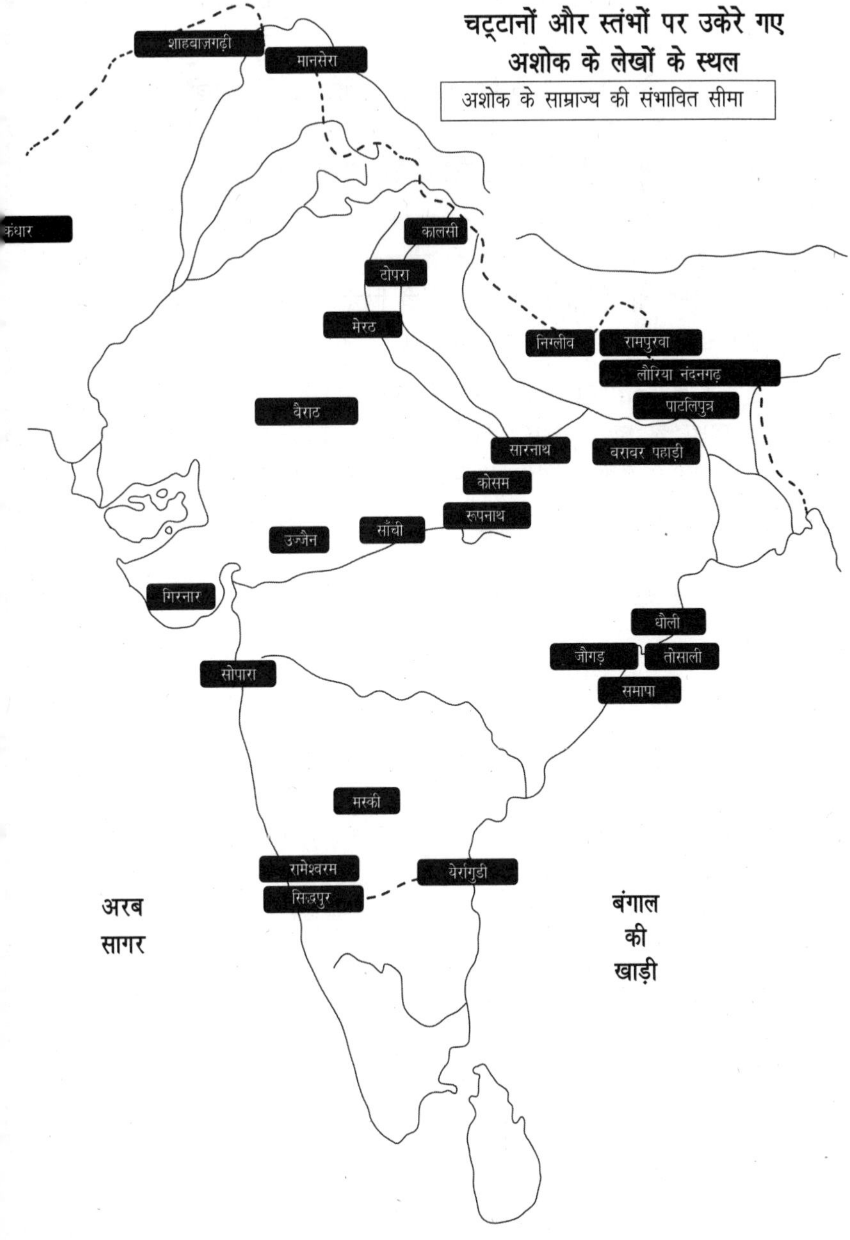

ऐसी किसी स्त्री के बारे में नहीं सोच पा रहा हूँ जिसकी प्रसिद्धि सदियों से बनी रही हो।"

वाइट के दिमाग़ में विचार आया। "अशोक के शिलालेखों के बारे में क्या ख़याल है? मान लो हम एक बार फिर से उसके शिलालेखों का अनुसरण करें? क्या उनमें से किसी में किसी माँ का हवाला मिलता है?"

कॉलिन ने इंकार में सिर हिलाया। उसका उत्साह धीरे-धीरे शिथिल पड़ता जा रहा था। वे गोल-गोल घूमे जा रहे थे। "पिछली रात मैंने वह सारी सामग्री देखी थी जो हमारे पास है। मुझे किसी भी ऐसे स्थान पर जहाँ ये शिलालेख पाए गए हैं कहीं किसी माँ का हवाला नहीं दिखाई दिया।"

कॉलिन के दिमाग़ पर आतंक का एक अहसास छा गया। क्या वे कभी इस रहस्य को सुलझा पाएँगे? और, अगर उन्होंने सुलझा भी लिया तो क्या उस अवधि में सुलझा पाएँगे कि विजय और राधा को बचा सकें?

35

दसवाँ दिन

पटना

कॉलिन और वाइट उस सड़क पर टहल रहे थे जहाँ उनका होटल था। पिछला दिन पहेली को सुलझाने की उनकी कोशिश में किसी कामयाबी के बिना बीत गया था। आज भी वे उस पहेली को सुलझाने की दिशा में कहीं क़रीब नहीं पहुँच सके थे। फ़ारूख़ के लिए सही जवाब ढूँढ़ कर देने के लिए उनके पास मात्र तीन घंटे बचे थे। सहसा एक दुकान पर कॉलिन की नज़र पड़ी। वह रुक गया और उसने दुकान के काउंटर पर प्रदर्शित रंगबिरंगी पुस्तिकाओं की ओर इशारा किया।

"यात्रा संबंधी पुस्तिकाएँ।" कॉलिन ने उनके पन्ने पलटते हुए कहा। वह दुकान एक छोटी-सी ट्रैवल एजेंसी थी। "ये स्थानीय टूर हैं। लगता है यहाँ आसपास देखने लायक़ कई जगहें हैं।"

वह सुराग़ों की समस्या से अपने दिमाग़ को हटाने की बेहद कोशिश कर रहा था। शायद अगर वह उस समस्या के बारे में सोचना बंद कर सके तो उसे कुछ ऐसा नया सूझ सके जो उनको कामयाबी की दिशा में ले जा सके। उसने कुछ और पुस्तिकाएँ उठाईं और उन्हें सचमुच की दिलचस्पी के साथ पलटने लगा। "लगता है बराबर पर्यटन परिधि में नहीं है," उसने कहा। "इनमें से किसी पुस्तिका में उन गुफाओं का ज़िक्र नहीं है।"

लगा जैसे वाइट को बात समझ में नहीं आई लेकिन उसने भी एक पुस्तिका उठा ली और उसे देखने लगा।

"बिहार और झारखंड के टूर," उसने एक पुस्तिका का शीर्षक पढ़ा। ट्रैवल एजेंसी के मालिक ने जब दो अमेरिकियों को उन पुस्तिकाओं को पलटते देखा तो वह फुर्ती से काउंटर की ओर भागा।

"बहुत अच्छी जगहें हैं देखने की, सर," उसने कॉलिन को संबोधित करते हुए कहना शुरू किया। "यहाँ से बहुत दूर नहीं हैं, सर।" उसने उस पुस्तिका की ओर देखा जिसको कॉलिन पलट रहा था। "प्राचीन इतिहास में दिलचस्पी है, सर? आप ठीक जगह आए हैं।" उसकी पैनी निगाहों ने पुस्तिका का निरीक्षण करते हुए कॉलिन को लक्ष्य किया जो बराबर गुफाओं के ज़िक्र को ढूँढ़ रहा था।

"बहुत से प्राचीन स्थल हैं, सर," ट्रैवल एजेंट ने कहना जारी रखा। "हज़ारीबाग़ पठार। यहाँ से बहुत दूर नहीं है। बहुत से पुराने स्थान; बनादाग मेगालिथ्स, कोलारियन प्रजाति के क़ब्र के पत्थर, बवनबाई पहाड़ियाँ। किंवदंती के मुताबिक़ इंसानों द्वारा बनाई गई पहाड़ियाँ।"

अपने शब्दों का असर देखने के लिए वह थोड़ा रुका। उनके चेहरों को देखकर असंतुष्ट उसने कहना जारी रखा। "उत्तरी करणपुरा घाटी। पत्थर के औज़ारों की संस्कृति। रॉक पेंटिंग्स। बहुत पुरानी।" रुककर उसने एक बार फिर अपने दोनों संभावित ग्राहकों की ओर देखा।

"और भी है, बहुत कुछ," उसने अपनी बात जारी रखी। ज़ाहिर था कि उसे लग रहा था कि वह इन अमेरिकी पर्यटकों को ठीक से प्रभावित नहीं कर सका था। "सीतागढ़ पहाड़ी।" उसने वाइट को एक पुस्तिका निकालकर दी। "महत्त्वपूर्ण बौद्ध स्थल। ईसा से 300 साल पुराना। देवी माँ की आकृति वाले। बिरहोर आदिवासियों द्वारा पूजे जाते हैं।"

वाइट ने मुस्कराकर पुस्तिका उसके हाथ से ले ली। कॉलिन स्तब्ध रह गया। उसने हाथ बढ़ाकर वह पुस्तिका ले ली जो एजेंट ने वाइट को दी थी।

"क्या...?" वाइट ने कहना शुरू किया लेकिन कॉलिन के चेहरे के भाव को देखकर वह चुप हो गया। "तुम्हें कुछ मिल गया?"

कॉलिन ने उसकी बात नहीं सुनी। वह उस पुस्तिका को पढ़ने में डूबा हुआ था। जब उसने पूरा पढ़ लिया, उसने भरपूर मुस्कराहट के साथ वाइट की ओर देखा। "शुक्रिया।" उसने ट्रैवल एजेंट को 500 रुपये का एक नोट

थमा दिया। "बहुत-बहुत शुक्रिया! आपको नहीं मालूम आपने कितनी बड़ी मदद की है।"

"कोई बात नहीं," परेशान ट्रैवल एजेंट ने जवाब दिया, जिसे समझ नहीं आ रहा था कि ऐसा उसने क्या कर दिया था जिसके बदले में उसे वह पैसा मिल गया था। लेकिन तब भी उसने वह पैसा कृतज्ञतापूर्वक स्वीकार कर लिया, हालाँकि वह इस बात से निराश था कि वे दोनों उसके ग्राहक नहीं बन सके।

"वापस काम से लगने का वक़्त आ चुका है।" कॉलिन मुड़ा और विजय तथा राधा के अपहरण के बाद पहली बार उसके चेहरे से चिंता की रेखाएँ ग़ायब हुईं।

36

दसवाँ दिन

अशोका पैलेस होटल, पटना

शुक्ला, कॉलिन और वाइट कॉलिन के कमरे में जमा हुए। विजय के लैपटॉप ने डेस्क पर अपनी जगह जमाई हुई थी और काग़ज़ बिस्तर पर बिखरे हुए थे।

होटल लौटने के बाद कॉलिन अपने कमरे में चला गया था और अभी कुछ मिनट पहले ही उसने बाक़ी लोगों को अपने कमरे में बुलाया था।

"हम विजय और राधा को बचाने की उम्मीद कर सकते हैं," उसने खुलकर मुस्कराते हुए कहा।

शुक्ला के चेहरे पर उम्मीद का एक भाव उभरा और वाइट ने सिर हिलाया।

कॉलिन ने वह पुस्तिका उठाई जो वे उस ट्रैवल एजेंट के यहाँ से लेकर आए थे। "उस ट्रैवल एजेंट ने हमें सीतागढ़ पहाड़ी के बारे में बताया था।" कॉलिन ने पुस्तिका को खोलकर पढ़ना शुरू कर दिया। "इसके मुताबिक़, सीतागढ़ की पहाड़ी एक प्राचीन बौद्ध बस्ती का स्थल है। यह हज़ारीबाग़ के पठार पर स्थित है जहाँ पत्थर के स्तंभों और पत्थर पर उकेरी गई इबारतों के साथ-साथ पत्थर से उकेरा गया एक स्तूप और लोहे के बने अवशेष खुदाई में पाए गए हैं। ये प्राचीन वस्तुएँ ईसा से 300 साल पुरानी बताई जाती हैं।"

वह पल भर को रुका। "मैंने स्तूपों को लेकर कुछ खोजबीन की है। वे अर्धगोलाकार मठ होते हैं, जो सामान्यतौर पर बुद्ध के अवशेषों पर खड़े किए जाते हैं। इसे सुनो।" उसका चेहरा उत्तेजना से चमक रहा था। "मारांग

बुरु की पवित्र पहाड़ी, जिसे जुलजुल भी कहा जाता है, देवी माँ की लेटी हुई भौगोलिक आकृति को रूप देती है। दक्षिण की तरफ़ पैंसठ फ़ुट लंबा पत्थर का चेहरा है, जिसको बिरहोर आदिवासी महादेव के नाम से पुकारते हैं। महादेव शब्द का इस्तेमाल भगवान शिव और बुद्ध दोनों के लिए किया जाता है। बिरहोर आदिवासी आज भी इस पहाड़ी को अपनी देवी माँ के रूप में पूजते हैं।"

कॉलिन जिस दिशा में बढ़ रहा था उससे शुक्ला के चेहरे पर उम्मीद की चमक कौंधी।

"तो तुम सोचते हो कि लेटी हुई देवी माँ के आकार वाली यह पहाड़ी वही है जिसे इस छंद में 'माँ' कहा गया है?" वाइट ने कहा, जो उस सूत्र को समझ गया था जिसे बिठाने की कोशिश कॉलिन कर रहा था।

कॉलिन ने सिर हिलाया। "और क्या?" उसने अशोक के शिलालेखों से युक्त हिंदुस्तान का नक़्शा निकाला। "इसे देखो।" उसने बराबर गुफाओं से लेकर उस धौली तक एक सीधी रेखा खींची, जहाँ हाथी का उत्कीर्णन था।

"आप इसे नहीं देख रहे हैं?" कॉलिन ने नक़्शे पर एक वृत्त उकेरा जिससे होकर रेखा गुज़रती थी। "मैंने अपनी तसल्ली के लिए पूर्वी हिंदुस्तान के कोई पच्चीस अलग-अलग नक़्शों की जाँच की है। यह रेखा हज़ारीबाग़ पठार से होकर गुज़रती है। याद करो, वह पहेली क्या कहती है।"

उन्होंने बराबर में मिली पत्थर की गेंद पर अंकित अंतिम गूढ़ छंद को याद किया।

उस कोठरी से जिसमें प्रतिध्वनि गूँजती है
हम जैसे ही दक्षिण की ओर अपनी नज़रें उठाते हैं
प्रभु के जन्म के सूचक संकेत की ओर
स्वप्न में
माँ के ऊपर से गुज़रते हुए
जो लेटी हुई है जंगलों की हरियाली में, विश्राम करती हुई,
अपने वक्ष स्थल में सँभाले हुए,

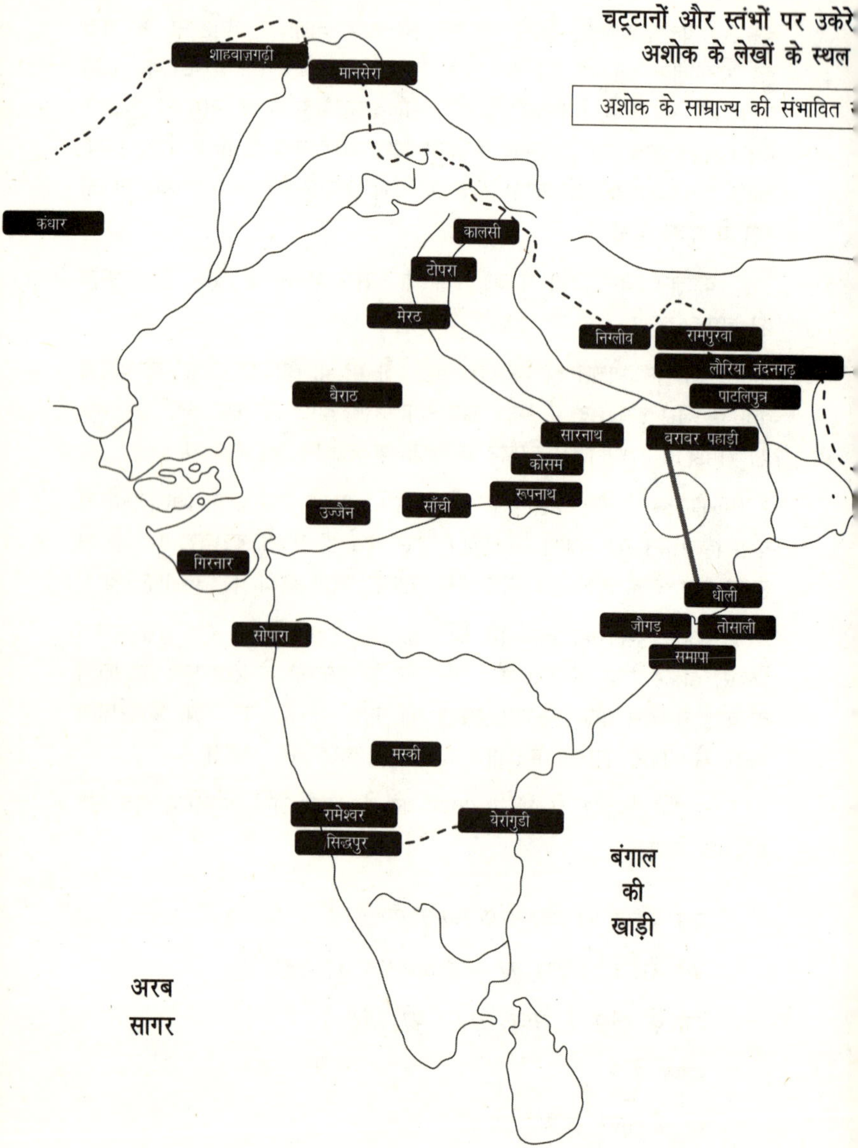
चट्टानों और स्तंभों पर उकेरे
अशोक के लेखों के स्थल
अशोक के साम्राज्य की संभावित
शाहबाज़गढ़ी
मानसेरा
कंधार
कालसी
टोपरा
मेरठ
निग्लीव
रामपुरवा
लौरिया नंदनगढ़
पाटलिपुत्र
बैराठ
सारनाथ
बराबर पहाड़ी
कोसम
रूपनाथ
उज्जैन
साँची
गिरनार
धौली
जौगड़
तोसाली
सोपारा
समापा
मस्की
रामेश्वर
येर्रागुडी
सिद्धपुर
बंगाल की खाड़ी
अरब सागर

युगों से छिपे हुए
नौ के रहस्य को।

“इस पुस्तिका और इंटरनेट के मुताबिक़,” कॉलिन ने कहा, “हज़ारीबाग़ का पठार सघन वर्षा वन का घर है। मेरा ख़याल है यही वह जंगलों की हरियाली है। लेटी हुई देवी माँ पहाड़ी माँ है, जंगल में विश्राम करती हुई। मुझे यक़ीन है, यहीं पर हमें वह स्थल मिलेगा जहाँ नौ का रहस्य छिपा हुआ है।”

उन्होंने एक दूसरे की ओर देखा। यह निरे संयोग से कहीं ज़्यादा बड़ी चीज़ थी।

“तुम्हारा कहना सही हो सकता है।” अपनी बेटी को बचा सकने की उम्मीद और हज़ारों साल से छिपे हुए रहस्य का पता लगा सकने की संभावना से शुक्ला की आँखें चमक रही थीं। “बेगर की डायरी का मज़मून, वही जो अपनी खोज का वर्णन करते हुए सूरसेन ने लिखा था, भी रहस्य के किसी पहाड़ी में सदियों से छिपे होने की बात करता है।”

“पूरे समय हम यह सोचते रहे कि वह रहस्य नौ के संगठन द्वारा उसके मूल स्थल से हटाकर कहीं अन्यत्र छिपा दिया गया था।” वाइट ने इंकार में सिर हिलाते, मुस्कराते हुए कहा। “यह सारे समय उसी जगह पर बना हुआ था। ठीक वहीं पर जहाँ वह पाया गया था। पहाड़ी के भीतर एक कंदरा में।”

वातावरण उत्तेजनामय प्रत्याशा से भर उठा था। नौ का रहस्य सहसा एक मिथक से कहीं ज़्यादा कुछ लगने लगा था; एक कल्पना से कहीं ज़्यादा कुछ। अंततः, वह उनकी पहुँच में प्रतीत हो रहा था।

जब कॉलिन को यह अहसास हुआ कि इस खोज पर अब फ़ारूख़ का कब्ज़ा होगा तो उसका चेहरा संजीदा हो उठा। अगर वे अपने दोस्तों को सुरक्षित वापस हासिल करना चाहते थे तो उन्हें यह जानकारी उसे देनी ज़रूरी थी।

उसने अपनी घड़ी की ओर देखा। शाम के 6.00 बज रहे थे। फ़ारूख़ का फ़ोन आने में आधा घंटा बाक़ी था। उन्होंने वक़्त रहते वह कर डाला था।

दरवाज़े पर दस्तक हुई। तीनों उसकी ओर मुड़े।

"इंटेलिजेंस ब्यूरो। कृपया दरवाज़ा खोलिए।" वह अधिकार से भरा हुआ स्वर था।

कॉलिन परेशान दिखाई दिया। "कौन है?"

"अमेरिका की होमलैंड सिक्योरिटी का हिंदुस्तानी रूप," शुक्ला ने समझाया। "बेहतर है, तुम दरवाज़ा खोल दो। मेरे ख़याल से वे ग़लती से यहाँ आ गए हैं।"

कॉलिन ने वाइट की ओर देखा जो असहज दिखाई दे रहा था। "तुम ठीक तो हो?"

"हाँ," वाइट बुदबुदाया। "हिंदुस्तानी पुलिस को लेकर थोड़ा नर्वस भर हूँ। उनके बारे में ढेरों क़िस्से सुन रखे हैं। उनमें से कोई भी क़िस्सा अच्छा नहीं है।"

"चिंता मत करो, ये शायद कुछ भी नहीं है।" कॉलिन ने दरवाज़ा खोल दिया।

वहाँ तीन आदमी खड़े हुए थे। कॉलिन उनके मुखिया को तुरंत पहचान गया। ये वही पुलिस अधिकारी था जो फ़ारूख़ और इम्तियाज़ के रेखांकन बनवाने जौनगढ़ के क़िले में आया था।

"क्या, प्लीज़, मैं अंदर आ सकता हूँ?" इमरान ने कॉलिन की ओर सिर हिलाते हुए कहा, और इंटेलीजेंस ब्यूरो का अपना पहचान-पत्र उसके सामने कर दिया।

"बेशक," इमरान को अंदर आने देने के लिए एक तरफ़ हटते हुए उसके चेहरे पर भ्रम का भाव था। "जब आप जौनगढ़ आए थे तब क्या आपने यह नहीं बताया था कि आप गुड़गाँव पुलिस से हैं?"

इमरान के होंठों पर हलकी-सी मुस्कराहट तैर गई। "दरअसल मैंने यह नहीं कहा था कि मैं किस पुलिस के साथ हूँ। मैं ख़ुफ़िया ढंग से काम कर रहा था। बशर्ते कि आप ख़ुफ़िया ढंग से काम करने की परिभाषा में आईबी के अधिकारी को स्थानीय पुलिस की भूमिका निभाते हुए शामिल कर सकें!"

कॉलिन ने शुक्ला और वाइट का परिचय दिया। "क्या यह उसी प्रकरण के सिलसिले में है?" उसने पूछा। "हमारे पास आपको बताने के लिए कुछ ख़ास नहीं है।"

"ओह, हाँ आपके पास बहुत कुछ है।" इमरान का चेहरा संजीदा था। "मुझे विजय और राधा के बारे में जानकारी है। मुश्किल ये है कि आपको फ़ारूख़ सिद्दीक़ी के बारे में जानकारी नहीं है। वह एक बेहद ख़तरनाक आदमी है। उसके तार अल क़ायदा और लश्कर-ए-तैयबा से जुड़े हुए हैं। हम कुछ समय से उसके पीछे हैं, लेकिन हम उसे तब तक नहीं घेरना चाहते थे जब तक कि हमें ठीक-ठीक यह पता नहीं लग गया था कि वह किस चीज़ की तलाश में था। अब हमें मालूम पड़ गया है।" उसने उन्हें एलईटी द्वारा जारी की गई जी20 सम्मेलन को बम से उड़ाने की धमकी के बारे में बताया।

ग्रेग वाइट का चेहरा सफ़ेद पड़ गया और शुक्ला भी दहशत से पीला पड़ गया। उसकी बेटी दुनिया के एक सबसे ख़ौफ़नाक आतंकवादी संगठन द्वारा बंधक बनाई गई थी।

"और मुझे मालूम है आपको भीम सिंह द्वारा हिंदुस्तान में काम करने के लिए बुलाया गया था," इमरान ने वाइट को संबोधित करते हुए कहा। "इसलिए मुझे आपको यह सूचना देते हुए दुख है कि वह भी षड्यंत्र के इस मकड़जाल में फ़ारूख़ के साथ मिला हुआ था। बदतर बात यह है कि भीम सिंह इस षड्यंत्र का एक सरग़ना था। लेकिन हमें अब उसकी चिंता नहीं रही।"

"आपने उन्हें गिरफ़्तार कर लिया है?" वाइट का चेहरा गहरा सलेटी हो उठा। उसे यह ख़बर सुखद सूचना की तरह नहीं लग रही थी।

इमरान ने इंकार में सिर हिलाया। "दुर्भाग्य से, नहीं। वह हमें बहुत कुछ बता सकता था। लेकिन वह मर चुका है।"

उसने मुद्दे पर आने का फ़ैसला किया। "मैं जानता हूँ कि फ़ारूख़ आप लोगों के संपर्क में रहा है और वह आपसे किसी क़िस्म के छंद का मतलब निकलवाना चाहता है," इमरान ने बात को जारी रखते हुए कहा। "हमने विजय के फ़ोन को टेप किया है और हम वह बातचीत सुनते रहे हैं जो वह आपके साथ करता रहा है। अब, जो मैं आपसे चाहता हूँ वह यह है।"

उसने उन लोगों की ओर देखा। "क्या आपने उस छंद का मतलब समझ लिया है?"

कॉलिन ने सहमति में सिर हिलाया।

"अच्छा है।" इमरान संजीदगी के साथ मुस्कराया। "अब जब फ़ारूख़ अब से 30 मिनट बाद फ़ोन करता है, तो मैं चाहता हूँ कि आप उसे उस छंद के बारे में जवाब दें लेकिन लंबी सौदेबाज़ी के बाद ही ऐसा करें।"

"इससे क्या मदद मिलेगी?" कॉलिन ने पूछा।

"हमने उसके छिपने की जगह का पता लगा लिया है," इमरान ने समझाया। हमें उस जगह तक पहुँचने में 45 मिनट लगेंगे। मैं चाहता हूँ कि आप उसे इस दौरान बातचीत में उलझाए रखें। इसलिए विजय और राधा की रिहाई को लेकर सौदेबाज़ी करिए। उसके सामने तरह-तरह की शर्तें रखिए। उसको इस बात की पूरी कैफ़ियत दीजिए कि आपने उस रहस्य को कैसे सुलझाया है। कुछ भी करिए। उसे लगातार बतियाने दीजिए। प्लीज़। इससे हमें वहाँ तक पहुँचने का वक़्त मिल जाएगा।" उसने कॉलिन से नज़र मिलाई। "विजय और राधा को वहाँ से ज़िंदा निकालने का हमारे पास यह एकमात्र मौक़ा है। क्योंकि जैसे ही उसको आपसे ज़रूरी जानकारी मिल जाएगी आपके दोस्त मारे जाएँगे।"

कॉलिन शुक्ला और वाइट से नज़रें मिलाता हुआ इसपर कुछ देर सोचता रहा। दोनों लोगों ने सिर हिलाकर सहमति दी। यही एकमात्र उपाय सूझता था।

"ठीक है," कॉलिन ने तीखी साँस छोड़ते हुए कहा। "हम वैसा ही करेंगे जैसा आपने कहा। प्लीज़ उनको वापस ले आइए।"

इमरान ने संजीदगी के साथ सिर हिलाया। "मैं अपनी ओर से पूरी कोशिश करूँगा।" अंदर से वह उतना आश्वस्त नहीं था। उसकी एक योजना थी, लेकिन वह बहुत सी दूसरी बातों पर निर्भर करती थी, क्या होगा इस बारे में यक़ीन के साथ कुछ भी कह पाना मुश्किल था।

इमरान जैसे ही कमरे से निकला, वाइट ने कहा, "सॉरी, लेकिन मैं कुछ देर के लिए लेटना चाहता हूँ। उम्मीद है आप लोग अन्यथा नहीं लेंगे।"

"ज़रूर, कोई बात नहीं," कॉलिन ने किंचित अन्यमनस्क भाव से कहा। वाइट कमरे से चला गया। शुक्ला वहीं रुका रहा जो अभी भी पीला और हक्का-बक्का दिखाई दे रहा था।

कॉलिन के दिमाग़ में पल भर के लिए एक विचार आया लेकिन उसने उसे दूर ठेल दिया। इसमें कोई शक नहीं था कि भीम सिंह की मौत की ख़बर से उस पुरातत्वशास्त्री को सदमा पहुँचा था। लेकिन उसे लगा कि इस ख़बर से वाइट अस्वस्थ लगने की बजाय गुस्सा ज़्यादा दिखाई दे रहा था! लेकिन इससे क्या फ़र्क़ पड़ता था। कॉलिन ने सिर झटक दिया। वह ख़ामख़्वाह शक कर रहा था। और भी महत्त्वपूर्ण बातें थीं जिनकी उसे चिंता करने की ज़रूरत थी।

सुख का क्षण

विजय उस कमरे के फ़र्श पर बैठा हुआ था जिसमें उसे बंधक बनाकर रखा गया था। किसी वजह से बंधक बनाए जाने की वह स्थिति उसे परेशान नहीं कर रही थी। लेकिन उसके दिमाग़ में अभी भी हलचल मची हुई थी। वह अपनी नाउम्मीदी के साथ तालमेल बिठाने को लेकर जूझ रहा था। जब उसका सामना मौत से हो रहा था तब उसके मन में यह सवाल था कि अपने जज़्बातों को समझने की कोशिश करने का क्या मतलब था। फ़ारूख़ का इरादा उसे और राधा को मार देने का था। उनके लिए कोई उम्मीद बची नहीं रह गई थी।

उसके दिमाग़ में कुछ घटित हुआ था। वह समझ गया कि क्या हुआ था। उसे राधा से प्रेम हो गया था। कुछ पलों के लिए, उसने उस ख़याल को अपने ऊपर छा जाने दिया और उसके साथ जुड़ी ऊष्मा और आह्लाद की अनुभूतियों में डूबने दिया। प्रेम की अनुभूति ने भी क्या वक़्त चुना! जब वे मरने के लिए अभिशप्त थे। लेकिन तब, अगर वे जीवित बने रहते तो क्या राधा भी उसे उसी तरह प्रेम करती? उसने उसके प्रति किसी तरह के विशेष जज़्बातों का अब तक कोई संकेत तो नहीं दिया था।

उसने गहरी साँस ली। ज़िंदगी भी कितनी मुश्किलों से भरी हुई थी!

मानो उसके इस अहसास को बल प्रदान करने के लिए एलईटी के दो लड़ाकू कमरे में दाख़िल हुए। एक एके 47 उसकी ओर तनी हुई थी और उनमें से एक आदमी ने उसकी ओर अपने पीछे आने का इशारा किया।

भागने की दुस्साहसिक कोशिश

जिस कमरे में राधा को पटक रखा था उसमें रुई के एक कठोर, गाँठदार गद्दे के सिवा कोई फ़र्नीचर नहीं था। कमरे के एक कोने में पड़ा हुआ वह गद्दा ही उसका बिस्तर था। फ़र्श गंदा था लेकिन शुक्र था कि वहाँ कम से कम तिलचट्टे और चूहे दिखाई नहीं दे रहे थे।

बिजली की हालत पटना में बहुत अच्छी नहीं थी। थोड़ी-थोड़ी देर के बाद बिजली गुल हो जाती थी और फिर आधा घंटे से लेकर कई-कई घंटों के लिए ग़ायब रहती थी। लगता था कि उस इमारत में बैकअप के लिए कोई जनरेटर या इन्वर्टर नहीं था, कम से कम उस कमरे के लिए तो नहीं ही था। बिजली गुल होने के दौरान कमरा पूरी तरह अँधेरे में डूब जाता था और हर आवाज़ हज़ार गुना तेज़ होकर सुनाई देती थी। उसने छिपकलियों को दीवार पर फिसलते देखा लेकिन एकाकीपन, ख़ामोशी और अँधेरे के उन घंटों में और किसी आवाज़ ने बाधा नहीं पहुँचाई।

वाक़ई कोई वजह नहीं थी जिससे उसे जिस तरह रखा जा रहा था उसे लेकर वह शिकायत करती। उसे दिन में तीन बार खाने को दिया जाता था; सादा भोजन, लेकिन उसे भूखा नहीं रहना पड़ा।

फ़ारूख़ उस पहले दिन के बाद से फिर नहीं आया था जब उसने उन दोनों से बातचीत की थी। न ही उसने उसके बाद से विजय को देखा था। उसे भी अकेला छोड़ दिया गया था हालाँकि फ़ारूख़ ने उसका मोबाइल फ़ोन अपने पास रख लिया था। वह सोच रही थी विजय कैसा होगा, और उम्मीद कर रही थी कि वह सुरक्षित होगा।

दो दिन का उसका यह एकाकीपन उसके लिए बहुत मुश्किल रहा था, हालाँकि वह अपनी उम्मीदों को जीवित रखने का संघर्ष लगातार करती रही थी। अक्सर जब बिजली गुल हो जाती तो अँधेरा और ख़ामोशी उसके दिमाग़ पर भारी पड़ने लगते, वे उसको लपेट लेते, सुन्न कर देते और उसकी

भावनाओं और विचारों को विद्रूप बना देते। यही वे पल होते होते थे जब उसका दिल डूबने लगता था।

वह वहाँ से किसी तरह भाग निकलने की और दूसरों को वह सब कुछ बताने की कामना कर रही थी। हिंदुस्तान की सरकार को जानना ज़रूरी था। दूसरी सरकारों को भी सूचित किया जाना ज़रूरी था। फ़ारूख़ ने उसे जो कुछ बताया अगर वह सब सही था तो संसार के पास बहुत कम वक़्त बचा था।

दरवाज़े पर कोई आवाज़ हुई और उसने सिर उठाकर देखा। फ़ारूख़ का एक आदमी कमरे में दाख़िल हुआ। उसने उसकी ओर देखा और बिना बोले अपने पीछे आने का इशारा किया।

वह जैसे-तैसे अपने पैरों पर खड़ी हुई। वह बंदूकधारी उसकी तरफ़ पीछे मुड़कर देखने की परवाह किए बिना तेज़ी से आगे बढ़ता गया। उसे भरोसा था कि वह कहीं नहीं भाग सकती थी।

वह आदमी उसे एक गलियारे से होते हुए एक बड़े कमरे तक ले गया। कमरे में बेंत का फ़र्नीचर अस्तव्यस्त ढंग से बिखरा हुआ था। फ़ारूख़ दरवाज़े के ठीक सामने एक बड़े सोफ़े पर जमा हुआ था। उसके सामने पड़ी मेज़ पर ह्विस्की की एक बोतल और सोडे की बोतलें रखी हुई थीं। वह ह्विस्की-सोडा का आधा भरा गिलास थामे हुए था। कुछ और आदमी भी थे जिनके हाथों में भी ह्विस्की के गिलास थे।

विजय फ़ारूख़ के सामने खड़ा हुआ था। उसके हाथ पीछे बँधे हुए थे। वह समझ गई कि विजय जिस तरह पहले उसके चंगुल से भाग निकला था उसे देखते हुए वह अब कोई कसर नहीं छोड़ना चाहता था। वह यह भी जानती थी कि वे आदमी उसे आसान शिकार समझते थे, जिसकी वजह से उसे विजय के मुक़ाबले ज़्यादा आज़ादी मिली हुई थी। महज़ औरत होने के नाते उसे कमज़ोर समझे जाने को लेकर उसके मन में जो शुरुआती असंतोष जागा था उसके बाद उसे यह सूझा कि इससे उसे भागने का एक बहुत ज़रा-सा मौक़ा तो मिला ही हुआ है। उसने चौकन्नापन बरतने और भाग निकलने के छोटे से छोटे मौक़े की तलाश में बने रहने का फ़ैसला किया। कितनी ही कठिनाइयाँ क्यों न हों, वह बिना टक्कर लिए मरने वाली नहीं है। वह जानती थी कि विजय भी इतनी आसानी से हार मानने वाला नहीं।

अपने इस मज़बूत इरादे के बावजूद कमरे में घुसते हुए उसने उन आदमियों के चेहरों पर जो अश्लील मुस्कराहट देखी उससे उसके रोंगटे खड़े हो गए।

उसे देखकर विजय राहत महसूस करता लगा। वह बहुत ठीक नहीं लग रहा था, हालाँकि ऐसा कुछ नहीं था जिससे यह लगता कि उसके साथ जिस्मानी तौर पर कोई बुरा बरताव किया गया हो।

उसकी आँखों में दिखाई देती चिंता के पीछे क्या भावना थी? वह भाव उससे चीख़कर कह रहा था कि उसके मन में उसके प्रति जो भावनाएँ थीं वह उन भावनाओं का प्रतिदान कर रहा था। उसका दिल तेज़ी से धड़कने लगा। जिस आदमी को वह प्रेम करती थी वह उसकी बग़ल में खड़ा था, लेकिन वह उससे कह नहीं सकती थी कि वह भी उसे प्रेम करती है।

"चालीस मिनट बकाया हैं," इन शब्दों के साथ फ़ारूख़ ने उनका स्वागत किया। "बेहतर होगा कि तुम्हारे दोस्त उस रहस्य के स्थान का पता लगाने में कामयाब हो गए हों।" उसने विजय को नज़रअंदाज़ किया जो उसकी ओर गुस्से से घूर रहा था और राधा की ओर ग़ौर से देखा। वह मुस्कराया, एक शैतानी, धूर्ततापूर्ण मुस्कराहट। "और जो मैं हासिल करना चाहता हूँ उसको हासिल करने के बाद मैं तुम लोगों से निपटूँगा।" उसने अपने आदमियों की ओर देखा। "नहीं?" वह हँसा और कमरे में मौजूद दूसरे लोग भी हँस दिए। उनकी नज़रों के भाव उसे अच्छे नहीं लगे।

विजय किसी पत्थर से उकेरे गए बुत की मानिंद खड़ा था। राधा उसकी आँखों में झलकते उबाल को देख पा रही थी। वह अपने आप को क़ाबू में रखने की भरपूर कोशिश कर रहा था। पथराया और काला पड़ चुका उसका चेहरा उसके गुस्से को, जूझने और आज़ाद होने की उसकी इच्छा को छिपा नहीं पा रहा था। फ़ारूख़ उन दोनों का मज़ाक़ उड़ा रहा था। वह अच्छी तरह से जान रहा था कि वे उन परिंदों की तरह थे जिनके पर कतर दिए गए थे। वे फड़फड़ा तो सकते थे लेकिन उड़ नहीं सकते थे।

उसकी रीढ़ की हड्डियों में एक कँपकँपी दौड़ गई। उनकी बदतर हालत की सच्ची इंतिहा का अहसास उसे अपने चेहरे पर तीर की तरह महसूस हुआ। उनको आज़ाद करने का इन लोगों का कोई इरादा नहीं था। इस बात की कोई भी उम्मीद अब जाती रही थी कि वह उन्हें छोड़ देगा। अब यह

भी एकदम साफ़ था कि वे उसे तुरंत मारने वाले नहीं थे। वह जानती थी कि उसका क्या मतलब था!

अपनी हालत की लाचारी को महसूस करते हुए उसकी आँखें छलछला आईं। लेकिन उसने अपनी दहशत को ज़ाहिर न होने देने का निश्चय कर रखा था; वह जानती थी कि इससे उन आदमियों के साहस में और भी इज़ाफ़ा होगा।

संजीदगी से भरे संतोष के साथ मुस्कराते हुए फ़ारूख़ ने अपना गिलास ऊपर उठाया। "चियर्स, लश्कर-ए-तैयबा के हथियारों के लिए!" उसने उर्दू में कहा।

"लश्कर-ए-तैयबा के हथियार!" दूसरे लोगों ने हाँ में हाँ मिलाई। उनमें से कुछ लोगों ने अपनी बोतलें फ़र्श पर ठकठकाईं।

राधा ने अपने काँपते हाथों को अपने पीछे छिपाने की कोशिश की।

तभी वह हुआ।

अचानक बिजली चली गई और कमरा अँधेरे में डूब गया।

"राधा, जाओ!" विजय चिल्लाया और उसके तत्काल बाद धप्प की आवाज़ हुई, सोफ़े के उलटने की आवाज़, टकराने और गिलासों के टूटने की आवाज़। उसने फ़ारूख़ को दर्द से चिल्लाते और गालियाँ बकते सुना। पूरे कमरे में अफ़रातफ़री मच गई।

पल भर के लिए वह स्तब्ध रह गई। फिर उसे स्थिति का अहसास हुआ। मौक़े को देखकर विजय फ़ारूख़ पर उछला था और इस कोशिश में वह मेज़ और सोफ़ा उलट गए थे। इसके बाद वह शायद लुढ़क गया और अपने हाथों के बँधे होने की वजह से खुद को लुढ़कने से रोक नहीं पाया और दूसरे आतंकवादियों से जा टकराया।

राधा को मौक़े का अहसास हुआ।

इसका मतलब विजय को अकेला छोड़ना होगा, लेकिन वह जानती थी कि वह क्या सोच रहा था। उनमें से किसी एक का भागना और उस धमकी के बारे में सरकार को सूचित करना ज़रूरी था। विजय ने अकेले छूट जाने के जोख़िम को जानते हुए भी यह अवसर जुटाया था।

बिजली गुल होने का मतलब था कि उस इमारत में कोई इन्वर्टर नहीं था। अगर वहाँ उस कमरे को रोशन कर सकने वाला कोई जनरेटर भी था तब भी इसके पहले कि उस जनरेटर को कोई चालू करता उसके पास कुछ क़ीमती पल थे।

कोई आदमी उर्दू में चिल्लाया, “उस औरत को पकड़ो!”

राधा ने अपने दिमाग़ पर ज़ोर डालते हुए उस दरवाज़े की दिशा को याद करने की कोशिश की जहाँ से वह अंदर आई थी और उसने पाया कि वह ठीक उसके पीछे होना चाहिए। वह मुड़ी और कमरे से निकल गई। उसके क़रीब खड़े लोगों को जब अहसास हुआ कि वह वहाँ पर नहीं थी तो वे चिल्ला उठे।

इस शोरशराबे के बीच फ़ारूख़ की ऊँची आवाज़ सुनाई दी, “बेवकूफ़ों! उसको कमरे से बाहर नहीं निकलना चाहिए!”

उसके पीछे एक रोशनी हुई जो कमरे को हलका-सा रोशन कर रही थी। किसी ने मोमबत्ती जलाई थी। उसकी कमज़ोर रोशनी उस गलियारे के अँधेरे को ठीक से नहीं भेद पा रही थी जो राधा के सामने फैला हुआ था, हालाँकि उससे इतनी मदद मिली कि वह अँधेरे में किसी चीज़ से टकराने से बच पा रही थी।

वह गलियारे में भागती गई।

उसके सामने का रास्ता दो हिस्सों में बँट गया। दाएँ रास्ते पर मुड़ती हुई वह बेतहाशा भागती गई, इस उम्मीद में कि वह सही दिशा में जा रही थी।

अगर वह पकड़ी गई तो...

उस संभावना के बारे में न सोचना चाहते हुए वह काँप उठी। उसे दोनों तरफ़ कमरे दिखाई दिए जिनके दरवाज़े बंद थे।

रोशनी की एक किरण ने अँधेरे को भेदा। किसी ने टॉर्च जलाई थी।

टॉर्च की रोशनी में जैसे गलियारे में उसकी आकृति उभरी कोई चिल्लाया। उसका पीछा करने वाला आदमी गलियारे के मोड़ पर पहुँच गया था और उसने उसे देख लिया था।

टॉर्च की रोशनी में गलियारे के आख़िरी सिरे पर एक दरवाज़े की रूपरेखा भी उभरी। ये कहाँ जाता होगा?

राधा ने अपनी रफ़्तार बढ़ा दी, वह हाँफ रही थी। वह इसे कब तक जारी रख पाएगी?

दरवाज़े पर पहुँचकर उसने उसे धक्का देकर खोल दिया।

उसे सीढ़ियाँ दिखाई दीं जो नीचे की ओर जाती थीं। वह किसी तरह सिर के बल सीढ़ियों पर गिरते-गिरते बची।

पल भर के लिए वह हिचकिचाई। क्या वह ठीक रास्ते पर थी? या वह किसी बंद रास्ते की ओर बढ़ रही थी?

उसका पीछा करते आदमी जैसे-जैसे उसके क़रीब आते जा रहे थे उनकी आवाज़ें तेज़ होती जा रही थीं।

उसने फुर्ती से अपना मन बनाया और उस अँधेरे में भरसक तेज़ी से सीढ़ियाँ उतरने लगी।

भागने में अँधेरा उसकी मदद तो कर रहा था लेकिन साथ ही उसकी गति को धीमा भी कर रहा था। उसका पीछा करने वाले आदमियों के साथ इस तरह की अड़चन नहीं थी। वे उससे तेज़ भाग सकते थे और जल्दी ही उस तक पहुँच सकते थे।

अगली मंज़िल पर एक खिड़की थी। वह बाहर नज़र डालने के लिए पल भर रुकी। आकाश में चंद्रमा था जो आसपास के वातावरण को हलका-सा रोशन कर रहा था। हालाँकि सड़क की बत्तियाँ बुझी हुई थीं लेकिन अपने काम के लायक़ चीज़ वह देख सकती थी।

सड़क एक मंज़िल नीचे थी।

उसका दाँव कामयाब रहा था।

अपनी बढ़ती हुई उम्मीदों के साथ वह रेलिंग थामे हुए बची हुई सीढ़ियाँ भी तेज़ी से उतर गई।

वे सीढ़ियाँ एक बड़े कमरे में जाकर ख़त्म हुईं। बिना परदों वाली खिड़कियों के रास्ते वह बाहर की सड़क देख सकती थी।

तभी बिजली वापस आ गई।

उसके पीछे आ रहे आदमी तेज़ी से भागे आ रहे थे। सीढ़ियाँ एक और मंज़िल नीचे बेसमेंट तक जाती थीं, जो अँधेरे में डूबा हुआ था। उसे अपने दाएँ-बाएँ एक-एक दरवाज़ा दिखाई दिया। दोनों दरवाज़े बंद थे।

राधा हिचकिचाई। उसे तय करना था कि वह किस दरवाज़े को खोलने की कोशिश करे और उसके पास चूकने का मौक़ा नहीं था। उसकी बाईं ओर का दरवाज़ा ठीक उस खिड़की के नीचे था जिससे उसने सड़क को देखा था। यह सामने वाला दरवाज़ा होना चाहिए था।

वह दरवाज़े की ओर भागी और उसकी सिटकनी खोलने की कोशिश करने लगी जो जाम लग रही थी।

वह दूसरे दरवाज़े की ओर भागी और उसकी सिटकनी खोलने की कोशिश करने लगी। वह बिना आवाज़ किए आसानी से खिसक गई। उसने मुड़कर अपना पीछा करने वालों को देखना चाहा और पाया कि वे कमरे में दाख़िल हो रहे थे।

उन्होंने तुरंत ही उसे देख लिया और उसकी ओर बढ़े, उनके चेहरों पर शैतानी मुस्कराहटें थीं।

हताश होकर राधा उसी दरवाज़े की तरफ़ पीछे की ओर बढ़ी जिसे उसने अभी-अभी खोला था। वह उसके पीछे की ओर खुला और उसका संतुलन गड़बड़ाया और वह कमरे में गिर पड़ी।

सहसा सीढ़ियों के ऊपर चीख़-पुकार सुनाई देने लगी।

वे लोग सहसा रुक गए और एक दूसरे की ओर देखने लगे, जैसे जो कुछ उन्होंने सुना था उसका मतलब समझने की कोशिश कर रहे हों।

चिल्लाने की आवाज़ें फिर से आने लगीं, और वे आदमी हरक़त में आ गए। एक को छोड़ बाक़ी सब ऊपर सीढ़ियों की ओर भागे। अकेला बचा वह आदमी दरवाज़े की ओर बढ़ा और उसने राधा की ओर घूरकर देखा। उसकी आँखों में गुस्सा था। बिना कुछ कहे उसने दरवाज़े को बंद कर दिया और बाहर से सिटकनी चढ़ा दी। राधा ने सुना कि उसने सीढ़ियों के ऊपर वाले लोगों से चिल्लाकर कुछ कहा। वह शायद उन लोगों को बता रहा था कि उसने उसे कमरे में बंद कर दिया था।

वह एक बार फिर से क़ैद में थी।

37

दसवाँ दिन

पटना में किसी जगह

जैसे ही बत्तियाँ फिर से चमकीं, विजय ने पाया कि उसे घसीटते हुए कमरे से ले जाया जा रहा था। वह एक दीवार से टकराया और वहीं ढेर हो गया, घबराया और ज़ोर-ज़ोर से साँस लेता हुआ। उसने बैठने की कोशिश की लेकिन उसके पहले ही फ़ारूख़ उसकी बग़ल में था और उसके बालों को मुट्ठी में जकड़कर खींच रहा था।

विजय पीड़ा से तिलमिलाकर चिल्लाया लेकिन इससे उसे यातना पहुँचाने वाले का साहस ही बढ़ता प्रतीत हुआ।

"तुम अपने आपको बहुत स्मार्ट समझते हो न?" फ़ारूख़ उसके कानों में गुर्राया। "अगर मुझे मेरा जवाब मिलने तक तुम्हें ज़िंदा रखना मेरी मजबूरी न होती तो तुम अब तक मर चुके होते।"

उसने झटके से विजय को एक ओर धकेल दिया और उसकी पसलियों में एक लात जड़ दी। विजय दर्द से तिलमिला उठा लेकिन उसने अपने दाँतों को भींचकर किसी तरह अपनी चीख़ को रोक लिया। वह नहीं चाहता था कि फ़ारूख़ को इस बात का आनंद मिले कि वह उसे चोट पहुँचा रहा था। लेकिन वह यह भी जानता था कि अगर उस आदमी ने यह जारी रखा तो वह बहुत देर तक अपने को रोक नहीं सकेगा। तभी विजय का मोबाइल फ़ोन, जो फ़ारूख़ के पास था, बज उठा और एलईटी के उस मुखिया ने विस्मय से उसकी ओर देखा। विजय ने सिर उठाकर उसकी ओर देखा तो उसने फ़ोन बंद कर उसे अपनी जेब में रख लिया।

वह तुरंत ही फिर बज उठा।

इस बार फ़ारूख़ ने जवाब दिया। "तुम मुझे इस नंबर पर फ़ोन करके क्या बताना चाहते हो?" उसने गुस्से से पूछा। "तुम्हें योजना पता है। मैं..."

वह आधे वाक्य में ही रुक गया, जैसे फ़ोन करने वाले ने अचानक फ़ोन काट दिया हो, और उसके जबड़े बंद हो गए। विजय ने अनुमान लगाया कि उसे ऐसी कोई सूचना मिल रही थी जिसकी उसे प्रत्याशा नहीं थी। वह सोचने लगा कि वह क्या सूचना रही होगी।

"क्या तुम्हें इस बारे में पूरा यक़ीन है?" उसने फ़ोन सुनने के बाद आख़िरकार पूछा।

जवाब सुनते हुए वह एक बार फिर ख़ामोश हो गया।

"ठीक है। योजनाएँ बदल दो। हम तुरंत ही निकलेंगे।" उसने फ़ोन काट दिया और विजय की ओर देखा। "तुम्हारे दोस्तों ने छंद का मतलब समझ लिया है।" वह बनावटी हँसी हँसा। "और अब वे तुम्हारे साथ होंगे। तुम सब एक साथ मरोगे।"

विजय सोचने लगा कि फ़ारूख़ को कैसे पता चला होगा, क्योंकि वह उसके किसी दोस्त से निश्चय ही बात नहीं कर रहा था। लेकिन उसे आगे सोचने का वक़्त नहीं मिला। "हम तुरंत ही चलेंगे!" फ़ारूख़ अपने आदमियों की ओर देखकर चिल्लाया और वे सब तुरंत हरक़त में आ गए। उनमें से दो ने विजय को उसके पैरों पर खड़ा किया और उसे कमरे से बाहर ले गए।

"उस औरत का क्या करना है?" उनमें से एक फ़ारूख़ से पूछ रहा था।

"उसे भूल जाओ। हमें दूसरी ज़्यादा अहम चीज़ों की चिंता करना ज़रूरी है।" फ़ारूख़ ने तपाक से जवाब दिया। "बाक़ी लोगों को वापस बुला लो। इंटेलिजेंस ब्यूरो को हमारी इस जगह की जानकारी है। इसके पहले कि वे हम तक पहुँचे, हमें यहाँ से निकलना होगा।"

विजय का दिल उछल पड़ा। इसका मतलब था कि फ़ारूख़ के बारे में सिर्फ़ उसे और उसके दोस्तों भर को जानकारी नहीं थी।

"वह नीचे के कमरे में बंद है," एक आदमी ने फ़ारूख़ को जानकारी दी।

"कोई फ़र्क़ नहीं पड़ता। चलो," फ़ारूख़ ने जवाब दिया।

विजय मन ही मन मुस्कराया। अगर आईबी के आदमी एलईटी के इस नेता का पीछा कर रहे थे तो वे आगे-पीछे इस मकान तक पहुँच जाएँगे। अगर फ़ारूख़ और उसके आदमी उसे बंधक बनाकर भगा भी ले जाते हैं तब भी आईबी के लोगों को राधा तो यहाँ मिल ही जाएगी।

लेकिन फ़ारूख़ के अगले शब्दों ने उसकी उम्मीदों को धूल में मिला दिया।

"इमारत में आग लगा दो।"

थोड़ी देर से

इमरान का फ़ोन बज उठा। वह पुलिस की जीप में था जो फ़ारूख़ के ठिकाने की ओर भागी जा रही थी। उसने नंबर की ओर देखा। यह उस निगरानी दल के एक आदमी का फ़ोन था, जिसे उस ठिकाने का पता लगते ही वहाँ रवाना कर दिया गया था। उन्हें फ़ारूख़ और उसके आदमियों तथा वहाँ होने वाली किसी भी तरह की घटना पर निगाह रखने की ज़िम्मेदारी सौंपी गई थी।

"क्या कमांडो वहाँ पहुँच गए हैं?" इमरान ने बेताबी के साथ अपनी घड़ी की ओर देखा। वह जानता था कि जैसे ही फ़ारूख़ को उस रहस्य के स्थल की जानकारी मिलेगी, वह ज़रा भी वक़्त बरबाद किए बिना पटना से निकल जाएगा। इसीलिए वह रास्ता बदलकर इस उम्मीद में विजय के दोस्तों के पास गया था कि वे फ़ारूख़ के ठिकाने से उसके निकलने को हर मुमकिन तब तक लटकाए रखने में मदद कर सकेंगे जब तक कि कमांडो-दल वहाँ नहीं पहुँच जाता।

"नहीं," उस ठिकाने के बाहर खड़े जासूस ने जवाब दिया। "और मुझे लगता है फ़ारूख़ निकल भागा है। इमारत में आग लगी हुई है।"

फ़ोन काटते हुए इमरान ने गाली बकी। उसने फ़ारूख़ को खो दिया था। अब वह नहीं जानता था कि उसकी तलाश कहाँ से शुरू की जाए।

कूच के आदेश

कॉलिन ने वाइट का दरवाज़ा खटखटाया और उस पुरातत्वशास्त्री ने दरवाज़ा खोल दिया। अब वह सामान्य दिखाई दे रहा था। थोड़ा-सा विश्राम उसके लिए ठीक रहा होगा।

"तुम्हारा फ़ोन," कॉलिन ने कहा। "फ़ारूख़ हमसे तुम्हारे ही फ़ोन पर बात करता है।"

"ओह, आय एम सॉरी," वाइट ने कहा, वह उनींदा-सा लग रहा था। "मुझे अपना फ़ोन तुम लोगों के पास छोड़ देना चाहिए था। उस वक़्त मेरा दिमाग़ काम नहीं कर रहा था।" उसने डेस्क पर से अपना फ़ोन उठा लिया।

दोनों आदमी गलियारे में चलते हुए कॉलिन के कमरे की ओर बढ़े।

तभी फ़ोन की घंटी बज उठी, मानो वह इसी का इंतज़ार कर रही थी। स्क्रीन पर विजय का नंबर चमक उठा।

फ़ारूख़ की आत्मतुष्ट आवाज़ फ़ोन पर सुनाई दी। "तुम्हारे पास वह जानकारी है जो मैं चाहता हूँ।"

यह एक बयान था, सवाल नहीं, लेकिन कॉलिन ने तब भी उसे जवाब दिया, "हाँ।"

"सही?"

"हमने पहेली सुलझा ली है।"

"और जवाब क्या है?" फ़ारूख़ के लहज़े में इस बार एक ऐसा पैनापन था जिसे कॉलिन ने पहले कभी नहीं सुना था। उसने इमरान के निर्देशों को याद किया।

जितनी देर तक मुमकिन हो उन्हें अटकाए रखो।

वह उम्मीद कर रहा था कि वह विजय और राधा को उससे ज़्यादा ख़तरे की हालत में न रखे हो जितने में वे पहले से थे।

"वह ख़ुफ़िया स्थान हज़ारीबाग़ के पठार में है।"

"और तुम्हें इस बात का यक़ीन कैसे है?"

"इसके पहले कि मैं तुम्हें उस या अगली जगह के बारे में बताऊँ, मैं जानना चाहता हूँ कि तुम विजय और राधा को हमें कैसे और कब सौंपोगे।"

"क्या तुम मुझे बेवकूफ़ समझते हो?" फ़ारूख़ का स्वर आवेश से तना हुआ था और उसमें कोई और भी चीज़ थी। क्या यह हताशा का अंतर्प्रवाह था? कॉलिन समझ नहीं सका।

"जानते हो, तुम्हारे दोस्तों ने अभी-अभी क्या किया है?" उसने अपनी बात जारी रखी। उसका स्वर गुस्से से काँप रहा था। "उन्होंने भागने की कोशिश की।"

कॉलिन का दिल बैठने लगा।

फ़ारूख़ के अगले शब्दों से तो उसका ख़ून ठंडा पड़ गया।

"मेरा धीरज जवाब दे रहा है। सौदेबाज़ी में न तो मेरी दिलचस्पी है और न ही उसके लिए मेरे पास वक़्त है। अगर तुम मुझे वह नहीं देना चाहते जो मैं चाहता हूँ तो ठीक है। तुम अपने दोस्तों को दोबारा नहीं देख पाओगे।"

कॉलिन हिचकिचाया। उसने अपने विकल्पों के बारे में सोचा। इस बात की कोई गारंटी नहीं थी कि उस रहस्य के छिपे होने की जगह के बारे में जानने के बाद फ़ारूख़ विजय और राधा को लौटा देता। दूसरी तरफ़, अगर उसे जानकारी नहीं मिलती तो वे दोनों मरने के लिए अभिशप्त थे।

अब करने के लिए केवल एक ही चीज़ बची थी। कॉलिन सिर्फ़ यही उम्मीद कर सकता था कि इमरान उसके ठिकाने पर वक़्त रहते पहुँच जाता।

"सीतागढ़ पहाड़ी," उसने फ़ारूख़ से कहा। "हज़ारीबाग़ पठार।" उसने फ़ारूख़ को कैफ़ियत दी कि वे किस तरह इस नतीजे तक पहुँचे थे।

फ़ारूख़ उसकी कैफ़ियत पर शक करता लग रहा था। "और मैं यह कैसे मानूँ कि तुम मेरे प्रति पूरी ईमानदारी बरत रहे हो?"

कॉलिन के पास इसका कोई जवाब नहीं था।

"इसे सुनिश्चित करने का एक ही तरीक़ा है," फ़ारूख़ ने उसके विचारों में बाधा डालते हुए कहा। "यह साबित करने के लिए कि यह वाक़ई वही जगह है, तुम मुझे उस पहाड़ी तक लेकर जाओगे।"

"और तब तुम उन्हें छोड़ दोगे?" कॉलिन ने आग्रह किया।

"मैं चाहता हूँ कि तुम तुरंत पटना से निकलो। तुम तीनों।" फ़ारूख़ ने कॉलिन के सवाल को नज़रअंदाज़ करते हुए कहा। "इसी वक़्त हज़ारीबाग़ के लिए निकलो। मैं तुम्हें वहाँ मिलूँगा और फिर हम सब साथ-साथ इस पहाड़ी तक जाएँगे। जो कुछ तुम बता रहे हो वह अगर सच नहीं निकला तो..." उसने अपनी धमकी को अधर में लटकता छोड़ दिया लेकिन कॉलिन उसे ठीक-ठीक समझ गया।

"एक और चीज़। अपना फ़ोन स्विच-ऑफ़ कर दो। अभी। जब तक तुम हज़ारीबाग़ के क़रीब नहीं पहुँच जाते तब तक तुम उसे फिर से चालू नहीं करोगे। मैं देखूँगा कि तुमने मेरे इस हुक्म की तामील की है या नहीं। मुझे तुम्हारा फ़ोन चालू नहीं मिलना चाहिए। जब तुम हज़ारीबाग़ पहुँचने लगो तब मुझे फ़ोन करना।"

फ़ोन कट गया।

कॉलिन का सिर लटक गया।

"क्या हुआ?" वाइट ने पूछा, वह परेशान लग रहा था।

कॉलिन ने सिर हिलाया। उसने जल्दी से बाक़ी लोगों को विजय और राधा की वहाँ से भागने की नाकाम कोशिश के बारे में और फ़ारूख़ की माँग के बारे में बताया।

"हमें तुरंत चलना होगा।" वह उठ खड़ा हुआ। "फ़ारूख़ ने हमसे तुरंत पटना से निकलने को कहा है। मैं गाड़ी निकालता हूँ और पाँच मिनट के भीतर आप लोगों से मुख्य पोर्च में मिलता हूँ।"

आग में फँसी

राधा ने कमरे की बत्ती जला ली थी।

कमरे में कोई खिड़की नहीं थी और अंदर एकदम अँधेरा था। उसने दीवारों को टटोल-टटोल कर किसी तरह स्विच ढूँढ़ा था।

यह कमरा किसी तरह के भंडार घर जैसा लगता था। चारों तरफ़ ख़ाली बक्से और गत्ते के डिब्बे पड़े हुए थे। एक कोने में रुई के गद्दों का ढेर लगा हुआ था।

आतंकवादियों के लिए बिस्तर, उसने अनुमान लगाया।

बाहर ख़ामोशी पसर गई थी। वह सोच रही थी क्या हो रहा होगा। आतंक के अहसास के साथ वह विजय की कुशलता की कामना कर रही थी - हालाँकि उसके मन में यह संदेह था कि फ़ारूख़ बदले की भावना से भरा होगा और उसके इस दुस्साहस की वजह से उसे सज़ा दे रहा होगा।

सहसा उसने हवा में कुछ धुआँ जैसा महसूस किया। राधा ने दरवाज़े की ओर देखा और वह दहशत से भर उठी जब उसने पाया कि दरवाज़े की निचली दरार से धुएँ की लकीरें कमरे के अंदर आ रही थीं।

दहशत ने उसको जकड़ लिया। क्या इमारत में आग लगी हुई थी?

उसने दरवाज़े को ज़ोर से धक्का दिया और पूरी आवाज़ के साथ चीख़ते हुए उसको पीटने लगी।

क्या किसी को इस बात का अहसास नहीं था कि इमारत में आग लगी हुई थी?

धुआँ गहराने लगा और उसे बाहर के गलियारे से चटखने और टूटने की आवाज़ें सुनाई देने लगीं। वह दरवाज़े से पीछे की ओर हट गई और ऐसी जगह की तलाश करने लगी जहाँ धुआँ हलका होता और वह साँस ले सकती। उसकी आँखों में जलन हो रही थी और उसने खाँसना शुरू कर दिया था। उसने कहीं पढ़ रखा था कि आग का शिकार होने वाले ज़्यादातर लोग जलने से उतने नहीं जितने दम घुटने से मरते हैं।

लेकिन यह उसके लिए कोई सांत्वना की बात नहीं थी कि वह ज़िंदा जलने वाली नहीं थी। उसका बचाव करने कोई आता नहीं दिखता था।

वह किसी भी सूरत में मरने वाली थी।

तभी मकान के बाहर जैसे ही इमरान की जीप चीख़ती हुई रुकी इमरान उससे तेज़ी से उछलकर बाहर आ गया। कमांडो पहुँच चुके थे, और उसने देखा कि उन्होंने मकान के चारों ओर बचाव के मोर्चे सँभाल लिए थे।

तीन दमकलें खड़ी हुई थीं और उनके कर्मचारी आग की लपटों से जूझ रहे थे। इमरान के निर्देश पर एक एम्बुलेंस भी आ गई थी।

लेकिन उन्हें काफ़ी देर हो चुकी थी।

पंछी उड़ चुके थे। फ़ारूख़ और उसके आदमी जा चुके थे।

इमरान कमांडोज़ के कमांडर के पास गया। वह एक नौजवान अधिकारी था जिसने अपना परिचय मेजर किशोर वर्मा के रूप में दिया।

"क्या मकान में कोई है?" इमरान ने पूछा जिसे चिंता हो रही थी कि कहीं विजय और राधा को आग में जलने के लिए न छोड़ दिया गया हो। फ़ारूख़ के लिए अब वैसे भी उनकी कोई उपयोगिता नहीं रह गई थी क्योंकि उसे अपने गंतव्य का पता मिल चुका था।

वर्मा ने सिर हिला दिया। "हम इसका पता लगाने की कोशिश करते रहे हैं लेकिन जब तक हम यहाँ पहुँचे तब तक आग बुरी तरह भड़क चुकी थी। ताप-संवेदी आग की वजह से ठीक से काम नहीं कर रहे हैं। अंदर किसी इंसानी मौजूदगी की टोह ले पाना मुश्किल है। दमकल कर्मचारियों का सोचना है कि इस वक़्त अंदर जाना सुरक्षित नहीं है। ऐसा लगता है कि आग लगाने वालों ने आग जलाने और उसे भड़काने के लिए किन्हीं रसायनों का इस्तेमाल किया है।"

इमरान ने वर्मा की आँखों में देखा। "अंदर दो बंधक थे। अगर फ़ारूख़ के जाते वक़्त वे जीवित थे तो मैं नहीं चाहता कि वे आग के हवाले हो जाएँ।"

कमांड वाहन में बैठा एक कमांडो ज़ोर से चिल्लाया। वह ताप-संवेदी पर अपनी आँखें गड़ाए बैठा था। यह उन उपकरणों में से एक था जिन्हें सरकार ने 26/11 के बाद ख़रीदा था।

"अंदर कोई है!" उसने चिल्लाकर कहा। लपटें इतनी पर्याप्त कमज़ोर हो चुकी थीं कि वे ताप-संवेदी को अंदर के कमरों में इंसानी मौजूदगी की टोह लेने की गुंजाइश दे रही थीं।

"सिर्फ़ एक?" इमरान ने पूछा।

कमांडो ने सिर हिलाकर हामी भरी।

"क्या उसकी स्थिति पर तुम्हारा नियंत्रण है?" वर्मा ने पूछा।

कमांडो ने सिर हिलाया। "सामने वाले दरवाज़े के ठीक सामने वाला कमरा।"

वर्मा ने दमकल कर्मचारियों को फुर्ती से स्थिति समझाई और दो आदमी मकान में घुसने को तैयार हो गए।

"मैं आप लोगों के साथ चलता हूँ," इमरान ने कहा। "बहस करने का वक़्त नहीं है। चलिए।" जो कुछ हुआ था उसको लेकर उसे एक ज़िम्मेदारी का बोध हो रहा था।

गैस मास्क के साथ-साथ एक टोपा, दस्ताने और एक जैकेट तुरंत इमरान के लिए पेश किए गए और वह दमकल कर्मचारियों के पीछे चल पड़ा। "वहाँ," घुसने के साथ ही इमरान ने सामने के दरवाज़े की तरफ़ इशारा किया।

दमकल कर्मचारियों ने तेज़ी से गलियारा पार किया और दरवाज़ा तोड़कर खोल दिया। कमरे के दूसरे सिरे पर राधा फ़र्श पर पड़ी हुई थी। बिना अपनी गति को धीमा किए तीनों आदमियों ने उसे उठाया और तेज़ी से इमारत के बाहर आ गए।

कुछ ही पलों के भीतर एम्बुलेंस के चिकित्सकों ने ज़िम्मेदारी सँभाल ली और राधा को होश में लाने की कोशिश करने लगे।

इमरान चेहरे पर संजीदगी का भाव लिए एम्बुलेंस के बाहर खड़ा था।

क्या राधा होश में आ पाएगी?

38

वर्तमान काल

दसवाँ दिन

पटना

"मैं बता नहीं सकती कि मैं आपकी कितनी शुक्रगुज़ार हूँ," राधा ने इमरान की ओर मुस्कराते हुए कहा। वे दोनों पुलिस की जीप में थे। राधा ने एक घंटा एम्बुलेंस में बिताया था और फिर एक स्थानीय अस्पताल में।

इमरान ने भी उसे मुस्कराकर देखा। "मुझे बेहद ख़ुशी है कि हम ठीक वक़्त पर पहुँच गए।"

राधा के चेहरे पर संजीदगी के एक भाव ने उसकी मुस्कराहट की जगह ले ली। "तो फ़ारूख़ इसलिए भाग खड़ा हुआ कि उसे ख़बर मिल गई थी कि आप उसके पीछे हैं?" इमरान ने सिर हिलाया। "हाँ। हमने विजय के फ़ोन को टेप किया था और आग लगाए जाने के कुछ ही मिनट पहले फ़ारूख़ को फ़ोन मिला जिसमें उसे भीम सिंह की मृत्यु के बारे में बताया गया और साथ ही यह भी कि इंटेलिजेंस ब्यूरो को उसके इरादों की जानकारी मिल चुकी है।"

होश में आने के बाद राधा ने जो सबसे पहला काम किया था वह इमरान को भीम सिंह के बारे में बताने का था, लेकिन उसे पता चला कि इमरान आईबी से था और उसे इस बात की पहले से ही जानकारी थी।

"मतलब आईबी में कोई ऐसा है जो ख़बरें लीक करता है?"

इमरान ने इंकार में सिर हिलाया। "आईबी में नहीं। एक ही शख़्स है जिसे इस सबकी जानकारी रही है और जिसकी ओर इस पूरे दौरान ध्यान नहीं गया और वह संदेह से परे बना रहा।"

"कौन?" राधा ने अपने दिमाग़ पर पूरा ज़ोर डाला लेकिन वह अनुमान नहीं लगा सकी।

इमरान ने उसे बताया।

राधा की आँखें दहशत से फटी रह गईं। "आपको पक्का यक़ीन है?"

"सौ प्रतिशत। हमने उसके फ़ोटोग्राफ़ के साथ एक स्कैच का मिलान किया है। वह एकदम मिलता है।"

"और फ़ारूख़ ने कॉलिन से कहा कि वह सबको साथ लेकर हज़ारीबाग़ में उससे मिले," इमरान ने उसे बताया।

राधा अब वाक़ई चिंतित हो उठी। "हमें कुछ करना होगा।"

"हम कर रहे हैं। हम अगले पंद्रह मिनट के भीतर कमांडोज़ से मिल रहे हैं। हम उनके साथ सीतागढ़ पहाड़ी पर जाएँगे।" इमरान वाइट के मोबाइल फ़ोन पर लगातार संपर्क करने की कोशिश करता रहा था लेकिन वह बंद था। उससे संपर्क करने का कोई और उपाय नहीं था।

जब राधा ने इमरान से सीतागढ़ पहाड़ी के बारे में सुना और कॉलिन की उस कैफ़ियत के बारे में सुना कि क्यों वह पहाड़ी रहस्य के छिपे होने का स्पष्ट स्थल प्रतीत होता है, तो वह भौंचक रह गई।

यह सब एकदम फ़िट बैठता था।

"हमें वह पहाड़ी कैसे मिलेगी?" राधा ने जिज्ञासा की।

"मुझे उस जगह की जानकारी है," इमरान ने जवाब दिया। "सीमा सुरक्षा बल के लोग इस जगह को भारी तोपों की रेंज की तरह इस्तेमाल करते हैं।"

उसका मोबाइल फ़ोन बज उठा। "हाय, विष्णु," उसने फ़ोन करने वाले से कहा और फिर ख़ामोश होकर उसको सुनने लगा। "गुड," अंत में उसने कहा, "मुझे ख़ुशी है कि वह कारगर रहा। अगर राज्य के गृह सचिव तुम्हारे साथ हैं और बीएसएफ़ मदद के लिए राज़ी है, तो ये बहुत ही अच्छा है। हमें तो ये भी नहीं पता है कि क्या होने वाला है।"

फ़ोन करने वाले ने जवाब दिया और इमरान उसकी बात से संतुष्ट लगा। "ओके। शुक्रिया विष्णु। हम तुमसे हज़ारीबाग़ में मिलते हैं।"

उसने फ़ोन काटा तो राधा ने जिज्ञासा के भाव से उसकी ओर देखा। "विष्णु प्रसाद," इमरान ने बताया। "हज़ारीबाग़ का कलेक्टर। हम नहीं जानते कि सीतागढ़ पहाड़ी की उस कंदरा में क्या है लेकिन मुझे इस पर यक़ीन नहीं आता कि जिस रहस्य के पीछे एलईटी पड़ा हुआ है वह वहाँ पर मौजूद एकमात्र चीज़ होगी। मैंने कलेक्टर को हज़ारीबाग़ क़स्बे को ख़ाली कराने को कहा था। पता नहीं क्या ज़रूरत पड़ जाए। वह क़स्बा पहाड़ी से मात्र बीस किलोमीटर की दूरी पर है। अगर कोई उत्पात की स्थिति बनती है तो मैं नहीं चाहता कि कोई नागरिक हताहत हो। हम यहाँ एलईटी की एक छोटी-सी सेना से निपट रहे हैं जिनके पास उन्नत क़िस्म के हथियार हैं। एलईटी के हज़ारीबाग़ पहुँचने से पहले वहाँ कोई व्यक्ति नहीं होगा।"

राधा को कौतूहल हो रहा था। "लगता है आप सब कुछ जानते हैं," उसने कहा। "नौ के भ्रातृ संघ के बारे में, सुराग़ों के बारे में, खोज के बारे में, यहाँ तक कि रहस्य के बारे में भी।"

"सब कुछ नहीं," इमरान उसकी ओर देखकर मुस्कराया। "थोड़ा-सा। भीम सिंह की मेहरबानी से। मैं चाहता हूँ कि बाक़ी चीज़ें आप मुझे बताएँ। लो हम पहुँच गए।"

वे मुलाक़ात के स्थल पर पहुँच गए थे। वहाँ पाँच-टन वाले तीन छद्मावृत्त ट्रक खड़े हुए थे जिनमें काली पोशाकों में ढँके आदमी भरे हुए थे। ये हिंदुस्तानी सेना के विशिष्ट कमांडो थे जो आईएनएसएएस 5.56 मिमी साइट मशीन गनों, एजीएस 17 प्लाम्या 30 मिमी ऑटोमैटिक ग्रैनेड लांचरों, कार्ल गुस्ताव 84 मिमी रिक्वाइललैस रायफ़लों और ग्लॉक 17.9 मिमी पिस्तौलों से लैस थे।

इमरान और राधा सबसे आगे के ट्रक में चढ़ गए। इमरान ने राधा की ओर देखा। "आप पक्के तौर पर यह करना चाहती हैं?" उसने इमरान के साथ चलने का आग्रह किया था क्योंकि उसका ख़याल था कि वह उस स्थल के सुराग़ों के मामले में मदद कर सकती थी।

"एकदम," उसने जवाब दिया। इमरान ने ट्रक के ड्राइवर की ओर इशारा किया और सेना का वह दल राँची की ओर जाने वाले राजमार्ग पर चल पड़ा।

39

दसवाँ दिन

पटना-राँची राजमार्ग

कॉलिन ने थके हुए अंदाज़ में अपनी आँखें मलीं। वह पिछले चार घंटे से जबसे पटना से चला था तब से बिना रुके लगातार गाड़ी चला रहा था। अँधेरे ने उन्हें ढँक रखा था।

वे उस राजमार्ग पर अकेले थे।

वे दो घंटे पहले नवादा क़स्बे से और उसके बाद कई गाँवों से होकर गुज़रे थे। राजमार्ग खेतों के बीच से सर्पाकार गुज़रता रहा था और घने जंगल से होकर गुज़र रहा था।

"हमें फ़ारूख़ से किस जगह पर मिलना है?" वाइट ने सहसा जागते हुए पूछा। वह और शुक्ला चुपचाप X ट्रेल की पिछली सीट पर बैठे हुए थे।

"उसने बताया नहीं।" कॉलिन ने जवाब दिया और गाड़ी को धीमा करते हुए सड़क के एक किनारे रोक दिया। वह वाइट की ओर मुड़ा और अपना हाथ बढ़ा दिया।

"अब वक़्त आ गया है जब तुम अपना फ़ोन चालू कर लो।"

वाइट ने वैसा ही किया।

इस संकेत पर फ़ोन चालू करते ही उसकी घंटी बज उठी।

"मुझे ख़ुशी है कि तुमने मेरे निर्देशों का पालन किया।" फ़ारूख़ का कोमल स्वर फ़ोन के स्पीकर पर सुनाई दिया। "तुम कहाँ पहुँच चुके हो?"

"मुझे मालूम नहीं है कि हम कहाँ पर हैं," कॉलिन ने अपने गुस्से और हताशा से जूझते हुए भरसक अपने स्वर को शांत रखा।

"क्या तुम राजमार्ग से लगे जंगल में एक प्राचीन खंडहर से होकर गुज़रे हो?"

"नहीं, हालाँकि हम घने जंगली इलाक़े में हैं।"

"तब तुम हज़ारीबाग़ के बहुत क़रीब होगे। राजमार्ग के बाईं तरफ़ देखते रहो, वहाँ तुम्हें वह खंडहर दिखाई देगा। वह तुम्हारी नज़रों से चूक नहीं सकता। वहाँ रुको और हमारा इंतज़ार करो।"

फ़ोन बंद हो गया।

कॉलिन राजमार्ग के बाईं ओर नज़र डालता हुआ धीरे-धीरे चलने लगा। वे सभी फ़ारूख़ द्वारा बताए गए खंडहर की झलक पाने खिड़की से बाहर देख रहे थे। जंगल में अँधेरा था और पेड़ों की आकृतियों तक को पहचानने के लिए उन्हें अपनी आँखों पर ज़ोर डालना पड़ रहा था।

"वो रहा। वहाँ पेड़ों के झुरमुट में।" वाइट ने उसे देख लिया।

कॉलिन ने झटके से गाड़ी रोक दी। वाइट ने जंगल के जिस हिस्से की तरफ़ इशारा किया था उनकी गाड़ी रुकते-रुकते उससे थोड़ा-सा आगे निकल गई थी। उसने हलके-से गाड़ी को पीछे किया और उसकी हैडलाइटें बंद कर दीं।

वे तत्काल अँधेरे में घिर गए। कॉलिन कार से उतर पड़ा। बाक़ी लोग भी उतरकर उसके पास आ गए और जंगल की ओर देखने लगे। धीरे-धीरे उनको उस खंडहर की मोटी-सी रूपरेखा दिखाई दी जो वृक्षों से घिरी हुई थी।

वे इंतज़ार करते ख़ामोश खड़े रहे। वक़्त जौंक की गति से धीमे-धीमे सरकता लग रहा था। फ़ारूख़ कहाँ होगा? कॉलिन ने सोचा।

सहसा उन्हें घेरे अँधेरे को भेदते प्रकाश के दो बिंदु उनको दिखाई दिए। वे रोशनियाँ धीरे-धीरे उनकी तरफ़ बढ़ रही थीं, और जैसे-जैसे

पास आती जा रही थीं वैसे-वैसे बड़ी और तेज़ होती जा रही थीं। उनके पीछे कुछ और रोशनियाँ दिखाई दीं। वाहनों का एक समूह उनके क़रीब आ गया।

"फ़ारूख़," कॉलिन फुसफुसाया। क्या विजय और राधा इनके साथ हैं?

जैसे ही वे वाहन क़रीब आए उन्होंने पाया कि वे काले रंग की पाँच इंडेवर कारें थीं, जो उनकी कार के आगे जाकर रुक गईं। आदमी उन वाहनों से कूदकर उनकी तरफ़ भागे। उनके हाथों में उज़ी बंदूकें थीं।

उनके पीछे हाथ में रिवॉल्वर लिए फ़ारूख़ था।

कॉलिन ने जब देखा कि विजय उनके साथ था तो वह ख़ुश हो गया। उसके हाथ बँधे हुए थे, चेहरे पर खरोंचें थीं और वह थका हुआ लग रहा था। लेकिन वह जीवित था।

यह सुख क्षणभंगुर ही था। क्योंकि अगले पल जो हुआ उसके लिए उनकी कोई तैयारी नहीं थी।

फ़ारूख़ ने वाइट की ओर एक बंदूक उछाली। विजय और उसके दोस्त मुँह बाये यह नज़ारा देखते रह गए।

"तुमने निश्चय ही आने में काफ़ी देर कर दी," पुरातत्वशास्त्री वाइट ने नाराज़गी दिखाते हुए कहा।

फ़ारूख़ ने कंधे झटक दिए, उसके हावभाव से साफ़ ज़ाहिर था कि उसपर इस तरह सवाल उठाया जाना उसे बिलकुल अच्छा नहीं लगा।

विजय उन दोनों आदमियों को देखे जा रहा था और उसका दिमाग़ चकरा रहा था। ये क्या हो रहा था?

"ओके, इस बारे में हम रास्ते में बात कर लेंगे," वाइट ने उपेक्षापूर्ण ढंग से कहा। "हम काफ़ी वक़्त बरबाद कर चुके हैं।"

फ़ारूख़ अपने आदमियों की ओर मुड़ा। "इन तीनों को इनकी कार में बिठाओ और चलो।"

40

ग्यारहवाँ दिन

पटना-राँची राजमार्ग

"हम कहाँ हैं?" राधा ने सहसा जागकर पूछा। वह पिछले कुछ घंटों की घटनाओं से इतनी थकी और तनावग्रस्त थी कि पटना से निकलते ही वह सो गई थी। इस खुलासे से कि भीम सिंह एक बुरा इंसान था और यह कि एक पेशेवर हत्यारा ग्रेग वाइट होने का नाटक कर रहा था उसे गहरा झटका लगा था। उसका पिता और उसके दोस्त ऐसे लोगों के हाथ में थे जिनके लिए हत्याएँ करना बाएँ हाथ का खेल था।

"हम हज़ारीबाग़ के क़रीब ही हैं," इमरान ने जवाब दिया।

"वे लोग तो अब तक सीतागढ़ पहुँच चुके होंगे," राधा बुदबुदाई।

"हम भरसक तेज़ भागने की कोशिश कर रहे हैं। ये ट्रक रफ़्तार के लिए नहीं बनाए गए हैं।" इमरान ने उसकी ओर देखते हुए कहा। "ये बहुत बड़ी षड्यंत्र-भरी योजना है," इमरान ने कहा। "कंपनियों का एक समूह अपनी ग़ैरक़ानूनी गतिविधियों को छिपाने के लिए एलईटी का इस्तेमाल करता है। किसी को कभी पता भी नहीं चलेगा। एलईटी एक सबसे बड़े आतंकवादी संगठन होने की, अल क़ायदा से भी बड़े और कारगर संगठन होने की, अपनी महत्त्वाकांक्षा को पूरी करता है। कंपनियों का यह समूह उस तरह के अस्त्रों के सहारे, जो उसने पहले ही बना डाले हैं, एक शस्त्रागार खड़ा कर सकता है। उत्पादकों के रूप में वे इस माल को नियंत्रित करते हैं। वे उनमें से कुछ अस्त्र एलईटी को देते हैं जो जी20 सम्मेलन को निशाना बनाता है और कंपनी समूह को गुंजाइश देता है कि वह अपने आदमियों को उन देशों

के प्रधानों के रूप में गद्दियों पर बिठा दे। हर कोई ख़ुश है। एलईटी को अपनी 15 मिनट की प्रसिद्धि मिल जाती है। राजनेताओं के राजनैतिक ख़्वाब पूरे होते हैं। कंपनी समूह दुनिया को नियंत्रित करने लगता है। ताक़त और मुनाफ़ा उनके हिस्से में हैं। एकदम अचूक योजना।"

राधा ने उसके शब्दों पर विचार किया। "और ऐसा कोई नहीं है जो एलईटी को उसकी धमकी को अंजाम देने से रोक सके," उसने कहा। "उन्हें अचानक एक ऐसा अस्त्र हाथ लग गया है जिसके ख़िलाफ़ दुनिया की किसी भी सेना के पास कोई जवाब नहीं है।"

इमरान ने उसकी बात से सहमति जताई। "मैंने उसे खुद अपनी आँखों से देखा है। वह नमूना जो उन्होंने तैयार किया है। अगर मैंने उसे खुद न देखा होता तो मुझे यक़ीन न होता। भीम सिंह भले ही मर गया है लेकिन वैन क्लुक अभी भी ज़िंदा है। जो राजनैतिक लोग उनके पीछे हैं वे यह सुनिश्चित करेंगे कि एलईटी उस अस्त्र को विकसित कर सके और प्रयोग में ला सके। अब एक ही चीज़ है जो उन्हें रोक सकती है।"

वे दोनों ही जानते थे कि वह चीज़ क्या थी। कमांडो का वक़्त रहते सीतागढ़ पहुँचना ज़रूरी था।

41

ग्यारहवाँ दिन

हज़ारीबाग़ शहर से परे किसी जगह

वे लोग राजमार्ग पर चले जा रहे थे और अभी-अभी जो भेद खुला था उसके बारे में विजय सोचे जा रहा था। ग्रेग वाइट फ़ारूख़ से मिला हुआ था। और भीम सिंह। और इससे काफ़ी कुछ बातें साफ़ होती थीं। पहली चीज़ तो यही कि फ़ारूख़ को उनकी गतिविधियों के बारे में कैसे पता चल जाया करता था। उसने खुद को इस बात के लिए कोसा कि उसने वाइट पर शक क्यों नहीं किया। फिर, यह भी था कि उसके चाचा ने उससे वाइट से बात करने के लिए आग्रह किया था। लेकिन फ़ारूख़ के साथ साँठगाँठ करने के पीछे वाइट का क्या स्वार्थ था?

"एक पुरातत्वशास्त्री का एलईटी से क्या नाता हो सकता है?" X ट्रेल में सवार होते हुए उसने वाइट से पूछा।

"मैं कोई पुरातत्वशास्त्री नहीं हूँ। मेरा नाम मर्फ़ी है। अमेरिका से आने के बाद ही मैं वाइट बना हूँ।" इस मुख़्तसर जवाब और तिरछी मुस्कराहट के साथ मर्फ़ी ने कार को अपने गंतव्य की ओर मोड़ दिया था।

विजय को अहसास हुआ कि उसे यह पहले ही देख सकना चाहिए था। अक्सर यह हुआ था कि जब-जब इस वाइट रूपी मर्फ़ी से एक पुरातत्वशास्त्री और इतिहासकार के रूप में उसकी जानकारी का योगदान करने को कहा जाता था, वह कोई भी सार्थक बात कह पाने में विफल रहता था। सिर्फ़ इसी से उन्हें चेतावनी मिल जानी चाहिए थी। लेकिन वह सुराग़ों का पीछा करने

में इतना मशगूल रहा था कि उसके ध्यान में और कोई बात आ ही नहीं सकी। अब वे ख़ासे संकट में थे।

उस गाड़ी में धकेले जाने के साथ ही शुक्ला ने वह सवाल पूछा था जिससे विजय पहले से ही डरा हुआ था।

"राधा कहाँ है?"

विजय ने उससे नज़रें चुराईं। वह शुक्ला को कैसे बताता कि फ़ारूख़ ने उसकी बेटी को अपने ठिकाने पर ज़िंदा जलने के लिए छोड़ दिया था? "मुझे नहीं मालूम," आख़िरकार वह उस सच्चाई पर टिकते हुए बुदबुदाया जो हालाँकि बेहद कमज़ोर थी। बावजूद इसके कि वह जानता था कि राधा के पास उस आग से बच निकलने का कोई उपाय नहीं होगा, वह पूरे दिल से यह उम्मीद कर रहा था कि वह किसी तरह वहाँ से जीवित बच निकली होगी। लेकिन उसके सामने कठिनाइयाँ भयानक थीं। लेकिन यह इस चीज़ के बारे में सोचने का वक़्त नहीं था। फ़िलहाल दो अन्य लोगों की ज़िंदगियाँ उसपर निर्भर करती थीं – फ़ारूख़ को नौ के रहस्य तक ले जाने की उसकी क़ाबिलियत पर। उसे अपनी इस दुर्दशा से बाहर निकलने का कोई रास्ता ढूँढ़ना ज़रूरी था।

शुक्ला राधा के बारे में सोचता हुआ ख़ामोश हो गया। वह भी यही उम्मीद पाले हुए था कि वह पटना में कहीं जीवित होगी।

वे हज़ारीबाग़ क़स्बे से आगे निकल गए थे। कुछ देर बाद वे राजमार्ग से मुड़कर एक सँकरी सड़क पर आ गए जो लगभग उतनी ही ख़राब थी जितनी बेला से बराबर की सड़क थी। विजय ने कॉलिन और शुक्ला को विस्तार से सारी बातें बताईं : अपने अपहरण के बारे में, बंधक बनाए जाने की अपनी स्थिति के बारे में, राधा को भगाने की कोशिश के बारे में, एलईटी के साथ भीम सिंह के रिश्ते के बारे में, जी20 को दी गई धमकी के बारे में और उस विराट रहस्य के बारे में जिसका खुलासा फ़ारूख़ ने उनके अपहरण वाले दिन किया था।

"नौ का सीक्रेट एक बेहद दुरुस्त टेक्नोलॉजी के लिए एक ब्लूप्रिंट है," फ़ारूख़ ने उन्हें बताया था। "एक ऐसी टेक्नोलॉजी जिसका ख़्वाब दुनिया लंबे अरसे से देखती रही थी। शायद ये ख़्वाब इस तथ्य से प्रभावित थे कि हज़ारों साल पहले इस टेक्नोलॉजी का वुजूद था। यह फ़ंतासी की चीज़

है और अब जाकर वैज्ञानिकों ने इसे फिर से मुमकिन बनाने की दिशा में पहला क़दम बढ़ाया है। यह टेक्नोलॉजी उस पहाड़ी के अंदर की एक गुफा में मौजूद है।"

बोलते हुए विजय उस बातचीत को याद कर रहा था जो उसने और राधा ने उनके अपहरण वाले दिन फ़ारूख़ के साथ की थी।

"तुम किस चीज़ के बारे में बात कर रहे हो?" विजय ने पूछा।

फ़ारूख़ उनकी नासमझी पर हँसा। "विमान पर्व उस हथियार की फ़ितरत और तासीर के बारे में पूरा ब्यौरा देता है। इस मज़मून के मुताबिक़ मगध के राजा द्वारा बनाया गया हवाई जहाज़ बिना किसी की नज़र में आए सीधा आसमान से लड़ाई के मैदान में झपट्टा मारता। फिर वे तीर छोड़ते जो पांडवों की फ़ौज पर क़यामत बरपा करते और कौरव लड़ाई में फ़तह हासिल कर लेते।" अपनी बात का असर देखने के लिए वह पल भर रुका।

"उन्होंने वह तकनीक खोज ली थी जिससे उस हवाई जहाज़ को देखा नहीं जा सकता था।"

विजय अपने विचारों को शब्दों में बाँधने का संघर्ष कर रहा था। ये आदमी या तो पागल था या फिर उन्हें झूठा यक़ीन दिलाने की कोशिश कर रहा था।

"तुम मज़ाक़ कर रहे हो," उसने कहा। "अदृश्य! ऐसी चीज़ें सिर्फ़ काल्पनिक कहानियों में ही पाई जाती हैं। हैरी पॉटर, लॉर्ड ऑफ़ रिंग्स, यहीं तुम्हें अपनी यह टेक्नोलॉजी मिलेगी।"

पल भर को लगा जैसे फ़ारूख़ फट पड़ने वाला हो। फिर उसने एक गहरी साँस ली और अपने आप को संयत किया। "ये मज़ाक़ नहीं है। पोशीदा रहने की यह कॉन्सेप्ट फ़ंतासी की दुनिया से हक़ीक़त की दुनिया में आ चुकी है। तुम शायद इस बात से वाक़िफ़ नहीं हो लेकिन साइंस ने चीज़ों को पोशीदा बनाने की दिशा में शुरुआती क़दम उठाने शुरू कर दिए हैं। मैं नक़ाबी टेक्नोलॉजी की बात नहीं कर रहा हूँ। ये सचमुच की पोशीदा रहने की तरक़ीब है - रोशनी को इस तरह मोड़ने की क़ाबिलियत कि उसको जिस चीज़ पर फेंका जा रहा है उससे टकराकर लौटने की बजाय वह उस चीज़ को ढँक ले और इस तरह उस चीज़ को इंसानी आँख के लिए पोशीदा बना दे।"

विजय ने इंकार में सिर हिलाया। “मुझे यक़ीन नहीं है कि यह मुमकिन है। मैंने भी फ़िजिक्स पढ़ी है।”

“मैं तुम्हें समझाता हूँ।” फ़ारूख़ के अंदर बैठा वैज्ञानिक आगे आ गया, और कुर्सी पर इस तरह आराम से बैठ गया जैसे कोई व्याख्यान देने की तैयारी कर रहा हो।

“तुम जानते हो कि कोई चीज़ किस तरह दिखाई देती है। रोशनी किसी चीज़ से टकराकर लौटती है और यूँ वह चीज़ हमारी आँखों को दिखाई देने लगती है।”

विजय और राधा दोनों ने सिर हिलाकर हामी भरी। ये विज्ञान की बुनियादी बात थी।

“हर कुदरती चीज़ उन फ़ितरतों को पेश करती है जो उस चीज़ की एटॉमिक बनावट से तय होती हैं।” फ़ारूख़ ने अपनी बात जारी रखी। “उस चीज़ से टकराकर लौटने या चारों तरफ़ बिखरने वाली रोशनी की तादाद उस चीज़ के एटॉमिक पार्टिकल्स के साथ इलेक्ट्रो मैग्नेटिक वेव्स की तामील पर डिपेंड करती है।”

“चीज़ों का एक ऐसा ग्रुप है जिसे एनिसॉट्रोपिक मेटामटैरियल के नाम से जाना जाता है। इस समूह में वे चीज़ें शामिल हैं जो कुदरती नहीं होतीं बल्कि जिन्हें बनावटी तरीक़े से जोड़तोड़ करके तैयार किया जाता है। चूँकि वे ग़ैरकुदरती सिंथेसाइज़्ड होती हैं इसलिए उनकी ख़ूबियाँ एटॉमिक पार्टिकल्स पर डिपेंड नहीं करतीं बल्कि उन चीज़ों पर डिपेंड करती हैं जिनसे मिलकर वे बनी होती हैं और उस पैटर्न पर डिपेंड करती हैं जिनमें इन चीज़ों को ढालकर उस ग़ैरकुदरती मैटर को बनाया गया होता है। इन दिनों इसपर काफ़ी रिसर्च चल रही है।”

“थ्योरेटिकली, एनिसॉट्रोपिक चीज़ों में एक बदलने वाला रिफ़्रेक्टिव इंडैक्स होता है और वह सचमुच रोशनी को मोड़ दे सकता है, इस तरह कि अगर किसी चीज़ को इन मेटामटैरियल्स से ढँक दिया जाए तो उन पर फेंकी गई रोशनी उस चीज़ से टकराकर लौटने या फैलने की बजाय उसे ढँक लेती है। सारी कुदरती चीज़ें इलेक्ट्रो मैग्नेटिक रेडिएशन को एक ही दिशा में मोड़ती हैं; उनकी सरफ़ेस से लाइन परपेंडिक्युलर से दूर, या नॉर्मल से

दूर। जबकि मेटामटैरियल को इस तरह अरेंज किया जा सकता है कि उनके रेडिएशन के इंडैक्स वेव्स को एक ऐसे रास्ते पर चलने को मज़बूर कर दे जो परपेंडिक्युलर की ओर झुका हो। वेव्स के रास्ते को ऊपर की ओर, चीज़ के चारों ओर और फिर से नीचे की ओर मोड़ देने पर वह चीज़, दिखाई देने के लिहाज से, अपना वुजूद तक खो देती है। इसके अलावा अगर रोशनी की वेव्स को चीज़ के चारों ओर इस तरह गाइड किया जा सके कि वह अपने ऑरिजनल कोर्स पर लौट सके तो न सिर्फ़ वह चीज़ दिखाई देना बंद हो जाएगी बल्कि उसका साया भी नहीं पड़ेगा। इसलिए मसलन, मेटामटैरियल से ढँका हुआ एक हवाई जहाज़ नंगी आँखों को दिखाई नहीं देगा।"

"और ये तुम्हारी योजना है? उस टेक्नोलॉजी को चुराकर दहशतगर्दी के लिए उसका इस्तेमाल करना?" विजय का संशय उसकी ज़बान से फूट पड़ा।

"बिलकुल सही। हम इस टेक्नोलॉजी का इस्तेमाल अब से ठीक तीन महीने बाद वाशिंगटन में होने जा रहे जी20 सम्मेलन पर हमला करने के लिए करेंगे। एक ही झटके में बीस सरकारों का सफ़ाया हो जाएगा।"

"तुम ऐसा कुछ भी कर पाओ इसके पहले ही तुम्हारा पता चल जाएगा।" विजय ने हिम्मत जुटाकर कहा। वह फ़ारूख़ के आत्म-विश्वास पर आघात करना चाहता था। "पता चल जाएगा?" फ़ारूख़ दबी हुई हँसी हँसा। "हम उन्हें पहले ही कह चुके हैं। वे कन्फ़्यूज़्ड हैं और समझने की कोशिश में लगे हुए हैं कि हमने अपने प्लान को अंजाम देने के तीन महीने पहले से उसका ऐलान क्यों कर दिया है। लेकिन दुनिया उस चीज़ से अपना बचाव नहीं कर पाएगी जिसे वह देख ही नहीं सकेगी! एक्सप्लोसिव्स से लदे एक पोशीदा हवाई जहाज़ को दुनिया की हिफ़ाज़त में लगी एजेंसियाँ उसका पता लगाकर कैसे रोक पाएँगीं?"

"रडार।" बोलते न बोलते विजय को अपने तर्क के खोखलेपन का अहसास हो गया। "तुम इतने क़रीब पहुँच ही नहीं पाओगे कि कोई नुक़सान पहुँचा सको।"

"तुम सीधे तरीक़े से नहीं सोच रहे हो," फ़ारूख़ ने तिरस्कारपूर्वक जवाब दिया। "जैसाकि तुम जानते हो, माइक्रोवेव्स इलेक्ट्रो मैग्नेटिक वेव्स होती हैं जिनका इस्तेमाल रडार में किया जाता है और उनकी वेवलैंग्थ को मिलीमीटर से मीटर के बीच की किसी चीज़ से मापा जाता है। दिखाई

देने वाली रोशनी की वेवलैंग्थ को नैनोमीटर में मापा जाता है। अगर यह टेक्नोलॉजी दिखाई देने वाली रोशनी की वेव्स को क़ाबू कर सकती है तो छोटी वेव्स को क़ाबू करना कोई बड़ी चुनौती नहीं है। शायद तुमने इस वक़्त चल रहे उन तजुर्बों के बारे में सुना नहीं है जिनमें मेटामटैरियल का इस्तेमाल कर माइक्रोवेव्स को क़ाबू किया जाता है। मेटामटैरियल के नक़ाब के इस्तेमाल से एक हवाई जहाज़ रडार की नज़र में नहीं आ सकेगा। हालाँकि डीएआरपीए रोशनी की वेव्स को क़ाबू करने लायक़ काफ़ी बारीक मेटामटैरियल तैयार करने की कोशिश में अभी लगा हुआ है लेकिन यह टेक्नोलॉजी हज़ारों साल पहले वुजूद में थी। इस तरह हमारे हवाई जहाज़ों में दो नक़ाब होंगे। पहला वह होगा जिसकी वजह से वे रडार को दिखाई नहीं देंगे। जैसे ही हम अपने निशाने के क़रीब होंगे हम नैनोकवच को एक्टिव कर देंगे जिससे वे इंसानी आँखों के लिए दिखाई नहीं देंगे। मिशन कामयाब होगा।"

"इसमें एक खोट है," विजय ने कहा। वह आसानी से हथियार डालने को तैयार नहीं था। एलईटी दुनिया को तहसनहस कर देगा और इसमें उन्होंने अनजाने मदद की होगी, यह ख़याल उससे निगला नहीं जा रहा था।

"और वह खोट क्या है?"

"माना कि मेटामटैरियल का नक़ाब प्रकाश को विमान के चारों ओर मोड़ देगा, लेकिन जो प्रकाश सामान्यतौर पर विमान के अंदर जाता वह चूँकि इस हालत में वहाँ पहुँचने की बजाय विमान के चारों ओर मुड़ जाएगा, वैसी सूरत में विमान के अंदर बैठे हुए आदमी को विमान के बाहर का दृश्य दिखाई नहीं देगा।"

"तुम इस इलाक़े में हो रही नई खोजों से वाक़िफ़ नहीं हो," फ़ारूख़ ने अपना सिर हिलाया। "हाल ही में, चीनी रिसर्चर्स ने एक ऐसी एंटीक्लॉक को डेवलप कर लेने का दावा किया है जो, कम से कम थ्योरेटिकली, इस मसले को सुलझा देता है। टेक्नोलॉजी को असमान बनाया जा सकता है। एंटीक्लॉक मैटर एनिसॉट्रोपिक मेटामटैरियल है जो नहीं दिखने वाले आवरण के रिफ़्रेक्टिव इंडैक्स की तरफ़ इम्पेडेंस-मैच्ड होता है। एंटीक्लॉक पर इनविजिबिलिटी क्लोक का प्रेशर डालने पर कुछ रोशनी को अंदर भेजा जा सकता है जिससे अंदर बैठा व्यक्ति बाहर झाँककर देख सकता है। इससे यह होगा कि हवाई जहाज़ के अंदर बैठा व्यक्ति तो बाहर देख सकेगा लेकिन

बाहर से देखने वाले के लिए वह पोशीदा बना रहेगा। टेक्नोलॉजी के इस पहलू पर रिसर्च लगातार जारी है। हालाँकि ऐसा लगता है कि पुराने ज़माने के लोगों ने इस मसले को हल कर लिया था।"

"दिखाई देने वाले स्पेक्ट्रम के बारे में क्या कहना है?" विजय ने पूछा। "स्पेक्ट्रम के विभिन्न रंगों का वुजूद अलग-अलग वेवलैंग्थों पर होता है। अलग-अलग वेवलैंग्थों को दिखाई देने वाले स्पैक्ट्रम में एकसाथ मोड़ना कैसे मुमकिन होगा?"

"मैं नहीं जानता कि इनविजिबिलिटी शील्ड डेवलप करने वाले पुराने ज़माने के साइंसदानों ने इस मसले को सुलझाया कैसे था," फ़ारूख़ ने स्वीकार किया। "और यहीं पर उस सीक्रेट की जगह काम में आने वाली है। हमारा नमूना अभी पूरी तरह से पोशीदा नहीं है। उसको जोड़ने में हमने कोई अहम चीज़ छोड़ दी है; यही वजह है कि हमें मूल कवच या इस टेक्नोलॉजी के ब्लूप्रिंट की ज़रूरत है ताकि हम उसे नए सिरे से जोड़ सकें।"

"अगर ये सब बातें तुम न बता रहे होते तो मैं इसपर कभी यक़ीन न कर पाता," विजय ने अपनी बात ख़त्म की तो कॉलिन ने कहा। "आश्चर्य की बात नहीं कि आईबी के लोग फ़ारूख़ को लेकर इतने परेशान हैं।"

सहसा उनकी कार झटके से रुक गई। उन्होंने अपने चारों ओर फैले घने जंगल को देखा। वे छहों इंडेवर कारें थोड़ी दूरी पर आगे खड़ी हुई थीं। उनकी हैडलाइटें आसपास के वृक्षों को रोशन कर रही थीं।

जैसे ही वे कार से उतरे, उन्होंने देखा कि एक फ़ोर्ड कार से कोई चीज़ बाहर उछाली जा रही थी। वह चीज़ जंगल के फ़र्श पर धम्म की भारी आवाज़ करती हुई गिरी।

"हमारा गाइड था," फ़ारूख़ ने बताया, "जो हमें यहाँ तक लेकर आया था। लेकिन लगता है वह इससे आगे नहीं जाना चाहता था, इसलिए मारूश ने उसे निपटा दिया। यहाँ से आगे के लिए हमें उसकी ज़रूरत नहीं है।"

विजय, कॉलिन और शुक्ला गाइड की उस नृशंस हत्या को देखते स्तब्ध खड़े रह गए। मर्फ़ी ने पाकिस्तानी वैज्ञानिक को इशारा किया और दोनों आदमी एक तरफ़ जाकर खुसुर-पुसुर करने लगे। फ़ारूख़ ने कुछ लोगों

को हिदायतें दीं जिन्होंने सिर हिलाए और वाहनों के इर्दगिर्द मोर्चे सँभालकर खड़े हो गए।

"वह पहाड़ी यहाँ से ठीक आगे है," वापस आकर फ़ारूख़ ने उन लोगों को बताया। "अगर हम इस रास्ते पर चलते हैं, तो हमारे लिए ठीक होगा।" उसने तीनों बंधकों की तरफ़ देखा। "कोई भी बेवकूफ़ी भरी हरक़त की तो तुम लोग उस गाइड के साथ जाओगे, हमारे साथ नहीं।" वह अपने ही मज़ाक़ पर हँस दिया।

पाँच आदमी उस झुंड से अलग हुए और पीछे आ गए ताकि क़ैदी ठीक से घिरे रहें। फ़ारूख़ आगे बढ़कर मर्फ़ी के साथ हो लिया और दोनों आदमी जंगल के बीच झुंड का नेतृत्व करते हुए चलने लगे। उनके हाथों में थमी शक्तिशाली टॉर्चें पेड़ों के बीच रास्ता दिखा रही थीं।

रास्ता कमोबेश सीधा था और जैसे-जैसे वे जंगल में अंदर की ओर धँसते गए उतार-चढ़ाव धीरे-धीरे बढ़ते गए। शुक्ला का हाँफना बढ़ता जा रहा था और विजय उसे सहारा दिए हुए था। वे आधा घंटे तक उस रास्ते पर चलते रहे, इसके बाद मर्फ़ी ने ठहरने का हुक्म दिया। वे जैसे ही इकट्ठा हुए उसने आगे की ओर इशारा किया।

"वहाँ।"

उनके सामने पत्थर की एक दीवार थी जो बमुश्किल पहचान में आती थी।

उनकी दुर्दशा के बावजूद भविष्य के बारे में सोचते हुए विजय का दिल तेज़ी से धड़कने लगा। क्या यही है वह?

उस चट्टानी दीवार के पास पहुँचने पर उन्हें पता चला कि वह पहाड़ी के सामने फैली हुई थी और पहाड़ी के तल को पर्याप्त दूरी से घेरे हुए थी। पहाड़ी उनके सामने मँडरा रही थी और वे उसकी छाया में खड़े हुए थे। अँधेरा यहाँ बाक़ी जंगल के मुक़ाबले गहरा था।

"अब क्या?" मर्फ़ी ने विजय की ओर देखा।

विजय का दिमाग़ तेज़ी से दौड़ने लगा। उसकी स्मृति में सहसा सूरसेन की खोज के उस ब्यौरे की याद ताज़ा हो उठी जो उसे शुक्ला ने बेगर की

डायरी से पढ़कर सुनाया था। अगर यह वही पहाड़ी थी जहाँ सूरसेन आया था तो चट्टान में किसी जगह अंदर घुसने का सुराख़ होना चाहिए।

"अपनी टॉर्च की रोशनी चट्टान पर डालो," उसने कहा और एक साथ कई टॉर्चों की रोशनियाँ उस दीवार पर चमक उठीं।

वे धीमे क़दम बढ़ाते हुए किसी सुराख़ या बंद द्वार की खोज करते हुए दीवार के साथ-साथ चलने लगे। विजय को पक्का यक़ीन था कि नौ के मूल सदस्यों ने उस सुराख़ को बंद कर दिया होगा और वह उम्मीद कर रहा था कि उन्हें ऐसा कोई निशान ज़रूर दिख जाएगा जो उस जगह की ओर इशारा करता होगा जहाँ कभी कंदरा का द्वार रहा होगा।

लेकिन वहाँ कुछ भी नहीं था। दीवार पहाड़ी को घेरती हुई क़रीब 60 फुट तक फैली हुई थी लेकिन उस पूरे दौरान उन्हें न तो कोई सुराख़ मिला न ही उसका कोई निशान। जब वे दीवार के अंत तक पहुँच गए, तो विजय ने उनसे दीवार और पहाड़ी के बीच की ख़ाली जगह में रोशनी डालने को कहा। वह उस बीच की जगह में घुसने के लिए आगे बढ़ा लेकिन फ़ारूख़ ने उसे रोककर वापस बुला लिया और अपने एक आदमी को इशारा कर उस सँकरी ख़ाली जगह में जाकर जाँचने को कहा।

वह आदमी दीवार और पहाड़ी के बीच की सँकरी जगह में रास्ता टटोलता, सावधानी के साथ धीमे क़दमों से चलने लगा और ग़ायब हो गया।

पल भर बाद उन्हें चिल्लाने की एक आवाज़ सुनाई दी और उसके बाद न समझ में आने वाले कुछ शब्द सुनाई दिए।

"वह क्या कह रहा है?" मर्फ़ी ने पूछा।

"वहाँ कुछ भी नहीं है।" फ़ारूख़ ने उस तलाशी करने वाले आदमी को चिल्लाकर कुछ कहा और फिर वह विजय की ओर मुड़ा। उसका गुस्सा उसके चेहरे पर गहरी लकीरें उकेर रहा था जो टॉर्चों की रोशनी में दिखाई दे रही थीं।

विजय को समझ में नहीं आया। वह उस ख़ाली जगह की ओर बढ़ा। वह इलाक़ा, वह दीवार, वह बीच की ख़ाली जगह, सभी कुछ सूरसेन के बयान में दिए गए ब्यौरों से मेल खाता था।

सिर्फ़ एक फ़र्क़ था।

पहाड़ी में जाने के लिए कोई द्वार नहीं था।

वह दीवार के पीछे से झल्लाया हुआ वापस आ गया। उसे अपना दिल बैठता महसूस हुआ। क्या नौ का संगठन उनको इतनी दूर चलाता हुआ एक बंद गली तक ले आया था?

या फिर उनका यह निष्कर्ष ही ग़लत था कि सीतागढ़ पहाड़ी उस कंदरा का स्थल है?

42

ग्यारहवाँ दिन

हज़ारीबाग़ शहर का बाहरी इलाक़ा

ट्रकों का कारवाँ रुक गया और इमरान बाहर उतर गया। राधा भी नीचे कूद गई और वे दोनों उस ओर बढ़ चले जहाँ बीकन-युक्त एक सफ़ेद एम्बेसडर कार खड़ी हुई थी। वे जैसे ही कार के पास पहुँचे कार से बाहर खड़ा एक आदमी उनसे मिलने को आगे बढ़ा।

"तुमसे मिलकर अच्छा लगा, विष्णु," इमरान ने हज़ारीबाग़ के कलेक्टर का गर्मजोशी के साथ अभिवादन किया।

"मुझे भी तुम से मिलकर अच्छा लगा, इमरान।" कलेक्टर 35-36 के आसपास की उम्र का था जिसके एकदम छोटे काले बाल और बारीक़ मूँछें थीं।

राधा का उससे परिचय कराया गया।

विष्णु राधा को देखकर मुस्कराया और इमरान को संबोधित करते हुए बोला, "मैं जानता हूँ कि तुम मुझे यह बताने वाले नहीं हो कि ये कौन हैं और यहाँ पर क्यों हैं।"

"नहीं। लंबा क़िस्सा है। हमारे पास बहुत वक़्त नहीं है। हमें जल्दी से चलना होगा।"

"इसीलिए तो मैंने तुमसे यहाँ मिलने को कहा था, बजाय इसके कि तुम लंबा चक्कर लगाकर शहर पहुँचते। उसमें तुम्हारा आधा घंटा अतिरिक्त लग जाता।" विष्णु ने ट्रक में सवार कमांडोज़ की ओर देखा। "और तुम जिन किन्हीं का पीछा कर रहे हो उनसे पीछे रह जाते।" वह इमरान की

ओर देखकर हँसा। "लगता नहीं कि तुम मुझे यह बताओगे कि चक्कर क्या है? आधी रात को हज़ारीबाग़ शहर को ख़ाली करवाना और हज़ारीबाग़ के जंगलों में तीन ट्रक भर ब्लैक कैट कमांडोज़ के साथ आना। तुम जिस किसी का भी पीछा कर रहे हो, उसे कोई बड़ी चीज़ होना चाहिए।"

इमरान भी उसकी ओर देखकर हँस दिया। लगता था दोनों आदमी एक दूसरे से ख़ासे परिचित थे। "राष्ट्रीय सुरक्षा। तुम्हें बता नहीं सकता। लेकिन तुम्हारा कहना सही है। ये बड़ा मसला है। शहर को ख़ाली कराने का काम कैसा चल रहा है?"

"बीएसएफ़ बड़ी मददगार साबित हुई। हम कुछ ही घंटों में यह काम निपटा लेंगे।"

"तुमने लोगों से क्या कहा?"

"धारा 144। भूकंप का अनुमान।" विष्णु ने इमरान की ओर देखा। "हालाँकि ये आसान नहीं था।"

इमरान समझता था। आपदा प्रबंधन की नीतियाँ और आकस्मिक योजनाएँ काग़ज़ों पर भली लगती हैं। लेकिन उन्हें व्यवहार में लाना बिलकुल अलग चीज़ है। "हम चलते हैं।" इमरान ने अंत में विष्णु से कहा। "तुम भी चले जाओ। पता नहीं क्या हो।"

विष्णु का चेहरा गंभीर हो उठा। "अपना ध्यान रखाना, इमरान।" उसने राधा की ओर देखकर सिर हिलाया। "आप भी, राधा। मैं उम्मीद करता हूँ कि तुम जिसका पीछा कर रहे हो उसे पकड़ लोगे।"

वह अपनी कार में सवार होकर चला गया और राधा तथा इमरान वापस आकर ट्रक में सवार हो गए। वे अपने लक्ष्य के क़रीब थे।

लेकिन क्या वे समय रहते पहुँच पाएँगे?

आख़िरी उद्यम

तनाव साफ़ ज़ाहिर था और विजय पसीने से तर हो रहा था।

तभी सहसा कॉलिन को कुछ सूझा। "रुको। क्या यहाँ आसपास कहीं किसी स्तूप के मिलने की बात नहीं थी?"

विजय कॉलिन को घूरने लगा। वह सोच रहा था कि ये आदमी क्या बकवास कर रहा था। उनकी नियति जिस तरह एक पतले धागे से अटकी हुई थी उससे उसका दिमाग़ सुन्न हो रहा था, ऊपर से पिछले कई दिनों का तनाव था और वह सो भी नहीं सका था।

कॉलिन को याद आया कि उसने ट्रैवल एजेंसी वाली वह पुस्तिका नहीं देखी थी। उसने उसे तुरंत उसकी जानकारी दी।

विजय ने भी सूत्र स्थापित कर लिया। "घुसने की मूल जगह निश्चय ही यहाँ थी," उसने बताया, "पत्थर की इस दीवार के पीछे। नौ के संगठन ने इसको बंद कर दिया होगा और इस तरह छिपा दिया गया होगा कि यह बाक़ी पहाड़ी जैसी दिखाई देने लगे। 2000 सालों के अंतराल में उनकी दस्तकारी के सबूत मिल गए होंगे। स्तूप उस प्रवेश को चिह्नित करेगा।"

फ़ारूख़ ने पल भर विजय को घूरा फिर अपने आदमियों को हुक्म दिया जो स्तूप की तलाश में जुट गए।

तनाव के पल गुज़रते रहे। मर्फ़ी स्थिर खड़ा था, उसका चेहरा रहस्यमय बना हुआ था। फ़ारूख़, हालाँकि पिंजरे में बाघ की मानिंद आगे-पीछे टहल रहा था।

अचानक अँधेरे में चिल्लाने की आवाज़ गूँजी।

फ़ारूख़ तेज़ी से उस दिशा में बढ़ा, बाक़ी लोग भी उसके पीछे चल पड़े।

दो आदमी अपनी टार्च की रोशनियाँ एक छोटे-से स्तूप पर डाल रहे थे। स्तूप वक़्त की मार से काला पड़ चुका था। अगर उसके चारों ओर सुरक्षात्मक दीवार न रही होती तो शताब्दियाँ उसे निगल चुकी होतीं। उनके सामने कोई दस फुट ऊँचा पत्थर का एक अर्धगोलाकार टीला खड़ा हुआ था जिसपर न तो किसी क़िस्म का उत्कीर्णन था न कोई नक़्क़ाशी।

विजय और उसके दोस्त उस स्तूप के पास पहुँचे तो विजय की साँस थम गई।

"सब लोग इस ढाँचे के अलग-अलग हिस्सों की जाँच करें। आप लोग जानते हैं कि हमें इसमें क्या ढूँढ़ना है।" विजय ने उनसे कहा।

कॉलिन और शुक्ला ने सिर हिलाए और चल पड़े। नौ के लोग जिस पैटर्न का अनुसरण करते रहे थे यह स्तूप उसके अनुकूल प्रतीत होता था। उसे पत्थर को काटकर उकेरा गया था; वह दूसरे स्तूपों की भाँति ईंटों और पलस्तर से बना हुआ नहीं था। उसे टिकाऊ बनाने के लिए गढ़ा गया था।

शुक्ला ने खोज की। "यहाँ," उसने आवाज़ दी।

वे फुर्ती से स्तूप के दूसरे हिस्से की ओर पहुँचे जहाँ उन्होंने शुक्ला को उस ढाँचे की एकमात्र सजावट के सामने खड़ा पाया। वह कोई छह इंच लंबा पत्थर का एक स्तंभ था जो ज़मीन के समानांतर स्तूप में से उभरा हुआ था। स्तूप से जुड़े हुए उस स्तंभ के आधार पर नक़्क़ाशी करके छोटे-छोटे शेर उकेरे गए थे। लेकिन यह उस स्तंभ का सामने का हिस्सा था जो नौ के संगठन का अचूक प्रतीक धारण किए हुए था, शेरों के वृत्त के बीच।

नौ अरों वाला चक्र।

उन्होंने, लगभग यह भूलते हुए कि वे आतंकवादियों से घिरे हुए थे, उत्तेजित निगाहों से एक दूसरे की ओर देखा। फ़ारूख़ और मर्फ़ी उनके क़रीब आ गए और उस स्तंभ को देखने लगे। मर्फ़ी ने विजय की ओर देखा। "तो?"

स्तंभ को प्रचुरता के साथ उत्कीर्ण किया गया था और नौ के प्रतीक से अनजान किसी भी व्यक्ति के लिए उनकी इस खोज की प्रकृति को समझ पाना मुश्किल था।

"ये यहाँ है।" विजय ने अपने चारों ओर देखा। यह प्रतीक किस चीज़ का संकेत था? अगर वह किसी प्रवेश-द्वार की ओर इशारा कर रहा था तो वह कहाँ था?

"तुम इतने यक़ीन के साथ कैसे कह सकते हो?" फ़ारूख़ ने उसे शक की निगाह से देखा।

विजय ने उसकी ओर कोई ध्यान नहीं दिया। "खोजना जारी रखिए," उसने अपने साथियों से कहा। "वह यहीं कहीं होना चाहिए।"

वे लोग स्तूप के आसपास बिखरे टूटे हुए स्तंभों के बीच भटकने लगे जो किसी ज़माने में वहाँ मौजूद रहे किसी ढाँचे के अवशेष रह होंगे। लेकिन

वहाँ कोई भी ऐसी कोई चीज़ नहीं थी जो पहाड़ी की कंदरा में प्रवेश का संकेत देती।

शुक्ला पत्थर के एक छोटे बेलनाकार खंभे के पास रुक गया और उत्सुक भाव से उसे घूरने लगा। वह तीन फुट ऊँचा था और ज़मीन से कोई तीन इंच की ऊँचाई पर उठी एक पट्टी पर खड़ा था। खंभे के सिरे पर पत्थर की छोटी-छोटी, खोखली कुंडलियाँ थीं।

विजय और कॉलिन ने उसको उस खंभे में दिलचस्पी लेते देखा तो वे भी उसके पास पहुँचकर उसे देखने लगे।

क्या वह किसी सुराग़ का संकेत देता था?

कॉलिन ने वापस मुड़कर स्तूप के उस आड़े स्तंभ की ओर देखा जिसपर पहिया उकेरा हुआ था।

तीनों के दिमाग़ में एक ही बात कौंधी।

स्तूप का वह स्तंभ उस बेलनाकार खंभे की ओर इशारा कर रहा था जिसके पास शुक्ला ठहर गया था। वह आड़ा खंभा ठीक इस बेलनाकार खंभे की ऊँचाई पर जुड़ा हुआ था। यह निरे संयोग से ज़्यादा कुछ था।

"रोशनियाँ!" विजय ने एलईटी के लोगों को आवाज़ दी और उनकी टॉर्चों की रोशनी उस खंभे पर डाली।

"यह फिसलने के लिए बना है।" कॉलिन ने पत्थर की उस पतली पट्टी की ओर इशारा किया जिसपर पर खंभा खड़ा हुआ था। खंभा खाँचों पर मढ़ा गया प्रतीत होता था और अगर वे उन खाँचों के साथ-साथ खंभे को सरका सकते तो उन्हें विश्वास था कि उस खंभे के आधार के तले उनको नौ की कंदरा में प्रवेश की जगह मिल सकती थी।

"हमें रस्सियों की ज़रूरत है।" विजय ने फ़ारूख़ की ओर देखा जिसने एक बार फिर चिल्लाकर अपने आदमियों को हुक्म दिए।

एलईटी के लोगों ने उन खोखली कुंडलियों के भीतर से खंभे पर पतली रस्सी लपेटी। इसके बाद रस्सी को ज़ोर से खींचा।

खंभा हिला नहीं। अन्य लोग भी इस कोशिश में शामिल हुए और उन्होंने पूरे ज़ोर से रस्सी खींची। लेकिन खंभे ने हिलने का नाम नहीं लिया।

विजय माथा सिकोड़ता हुआ उकड़ूँ बैठ गया और उन कुंडलियों को देखने लगा जिनपर वह खंभा मढ़ा हुआ था। "खंभे को इस दिशा में नहीं फिसलाया जा सकता," उसने कुछ पल निरीक्षण करने के बाद कहा। "खाँचों के बीच पत्थर का एक कोना फँसा हुआ है। इसे विपरीत दिशा में खींचने की कोशिश करो।"

एलईटी के आदमी अब विपरीत दिशा में चले गए और रस्सी को खींचने लगे।

इस बार खंभा एक झटका खाकर सरका, काँपा और एक हलकी-सी धम्म की आवाज़ के साथ ज़मीन पर गिर गया। पत्थर के उस आधार में एक खोखल था जो पत्थर के एक मज़बूत हैंडल को आकार दे रहा था। वह खंभे के नीचे छिपा हुआ था।

रस्सियाँ उस हैंडल में लपेटी गईं और उनको खींचा गया। धीरे-धीरे पत्थर का वह आधार अपनी जगह से उखड़ने लगा। सदियों पुराने कंकड़ और मिट्टी उसकी कगारों से निकलकर बिखरने लगे। अंततः वह उखड़कर गिर गया और ज़मीन में एक अँधेरा गड्ढा दिखाई देने लगा।

तुरंत उस गड्ढे में टार्च की रोशनियाँ फेंकी गईं और उसमें ज़मीन की गहराई में उतरती अँधेरे में ग़ायब होती सीढ़ियाँ दिखाई दीं।

फ़ारूख़ ने दो आदमियों को इशारा किया जो आज्ञाकारी भाव से उन सीढ़ियों में ग़ायब हो गए। कुछ पलों बाद चिल्लाने की एक दबी हुई-सी आवाज़ उनके कानों में पड़ी। फ़ारूख़ और मर्फ़ी समेत वे सब लोग उस गड्ढे के पास इकट्ठा हो गए।

टॉर्च की रोशनी में उन्होंने लक्ष्य किया कि सीढ़ियों के दोनों ओर पत्थर की दीवारें थीं, जो चिकनी पॉलिश की हुई थीं, हालाँकि उतनी चिकनी वे नहीं थीं जितनी उन्होंने बराबर की गुफाओं में देखी थीं।

सीढ़ियाँ उन्हें उस जंगल की ज़मीन की गहराई में ले गईं। जैसे ही वे आख़िरी सीढ़ी से नीचे उतरे, तो उन्होंने अपने आपको एक वर्गाकार कोठरी में खड़ा पाया। वे विस्मय से उसे ताकने लगे। वह कोठरी इतनी बड़ी थी कि उसमें सौ आदमी आसानी से समा सकते थे। जिस किसी ने भी उस कोठरी का निर्माण किया था उसने इतनी कड़ी मेहनत करके उसकी दीवारों को

पॉलिश किया हुआ था कि वे बेहद चिकनी हो गई थीं। कोठरी की अंदरूनी छत उनके सिरों से क़रीब तीस फुट ऊँची थी।

एलईटी के आदमी चारों ओर फैल गए। शुक्ला यह सोचते हुए चारों ओर देख रहा था कि वह कोठरी किस प्रयोजन से बनाई गई होगी। वह जानता था कि यह सवाल हल होने वाला नहीं था, उसका जवाब वक़्त की धुंध में छिपा हुआ था।

अचानक एलईटी का एक आदमी चिल्लाया जो खुद भी खोजबीन में लगा हुआ था।

फ़ारूख़ और मर्फ़ी उसकी ओर बढ़े। बाक़ी लोग भी उनके पीछे चल पड़े। टॉर्च की रोशनियों में सीढ़ियों के सामने वाली दीवार में एक प्रवेश-द्वार दिखाई दे रहा था।

"अब एक और पहेली नहीं।" कॉलिन गुर्राया।

वे अपने सामने का वह नज़ारा देखने लगे।

पत्थर की उस दीवार में नौ मेहराबें उकेरी गई थीं। प्रत्येक मेहराब दस फुट ऊँची थी और उसपर इबारतें खुदी हुई थीं। लेकिन इस बार संकेत देने वाला चक्र मददगार नहीं था।

हर मेहराब पर इबारतों के ऊपर एक चक्र उकेरा हुआ था।

"इसका क्या मतलब है?" फ़ारूख़ ने गुस्से से पूछा। उसका तनाव साफ़ ज़ाहिर था। उसे यह उम्मीद नहीं थी कि यात्रा का यह अख़िरी पड़ाव इतना चुनौती-भरा होगा।

लेकिन साफ़ ज़ाहिर था कि नौ के संगठन के लोगों का इरादा अपने रहस्य को इतनी आसानी से हासिल कर लेने देने का नहीं था। अगर कोई सुराग़ों को भेदकर यहाँ तक पहुँच भी जाता तब भी उसे अपने लक्ष्य को हासिल करने से पहले और भी परीक्षाएँ देना ज़रूरी था।

शुक्ला उन मेहराबों का ग़ौर से निरीक्षण कर रहा था। "मैंने इस तरह की युक्तियों के बारे में पढ़ा है," उसने हलके से कहा, उसकी आँखें अभी भी चमक रही थीं। जिस रास्ते पर पिछले 2000 सालों से कोई नहीं चला था उसपर चलने, अशोक महान के ज़माने में तैयार किए गए एकमात्र

अवशिष्ट स्थापत्यों की खोज, और नौ के रहस्य को पाने के इतने क़रीब होने की उत्तेजना के चलते वह पल भर के लिए एलईटी का बंधक होने की दहशत और आशंका से ऊपर उठ गया था। "इस क़िस्म के प्रवेश द्वार इस बात को सुनिश्चित करने के लिए बनाए जाते थे कि केवल चुने हुए लोग ही उनमें प्रवेश कर सकें। अगर आप किसी ग़लत रास्ते से घुस गए तो आप किसी फंदे में, किसी भूलभुलैया में या उससे भी बदतर किसी चीज़ में फँस जाएँगे।"

"तो सही रास्ता कौन-सा है?" मर्फ़ी ने अपनी आँखें शुक्ला की आँखों में डालते हुए पूछा।

विजय ने इस उम्मीद से उस बुजुर्ग अध्येता की ओर देखा कि शायद वह उन मेहराबों पर उकेरी गई इबारतों का कोई मतलब निकाल सके। वे इबारतें उसकी समझ से परे थीं।

"ये इबारतें मागधी में हैं।" शुक्ला ने उन उत्कीर्णनों को चाहत भरी नज़रों से देखा, और अपने दिमाग़ पर पूरा ज़ोर डालते हुए उन्हें पढ़ने की कोशिश करने लगा। फ़ारूख़ ने इसे लक्ष्य किया और उन इबारतों पर टॉर्च की रोशनी फेंकने का हुक्म दिया।

"क्या आप इनको पढ़ सकते हैं?" विजय ने शुक्ला से विनम्रतापूर्वक पूछा। "मेरा मतलब है कि क्या ये अब भी पढ़ी जा सकने लायक़ हैं?"

उसे यह देखकर राहत मिली कि शुक्ला ने सहमति में सिर हिलाया। "ये लंबे अरसे से यहाँ छिपी रही हैं, पंचतत्वों से सुरक्षित, इसलिए ये अच्छी हालत में हैं।" उसने एक-एक इबारत को पढ़ते हुए उनकी ओर इशारा किया।

"ईश्वर, जीव, प्रकृति, समय, कर्म, दुःख, समुदय, निरोध, मार्ग।"

कॉलिन ने माथा सिकोड़ा। "पहले पाँच को मैं पहचान गया। मुझे याद है जब आपने मुझे *भगवद् गीता* के पाँच बुनियादी सत्यों के बारे में बताया था। लेकिन बाक़ी क्या हैं?"

शुक्ला ने उसकी ओर देखा। "बौद्ध धर्म के चार बुनियादी सत्य; दुःख, *समुदय* (दुख के कारण का सत्य), *निबोंध* (दुःख के अंत का सत्य), मार्ग (सत्य का वह मार्ग जो मनुष्य को दुःख से मुक्त करता है)। ये नौ शब्द

मिलकर हिंदू धर्म और बौद्ध धर्म की बुनियाद को पेश करते हैं। ये दोनों वे प्रमुख धर्म हैं जो हिंदुस्तान में उत्पन्न हुए। अगर इस बात को लेकर कोई संदेह हो कि अशोक इस स्थापत्य के लिए ज़िम्मेदार था या इससे संबंधित था तो इससे यह संदेह दूर हो जाता है।"

"बढ़िया।" मर्फ़ी शुक्ला के पास आ गया। "तब तुम ये भी पता लगा सकते हो कि सही दरवाज़ा कौन-सा है।"

शुक्ला ने इंकार में सिर हिला दिया। "यह जानने का मेरे पास कोई तरीक़ा नहीं है कि किस दरवाज़े को चुना जाए। यहाँ ऐसा कोई सुराग़ नहीं है।"

फ़ारूख़ तेज़ी से चलकर शुक्ला के पास आ गया। उसका चेहरा सख़्त था। "हम यहाँ इतनी दूर नाकामयाब होने के लिए नहीं आए हैं। हमें अंदर घुसने का रास्ता खोजना ही होगा।"

फिर, बिना किसी चेतावनी के, उसने सहसा अपनी बंदूक निकाली और शुक्ला के चेहरे पर दे मारी। वह बूढ़ा आदमी दीवार से जा टकराया और उसके चेहरे से ख़ून बहने लगा।

विजय ने अपना मुँह खोला लेकिन इसके पहले कि वह कुछ बोलता, एक असंभावित स्रोत से उसे मदद मिली।

"नहीं।" मर्फ़ी फुर्ती से आगे आया और जैसे ही फ़ारूख़ आगे बढ़ा, जैसे वह ज़मीन पर पड़े शुक्ला को लात जमाने वाला हो, उसने फ़ारूख़ की बाँह पर अपना हाथ रख दिया। वह पाकिस्तानी अपना गुस्सा उस कमज़ोर आदमी पर निकाल रहा था, लेकिन मर्फ़ी शुक्ला की क़ीमत समझता था।

"हमें इसकी ज़रूरत पड़ सकती है।" मर्फ़ी ने फ़ारूख़ को चेतावनी दी। "आगे और भी इबारतें हो सकतीं हैं जिनको सिर्फ़ यही पढ़ सकता है।"

फ़ारूख़ मर्फ़ी की ओर मुड़ा तो उसका चेहरा गुस्से से तमतमाया हुआ था। कुछ पलों के लिए लगा जैसे वे दोनों आदमी एक दूसरे पर टूट पड़ने वाले हों। फिर फ़ारूख़ ने अपने आपको सँभाला।

"ठीक है। लेकिन मैं इस पहेली का हल चाहता हूँ, अभी।"

कॉलिन आगे आया। "मेरा ख़याल है, मुझे इसका जवाब मालूम है।"

फ़ारूख़ ने उसकी ओर शंकालु निगाहों से देखा। अगर शुक्ला जैसा अध्येता इस पहेली को नहीं सुलझा पा रहा था, तो इस अमेरिकी से क्या उम्मीद की जा सकती थी? "तुम्हें मालूम है?" उसको उसपर भरोसा नहीं था। "तो बताओ मुझे वह क्या है। ध्यान रहे कोई बेवक़ूफ़ी मत करना, तुम्हारा दोस्त पहले उस मेहराब के नीचे से जाएगा। तुम और यह बुड्ढा मेरे साथ रहेगा। अगर तुम ग़लत हुए या झूठ बोले तो समझ लो तुमने अपने दोस्त की नियति तय कर दी होगी। लेकिन अगर तुम सही हुए तो वह वापस लौटकर हमें वहाँ ले जाएगा।"

कॉलिन ने उस क्रूर मुखौटे को घूरा जो उसकी ओर दुश्मनी-भरी निगाहों से देख रहा था। उसे इसमें कोई संदेह नहीं था कि उसकी धमकी के एक-एक शब्द में सच्चाई थी।

उसने थूक गुटका और विजय की ओर देखा। उसकी नज़रों में अब उतना आत्म-विश्वास नहीं था। अगर वह ग़लत हुआ तो? विजय ने उसे आश्वस्त करने के भाव से हलके से सिर हिलाया, और कॉलिन ने एक बार फिर फ़ारूख़ की ओर देखा।

"मैं *गीता* और बौद्ध धर्म के बारे में बहुत ज़्यादा नहीं जानता लेकिन मुझे वह ईमेल याद है जो विजय के चाचा ने उसे भेजा था।" वह विजय की ओर मुड़ा। "क्या ये मुमकिन नहीं कि तुम्हारे चाचा ने इसका कोई सुराग़ अपने ईमेल संदेशों में छिपाया हो? हम जानते हैं कि वे नौ के संगठन के एक सदस्य थे। क्या ये मुमकिन नहीं कि उन्होंने तुम्हें इस स्तर पर कामयाब बनाने के लिए कोई सुराग़ छोड़ा हो?"

विजय ने माथा सिकोड़ा। "तुम्हारा कहना सही हो सकता है। उन ईमेल संदेशों में ऐसा बहुत कुछ था जो शुरुआत में हमें फ़ालतू लगता था और जो वहाँ उनको पढ़ने वालों को संभ्रमित करने के लिए रखा गया था। लेकिन मैं ऐसा कुछ भी नहीं याद कर पा रहा हूँ जो इन इबारतों से ताल्लुक रखता हो।"

"दूसरा ईमेल," कॉलिन ने कहा।

विजय ने दिमाग़ पर ज़ोर दिया। दूसरा ईमेल क्या कहता था?

हर चीज़ हमेशा वैसी ही नहीं होती जैसी वह दिखाई देती है। कभी-कभी गहराई में जाकर देखना ज़रूरी होता है। अध्ययन करो (स्टडी) भगवद् गीता का, वह बहुत से ज्ञान का उद्गम है। गीता की विषय-वस्तु हालाँकि भ्रामक है, लेकिन वह हमारी भावी ज़िंदगियों के लिए हम पर एक निशान (A Mark) है और वह तुम्हें ज्ञान के उस दरवाज़े तक ले जाएगा जिसको तुम्हें खोलना होगा। माया के महासागर में हमेशा सत्य का द्वीप मौजूद होता है।

उसने इंकार में सिर हिलाया।

"वही सुराग़ जो हमें कुंजी तक ले गया था।" कॉलिन ने बीच की मेहराब और उसपर अंकित इबारत की ओर इशारा किया। वह मन ही मन प्रार्थना कर रहा था कि विजय भी उसी नतीजे पर पहुँचे जिसपर वह पहुँचा हुआ था और उसके तर्क का समर्थन करे।

विजय ने उस मेहराब को देखा। उसे अभी भी कुछ समझ में नहीं आ रहा था। उसके दोनों तरफ़ चार-चार मेहराबें थीं। थकान उसके दिमाग़ पर सवार थी और उसे अपने क़ाबू में कर लेने को धमका रही थी। उसने संघर्ष किया, और कॉलिन के शब्दों पर अपना ध्यान केंद्रित किया। शुक्ला ने पाँचवीं इबारत क्या बताई थी?

ईश्वर, जीव, प्रकृति...समय...कर्म...

सहसा बिजली की तरंग की भाँति वह बात कौंधी; जैसे कैमरे का फ़्लैश अँधेरे में चमक उठा हो। यह निश्चय ही बीच वाला दरवाज़ा होना चाहिए। कॉलिन का कहना सही था।

उसने उसकी थकान को पोंछती हुई ऊर्जा की एक नई लहर अपनी काया में अनुभव की।

"कर्म," उसने ज़ोर से कहा और कॉलिन उसकी ओर देखकर हर्ष से भरकर मुस्करा दिया।

विजय आगे बढ़ा और टॉर्च के लिए अपना हाथ आगे बढ़ा दिया। एक आदमी ने उसको टॉर्च थमा दी।

कॉलिन उसके साथ जाने के लिए आगे बढ़ा। “तुम अकेले नहीं जाओगे।”

विजय उसकी ओर देखकर कृतज्ञतापूर्वक मुस्करा दिया।

फ़ारूख़ उन दोनों दोस्तों को बीच वाली मेहराब से होकर जाता देखता रहा। वे दहलीज़ पर रुके, फिर एक नज़र पीछे-पीछे डालते हुए और गहरी साँस लेते हुए अँधेरे में समा गए।

43

ग्यारहवाँ दिन

सीतागढ़ पहाड़ी के पास के जंगल

उस पूर्ण ख़ामोशी के बीच कमांडो अपने को क्रमबद्ध तरीक़े से व्यवस्थित कर रहे थे और राधा उन्हें सराहना के भाव से देख रही थी। कोई शब्द नहीं बोले गए थे, यहाँ तक कि कोई फुसफुसाहटें भी नहीं। महज़ इशारों की ज़बान का इस्तेमाल करते हुए पूरी व्यूह-रचना तैयार हो गई।

हथियारों को जाँचा गया और आदमी अलग-अलग समूहों में बँट गए। उत्तेजना और आशंका के मिश्रण से एक रोमांच उसकी देह में दौड़ गया; एक ऐसा प्रभावशाली कॉकटेल जिससे उसका दिल बुरी तरह धड़क उठा।

लेकिन वे आदमी किसी भी तरह की भावनाओं से निर्विकार प्रतीत होते थे, ख़तरे की कैसी भी अनुभूति से शून्य। उनके लिए यह महज़ एक और दिन, एक और मुहिम थी।

वे जंगल के उस हिस्से में पहुँच गए थे जो उनके लक्ष्य के समुचित निकट था और फिर भी जो उससे इतना दूर था कि उनकी टोह नहीं ली जा सकती थी। ट्रक यहीं रहने वाले थे जबकि वे पैदल आगे बढ़ रहे थे। कमांडो के दलों से तैयार इस व्यूह-रचना के बीच राधा और इमरान थे। वे आदमी अँधेरे में अदृश्य थे और झाड़ियों की सरसराहट के अलावा उनकी मौजूदगी सुनी भी नहीं जा सकती थी। कोई टॉर्चें नहीं थीं। हर कमांडो रात में दिखाई देने वाले चश्मे से लैस था।

कमांडो बल ख़ामोशी के साथ, धीरे-धीरे, अनेक सिरों वाले किसी महाकाय दैत्य की भाँति अपने लक्ष्य की ओर बढ़ रहा था।

ये सब एक माया है

विजय और कॉलिन अपनी टॉर्च की रोशनियाँ चमकाते हुए उस रास्ते पर आगे बढ़ते गए। उनके सामने फैली पत्थर की दीवारें न तो पॉलिश की हुई थीं न उनपर कोई सजावट थी। पथरीला फ़र्श अवश्य ही समतल और सपाट था।

चलते-चलते विजय कोठरी में मौजूद उन आतंकवादियों के बीच शुक्ला की सुरक्षा की चिंता कर रहा था। उसे फ़ारूख़ पर भरोसा नहीं था और उसने हाल ही में गुस्से का जो प्रदर्शन किया था वह बताता था कि अपने ऊपर उसकी पकड़ ढीली हो रही थी। विजय यह भी जानता था उनमें से प्रत्येक तभी तक सुरक्षित था जब तक कि वह फ़ारूख़ के लिए उपयोगी था।

सामने दो मेहराबदार रास्ते प्रकट हुए तो वे रुक गए। उन्होंने उनपर अपनी टॉर्चों की रोशनी डाली तो उनको उनपर उत्कीर्णित इबारतें दिखाई दीं।

विजय ने माथा सिकोड़ा। दाईं तरफ़ वाला मेहराबदार दरवाज़ा चट्टान से उकेरा गया लगता था और वह महज़ एक सजावट के लिए था। "इसका कोई मतलब समझ में नहीं आता," उसने कहा।

कॉलिन सहमत हुआ। "अभी तक हमने नौ के संगठन का जो कुछ भी देखा है, उसके चलते यह सवाल उठता है कि उन्होंने ऐसे दो मेहराबदार दरवाज़े क्यों बनाए होंगे जिनमें से एक का इस्तेमाल ही न किया जा सकता हो। अब अगर उन्होंने हमें दो में से किसी एक को चुनने का विकल्प दिया होता और इस विकल्प को चुनने के लिए हमें कोई सुराग़ हल करना ज़रूरी होता, तो मुझे ज़्यादा ख़ुशी होती।"

उन्होंने धीरे-धीरे, सावधानीपूर्वक बाईं तरफ़ वाले दरवाज़े में प्रवेश किया। वह एक सीधा गलियारा था जो थोड़ा चलने के बाद नीचे की ओर चला गया था।

विजय ने माथा सिकोड़ा। "ये तो ज़मीन की और भी गहराई में जाता लगता है।"

उन्होंने खुरदुरी दीवारों से अपनी कुहनियों और हाथों को छिलने से बचाते हुए उस गलियारे में चलना जारी रखा। उनके घुसने के बाद से वह गलियारा उत्तरोत्तर ख़ासा सँकरा होता गया था और पूरी सावधानी के बावजूद उन्हें दीवारों से कुछ खरोंचें लग ही गई थीं।

वे उस गलियारे के मोड़ों से होकर गुज़रते हुए अंत में एक दरवाज़े पर आ पहुँचे।

विजय ने उस दरवाज़े की मेहराब को संदेह-भरी निगाह से देखा। इसके परे क्या होगा?

कॉलिन ने उसपर एक नज़र डाली। "क्या सोचते हो? मुझे किसी चीज़ की बू आ रही है।"

विजय मुस्कराया। "शायद मरे हुए चूहे हों। यहाँ वे भारी तादाद में होंगे। लेकिन मैं तुमसे सहमत हूँ। मुझे भी कुछ गड़बड़ लगती है।"

"हम वापस नहीं जा सकते। फ़ारूख़ हमें मार डालेगा और ये कोई मज़ाक़ नहीं है।"

"दूसरी तरफ़, ये हमारा महज़ एक अहसास है। इस दरवाज़े के परे कुछ होना चाहिए।"

"पता नहीं मैं उसे जानना चाहता हूँ या नहीं। हॉलीवुड की फ़िल्मों में इस तरह के दरवाज़ों के पीछे आमतौर से कोई ममी, या कोई ड्रैगन या ऐसी ही कोई डरावनी चीज़ पाई जाती है। और, अगर तुम्हें अब तक यह बात समझ में न आई हो तो मैं बता दूँ कि मैं इस क़िस्म की किसी मुठभेड़ का मज़ा नहीं लेना चाहता।"

विजय मुस्कराया। ऐसी भीषण संकट की घड़ी में भी कॉलिन किसी तरह ख़ुशमिजाज़ बना हुआ था। "प्राचीन हिंदुस्तानी अपने मृतकों को कभी ममी बनाकर नहीं रखते थे। इसलिए यहाँ कोई ममी नहीं होगी। ड्रैगन पाए जाते हैं चीनी लोककथाओं में, हिंदुस्तानी मिथकों में नहीं।"

"दैत्यों के बारे में क्या कहना है?" कॉलिन ने प्रतिवाद किया। "मुझे याद है, डॉ. शुक्ला ने महाभारत में दैत्यों के बारे में कुछ बताया था।"

"हाँ," विजय ने संजीदगी के साथ कहा। "हिंदुस्तानी मिथकों में असंख्य दैत्य हैं। तमाम तरह के। *असुर, राक्षस...*"

"अब उनके नाम और तासीरें मत बयान करो," कॉलिन ने उसको जल्दी से टोका। "बेहतर यही है कि मैं न जानूँ।"

उसने दरवाज़े के अंदर अपनी गर्दन डाली और कुछ पल देखता हुआ खड़ा रहा। फिर उसने गर्दन निकाली और विजय की ओर देखकर हँस दिया। "ये तुम्हें देखना चाहिए।"

विजय ने दरवाज़े के अंदर रोशनी फेंकी और भीतर घुस गया। वह एक विशाल कंदरा थी। कंदरा में अभेद्य अंधकार था। उसने कंदरा की अंदरूनी छत की ओर नज़रें उठाईं, और विस्मित रह गया।

जहाँ वह छत अँधेरे में डूबी हुई थी वहीं उसका कालापन झिलमिलाती रोशनी के लाखों बिंदुओं से धड़क रहा था। अगर वे यह बात न जानते होते कि वे ज़मीन के अंदर गहरे धँसे हुए थे और वहाँ पर चट्टान के तले उकेरी गई एक विशाल कोठरी में खड़े हुए थे, तो उन्हें आसानी से यह भरोसा हो गया होता कि वे चट्टानों की क़ैद से बाहर खुले में सितारों की रोशनी में आ गए हैं।

उन्होंने कुछ पल के लिए अपनी टॉर्चें बुझा दीं और उस दृश्य का आनंद लेने लगे। यह किसी पहाड़ी की चोटी पर खड़े होकर रात के आकाश को देखने जैसा था, जहाँ उनकी दृष्टि में बाधा डालने के लिए न कोई बादल थे न कोई धुँधलका था, और न ही सितारों की चमक को फीका करने वाली शहर की रोशनियाँ थीं।

"ये रात के आकाश की हू-ब-हू नक़ल है," कॉलिन उन तारामंडलों की ओर इशारा करते हुए बुदबुदाया जिनसे वह भलीभाँति परिचित था। देखो, वहाँ वे सप्तऋषि हैं - साफ़ दिखाई दे रहे हैं। वह मृग नक्षत्र है - वो रही उसकी मेखला।"

वे कुछ देर उस दृश्य को निहारते खड़े रहे। उन्होंने कुछ और नक्षत्रों की शिनाख़्त की और उस कंदरा को बनाने वालों की दक्षता और विदग्धता पर विस्मय व्यक्त किया। ये कौन लोग रहे होंगे? उन्होंने रात के आकाश की यह विस्मयकारी जीती-जागती नक़ल कैसे तैयार की होगी? उनकी टॉर्च की रोशनियाँ उस घनघोर अँधेरे को भेद पाने में नकारा साबित हो रही थीं।

"क्या तुम्हें नहीं लगता कि यही है वह?" कॉलिन आतंकित भाव से फुसफुसाया। "नौ की कंदरा?"

उन्होंने एक दूसरे की ओर देखा और दोनों एक साथ धीरे-धीरे, सावधानी के साथ आगे बढ़ने लगे। कौन जाने नौ के संगठन के लोगों ने

अपने रहस्य की हिफ़ाज़त के लिए क्या छिपा रखा हो?

सहसा वे रुक गए। टॉर्च की रोशनी में कोई चीज़ दिखाई दे रही थी। वे धीरे-धीरे सरकते हुए उसके इतने निकट चले गए कि उसको साफ़ देख सकते, हालाँकि वह अभी भी उनसे कुछ दूरी पर थी।

वह एक स्तंभ था, चार या पाँच फुट ऊँचा और काले रंग का, जिस वजह से वह आसानी से पहचान में नहीं आता था। वह तब तक कंदरा के अँधेरे में घुला रहा था जब तक कि वे उसके इतने क़रीब नहीं पहुँच गए कि उसको टॉर्च की रोशनियों में देख सकते।

लेकिन जिस चीज़ ने उनको चमत्कृत कर दिया था वह उस स्तंभ का रूपाकार नहीं था। चमत्कृत करने वाला तथ्य यह था कि वह कंदरा के फ़र्श से कोई चार फुट की ऊँचाई पर हवा में तैरता लग रहा था। उन्होंने स्तंभ की पूरी लंबाई पर और उसके ऊपर टॉर्च की रोशनी डाली, यह देखने के लिए कि कहीं वह किसी तरह छत से तो नहीं लटक रहा था। लेकिन उनको कुछ दिखाई नहीं दिया। स्तंभ न तो फ़र्श से जुड़ा हुआ था न ही छत से लटक रहा था।

उन्होंने कंदरा में चारों ओर रोशनी डाली। तब और भी स्तंभ दिखाई दिए; कंदरा में जहाँ-तहाँ बिखरे हुए, और फ़र्श से अलग-अलग ऊँचाइयों पर हवा में ठहरे हुए।

विजय परेशान था। "कुछ गड़बड़ है।"

"बेशक। रात के आकाश से युक्त एक कंदरा की छत और अब हवा में टँगे हुए खंभे। यह सब मेरी समझ के परे है," कॉलिन ने जवाब दिया।

वे अपने क़रीब के खंभे के पास पहुँचे, इस उम्मीद में कि उसकी क़रीब से जाँच करने पर शायद उनको उसका रहस्य समझ में आ जाए।

सहसा कॉलिन ने विजय का हाथ पकड़कर उसको पीछे की ओर खींच लिया। उसकी टॉर्च की रोशनी खंभे के नीचे फ़र्श पर नाच रही थी और विजय समझ गया कि उसने उसे क्यों खींच लिया था, बावजूद इसके कि वह खंभा उनसे तीन-चार फुट की दूरी पर था।

उनसे कोई फुट भर की दूरी पर कंदरा का फ़र्श तेज़ी से अंदर धँसा हुआ था और ग़ायब हो गया था। एक क़दम और आगे बढ़ाया गया होता

तो विजय उसमें गिर जाता। कॉलिन ने वक़्त रहते फ़र्श की दरार को देख लिया था।

फ़र्श की कगार के परे उन्होंने रोशनी फेंकी तो उनको कोई काली और गीली चीज़ चमकती दिखाई दी।

"ज़मीन के अंदर तालाब?" विजय ने हैरान होते हुए कहा। उसने अपने आगे रोशनी फेंकी। कॉलिन ने भी। ये खंभे उस पानी के ऊपर हवा में टँगे हुए थे जो वहाँ तक फैला हुआ था जहाँ तक उनकी नज़र जा रही थी।

"ये कैसी जगह है?" कॉलिन ने विस्मय प्रकट किया। "ये मुझे कोई कृत्रिम जलाशय प्रतीत होता है।"

"ये वही है," विजय ने कहा। "लेकिन कहीं पानी का कोई ऐसा स्रोत होना चाहिए जो इसको सदियों से भर के रखे हुए है। मुमकिन है कोई भूमिगत झरना हो जहाँ से इसमें पानी आता हो।"

"अब?" कॉलिन ने विजय की ओर देखा। "अब हम आगे नहीं जा सकते। हम वापस नहीं जा सकते। ये ख़ासी मुसीबत है। मुझे लग रहा है कि किसी भी पल इस तालाब के भीतर से फुफकार कर 'मेरे प्रिय' कहते हुए गोलुम नमूदार हो जाएगा।"

"नौ के सदस्यों ने इस कंदरा के लिए एक वैकल्पिक प्रवेश-द्वार क्यों बनाया होगा, क्यों उन्होंने वे नौ मेहराबदार द्वार बनाए होंगे जिनसे होकर कोई ऐसा व्यक्ति ही गुज़र सकता है जो उनके सोचने के तरीक़े से परिचित हो, और यह सब इसलिए कि आप एक ऐसे सिरे पर पहुँच जाएँ जहाँ से आगे न जाया जा सकता हो?" इस सवाल का जवाब सोचते हुए विजय का माथा सिकुड़ गया। "हमसे यहाँ कोई चूक हो रही है।"

"मुझे लगता है, इसका जवाब इन हवा में लटके हुए खंभों से जुड़ा है। इस मायाजाल की कोई तर्कसंगत कैफ़ियत ज़रूर होगी।"

विजय ने कॉलिन का कंधा पकड़ लिया। "ये रहा वो," उसकी आँखें उत्तेजना से चमक रही थीं। "शुक्रिया, मेरे जिगरी दोस्त। मैंने कभी नहीं सोचा था कि मैं तुमसे यह कहता पाया जाऊँगा, लेकिन तुम वाक़ई जीनियस हो।"

"क्या?" कॉलिन भौंचक था।

"तुम्हीं हो जो इस पहेली का जवाब ढूँढ़ने में हमारी मदद कर सकते थे।"

भुतहा ख़ामोशी

कमांडो सहसा रुक गए थे। उन्होंने अपने आगे किन्हीं गतिविधियों को टोह लिया था या किसी मौजूदगी को।

राधा इमरान के क़रीब बनी हुई थी, और उसके पीछे-पीछे चल रही थी, हालाँकि वह सोच रही थी कि इस तरह के अभियान का उसको कितना तजुरबा होगा।

उसने आसपास देखा। उस पूरी यात्रा के दौरान जो दस्ते अँधेरे में अदृश्य रहकर उनके दोनों ओर चल रहे थे वे अब ग़ायब हो चुके थे। कुछ घटित होने को था। वह काँपी और इमरान उसकी ओर आश्वस्त करने वाले भाव से देखकर मुस्कराया।

सहसा आगे कहीं से एक आदमी की चीख़ सुनाई दी जिसने ख़ामोशी को झिंझोड़ दिया और राधा उछल पड़ी। एक साथ कई तड़तड़ाहटों की आवाज़ें सुनाई दीं और फिर ख़ामोशी छा गई।

उनके आगे चल रहे कमांडो के दस्ते ने उनको आगे बढ़ने का संकेत दिया।

जैसे ही वे आगे बढ़े, राधा वजह समझ गई। उसका दिल उछल पड़ा जब उसने छह फ़ोर्ड इंडेवर कारों के पीछे X ट्रेल को खड़ा देखा। कारों के इर्दगिर्द ज़मीन पर लाशें बिछी हुई थीं। ये एलईटी के वे लोग थे जिन्हें कमांडो ने मार गिराया था।

राधा ने मौत के उस दृश्य की ओर से अपनी निगाहें हटा लीं और मन ही मन अपने पिता, विजय और कॉलिन की सलामती के लिए प्रार्थना करने लगी।

उसके दाईं ओर के कमांडो ने एक बार फिर उनसे आगे बढ़ने का इशारा किया और वे आगे चल पड़े।

44

ग्यारहवाँ दिन

सीतागढ़ पहाड़ी

"तुम्हारा क्या मतलब है?" कॉलिन ने विजय को घूरा। वे लोग कंदरा के फ़र्श पर उकड़ूँ बैठ गए।

"मायाजाल। याद करो चाचा के ईमेल संदेशों को। उन्होंने दो बार माया का ज़िक्र किया था। उन पंक्तियों की व्याख्या करते हुए मुक़द्दर ने हमारा साथ नहीं दिया था और हमने उन्हें वह कचरा समझ लिया था जिसका उद्देश्य उन संदेशों को ग़लत हाथों में पड़ जाने की हालत में पढ़ने वाले को दिग्भ्रमित करना था।"

कॉलिन ने दिमाग़ पर ज़ोर देते हुए याद करने की कोशिश की। "मुझे माया का सिर्फ एक हवाला याद आता है। चौथा ईमेल।"

अगर मुझे कुछ हो जाता है, तो तुम्हें नौ को खोजना होगा। अगर तुम गहरे अर्थ को तलाशने की कोशिश करोगे, तो वह तुम्हें मिलेगा। इतिहास के दो हज़ार बरस, जिनकी मैं पिछले 25 सालों से सुरक्षित रखवाली करता आया हूँ, अब तुम्हारे हैं जिनका ताला तुम्हें खोलना है। सत्य के रास्ते पर चलो और तुम्हें किसी भी माया के पार अपना रास्ता मिल जाएगा।

"एक और भी हवाला है। दूसरे ईमेल में। विजय ने दूसरे ईमेल की वह पंक्ति दोहराई। *'माया के महासागर में हमेशा सत्य का द्वीप मौजूद होता है।'* इसलिए, मसलन, संसार एक *माया* है, जो कुछ भी सांसारिक है वह माया है।"

"समझ गया," कॉलिन ने कहा। "तो ये कंदरा माया है, ठीक है? ये नक्षत्र, ये अधर में लटके हुए खंभे; विस्मयकारी ढंग से रचा गया भ्रम। तो सत्य का द्वीप इसमें कहाँ है? और सत्य का वह मार्ग जो हमें इन मायाओं से परे ले जाएगा?"

"वहाँ," विजय ने पानी के उस पार अँधेरे की ओर इशारा करते हुए कहा। "मेरा दावा है कि इस तालाब के बीच में कहीं एक द्वीप है।"

इन मुश्किल परिस्थितियों के बावजूद कॉलिन विजय की ओर देखकर हँस दिया। "तुम बचकानी बात कर रहे हो। तुम्हारा ख़याल है कि वह द्वीप अदृश्य है?"

उसके मुँह से ये शब्द निकले ही थे कि सहसा उसे भी सूझ गया।

"हे ईश्वर!" उसने विजय की ओर देखा। "तुम्हारा कहना सही हो सकता है। आख़िरकार ये वे लोग हैं जिन्होंने अपनी अदृश्यता का रहस्य इसी पहाड़ी में कहीं छिपाया हुआ है।" उसने विस्मय से चारों ओर देखा। "इससे निश्चय ही खंभों के भ्रम की कैफ़ियत भी मिल जाती है। ये अधर में लटके हुए नहीं हैं, इनका निचला हिस्सा किसी अदृश्यता के आवरण में ढँका होगा। मुमकिन है कि यहाँ कोई द्वीप हो जो ख़ुद भी इस तरह ढँका हो कि हम उसको देख नहीं पा रहे हैं।"

विजय हँस दिया। "तुम समझ गए, बच्चे। सत्य का द्वीप जो अदृश्यता के भ्रम के पीछे छिपा हुआ है। देखा, मेरी प्रतिभा तुम्हारी प्रतिभा को माँज रही है।"

कॉलिन ने उसकी ओर गुस्से से देखा। "ठीक है, दिमाग़ वाले, तब हम उस द्वीप तक कैसे पहुँचेंगे? ये पता लगा के बताओ।" उसने अपना हाथ आगे बढ़ा दिया। "कोई इंतज़ार नहीं, मेरा ख़याल है मैं समझ चुका हूँ। अगर हमारा अनुमान सही है तो इस पानी के ऊपर कोई अदृश्य पुल होना चाहिए।"

"हमारा अनुमान?" विजय ने चेहरे पर व्यंग्य का भाव लाते हुए कहा।

कॉलिन उसकी ओर देखकर प्रसन्नता के साथ मुस्करा दिया। अगर उनका सोचना सही था तो ये कंदरा उतना बड़ा रहस्य नहीं थी। "हम खंभों का अनुसरण करते हुए इस अदृश्य पुल को खोजते हैं। इनमें से कुछ ऐसे ज़रूर होंगे जो पानी के बीच से किसी रास्ते को सहारा दे रहे होंगे।"

"चलो," विजय ने पास के खंभे से शुरुआत की। यह किनारे से दो फुट दूर पानी के ऊपर लटका हुआ था। उसने अपना पाँव बढ़ाकर पानी के ऊपर किसी पुल को टटोलने की कोशिश की।

कुछ भी नहीं था।

विजय ने कॉलिन की ओर देखा। "ये इतना आसान नहीं होगा, क्यों?"

वे अगले खंभे के पास गए। यह किनारे के और भी क़रीब था लेकिन यह भी वैसा ही साबित हुआ। अगले चार खंभों के भी वही नतीजे निकले।

तभी, जब उनको यह लगने लगा कि अदृश्य पुल की उनकी कल्पना ग़लत थी, कॉलिन को वह मिल गया और उसने उसपर पैर रखा। उसने अपने पैर की ओर देखा। यह विलक्षण लग रहा था कि वह एक ऐसी चीज़ पर खड़ा हुआ था जो हवा मालूम होती थी और तालाब का काला पानी उसके पैरों तले साफ़ दिखाई दे रहा था। "यह अदृश्यता का परदा सचमुच कारगर है। फ़ारूख़ मज़ाक़ नहीं कर रहा था। आश्चर्य नहीं होना चाहिए कि वह इसे हासिल करने के लिए मरा जा रहा है।"

धीरे-धीरे, परिश्रमपूर्वक, हर अगला क़दम बढ़ाने के पहले अपने आसपास की जगह को जाँचते हुए वे पानी के ऊपर से अपना रास्ता बनाते हुए तब तक आगे बढ़ते गए जब तक कि उन्हें सहसा वह चीज़ नहीं मिल गई जो पुल के आरपार फैली एक अदृश्य दीवार मालूम होती थी।

"ये छूने में प्लास्टिक जैसी महसूस होती है," कॉलिन ने उस दीवार को महसूस करते हुए कहा। "एक मिनट रुको। ये क्या है?" उसने टटोलते हुए उस चीज़ को महसूस किया जो दीवार में एक सॉकेट जैसी मालूम होती थी। "मेरा ख़याल है, यहाँ चाबी डालने के लिए कोई खाँचा है।"

विजय ने खुद को धिक्कारा। वह कुंजी शायद इस दरवाज़े को भी खोल सकती। लेकिन वह तो पटना के उसके होटल के कमरे में पड़ी हुई थी।

"रोओ मत मेरे प्यारे बच्चे," कॉलिन उसकी ओर देखकर मुस्कराया और उसने अपनी जेब से चाबी निकाल ली। "तुम बारबार भूल जाते हो कि तुम एक जीनियस के साथ हो। यह जानकर कि हम नौ की गुफा के लिए जा रहे हैं, मुझे पक्का भरोसा था कि हमें कहीं न कहीं इसकी ज़रूरत पड़ सकती है।"

पूरी एकाग्रता के साथ उसने उस अदृश्य दरवाज़े में चाबी फँसाने की कोशिश की और अंततः एक खटके की आवाज़ के साथ वह उसके छेद में सरक गई। उसने चाबी घुमाई और सहसा उनके सामने एक दरवाज़ा प्रकट हो गया, जैसे अचानक हवा में उग आया हो।

"खुल जा सिमसिम," कॉलिन विजय की ओर देखकर मुस्कराया। वह रोमांचित था कि उनका अनुमान सही था। वह दरवाज़े के अंदर घुसकर एक आयताकार धातुई फ़र्श पर पहुँचा जो चारों ओर से कम से कम 30 फुट ऊँची धातुई दीवार से घिरा हुआ था। फ़र्श और दीवार की धातु उन खंभों की ही तरह काली थी, और इसमें कोई संदेह नहीं था कि वे उसी धातु से निर्मित थीं जिनसे वह धातुई डिस्क तैयार की गई थी।

विजय कॉलिन के पीछे अंदर आ गया और उन्होंने अपनी-अपनी टॉर्चों की रोशनियाँ उस कमरे में घुमाते हुए उसका मुआयना किया। कमरे के बीचोंबीच दो-दो फुट ऊँचे आठ खंभे वृत्ताकार ढंग से गड़े हुए थे। धातुई दीवारें नंगी थीं।

"अब क्या?" विजय ने पूछा।

मानो उसके सवाल के जवाब में सहसा उनको एक तेज़ कराहने जैसी आवाज़ सुनाई दी और फिर धातु से धातु के टकराने की आवाज़ें। वे आवाज़ें उनके ऊपर से आती लग रह थीं और उन्होंने कमरे की अंदरूनी छत की ओर रोशनी फेंकी।

वे दहशत में आ गए जब उन्होंने देखा कि लंबी नुकीली लोहे की छड़ों से जड़ी हुई वह अंदरूनी छत नीचे की ओर उतरने लगी।

लगभग तभी, उनके पैरों तले के उस धातुई फ़र्श ने तेज़ी से झटका खाया। जिस दरवाज़े से वे अंदर आए थे उसके पार उन्होंने देखा कि तालाब के ऊपर अधर में लटके वे खंभे ऊपर की ओर उठने लगे।

"एक और मायाजाल?" विजय ने माथा सिकोड़ा और तब सहसा उसको अहसास हुआ। "शिट! ये कोई भ्रम नहीं है!"

कॉलिन ने उसकी ओर घबराई हुई नज़रों से देखा। "यह द्वीप तालाब में डूब रहा है!"

उन्होंने दहशत में भरकर एक दूसरे की ओर देखा। कमरा तालाब में उतर रहा था और अंदरूनी छत अपनी नुकीली छड़ों के साथ उनपर ढह रही थी। अगर वे उन छड़ों से कुचलकर ज़िंदा नहीं मर जाते तो उनका डूबना पक्का था।

"इससे बचने का कोई रास्ता होना चाहिए," विजय चारों ओर देखता हुआ बुदबुदाया। "नौ के सदस्यों ने यह तो नहीं किया हो सकता कि जिसके पास कुंजी हो वह यहाँ आकर मर जाए।"

"खंभे," कॉलिन कमरे के बीचोंबीच गड़े उन आठ खंभों की ओर तेज़ी से बढ़ा।

वे अलग होकर उन खंभों को जाँचने लगे। वे हर खंभे की लंबाई पर रोशनी डालते, उनपर किसी इबारत को, चाबी फँसाने के किसी छेद को, किसी भी ऐसी चीज़ को तलाशने लगे जो यह संकेत दे सकती कि वे अपनी उस दुर्दशा से कैसे बाहर निकल सकते थे। वह फ़र्श लगातार तालाब में धँसता जा रहा था और अंदरूनी छत निर्ममता के साथ उनकी ओर उतरती आ रही थी।

उन्होंने खंभों का अपना निरीक्षण पूरा कर लिया।

कुछ नहीं।

लेकिन वे अपनी दहशत को दूर रखने के लिए जूझते रहे। अगर वे इस कंदरा में अपनी अवश्यंभावी मृत्यु से बचना चाहते थे तो उनको अपने चित्त को शांत रखना ज़रूरी था।

"सोचो। सोचो," विजय ने कहा। "कोई न कोई चीज़ ज़रूर होगी जो कारगर होगी।"

उसने ऊपर देखा। उनकी टॉर्च की रोशनियों में चमकती वे नुकीली छड़ें अब उनके सिर से बमुश्किल दो फ़ुट की ऊँचाई पर थीं।

कॉलिन ने अपनी टॉर्च की रोशनी फ़र्श पर डाली। "पानी अंदर आ रहा है," उसने कमरे के फ़र्श पर पानी की पतली सी परत की ओर इशारा किया। फ़र्श अब तालाब की सतह तक नीचे धँस गया था।

कुछ ही मिनटों में वे नुकीली छड़ें नीचे आ चुकी होंगी।

या कमरा तालाब के पानी से भर चुका होगा।

किसी भी सूरत में अब उनके पास बहुत कम वक़्त बचा था।

"एक मिनट रुको," विजय ने कहा जिसका दिमाग़ तिनके का सहारा लेने की कोशिश कर रहा था। "ये खंभे आठ क्यों हैं, नौ क्यों नहीं हैं?"

"भले आदमी, ये खंभों की संख्या के बारे में सोचने का वक़्त नहीं है," कॉलिन के स्वर में तनाव था।

"सोचो," विजय ने आग्रह किया। अब तक हमने जो कुछ भी देखा है वह सब इस संख्या के इर्दगिर्द घूमता रहा है। क्योंकि यह उस भ्रातृसंघ के लोगों की संख्या थी। अब इस पैटर्न में बदलाव क्यों है? और आठ ही क्यों? आठ में ऐसा क्या ख़ास है?"

कॉलिन का दिमाग़ अब तेज़ी के साथ चल रहा था। उसे समझ में आ गया था कि विजय संभवतः किसी नतीजे पर पहुँच रहा है। "क्या राधा ने विधि के चक्र में आठ अरों के होने के बारे में कुछ नहीं कहा था?" उसे सहसा वह बातचीत याद हो आई जो उन्होंने तब की थी जब उनको विक्रम सिंह के अध्ययन-कक्ष की तसवीर में वह कुंजी मिली थी।

विजय उसकी ओर देखकर ख़ुशी से मुस्करा उठा। "अद्भुत। मैं क़सम खा कर कहता हूँ कि आगे से अब मैं कभी तुम्हारी अक़्लमंदी को लेकर मज़ाक़ नहीं उड़ाऊँगा। तुम समझ गए। विधि का चक्र।"

कॉलिन को बात अभी तक समझ में नहीं आ सकी थी। "ओके, मैंने मान लिया कि मैं जीनियस हूँ। तुमने अभी-अभी जो क़सम खाई है वह मुझे पसंद आई। लेकिन यह चीज़ हमारी किस तरह मदद करने वाली है?"

विजय ने ऊपर की ओर देखा।

वे नुकीली छड़ें अब उनके सिर कुछ इंच ऊपर रह गई थीं।

यह करने के लिए उनको अब अपने घुटनों के बल बैठना ज़रूरी था। वह झुका और कॉलिन को भी उसने झुकने के लिए कहा।

"ये है वह चीज़ जो मैं सोचता हूँ। अगर नौ के संगठन ने अपनी प्रिय संख्या की जगह सिर्फ़ इसलिए आठ की संख्या का चुनाव किया है कि वे विधि के चक्र को दर्शा सकें, तो इस चक्र के यहाँ होने की एक ही वजह हो सकती है। यह एक चक्र है और चक्र को घूमना चाहिए।"

"यह बात तर्कसंगत लगती है।" कॉलिन खुशी से उछल पड़ा।

दोनों आदमियों ने एक-एक खंभे पर अपने कंधे सटाए और पूरा ज़ोर लगाकर उनको घड़ी की दिशा में धकेलना शुरू किया।

कुछ नहीं हुआ।

पानी कमरे में अब एक फ़ुट गहरा भर चुका था और वे नुकीली छड़ें अब क़रीब-क़रीब उनके सिरों को छू रही थीं।

अगर यह युक्ति कारगर नहीं रही तो इसके पहले कि पानी उनको डुबा दे वे छड़ें उनको दबोच देंगी।

"उलटी तरफ़ घुमाने की कोशिश करो," कॉलिन ने हाँफते हुए कहा।

उन्होंने उलटी दिशा में ज़ोर लगाया।

इस बार वे खंभे घर्षण की एक ज़ोर की आवाज़ के साथ हरक़त में आए। जैसे ही उन खंभों से बना वह चक्र घूमना शुरू हुआ, वैसे ही छत का नीचे की ओर उतरना थम गया और कमरे के फ़र्श ने झटके खाना बंद कर दिया।

दोनों आदमियों ने एक दूसरे की ओर देखा और खंभों को फिर से धकेलने लगे। खंभों का वह चक्र फिर से, घूमने लगा, हालाँकि कुछ इस तरह जैसे घूमने का उसका मन न कर रहो और वह 2000 साल बाद की जा रही इस दख़लंदाज़ी को लेकर शिकायत कर रहा हो।

वह कड़ी मेहनत का काम था, वे घुटनों के बल बैठे हुए उन खंभों को घुमा रहे थे, और उनके कपड़े फ़र्श में भरते पानी से भीग चुके थे। फिर भी विजय और कॉलिन लगे रहे। यह उनकी एकमात्र उम्मीद थी।

वे अभी धक्के दिए ही जा रहे थे कि उन्होंने महसूस किया कि फ़र्श एक बार फिर से हिलने और झटके खाने लगा, लेकिन पानी अब फ़र्श पर नहीं भर रहा था। उन्होंने ऊपर देखा और पाया कि वह छत भी वापस ऊपर की ओर उठने लगी थी।

"जारी रखो," कॉलिन चिल्लाया, "हमें इसको वापस इसकी जगह तक पहुँचाना होगा। तभी वह अदृश्य पुल भी इस कमरे के फ़र्श के समतल स्तर पर आ पाएगा।"

विजय ने सिर हिलाया। खंभों को धक्का देते-देते उनके कंधे और हाथ जल रहे थे, लेकिन वे तब भी लगे रहे।

लगा जैसे अनंत काल बीत गया हो, तब जाकर खंभों का वह चक्र काँपा और रुक गया। दोनों आदमी हाँफते हुए उन खंभों से पीठ टिकाकर बैठ गए।

"मैं एक चीज़ कहूँगा," अब जबकि उनकी अग्नि-परीक्षा समाप्त हो चुकी थी, कॉलिन ने अपने दिमाग़ी संतुलन और खुशमिजाज़ी को वापस हासिल करते हुए कहा। "ये न्यू ज़ीलैंड की बंजी जम्पिंग को मात देने वाली चीज़ है।"

"मानता हूँ," विजय ने भी मुस्कराकर कहा। "इसके पहले कि कुछ और अनहोनी हो, हमें यहाँ से निकल लेना चाहिए।"

"लेकिन अब हम क्या करें? फ़ारूख़ के पास वापस चलें?"

विजय ने कंधे झटके। "साफ़ कहूँ तो मैं नहीं जानता कि अब और कुछ भी ऐसा बचा है जो हम कर सकते हों।"

वे उठे और दरवाज़े से बाहर आ गए। वे अपनी आज़ादी का जश्न मनाने के लिए ठहरे नहीं बल्कि आज़ाद होने की ख़ुशी से भरकर तेज़ी से सुरंग की ओर भागे।

सुरंग से बाहर आने पर जब वे बुरी तरह हाँफ रहे थे, कॉलिन ने विजय की बाँह थाम कर उस दूसरे मेहराबदार दरवाज़े की ओर इशारा किया जिसे उन्होंने पहले बेकार समझकर छोड़ दिया था। जिस दौरान वे उस मायावी कंदरा के भीतर थे उस दौरान कुछ हुआ था। अब वह दूसरा मेहराबदार दरवाज़ा चट्टान में उकेरा हुआ नहीं था। उसमें अब एक बड़ा रास्ता खुल गया था। यहाँ से एक दूसरी सुरंग के लिए रास्ता जाता था; वह प्रवेश-द्वार किसी कारण पहले छिपा हुआ था और अब खुल गया था।

"तुम्हें नहीं लगता कि उस चक्र के घूमने का कोई संबंध इस दरवाज़े के खुलने से है?" कॉलिन ने पूछा।

विजय ने सिर हिलाया, वह अब उत्साहित हो उठा था। "मैं नहीं जानता कि क्या हुआ है, लेकिन एक बात साफ़ है कि इस दरवाज़े को खोलने का एक मात्र तरीक़ा उस कंदरा में जाना ही था। नौ के संगठन

द्वारा ली जाने वाली यह एक और परीक्षा है, यह सुनिश्चित करने के लिए उनका रहस्य महफ़ूज़ रह सके।"

उन्होंने उस दूसरे दरवाज़े में प्रवेश किया। जिस सुरंग में वे अब थे वह चौड़ी किंतु पथरीली थी। उसमें बारबार अंधे मोड़ आ रहे थे और जल्दी ही उन्होंने अपना दिशाबोध खो दिया। कुछ देर बाद वह गलियारा ऊपर की ओर जाने लगा और सहसा एक छोटे पथरीले कक्ष में जाकर समाप्त हो गया जिसमें पत्थर पर उकेरी गई एक सीढ़ी थी।

वे सावधानी के साथ, किसी भी आकस्मिक घटना के प्रति चौकन्ने, कक्ष में चारों ओर अपनी-अपनी टॉर्चों की रोशनियाँ फेंकते हुए आगे बढ़ते रहे। कक्ष में किसी भी तरह की सजावट या उत्कीर्णन नहीं थे।

क्या रहस्य को पाने के उनके सफ़र का यह आख़िरी मुक़ाम था?

बढ़ती हुई उत्तेजना के साथ वे सीढ़ियाँ चढ़ने लगे। ऊपर क्या मिलने वाला था इसका उन्हें कोई अनुमान नहीं था।

उन्हें निराशा हुई जब वे एक और सुरंग में जा पहुँचे जो एक सिरे पर पत्थर की दीवार से बंद थी।

"ज़मीन के अंदर रहते-रहते मैं तंग आ चुका हूँ," कॉलिन बड़बड़ाया।

विजय मुस्करा दिया। ज़मीन की सतह से इस क़दर गहराई में होने का बोध सुखद तो नहीं ही था। लेकिन उनके पास कोई और विकल्प भी नहीं था। उन्हें बढ़ते रहना ज़रूरी था।

उनको ज़बरदस्त आश्चर्य हुआ जब कुछ ही क़दम चलने के बाद वह गलियारा धीमी रोशनी से जीवंत हो उठा। अपनी उत्तेजना पर क़ाबू पाने में असमर्थ उन्होंने एक दूसरे की ओर देखा। दोनों एकसाथ बोल पड़े।

"ये वही गलियारा है जिसका ब्यौरा सूरसेन ने अपनी पांडुलिपि में दिया है।"

"ये वही गलियारा है जो पहाड़ी के सुराख़ से नौ की कंदरा तक जाता है।"

जब उन्हें यह अहसास हुआ कि वे नौ के रहस्य का पता लगाने के कितने क़रीब थे तो दोनों आदमी हँस दिए।

"दौड़ो। मैं शर्त लगा सकता हूँ कि तुम्हें हरा दूँगा।" इस ख़याल से उत्साहित होकर कि वे अंततः अपने लक्ष्य के एकदम क़रीब थे, विजय की ऊर्जा फिर से वापस लौट आई थी।

दोनों आदमी दिलेर थे और दोनों ही एकसाथ उस मेहराबदार दरवाज़े से अंदर घुस गए जो सुरंग के सिरे पर था।

वे एक झटके से रुके और विस्मय से भरकर अपने चारों ओर देखने लगे। वे एक विशालकाय कंदरा में थे जो उसी तरह धीमी रोशनी से रोशन थी जिस तरह वह गलियारा था। कंदरा की अंदरूनी छत बहुत ऊँची थी, उनके सिर से शायद तीन या चार सौ फुट ऊँची। कंदरा की गहराई नापना मुश्किल था। वह हर दिशा में फैली हुई थी, पूरी संभावना थी कि वह पहाड़ी की लंबाई में फैली थी। वे कह नहीं सकते थे कि वह मनुष्यों की बनाई हुई थी या कुदरती थी, लेकिन उसे देखकर दोनों की साँसें थम गईं।

लेकिन जिस चीज़ ने उनको हिलाकर रख दिया था वह उस कंदरा का आकार भर नहीं था। नौ का रहस्य उनकी आँखों के सामने था, अपनी पूरी महिमा में उजागर।

उन्होंने विमान पर्व के माध्यम से उस किंवदंती को सुन रखा था। वे आवरण की अदृश्यता से भी परिचित थे। लेकिन इनमें से कोई भी जानकारी ऐसी नहीं थी जो उस दृश्य के लिए तैयार कर सकती जो इस वक़्त उनकी नज़रों के सामने था। ये वही दृश्य था जिसने सूरसेन को विस्मय से भर दिया था जब उसने 2300 साल पहले इस कंदरा में क़दम रखा था।

हताशा!

स्तूप के नीचे के कक्ष में फ़ारूख़, मर्फ़ी और एलईटी के आदमी इंतज़ार किए जा रहे थे। विजय और कॉलिन को गए हुए एक घंटा बीत चुका था।

फ़ारूख़ के लिए यह वक़्त बड़ी मुश्किल से बीता था जो पिंजरे में बंद बाघ की तरह उस कक्ष में टहल रहा था। इस तथ्य से तालमेल बिठा पाने में असमर्थ कि घटनाक्रम पर उसका कोई वश नहीं था, क्रोध और तनाव से उसका चेहरा काला पड़ गया था। उसको इस बात से नफ़रत हो रही थी कि सुराग़ों को हल करने, छंदों और उत्कीर्ण इबारतों के मतलब समझने

और आगे की कार्रवाइयों को समझने के मामले में उसको विजय और उसके दोस्त के ऊपर निर्भर रहना पड़ा था। मर्फ़ी की मौजूदगी से उसकी कुंठा और बढ़ गई थी; उसे मर्फ़ी से सिर्फ़ इस वजह से सुलह करनी पड़ी थी कि मर्फ़ी को उन लोगों ने काम पर लगाया हुआ था जिनके साथ साझेदारी में वह काम कर रहा था।

अब, विजय और कॉलिन ग़ायब थे। उसे इस बात की परवाह नहीं थी कि उनके साथ क्या हो गया हो सकता था। उसकी चिंता यह थी कि उनका नदारद हो जाना उसकी मुहिम की कामयाबी पर किस तरह का असर डाल सकता था।

"कहाँ हैं ये लोग?" वह शुक्ला पर गरजा।

"वे वापस आएँगे," उसने सतर्कतापूर्वक जवाब दिया। उसे विजय और कॉलिन की चिंता हो रही थी। लेकिन वह फ़ारूख़ के साफ़ दिखाई देते गुस्से से भी डरा हुआ था। "अगर हम धीरज से काम लें –"

"धीरज ही तो मैं अब बरत नहीं सकता। तुम और तुम्हारे दोस्त मुझे मुसीबत ही तो साबित हुए हैं।"

"वे किसी मुश्किल में फँस गए होंगे," इस डर से उसने अपने स्वर को मद्धिम रखते हुए प्रतिवाद किया कि कहीं वह पाकिस्तानी के गुस्से को और न भड़का दे। "बेहतर होता कि हम सब साथ ही गए होते।"

फ़ारूख़ ने उसकी बात को भलमनसाहत के साथ नहीं लिया क्योंकि उसे लगा जैसे वह विजय को आगे भेजने के उसके फ़ैसले के लिए चुनौती दे रहा हो।

"तुमको लगता है कि मैंने ग़लती की है?" उसने घुड़कते हुए कहा। "इसलिए उनके ग़ायब हो जाने के लिए मैं ज़िम्मेदार हूँ?"

"नहीं, मेरे कहने का मतलब ये था कि," शुक्ला ने कहना शुरू किया और यह महसूस करते हुए कि फ़ारूख़ का गुस्सा चरम पर पहुँच रहा था वह कुछ क़दम पीछे की ओर हट गया।

लेकिन तब तक बहुत देर हो चुकी थी। फ़ारूख़ अपने तनाव, हताशा और गुस्से को किसी तरह क़ाबू कर रहा था और अब अपनी भड़ास

निकालने का मौक़ा पाकर वह ज्वालामुखी की तरह फट पड़ा। वह तेज़ी से शुक्ला की ओर बढ़ा और अपनी बंदूक से उसके चेहरे और शरीर पर तब तक आघात करता रहा जब तक कि वह बूढ़ा उस वहशी हमले से विवश होकर ज़मीन पर नहीं गिर पड़ा। इसके बाद उसने उसकी ओर बंदूक तान दी।

कुछ पलों तक माहौल पर ख़ामोशी मौत की तरह पसरी रही जिस दौरान वह वैज्ञानिक बंदूक की नली के नीचे उस दयनीय अध्येता की ओर आँखें तरेरता घूरता रहा। बाक़ी लोगों के लिए यह बात चमत्कार से कम नहीं जान पड़ी जब फ़ारूख़ ने आख़िरकार बंदूक को झुकाया और एक ओर फेंक दिया।

उसका उबाल ठंडा पड़ गया था। मर्फ़ी के शब्द उस पाकिस्तानी के दिमाग़ में गूँज उठे। अगर विजय नौ के संगठन द्वारा बिछाए गए किसी जाल का शिकार हो गया तो सही दिशा दिखाने में उसको शुक्ला की ज़रूरत पड़ सकती थी। वह उसे मार नहीं सकता था। अभी नहीं। तब तक नहीं जब तक कि उसको पक्का भरोसा न हो जाता कि शुक्ला किसी काम का नहीं था।

"चलो हम आगे बढ़ते हैं," फ़ारूख़ गुर्राया। "अगर उन दोनों ने वहाँ खुद को ख़त्म कर डाला है तो यह उनकी बदक़िस्मती है। अगर उन्होंने ऐसा नहीं किया है तो हम उनको ढूँढ़ निकालेंगे और मेरा हुक्म न मानने के लिए उनका क़त्ल कर देंगे।"

एलईटी के दो आदमियों ने शुक्ला के खड़े होने में उसकी मदद की और दर्द से उसका मुँह टेढ़ा हो उठा। उसके चेहरे और सिर से ख़ून बह कर उसके कपड़ों को दाग़ युक्त कर रहा था।

फ़ारूख़ ने अपने आदमियों को पीछे आने का इशारा किया और बीच वाले मेहराबदार द्वार से तेज़ी से आगे चल पड़ा।

45

सीतागढ़ पहाड़ी

फ़ारूख़ दो मेहराबदार दरवाज़ों के सामने खड़ा भेंगी नज़रों से उनके ऊपर उकेरी गई इबारतों को देखने लगा।

और पहेलियाँ।

अब वह बारबार की इन पहेलियों से तंग आने आने लगा था। वह रहस्य को अपनी मुट्ठी में कर लेना चाहता था, लेकिन क़दम-क़दम पर नौ के संगठन द्वारा बिछाई गई पहेलियों से चकराया हुआ था।

अपनी हताशा को क़ाबू करने के लिए जूझते हुए फ़ारूख़ ने दाँत पीसे। वह एक वैज्ञानिक था और तब भी वह यहाँ एक ऐसे खेल में लगा हुआ था जैसे कोई दस बरस का बच्चा ख़ज़ाने की खोज कर रहा हो। उसने अपने होंठों पर जीभ फेरी और इस ख़याल से सांत्वना हासिल की कि जल्द ही इसका अंत होगा। वह शुक्ला की ओर मुड़ा जो ख़ुद भी उन इबारतों को ग़ौर से देख रहा था।

"तो?" फ़ारूख़ अपने पुट्ठों पर हाथ रखे इंतज़ार करता हुआ उस अध्येता के सामने खड़ा था।

"ये इबारत कहती है कि हम अपनी परीक्षा की आख़िरी मंज़िल पर आ गए हैं। अगर हम इसमें कामयाबी हासिल कर लेते हैं तो हम अपने आपको योग्य साबित कर देंगे। अगर हम नाकामयाब रहे तो हमारा अंत निश्चित है।" शुक्ला ने दीवार से सिर टिकाए हुए रुक-रुक कर कहा।

फ़ारूख़ ने माथा सिकोड़ा। "ये कोई बड़ा सुराग़ नहीं है।"

शुक्ला ने कमज़ोर से ढंग से इंकार में सिर हिलाया। उसे ज़रा भी हिलने-डुलने से दर्द हो रहा था। "इसमें और भी कुछ है। दोनों दरवाज़ों पर अलग-अलग इबारतें हैं। बाएँ के ऊपर माया खुदा हुआ है। दूसरे के ऊपर सत्य।"

"और?"

शुक्ला ने गहरी साँस ली। बोलते हुए उसकी साँस तक़लीफ़ दे रही थी। "मोटे तौर पर तरजुमा करें तो माया का मतलब है भ्रम। सत्य का मतलब है सच्चाई। विक्रम के ईमेल के मुताबिक़ हमें सत्य के रास्ते पर चलना चाहिए न कि माया के।"

ये शब्द बोलते हुए शुक्ला के चेहरे पर दहशत की छाया दौड़ गई क्योंकि उसके मन में एक ख़याल आया जिससे पल भर को अपनी पीड़ा को भूल गया।

"हे ईश्वर," वह फुसफुसाया। "उम्मीद है, विजय और कॉलिन ने सही दरवाज़े का चुनाव किया होगा।"

"ख़ैर, अगर उन्होंने नहीं किया तो ये उनकी बदक़िस्मती है।" फ़ारूख़ के लिए इसका कुल इतना मतलब था कि उसकी यात्रा के इंतज़ाम में दो लोग कम हो गए। उन इबारतों के कहे मुताबिक़ उसे लग रहा था कि अब उसको किसी की ज़रूरत नहीं थी। अगर यह आख़िरी इबारत थी तो शुक्ला की भी ज़रूरत नहीं थी और विजय तथा कॉलिन की तो नहीं ही थी।

"इसको यहीं छोड़ दो," उसने दो आदमियों की ओर इशारा करते हुए हुक्म दिया। "तुम दोनों इसके साथ यही रुकोगे, बाक़ी हम लोग आगे जाकर वह इनाम हासिल करते हैं।"

बिना एक भी और शब्द बोले वह मुड़ा और बाक़ी लोगों को अपने पीछे लिए दाएँ द्वार से अंदर घुस गया। उन्हें इसकी जानकारी नहीं थी लेकिन विजय और कॉलिन कुछ ही मिनट पहले इसी दरवाज़े से अंदर गए थे।

गहरी तलाश में

इमरान और कमांडो ज़मीन के उस सुराख़ की ओर घूर रहे थे। वर्मा ने इशारा किया और कमांडो तत्क्षण इकट्ठे होकर सीढ़ियाँ उतर गए। फ़िलहाल वे

उस बाहरी कक्ष में जा पहुँचे जहाँ एलईटी के लड़ाकू लंबे समय तक खड़े रहे थे। इमरान राधा और वर्मा के साथ उन नौ मेहराबदार दरवाज़ों के सामने खड़ा उनपर खुदी इबारतों पर ग़ौर कर रहा था।

"किस रास्ते?" वर्मा फुसफुसाया।

इमरान ने कंधे झटके। "मुझे बिलकुल नहीं सूझता," उसने भी फुसफुसाकर जवाब दिया।

"काश कि पापा हमारे साथ होते," राधा फुसफुसाई। "उनको मालूम होता।"

इमरान ने सिर हिलाया। "इसमें शक नहीं कि एलईटी के आदमियों ने उनका भरपूर इस्तेमाल किया है।"

"हम क्या करें?" वर्मा ने आग्रह किया। "हम वक़्त खोते जा रहे हैं।"

पहली फ़तह

शुक्ला दीवार से टिका बैठा अपने दिमाग़ को उस जानलेवा दर्द से हटाने की कोशिश कर रहा था जो उसकी समूची काया को झकझोर रहा था। एलईटी के दोनों आदमी उसकी बग़ल में उदास और ख़ामोश खड़े थे। वे इस तरह पीछे छोड़ दिए जाने से झल्लाए हुए थे। उन्हें समझ में नहीं आ रहा था कि फ़ारूख़ ने इस बूढ़े आदमी को ख़त्म क्यों नहीं कर दिया था। लेकिन उन्होंने उसके साथ बहस करने का दुस्साहस नहीं किया था। सहसा उनमें से एक ने अपना सिर उठाया।

"क्या तुमने कोई आवाज़ सुनी?" उसने दूसरे आदमी से अरबी में पूछा।

"नहीं। क्या?"

"मुझे ऐसा लगा जैसे मुझे कुछ आवाज़ें सुनाई दी हों। क्या तुम्हें लगता है कि कोई जंगल में रहा हो जिसको यहाँ घुसने का रास्ता मिल गया हो?"

दूसरा आदमी हँस दिया। "इस वक़्त जंगल में कौन भटक रहा होगा?"

"मेरा ख़याल है, मुझे जाकर देखना चाहिए।"

उसके साथी ने गहरी साँस ली। "जाओ। जैसा तुम्हें ठीक लगे, नासिर। लेकिन टॉर्च मेरे पास रहेगी। मैं नहीं चाहता यह आदमी अँधेरे में भाग जाए। अगर हमने इसको खो दिया तो फ़ारूख़ हमारी चमड़ी उधेड़ देगा।"

नासिर वापस उस सुरंग में चला गया जो नौ दरवाज़ों और उसके परे के कक्ष में जाती थी। शायद ये उसका दिमाग़ था जो उसके साथ खिलवाड़ कर रहा था। लेकिन वह निश्चित होना चाहता था। अगर उसका शक सही था और वहाँ वाक़ई कोई था तो फ़ारूख़ इस चूक के लिए उसको माफ़ नहीं करेगा।

वह दरवाज़े तक पहुँचकर रुक गया और कुछ देर इंतज़ार करने लगा। टॉर्च उसके साथी के हाथ में थी और उसकी रोशनी सुरंग के इस सिरे तक बमुश्किल पहुँच पा रही थी। कंदरा यूँ अँधेरे में डूबी हुई और ख़ामोश थी जैसे कोई दैत्य साँस रोके अपने शिकार की प्रतीक्षा कर रहा हो।

उसको मौत का ख़ौफ़ नहीं था। लेकिन कक्ष के अँधेरे में ऐसा कुछ था जिससे उसके पैर काँप रहे थे। वह फिर से आगे बढ़ा और मुख्य कक्ष में जा पहुँचा। चारों ओर फैले अँधेरे ने उसका स्वागत किया और किसी कफ़न की तरह उसको ढँक लिया।

एलईटी का वह लड़ाकू जैसे ही बीच वाले द्वार से नमूदार हुआ, रात में देख सकने वाले चश्मे पहने कमांडो ने उसको आश्चर्य से देखा। वे उसे देख सकते थे लेकिन वह अँधेरे के सामने एकदम अंधा था और दीवार को टटोलते हुए अपना रास्ता पहचानने की कोशिश कर रहा था।

उन्होंने फुर्ती से कार्रवाई की। वर्मा ने एक इशारा किया और एक कमांडो दबे पाँव एलईटी के उस बदक़िस्मत आदमी के पास पहुँच गया। उसने उसको चाकू घोंपा और इसके पहले कि वह कोई आवाज़ करे उसका मुँह बंद कर दिया।

अब उन्हें मालूम था कि नौ में से किस दरवाज़े से उन्हें अंदर जाना था। कमांडो फुर्ती के साथ उस सुरंग से गुज़रते हुए टॉर्च की उस धीमी रोशनी की ओर बढ़ते गए जो शुक्ला पर पहरा दे रहे आदमी के पास थी। वे आगे सरकते गए और उनको दरवाज़ों का वह दूसरा जोड़ा दिखाई दिया। टॉर्च की रोशनी में शुक्ला की घुटनों पर झुकी आकृति और एलईटी के दूसरे लड़ाके को साफ़ देखा जा सकता था।

राधा अपने को रोक नहीं सकी और अपने पिता की वह हालत देखकर सदमे से उसकी हिचकी निकल गई।

उस आवाज़ को सुनकर एलईटी के उस आदमी ने आश्चर्य से सिर उठाकर देखा।

जैसे ही उसको स्थिति का अहसास हुआ उसकी पहली प्रतिक्रिया चौंकने की हुई। इसके बाद उसने गोली चलाने के लिए अपना हथियार उठाया।

लेकिन वर्मा उससे कहीं फुर्तीला था। हवा में तैरती चाकू की धार टॉर्च की रोशनी में चमकी और एलईटी के उस लड़ाकू के सीने में धँस गई। वह पीठ के बल गिरा। उसकी अँगुली, जो कि उसकी बंदूक के घोड़े पर थी, अनायास ही काँपी और उसकी बंदूक कड़कड़ा उठी।

इसके बाद ख़ामोशी छा गई। कमांडो ने एक दूसरे की ओर देखा। उनके सबके दिमाग़ में एक ही बात थी। क्या उस बंदूक की आवाज़ दूसरे आतंकवादियों तक पहुँची थी?

राधा तेज़ी से अपने पिता की ओर भागी। "क्या हुआ?" अपने पिता की हालत पर ग़ौर करते हुए सदमे से उसकी आवाज़ काँप उठी।

शुक्ला उसको और कमांडो को देखकर प्रफुल्लित हो उठा। उसे लगा कि इसके पहले कि फ़ारूख़ अपने लक्ष्य तक पहुँचे उसको रोकने का यह, फीका ही सही, एक मौक़ा था। इन ख़यालों से जैसे उसको नई ऊर्जा मिल रही थी। उसने बताया कि फ़ारूख़ ने किस तरह उसको चोट पहुँचाई थी।

"तुम अनुमान नहीं लगा सकती कि मैं तुमको देखकर कितना ख़ुश हूँ, लेकिन हमें जल्दी करनी होगी। फ़ारूख़ और उसके आदमी उस रास्ते से गए हैं।" उसने दाएँ हाथ के दरवाज़े की ओर इशारा किया। "और ग्रेग वाइट एक ढोंगी है। उसका असली नाम मर्फ़ी है।"

"विजय और कॉलिन कहाँ हैं?" राधा ने चिंतित होकर पूछा।

शुक्ला ने अपनी नज़रें चुराईं। "वे लोग हमें बाहर के कक्ष में छोड़कर इस सुरंग में आए थे। उसके बाद से हमने उनको नहीं देखा है।" उनके स्वर में चिंता की लकीर थी, हालाँकि अपनी बेटी को सुरक्षित देखकर उसके चेहरे पर राहत का भाव साफ़ ज़ाहिर था।

वर्मा ने चारों ओर देखा। "ओके लड़कों," वह अपने आदमियों की ओर मुख़ातिब हुआ। "हम आगे बढ़ते हैं। अब हमें मुख्य आदमियों से निपटना होगा। वे बिना लड़े हथियार नहीं डालेंगे।"

"हम डॉ. शुक्ला को लेकर ऊपर मुख्य कक्ष में और फिर सीढ़ियों से ऊपर जाते हैं," इमरान ने कहा।

"मैं जंगल में वापस जाने वाला नहीं हूँ," शुक्ला ने विरोध जताया। "मैं भी आप लोगों के साथ चलूँगा।"

वर्मा ने उसकी ओर देखा। "डॉ. शुक्ला, मेरा इरादा असभ्यता से पेश आने का नहीं है, लेकिन यहाँ से आगे का यह पूरा अभियान पूरी तरह से सेना का अभियान है और हम इसमें नागरिकों को शामिल नहीं कर सकते। मेरे आदमियों को काम करना होगा और अगर उन्हें आपका ध्यान रखना पड़ा तो वे अपना काम ठीक से नहीं कर पाएँगे।"

शुक्ला उन लोगों के साथ जाने की तीखी लालसा मन में लिए पल भर को स्थिर खड़ा रहा। वह नौ के रहस्य को अपनी आँखों से देखने के इतने क़रीब था; एक ऐसा रहस्य जो हज़ारों साल से छिपा हुआ था। लेकिन उसे वर्मा के शब्दों में निहित सच्चाई का अहसास हुआ और उसने सहमति में सिर हिला दिया।

वर्मा ने अपने दो आदमियों को इशारा किया। "तुम इन लोगों के साथ जाओगे। जंगल में हमारा इंतज़ार करो।"

वे आदमी शुक्ला को सहारा देते हुए वापस सुरंग की ओर चले गए। इमरान और राधा भी उनके साथ चले गए। बाक़ी कमांडो वर्मा के पीछे उस द्वार से अंदर चले गए जिसके ऊपर सत्य उकेरा हुआ था।

46

सीतागढ़ पहाड़ी

विजय और कॉलिन मुँह बाये देखते रहे। नौ के रहस्य के बारे में वे जो कुछ जानते थे उसके चलते उन्होंने वहाँ पर ऐसे किसी पुस्तकालय की कल्पना की थी जिसमें दस्तावेज़ और रूपरेखाएँ होते; ऐसी पांडुलिपियाँ जो यह ब्यौरा देतीं कि उस अदृश्यता आवरण को किस तरह तैयार किया जा सकता था जिसका वर्णन फ़ारूख़ ने किया था।

जो दृश्य उनके सामने था उसमें ऐसा कुछ भी नहीं था।

उनकी बाईं तरफ़, कंदरा की दीवार की लंबाई में, जहाँ तक उनकी नज़र जाती थी, धातु के बने सिलेंडर आड़े किए हुए रखे थे; ये सभी सिलेंडर उसी धातु से बने लगते थे जिससे वह डिस्क बनाई गई थी जिसपर इबारत उकेरी हुई थी। सामने की तरफ़, उनकी दाईं ओर कंदरा ज़्यादातर ख़ाली थी, वहाँ सिर्फ़ जहाँ-तहाँ पत्थर के ब्लॉक बिखरे हुए थे। प्रवेश-द्वार से जुड़े हुए दीवार के एक हिस्से में खोखली कोठरियाँ थीं जिनमें उसी काली धातु से बने हुए फलक करीने से जमे हुए थे।

सिलेंडर सिगार के आकार के थे जिनका एक सिरा बंद था और दूसरा सिरा शंकु की नोक के आकार का था। प्रत्येक सिलेंडर के मध्य भाग में छह पहिये थे जो सिलेंडर की लंबाई में दो-दो के जोड़े में क्रम से लगे हुए थे। इस तरह की कोई सौ मशीनें वहाँ थीं। वे दोनों आदमी कंदरा में भटक रहे थे और उनको अपनी आँखों पर विश्वास नहीं आ रहा था।

"हे ईश्वर!" कॉलिन ने हाँफते हुए कहा। "अब ये मत कहना।"

विजय ने विस्मय से सिर हिलाया। उन दोनों ने उस चीज़ के बारे में अनुमान लगाया जो वे देख रहे थे।

"विमान पर्व," उसने हलके से कहा। "ये वे विमान हैं जो मगध के राजा ने पांडवों को परास्त करने के लिए गढ़े थे।"

कॉलिन ने उन विमानों की ओर देखा। उनमें कोई चीज़ ऐसी थी जो अजीब थी, और जो आश्चर्यजनक रूप से जानी-पहचानी लगती थी, लेकिन वह उसपर अँगुली नहीं रख पा रहा था।

वे दोनों उन मशीनों को देखते हुए आगे बढ़ते रहे। उन्हें बने हुए जितना समय गुज़र चुका था उसको देखते हुए वे बहुत मज़बूत जान पड़ती थीं, और उनपर ज़ंग का नामोनिशान नहीं था।

"क्या तुम कल्पना कर सकते हो," विजय ने उत्तेजित स्वर में कहा। "ऐसे विमान जो हज़ारों साल पुराने हैं। मैं तो ये सोच रहा हूँ कि वे लोग इनके लिए किस ईंधन का इस्तेमाल करते होंगे।"

सहसा कॉलिन को सूझा। "उनमें कोई कॉकपिट नहीं है," उसने मशीनों को ग़ौर से देखते हुए कहा। "और न कोई खड़ा स्टेबलाइज़र है। बस पीछे वे दो चीज़ें हैं जिन्हें न जाने क्या कहते हैं।"

"तुम समझे नहीं? वे सामान्य विमानों की बजाय बिना पायलटों वाले ड्रोन प्रतीत होते हैं। मैं दावे से कह सकता हूँ कि वे विस्फोटक वारहैड से लैस होंगे।"

"तुम्हारा कहना सही है," विजय ने अपने क़रीब वाले विमान का निरीक्षण करते हुए कहा। "तो ये है वह तरीक़ा जिससे वे पायलट को अंधा बना देने वाले अदृश्यता आवरण की समस्या से निपटे होंगे। अगर पायलट ही नहीं होगा तो आपको इस समस्या को लेकर परेशान होने की ज़रूरत ही नहीं है।" उसने कॉलिन की ओर देखा। "हज़ारों साल पहले युद्ध-क्षेत्र में उड़ते हुए स्टेल्थ बमवर्षकों की तरह के रिमोट-कंट्रोल्ड ड्रोन? प्रागैतिहासिक युगों में इस क़िस्म की टेक्नोलॉजी के वुजूद की कैसे कोई कैफ़ियत दे सकता है?"

"मगध के राजा ने निश्चय ही अपने विमानों को खुफ़िया शस्त्रों से लैस नहीं किया था, जैसा कि उस पुस्तक में कहा गया है," कॉलिन ने हँसते हुए कहा। "आख़िरकार हम उन्हें देख सकते हैं। अगर उनमें अदृश्यता आवरण होता, तो हमें उनके यहाँ पर होने का पता ही नहीं चल पाता।"

"ये मौजूँ नहीं है," एक आवाज़ ने उनको टोका और उन्होंने मुड़कर देखा तो वहाँ दरवाज़े पर फ़ारूख़ खड़ा था। "उनके पास आवरण था या नहीं था यह ज़रूरी नहीं है। कौन जानता है कि इतनी शताब्दियाँ बीत जाने के बाद टीन के ये कनस्तर उड़ा भी सकते हैं या नहीं।" उसका स्वर ऊँचा उठा। "ज़रूरी चीज़ रूपरेखा है, आवरण तैयार करने के लिए इस डिज़ाइन का महत्त्व है। यह शस्त्र अब एलईटी का होगा।"

वह ख़ुशी से झूमता कंदरा में अकड़ता हुआ घुस पड़ा। विजय और कॉलिन को जीवित देखकर अगर उसको आश्चर्य हुआ था तो उसने वह ज़ाहिर नहीं किया। उसका पूरा ध्यान कंदरा की उस चीज़ पर था जो कंदरा में उसको मिल गई थी। उसकी योजना कामयाब रही थी, उसकी मुहिम पूरी हुई थी। नौ का गुप्त अस्त्र अब उसका था।

विजय का दिमाग़ तेज़ी से चल पड़ा। यह अभी या फिर कभी नहीं की स्थिति थी। फ़ारूख़ से मुख़ातिब होते हुए उसने कहा, "अब तुम हमें जाने दे सकते हो। तुम जो चाहते थे वह तुम्हें मिल चुका है।" इन शब्दों को बोलते हुए उसके पेट में एक गाँठ-सी पड़ गई। एलईटी को वह मिल चुका था जो वह चाहता था। और उसने, यानी विजय ने, इस इनाम को हासिल करने में उनकी मदद की थी। लेकिन उसके पास कोई विकल्प नहीं था! एलईटी के सारे आदमी और मर्फ़ी इस वक़्त कंदरा में थे लेकिन शुक्ला उसे कहीं दिखाई नहीं दे रहा था।

"महफ़ूज हाथों में है," फ़ारूख़ मुस्कराया। फिर वह अपने आदमियों की ओर मुड़ा और चिल्लाया। "यहाँ जितने भी फलक हैं मैं उनकी पूरी फ़ेहरिस्त चाहता हूँ, इसके बाद ही हम इनको लादेंगे। अगर यहाँ से जल्दी निकलना चाहते हो तो फुर्ती करो।"

एलईटी के कुछ लोगों ने घबराई हुई नज़रों से ऊपर की ओर देखा। यह तथ्य कि एक पहाड़ी उनके सिर के ठीक ऊपर खड़ी थी, एक दहला देने वाला ख़याल था। साफ़ ज़ाहिर था कि उनमें से कुछ लोग एक अनजाना दमघोंटूपन महसूस कर रहे थे, जैसे पहाड़ी का सारा वज़न धीरे-धीरे, पर पक्के तौर पर उनपर पड़ रहा हो और उन्हें कुचले डाल रहा हो।

एक आदमी ने अपने डफ़ल बैग उठाए और उस सुरंग में ग़ायब हो गया जो उस कंदरा में आने-जाने का एकमात्र रास्ता था।

विजय की ज़बान फिर से खुली। "ठीक है," उसने कहा। "अब तुम्हें हमारी ज़रूरत नहीं है। अब हमें जाने दो।"

फ़ारूख़ का चेहरा एक क्रूर मुस्कराहट से ऐंठ गया। सुरंग के दरवाज़े की दिशा से एक ज़ोरदार विस्फोट की आवाज़ हुई और उसी के साथ पत्थरों के गिरने की आवाज़ें सुनाई दीं।

"हमने असली मेन गेट को धमाके से खोल दिया है, उसे जिसे नौ के ऑर्गनाइज़ेशन ने बंद कर रखा था," फ़ारूख़ ने बताया। सब कुछ जिस तरह चल रहा था उससे वह बेहद आह्लादित था। "एक कंट्रोल्ड धमाका; इस तरह कि हमें उतनी खुली जगह मिल जाए जितने की हमें ज़रूरत है और पहाड़ी भी हमारे ऊपर न गिरे। हम जिस रास्ते आए थे उससे यह सारा सामान लेकर नहीं जा सकते थे।"

एक आदमी कंदरा के दूसरे सिरे से चिल्लाया और फ़ारूख़ यह जानने को उसकी ओर भागा कि उसको क्या मिल गया था। आनंद की एक लहर उसके चेहरे पर दौड़ गई।

"हमें वे मिल गए!" उसने चिल्लाकर अपने आदमियों से कहा। "एलईटी के आगे के हथियारों के लिए डिज़ाइन।"

एलईटी के आदमी एक साथ ख़ुशी से चिल्ला उठे। विजय फ़ारूख़ के पास पहुँचा। "हमें जाने दो। अब तुम्हें रहस्य मिल गया है, हम तुम्हारे रास्ते में कोई बाधा डालने वाले नहीं हैं।"

"ओह, हाँ, ये बात है," फ़ारूख़ बनावटी ढंग से मुस्कराया। विजय को आज़ादी के लिए घिघियाते देख वह ख़ुश हो रहा था। "तुम कहीं जाने वाले नहीं हो। तुम्हें यह लगा भी कैसे कि मैं तुम्हें जाने दूँगा।"

इस पूरे दौरान विजय क्षीण-सी ही सही यह उम्मीद पाले रहा था कि मुमकिन था कि रहस्य हाथ लग जाने के बाद वह उन्हें छोड़ दे। अब उसे यह बात समझ में आ गई कि फ़ारूख़ का हमेशा से यह इरादा रहा था कि एक बार उनकी उपयोगिता समाप्त हो जाने के बाद वह उनको ख़त्म कर दे।

"देखो," फ़ारूख़ ने कहा, "जब मैंने ये कहा था कि तुम मरोगे, तब मैंने सही कहा था। अब जबकि तुम्हारे दोस्त भी यहीं पर हैं, वे भी तुम्हारे साथ ही मरेंगे।"

विजय ने अपने अंदर एक उबाल महसूस किया। पूरे समय से वह खुद को ये सांत्वना देता आया था कि उसने एलईटी की मदद की ही इसलिए थी कि वह अपने दोस्तों के प्राण बचा सकेगा। अब, वह इस कड़वी सच्चाई का सामना कर रहा था कि वे मरने को अभिशप्त थे। उसने उम्मीद लगा रखी थी कि राधा किसी तरह बच गई होगी। लेकिन वह ग़लत था। राधा मर चुकी थी। जिस स्त्री से उसको प्रेम हो गया था वह मर चुकी थी! अब इस स्थिति से निकलने का कोई रास्ता नहीं था। अब उसके बचे रहने का मतलब भी क्या था?

अपनी दुर्दशा की इस हताशा से चोट खाकर उसके अंदर कोई चीज़ तड़क गई। एक अभिशप्त इंसान की तरह, जिसके पास खोने के लिए कुछ नहीं था, उसका विवेक जाता रहा और उसके क्रोध ने उसको अपनी गिरफ़्त में ले लिया। एक गुर्राहट के साथ वह फ़ारूख़ पर झपट पड़ा और उस पाकिस्तानी वैज्ञानिक के ऊपर घूँसे बरसाने लगा। एलईटी के आदमी और मर्फ़ी इस नज़ारे को देख चौंक पड़े, यहाँ तक कि कॉलिन भी सकते में आ गया। विजय के प्रहारों को न झेल पाता हुआ फ़ारूख़ ज़मीन पर गिर पड़ा।

एलईटी के लोग इस आकस्मिक झटके से उबरे और तेज़ी से फ़ारूख़ के बचाव के लिए आगे बढ़े। उन्होंने विजय और फ़ारूख़ को घेर लिया और विजय को खींचकर अपने नेता से अलग किया। विजय उन लोगों के बीच घिर गया जो अपनी रायफ़लों के कुंदों से उसपर प्रहार किए जा रहे थे।

कॉलिन अकड़ा लेकिन इसके पहले कि वह संभावित कार्रवाई के बारे में सोच भी पाता, उसे अपने कानों में मर्फ़ी की आवाज़ सुनाई दी। "इसके बारे में सोचना भी मत।"

फ़ारूख़ अपने दो आदमियों की मदद से उठ खड़ा हुआ। उसकी नाक और मुँह से ख़ून बह रहा था और उसकी कमीज़ फट गई थी। उसने ख़ून थूका और अपनी कमीज़ की बाँह से अपना चेहरा पोंछा।

"रुको!" वह अपने उन आदमियों पर चिल्लाया जो विजय को पीट रहे थे। "मैं उसकी मौत नहीं चाहता। अभी नहीं।"

कॉलिन तेज़ी से अपने दोस्त की मदद के लिए भागा जिसके सिर और चेहरे से ख़ून बह रहा था। उसकी कमीज़ पर जगह-जगह ख़ून लगा

हुआ था और जब कॉलिन ने उसको उठाकर खड़ा किया तो वह दर्द से कराह उठा।

फ़ारूख़ लड़खड़ाता हुआ विजय के क़रीब पहुँचा और उसकी ओर अँगुली उठाकर बोला, "तुम इसकी क़ीमत चुकाओगे। इसके पहले कि मैं तुम्हारी हत्या करूँ, मैं तुम्हारे दोस्तों को एक धीमी दर्दनाक मौत से गुज़ारूँगा। तुम उनको मरता हुआ देखोगे। मैं तुम्हें बताऊँगा कि मुझसे पंगा लेने का क्या मतलब होता है।"

वह अपने आदमियों की ओर मुड़ा। "इन्हें सुरंग में ले जाओ," उसने हुक्म दिया, "और इन्हें वहीं रखो। बाक़ी लोग काम में लग जाओ!"

एलईटी के लड़ाकू विजय और कॉलिन को उस गलियारे में ले गए जिससे होकर वे कुछ ही देर पहले यहाँ तक आए थे। एक मद्धिम रोशनी अभी भी उस सुरंग में थी लेकिन सुदूर छोर पर पत्थर की दीवार की बजाय उन्हें पहाड़ी में वह बड़ा भारी सुराख़ दिखाई दे रहा था जिसको विस्फोट करके बना दिया गया था। उस सुराख़ से सुरंग में हलकी-हलकी बयार आ रही थी।

कंदरा के भीतर फ़ारूख़ विजय के दुस्साहसिक हमले से पैदा गुस्से को किसी तरह ज़ब्ज़ कर अपनी कामयाबी पर ध्यान केंद्रित करने की कोशिश कर रहा था। एलईटी अंततः दुनिया पर अपनी हुकूमत क़ायम करने वाला था।

47

ग्यारहवाँ दिन

सीतागढ़ पहाड़ी के मर्मस्थल में प्रवेश

कमांडो पत्थर की उस सीढ़ी के निचले भाग में खड़े थे जो उन्हें उनके आख़िरी पड़ाव तक ले जाने वाली थी।

जब वे उस गलियारे से गुज़र रहे थे तो उन्हें सहसा विस्फोट की एक दबी हुई-सी आवाज़ सुनाई दी थी और उसके बाद एक और आवाज़ सुनाई दी थी जिसे वे समझ नहीं सके थे। उनके पैरों तले की ज़मीन काँपी थी और उनके पीछे दीवार का एक हिस्सा भरभराकर गिरा था। वे रुक गए और यह समझने की कोशिश करते हुए इंतज़ार करने लगे कि वह क्या हुआ था। निश्चय ही वे पहाड़ी को नहीं गिरा रहे होंगे?

जब पत्थरों का गिरना थम गया तो वर्मा ने एक कमांडो को इशारा किया, जो बिना आवाज़ किए सीढ़ियों पर भागा। वह कुछ ही पलों में वापस आ गया और उसने रास्ता साफ़ होने का संकेत दिया, जिसके बाद बाक़ी कमांडो भी सीढ़ियों पर चढ़ने लगे।

उधर, मुख्य कंदरा के बाहर की सुरंग में कॉलिन ने बेचैनी के साथ पहलू बदला। वे उस गलियारे के पथरीले फ़र्श पर बैठे हुए थे। विजय अपनी मूर्खता पर झल्लाया हुआ था कि वह अपने क्रोध और हताशा के वशीभूत हो गया था। उसने परिस्थितियों को अपने और अपने साथियों के लिए और भी मुश्किल बना लिया था। बजाय एक तत्काल मौत के वे अब एक दर्दनाक, लंबी मौत मरने के लिए अभिशप्त थे। वह जानता था कि फ़ारूख़ अपने कहे पर क़ायम रहने वाला था।

"आय एम सॉरी," जब एलईटी के आदमी उनको घसीटते हुए सुरंग में ले जा रहे थे तब उसने कहा था। "पता नहीं मुझे क्या हो गया था। मुझे वाक़ई अफ़सोस है।"

कॉलिन विजय को अच्छी तरह जानता था और वह समझ सकता था कि अपने बेहद क़रीबी दो लोगों की मौत के सामने और उनकी अपनी परिस्थितियों की नाउम्मीदी के सामने उसका उस तरह फट पड़ना स्वाभाविक मानवीय प्रतिक्रिया थी। वह खुद भी डरा हुआ था।

कॉलिन खड़ा हो गया। वह फ़र्श पर पालथी मारे बैठे-बैठे थक गया था, और वह धीरे-धीरे गलियारे के उस प्रवेश द्वार की ओर बढ़ने लगा जो बाहर जंगल की तरफ़ जाता था।

एलईटी के एक आदमी ने तेज़ी से उसकी ओर मुड़कर देखा और धीरे से अपनी बंदूक ऊपर की ओर उठाई। कॉलिन ने अपने हाथ ऊपर उठा दिए। "अरे भाई, मैं तो अपने पैर भर सीधे कर रहा था।"

इस बात से आश्वस्त होकर कि वह अमेरिकी भागने की कोशिश नहीं कर रहा था वह आदमी वापस अपनी जगह मुड़ गया। वे हलके-हलके हँसते हुए आपस में बतियाने लगे।

कॉलिन धीरे-धीरे चलता हुआ उस द्वार तक चला गया जहाँ से होकर उसने और विजय ने इस गलियारे में प्रवेश किया था। वह सहसा रुक गया।

काले रंग से पुता हुआ एक चेहरा गलियारे में ताक रहा था। उस आदमी ने काली पोशाक पहन रखी थी।

कॉलिन चौंक उठा।

इसके पहले कि वह कुछ समझ पाता, वह आदमी ख़ामोशी के साथ तेज़ी से उस दरवाज़े में घुसा और उसकी बग़ल में आ गया। उसने एक हाथ से ज़ोर से उसका मुँह दबाया और दूसरे हाथ से उसको सख़्ती से जकड़ लिया। फुर्ती के साथ, ख़ामोशी के साथ और भी आदमी गलियारे में घुस आए।

"हिंदुस्तानी कमांडो," उस आदमी ने कॉलिन के कान में फुसफुसाकर कहा जिसने उसको जकड़ रखा था।

कॉलिन को राहत मिली लेकिन वह संभ्रमित था। वह यह सोचे बग़ैर नहीं रह पा रहा था कि हिंदुस्तानी कमांडो सीतागढ़ कैसे पहुँच गए थे।

लेकिन उसकी उम्मीदें बढ़ गईं। शायद अभी तक सभी कुछ ख़त्म नहीं हो गया था। उसने मुड़कर देखा और पाया कि विजय को भी उसी तरह ख़ामोश कर दिया गया था और थोड़े से अन्य कमांडो एलईटी के आदमियों पर हमला करने पर तत्पर थे। यह सब कुछ पलों में घटित हुआ; उनपर पहरा दे रहे उन आतंकवादियों के लिए यह सर्वथा अप्रत्याशित था और वे फुर्ती और ख़ामोशी के साथ क़ाबू में कर लिए गए थे।

कमांडो ने कॉलिन के ऊपर से अपनी पकड़ ढीली कर दी और दूसरे कमांडो विजय और कॉलिन को गलियारे के प्रवेश-द्वार की ओर ले गए। कॉलिन की उन आदमियों पर नज़र पड़ी, काली पोशाकों में लिपटी, स्वचालित हथियारों से लैस आकृतियाँ, और, हे ईश्वर, क्या वह ग्रेनेड लांचर था?

कमांडो के अभियान की वास्तविकता का अहसास होते ही उसकी रीढ़ की हड्डी में झुरझुरी दौड़ गई, और वे तेज़ी से उस सुरंग से बाहर निकलकर जंगल की खुली हवा में साँस लेने लगे। ज़मीन के अंदर की लंबी यात्रा के बाद यह उनके लिए ताज़गी से भर देने वाली चीज़ थी।

विजय ने भी मन ही मन कमांडो के आगमन का स्वागत किया। वह तो कंदरा में अपनी सारी उम्मीदें गँवा चुका था। "डॉ. शुक्ला?" उसे सहसा याद आया।

इंतज़ार और निगरानी

वर्मा अपने पेट के बल लेटा सामने का नज़ारा देख रह था। एलईटी के आदमी कंदरा में मँडरा रहे थे। वे चींटियों की तरह व्यस्त थे और धातु के फलकों को उठा-उठा कर उनका ढेर लगाते जा रहे थे, जैसे चींटियाँ जाड़ों के लिए अपना भोजन इकट्ठा कर रही हों।

लेकिन उसको चिंता हो रही थी। ये उससे काफ़ी अलग था जो उसे हैड क्वार्टर्स में समझाया गया था। उसकी मुहिम आतंकवादियों से निपटने की थी। विमानों के उस ढेर के बारे में उसे किसी ने कुछ नहीं बताया था। उसने दूरबीन की मदद से उन मशीनों को ग़ौर से देखा और फ़ैसले पर पहुँच गया।

वह रेंगता हुआ वापस अपने आदमियों के पास पहुँच गया जो कुछ दूर सुरंग में थे। उसने इशारे से अपने आदमियों को उन जगहों के बारे में समझाया जहाँ एलईटी के लड़ाकू मौजूद थे; उनको सबसे पहले इन्हीं मोर्चों से निपटना ज़रूरी था। उसके आदमियों ने सिर हिलाए और तीन के समूहों में बँटकर उन्होंने अपने मोर्चे सँभाल लिए। दो छोटे समूह दरवाज़े के दोनों ओर खड़े हो गए और बड़ा समूह बीच में तैयार होकर खड़ा हो गया।

प्रत्येक समूह के लिए वर्मा द्वारा संकेत किए गए मोर्चे पर गोलियाँ दागनी थीं, जबकि बड़े समूह को आकस्मिकता का और दो अन्य समूहों द्वारा उपलब्ध कराई जाने वाली आड़ का फ़ायदा उठाना था। उन्हें उम्मीद थी कि इस प्रक्रिया में वे जो अव्यवस्था खड़ी करेंगे उसका फ़ायदा उठाकर वे कंदरा में मौजूद बाक़ी आतंकवादियों को निष्क्रिय कर देंगे।

उन्हें सिर्फ़ धातुई सिलेंडरों पर गोली चलाने से बचना था।

वर्मा की निगाहें मर्फ़ी पर जमी हुई थीं। लेकिन पहले उसे एक आख़िरी काम निपटाना था।

सुखद मिलन

"डॉ. शुक्ला सुरक्षित हैं और मेरे दो आदमियों के साथ हैं," वर्मा अपने आदमियों को हिदायतें देने के बाद विजय और कॉलिन के साथ हो लिया था। "हमें फुर्ती से काम लेना होगा। आप सबको यहाँ से जल्द से जल्द निकलना होगा। तेज़ी से।"

कॉलिन विजय को सहारा देता हुआ तेज़ी से वर्मा के पीछे-पीछे भागा जा रहा था।

उन्होंने स्तूप के पास कुछ लोगों को खड़े देखा लेकिन उस अँधेरे में उनको उनकी आकृतियाँ ही दिखाई दे सकीं। वर्मा तब तक उन लोगों के पास पहुँच चुका था और ख़ास तौर से एक आदमी से मुख़ातिब था।

"...हम ये जोख़िम नहीं उठा सकते। हम यहाँ बारूद के ढेर पर बैठे होंगे।" वह अपने आदमियों की ओर मुड़ा। "मेरे साथ आओ। मुझे तुम लोगों की ज़रूरत पड़ने वाली है।"

वे तीनों कमांडो वापस पहाड़ी की तरफ़ दौड़े।

कॉलिन और विजय हाँफते हुए बाक़ी लोगों के पास पहुँच गए। उनके सामने इमरान और राधा खड़े थे। कॉलिन ख़ुशी से चीख़ता हुआ उन लोगों की तरफ़ दौड़ा। विजय अपनी जगह जमा खड़ा रहा। उसे देखकर लग रहा था जैसे उसने कोई भूत देख लिया हो।

"मुझे विश्वास नहीं होता," कॉलिन बारबार दोहरा रहा था और इमरान तथा राधा को बारीबारी से गले लगा रहा था। उसने विजय की ओर देखा।

जैसे कोई बेहोशी की हालत में चल रहा हो उस तरह विजय ने चेहरे पर खिली हुई मुस्कान के साथ उन लोगों की ओर बढ़ना शुरू किया। जो तनाव और बेचैनी उसके दिमाग़ पर बोझ डाले हुए थे वे सहसा ग़ायब हो गए। राधा को सलामत और दुरुस्त देखना सूरज की उस किरण की तरह था जो उसकी उन चिंताओं के कोहरे को भेदकर आ रही थी जिसने उसके दिमाग़ को ढँक रखा था।

विजय ने इमरान को उस पुलिस अधिकारी के रूप में पहचान लिया जो महज़ दो दिन पहले क़िले में आया था। उसे यह नहीं मालूम था कि इमरान यहाँ क्या कर रहा था और कैसे और क्यों उसके साथ था लेकिन यह बात साफ़ ज़ाहिर थी कि राधा का बच निकलना और इमरान की मौजूदगी का आपस में कोई रिश्ता था।

वह राधा की ओर मुड़ा और उसकी ओर आँख भर देखने लगा। उसने भी उसकी ओर असहज निगाहों से देखा। वह उसके चेहरे के भाव को पढ़ पाने में असमर्थ थी।

वह कुछ देर यूँ ही खड़ा रहा फिर सकुचाते हुए उसने हाथ बढ़ाकर उसके बालों को सहला दिया। विजय की आँखें भीगी हुई थीं। राधा को आश्चर्य हुआ जब उसने उसे अपनी बाँहों में घेरकर गर्मजोशी के साथ आलिंगन में ले लिया।

"मुझे आप लोगों के इस मिलन में बाधा डालने के लिए अफ़सोस है लेकिन हमें अब यहाँ से निकलना होगा," इमरान ने कहा। "आप दोनों ने देखा कि कंदरा में क्या है?"

विजय और कॉलिन ने सिर हिलाकर हामी भरी।

"तब, चलिए। हम कार में बैठ जाएँ फिर हमें बताइए कि आपने क्या देखा है। मैं डॉ. शुक्ला की मदद करता हूँ। आप कॉलिन की मदद से आ जाएँगे?"

विजय ने सिर हिलाया।

"चलिए, फिर हम चलते हैं। अगर वर्मा का कहना सही है तो हमारे पास ज़्यादा वक़्त नहीं है।"

घात!

कंदरा के अंदर एलईटी के आदमी तेज़ी से काम में जुटे हुए थे। वे फलकों का ढेर लगाए जा रहे थे और फ़ेहरिस्त तैयार कर रहे थे। बावजूद इसके कि वे फलक धातु के बने हुए, वे बहुत हलके थे, और आदमी तेज़ी से काम कर पा रहे थे।

फ़ारूख़ को धातु की चार फुट लंबी एक पट्टी मिल गई थी जिसे जब उसने पलटा तो वह ग़ायब होती लगी। बावजूद इसके कि वह उसकी सख़्ती और ठंडक को अपने हाथों में महसूस कर पा रहा था, वह उसे दिखाई नहीं दे रही थी। उसने उत्तेजना से भरकर महसूस किया कि यही वह चीज़ थी जिसकी तलाश में वह पूरे समय से लगा रहा था। प्राचीन वैज्ञानिकों द्वारा सदियों पहले तैयार किया गया अदृश्यता आवरण।

इसका मतलब था कि अब उनके पास अदृश्यता आवरण का डिज़ाइन भी था और नमूना भी। अंततः वे इस आवरण की बड़े पैमाने पर नक़ल तैयार करने और उनका उत्पादन करने में कामयाब हो सकेंगे। एलईटी के सामने जो संभावनाएँ खुलने वाली थीं उनके बारे में सोचते हुए उसका दिमाग़ सक्रिय हो उठा।

उसके ख़यालों में उस वक़्त बुरी तरह ख़लल पैदा हुआ जब कंदरा में सहसा बंदूकों के कई धमाके एकसाथ गूँज उठे। उसने गाली देने के लिए गुस्से से सिर उठाया। यह कोई समय नहीं था जब उसके आदमी ग़ैरज़िम्मेदाराना ढंग से गोलियाँ चलाते। उन्हें अपना काम करना चाहिए।

लेकिन वह स्तब्ध रह गया जब उसने अपने कुछ लड़ाकुओं को ज़मीन पर गिरते देखा। एक बार फिर कंदरा गोलियों की आवाज़ से गूँज उठी। ये

गोलियाँ वर्मा और उसके कमांडो ने दागी थीं जिनमें एलईटी के कई आदमी ढेर हो गए थे। उसका तत्काल असर हुआ जैसी कि उन्होंने उम्मीद की थी। आतंकवादी बिखर गए। वे यह समझ पाने में असमर्थ थे कि एक समूची सेना उनके ऊपर टूट पड़ी थी। आदमियों में भागमभाग मच गई और वे अपने हथियारों को जैसे-तैसे सँभालते हुए बचने की जगहें तलाशने लगे।

मर्फ़ी तुरंत सिगार के आकार के एक विमान की आड़ में छिप गया।

वर्मा ने इशारा किया और कमांडो का एक समूह गोलियाँ बरसाता हुआ कंदरा में घुस पड़ा।

48

ग्यारहवाँ दिन

सीतागढ़ पहाड़ी के पास के जंगल

इस बीच इमरान, विजय और अन्य लोग कार में सवार सीतागढ़ पहाड़ी से दूर चले जा रहे थे। स्तूप से चलकर कार तक पहुँचने के बाद से किसी ने एक शब्द भी नहीं बोला था। जब एक्स ट्रेल पेड़ों के बीच से रास्ता बनाती उछलती और दचके खाती जंगल में भागने लगी तब इमरान ने ख़ामोशी तोड़ी।

उसने फुर्ती से जानकारी दी कि किस तरह दुर्घटना में हुई भीम सिंह की मौत के बाद उसने राधा को ढूँढ़ निकाला। "तो आप लोगों ने वहाँ क्या देखा?"

कॉलिन ने उसे बताया।

इमरान ने सिर हिलाया। "वर्मा की कहना है कि उस कंदरा में प्रक्षेपास्त्र जैसी लगती चीज़ें मौजूद हैं और वे विस्फोटकों से भरी हो सकती हैं। अगर ये सच है तो कोई नहीं जानता कि अगर वे चीज़ें हज़ारों साल पुरानी हैं तो वे रसायन कितने अस्थिर हो सकते हैं। इसीलिए वर्मा ने हमसे वहाँ से तुरंत चले जाने को कहा था।"

इस बात के संभावित नतीज़ों के बारे में सभी सोचने लगे और ख़ामोशी छा गई। अगर उन विमानों में विस्फोटक भरे हुए और वे किसी तरह से फट पड़े तो कमांडो का क्या होगा?

"क्या वे कंदरा में जाए बग़ैर आतंकवादियों को नहीं दबोच सकते थे?" कॉलिन ने पूछा। "मेरा मतलब है, अगर उनमें विस्फोटक हैं, तो उनको इतना

भर करने की ज़रूरत थी कि वे उन मशीनों पर गोलियाँ चला देते और कंदरा की छत को एलईटी के लोगों पर गिर जाने देते।"

"ठीक यही बात मैंने उससे कहीं थी," इमरान ने इंकार में सिर हिलाया। "वे यह पक्के तौर पर मानकर नहीं चल सकते कि उन विमानों में विस्फोटक भरे हुए हैं। मरने-मारने को तैयार उन आदमियों की यह मुश्किल है। कमांडो के पास एक ही मौक़ा है। अपना काम निपटाने का उनके पास एक ही तरीक़ा है कि वे अंदर जाएँ और एक-एक आतंकवादी को मार गिराएँ। उम्मीद करें कि और कुछ अनहोनी घटित नहीं होगी।"

इमरान ने राधा की ओर देखा और उसको अपना मोबाइल फ़ोन दिया। "ज़रा देखिए, कोई सिग्नल है। जंगल में मुझे कोई सिग्नल नहीं मिला था।"

वे उस सड़क पर पहुँच चुके थे जो राजमार्ग की ओर जाती थी।

राधा ने सिर हिलाया। "सिग्नल है।"

"अच्छा है। ज़रा विष्णु प्रसाद का नंबर डायल करिए।"

"कलेक्टर?" राधा ने प्रसाद का नंबर डायल किया।

इमरान ने सिर हिलाया। हज़ारीबाग़ के आसपास दो बाँध हैं; तलैया और कोनार। दोनों ही हज़ारीबाग़ से मोटे तौर पर बराबर की दूरी पर हैं, क़रीब 50 किलोमीटर दूर। तलैया उत्तर में है, इसलिए वह सीतागढ़ पहाड़ी से क़रीब 70 या 75 किलोमीटर दूर होगा। कोनार पूर्व में, सीतागढ़ के परे। वह पहाड़ी से 30 किलोमीटर होगा। अगर कंदरा में कुछ होता है तो हमें यह सुनिश्चित करना होगा कि इन बाँधों के आसपास के गांव और जिन नदियों पर वे बाँध बने हैं उनके पास के गाँव ख़ाली करा दिए जाएँ।"

इस बीच विष्णु प्रसाद को फ़ोन लग गया था और राधा ने उसका स्पीकर चालू कर दिया।

इमरान ने फुर्ती से कलेक्टर को हालात की जानकारी दी। कलेक्टर यह ख़बर सुनकर सकते में आ गया।

"उसके आसपास तो कई गाँव हैं," प्रसाद ने कहा। "लेकिन वे छोटे गाँव हैं इसलिए उनको ख़ाली कराने में ज़्यादा वक़्त नहीं लगेगा। लेकिन हम समय रहते उन तक नहीं पहुँच सकते। हम गाँव के मुखियाओं से संपर्क

करने की कोशिश करते हैं और उनको गाँव ख़ाली कराने होंगे। इस चेतावनी के लिए शुक्रिया।”

गोलीबारी

वर्मा ने फुर्ती से कंदरा में चारों ओर देखा और पाया कि एलईटी के आदमी अपने शुरुआती पक्षाघात से उबर चुके थे और गोलियाँ चलाते हुए प्रतिरोध देने लगे थे। उन्होंने तेज़ी के साथ पत्थर के ब्लॉकों की आड़ में मोर्चे सँभाल लिए थे जो दीवार के क़रीब कतार में रखे हुए थे। इस वजह से वे उन कमांडो के मुक़ाबले बेहतर स्थिति में थे जिनके पास कोई आड़ नहीं थी, सिवा उस बचाव के जो उनके साथियों द्वारा सुरंग के भीतर से चलाई जा रही गोलियों के नाते उन्हें मिल रही थी।

वर्मा ने देखा कि उसके आदमियों ने अपने अभियान के दूसरे चरण की शुरुआत कर दी थी। एक अकेला कमांडो रॉकेट-प्रोपेल्ड ग्रेनेड लांचर (आरजीपी) लिए हुए कंदरा के दरवाज़े पर नमूदार हुआ।

उसने कंदरा के एक ख़ास कोने को निशाना बनाया हुआ था जहाँ विशालकाय शिलाखंडों के पीछे कई सारे एलईटी के लड़ाके छिपे हुए थे। आरजीपी अपने निशाने पर लगा और उसके कई सारे आतंकवादियों को ढेर कर दिया।

एलईटी की बंदूकें ठंडी पड़ गईं और फ़ारूख़ ने गालियाँ बकीं। फ़िलहाल उसके आदमी प्रतिकूल परिस्थिति में थे और उसने उन्हें चिल्लाकर बजाय आक्रामक होने के छिपकर अपना बचाव करने का हुक्म दिया।

अपनी योजना की कामयाबी से उत्साहित होकर, जिससे उनकी स्थिति फ़िलहाल मजबूत प्रतीत होती थी, कमांडो आगे बढ़े और उन्होंने पत्थर के कुछ खंभों के पीछे मोर्चे सँभाल लिए। आरपीजी लांचर लिए कमांडो भी कंदरा में आगे बढ़ा और उसने एक ऐसा मोर्चा सँभाला जहाँ से उसको एलईटी के लड़ाकों का एक और समूह साफ़ दिखाई दे रहा था जो कंदरा के एक ख़ाली हिस्से में एक शिलाखंड के पीछे छिपे हुए थे।

सहसा सुरंग के द्वार से लगे शिलाखंड के पीछे से एलईटी के दो आदमियों ने आरपीजी लांचर लिए कमांडो के पीछे छलांग लगाई। कमांडो

को उसकी मौजूदगी का अहसास नहीं था। अब जिस वक़्त कमांडो आरपीजी लांचर को दोबारा दागने वाले था एलईटी के ये दोनों आदमी उसपर कूद पड़े। इस अप्रत्याशित हमले से कमांडो ज़मीन पर गिर पड़ा। लांचर उसके हाथ से छूटकर आगे बढ़ गया।

एलईटी के उन दोनों आदमियों को दूसरे कमांडो ने मार गिराया लेकिन नुक़सान तब तक हो चुका था। ग्रेनेड अपने पूरे प्रभाव के साथ लांच किया गया था लेकिन वह उस निशाने पर नहीं पहुँचा जहाँ उसे पहुँचना था।

बजाय उसके वह एलईटी के लड़ाकों के सिरों के ऊपर से होता हुआ कंदरा के एक सुदूर कोने की ओर चला गया जहाँ कोई नहीं था।

लांचर एलईटी के आदमियों को छोड़ता हुआ जब नीचे की ओर गिर रहा था, तो लगा जैसे समय की रफ़्तार धीमी पड़ गई हो। यही एक मौक़ा था जिसकी एलईटी के लोगों को तलाश थी। वे एकसाथ गरजते हुए हमले के लिए आगे बढ़े और अंधाधुंध गोलियाँ बरसाने लगे। आरपीजी लांचर के कमज़ोर पड़ते ही आक्रमण की गति बदल गई।

ग्रेनेड फटा और वर्मा तथ मर्फ़ी उसको फटता हुआ देखते रहे। इसके बाद जो कुछ हुआ उसके लिए ऐसा कुछ भी नहीं था जो उन्हें तैयार कर सका होता।

इस निरर्थक विस्फोट के लगभग तुरंत बाद एक भीषण धमाका हुआ, और लगा जैसे गोलाबारूद के किसी गोदाम में आग लग गई हो।

49

ग्यारहवाँ दिन

राँची-हज़ारीबाग़ राजमार्ग

इमरान और अन्य लोग तेज़ी से हज़ारीबाग़ की ओर बढ़ रहे थे। उन्हें उम्मीद थी कि उन्होंने अपने और सीतागढ़ पहाड़ी के बीच पर्याप्त दूरी बना ली थी। इमरान को उम्मीद थी कि समूची मुहिम योजना के मुताबिक़ कामयाब होगी और कोई अनहोनी घटित नहीं होगी।

लेकिन वह जानता था कि यह उसकी ख़ामख़याली थी।

भोर की पहली किरण के साथ आकाश रोशन होने लगा था।

कुछ इस तरह जैसे सड़क में जान आ गई हो, उनका वाहन सहसा उछल पड़ा, और बुरी तरह हिल गया। कार को फिसलकर सड़क से बाहर जाने से रोकने के लिए इमरान को स्टीयरिंग के साथ ज़ोर-आजमाइश करनी पड़ी।

"क्या...?" राधा ने मुँह खोला और सहसा चुप हो गई जब उसने कार की रोशनियों और भोर की उजास में देखा कि उसके सामने की सड़क उसकी आँखों के सामने फट रही थी। सड़क में बड़ी-बड़ी दरारें खुल गईं और इमरान को उनसे बचने के लिए स्टीयरिंग को सँभालने में बड़ी मुश्किल का सामना करना पड़ा।

विजय और कॉलिन उस नज़ारे को देखने के लिए रियर विंडस्क्रीन से झाँकने लगे। उनके पीछे की सड़क फट गई थी, जैसे किन्हीं भीमकाय हाथों ने राजमार्ग को बीच से चीर कर अलग कर दिया हो।

"ये क्या था? कोई भूचाल?" कॉलिन की आवाज़ काँप रहीं थी।

इमरान ने इंकार में सिर हिलाया। "भूकंपीय झटके। सीतागढ़ में कुछ हुआ है; कोई इतनी बड़ी चीज़ जिसने इतने बड़े पैमाने पर धरती को हिला दिया है।"

अब वह जानता था कि उन विमानों के बारे में वर्मा का कहना सही था। आतंकवादियों और कमांडो के बीच जारी मुठभेड़ विमानों के अस्थिर विस्फोटकों को भड़का दिया होगा।

उसने ज़ोर से एक्सीलरेटर को दबाया और उनकी कार गुर्राती हुई उछलकर आगे बढ़ गई। "ये अभी ख़त्म नहीं हुआ है। हवाई विस्फोट के झटके अभी आने बाक़ी हैं। अगर भूकंपीय झटके एक संकेत थे तो हवाई विस्फोट में कोई बयार चलने वाली नहीं है। मैं मज़ाक़ नहीं कर रहा हूँ।"

मानो उसके शब्दों ने कोई टोना कर दिया हो, अचानक एक ज़बरदस्त गर्जना हुई, कार की खिड़कियाँ और विंडस्क्रीन चकनाचूर हो गए और वाहन एक अंधड़ का झटका खाकर हिल गया।

इमरान ने हाथ बढ़ाकर विंडस्क्रीन के टूटे हुए काँचों को हटाया ताकि वह आगे देख सके। वाहन बुरी तरह उछला और वह उसे सड़क पर बनाए रखने के लिए जूझने लगा। उसे लग रहा था जैसे कोई अदृश्य हाथ कार को बुरी तरह से आगे-पीछे धकेल रहे हों; स्टीयरिंग ह्वील लगभग अनुपयोगी मालूम पड़ रही थी।

तभी उनके नीचे की ज़मीन बेतहाशा हिल उठी कोई भारी चीज़ उनकी कार के बाजू से टकराई। उसके असर से दरवाज़ा अंदर की तरफ़ धँस गया। तभी कार के छप्पर पर एक और ज़ोर का धक्का पड़ा जो तुरंत गिर पड़ा और उन्होंने देखा कि एक लंबी डाल कार से टकराने के बाद झूल रही थी। और भी डालें टूटी हुई रियर विंडस्क्रीन और खिड़कियों से टकराने लगीं और टूटे हुए काँच के टुकड़ों, पेड़ों की टहनियों और पत्तों के साथ-साथ कार को हिला रहा अंधड़ कार में बैठे लोगों को परेशान करने लगा।

राधा चीख़ी और उन्होंने ने विस्मय से आगे की सड़क को देखा। सड़क के बाईं तरफ़ की एक दरार चौड़ी हो रही थी और सड़क पर ठीक उनके सामने की ओर बढ़ती आ रही थी। कुछ ही पलों में वह सड़क के आरपार

फैल जाने वाली थी और उनको बच निकलने की कोई गुंजाइश न रह जाती।

इमरान ने पूरी ताक़त से एक्सीलरेटर को दबाया। इंजिन चीख़ा और कार तेज़ी से आगे बढ़ती हुई आगे की ओर बढ़ती उस दरार की बग़ल से गुज़र गई। उसने मन ही मन प्रार्थना बुदबुदाई और अपना ध्यान उन पत्तियों और डालों के बीच सड़क पर केंद्रित किया जो विंडशील्ड के अभाव में कार के भीतरी हिस्सों से टकरा रही थीं।

जैसे-जैसे उस सँकरे रास्ते को दरारों ने निगलना शुरू किया कार तेज़ी से आगे बढ़ी और उसके बाईं तरफ़ के दो पहिये तेज़ी से उभरती दरारों के सँकरे अवरोधों के ऊपर बुरी तरह से उछले।

इमरान ने ज़ोर से गहरी साँस ली और कार को थोड़ा धीमा हो जाने दिया। पल भर को उसे लगा था जैसे वे उस खंदक में गिर जाने वाले हों जो सड़क के आरपार फैल गई थी!

फिर वह ख़त्म हो गया। ख़ामोशी छा गई, सिर्फ़ वाहन की भरभराहट बरक़रार थी। खुली हुई खिड़की से उन्होंने अपने आसपास देखकर उस तबाही का नज़ारा लिया। पेड़ भरभराकर गिर चुके थे और जो अब भी खड़े थे उनकी डालें और पत्तियाँ टूट कर बिखर गई थीं।

इमरान ने गाड़ी रोक दी और इंजिन को राहत दी। वे सब काँपते और खरोंचों से भरे हुए नीचे उतर गए।

“ओह माइ गॉड!” कॉलिन बुदबुदाया। वह उस दिशा की ओर देख रहा था जहाँ से वे आए थे, जहाँ पहाड़ी स्थित थी।

उन सबने भी उस ओर मुड़कर देखा। सड़क के दोनों ओर बरबाद हो चुका जंगल पसरा हुआ था। जो तबाही हो चुकी थी उसके अलावा उन्होंने लपटों के स्तंभों को आकाश को चूमते देखा जिनसे भोर का वह आकाश चमक रहा था।

इसके पहले कि वे उस दृश्य को ठीक से समझ पाते, सीतागढ़ पहाड़ी की दिशा में एक ज़ोरदार विस्फोट हुआ। लगभग तुरंत बाद एक उससे भी बड़ा और तेज़ विस्फोट हुआ जिसकी आवाज़ ने जैसे उनके चारों ओर फैले जंगल को चीर दिया।

"क्या...क्या हो रहा है?" राधा का चेहरा लपटों के उन स्तंभों को देखकर सफ़ेद पड़ गया था।

"भूकंपीय और हवाई विस्फोट की तरंगें ध्वनि के मुक़ाबले ज़्यादा तेज़ी से यात्रा करती हैं," इमरान ने कहा। "पहाड़ी विस्फोट से उड़ चुकी है।"

आग का प्रकोप

जैसे ही इमरान और अन्य लोग जंगल को छोड़कर राजमार्ग की ओर गए, आग का एक विशालकाय फ़व्वारा कंदरा की छत की ओर उठा और धातु के टुकड़े एलईटी के आदमियों की ओर फिंके जिससे वे धराशायी हो गए।

वर्मा ने दहशत से भरकर उस जगह की ओर देखा जो अभी तक ख़ाली मालूम पड़ती रही थी और जहाँ अब सहसा न जाने कहाँ से अस्पष्ट से आकृतियाँ नमूदार होने लगीं जिन्हें वे लपटें निगल रही थीं जो कंदरा के उस हिस्से में फैलती जा रही थीं।

ज़ाहिर था कि मगध का नरेश अपने विमानों के कुछ हिस्सों को अदृश्यता के आवरण से लैस करने में कामयाब रहा था। वह ग्रेनेड अपने रास्ते से भटककर उन अदृश्य विमानों के समूह के बीच जाकर फटा था।

कंदरा और पहाड़ी की बुनियाद काँप उठी, तभी पहले से भी बड़ा एक दूसरा विस्फोट हुआ। कंदरा में आग की दहशत फैल गई। दृश्य और अदृश्य दोनों ही तरह के विमानों में विस्फोट होने लगे और पहाड़ी के ऊपरी आधे हिस्से के धुर्रे उड़ गए। फटते हुए विमानों के टुकड़ों के साथ-साथ बड़े-बड़े पत्थर और चट्टानों के टुकड़े जंगल में दूर ऊँचाइयों तक तीर की तरह छूटने लगे।

कंदरा और पहाड़ी के नाम पर धुँआ उगलता एक विशाल गड्ढा भर शेष रह गया जिसमें आकाश से विशाल पत्थर बरस रहे थे।

हादसे के नतीजे

इमरान हज़ारीबाग़ की वीरान सड़कों पर वाहन को भगाए जा रहा था। यहाँ की सड़कें भी राजमार्ग की तरह उखड़ी और दरारों से अटी हुई थीं, जो सीतागढ़ में हुए विस्फोटों की प्रचंडता की गवाही दे रही थीं।

उन्होंने आसपास की इमारतों को देखा। कुछ इमारतों में लंबी-लंबी दरारें पड़ी हुई थीं और कुछ दीवारें या छप्पर ढह चुके थे। रास्ते में जो झुग्गियाँ थीं वे जमीन में मिल चुकी थीं। एक भी ऐसी खिड़की नहीं थी जिसके काँच तड़कने से बच पाए हों और सड़कों पर जहाँ-तहाँ काँच के टुकड़े बिखरे हुए थे। बिजली के तार टूट चुके थे और वे सड़कों के किनारे निर्जीव सर्पों की तरह गुड़ीमुड़ी पड़े हुए थे।

वह दुखद दृश्य था और राधा को खुशी थी कि इमरान ने त्वरित बुद्धि का सहारा लेकर शहर को पहले ही ख़ाली करा लिया था। अगर हज़ारीबाग़ के बाशिंदे शहर में ही बने रहते तो कौन जाने कितने लोग हताहत होते। इमरान ने गाड़ी को एक तरफ़ मोड़ा और विष्णु प्रसाद का नंबर डायल किया। "बाँध," उसने कहा और कुछ देर उस ओर से आती आवाज़ को सुनता रहा। "शुक्रिया," अंत में उसने कहा और फ़ोन काट दिया।

बाक़ी लोग उसकी ओर जिज्ञासा से देखने लगे।

"सब सुरक्षित हैं," इमरान ने बताया, "गाँव ख़ाली करा लिए गए थे। क़िस्मत से बाँध अभी भी जस के तस खड़े हुए हैं। ज़ाहिर है कि वे इस तरह बनाए गए थे कि वे इन विस्फोटों से हुए ज़्यादा बड़े भूकंपीय झटकों को सह सकें।"

लेकिन कमांडो की नियति का ख़याल उसके दिमाग़ को कुम्हला रहा था।

50

बारहवाँ दिन

जौनगढ़ क़िला

विजय जौनगढ़ के क़िले के छज्जे पर बैठा उदास मन से गाँव का जायज़ा ले रहा था। सूरज उसकी दिमाग़ी हालत को प्रतिबिंबित करता हुआ नीचे पहाड़ी के क्षितिज पर डूब रहा था। देहात का नज़ारा असाधारण था। डूबता सूरज भूखंड पर अपना लबादा लपेटता हुआ ज़मीन पर लंबी-लंबी परछाइयाँ फेंक रहा था। पहाड़ी की तलहटी में जहाँ क़िला खड़ा हुआ था उस गाँव के घरों में रोशनियाँ टिमटिमा रही थीं जिसकी सदियों पहले यह क़िला रक्षा किया करता था।

सीतागढ़ से वे लोग पटना लौट आए थे जहाँ से वे सेना के विमान में दिल्ली आए थे। उसके पहले पटना में विजय और शुक्ला की मरहम पट्टियाँ की गई थीं। सीतागढ़ पहाड़ी के उस रहस्यमय विस्फोट की ख़बरों से मीडिया अटा पड़ा था जिसने हज़ारीबाग़ के आधे जंगल को चौपट कर दिया था और विशाल पैमाने पर तबाही मचाई थी। उस विस्फोट के झटके सुदूर पटना तक महसूस किए गए थे।

तरह-तरह की अटकलें लगाई जा रही थीं क्योंकि संवाददाताओं द्वारा सीतागढ़ पहाड़ी की इस तबाही के साथ हज़ारीबाग़ शहर को आधी रात को ख़ाली कराए जाने से जोड़कर देखा जा रहा था। सरकार ने कोई भी बयान जारी करने से मना दिया था और गृह मंत्री का कहना था कि वे वैज्ञानिकों के दल द्वारा जाँच कर लिए जाने के बाद ही कोई टिप्पणी करेंगे। मुहिम में आईबी के मुब्तिला होने का कहीं कोई ज़िक्र नहीं था। न ही कमांडो का। ये कुछ ऐसा था जैसे उनका कभी वुजूद ही नहीं था।

विजय ने पिछले कुछ दिनों के घटनाक्रम पर विचार किया। वह अपने चाचा के ईमेल संदेशों के सुराग़ों को हल करने बैठा था और देखो कि क्या से क्या हो गया था। उन्हें नौ के रहस्य का पता चल गया था और वह रहस्य लगभग फ़ारूख़ और एलईटी के हाथ लग चुका था। अगर कमांडो की निस्वार्थ कार्रवाई न होती तो एलईटी द्वारा उसकी धमकी को अंजाम दिए जाने के बाद दुनिया की सूरत ही बदल गई होती।

लेकिन निश्चय ही उसके चाचा का इरादा यह नहीं तो ही था? उसके चाचा को फ़ारूख़ की मंशा की जानकारी थी। तब फिर उन्होंने विजय को एक ऐसी मुहिम पर क्यों भेजा था जो उसे और उस रहस्य को एलईटी के हाथों में सौंप देने वाली थी?

और फिर, दूसरे जज़्बाती झंझावात भी थे जो उसके दिमाग़ में हलचल मचाए हुए थे। पिछले कुछ दिनों के उत्पात के दौरान उसने अपने भीतर प्रेम की खोज की थी। तब भी क्या उसके और राधा के लिए कोई भविष्य था? उन दोनों की अपनी-अपनी महत्त्वाकांक्षाएँ थीं...

बारहवाँ दिन

भ्रातृसंघ जीवित रहता है

विजय बिस्तर पर बैठ गया और उसने बग़ल में रखे लैम्प को जला लिया। उसको नींद नहीं आने वाली थी। उस शाम वह कॉलिन को हवाई अड्डे पर छोड़ आया था।

अब वह क़िले में अकेला था और बिस्तर पर जाकर सोने की कोशिश करने से पहले देर तक पढ़ता रहा था। लेकिन उसके दिमाग़ में बहुत कुछ चल रहा था।

वह बिस्तर से उठा और उसने लैपटॉप का स्विच ऑन कर दिया। वह नहीं जानता था कि वह क्या था लेकिन उसके नींद न आने में उसका भी योगदान था। जो चीज़ उसकी समझ से परे थी वह यह थी कि वह अभी तक इस पहेली को हल नहीं कर पाया था कि उसे ईमेल भेजने के पीछे उसके चाचा की क्या मंशा रही थी।

बिना इसकी वजह पर ग़ौर किए उसने वे ईमेल खोले और उन्हें ताकने लगा। अब वे पर्याप्त रूप से स्पष्ट उसके सामने थे, उनका मतलब निकाल लिया गया था और उनमें दिए गए निर्देशों का पालन किया जा चुका था।

कोई चीज़ थी जो उसके दिमाग़ को झकझोर रही थी। बावजूद उस सब कुछ के जो हो चुका था, जिसमें सीतागढ़ पहाड़ी का विनाश शामिल था, उसे इस बात का अवचेतन अहसास बना हुआ था कि वह क़िस्सा अभी पूरा नहीं हुआ था, कुछ और भी था जो होना बाक़ी था।

लेकिन वह कुछ और क्या हो सकता था?

उसने एक बार फिर से उन ईमेल संदेशों की ओर देखा और उन्हें मिटाने के बारे में सोचने लगा। उसने गहरी साँस ली और पहला ईमेल खोला। जल्दी से उसपर नज़र डालते हुए उसने उसे मिटा दिया और दूसरा ईमेल खोल लिया। टीसने का अहसास फिर से वापस आ गया, जैसे कोई चीज़ उसके विचारों को किसी ख़ास दिशा में मोड़ रही हो।

वह क्या चीज़ थी? उसने ईमेल को धीरे-धीरे, सावधानीपूर्वक पढ़ते हुए उसका अध्ययन किया। लेकिन उस संदेश में छिपे हुए अर्थ को वे पहले ही निचोड़ चुके थे।

या नहीं?

हर चीज़ हमेशा वैसी ही नहीं होती जैसी वह दिखाई देती है। कभी-कभी गहराई में जाकर देखना ज़रूरी होता है। अध्ययन करो (स्टडी) भगवद् गीता का, वह बहुत से ज्ञान का उद्गम है। गीता की विषय-वस्तु हालाँकि भ्रामक है, लेकिन वह हमारी भावी ज़िंदगियों के लिए हम पर एक निशान है और वह तुम्हें ज्ञान के उस दरवाज़े तक ले जाएगी जिसे तुम्हें खोलना होगा। माया के महासागर में हमेशा सत्य का द्वीप मौजूद होता है।

विजय पीठ टिकाकर बैठ गया और सोचने लगा।

क्या वजह थी कि ख़ासतौर ये यही ईमेल उसे परेशान कर रहा था? क्या इस ईमेल में और भी कोई गहरा मतलब छिपा हुआ था?

कभी-कभी गहराई में जाकर देखना ज़रूरी होता है।

या फिर वह ख़ामख़्वाह ज़रूरत से ज़्यादा विश्लेषणात्मक होने की कोशिश कर रहा था? उन ईमेल संदेशों में छिपे हुए बहुत सारे अर्थों को ढूँढ़ निकालने की उसे इतनी आदत पड़ चुकी थी कि उसे हर शब्द में और भी गहरा गोता न लगाना मुश्किल लग रहा था।

सहसा उसके दिमाग़ में एक ख़याल आया। वह तनकर बैठ गया और उसपर सोचने लगा।

क्या ये मुमकिन था?

पल भर को वह स्थिर बैठा रहा और ख़याल को ख़ारिज़ करने की कोशिश करता रहा। वह अविश्वसनीय लग रहा था। लेकिन उसने उसे ख़ारिज़ करने की जितनी कोशिश की वह उतना ही मज़बूत होता गया।

वह अपने सोने के कमरे से बाहर आ गया और गलियारों को पार करता हुआ, उनकी बत्तियाँ जलाता हुआ अंत में उस कमरे में पहुँच गया जो पहाड़ी पर बनाया गया था। यह वह कमरा था जिसमें एक विशाल भित्ति-चित्र था। इसमें कुरुक्षेत्र के मैदान में भगवान कृष्ण द्वारा अर्जुन को उपदेश करते हुए चित्रित किया गया था। वही उपदेश जिसे *भगवद्‌गीता* के नाम से जाना जाता था।

उसने कमरे की बत्ती जलाई और भित्ति-चित्र को ध्यान देखते हुए ईमेल की दूसरी पंक्ति पर ग़ौर करने लगा।

अध्ययन करो भगवद्‌गीता का, वह बहुत से ज्ञान का उद्‌गम है।

उसका दिमाग़ दौड़ने लगा। इस पंक्ति ने कुंजी के स्थल के रूप में अध्ययन-कक्ष को अलग करने में उनकी मदद की थी। लेकिन इस पंक्ति में इस ईमेल के भीतर ज्ञान का एक दूसरा संदर्भ भी निहित था। क्या ईमेल की पंक्ति और उस अंतिम पंक्ति के बीच कोई संबंध था जिसमें भी *गीता* का ज़िक्र था, और जो ज्ञान के दरवाज़े के बारे में बात करती थी? क्या *गीता* की विषय-वस्तु का कोई और भी अर्थ था, कर्म के उस ज़ाहिर से अर्थ के अलावा जिसे उन्होंने पहले ही समझ लिया था?

वह इस संभावना के बारे में सोचते हुए उत्तेजना से काँपने लगा कि यह ईमेल संदेश इस भित्ति-चित्र की ओर संकेत कर रहा हो सकता था।

गीता की विषय-वस्तु का मतलब वह उपदेश भी हो सकता था जिसे इस चित्र में दर्शाया गया था।

लेकिन *ज्ञान का दरवाज़ा* क्या था?

विजय चित्र के और क़रीब पहुँच गया और उसे ध्यान से देखने लगा। ये वह चित्र था जो हिंदुस्तान में आम था और वह इसमें कुछ भी अनोखा और अलग नहीं खोज सकता था।

बशर्ते कि...

वह दीवार के और क़रीब पहुँच गया और उसने रथ को ग़ौर से देखा। चित्र में रथ का एक ही पहिया दिखाई दे रहा था।

उसने साँस रोककर उस पहिये को ग़ौर से देखा और फिर साँस छोड़ दी।

रथ के उस पहिये में नौ अरे थे।

इस ईमेल में एक और अर्थ छिपा रहा था। वह किस चीज़ की ओर ले जाता था?

विजय पूरी तरह जागकर फ़र्श पर बैठ गया और उसके बारे में सोचने लगा। अगर ईमेल के इस सुराग़ पर विचार किया गया होता, तो इसका मतलब होता कि उसके चाचा ने क़िले में कोई चीज़ छिपा कर रखी हुई थी; कोई ऐसी चीज़ जो नौ के रहस्य से जुड़ी हुई थी, कोई ऐसी चीज़ जिसे ज्ञान के रूप में वर्गीकृत किया जा सकता था...और कोई ऐसी चीज जो 'इतिहास के 2000 साल' होने के विवरण से मेल खाती।

वह चीज़ क्या हो सकती थी? और उसके चाचा ने उसको कहाँ पर छिपाया हो सकता था?

उसने चित्र की एक बार फिर से जाँच की। हो सकता है कोई चीज़ उसकी निगाह से चूक गई हो। इस चित्र में ज़रूर कुछ ऐसा है जो रास्ता दिखा सकता है।

क्या वे घोड़े थे? उनमें ऐसा कुछ भी ख़ास नहीं था।

उसने अर्जुन और कृष्ण की आकृतियों को ग़ौर से देखा लेकिन उनमें भी कुछ असामान्य नहीं था।

जब उसे यही अंदाज़ा नहीं था कि उसे किस चीज़ की तलाश थी तब कुछ भी खोजना मुश्किल था। उसने गहरी साँस ली और रथ को ग़ौर से देखा उसमें भी साधारण से इतर कुछ नहीं था।

और पहिया? सिवा उसके नौ अरों के क्या उसमें कुछ ऐसा था जो अलग दिखाई देता हो? उसने उसकी किनारी को, अरों को, धुरी को ग़ौर से देखा। वहाँ भी कुछ नहीं था। उसने पहिये के मध्य भाग पर अपना ध्यान केंद्रित किया और उसको घूरने लगा।

जब उसने शुरुआत में उस चित्र को देखा था, तब उसकी धुरी उसे गहरे काले ठोस वृत्त के रूप में दिखाई दी थी। अब उसने पाया कि जहाँ पर धुरी को होना चाहिए था, वहाँ एक खोखल था। उस जानकारी से लैस होकर अब उसने चित्र में एक बाल बराबर दरार को पहचाना जिसे उसने पहले लक्ष्य नहीं किया था। वह दरार बमुश्किल दिखाई देने वाली थी और अनुपस्थित धुरी से होती हुई नीचे ज़मीन तक और ऊपर अंदरूनी छत तक खड़ी फैली हुई थी।

विजय को अपनी उत्तेजना बढ़ती हुई महसूस हुई। पिछली बार जब वे इस ईमेल के बताए रास्ते पर चले थे तो उन्हें चाचा के अध्ययन-कक्ष के एक चित्र में डिस्क की कुंजी मिली थी। क्या उस कुंजी और इस चित्र के बीच कोई रिश्ता था?

इसका पता लगाने का एक ही तरीक़ा था। वह फुर्ती से उस कमरे से निकला और अध्ययन-कक्ष की सीढ़ियाँ चढ़ गया। उसे चाबी ढूँढ़ने में कुछ ही पल लगे जिसे लेकर वह वापस नीचे उसी कमरे में आ गया जिसमें वह भित्ति-चित्र था।

क्या ये चाबी उसमें फ़िट होगी?

उसने आहिस्ता से चाबी को भित्ति-चित्र के उस खोखल में डाला। उसके हाथ आशंका से काँप रहे थे।

चाबी उसमें एकदम ठीक से बैठ गई। विजय को अपनी उत्तेजना को क़ाबू करने में मुश्किल हो रही थी।

उसने चाबी को बाईं ओर घुमाया। वह एक खटके के साथ फँस गई। फिर उसने उसे घड़ी की दिशा में घुमाया। खटकों और घरघराहटों की कई

आवाज़ें हुईं, और फिर जो दरार उसने देखी थी उसके साथ ही दीवार एक हलकी-सी गड़गड़ाहट के साथ दो हिस्सों में बँटकर दोनों ओर सरक गई।

पहाड़ी चट्टान में उकेरे गए मेहराबदार द्वार के सामने विजय स्तब्ध खड़ा रह गया।

ज्ञान का दरवाज़ा जो तुम्हें खोलना होगा।

अब उस पंक्ति का अर्थ खुल रहा था।

उसने द्वार के अंदर के अँधेरे में क़दम रखे। जैसे ही उसने दहलीज़ पार की उसने अपने इर्दगिर्द एक धीमी रोशनी महसूस की और उसे अहसास हुआ कि वह एक सुरंग में था। वह सुरंग पहाड़ी के अंदर एक कक्ष में ले गई।

कक्ष में घुसकर उसने चारों ओर विस्मय से देखा। कक्ष की दीवारों पर एक के बाद एक स्टेनलैस स्टील के शेल्फ़ बने हुए थे; और हर शेल्फ़ में स्टेनलैस स्टील के डिब्बे रखे हुए थे।

एक दीवार के सामने स्टेनलैस स्टील की एक मेज़ थी जिसपर तापमापी और आर्द्रतामापी उपकरण रखे थे। तापमापी 65 डिग्री फ़ैरनहाइट और आर्द्रतामापी 35 प्रतिशत आर्द्रता दर्शा रहा था।

उसने अपनी त्वचा पर ठंडी हवा का स्पर्श महसूस किया और एयर कंडीशनर की घरघराहट सुनी।

ये कौन-सी जगह थी? और उन स्टील के डिब्बों में क्या था?

विजय ने पाया कि इस कक्ष को तैयार करने में उसके चाचा ने काफ़ी श्रम किया था। लेकिन इसका प्रयोजन क्या था?

उसने शेल्फ़ की एक कतार के पास जाकर डिब्बों की जाँच की। हर डिब्बे पर एक लेबल चिपका हुआ था जिनपर विचित्र-सी अज्ञात लिपि में कुछ लिखा हुआ था। उसने एक डिब्बा खोलकर देखा। उसके अंदर एक माइक्रोफ़िल्म लिपटी हुई रखी थी।

इससे एयरकंडीशनर और तापमापी तथा आर्द्रतामापी की उपयोगिता स्पष्ट हुई; वे माइक्रोफ़िल्म को सुरक्षित रखने के लिए थे।

माइक्रोफ़िल्म में क्या था?

फिर उसका ध्यान कक्ष के एक दूसरी तरफ़ लगे एक परदे पर गया जिसके सामने एक मशीन रखी हुई थी। ये माइक्रोफ़िल्म रीडर था। डेस्क पर बहुत से काग़ज़ भी थे जिनपर टीपें अंकित थीं।

विजय ने उन काग़ज़ों को पलटकर देखा। वे टीपें उसके चाचा की हस्तलिपि में थीं। वह एक पैराग्राफ़ पढ़ रहा था जिसमें किसी ऐसे विमान के इंजिन का विवरण था जो अपनी चालक शक्ति के लिए प्रति-चुंबकीयता का इस्तेमाल करता था।

उसने माइक्रोफ़िल्म रीडर को चालू किया। परदे पर छवियाँ उभरीं; अपठनीय और अबूझ लिपि की पंक्तियाँ। उसने यह लिपि कभी नहीं देखी थी। लेकिन वह जानता था कि वह किस चीज़ को देख रहा था।

विक्रम सिंह चाहे नौ का मुखिया रहा हो, या उसका महज़ एक सदस्य, लेकिन उसको नौ के प्राचीन पुस्तकालय की गूढ़ लिपि को समझने की ज़िम्मेदारी सौंपी गई थी। उन्होंने बैराठ की कंदरा में पुस्तकालय की परित्यक्त अलमारियाँ देखी थीं। लेकिन यहाँ सामग्री थी, सुरक्षित ढंग से संरक्षित, और उसके चाचा उनका अँग्रेज़ी में तरजुमा करने में लगे हुए थे।

विजय ने आसपास देखा। पास की अलमारियों में ऐसे डिब्बे थे जिनपर अँग्रेज़ी में लिखे लेबल थे। वह समझ गया। उसके चाचा ने माइक्रोफ़िल्म के अँग्रेज़ी अनुवादों को भी संरक्षित कर रखा था।

अब उसका ध्यान स्टील की मेज़ की दराज़ की ओर गया। उसने उसको खोला। उसमें सिर्फ़ एक लिफ़ाफ़ा रखा हुआ था। उसे बेहद आश्चर्य हुआ जब उसने देखा कि उस लिफ़ाफ़े पर उसका नाम था।

विजय ने लिफ़ाफ़े में रखा हुआ काग़ज़ निकाला। वह एक ख़त था। उसने अपने चाचा की लिखावट को पहचान लिया।

उसपर छह महीने पहले की तारीख़ पड़ी हुई थी।

प्रिय भतीजे, विजय,

अगर तुम इस ख़त को पढ़ रहे हो तो इसका मतलब है कि तुम मेरी उम्मीदों पर खरे उतरे हो और तुमने मेरे संदेशों को समझ लिया है। इसका ये भी मतलब है कि तुम नौ के बारे में और

उस रहस्य के बारे में जानते हो जिसकी इस भ्रातृसंघ ने पिछले 2000 सालों से रक्षा की है। जो चीज़ तुम्हें अभी तक ज्ञात नहीं है वह यह है कि मैं नौ का आख़िरी व्यक्ति हूँ - इक्कीसवीं सदी में उनका मुखिया।

मुझे अफ़सोस है कि मुझे इस बात को तुमसे छिपाकर रखना पड़ा लेकिन मैं नौ के नियम से बँधा हुआ था।

मेरे माइक्रोफ़िल्म कक्ष में तुम्हारी मौजूदगी का मतलब है कि मैं मर चुका हूँ, शायद किसी ऐसे व्यक्ति के हाथों मारा जा चुका हूँ जो किसी समय में मेरा विश्वसनीय दोस्त और साथी था लेकिन जो नौ के सिद्धांतों और मूल्यों के ख़िलाफ़ चला गया। ये महत्त्वपूर्ण नहीं है। लेकिन जो चीज़ तुम्हें मालूम होना ज़रूरी है, वह यह है कि चूँकि अब मैंने इस जानकारी को तुम्हारे साथ साझा किया है अतः तुम्हारा जीवन भी ख़तरे में पड़ सकता है।

मुझे सच्ची उम्मीद है कि अपने रहस्य को तुम्हारे साथ साझा करने का यह फ़ैसला तुम्हारे जीवन को संकट में नहीं डालेगा। मैं उम्मीद करता हूँ कि मेरे पास कोई दूसरा विकल्प नहीं है।

अब मैं तुम्हें अपने हृदय की अंदरूनी सच्चाई बताना चाहता हूँ। मैं नौ का अंतिम बचा रह गया सदस्य हूँ। मुझे अपनी ज़िम्मेदारी किसी ऐसे व्यक्ति को सौंपना ज़रूरी है जिसपर मैं भरोसा करता हूँ। मैं तुमसे ज़्यादा भरोसा और किसी पर नहीं करता। इसलिए मैं तुमसे आग्रह करता हूँ कि तुम उस बोझ को अपने कंधों पर लो जिसको मैं पिछले पचास सालों से ढोता आया हूँ, और तुम नौ के रहस्य के रक्षक बन जाओ।

इस रहस्य के बारे में एक शब्द कह दूँ। जब 2300 साल पहले अशोक महान द्वारा इस भ्रातृसंघ की स्थापना की गई थी, तो नौ के संस्थापक सदस्यों को इस रहस्य की प्रकृति की जानकारी थी। हालाँकि बावजूद इसके कि सदियों के दौरान इसके सदस्य बदलते रहे थे, नौ को घेरती गोपनीयता की शपथ का मतलब था कि इस रहस्य की प्रकृति और इसके स्थल की

जानकारी किसी को नहीं रह गई थी। केवल रहस्य के स्थल को पहचानने की पहेली भर बरकरार रही थी। यहाँ तक कि स्वयं मैं भी कुछ साल पहले तक नहीं जानता था कि यह रहस्य क्या है।

अगर नौ का कोई भी सदस्य अब तक रहस्य के स्थल का पता लगा पाने में असमर्थ रहा तो इसकी वजह यह थी कि नौ में से किसी एक व्यक्ति के पास उस पहेली को सुलझाने के सुराग़ नहीं थे। यह तो छह महीने पहले की बात है जब पहेली के वे सारे हिस्से जो नौ के अलग-अलग सदस्यों के पास हुआ करते थे मेरे हाथ में आ गए। मैंने किसी तरह कुछ सुराग़ों को हल किया था लेकिन यह काम मैंने आधे मन से किया था। क्योंकि यह छह महीने पहले की बात है जब मुझे अहसास हुआ कि जिस विश्वासघाती को मैंने भ्रातृसंघ से निकाल दिया था वह बाक़ी के आठ सदस्यों की हत्या करने के बाद मुझे मारने आएगा। मेरे इस अहसास की पुष्टि उस ईमेल से हुई जो उसने मुझे भेजा था। तब के बाद से रहस्य को जानना मेरी प्राथमिकता नहीं रह गई। मेरी चिंता किसी तरह यह ज़िम्मेदारी तुम्हें सौंपने की थी।

रहस्य 2000 सालों से छिपा रहा है। वह कहाँ छिपा हुआ है यह जानने में मेरी कोई दिलचस्पी नहीं है। मेरे अलावा अब तुम एकमात्र व्यक्ति हो जिसके पास पहेली के वे सारे हिस्से हैं जो रहस्य के स्थल का पता लगाने में मदद कर सकते हैं। चुनना तुम्हें है। लेकिन मैं तुमसे आग्रह करता हूँ कि तुम नौ के रहस्य को खोजने के लोभ का संवरण करना और उसे हमेशा-हमेशा के लिए वहीं दफ़न रहने देना जहाँ कहीं पर भी वह है, क्योंकि नौ को स्थापित किए जाने का यही प्रयोजन था।

लेकिन इस रहस्य का एक दूसरा पक्ष भी है जो तुम्हें जानना ज़रूरी है। तुम जो अपने सामने देख रहे हो वह एक पुस्तकालय है जिसमें सदियों के दौरान दुनिया के तमाम हिस्सों से एकत्र किया गया वैज्ञानिक ज्ञान संग्रहीत है। एक के बाद एक आते रहे सदस्यों की पीढ़ियों ने उस मूल संग्रह में अपना योगदान किया है जिसकी खोज नौ के संस्थापक सदस्यों ने की

थी ताकि वे ज्ञान की संसार की तब तक ज्ञात महानतम निधि की रचना कर सकते। इसका उसी तरह गुप्त रहना ज़रूरी है जिस तरह नौ के संगठन ने इसे सदियों से रखा है।

इस ज़िम्मेदारी को निभा सकने की तुम्हारी योग्यता में मेरा पूरा विश्वास है।

मुझे वाक़ई अफ़सोस है, विजय कि मैं तुम्हारी अनुमति लिए बिना तुम्हारे ऊपर इस ज़िम्मेदारी का बोझ डाल रहा हूँ। लेकिन और कोई नहीं है जिसको मैं इस ज़िम्मेदारी के योग्य समझ सकूँ।

ईश्वर तुम्हारा भला करे,
सस्नेह,
तुम्हारा चाचा।

विजय ने मिली-जुली अनुभूतियों के साथ उस ख़त को मेज़ पर रख दिया। सबसे पहले तो उसके मन में असंतोष का एक भाव उमड़ा; अपने चाचा के इस विश्वास को लेकर खेद का भाव कि वह इस ज़िम्मेदारी को सँभाल सकता था।

लेकिन एक और भी अनुभूति थी, जो तुरंत ही उसके असंतोष को दबाती हुई उसके भीतर जागी।

गर्व की अनुभूति।

उसके चाचा ने उसको नौ के एक सदस्य के तौर पर अपने उत्तराधिकारी के रूप में चुना था, उस भ्रातृसंघ के एक सदस्य के रूप में जो अपने सदस्यों के चुनाव के मामले में प्रसिद्ध रहा था। इस ज़िम्मेदारी की गंभीरता एक ऐसी चीज़ थी जिसको वह समय के साथ ही समझने वाला था।

जो अहसास उसे लगातार परेशान किए जा रहा था उसने सहसा उसको वंचना से भर दिया। अब जाकर उसे अहसास हुआ कि उसके चाचा का कोई इरादा उसे उस रहस्य के स्थल की तलाश में भेजने का नहीं था। उल्टे उन्होंने इस ख़त में उसे वैसा करने से रोका था। उनके ईमेल संदेशों

का उद्देश्य उसको उस खोज के लिए उत्प्रेरित करने का नहीं था जिसपर वह निकल पड़ा था।

उसके चाचा सिर्फ़ उससे सिर्फ़ इतना चाहते थे कि वह किसी तरह इस कक्ष तक पहुँच जाता और इस पुस्तकालय की रक्षा की ज़िम्मेदारी सँभाल लेता।

कभी-कभी गहराई में जाकर देखना ज़रूरी होता है।

अगर तुम गहरे अर्थ की तलाश करोगे तो वह तुम्हें मिल जाएगा।

विजय ने पश्चाताप से भरकर सिर हिलाया। वह और उसके दोस्त कुछ ज़्यादा ही गहरे उतर गए थे। उन सुराग़ों को नज़रअंदाज़ करते हुए जिन्होंने उसे इस कक्ष तक पहुँचा दिया होता, उसने उन सुराग़ों का अनुसरण किया जो उसको सीतागढ़ ले गए। वह कितना बड़ा बेवकूफ़ निकला!

लेकिन, यह भी शायद ठीक ही हुआ, विजय ने सोचा। वह रहस्य अब नष्ट हो चुका था और किसी की भी पहुँच से परे था। उसका दिमाग़ आश्चर्यजनक रूप से साफ़ और शांत था और उसके विचारों में विस्मयकारी स्पष्टता आ गई थी। बावजूद इसके कि वह रहस्यमय कंदरा अब नष्ट हो चुकी थी, वह रहस्य इस कक्ष में, इस पुस्तकालय में जीवित था।

वह उस ज़िम्मेदारी से इंकार नहीं करना चाहता था जो उसके चाचा ने उसको सौंपी थी।

अब नौ का एक सदस्य था।

वह नौ था।

अनुवादक के बारे में

मदन सोनी हिन्दी के लेखक हैं जो मुख्यतः साहित्यालोचना और अनुवाद के क्षेत्र में सक्रिय हैं। आलोचना पर केंद्रित उनकी अनेक पुस्तकें प्रकाशित हैं तथा उन्होंने विश्व के कई शीर्षस्थ लेखकों और चिंतकों की रचनाओं के अनुवाद किए हैं जिनमें शेक्सपीयर, लोर्का, नीत्शे, एडवर्ड बॉण्ड, मार्ग्रेट ड्यूरास, ज़ाक देरिदा, एडवर्ड डब्ल्यू सईद आदि शामिल हैं। हाल ही में उनके द्वारा अनूदित अम्बर्टो ईको का विश्वविख्यात उपन्यास *द नेम ऑफ़ द रोज़ (ख़ाली नाम गुलाब का)* प्रकाशित हुआ है। मंजुल पब्लिशिंग हाउस के लिए उन्होंने जो अनुवाद किए हैं उनमें वनमाली द्वारा रचित *श्री शिव लीला,* नीरज कुमार की पुस्तक *डायल डी फ़ॉर डॉन* और एस. हुसैन ज़ैदी की पुस्तकें *डोंगरी टू दुबई (डोंगरी से दुबई तक)* तथा *बायकला टू बैंकॉक* शामिल हैं।

भोपाल स्थित राष्ट्रीय कला-केंद्र भारत भवन के मुख्य प्रशासनिक अधिकारी के पद से सेवा-निवृत्त सोनी को अनेक सम्मान और पुरस्कार प्राप्त हुए हैं जिनमें मानव संसाधन विकास मंत्रालय, संस्कृति विभाग की वरिष्ठ अध्ययन वृत्ति और रज़ा फ़ाउंडेशन पुरस्कार शामिल हैं। वे नान्त (फ़्रांस) के उच्च अध्ययन संस्थान के फ़ेलो भी रहे हैं।